堂名故事选

汪宗虎 编著

中国海洋大学出版社

·青岛·

图书在版编目（CIP）数据

堂名故事选/汪宗虎主编. —青岛：中国海洋大
学出版社，2017.6（2021.6重印）

ISBN 978-7-5670-1514-2

Ⅰ. ① 堂… Ⅱ. ① 汪… Ⅲ. ① 故事—作品集—中国
Ⅳ. ① I247.81

中国版本图书馆 CIP 数据核字（2017）第 167865 号

出版发行	中国海洋大学出版社
社　　　址	青岛市香港东路23号　　　邮政编码　266071
出 版 人	杨立敏
网　　　址	http://pub.ouc.edu.cn
电子信箱	1193406329@qq.com
订购电话	0532-82032573（传真）
责任编辑	孙宇菲　　　　　　　　　电　　话　0532-85902342
印　　　制	日照报业印刷有限公司
版　　　次	2018年1月第1版
印　　　次	2021年6月第2次印刷
成品尺寸	185 mm×260 mm
印　　　张	20.5
字　　　数	410千
印　　　数	1001—2000
定　　　价	79.00元

发现印刷质量问题请致电 0633-8221365，由印刷厂负责调换。

自序

汪宗虎

古代社会，每逢过年（指农历年，现在称春节）喜庆之日，一般人家都会在大门口悬挂个灯笼。灯笼的形状有两种：一种是圆形的，为普通人家所用，上面只写一个红色的"福"字；另一种是方形的，是望族大姓或书香门第之家所特制，上面书以红字姓氏和堂名（如果恰逢该家有丧事，正在守孝，则用白色灯笼，姓氏和堂名用黑字书写）。例如，灯笼正面姓氏为"王"，背面则是"三槐堂"；正面姓氏为"张"，背面则是"百忍堂"；正面姓氏为"李"，背面常常是"太白堂"或"青莲堂"，等等。当地老百姓谈论某一家族时，也往往喜欢以"某某堂×家"来称呼，如瞿秋白祖家被称为"八桂堂瞿家"，恽代英祖家被称为"承荫堂恽家"，李四光祖家被称为"立本堂李家"，等等。

中国人是世界上最早有祖先崇拜传统的民族之一。在每一个家族中，往往都有一个场所供奉业已逝世的祖先的神主牌位，这便是本家族的祠堂。"堂名"或"堂号"指的是宗族祠堂的命名，它是家族门户的代称，是家族文化的重要组成部分。"堂"一般指高大宽敞明亮的房子，或是住宅的正屋。古代居室前为堂、后为室，先登堂才能入室，故有成语"登堂入室"，比喻学问、技能等一步步达到高深的程度。堂屋是一个家族聚众活动的重要场所。后来祭祀列祖列宗有了专门的场所，这就是祠堂。祠堂由春秋时的宗庙发展而来，最早出现在汉代。而堂名（或称堂号）起源于魏晋，盛行于明清，后绵延不绝，直到新中国成立以后才逐渐消失。但作为中国姓氏文化中的特有现象，它从一个侧面反映了中华传统文化的博大精深。堂名本意是厅堂、居室的名称。因古代同姓族人多聚族而居，往往数世同堂，或同一姓氏的支派、分房集中居住于某一处或相近数处庭堂、宅院之中，堂名就成为某一同姓族人的共同徽号。同姓族人为祭祀、供奉共同的祖先，在其宗祠、家庙的匾额上题写堂名，因而堂名也含有祠堂名号的意思，是表明一个家族源流世系，区分族属、分派的标记，是家族文化中用以弘扬祖德、敦宗睦族的符号标志，是寻根意识与祖先崇拜的体现。历来名门望族多以本族堂号，自书或请名人书写于匾额，镶嵌于门楣或悬挂于厅堂,目的在于彰显祖宗的功德、显示本族有别于他族的特点或训诫子孙继承和弘扬祖德。

堂名有广义和狭义之分。广义的堂名与姓氏的地望有关,或以其姓氏的发祥地,或以其名声显赫的郡望所在地作为堂名,亦称总堂号或"郡号"。同一姓氏的发祥祖地和郡望不同,会有若干个郡号,如李姓的陇西堂、顿丘堂、中山堂、渤海堂等。由于世代繁衍,特别是一些名门望族、名门大姓,支派繁多,所以虽是同一姓却不一定有同一个堂名,这便是狭义的堂名,亦称自立堂名。自立堂名往往跟先世的德望、功业、科第、文字或祥瑞典故有密切关系,其形式多种多样、五花八门而不胜枚举。一个大姓的自立堂名可多达几百个,如将各个姓氏的堂名加起来,全国至少有数千至数万个堂名,因而是姓氏文化中有待开发、研究整理的资料宝库。本书便是这项工作的一部分。

本书共收集了近万个自立堂名,但真正能找到这些自立堂名出处的目前只有几百个,大部分自立堂名只有名字而没有故事来源,绝大部分自立堂名还有待继续发掘和整理。一般来说,以地域观念命名的堂名最为普遍,即以郡号或地名为堂名,这便是《百家姓》里注明的"郡望",也就是以望立堂,即所谓的总堂名。而自立堂名的来历、特色十分繁杂:有以血缘关系而立的堂名,也有以祖上功业勋绩而命名的堂名。中国历来重视血缘关系,只要有一个共同的祖先,即使不是同一个姓,有时也使用同一个堂名。最有名的便是闽粤一带洪、江、汪、龚、翁、方六个姓氏的"六桂堂"(详见翁氏"六桂堂"介绍)。在我国5000年的历史长河中,曾涌现过无数英雄豪杰,他们功勋卓著、名垂青史,不仅受到人们的敬仰,也是家族和后人的骄傲,故其后人便以他们的事迹、功绩为堂名。例如,明代平定倭寇的英雄戚继光,家族堂名为"平寇堂";南宋精忠报国的民族英雄岳飞,其后裔和族人立"精忠"为堂名;东汉名将马援因功封"伏波将军",唐代大将军郭子仪被封"汾阳王",其后裔便分别以"伏波""汾阳"为堂名。有以先世祖宗的嘉言懿行而立下的堂名。例如,东汉名臣杨震为官清廉、拒收贿赂、一身清白、万古流芳,后人深感骄傲,遂以"四知""清白"为堂名。有以祖先的高尚操行、高风亮节而立下的堂名。例如,周姓的"爱莲堂"是赞赏周敦颐"出淤泥而不染"的优秀品德,陶姓的"五柳堂"是怀念和弘扬五柳先生陶渊明"不为五斗米折腰"的精神。有以传统的伦理规范、道德观念而设立的堂名。例如,张姓的"百忍堂"及许多姓氏皆用的"忠信堂""务本堂""种德堂""居廉堂""克慎堂"等。有以瑞祥吉兆命名的堂名。例如,王姓知名的"三槐堂"、寸氏的"紫照堂"。既有以科举功名立下的堂名,如林姓的"九牧堂"、徐氏的"八龙堂"等,也有以礼教格言命名的堂名,借以训诫勉励后人,如"承志堂""孝思堂""孝义堂""世耕堂""笃信堂"等。既有以先祖的封爵、谥号或朝廷给予的褒奖而立下的堂名,如"忠武堂""忠敏堂""节孝堂"等;也有以美好的祝愿和期望为家族立下的堂名,如"安乐堂""安庆堂""垂裕堂""绍先堂"等;还有的人家以先世名人的别墅、厅堂、书斋名、室名为堂名，如白居易的"香山堂"、唐代著名宰相裴度的"绿野堂"等，借以表达对先人的仰慕之情。

在众多的堂名中，以廉政反腐、爱国敬业、奋发有为、勤政为民、家庭和睦以及敬亲尽孝等为主要内容的尤为突出。我们的时代，必须拥有千百万个爱国主义英雄，像当年董存瑞、黄继光一样，在祖国需要的时候，抛头颅洒热血，勇于献身。因此，文氏"正气堂"的文天祥，岳氏"精忠堂"的岳飞，蔺氏"完璧堂"的蔺相如，秋氏"鉴湖堂"的秋瑾等，巍然屹立在今人的面前，他们的精神仍需要我们继承和发扬。在实现中华民族伟大复兴的中国梦的今天，我们希望每一个领导干部都能真正做到为官一任造福一方，真正做到全心全意地为人民服务，"鞠躬尽瘁，死而后已"。在这方面，杨氏"四知堂""清白堂"、羊氏"悬鱼堂"、苗氏"留犊堂"、凌氏"留砚堂"、鲁氏"三异堂"的堂主堪为我们的楷模。百事孝为先，我国传统文化历来都提倡敬老爱幼，现在每年都推荐和表彰不少道德模范，但今天不赡养父母，虐待儿童的事件亦时有发生。家庭是组成社会的基层单位，家和万事兴，田氏"紫荆堂"、闵氏"孝悌堂"、韩氏"泣杖堂"、黄氏"江夏堂"的主人翁们给我们树立了很好的榜样。读一读本书推介的堂名故事，大家一定会有许多感触，从中体会到该如何做人。

Contents

1

目录

目录

1. 哀(āi 亦可读 yī)姓堂名

南康堂(亦称南野堂、南壄堂),东阳堂(亦称缙州堂、婺州堂)(以上为以望立堂);哀梨堂(自立堂名)

【哀梨堂】

汉代有个种梨能手,名叫哀仲。他所种的梨果实大,味道鲜美,放到嘴里就化了,人称"哀家梨",由此留下了千古成语"哀梨蒸食",意思是:哀家梨脆美多汁,极其好吃,如果把哀家梨蒸熟了吃,就把哀家梨糟蹋了。成语寓意"不识货,糊里糊涂就把好东西糟蹋了"。所以,哀仲的后裔子孙就以"哀梨"为堂名。

2. 艾(ài)姓堂名

陇西堂,天水堂,河南堂(以上皆为以望立堂);爱民堂(亦称抚恤堂),孝义堂(以上为自立堂名)

【爱民堂】

宋朝吴兴令艾若纳对百姓十分注意安抚,严厉管教下属官吏,尤其痛恨乡间小吏滥用法律条文以达到徇私舞弊目的的行为。在他的桌子旁写有一副座右铭:"爱民如恤血,挞吏胜看经;棒折胥吏手,何劳诵《大乘》?"意思是:爱民应该像给病人输血一样,鞭挞恶吏胜似读经典著作,用棍棒打折恶吏的手,何苦再读《大乘经》呢?佛教用马车比喻渡众生的工具,《大乘经》实际是规劝人改恶从善的经书。艾若纳认为,严惩那些残害百姓的贪官污吏要比给他们念经更有效。作为一位爱民如恤血的官吏,自然要受到艾氏后人的尊敬和爱戴,后人立"爱民堂"纪念这位先人顺理成章。

【孝义堂】

孝义堂出自元朝艾易的故事。艾易,字仲和,至正初年(1341 年)父亲因事犯罪,要遣送外地,艾易请求代父受罚,其父得以赦免。艾易有二子:艾济、艾达,他们有孝心、讲仁义。兄弟分家时,因弟艾达子女多,艾济便把大部分财产分给了弟弟,艾达多次推辞而不能。后来,艾达见哥哥日益贫穷,便把多分的田产还给哥哥。艾济说:"既然已经经了,再拿回来,是不仁义的。"艾达只好按照田产的价值,悄悄把钱给了艾济的儿子。兄弟二人互让的事迹一时传为美谈,其后世以"孝义"为堂名来缅怀他们的高尚品质。

3. 爱（ài）氏堂名

西河堂，伊犁堂，辽东堂（以上为以望立堂）

4. 安（ān）氏堂名

武威堂，武陵堂（以上为以望立堂）；济世堂，正伦堂，中和堂，天全堂，守仆堂，增寿堂（以上为自立堂名）

5. 敖（áo）氏堂名

谯国堂，鲁国堂（以上为以望立堂）；臞庵堂（亦作棠庵堂）（以上为自立堂名）

▌臞庵堂（棠庵堂）▐

敖陶孙（1154—1227年），字器之，号臞翁，一号臞庵，南宋著名学者、诗人兼诗论家。原籍江西。从小不受约束，胸怀大志。南宋理学家朱熹遭当权者贬谪。敖陶孙十分尊重朱熹，曾登门探望，并赠诗以表达心迹。右丞相赵汝愚被奸臣韩侂胄排挤，贬永州，死于贬所。敖陶孙作诗哭之："左手旋乾右转坤，群公相扇动流言。狼胡无地归姬旦，鱼腹终天痛屈原。一死故知公所欠，孤忠赖有史长存。九原若遇韩忠献，休说渠家末世孙。"韩侂胄闻之盛怒，下令逮捕敖陶孙。敖陶孙改名换姓，踏上逃亡之路，最后隐居福建福清县东塘（今后山顶瑞亭村）。逃亡前，敖陶孙历任海门县主簿、漳州府学教授等职。韩侂胄死后，敖陶孙恢复姓名，中进士，终官奉议郎（一说官至温陵通判）。著有《臞翁诗集》《臞翁诗评》《臞翁集（棠庵集）》等。该堂名取自敖陶孙的号。

6. 巴（bā）氏堂名

高平堂，渤海堂（以上为以望立堂）；双卿堂（自立堂名）

▌双卿堂▐

巴氏先人巴蔓子是战国时巴国人，曾做过巴国将军。周朝末期，各国混战，巴国（故地在今重庆、四川一带）作为姬姓子爵小国，时常受到别国的侵扰。一次，外国侵犯巴国，巴蔓子不得不求救于楚国，并答应一旦楚国给巴国解了围，就割让三座城市给楚国。楚国救了巴国后，派使臣索要三座城市。巴蔓子对使臣说："凭借楚国的援助，巴国渡过了难关，我确实曾许诺过给三座城市，但三座城市不能给，可以拿我的头去谢楚王。"于是，他拔剑自刎了。使臣拿着巴蔓子的头颅报告楚王。楚王为巴蔓子的爱国精神深受感动，便用上卿的礼节葬了他的头颅，巴国也以上卿礼遇葬了他的身子。巴氏后人便立"双卿堂"以表示对巴蔓子的崇敬。

7．把（bǎ）氏堂名

金城堂（亦称兰州堂、永登堂），京兆堂，溧阳堂（以上为以望立堂）

8．霸（bà）氏堂名

清河堂，景州堂（亦称衡水堂）（以上为以望立堂）

9．百里（báilǐ）氏堂名

新蔡堂，京兆堂（以上为以望立堂）

10．白（bái）氏堂名

南阳堂，太原堂（以上为以望立堂）；香山堂，白圭堂（亦称治生堂）（以上为自立堂名）

【香山堂】

香山堂出自唐代大诗人白居易的故事。白居易（772—846年），字乐天，号香山居士。祖籍今山西太原，后移居下邽（在今陕西省渭南东北）。贞元十六年（800年）中进士，历任秘书省校书郎、左拾遗及左赞善大夫、江州司马、杭州及苏州刺史、太子少傅、刑部尚书。主张"文章合为时而著，歌诗合为事而作"。其诗通俗易懂。早期的讽喻诗和长篇叙事诗《长恨歌》《琵琶行》等称颂于世。与好友元稹齐名，世称"元白"。晚年跟刘禹锡唱和甚多，人称"刘白"。后期居住洛阳香山，与香山和尚如满结香火社，故号香山居士。"香山堂"遂由此而得名。

【治生堂】

白圭，战国时期洛阳著名商人。所谓治生，即谋生计。因白圭乐观时变，所以生意做得很好。他曾说："人弃我取，人取我予，吾治生犹伊、吕之治国，吴、孙之用兵。""伊"指商汤时宰相（商朝称"阿衡"）伊尹，"吕"指周代吕尚（即姜太公），"孙、吴"指孙膑和吴起；前两人是治国能手，后两人以善于用兵而知名。所以天下论治生者，推白圭做祖师。白氏"治生堂"也因此而得名。

11．柏（bǎi）氏堂名

魏郡堂，平原堂，济阳堂（以上为以望立堂）；忠恕堂（自立堂名）

【忠恕堂】

忠恕堂出自唐朝柏耆的故事。忠恕，意为"忠诚而宽容"。柏耆，唐代中期左领军卫大将军柏良器之子，善纵横术。时承宗在常山叛乱，柏耆向宰相裴度请为使节，以左拾遗身份去常山劝降，承宗服之，乃以二子为人质，声震一时。太和初年（827年）李同捷谋反，柏耆带三百骑入沧州，李同捷服，随柏耆同赴京师。途中，闻王廷凑欲劫持李同捷，乃斩李同捷头献于京师。诸将嫉妒其功，联名上奏诋毁，被唐文宗贬为循州司户；因太监马国亮进谗言，赐死于爱州。柏耆一生忠心耿耿，虽冤屈而死仍不怨恨，故其后人以"忠恕"为堂名。

12. 班（bān）氏堂名

扶风堂（以望立堂）；定远堂，汉书堂，著书堂（以上为自立堂名）

【定远堂】

班超（32—102年），字仲升，东汉扶风郡平陵县（今陕西咸阳市秦都区平陵乡）人。东汉著名军事家、外交家。史学家班彪的幼子，著名史学家班固之弟、班昭之兄。班超有大志，不修细节，但内心孝敬恭谨、审察事理。他口齿伶俐，博览群书，不甘心为官府抄写文书，投笔从戎。他随窦固出击北匈奴，又奉命出使西域，在31年里平定了西域50多个国家，为西域回归、促进民族融合做出巨大贡献。封定远侯。永元十二年（100年），因年迈请求回国。永元十四年（102年）八月，抵达洛阳，被拜为射声校尉。同年九月，班超因病去世，享年71岁，死后葬于洛阳邙山。

【汉书堂】【著书堂】

汉书堂（亦称著书堂）出自汉朝学者班彪和儿子班固、女儿班昭的故事。

班彪（3—54年），字叔皮，扶风郡平陵县（今陕西咸阳市秦都区平陵乡）人。公元9年，王莽废汉自立。西汉末，在天水（在今甘肃省）隗嚣被当地豪强拥立，独据一方。班彪最初依附隗嚣。公元25年，汉光武帝刘秀复位后，班彪著《王命论》，以此劝隗嚣降汉，嚣始终不悟。班彪遂至河西（今河西走廊一带）任大将军窦融的从事，劝窦融支持汉光武帝。班彪喜爱著述，博采遗事异闻，作西汉《史记后传》65篇，斟酌前史，纠正得失，为后世所重。

班固（32—92年），字孟坚。在父祖的熏陶下，班固9岁即能属文、诵诗赋，16岁入太学，博览群书，于儒家经典与历史无不精通。其父班彪撰《汉书》未竟而卒，班固乃归故里，欲完成其父未竟之业，被人告发而入狱。其弟班超上书辩白，得以释放。班固开始在班彪《史记后传》的基础上撰写《汉书》，历20余载，终于修成，剩下八表及《天文志》由其妹班昭代为完成。官"兰台令史"，至典校秘书，著有《两都赋》《白虎通义》等。

班昭（45—117年），字惠班，14岁嫁同郡曹世叔为妻，故后世亦称"曹大家"。班昭博学高才。其兄班固著《汉书》，未竟而卒，班昭奉旨入东观藏书阁，续写《汉书》。东汉和帝多次召其入宫，并让皇后及贵人们视其为老师，号"大家"。邓太后临朝后，曾参与政事，存世作品七篇，《东征赋》和《女诫》等对后世有很大影响。

班彪及其子女三人发奋著书，流传后世，完成不朽名著《汉书》，其后代便以"汉书""著书"为堂名。

13. 包（bāo）氏堂名

丹阳堂，清河堂，上党堂（以上为以望立堂）；龙图堂（亦称孝肃堂、刚毅堂），秀干堂，遗砚堂，万卷堂，积善堂，授经堂，芝兰堂，增庆堂（以上为自立堂名）

【龙图堂】【孝肃堂】【刚毅堂】【秀干堂】【遗砚堂】

龙图堂、孝肃堂、刚毅堂、秀干堂、遗砚堂皆出自宋朝名臣包拯的故事。包拯（999—1062年），字希仁，庐州合肥（今安徽合肥肥东）人。天圣五年（1027年）进士，初因父母年迈，授官坚辞不就。宋仁宗（赵祯）时任监察御史，主张选将练兵、加强边防、抵抗契丹。后历官三司户部副使、天章阁待制、知谏院、龙图阁直学士，又知端州、江宁（今江苏省南京市）、开封（今属河南省）等府。不畏权贵，执法严厉，立朝刚毅，贵戚宦官无不敛手，以廉洁闻名。当端州知府时，因端州出产砚台，前任知府都趁进贡之机敛取贡数几十倍的砚台来赠送给当朝权贵。包拯到任后命令制造的砚台仅仅满足贡数，当政满一年没拿一方砚台回家。他虽然显贵，但穿衣、吃饭及所用的器物都跟百姓一样。他曾经说，我的子孙如果当官，有贪污腐败的不得放归本族，死后不能放入本家族坟茔中。包拯有诗云："秀干终成栋，精钢不作钩。"意思是：好的树木最后一定能成为栋梁，而纯钢不会作为鱼钩这样普通的器物而被使用。民间常言："关节不到，有阎罗老包。"包拯官至枢密副使，死后谥"孝肃"。著有《包孝肃公奏议》10卷。《宋史》有传。为敬仰这位执法如山的清官，其后人便以他刚毅的品格、官职"龙图"、谥号"孝肃"以及他廉洁的事迹等为堂名。

【万卷堂】

万卷堂出自宋朝包整的故事。包整，泾州安定（治所泾川，在今甘肃省泾川北五里）人。少年嗜学好义，义聚80余人，有灵芝产其堂，名曰"芝堂"，家有藏书万卷，又称"万卷堂"。其后人遂以"万卷"为宗祀堂名。

14. 鲍（bāo）氏堂名

东海堂，河南堂，上党堂，泰山堂（以上为以望立堂）；清懿堂，清望堂，俊逸堂，亦政堂，舞鹤堂，道腴堂，夷白堂，敦本堂，敦睦堂，报本堂，伦叙堂，正始堂，五思堂，一本堂，著存堂，知管堂，世孝堂，保艾堂，耕读堂，耕礼堂，存爱堂，存诚堂，从心堂，是政堂，诚

孝堂,光德堂,怀德堂,恒德堂,延裕堂,振振堂,怡怡堂,泰初堂,奉萱堂,慎馀堂,慎思堂(以上为自立堂名)

‖清懿堂‖

清懿,清洁高尚的美德。鲍氏清懿堂是为颂扬历代鲍氏烈女贞妇而建立的纪念馆,是中国少有的"女祠"。古代修建祠堂,注入了浓厚的封建色彩。在封建社会,男为天,女为地,妇女的地位低下。为了做到克勤克俭,恪守孝道,许多妇女变成了烈女和贞妇。所谓从一而终,即使年轻丧夫也要守寡一辈子。其实,这都是对妇女的一种沉重的精神压迫,剥夺了她们对幸福美好生活的向往。修建女祠实际上是进一步加深对妇女的精神统治,道来更让人潸然泪下。

‖清望堂‖

清望堂出自汉代鲍宣的故事。清望,即"清白的名望",指家世清白为人所敬重。鲍宣,字子都,高城县(今河北省盐山县东南)人。鲍宣妻名桓少君,鲍宣年轻时曾就学于少君之父,少君父遂将女嫁于鲍宣,陪嫁甚厚,鲍宣不悦,对妻子说:"少君生富骄,而吾贫贱,不敢当礼。"桓少君乃换短布裳,夫妻共挽车归乡里。鲍宣好学明经,汉哀帝初征召为谏大夫,迁豫州牧,官至司隶;常上书争谏,其言少文多实;曾批评西汉末年"民有七亡而无一得""有七死而无一生"。王莽执政后,忠、直臣不附己者皆被除,鲍宣亦被迫自杀。为纪念这位清白而有名望的先人,其后人便以"清望"为堂名。

‖俊逸堂‖

"清新庾开府,俊逸鲍参军"是杜甫《春日忆李白》一诗中的两句话。"庾开府"指北周骠骑大将军庾信,开府仪同三司(司马、司徒、司空),世称庾开府,文藻艳丽。"鲍参军"指南朝宋鲍照,临海王刘子项镇荆州时,鲍照为前军参军,故世称鲍参军。鲍照,东海郡(在今山东临沂市南部和江苏省东北部一带)人,字明远。文辞瞻逸,长于乐府诗,其七言诗对唐代诗歌的发展具有很重要的作用。李白对六朝萎靡的诗风一向很轻蔑,但对鲍照却非常倾慕。他成功地吸取了鲍诗的长处,并融入了自己的创作,形成自己独特的诗歌风格,最终超越了鲍照。因杜甫赞扬了鲍照诗歌的俊逸(俊美洒脱,不同凡俗),故鲍氏后人的一支便以"俊逸"为堂名。

15. 宝(bǎo)氏堂名

燕山堂,河南堂(亦称三川堂、河内堂、中原堂)(以上为以望立堂)

16. 暴(bào)氏堂名

魏郡堂,河东堂(以上为以望立堂);耿介堂,定阳堂(以上为自立堂名)

【耿介堂】

暴昭(502—568年)，魏郡斥丘(今河北省成安县)人，洪武年间由国子生授大理司务提拔为刑部右侍郎，后历任左都御史、刑部尚书。为官耿直，是非清，原则明，有高尚气节。建文初年(1398年)，作为北平采访使，收集了燕王朱棣许多不法行为，闻名一时。燕王起兵后，南京政府在真定设立北平布政司，命暴昭掌管。燕王攻破南京后，暴昭被捕，大骂不屈，分尸致死。因其耿介，后世遂以此为堂名。

【定阳堂】

定阳堂出自北齐人暴显的故事。暴显，南北朝时期北齐名将，魏郡斥丘(今河北成安县东南15千米)人。曾跟随魏孝庄帝狩猎，一天擒获禽兽73个。后跟从高欢举兵，任北徐州刺史、封屯留县公。天统元年(565年)，任骠骑大将军，封定阳王。先人地位显赫，后人立堂以为怀念。

17.北(béi)氏堂名

辽宁堂(以望立堂)；玄菟堂(自立堂名)

18.贲(bēn)氏堂名

宣城堂(以望立堂)；四勿堂，占星堂(以上为自立堂名)

19.比(bǐ)氏堂名

南安堂，西河堂(以上以望立堂)

20.毕(bì)氏堂名

河内堂(以望立堂)；经训堂，廉介堂，文简堂(以上为自立堂名)

【廉介堂】

廉介意为"清廉不索取"。

廉介堂出自唐代毕构的故事。毕构(？—716年)，字隆择，偃师(在今河南省)人。六岁能文，少年时便中进士。神龙元年(705元)升任中书舍人。唐睿宗时任吏部尚书、广州都督。景云元年(710年)历任陕州刺史、益州大都督府长史兼充剑南道按察使。因正直无私，号为"清严"。唐睿宗夸他行为规范有古人风，曾赠以玉玺、书籍和袍带。死后谥号"景"。毕氏族人用"廉介"为堂名，以缅怀这位清廉无私的先人。

【文简堂】

文简堂出自宋代毕士安的故事。毕士安（938—1005年），字仁叟，代州云中（今山西省大同）人，宋太祖乾德四年（966年）进士。历官翰林学士、吏部侍郎、参知政事、平章事。曾向皇帝陈述选将、纳兵、理纳之法，开办互市，解除铁禁，召集流亡，广作储备，使中外局势较为安宁。以严厉正派著称。死后谥号"文简"，其族人遂以其谥号为堂名。

21. 别（bié）氏堂名

京兆堂，天水堂，巴郡堂（亦称巴州堂、阆中堂、巴中堂）（以上为以望立堂）

22. 边（biān）氏堂名

谯国堂，陈留堂，金城堂，陇西堂（以上为以望立堂）；腹笥堂（自立堂名）

【腹笥堂】

笥，古代盛饭或放衣服的方形竹器。腹笥，腹中的学问像笥一样放得多。

边韶（生卒年不详），东汉陈留郡浚仪县（治所在今河南省开封市）人，字孝先。以文学知名，教授弟子数百人。边韶能言善辩，曾因白天假眠被弟子嘲笑道："边孝先，腹便便；懒读书，但欲眠。"韶暗中听见便答道："边为姓，孝为字；腹便便，五经笥；但欲眠，思经事；寐与周公通梦，静与孔子同意。师而可嘲，出何典记？"嘲者大惭。桓帝时，为临颍侯相，官至尚书令。著诗、颂、碑、铭、书、策凡15篇。曾创腹笥堂，边氏"腹笥堂"遂因此而得名。

23. 卞（biàn）氏堂名

济阴堂，济阳堂（以上为以望立堂）；忠贞堂，证璞堂（亦称坚贞堂），传胪堂（以上为自立堂名）

【忠贞堂】

卞壶（281—328年），晋代冤句（故址在今山东菏泽西南）人，字望之。年轻时便名声极佳，西晋怀帝永嘉年间任著作郎，东晋明帝时升至尚书令（相当于宰相）。办事认真勤奋，讲究法度，不肯同流合污，很为明帝器重。晋成帝时，太后临朝，卞壶与大臣庾亮共同辅政。后来，庾亮解除了大将苏峻的兵权。咸和三年（328年），苏峻率军谋反。卞壶领军抵抗，军败战死，其二子卞眕、卞盱因力战救父而亡。卞壶之妻裴夫人将幼孙卞钦、卞镛寄托于邻里，率女儿卞春英、卞春芳服毒而死。卞氏一门六口同时而亡，父为国死，子女为父死，妻为夫死。后来晋成帝追封卞壶为忠贞公，谥忠贞，旌表其居为"忠孝之门"，赐卞姓堂名为"忠贞堂"。卞壶后裔自称"忠贞堂卞氏"，以表达对先祖忠心报国念念不忘之情。

【证璞堂（坚贞堂）】

证璞堂源自春秋时楚国卞和的故事。卞和（又作和氏）曾在荆山得到一块璞玉，献给楚厉王（蚡冒），厉王认为他是欺诈，便刖（yuè，砍断脚）了他的左脚。楚武王即位后，卞和又去献璞玉，武王也认为他是欺诈，砍了他的右脚。后来文王即位了，卞和抱着璞玉放声哭泣。文王派人问他为何哭泣，卞和说："我不是因为砍了脚而哭，而是因为真玉被当成了石头，真心的人却被当作沽名钓誉啊。"文王让玉工破璞加工，果然得到了一块精美的玉石，这便是有名的和氏璧。战国时期，赵国蔺相如"完璧归赵"故事中的玉璧即是此玉。文王封卞和为零阳侯，他拒绝了。为证实璞玉的真伪，卞和不顾个人的安危，这种坚持真理的精神，世代为人称道。三次献玉尽显一片坚贞之心，卞氏家族遂以"坚贞"或"证璞"为堂名。

【传胪堂】

卞思敏（1459—1519 年），明代南直隶江阴（今江苏省江阴市）人，自幼聪明过人，孩提时就能作诗。弘治八年（1495 年）乡试中举。弘治十五年（1502 年）会试，殿试考中二甲第一名，仅次于状元、榜眼、探花，称为"传胪"，被授予南京太常寺博士。后历任南京工部都水司署员外郎、南京户部湖广司郎中。55 岁罢官还乡，以耕读传家，寄情诗酒，终年 61 岁。江阴县衙在城内大街建立传胪坊，卞氏族人在三房巷盖了传胪厅并以其为堂号。

24. 表（biǎo）氏堂名

敦煌堂，酒泉堂，新昌堂（亦称海城堂、澄州堂）（以上为以望立堂）

25. 宾（bīn）氏堂名

大梁堂（以望立堂）

26.（丙）邴（bǐng）氏堂名

鲁国堂，平阳堂（以上为以望立堂）；操尚堂，志清堂，茂功堂（以上为自立堂名）

【操尚堂】

邴原，东汉北海郡朱虚（今山东安丘）人，字根矩，家贫，早孤，少年时与割席断义的管宁齐名，俱以节操高尚著称。州府下令征召他们出任官职，两人都不愿贪图荣华富贵去做官。黄巾起义爆发后，邴原将全家安置在海城城内，自己避进郁洲山中。当时孔融任北海相，向上司推举他。邴原认为黄巾军正在兴盛时期，于是到了辽东郡。他与

9

同郡人刘政都富于勇略雄气。在辽东,一年内前往归附居住的有数百家,游学的士人,教授学问的声音,络绎不绝。后来,曹操征召他为司空掾,又升任五官将长史。他闭门自守,不是公家事务不出门参与。因为邴原节操高尚,其后人遂以"操尚"为堂名。

▌志清堂▐

志清堂出自汉代邴汉、邴丹叔侄的故事。邴汉,琅琊郡人,因清廉而征召为官,历官京兆尹、太中大夫。王莽篡权后,自请退休归故里。后世有"贤士清明"之赞语。其侄邴丹,字曼容,曾跟琅琊鲁伯学习《易经》,注意自我修养,培养不羡慕荣利的志向。做官俸禄未超过600石便要求免官而去。其名声胜过邴汉。邴氏后人取"志清"为堂名,以怀念这两位清廉而养志的先人。

▌茂功堂▐

茂功堂出自后赵邴辅的故事。茂功,意即"卓著的成就"。邴辅,栎阳县(故址在今陕西临潼北)人。邴辅刻苦好学、多才多艺、构思巧妙,后赵都城襄国(今河北省邢台市)的宫殿台榭都是他设计建造的。邴辅被后赵皇帝石勒(319—333年在位)封为材官将军。因其成就卓著,其后人便将宗祀堂号取名为"茂功堂"。

27. 亳(bó)氏堂名

天水堂,毗陵堂(亦称南陵堂、延陵堂、常州堂),辽宁堂,上党堂,东海堂,河南堂,泰山堂(以上为以望立堂)

28. 薄(bó)氏堂名

雁门堂,谯郡堂(以上为以望立堂);格物堂(自立堂名)

▌格物堂▐

格,能穷致事物之理。

格物堂出自明代人薄珏的故事。薄珏,长洲(今江苏吴县)人,居嘉兴,字子珏,明末机械制造专家。崇祯年间,流寇欲劫掳安庆,巡抚张国维调薄珏入城制造铜炮防御流寇,又制造千里望远镜以观察流寇的远近,后又制作水车、水镜、地雷、地弩、火铳等兵器。当流寇进犯安庆府时,城内兵民固守,发挥了各种兵器的作用,歼敌无数,大败流寇。薄珏著有《浑天仪图说》《格物测地论》等。

29. 卜(bǔ)氏堂名

西河堂,武陵堂,河南堂(以上为以望立堂);忠烈堂,中兴堂(以上为自立堂名)

【中兴堂】

卜天璋,洛阳人,元朝大臣,历任南京府史、工部主事、刑部郎中,累迁饶州路总管,以治行(政绩)第一而闻名。后官拜山南廉访使,厉行风纪,整顿吏治,成效显著。曾上书提交"中兴济治策"(为中兴而治理的策略),凡万余言,条条皆中时弊。其后人遂以"中兴"为堂名。

30. 步(bù)氏堂名

平阳堂(以望立堂);临湘堂(亦称宽宏堂)(自立堂名)

【临湘堂(宽宏堂)】

步骘(?—247年),三国时吴国淮阴(在今江苏淮阴西北)人,字子山。避世江东,种瓜自给,昼勤夜读,博研道艺,靡不贯览。被孙权召为主记,历官交州刺史、征南中郎将。因平定交州有功,加封平戎将军,封广信侯。后又升为右将军、左护军,改封临湘侯,为孙吴之重臣。步骘驻守西陵20年,曹魏的边境将士都敬仰他的威信。他性情宽宏,很得人心,喜怒不形于声色,无论对内还是对外总是表现得十分恭敬。其后裔根据他的封号和人品,立"临湘堂""宽宏堂"以示怀念。

31. 菜(cài)氏堂名

昌黎堂,颍川堂(以上为以望立堂)

32. 蔡(cài)氏堂名

汝南堂(亦称上蔡堂、郑州堂、龙山堂),丹阳堂(亦称润州堂、丹杨堂、宛陵堂、丹徒堂、镇江堂),高平堂(亦称昌邑堂、平高堂),南阳堂,朔方堂(亦称临戎堂、磴口堂),济阳堂,西河堂(亦称安阳堂、平定堂、离石堂),辽东堂(亦称襄平堂、扶余堂、辽阳堂、凌东堂)(以上为以望立堂);克慎堂,龙亭堂,福谦堂,双凤堂,三畏堂,四谏堂,六鹤堂,九峰堂,九贤堂,惟寅堂,承启堂,亲贤堂,贺岁堂,辨琴堂,旌异堂,西山堂,祭阳堂,德贻堂,德庆堂,同德堂,祗德堂,世德堂,怀德堂,贤德堂,绍德堂,世睦堂,敦睦堂,敦叙堂,敦伦堂,敦本堂,崇本堂,经纬堂,光升堂,光裕堂,祥芝堂,忠孝堂,孝思堂,紫阳堂,长世堂,汉阳堂,书斋园,衍泽堂,肇贻堂,儒慕堂,春晖堂,永思堂,笃观堂,怀荫堂,存光堂,萃英阁,仁钟堂,仁让堂,南乡堂,奉先堂,禾心堂,宗福堂,伦书堂(以上为自立堂名)

【辨琴堂】

辨琴堂出自东汉末年蔡文姬的故事。蔡文姬,女诗人,名琰,字文姬,东汉文学家、书法家蔡邕之女,陈留郡圉县(在今河南省杞县南)人。博学能文,通音律。被嫁河东郡卫仲道,夫亡无子,归母家。兴平年间(194—195年),为董卓部将所掠,送于南匈奴左贤王为妻,居匈奴达12年,生二子。曹操念蔡邕无子,于汉献帝十三年(208年)以金璧赎回,改嫁给屯田都尉董祀。有《悲愤诗》五言及骚体各一首,叙述其悲惨遭遇及战乱中人民的疾苦。相传《胡笳十八拍》亦为她所作。《三字经》云:"蔡文姬,能辨琴。"蔡族后人便以"辨琴"为堂名。

【龙亭堂】

蔡伦(?—121年),字敬仲,东汉桂阳郡人。有才学。汉明帝永平末年入宫给事。章和二年(88年)因有功于太后而升为中常侍,蔡伦又以位尊九卿之身兼任尚方令。蔡伦总结以往人们的造纸经验,革新造纸工艺,终于造出"蔡侯纸"。元兴元年(105年)奏报朝廷,汉和帝下令推广他的造纸法。元初元年(107年)封龙亭侯,为长乐太仆。蔡伦的造纸术被列为中国古代四大发明之一,对人类文化的传播和世界文明的进步做出极大贡献,千百年来,备受人们的尊崇,被纸工奉为"造纸鼻祖""纸神"。麦克·哈特的《影响人类历史进程100名人排行榜》中蔡伦排第七位。蔡氏族人即以蔡伦的封号"龙亭"为堂名。

【九峰堂】

九峰堂出自宋代蔡沈的故事。蔡沈(1167—1230年),字仲默,号九峰,南宋建州建阳(今福建省南平市建阳区)人。南宋学者。少年时师从朱熹,后隐居九峰山下,学者称"九峰先生"。蔡沈为南宋著名学者蔡元定次子,专意为学,不求仕进,少从朱熹游,后隐居九峰山下,注《尚书》。《洪范》一书,学者久失其传,蔡元定独心得之,然而未写成书,曰:"成吾书者沈也。"蔡沈受父师之托,潜心研究数十载,终于写成《书集传》。其书融会众说、注释明晰,为元代以后试士必用。

【西山堂】

蔡元定(1135—1198年),字季通,号西山,南宋建阳(今福建南平市建阳区)人,著名理学家、律吕学家、堪舆学家。生而聪明过人,8岁能作诗,日记数千言,承父蔡发之教精研三氏(程、邵、张)之学说,幼时能深含义理象数之理学;19岁秉承父志,登西山绝顶,构筑书屋,忍受饥饿,吞食野菜野果,刻意读书,对天文、地理、兵制、礼乐、度数无所不通,对方枝曲学、异端邪说能悉拔其根、辨其是非。凡古书奇词奥句,学者不能分句,元定过目,即能梳理剖析,无不畅达。朱熹赞曰:"人读易书难,季通读难易书。"学者称其为"西山先生"。一生不涉仕途,不关心名利,潜心著书立学。著有《律吕新书》《西山公集》《八阵图说》《洪范解》等。宝祐三年,理宗皇帝为此敕建"西山精舍",塑绘蔡元定与朱熹对座讲道神像。御书"西山"巨字由孙杭石刻于石崖上,其后人遂以"西山"为堂号。

【济阳堂】

自秦汉以后数百年,蔡氏族人多居住河南济阳。济阳乃西晋时由陈留分置的郡名,辖境近于秦汉济阳郡。由于蔡氏族人聚居于此,乃以"济阳"为郡望,称济阳蔡氏。蔡姓以其迁所地济阳郡为其堂号,故称济阳堂,为蔡姓通用的总堂号。

又晋朝人蔡谟(281—356年),字道明,陈留考城(今河南民权县)人。晋元帝司马睿时任宰相,因战苏峻有功,封济阳男,礼仪祖庙多由他议定。彼时在朝大有声名,兵甲武士对他崇拜,皇亲国戚对他敬仰。后来官拜征北将军。后人为纪念他,取堂号为"济阳堂"。因"祭"与"济"同音,故亦称"祭阳堂"。

【祗德堂】

春秋时,蔡国二世祖蔡仲侯(蔡叔度之子,名胡),不计前怨,守德行善,克服平庸,尊重道德,周公推举他为鲁国卿士,出治鲁国有方。因此,周成王复封蔡仲侯于蔡,以奉祀其父。周成王在其钦命"蔡仲之命"中表彰蔡仲"克庸祗德",此成为"祗德"一词的出处。以后蔡氏族人便以"祗德"为堂名。

33. 仓(苍,cāng)氏堂名

武陵堂,咸阳堂,敦煌堂(以上为以望立堂);创文堂(自立堂名)

【创文堂】

仓颉(《汉书·艺文志》作苍颉),相传为上古时代黄帝时之左史,天生睿德,面长四目,常观看奎星圆曲之势、察鸟兽蹄远之迹,以其类象之形而创造了文字,革除当时结绳记事之陋,开创文明之基,被尊为"文祖仓颉"。仓氏"创文堂"由此而得名。

34. 操(cāo)氏堂名

潘阳堂(亦称番邑堂),番阳堂,谯国堂(以上为以望立堂);敦伦堂,善庆堂(以上为自立堂名)

35. 曹(cáo)氏堂名

谯国堂,彭城堂,高平堂,钜野堂(以上为以望立堂);清靖堂,敬思堂,崇孝堂,宁寿堂,无为堂,清慎堂,武惠堂,惇叙堂(以上为自立堂名)

【清靖堂(无为堂)】

清靖,即清静无为。

汉代曹参(?—前190年),字敬伯,泗水沛(今江苏沛县)人,西汉开国功臣,名将。与萧何一起辅佐汉高祖刘邦定天下。身经百战,屡建战功,攻下二国和122个县。刘邦称帝后,对有功之臣论功行赏,曹参功居第二,赐爵平阳侯。曹参初与萧何友善,后产生矛盾。但萧何将死之前,推举贤人只有曹参,是继萧何之后汉代第二任宰相。他一遵萧何约束,有"萧规曹随"之称。百姓歌之曰:"萧何为法,较若划一;曹参代之,守而勿失;载其清靖,民以宁一。"意思是:萧何制定法律,明确划一;曹参接替萧何为相,遵守萧何制定的法度而不改变。曹参施行他那清静无为的做法,百姓因而安宁不乱。"清靖堂""无为堂"由此而得名。

【武惠堂】

武惠堂,出自宋代曹彬的故事。曹彬(931—999年),字国华,灵寿县(在今河北省)人。北宋初大将。为人谦恭。后汉乾祐年间(948—950年),任成德军牙将,后周时任中都监,后来归顺宋朝。乾德二年(964年)奉命伐后蜀,禁止将领士兵屠城和掠夺,被授宣徽南院使和义成军节度使。南下时从不妄杀无辜,深受士兵敬仰,部下极少有违法者,官至检校太师兼侍中,封鲁国公,为当时第一良将。死后追封为济阳郡王,谥"武惠",其后人遂以"武惠"为堂名。

36. 单于(chányú)氏堂名

千乘堂,朔方堂(以上为以望立堂);驭民堂(自立堂名)

【驭民堂】

古代北方少数民族首领称单于,他驾驭一方人民,故称"驭民堂"。

37. 菖(chāng)氏堂名

汝南堂,东海堂(以上为以望立堂)

38. 策(cè)氏堂名

淮阳堂,京兆堂,吴郡堂(亦称吴兴堂),伊犁堂,兴隆堂(亦称喀喇沁堂)(以上为以望立堂)

39. 岑(cén)氏堂名

南阳堂,棘阳堂(以上为以望立堂);章庆堂,文墨堂(以上为自立堂名)

【文墨堂】

文墨堂出自唐朝名臣岑文本的故事。岑文本(595—645年),字景仁,邓州棘阳(今河南新野)人,唐朝宰相、文学家。自幼聪颖,性格沉静敏捷,博通经史,善于文辞。14岁时,父亲岑文象蒙冤坐狱,文本赴司隶校尉部鸣冤,言辞恳切、流畅,命其作《莲花赋》,备受称赞,其父冤案得以澄清。岑文本是由知名。贞观元年(627年),岑文本被任命为秘书郎。他先后上《籍田赋》《三元颂》,文辞甚美,才名大震,后升为中书舍人。中书侍郎颜师古免职后,岑文本被任命为中书侍郎,专掌机要。贞观十年(637年),他参与撰写的《周史》完成,被封为江陵县子。该书史论多出自岑文本之手。

魏王泰宠冠诸王,大修宅第,岑文本以为奢靡之风不可长,遂上书极力说明节俭的重要意义,对魏王泰的奢侈挥霍要有所抑制。太宗称赞他的意见,赐帛300段;贞观十七年,加银青光禄大夫。岑文本侍奉老母以孝闻名,抚育弟侄恩义甚诚。唐太宗赞扬他"弘厚忠谨,吾亲之信之"。他生平不言家事。有人劝他购置产业,岑文本叹曰:"吾汉南一布衣,未尝有汗马劳,徒以文墨位至宰相,俸入已重,尚何殖产业耶?"意思是:我是出生在汉水之南的一个普通百姓,未曾立过汗马功劳,仅仅靠自己的文笔好当上了宰相,俸金已经很高了,还购置什么产业呢?岑氏后人遂以"文墨"为宗祠堂名。

40. 茶(chá)氏堂名

临淄堂(亦称齐郡堂、齐国堂),巴郡堂(亦称巴州堂)(以上为以望立堂)

41. 禅(chán)氏堂名

细趾堂(自立堂名)

42. 产(chǎn)氏堂名

彭城堂(亦称徐州堂)(以望立堂)

43. 常(cháng)氏堂名

平阳堂,太原堂,河内堂,武威堂(以上为以望立堂);知人堂,金吉堂,积善堂,受宜堂,学古堂(以上为自立堂名)

【知人堂】

唐代常何(588—653年),汴州仪县(今河南开封市)人,早年参加瓦岗军,后投靠洛阳王世充,接着又成为李世民部将,并升任为玄武门守将。入唐后在玄武门事件中助李世民一臂之力,李世民登基后升任中郎将。贞观五年(631年),唐太宗要求在朝官吏每人写一篇关于时政得失的文章。常何武将出身,不会舞文弄墨,就请门客马周代写,文章极其透彻。李世民怪而问之,常何如实禀告:"此非臣所能,臣家客马周教臣言之。"唐太宗立即面见马周,对马周十分欣赏,遂让马周到掌管机要的门下省任职,并表扬常何知人善任,赐锦帛 300 匹。常氏"知人堂"由此而得名。

44. 畅(chàng)氏堂名

河南堂,魏郡堂(以上为以望立堂);舒乐堂(自立堂名)

45. 抄(chāo)氏堂名

辽西堂,河南堂,通辽堂(亦称辽源堂)(以上为以望立堂)

46. 超(chāo)氏堂名

临川堂,临淄堂,余杭堂,会稽堂,上虞堂(以上为以望立堂)

47. 晁(cháo)氏堂名

京兆堂,颍川堂,南阳堂(以上为以望立堂);智囊堂,拱萃堂(以上为自立堂名)

【智囊堂】

智囊堂出自汉代晁错的故事。晁错(前 200—前 154 年),西汉政治家、文学家,颍川(今河南禹县)人。年少时师从张恢学习法家思想。汉文帝时,因能文任太常寺掌故。朝廷征召研究《尚书》之人,晁错受太常派遣,奉命去济南跟伏生学习《尚书》,接受儒家思想;学成归来后被任命为太子舍人、门大夫,后升任博士。任博士时,晁错上《言太子宜知术数疏》,陈说太子应通晓治国的方法,深得文帝的赞赏,拜为太子家令。由于他能言善辩、分析问题透彻,深得太子刘启的信任和喜爱,被太子誉为"智囊"。晁错实施"重农抑商"的政策,发展农业生产,振兴经济;在抵御匈奴保卫边疆问题上,他提出了"移民实边"的战略思想,主张积极充实边疆人口,抵御外敌等。其代表作有《言兵事疏》《守边劝农疏》《论贵粟疏》《贤良对策》等。

48. 巢(cháo)氏堂名

彭城堂(以望立堂);礼仪堂,敬爱堂,敬诚堂,余德堂,构木堂,凤来堂,辞禅堂(以上为自立堂名)

【辞禅堂】

巢父,相传为上古陶唐氏时代之高士,隐居山林,以树为巢,不谋世利。帝尧以天下禅让,巢父坚辞不受,遂名"辞禅堂"。

49. 车（chē）氏堂名

京兆堂，淮南堂，河南堂，鲁国堂，南平堂（以上为以望立堂）；萤照堂，囊萤堂，萤火堂，玉峰堂，还读堂，高露堂，富民堂（以上为自立堂名）

【富民堂】

富民堂源出车千秋的故事。车千秋（？—前77年），汉代人，本姓田。其祖先从齐国迁徙到长陵。千秋初为高寝郎，恰逢卫太子被王充陷害，千秋便为太子鸣冤，武帝感悟，遂拜千秋为大鸿胪，数月后升为丞相，封富民侯。千秋恭谨朴实，有重德。昭帝时因其年迈，朝见时特许他乘小车出入宫殿。因号车丞相，子孙遂以车为氏，并以封号"富民"为堂名。

【玉峰堂】

玉峰堂，出自宋朝学者车若水的故事。车若水（1209—1275年），字清臣，讴韶（今福建黄岩）人。博学多才，善文章。少时师从临海陈耆卿学古文。南宋端平二年（1235年），杜范任监察御史归家，车若水听杜范议论，悔前所学，发愤攻"大学"（"四书"之一）。后来朱熹弟子王柏主讲台州上蔡书院，车若水以弟子身份尊其为师。咸淳五年（1269年），若水撰《重证大学章句》1卷，弥补了朱熹《四书章句集注》中"致知"和"格物"之阙，受到王柏极大赞誉。若水相貌清瘦，又有口吃；但待人热情，讲的一番道理能使狭隘者开朗，忧郁者舒畅，丑陋者改善。他自号"玉峰山民"，著有名著《脚气集》以及《宇宙纪略》《玉峰冗稿》，其后人遂以"玉峰"为堂名。

【萤照堂】【囊萤堂】【萤火堂】

萤照堂、囊萤堂、萤火堂皆出自东晋大臣车胤"萤火映书"的故事。车胤（333—401年），字武子，南平新洲（今湖南津市）人，历官征西长史、护军将军、礼部和吏部尚书。《晋书·车胤传》云，胤"家贫不常得油，夏月则练囊盛数十萤火以照书，以夜继日焉"。萤火，即萤火虫。车胤风姿美妙，敏捷有智慧，为人公正，不畏强权，曾晋爵临湘侯，但最终为会稽王世子司马元显逼令自杀。为不忘这位刻苦好学的先人，其族人便以"萤照""囊萤"或"萤火"为堂名。

50. 陈（chén）氏堂名

颍川堂，广陵堂，河南堂，汝南堂，下邳堂，武当堂，冯翊堂，渤海堂，渑武堂（亦作绳武堂）延庆堂，东海堂（以上为以望立堂）；归来堂，两宜堂，三恪堂，三君堂，三槐堂，三义堂，三益堂，四勿堂，五本堂，六望堂，聚星堂，德星堂，德聚堂，至德堂，绳德堂，同德堂，培德堂，溥泉堂，必胜坊，建业堂，文星堂，文蔚堂，文范堂，文圃堂，追远堂，祯华堂，聚奎堂，奎焕堂，时思堂，时恩堂，福田堂，乐书堂，智乐堂，旌义堂，旌羲堂，义门堂，滋裔堂，彝叙堂，永誉堂，敬爱堂，孔敬堂，挞本堂，宜而堂，仁让堂，名贤祠，思成堂，奉先堂,恒慕堂,萃涣堂,萃伦堂,萃文楼,萃渔堂,存义堂,尚义堂,重华堂,顾予堂,心一堂,嘉会堂,新新堂,燕翼堂,燕贻堂,垂裕堂,光裕堂,遗忠堂,麟凤堂,崇孝堂,毓庆堂,地心堂,存心堂,推己堂,崇本堂,敦本堂,敦睦堂,敦谊堂,惟善堂,明善堂,良善堂,怡善堂,佑启堂,凤和堂,安雅堂,有归堂,叙伦堂,忠节堂,如在堂,诒穀堂,衍庆堂,余庆堂,官梅堂,源远堂,训行堂,清江国,贻安堂,绍武堂,慎达堂,映山堂,谦受堂(以上为自立堂名)

【三君堂】【至德堂】【德星堂】【聚德堂】【文范堂】

三君,指三个受人敬仰的人物。东汉陈蕃、窦武、刘淑,又陈寔及其子陈纪、陈谌,皆有"三君"之称。

至德,意为"最高尚的道德"。德星,岁星名。岁星所在有福。

陈寔(104—187年),字仲弓,东汉桓帝时名士,颍川郡许昌(今河南省许昌市东)人。出身寒微,初为县吏,曾入太学就读。后历任督邮、郡西门亭长、功曹、太丘县长官等。党锢之祸起,被株连,余人多逃亡,寔曰:"吾不就狱,众无所恃。"遂坦然入狱。党锢解除以后出狱。他久居乡间,平等待人,百姓如有争讼,心求其公正判决。人常言:"宁为刑罚所加,毋为陈君所短。"大将军何进、司徒袁隗征召,寔皆辞而不就。《后汉书》有陈寔传,东汉文学家蔡邕写有《陈太丘碑》。其子陈纪(字元方)、陈谌(字季方)皆以至德著称。父子三人,高名并著,时号三君。其后人遂以"三君"或"至德"为堂名。

陈寔子侄,同以孝行闻名,当年三人同访名士荀淑父子,正值德星聚集。太史为此上奏曰:"德星聚奎,五百里内有贤人聚。"陈氏后人亦以"德星"和"聚德"为堂名。

陈寔死后谥"文范先生",故族人亦有人以"文范"为堂名。

【三恪堂】

恪,尊敬的意思,亦称客人为恪。周武王灭商纣后,将夏禹之裔封于杞,把商汤之后封于宋,虞舜之后胡公满,武王以长女太姬配之,封于陈,称为三恪。一说,把黄帝之后封于蓟,帝尧之后封于祝,帝舜之后封于陈,表示他们是周朝的客人而不是臣子,对他们格外尊敬。

【忠节堂】

陈性善(?—1402年),名复初,以字行世,山阴(今浙江绍兴)人。明代洪武三十年(1367年)中进士春榜三甲第二名,官翰林检讨。陈性善工书法,曾召入宫内便殿录书,明太祖见后,十分欣赏。建文年间(1399—1403年),升任礼部侍郎。后燕王朱棣在北京起兵,陈性善改任副都御使,监督诸军,在灵璧战败,与大理丞彭与明、钦天监副刘伯完一起被捉。不久被放回。陈性善说"我有辱使命,有何面目见吾君",遂穿官服从马上跳入河中而死。福王朱常洵时被追谥"忠节",其后人便以"忠节"为堂名。

【安雅堂】

陈旅(1288—1343年),字众仲,元代莆田(在今福建省)人,文学家。幼年受外祖父赵氏抚养教育,专心攻读,博览群书。年稍长,到泉州从名儒傅定保(字古直)学习,被荐为闽海儒学官。御史中丞马祖常按察泉南,认为他是"馆阁之器"(注:馆阁为掌管图书、编修国史的官署),鼓励他赴京师游学。陈旅到北京后,翰林侍讲学士虞集十分欣赏他的文章,请他到馆阁里,天天一起讲论研习。由于马祖常和虞集的延誉,中书平章政事赵世延亦大力推荐,因而陈旅被任命为国子助教,并参与修纂《经世大典》。后陈旅任应奉翰林文字,至正元年(1341年)升国子监丞。陈旅为文"典雅峻洁",有人评论他的文章"自成一家,超轶古昔"。陈旅著有《安雅堂集》14卷,被收入《四库全书》,其后人遂以"安雅"为堂名。

51. 臣(chén)氏堂名

京兆堂,襄阳堂(以上为以望立堂)

52. 谌(chén)氏堂名

谯阳堂,豫章堂(亦称九江堂、宜善堂),南昌堂(亦称洪都堂)(以上为以望立堂)

53. 衬(chèn)氏堂名

咸阳堂,京兆堂(以上为以望立堂)

54. 成(chéng)氏堂名

上谷堂,东郡堂,弘农堂(以上为以望立堂);永敬堂,志庆堂,多岁堂,云石堂,德本堂,敬爱堂,不屈堂,三鹿堂(以上为自立堂名)

【永敬堂】

成回(生卒年不详),春秋时人,孔子的再传弟子,拜子路为师。其处事接物永远保持恭敬,子路问他为何如此,他答道:"人为善者少,为馋者多。行年七十,常恐行节之亏,是以恭敬待大命。"意思是:做善事的人少,说坏话的人多。到了70岁时,常常担心行为节操出问题,所以要恭恭敬敬地等待天命的安排。子路点头曰:"你哦,真是个君子啊!""永敬堂"由此而得名。

【不屈堂】

不屈堂出自西汉成公的故事。成公,著名学者,酷爱博览群书,专心致志研究学问。

自己隐去姓名。常诵读经文,不交世利,世人称为成公。汉成帝出游,专访成公。成公不出门行礼。成帝曰:"朕能使人富,使人贵,也能使人死,你为什么不出来迎接我?"成公答:"陛下能使人富,但我成公可以不受陛下的俸禄;陛下能使人贵,但我成公可以不就陛下的官职;陛下能使人死,但我成公未触犯陛下的法律,不可以杀。"成公始终不屈服。成氏后人遂以"不屈"为堂名。

‖【三鹿堂】‖

三鹿堂出自汉末三国时名将成公英的故事。复姓成公,名英(生卒年不详),金城(治所在今甘肃省永靖西北)人,为军师,封列侯。曾随从魏王出行狩猎。有三只鹿从前面飞奔而过,成公英引弓劲射,三发三中,皆应弦而倒。其后人遂以"三鹿"为堂名。

55. 程(chéng)氏堂名

安定堂,安平堂,广平堂(以上为以望立堂);明道堂,伊川堂,伊洛堂,立雪堂,世忠堂,世德堂,世荣堂,世承堂,世禄堂,叙伦堂,宏礼堂,重本堂,务本堂,笃本堂,崇本堂,崇村堂,一贤堂,二贤堂,三德堂,四箴堂,五知堂,九如堂,百忍堂,谦华堂,集义堂,善义堂,义门堂,隔山堂,隔天堂,省二堂,怀德堂,夏明堂,黄卷堂,守箴堂,淳庸堂,诒燕堂,受祉堂,嘉会堂,程序堂,汪锦堂,敬爱堂,天赐堂,敦睦堂(以上为自立堂名)

‖【伊川堂】‖ ‖【立雪堂】‖

伊川堂、立雪堂都跟宋代大儒程颐有关。程颐(1033—1107年),字正叔,洛阳伊川(今河南省洛阳市伊川县)人,世称伊川先生,为北宋理学家和教育家。程颐与胞兄程颢同受学于周敦颐,年十八游太学,著《颜子好学论》。历官汝州团练推官、西京国子监教授。元祐元年(1086年),除秘书省校书郎,授崇政殿说书。与程颢共创"洛学",为理学奠定了基础。著有《周易程氏传》《遗书》《易传》《经说》等。相传进士杨村和朋友游酢一日去拜访程颐,正遇上程老先生闭目养神。这时,外面开始下雪,二人便恭恭敬敬立在一旁,不言不动,如此等了大半天,程颐才慢慢睁开眼睛,发现杨村、游酢二人仍立在那儿,吃了一惊。这时,门外积雪已达一尺多厚。这便是成语"程门立雪"的来历。"立雪堂""伊川堂"也因此而得名。

‖【谦华堂】‖ ‖【明道堂】‖

谦:谦虚;华:文采。明道:通过加强修身,学习多种知识。

宋代学者程颢(1032—1085年),字伯淳,世称明道先生,洛阳人,著名哲学家和教育家。嘉祐二年(1057年)进士,初为户县和上元县主簿。宋神宗赵顼熙宁初年(1068年),任太子中允、监察御史里行,因反对王安石新政而改为外任。与其弟程颐同为北宋理学的奠基人,世称"二程"。在洛阳讲学十余年,弟子有"如坐春风"之喻。死后谥"纯公"。程颢聪明过人,十分有涵养,待人谦和,平和淳朴之气盈于表里。门人相从数十年,从未见过他面带怒色。其文博采众论,颇有文采,故其族人便以"谦华"为堂名。由于程颢、程颐兄弟继承了孔孟的道统,故亦称"明道堂"。

【世宗堂】

程灵洗(514—568年),字云涤,新安海宁(今安徽休宁)人,南朝武职官吏。少以勇力闻名,日行二百里,擅长骑射。梁时,侯景祸乱海宁、歙县等地,县郡多盗贼,百姓深受其害,以勇猛著称的程灵洗受命招募年轻勇士,追捕盗贼,聚集数百人守卫歙县,抗拒侯景进攻新安,屡建奇功,兵威大振。新安太守萧稳上表奏梁武帝,授程灵洗散骑常侍,都督新安诸军事。入陈,官兰陵太守,以讨伐战功拜都督、郢州刺史,封重安县公。又击败徐嗣徽、王琳、华皎,攻克沔州,擒刺史裴宽,战功赫赫。他的军队纪律严明。他与士兵同甘共苦、勤于耕作,老农不能及,生活节俭。死后谥号"忠壮公"。据《程氏宗谱》载:程灵洗被里人奉为神明,宋代嘉定年间,高官程珌辞官归故里,召集新安一带程氏官僚士绅,倡领宗人捐钱买地,为程灵洗立庙,并向朝廷乞赐"世忠堂"庙额,以彰其德。宋宁宗嘉定十六年(1223年),赐程灵洗庙额"世忠",追封广烈侯,堂名亦称"世忠堂"。

56. 晟(chéng)氏堂名

河南堂(亦称三川堂),太原堂,古滇堂(亦称左卫堂),建康堂(亦称上元堂)(以上为以望立堂)

57. 澄(chéng)氏堂名

豫章堂(亦称南昌堂、钟陵堂),太原堂,邺郡堂(亦称彰德堂)(以上为以望立堂)

58. 橙(chéng)氏堂名

庐郡堂(亦称巢国堂、庐子堂、庐州堂、合肥堂),揭阳堂(亦称南海堂)(以上为以望立堂)

59. 迟(chí)氏堂名

太原堂(以望立堂),忠武堂,镝余堂,维新堂(以上为自立堂名)

【维新堂】

南朝迟昭(生卒年不详),官至淮东太守,锐意维新,颇有善政,其族人因以"维新"为堂名。

【镝余堂】【忠武堂】

镝,箭头,指箭。镝余,意思为历经枪林弹雨,死里逃生。

唐代鄂国公尉迟恭(585—658年),字敬德,朔州善阳(今山西朔州市城区)人。隋末唐初名将,官至泾州道行军总管,右武侯大将军,封鄂国公,为凌烟阁二十四功臣之一。凭借高超的武艺与胆识,曾多次冒险救李世民于危难之中,尤其在玄武门事变中,不但救了李世民的命,还请高祖下令,让诸军皆归李世民指挥。他远见卓识,对太子的党羽,主张释而不杀,不仅迅速缓解了内部矛盾,还保留了像魏征那样的大批栋梁之材。他战功累累,必然引起小人的妒忌和猜忌。一次,有奸臣说他要谋反,唐太宗便招来问他。他道:"我随陛下身经百战,现在留下的是枪刀弓箭里捡回的一条剩下的性命。如今天下已定,你就怀疑我造反,是吗?"说罢,便脱光上衣往地上一扔,要唐太宗数他身上的伤疤。唐太宗流着泪抚摸着他身上的几处剑伤刀疤安慰他,还令其展示给殿堂里的群臣看。后世子孙有的便以"镝余"为堂号。尉迟敬德死后,唐太宗赐其谥号为"忠武",故后世子孙有以"忠武"为堂名者。

60. 池(chí)氏堂名

西平堂(亦称西宁堂、陈留堂、海东堂),陈留堂,西河堂(亦称安阳堂、平定堂、离石堂),辽东堂(亦称扶余堂、襄平堂、辽阳堂、凌东堂)(以上为以望立堂);同安堂(自立堂名)

【同安堂】

池浴德(生卒年不详),号明洲,明代同安(今为福建厦门市一个区)人,嘉靖四十三年(1564年)进士,任遂昌知县。为官清廉,办事公正,在任上平反积案,通达事理,能以理服人。他善于书法,著有《空臆集》《怀绰集》《居室篇》等。官至太常侍少卿。任南吏部考工主事时,附近州县之民因其政绩卓著在四明山为他修建了一座漂亮的"曳舟亭"以表示纪念。他是同安人的骄傲,遂以故乡名为堂号。

61. 持(chí)氏堂名

河南堂(亦称三川堂),咸阳堂,辽东堂(以上为以望立堂)

62. 匙(chí)氏堂名

建安堂(亦称南平堂、邵武堂),清河堂,夏津堂(亦作鄃县堂),保州堂(亦作清苑堂、奉化堂、泰州堂、保定堂)(以上为以望立堂)

63. 齿（chǐ）氏堂名

祥牁堂（亦作夜郎堂、遵义堂），京兆堂，洛阳堂（以上为以望立堂）

64. 赤（chì）氏堂名

京兆堂，广郡堂，太原堂，建宁堂，朱提堂（以上为以望立堂）

65. 充（chōng）氏堂名

太原堂，赞皇堂（以上为以望立堂）

66. 舂（chōng）氏堂名

零陵堂（亦作永州堂），儋州堂（亦作儋耳堂、琼州堂）（以上为以望立堂）

67. 种（chóng）氏堂名

河南堂，滕阳堂（以上为以望立堂）；双洪堂，槐荫堂（以上为自立堂名）

【滕阳堂】
先祖随迁并定居滕县南臭橘子村（今山东微山县彭口闸三关庙村），是山东滕县的正南方，南为"阳"，故名滕阳堂。

【双洪堂】
定居山东聊城的种姓宗亲，以迁出地"洪洞"县第一字和迁出时间为明代洪武年间的第一字，取双洪堂。

68. 瘳（chōu）氏堂名

九江堂，庐陵堂，潭阳堂，南越堂（以上为以望立堂）

69. 丑（chōu）氏堂名

北海堂，济阳堂，荥阳堂，吴郡堂（亦称苏州堂、吴州堂），吴兴堂（以上为以望立堂）

70. 俞（chǒu）氏堂名

吴兴堂，松江堂（亦称华亭堂），吴郡堂（亦称吴州堂）（以上为以望立堂）；丑后乐堂

（自立堂名）

【丑后乐堂】

相传清代康熙年间,湖南永康一丑姓家族与别的家族械斗,双方死伤惨重,丑氏只剩下一人隐居起来。康熙得知此事,派侍卫找到此人,加以安抚并赐姓"俹"。"俹"字原意为一个丑家人带一把刀。康熙的实际寓意是:刀械相见使丑家只剩一人,希望俹氏家人能与其他族人和睦相处,不再流血争斗。此人遂改姓"俹",康熙寓意也成了该俹氏人家的家训,并建起祠堂,取名"丑后乐堂"。

71. 出（chū）氏堂名

燕山堂,惠安堂(以上为以望立堂)

72. 除（鉏,chú）氏堂名

鲁郡堂(亦称鲁国堂、东鲁堂),太原堂,晋阳堂,华阴堂(以上为以望立堂)

73. 厨（chú）氏堂名

京兆堂,咸阳堂,燕山堂(亦作北平堂、北京堂、大都堂),南京堂(亦作越城堂、金陵堂、建邺堂、建康堂),洛阳堂(亦作雒邑堂、成周堂),临安堂(亦作杭州堂、钱溏堂——"溏"不可作"塘"),南平堂(以上为以望立堂)

74. 滁（chú）氏堂名

刘陵堂(亦称黎城堂、滁邑堂、广志堂),滁州堂(亦称摩陀堂、南谯堂、琅琊堂)(以上为以望立堂)

75. 雏（chú）氏堂名

南阳堂,洛阳堂(亦作白马堂、宗周堂),牂牁堂(亦作播州堂、犍为堂)(以上为以望立堂)

76. 储（chǔ）氏堂名

河东堂,颍阳堂(以上为以望立堂);世德堂,四德堂,盛着堂,政堂,文真堂,存著堂,胪欢堂,永绥堂(以上为自立堂名)

77. 楚(chǔ)氏堂名

新平堂,江陵堂(以上为以望立堂);秉德堂,刚介堂,紫芝堂,听雪堂,享裕堂(以上为自立堂名)

78. 褚(chǔ)氏堂名

河南堂,河东堂,颍川堂(以上为以望立堂);天心堂,惠政堂,清风堂,深柳堂,瀛洲堂,海鹤堂,重熙堂,忠清堂,四伦堂(以上为自立堂名)

【瀛洲堂】

褚亮(565—649年),字希明,祖籍阳翟(今河南禹州)人。幼聪明好学,善属文。博览无所不至,经目必记于心。喜结交名贤,尤善谈论。陈后主时任尚书殿中侍郎。陈国亡,入隋为东宫学士、太常博士。隋炀帝妒其才,贬为西海郡司户,后入秦王(李世民)府文学馆,任文学馆学士。贞观元年(627年),与杜如晦等18人授弘文馆学士,被封阳翟县男,拜通直散骑常侍。贞观十六年(642年)晋爵为侯,又与杜如晦、房玄龄、孔颖达等18人为文学馆大学士,图其相貌,题其名字,记其官爵,并命褚亮写了一篇像赞,曰《十八学士写真图》,藏之书府。当时文人倾慕已极,称之为"登瀛洲"。"瀛洲堂"由此而得名。

79. 处(chù)氏堂名

颍川堂,北海堂,沛国堂(以上为以望立堂)

80. 触(chù)氏堂名

开封堂(亦作大梁堂、汴梁堂、汴京堂)(以上为以望立堂)

81. 啜(chuǎi)氏堂名

大漠堂(以望立堂)

82. 川(chuān)氏堂名

颍川堂(亦作颍川堂),三川堂(亦称河南堂),三巛堂(亦称丽江堂),蜀郡堂,巴郡堂(亦称巴州堂、楚州堂)辽东堂(亦称扶余堂)(以上为以望立堂)

83. 钏(chuàn)氏堂名

腾越堂(以望立堂)

84. 炊(chuī)氏堂名

洛阳堂(亦作白马堂),牂牁堂(亦作播州堂、遵义堂),文山堂(亦作胖舸堂、越巂堂、广南堂)(以上为以望立堂)

85. 春(chūn)氏堂名

平原堂,光州堂(亦称弋阳堂、定城堂、南郢堂、淮南堂)(以上为以望立堂);玉林堂(自立堂名)

【玉林堂】

明代人春升(亦作东升,生卒年和籍贯皆不详),博学能文,教子有方,生有四子,其中三人中进士,人称"玉林凤郡,科第世家"。春氏"玉林"堂由此得名。

86. 椿(chūn)氏堂名

东郡堂,洛阳堂(亦称白马堂),武阳堂(亦称贵乡堂、大名堂),辽东堂(亦称扶余堂)(以上为以望立堂)

87. 淳于(chúnyú)氏堂名

齐郡堂,河内堂(以上为以望立堂);德威堂(自立堂名)

【德威堂】

德威,道德的威力。

淳于恭(生卒年不详),字孟孙,后汉北海郡淳于县(故城在今山东安丘东北30里)人,善说《老子》,清静不慕荣名。家有山田果树,有人去偷盗,他不但不制止,反而帮助偷盗者摘果子。看见有人偷他的庄稼,他怕偷禾者羞愧,就趴在草丛里,等偷盗者离去才爬起来,村落里的人都被他感化了。王莽末年(23年),其兄被盗贼虏,将烹之,淳于恭请替兄死。盗贼感其行,遂将二人皆放之。淳于恭在家不出行,幽居养志,一言一行皆讲礼度,官拜议郎,后升为侍中;进对陈政,皆本道德,帝与之言,未尝不称善。淳于氏族人以"德威"为堂名,以缅怀这位道德高尚的先人。

88. 楚(cí)氏堂名

太原堂,桂阳堂(亦称南平堂、敦州堂、郴州堂),高阳堂,枞阳堂(以上为以望立堂)

89. 从（枞，cóng）氏堂名

东莞堂（以望立堂）；双烈堂（自立堂名）

【双烈堂】

明代从所向，字南溟（生卒年不详），湖北钟祥（今湖北荆门市代管县）人，万历举人。初任玉山令，后升任刑部主事。清明廉洁，为人仁义，有仁声。退休后，燕王朱棣率军破城，从所向与其子从士默不屈死，一门双烈，后人因以为堂号。

90. 丛（cóng）氏堂名

许昌堂，文登堂，青州堂，颍川堂（以上为以望立堂）

91. 苁（cóng）氏堂名

枞阳堂（亦称舒邑堂、桐庐堂、桐城堂），鲁郡堂（亦称鲁国堂、东鲁堂、曲阜堂）（以望立堂）

92. 啜（chuǎi）氏堂名

大漠堂（以望立堂）

93. 崔（cuī）氏堂名

清河堂，博陵堂，汞阳堂，阳丘堂（以上为以望立堂）；噤李堂，德星堂，敦叙堂，惇叙堂，默阴堂，亲民堂（以上为自立堂名）

【亲民堂】

崔氏亲民堂出自崔戎的故事。崔戎（764—834年），字可大，唐代博陵郡（博陵郡相当于今河北定州、深州市、饶阳、安国等地）人，有大功，封博陵郡王。唐宪宗时以给事中出任华州刺史，当地官吏按惯例设置了一万串钱，供刺史私用，崔戎分文不取。那官吏将离去时，崔戎对他说："账册中的钱应拿去奖励军士，不这样不足以激励后人。"后来，崔戎将调任兖、海、沂、密观察使，华州人拥留他而不得行，他只好夜间单骑离去。崔氏后人以戎的清明廉洁为荣，遂以"亲民"为堂号。

【噤李堂】

噤李堂出自唐代诗人崔颢的故事。崔颢（704—754年），汴州（今河南开封市）人，唐代诗人，官至司勋员外郎。他秉性耿直、才思敏捷，其作品激昂豪放、气势宏伟，著有

《崔颢集》。曾过黄鹤楼,赋诗:"昔人已乘黄鹤去,此地空余黄鹤楼。黄鹤一去不复返,白云千载空悠悠。晴川历历汉阳树,芳草萋萋鹦鹉洲。日暮乡关何处是?烟波江上使人愁。"大诗人李白读此诗后曰:"眼前有景道不出,崔颢题诗在上头。"李白对崔诗的推崇,使崔氏后人深受鼓舞,故取堂名"噤李堂"。

【德星堂】

德星,原指景星、岁星等。岁星即木星。岁星所在有福,故曰德星。

东汉时,陈寔(104—187年)曾任太丘长,与其子陈纪、陈谌并有高名。著名学者荀淑(83—149年),汉桓帝时任朗陵侯相,遇事明理,有"神君"之称;其八子皆有才名,时人谓之"八龙"。相传一次陈寔率领子侄们到荀淑父子家相会,恰逢天上德星聚集,太史便上奏皇帝曰:"五百里内有贤人聚。"故事见南朝刘敬叔《异苑·四》所载,故后来又把贤士比喻德星。

崔郸(生卒年不详),唐代清河郡武城(今河北邢台)人,一家人皆有贤德。其父崔倕,官拜吏部侍郎,治家有方,为世人推崇。催郸有兄弟七人(崔邠、崔酆、崔郾、崔郇、崔邯、崔鄯、崔郿),其中六人皆官三品。长兄崔邠,历官吏部侍郎、太常卿,性情温和,生活简朴,以耿直而知名。次兄崔郾,为吏部员外郎时,每逢评审官吏,必亲自过问,做到赏罚分明;家不藏资,有钱则周济亲朋故旧。历任官礼部侍郎,虢州、鄂州和岳州观察使,检校吏部尚书。崔鄯历任监察御史,太和元年(827年)自太子詹事拜左金吾卫大将军。崔郸本人历官太常卿、中书侍郎、检校尚书右仆射同平章事,兼淮南节度使。

崔氏四世同堂,居光德里,建一便斋。唐宣宗曰:"郸一门孝友,可为士族法。"他还亲笔题其斋曰"德星堂",意思是"贤士聚集之处"。"德星"遂被崔氏后代作为堂名。

94. 磪(cuì)氏堂名

河南堂(亦作三川堂、河内堂),会稽堂(亦作山阴堂、绍兴堂)(以上为以望立堂)

95. 村(cūn)氏堂名

石邑堂(亦作镇宁堂、获鹿堂)(以望立堂)

96. 寸(cùn)氏堂名

腾越堂,西蜀堂(以上为以望立堂);紫照堂(自立堂名)

【紫照堂】

紫是很多人崇尚的色彩,尤其是信奉道教的人,认为是祥瑞的颜色,如紫气东来。紫照的词意为"晚年(或后代)将交好运",有吉祥的运气。

寸庆(生卒年不详),明代将领,原籍四川重庆府巴县梁滩里寸家湾。洪武二十三年(1390年)奉旨南征云南,随傅友德、兰玉、沐英至永昌(今保山),平定滇西后,驻守腾越(今腾冲),封腾越卫指挥。后因功升至总旗。一日,寸庆约当地刘姓始祖刘继宗出城外郊游,不经意间来到阳嘅村(即和顺乡),见"其山之峙也如砺,其水之流如带。且四时和煦之气,洋溢于郊坼,两人心甚慕之,不忍舍去",寸庆对久违的景色赞叹不已:"是泱泱大邑风也。"刘继宗亦感慨道:"此处可以卜居矣。"二人回去后,把其发现告诉给李姓始祖李波明、尹姓始祖尹图功、贾姓始祖贾寿春,并相约同去观看。五人皆认为是块风水宝地,遂决定在此落户。

寸氏在和顺可谓人才辈出。寸氏先后中举的有寸式玉、寸性安、寸辅清、寸禧谐、寸曜磐。寸黯,清代康熙末岁贡;寸秀升,嘉庆丙寅岁贡,寸开泰于光绪二十一年(1895年)中乙未科进士;寸品升,清光绪拔贡,寸时桢,附学生;寸尊文,文生(秀才)。后人遂以"紫照"为堂名。

97. 厝(cuò)氏堂名

邹城堂,鲁郡堂(亦作鲁国堂、东鲁堂、曲阜堂),晋江堂(亦作泉州堂)(以上为以望立堂)

98. 措(cuò)氏堂名

京兆堂(亦作长安堂),开封堂(亦作杞邑堂、启封堂、大梁堂、汴梁堂),蜀郡堂(亦作蜀汉堂、成都堂),拉萨堂(亦作吉曲堂)(以上为以望立堂)

99. 达(dá)氏堂名

代郡堂(亦作代国堂、代北堂)(以望立堂)

100. 打(dǎ)氏堂名

鲁郡堂,天水堂,庐陵堂,鲁阳堂,武城堂(以上为以望立堂)

101. 戴(代,dài)氏堂名

谯国堂,广陵堂,清河堂(以上为以望立堂);清华堂,济会堂,独步堂,避贵堂,赐礼堂,注礼堂,二礼堂,荣席堂,紫薇堂(以上为自立堂名)

〖独步堂〗〖避贵堂〗

后汉人戴良(生卒年不详),字叔鸾,隐士,有高才,议论非同一般。他自幼放纵不拘，母亲喜欢听驴叫，他就常学驴叫逗母亲开心。母亲去世后，哥哥戴伯鸾住帐篷、喝稀粥，不合礼的行为不去做，唯独他吃肉喝酒，悲哀时才哭，兄弟俩都面容憔悴。有人批评他这样守丧不合礼仪，他回答说："礼是用来控制感情放纵的，如果感情不放纵，还需要谈什么礼呢！吃美味而感觉不到甜美，所以造成面容憔悴。如果吃不出美味，吃这些是可以的。"他曾说："我独步天下，谁与为偶（谁能跟我比）？"推举他为孝廉，他不去；又让他任司空，他又拒绝。州官、郡官强迫他出任，他带着妻子逃入江夏山中。他给五个女儿找婆家，女婿唯一的标准就是有贤德，嫁妆只是粗布衣裳、竹笥和木屐。女儿们都遵循他的教训，皆有隐者之风范。避开富贵，独步天下，这便是"独步堂"和"避贵堂"的由来。

【注礼堂】【二礼堂】

戴氏注礼堂和二礼堂皆出自西汉戴德、戴圣叔侄（大小戴）的故事。二人为梁郡睢阳（今河南省商丘市睢阳区）人。戴德（生卒年不详），字延君，汉代礼学家、学者，家族显赫，曾任信都王（刘嚣）的太傅；戴圣（生卒年不详），字次君，汉宣帝（刘洵，前73—前49年在位）时任博士，曾参加石渠阁议，评定五经的异同，官至九江太守。戴德删《礼记》为85篇，称《大戴礼记》；戴圣又删为49篇，称《小戴礼记》，即现在流行的《礼记》。故其后人以"二礼"和"注礼"为本族宗祀的堂名。

102. 但（dàn）氏堂名

南阳堂、开封堂、燕山堂（以上为以望立堂）；武德堂、德让堂（以上为自立堂名）

【武德堂】

但应隆（生卒年不详），明代湖北蒲圻（今湖北赤壁市）人，因功擢升为指挥，跟随明太祖朱元璋征讨陈友谅于鄱阳湖，叙功不及格，遂逃至山中，如春秋介子推故事（当年介子推不肯受赏，逃至绵山山中）。后来御史罗洪论列其功，拜他为武德将军，应隆后人便以其官名"武德"为堂名。

【德让堂】

《但姓家谱》序云：从前唐尧将天下让给虞舜，史臣称它为峻德，为克让；舜将天下让给夏禹，史称其为元德，为温恭。后来太伯三让天下，孔夫子称其为至德。让之名其来源必有所依，自称必有所由。吾但姓太华公修家谱时取"德让"为堂名又有何妨？它也曾以让天下而为人们叹息称赞。但翻阅帝王前后的记载并无任何踪迹，似乎取此堂名毫无意义和价值。我想这并不是后人编造的，而是由于我们先祖是轩辕黄帝的次子。在三皇时代，千百年来天下都是兄弟相传的，我们先祖是次子，按理推论也是可以得天下的，之所以没有得，想必是炎黄逐鹿中原之后，隐居到某地，如后世躲避到河南等地。躲避繁华之地而不涉足帝位必有隐情。所以太华公在修家谱时说，或是文献记载有遗漏，或是先祖在隐蔽之地已想到以德相让了，之所以取"德让"为堂名，一是为了阐述先祖的轶事，一是为了教育子孙以此为垂范，使但氏子子孙孙养成礼让，不爱竞争的风气。

103. 党（dǎng）氏堂名

冯翊堂，上党堂，清河堂（以上为以望立堂）；忠武堂，两一堂（以上为自立堂名）

【忠武堂】

党进，北宋初军事将领，朔州马邑（今山西朔州）人。初事于魏帅杜重威。重威败，因臂力过人而被招入伍，后周时任铁骑都虞侯。宋太祖乾德五年，领彰信军节度即兼侍卫步军都指挥使。开宝年间，因征战太原有功，被任命为忠武军节度使。党姓"忠武堂"由此而得名。

【两一堂】

党湛，清代同州（今山西渭南市大荔县）名士，常言道："人生须做天地间第一等事，为天地间第一等人。"故号"两一"。其族人遂以"两一"为堂名。

104. 到（dào）氏堂名

历阳堂，彭城堂，武原堂（以上为以望立堂）

105. 稻（dào）氏堂名

天水堂，太原堂，彭城堂，竟陵堂（以上为以望立堂）

106. 邓（dèng）氏堂名

南阳堂，南雄堂，安定堂，平寿堂（以上为以望立堂）；谦恕堂，讲学堂，讲述堂，集文堂，两秀堂，裕耕堂，魁宿堂（以上为自立堂名）

【魁宿堂】

高耸入云的台阁称之为云台，又专指汉代宫中的一座高台。古代称第一为"魁"，"魁宿"指北斗星宿的第一颗星。

东汉邓禹（2—58年），字仲华，新野（治所在今河南省新野县）人。幼年游学于长安，跟刘秀（即后来的光武帝）相亲善。刘秀收复河北后，邓禹杖策相见，为其谋划。刘秀任命将领之事，多征求他的意见。后来，邓禹担任"前将军"，率师入关，大破王匡、刘均诸军，威震关西。刘秀称帝后，邓禹历任大司徒、右将军、太傅，封高密侯。汉明帝曾在洛阳南宫的"云台"，命匠人摹画"中兴功臣"32人的画像，其中28将，以邓禹为首。

故事见《后汉书·邓禹传》。邓氏后裔遂以"魁宿"为堂名。

107. 狄(dí)氏堂名

天水堂,太原堂,东海堂(以上为以望立堂);梁公堂(自立堂名)

【梁公堂】

狄仁杰(607—700年),字怀英,唐代并州人。唐高宗初为大理丞,断积案17000件,时称平恕(公正而有仁爱之心)。任江南巡抚使时,捣毁淫祠1700所。后担任豫州刺史,救活受别人牵连而判死刑者2000余人。所到之处,深受百姓爱戴和敬仰。他所推荐的人才,如张柬之、桓彦范、敬晖、姚崇等,皆为中兴名臣。天授二年(691年),狄仁杰任地官侍郎同凤阁鸾台平章事时,被酷吏来俊臣诬陷入狱,他密使其子投诉于武后(则天)得免,但仍被贬为彭泽令,至神功元年(697年)才恢复宰相之职。死后,狄仁杰被追封为梁国公。狄氏"梁公堂"由此而得名。

108. 翟[dí(亦音zhái)]氏堂名

南阳堂,汝南堂(以上为以望立堂);传诗堂,宠畏堂,博古堂,语古堂,庆远堂,世佐堂,笃诚堂,忠孝堂,义聚堂(以上为自立堂名)

【传诗堂】【宠畏堂】

东汉人翟酺(生卒年不详),字子超,广汉雒(今四川省广汉市雒城镇)人。四世传授《诗经》。翟酺偏爱《老子》,尤其善于图纬、天文、历算。曾流亡于长安。逃亡期间,当过算卦的,还在凉州牧羊。后受征召,拜议郎,升侍中。策试第一,官拜尚书。当时,安帝宠信外戚,翟酺极力上谏,宠臣既厌恶他又害怕他。后来他出任酒泉太守,击斩叛羌,威名大震,升任京兆尹。顺帝即位,迁将作大匠,采用先进管理方法,每年节省部门经费四五千万。因为他家四代传授《诗经》,故名"传诗堂";又因宠臣既厌恶他又害怕他,故亦名"宠畏堂"。

【忠孝堂】

明代江南镇抚大将军翟国儒(生卒年、籍贯皆不详)赴云南边疆平叛,英勇奋战,为国捐躯,祠堂被御赐"忠孝堂",故其后人立堂为"忠孝"。

109. 邸(dǐ)氏堂名

河西堂,中山堂(以上为以望立堂)

110. 底(dǐ)氏堂名

河南堂,辽东堂(以上为以望立堂)

111. 地（dì）氏堂名

邹城堂（以望立堂）

112. 滇（diān）氏堂名

汝南堂，益州堂（以上为以望立堂）

113. 典（diǎn）氏堂名

陈留堂，汝阳堂，河南堂（以上为以望立堂）

114. 店（diàn）氏堂名

岐阳堂，晋昌堂，北海堂，鲁郡堂，晋阳堂（以上为以望立堂）；礼敬堂（自立堂名）

【礼敬堂】

前279年，姬姓鲁国被楚国考烈王所灭，其封居于唐邑（故地在今山东聊城东昌府区）的后裔子孙遂改姓唐氏。至李唐王朝末年，爆发黄巢起义，李、唐家族皆有蒙难。唐氏后裔为避战乱杀戮，遂将"唐"氏简改为字形相近的"店"字，称店氏。相传唐朝中和年间（881—885年）唐寿兴的后裔即为店氏。唐寿兴（生卒年不详），字松龄，号礼翁行敬四。襟怀淡宕，啸傲山水，因念祖训万邑（今重庆市万州区）可家，遂偕妻子而迁焉，其才犹经济道德文章真足垂裕（给后人留下功业或财产）后世，绵运无穷，迄今千余年。礼敬，以合于礼仪的举动表示尊崇。为怀念这位先祖，店氏家族遂以"礼敬"为堂名。

115. 牒（dié）氏堂名

平阳堂（以望立堂）

116. 刁（diāo）氏堂名

弘农堂，渤海堂，河西堂，上郡堂（以上为以望立堂）；藏春堂（自立堂名）

【藏春堂】

宋代人刁约（？—1082），字景纯，丹徒（今江苏镇江）人。少年时便十分卓越，刻苦做学问，能写文章。天圣八年（1030年）进士，宝元年间（1038—1040年）任馆阁校理，后为直史馆。历官海州通判、两浙转运使、判三司盐铁院、提点梓州路刑狱等职。又出任扬州、宣州知州，1068年判太常寺，挂冠归。刁约为人忠厚，在京师任官时，宾客无少长，皆热情接待。从不登权要之门，40年间均周旋馆学，人称刁学士，深受范仲淹、欧阳修、司马光、苏轼等敬爱。筑屋于润州，号藏春坞。坞西临水，建有逸老堂，在小山顶上种许多松树，称万松冈。苏东坡送其诗有"春在先生杖履中"之句，意思是"连你的拐杖、鞋子中都饱藏着春天的温暖"。其后人遂以"藏春"为堂名。

117. 丁（dīng）氏堂名

济阳堂，济阴堂，陈郡堂，谯国堂，扶风堂，西河堂，洛阳堂（以上为以望立堂）；钟德堂，梦松堂，双挂堂，留馀堂，承德堂，五果堂，驯鹿堂，六韬堂，世美堂，聚书堂，御书堂（以上为自立堂名）

【驯鹿堂】

东汉丁茂（生卒年不详），合浦（在今广西）人，字仲卢。少小孤贫，事母至孝。母亡，负土成坟，列植松柏，有白鹿驯游其下，太守明察其行，推举为孝廉，辞而不就。丁氏"驯鹿堂"由此而来。

【梦松堂】

梦松堂出自三国时吴国丁固的故事。丁固（198—273年），字子贱，山阴（今山西朔州市下辖县）人。少小丧父，随母而居，家贫而守规矩。孙休做皇帝时任左御史大夫，孙皓即位，升迁为司徒。孙皓糊涂残暴，丁固与左丞相陆凯、大司空孟宗同心忧国。据《三国志·吴·孙皓传》载："初，因为尚书，梦松树生其腹上，谓人曰：'松字十八公也，后十八岁吾其为公乎？'（18年以后我是否会封公封侯呢？）"后来丁固果然官至三公之一的司徒。"梦松"也随之成为祝人位登三公的典故。

丁固做梦与后来当司徒，只不过是偶然巧合，决不能证明梦是灵验的，但故事本身很有趣味。"梦松堂"给人们留下了美好的传说，也寄托了当时丁氏后人的一种希望。

【六韬堂】

六韬，即《文韬》《武韬》《龙韬》《虎韬》《豹韬》《犬韬》，是汉代人假托吕尚（姜子牙）编写的古兵书。此处指六个字的韬略、诀窍。

丁皂保（1654—1751年），清代汉军正黄旗人，号鹤亭。历康熙、雍正、乾隆三朝，先后担任内务府主事、员外郎、郎中，直至二品总管内务府大臣，一生毫无闪失。曾负责京城崇文门专卖商品税收，崇尚宽大，因而收数不足。官至内务府总管。享年99岁，谥文恪。著名文学家袁枚曾问他养生之道，答曰："薄滋味，少愠怒，六字而已。"用现在的话来说，就是不要大吃大喝，要少生气。"六韬堂"遂源出于此。

【聚书堂】

丁顗（生卒年不详），祖籍恩州清河（今属河北），后迁居洛阳祥符（今河南开封），北宋著名藏书家,曾投入其全部家产购书8000多卷,曰:"吾家聚书亦多矣,今后必有好学子孙读我的书而成名。"其子丁逢吉通医术,常与儒者游,亦好聚书。其孙丁度,字公雅,聪颖好学,大中祥符年间(1008—1016年)登服勤词学科,官至端明殿学士。宫筵时,皇帝呼其"学士"而不呼其名,后官拜参知政事、观文殿学士、尚书左丞。死后谥文简。丁度性淳质,不故作威仪之态,独居一室十余年,左右无姬侍。著有《迩英圣览》《龟鉴精义》《编年总录》《武经总要》《集韵》《附释文互注》《礼部韵略》《贡举条式》。丁氏"聚书堂"便出于此。

118. 东(dōng)氏堂名

平原堂(以望立堂);友舜堂,玉林堂(以上为自立堂名)

【友舜堂】

相传远古人东不訾,亦称东不识,东姓始祖,为古帝虞舜的七友之一,故东氏以"友舜"为堂名。

【玉林堂】

明代人东升(生卒年不详),博学能文,为官多有惠政,教子有方,生有四子,三人中进士,人称"玉林凤群,科第世家",故有"玉林堂"堂名。

119. 东方(dōngfāng)氏堂名

济南堂,平原堂(以上为以望立堂);四何堂(自立堂名)

【四何堂】

东方朔(前154—前93年),本姓张,字曼倩。平原郡厌次县(今山东省德州市陵城区)人。西汉大臣,文学家。汉武帝时,东方朔上书自荐,自称博学多能、才貌出众,可当大臣。武帝甚惊奇,遂命以官职。官至太中大夫给事中。一生著述颇丰,有《答客难》《非有先生论》等名篇。他为人诙谐机智,有点玩世不恭,人称"狂人"。他善辞赋,在重大问题上敢于直谏,所提意见往往切中时弊。有关他的传说很多,有人说他是"岁星下凡"。一次,皇帝在社日(祭祀灶神的日子)把祭肉赏赐给众大臣。大臣们还没到,东方朔就先割一块拿回家去了。皇帝命令他自责,他拜曰:"受赐不待诏,何无礼也;拔剑自割,何壮也;割之不多,何廉也;归遗细君,又何仁也。"(我这个人呀,受皇帝的恩赐,没等皇帝下旨就割了,是多么不讲礼貌呀;拔剑自己割肉,是多么有气魄呀;但割得不多,又是多么清廉呀;回家把肉给妻子吃,是多么仁爱呀!)皇帝笑曰:"令卿自责,乃更自誉。"(我命令你自己责备自己,你却自己夸奖起自己来了。)皇帝随即又赏了他一份肉。东方氏族遂以"四何"为堂名。

120. 东郭（dōngguō）氏堂名

济南堂,东郡堂（亦称武阳堂）（以上为以望立堂）

121. 东门（dōngmén）氏堂名

济阳堂,开封堂（以上为以望立堂）

122. 董（dǒng）氏堂名

陇西堂,济阳堂（以上为以望立堂）；良史堂,直笔堂,豢龙堂,正谊堂,三策堂,下帏堂（以上为自立堂名）

【良史堂】【直笔堂】

董狐（生卒年不详）。春秋晋国太史,史称史狐,周大史辛有的后裔,世袭太史。因董督典籍,故姓董氏。据《左传·宣公二年》载:春秋时,群雄争霸。晋国君主晋灵公刚即位,由于年龄小,无法料理朝政,让赵盾、士会和荀林父三人辅佐。晋灵公年长即位后,昏庸无道,残暴荒淫。赵盾作为相国,一心想恢复霸业,多次劝阻晋灵公,灵公非但不听,还派大力士刺杀赵盾。大力士知道赵盾是个忠臣,不愿违背良心,便自杀身亡。灵公又派人请赵盾饮酒,暗地派兵埋伏刺杀赵盾,被赵盾卫士提弥明发现救出。赵盾和儿子赵朔被迫逃往国外,在途中巧遇晋灵公的姐夫赵穿。赵穿听后十分生气,去找晋灵公评理。灵公非但不听,反而恶语相加。赵穿无奈,遂令卫士杀死了灵公。赵盾听说后,亦返回晋国,拥立灵公之子为王,是为晋成公。赵盾重登相位,想听听太史令董狐对此事的评价。董狐写道:“秋七月,赵盾弑其君。”理由是:赵盾身为相国,没有惩办凶手,应当承担罪名。孔子认为董狐没错,据法直书,不加隐瞒,是位好史官;赵盾也没错,为了法度而蒙受恶语,是位贤明的大臣,只是蒙受恶语,实在可惜。董氏后人因以“良史”或“直笔”为堂名。

【下帏堂】【三策堂】

下帏堂和三策堂皆出自汉代董仲舒的故事。“下帏”的意思是“放下室内悬挂的帷幕”,指教书讲学而言。

董仲舒（前 179—前 104 年）,广川（今河北省景县广川镇）人,西汉著名哲学家、经学家、思想家,因治《春秋公羊传》,孝景帝时被任为博士。曾答汉武帝策问“贤良文学之士”的三个对策,称为“天人三策”,被武帝采纳,封为江都相,后任胶西王。其学以儒家宗法思想为中心,把神权、君权、父权、夫权贯穿一体,形成封建神学体系。他的“天人感应”说以及“三纲五常”的封建伦理,对后世影响极大,但他为人廉直,治学严谨。据《史记·董仲舒传》载:董仲舒下帏（在课堂挂一副帷幔,老师在帷幔里讲,学生在外面听)讲授经典学问,虽然弟子从学已久,仍有人未曾见过他的面。为了治学,他曾三年不观于舍园。所以,"下帷"又被引申为"闭门苦读"之意。董氏后人以"下帷"为堂名,目的是学习董仲舒的治学态度;以"三策"为堂名,是为了赞扬他高深的学问。

【正谊堂】

董以宁(约1666年前后在世),清代武进(今江苏省武进市)人,字文友。儒生,善诗文,作古文诗歌数十万言,在历象(观测推算天体的运行)、乐律、方舆(地理)等方面多所发明。晚年专事深入研究经籍,尤深于《周易》《春秋》。性豪迈慷慨,喜郊游,爱救济朋友,重承诺。弟子达数百人。著《正谊堂集》。其后人以其毕生之作为堂名。

123. 斗(dǒu)氏堂名

丹阳堂,彭城堂,江陵堂,南昌堂,宜城堂,兰溪堂(以上为以望立堂);射石堂(自立堂名)

【射石堂】

周朝楚人熊渠子(斗渠)是著名射箭能手。有一天,他走夜路,老远看见前面有一只老虎卧在那里,他拿起箭来就射,可老虎一动也不动。他走近一看,果然射中了,而且箭头射进去有好几寸深,但怎么拔也拔不出来。仔细一看,原来是块大石头。人们说,这不仅是因为他力气特别大,更重要的是由于他集中精力,以必胜的信心去制服对方,才出现这样的奇迹。斗姓"射石堂"由此而得名。

124. 陡(dòu)氏堂名

江夏堂(以望立堂)

125. 窦(dòu)氏堂名

扶风堂,清河堂,河南堂,观州堂(亦作观津堂)(以上为以望立堂);世和堂,承恩堂,五桂堂,五龙堂,四德堂(以上为自立堂名)

【五桂堂】【五龙堂】

五龙、五桂比喻五个同时有才气的人。

窦仪(914—966年),字可象,蓟州渔阳(今天津市蓟县)人,后晋进士,仕后汉、后周两朝,历任右补阙、翰林学士、端明殿学士等职。宋太祖时,任工部尚书,判大理寺事。窦仪因学问优博、通晓典故而受宋太祖器重。曾奉命主撰《建隆重定刑统》(即《宋刑统》30卷、《建隆编敕》4卷)。《宋史·窦仪传》记载,窦仪和他的四个弟弟都很出众,时号"窦氏五龙"。又《三字经》载:"窦燕山,有义方,教五子,名俱扬。"五代时,后晋有窦禹钧(生卒年不详),别名窦燕山、窦十郎,涿州范县(今河北涿州)人,因其地名属燕,故称窦燕山,生有五子:长曰仪、次曰俨、三曰侃、四曰偁、五曰僖。窦氏家教甚严,内外皆行礼仪之道,男务耕读,女勤织纺,和睦相处,上慈下孝。五代人冯道有诗赞曰:"燕山窦十郎,教子有义方,灵椿一株老,丹桂五枝香。"窦氏后人遂以"五龙"或"五桂"为堂名。窦禹钧一生做过很多好事。他家有个仆人,盗用了他家二万银钱,怕主人发觉,便写了一张债券,系在自己小女臂上,券上写明:"永卖此女,偿所负钱。"然后远逃他乡。禹钧发觉后,烧了债券,并把仆人女儿抚养成人,将她嫁给了一个优秀的贤婿,还备了嫁妆。一次,禹钧去拜佛,捡到白银200两,黄金30两,他一直守候失主,不仅如数归还,知道失主家中有难,还赠给他一笔路费。亲友无钱办丧事者,他出钱买棺葬殓;乡亲家贫子女无法婚嫁,他便出资助其婚嫁。可他自己生活却很俭朴,从不铺张浪费,用节约下的钱救助穷人。他还建立书院40间,聚书数千卷,聘请优秀的老师教育青年,代家贫子弟缴纳学费。窦禹钧本人官至谏议大夫。长子窦仪官至尚书;次子窦俨,位至翰林学士;三儿窦偁官参知政事;四子窦侃任起居郎;五儿窦僖位左补阙。八个孙子都很显贵。

【四德堂】

四德,旧时做人的道德规范。《易经》称元、亨、利、贞为四德;儒家把孝、弟(悌)、忠、信作为四德。

窦毅(519—582年),字天武,扶风郡平陵(今陕西咸阳市秦都区平陵乡)人,北魏孝武帝时任员外散骑侍郎,后随帝西迁,屡有战功。北周拜大将军。隋朝为定州总管,将女儿嫁给唐高祖李渊,即窦后。窦毅待人随和、谦虚谨慎、律己甚严,为时人称道。《周书》,新、旧《唐书》皆有传。因他孝(孝顺父母)、悌(敬爱兄长)、忠(忠君)、信(诚实)"四德"俱全,其族人为效法他,便取堂名为"四德"。

126. 都(dū)氏堂名

黎阳堂(亦称梨阳堂)(以望立堂);鸿胪堂,余庆堂,植本堂(以上为自立堂名)

【鸿胪堂】

都贶(生卒年不详),北宋臣,字君锡,陵川(今属山西)人。博览经籍,长于史学,以明经得中进士。官至鸿胪卿。每次上朝,皇帝总是虚心地咨询他一些问题,他都引经据典加以答复,意见多被采纳。官拜梓州(治所在今四川省三台县潼川镇)转运使,统领45州,多有出色的成绩。后因故遭贬。晚年不愿做官,隐居义门村锦屏山中,结芍药会。当时文人谷汉臣、高子美等经常往来山中,流连山水,诗酒度日。县令吕由庚多次推荐他外出做官,皆婉言谢绝。因其最高官职为鸿胪卿,故后人以"鸿胪"为堂名。

127. 督（dū）氏堂名

巴郡堂（以望立堂）

128. 堵（dǔ）氏堂名

河南堂，河东堂（以上为以望立堂）；知兵堂（自立堂名）

||知兵堂||

堵允锡（一作堵胤锡，1601—1649 年），江苏无锡人，字仲缄，明末及南明大臣。幼孤。崇祯十年（1637 年）进士，官至长沙知府。当时山贼萧相宇作乱，数败官兵，堵允锡率乡兵破贼，后升任湖北巡抚，贼人李锦有兵 30 万众，被允锡打得大败，被迫投降，从此军威大振，遂以知兵出名。李自成死后，其余部李锦、田见秀、刘汝魁、贺兰、李来亨等被堵允锡安抚。泓光年间任湖广参政，行事"苟利国家，我则专之"（只要有利于国家，我就专心去做）。南明永历时任兵部尚书。赠浔国公，死后谥文忠。因其知道如何用兵，故其后人以"知兵"为堂名。

129. 杜（dù）氏堂名

京兆堂，襄阳堂，濮阳堂，汉阳堂，南阳堂（以上为以望立堂）；少陵堂，诗圣堂，宝田堂，永言堂，振德堂，宝莲堂，樊川堂，继美堂，亦政堂，忠厚堂（以上为自立堂名）

||少陵堂|| ||诗圣堂||

少陵堂、诗圣堂皆出自唐朝大诗人杜甫的故事。杜甫（712—770 年），字子美，祖籍今湖北省襄阳市，出生于巩县（今属河南省）。唐肃宗时曾任左拾遗，后因上疏救房琯，被贬为华州司功参军。不久，辞官退居成都，投靠剑南节度使严武，被严武上表为检校工部员外郎，故世称杜工部。其诗有许多优秀之作，被称为"诗史"，本人被誉为"诗圣"。杜甫与李白同为唐代第一流诗人，并称李杜。为了有别于同朝诗人杜牧，亦称老杜。有《杜工部集》，新、旧《唐书》皆有传。因为杜甫曾家居杜曲，在少陵原之东，故常自称杜陵布衣、少陵野老，其后人便以"少陵"为堂名；又因杜甫被后人尊为"诗圣"，故其后裔亦有人以"诗圣"为堂名。

||樊川堂||

樊川堂出自唐代文学家、诗人杜牧的故事。杜牧（803—852 年），字牧之，号樊川居士，京兆郡万年（今陕西西安）人，唐代杰出的诗人、散文家。他政治才华出众。十几岁时，正值唐宪宗讨伐藩镇，振作国事。他在读书之余，关心军事，专门研究过孙子，写了 13 篇《孙子》注解，还写过许多策论咨文。特别是曾献计平虏，被宰相李裕德采用，大获成功。他博通经史，尤专注治乱与军事，23 岁作《阿房宫赋》，25 岁写下长篇五言古诗《感怀诗》，表达他对藩镇问题的见解。大和二年（828年），26岁的杜牧进士及第，授弘文馆校书郎、试左武卫兵曹参军。大和九年（835年），杜牧被征召为监察御史，赴长安任职，在路上遇上故友张好好，写了著名的《张好好诗》。后历任宣州团练判官、使馆修撰、膳部员外郎等职。经请求，遂外放为黄州刺史、池州刺史、睦州刺史。为政兴除利弊，关心人民。后升为吏部员外郎，又外放湖州刺史。这期间，他重修了祖上的樊川别墅。

杜牧的古体诗受杜甫、韩愈的影响，题材广泛，笔力峭健。他的近体诗则以文辞清丽、情韵跌宕见长。杜牧诗文颇多，后世编辑为《樊川文集》20卷，收文450篇。其后人遂以"樊川"为堂名。

【继美堂】【亦政堂】

继美，继承先人杜甫（字子美）遗志之意。清朝乾隆年间，内阁学士刘墉任左都御使一职，监理河道时，居住在郑集杜氏宗祠内，有感其族忠烈坚贞气节，亲笔题赠"亦政堂"匾额一个，后悬于客厅正中，轰动乡里。二堂由此而得名。可惜"文革"中该匾流落民间，不知所踪。

130. 端木（duānmù）氏堂名

鲁郡堂（亦作鲁国堂、东鲁堂），广平堂，颍川堂，浔阳堂，荥阳堂（以上为以望立堂）；植楷堂（自立堂名）

【植楷堂】

端木赐（前520年—前456年），复姓端木，字子贡，以字行于世，春秋末卫国（今河南省鹤壁市浚县）人。孔子的得意门生，孔门十哲之一，以言语闻名，利口巧辞，善于雄辩，办事干练通达而有成效，曾任鲁国、卫国之相。他懂经商之道，是孔子弟子中的首富，有"君子爱财，取之有道"之风，为后世商界所推崇。相传孔子去世后，子贡在墓旁"结庐"守墓六年，又把从卫国移来的楷木苗植于墓前。

131. 段（duàn）氏堂名

京兆堂，武威堂，扶风堂，天水堂（以上为以望立堂）；君轼堂，锦绸堂，余庆堂，多寿堂，二妙堂，梦凤堂，集凤堂，酉阳堂（以上为自立堂名）

【二妙堂】

二妙堂出自金代段钧、段铎兄弟及段克己、段成己兄弟的故事。段铎（生卒年不详），字文仲，绛州稷山（今属山西省）人，少年父母双亡，以孝顺闻名，与其兄段钧同登辞赋进士，人称"河东二段"。段钧一生著书，未仕。段铎初为长安主簿，官至华州防御使。所到之处，政绩皆显著，封武威郡开国侯。其曾孙段克己（1196—1254年），字复之，号遁庵,以进士贡俸退居龙门山。克己弟成己（1199—1279 年）,字诚之,号菊轩。正大年间（1224—1232 年）进士,官宜阳主簿。段克己创作词曲多部,写故国之思,颇有感情。如"赛马南来,五陵草木无颜色。云气黯,鼓鼙声震,天穿地裂。百二河山俱失险,将军束手,无筹策。渐烟尘,飞渡九重城,蒙金阙。"〔（满江红）《过汴梁故宫城》〕他也关心民间疾苦,曾哀吟"生民冤血流未尽,白骨堆积如山丘"（《癸卯中秋之夕与诸君会饮山中,感时怀旧》）。但写的最多的是山光水色和隐逸生活,刻画山川的雄伟,描绘风光的绮丽,俱有特色。写隐居生活,如"四壁摧颓手重泥"（《冬夜自适》）,"便把锄头为枕,眠芳草"〔（满庭芳）《山居偶成》〕,虽只是生活片段,却也看出他淡泊名利和勤于劳作的体会。前人称其作品骨力坚劲,意致苍凉。其弟段成己诗词风格与克己相近,亦有文名。兄弟二人齐名,时称"二妙"。克己独著有《遁斋月府》,成己有《菊轩集》。段克己与段成己合著有《二妙集》。段氏"二妙堂"遂由此而得名。

【梦凤堂】【集凤堂】

梦凤堂出自宋代段少连的故事。段少连（994—1039 年）,字希逸,开封（今属河南省）人。历官工部郎中、龙图阁直学士等。机敏聪慧,事无巨细,决断快速如流,不畏权势,深受范仲淹赞赏,认为他有将帅之才。任知县、知州时,政绩斐然。相传他出生时其母梦见有凤鸟聚集于庭中,后世认为他事业有成乃梦凤呈祥之兆,便以"梦凤""集凤"为宗祀堂名。

【君轼堂】

君,国君;轼,古代车厢前可供手扶或凭倚的横木,后来指在车上俯首凭轼表示敬礼。

战国时期魏国的段干木（前 475—前 396）,本姓李,名克,封于段,为干木大夫,故称段干木。安邑（今山西运城市安邑镇）人。求学于子夏,与田子方、李克、翟璜、吴起俱为魏国才士。其潜学守道,不事诸侯,受到魏文侯的敬重,便亲自登门拜访。但段干木遵从"不为臣不见诸侯"的古训跳墙躲了起来,不肯与之相见。魏文王依然很尊敬他,每次从他的门前经过时,都要站在车的横木上肃立,并且说:"段干木是贤人,我能不轼吗?"终于感动了段干木,得以相见。车夫问文侯为什么会这样?文侯说:"我富于势,干木富于义。"成语"干木富义"即源于此。周安王六年（前 401 年）秦国欲进攻魏国,有人劝秦王说:"魏君礼贤下士,有段干木辅佐朝政,国人上下团结一致,万万不可轻举妄动。"秦王遂停止用兵。段氏后人便以"君轼"为堂名。

132. 段干（duàngàn）氏堂名

扶风堂,鲁郡堂（亦称鲁国堂）（以上为以望立堂）

133. 顿（dùn）氏堂名

项城堂（以望立堂）

134. 鄂(è)氏堂名

武昌堂(亦作鄂州堂、鄂城堂),博陵堂,辽东堂(亦称扶余堂、襄平堂、辽阳堂、凌东堂)(以上为以望立堂);进贤堂,安平堂,怀德堂(以上为自立堂名)

【进贤堂】【安平堂】

进贤堂和安平堂皆出自西汉鄂千秋(?—前190年)的故事。初爵关内侯,为谒者。汉高祖刘邦平定天下,建立汉朝以后,欲分封有功之臣,一时位次难定。鄂千秋求见高祖,说:"楚汉相争时,萧何曾经保全关中以等待陛下您的到来,这乃是万代的功劳,应该排在第一位。"这正符合高祖的心意,故采纳了他的意见,并封鄂千秋为安平侯。这种进见推荐贤人的行为颇为世人称道,其后人便以"进贤"为堂名。亦有人以鄂千秋的封号"安平"为堂名。

135. 法(fǎ)氏堂名

扶风堂(以望立堂);锦晖堂,天锡堂,永安堂(以上为自立堂名)

136. 范(fàn)氏堂名

高平堂,钱塘堂,南阳堂,敦煌堂,汝南堂,河内堂,山阳堂,外黄堂(以上为以望立堂);万笏堂,后乐堂,芝本堂,鸡黍堂,永思堂,崇本堂,敦本堂,积善堂,忠恕堂,经义堂,遂道堂,文正堂,忧乐堂,麦舟堂(以上为自立堂名)

【文正堂】【后乐堂】【忧乐堂】

以上三个堂名皆出自北宋政治家和文学家范仲淹的故事。范仲淹(989—1052年),字希文,苏州吴县(今属江苏省)人。颇有政治抱负,以天下为己任。做秀才时,常言:"士当先天下之忧而忧,后天下之乐而乐。"(其著名散文《岳阳楼记》中亦有此语)大中祥符八年(1015年)中进士,官至陕西四路安抚使、参知政事。任西溪盐官时,泰州知州张纶听从其建议,修筑捍海堰,使大量土地免受海水淹没。1040年,与韩琦率兵镇守延安,同拒西夏,夏人相诫曰"小范老子胸中有数万甲兵",边境因此相安无事。死后谥号"文正"。工诗词散文,著有《范文正公集》。为纪念这位关心人民疾苦的先人,其族人遂以"文正""后乐"和"忧乐"为堂名。

【麦舟堂】

麦舟堂出自北宋名臣范仲淹济危扶困的典故。有一次,范仲淹派儿子范纯仁去姑苏(今江苏苏州)运麦子,运麦船到丹阳时正好遇到一个名叫石曼卿的人无钱埋葬死去的亲人,纯仁便把麦船赠给了他。纯仁回家后告诉父亲,受到范仲淹极大的赞许和嘉奖。该支范族后人便以"麦舟"为堂名。

【鸡黍堂】

范式（生卒年不详），字巨卿，东汉山阳郡金乡（今山东济宁市金乡县）人，东汉名士。范式年轻时游太学为诸生。后登上仕途，历任郡功曹、荆州刺史、庐江太守等职。范式重友情，讲信义。其在太学读书时，与汝南张劭（张元伯）交情甚笃，后两人同时回归故里，临分别时张劭对范式说："两年后的今天，我上你家来看望你的母亲。"范式回答说："到时候，我一定杀鸡煮黍，等待兄长。"到了那天，范母认为路远日久，张劭不会来的。范式说："我的朋友都是最讲信义的。"说着，张劭的马车已经到了。范母立即杀了鸡，煮了小米粥来招待张劭，尽欢而别。成语"杀鸡为黍"讲的就是这个故事，"鸡黍"也成了范氏的堂名。几年后，张劭患重病，卧床不起，临终前以不得见范式为憾。出殡时，棺重移不动。已做功曹的范式得梦：张劭某日死，某日葬。范式遂素马单车前来吊唁，由其执绋，棺柩才埋入土中。

137. 范姜（fànjiāng）氏堂名

高平堂，天水堂（以上为以望立堂）

138. 方（fāng）氏堂名

河南堂，开封堂，桐城堂（以上为以望立堂）；敦睦堂，敦雅堂，敦伦堂，敦叙堂，敦厚堂，敦义堂，敦必堂，敦本堂，六桂堂，立本堂，伦叙堂，榴耕堂，聚义堂，聚远堂，聚乐堂，永思堂，大训堂，友庆堂，永锡堂，白云堂，发祥堂，世恩堂，壮猷堂，观礼堂，阳牧堂，光远堂，光启堂，正学堂，溯源堂，玉粹堂，绍远堂，崇考堂，崇让堂，崇孝堂，义德堂，乘裕堂，萃涣堂，崇孝堂，崇让堂，逸河堂，滋本堂，孝恩堂，孝思堂，存雅堂，松柏堂，忠孝堂，忠恕堂，诵芳堂，思福堂，重庆堂，恩诚堂，积庆堂，源仁堂，敬投堂，敬义堂，德盛堂，德馨堂，衍庆堂等（共 100 余个自立堂名）

【正学堂】

方孝孺（1357—1402 年），宁海（在今浙江省）人，明朝大臣、学者、文学家、散文家、思想家，字希直，一字希古，号逊志，曾以"逊志"名其书斋。因其故里旧属缑城里，故称"缑城先生"；又因在汉中府任教授时，蜀献王赐名其读书处为"正学"，学者称"正学先生"。建文帝时任侍讲学士。后因拒绝为发动"靖难之役"的燕王朱棣草拟即位诏书，牵连其亲友学生 870 余人全部遇害。福王时追谥"文正"。著有《侯成集》《希古堂稿》。

【壮猷（猶）堂】

壮猷，意为"大事业、大计划，非常之策"。

《诗·小雅·采芑》："方叔元老，克壮其猷。"方叔（生卒年不详），西周周宣王时卿士,贤臣,曾率兵车 3000 辆南征荆楚,北伐北方少数民族猃狁,立下赫赫战功,为周室中兴一大功臣。周宣王为了表彰他的功劳,赐他食邑于洛邑(即今天的洛阳)。诗人对他的赞誉遂成为方氏的堂名。

【义德堂】

义德即仁义与道德。

方纲(生卒年不详),北宋池州青阳(今安徽省池州市下辖县)人,八世同居,全家 700 口人,居 600 区,每日早上鸣钟聚合吃饭。曾出稻谷 5000 石救济贫民,为百姓称颂。宋真宗景德二年(1005 年),转运使冯亮闻知此事,上奏皇帝,下诏表彰其家。天禧年间(1017—1021 年),侍御史韩亿巡视江南,返京上报,言方纲家纳税钱 400 余千,米 2500 斗,同居 400 年,而本县课税从未拖欠,望免除其户苛捐杂税,得到皇帝应允。方氏后人认为方纲一家有义有德,即以"义德"为堂名。此事见《宋史》。

【六桂堂】

唐末五代时期,京兆(今陕西西安)翁氏三十五世祖何公(即翁何),随父轩公入闽,卜居莆田福兴里竹啸庄。至三十九世有翁乾度(898—951 年),为王潮之弟王审知所建闽国的补缺郎中。娶妻林氏,生有六子。五代后晋天福年间(936—944 年),闽国被南唐和吴越瓜分而亡国。为避难,翁乾度携眷归隐莆田竹啸庄,并将六子依次改为洪、江、翁、方、龚、汪六姓。960 年,赵匡胤建立北宋王朝,翁乾度六子于宋初三次科举,先后中进士,即所谓"三科六进士",并跻身仕途。长子名处厚,字伯起,分姓洪;宋太祖建隆元年(960 年)进士,特授承议郎兼殿中丞,上柱国,赐绯鱼袋。次子名处恭,字伯虔,分姓江;宋太宗雍熙二年(985 年)进士,官拜泉州法曹。三子名处易,字伯简,留本姓翁;建隆元年与长兄同榜进士,官至剑南少尉。四子名处朴,字伯淳,分姓方;宋太祖开宝六年(973 年)进士,官拜泉州法曹。五子名处廉,字伯约,分姓龚;开宝六年与四兄同榜进士,官至大理寺直,监察御史。六子名处休,字伯容,分姓汪;雍熙二年与二兄同榜进士,官拜朝散郎、韶州通判。当朝六兄弟齐荣,显赫一时,被誉为"六桂联辉"。"六桂堂"由此而得名。

139. 房(fáng)氏堂名

清河堂,济南堂,河南堂,房州堂(亦称十堰堂)(以上为以望立堂);中书堂,国器堂,继锦堂,敦伦堂,亲睦堂,丕振堂,渝德堂,树德堂,怀德堂,尊敬堂,崇彝堂,乐善堂,世善堂,孝友堂,孝思堂,松茂堂,务本堂,世仁堂,滑石堂,文英堂,思本堂,启昌堂,明礼堂,聚贤堂(以上为自立堂名)

【中书堂】

房玄龄(579—648 年),唐初名相。名乔,字玄龄,以字行于世,齐州临淄(今山东省济南市章丘市相公庄镇房庄村）。自幼聪慧，善诗能文，博览经史，精通儒家经典，有一手好书法。房玄龄 18 岁时本州举进士，授羽骑尉。在渭北投秦王李世民后，为秦王出谋划策，典管书记，是秦王得力的助手之一。武德九年（626 年），他参与玄武门之变，与杜如晦、长孙无忌、尉迟敬德、侯君集五人并功第一。唐太宗李世民登基后，历任中书令、尚书右仆射、司空，封梁国公。任宰相 15 年，与杜如晦共理朝政。房玄龄善谋，而杜如晦处事果断，人称"房谋杜断"，史称"房杜"。他追随唐太宗打天下，出生入死，备尝创国立业之艰辛，时刻不忘创业之难，警钟长鸣，力戒骄奢淫逸，以维持国家长治久安。任宰相 15 年，与初唐其他 23 位开国功臣一起画像，并供奉于"凌烟阁"。房玄龄堪为房氏家族的骄傲，故以其官职为堂名。

【国器堂】

国器，指具有治国才能的人。

国器堂建于 1905 年，供奉房玄龄，为清末殿前侍卫房殿魁（生卒年不详）奉旨在广东大埔首建。明代房宽，陈州人，原为燕王朱棣的将军，一直驻守边关。朱棣发动"靖难之役"，房宽助朱棣登位有功，被封为思恩武侯。但他看到朱棣以"清君侧"为由，制造了"瓜蔓抄""后宫惨案"等几起血腥大案后，恐有"不测风云，常感前代功臣俱无牒（谱），便即纂牒"，遂命三个儿子离京远出"各籍一省"，并"各授一牒，以传后世"。其子房万宝奉父亲之命，携妻带子离开北京，历经千山万水，辗转到福建省宁化县石壁村落脚。房万宝死后，其黄姓、罗姓二妻与三个儿子房大贵、房大才、房大富，背其骨骸转迁至广东大埔县银江落地生根。其后裔乃房殿魁。

140. 费（fèi）氏堂名

江夏堂，琅琊堂（以上为以望立堂）；德懋堂，乐善堂，衍庆堂，念本堂，源述堂，职思堂，尚志堂，承志堂，地远堂，敦睦堂，授易堂（以上为自立堂名）

【授易堂】

费孝先（生卒年不详），宋代易经家，四川成都人，至和初年（1054 年）游青城董正图学舍，坏其竹床，欲照价赔偿。董正图曰："成败有数，何尝焉。"（总有一天是要坏的，赔什么啊！）费孝先就在床的边上写着：某月某日为费孝先所坏。董正图看后，大为惊叹。因此，费孝先向董正图传授《易经》，遂以术名天下。费孝先善轨革，世皆知名。相传宋仁宗时，费孝先创三时卦影。据记载："自至和、嘉祐（1056—1063 年）以来，费孝先以术名天下，士大夫无不作卦影，而应（灵验）者甚多。"此术"取人生辰年、月、日、时成卦，系之以诗，言人之休咎（吉与凶；善与恶）"。"又画人物、鸟兽，以寓吉凶"。因费孝先以传授《易经》出名，故其后人以"授易"为堂名。

注：轨革，古代占验术之一，以图画占吉凶。卦影，古代术士于卜卦时为隐喻卦意以备应验所绘制的图形（或辅以文辞），亦借指此种卜术。

141. 丰（fēng）氏堂名

京兆堂，松阳堂（以上为以望立堂）；尚义堂，正义堂，楚黄堂，忠烈堂（以上为自立堂名）

【尚义堂】【正义堂】

尚义，即崇尚义气。

宋代人丰有俊（生卒年不详），字宅之，绍熙年间进士，先后任扬州、镇江知府，所到之处，皆有政绩。他勤政爱民，最讲义气，主持正义。少年时曾登青楼，见一小娼，疑为故人之女，结交以后，果然如此，遂禀告京尹王佐，王佐赞扬有俊讲义气，便把小娼赎回，选择好人家嫁了出去。丰氏后人遂以"尚义""正义"为宗族堂名。

142. 封（fēng）氏堂名

渤海堂，河间堂，武陵堂，洛阳堂（以上为以望立堂）；平卢堂，仁德堂，保德堂，世德堂，功德堂，厚德堂，德馨堂，世思堂，世友堂，万世堂，举世堂，四箴堂，烟竹堂，玉清堂，槐荫堂，家兴堂，三祝堂，怡庆堂，顺庆堂，封家堂，封堂，周运堂，光裕堂，常归堂，思远堂，紫泥堂，南梅堂，祖元堂，祖氏堂，博学堂，仲华堂，永思堂，存耕堂，大节堂，虎盛堂，灵隐堂，正茂堂，文明公堂，凤飞飞堂（以上为自立堂名）

【平卢堂】

封敖（生卒年不详），字硕夫，唐代渤海郡蓨（今河北景县境）人，元和十年（815年）进士，为名臣李裕德所器重。累官右拾遗、翰林学士、中书舍人、御史中丞、礼部和吏部侍郎，封渤海县男，拜平卢、兴元节度使，为左散骑常侍。封敖才思敏捷，文章词语丰富，善于说理，不追求奇特晦涩的文字，文才为宰相李德裕所器重，屡次被推荐提拔。宋理宗赵昀让他替皇帝写一封《告慰边疆将士》的圣旨，其中两句"伤居尔体，痛在朕躬"（伤在你们身上，却痛在我的心里）深得好评。贴切形象，李德裕为太尉时，所作制诰（皇帝诏令）文件，都由封敖代笔。因其当过平卢节度使，其族人便以"平卢"为堂名。

143. 酆（fēng）氏堂名

京兆堂（以望立堂）

144. 冯（féng）氏堂名

始平堂，杜陵堂，颍川堂，上党堂，弘农堂，河间堂，京兆堂（以上为以望立堂）；长乐堂，同兴堂，三同堂，同舆堂，义市堂，大树堂，四德堂，树德堂，善德堂，竖德堂，瑞锦堂，

天宝堂,三元堂,继立堂,四山堂,始于堂(以上为自立堂名)

【义市堂】

义市堂出自战国时齐国孟尝君门客冯谖(亦作冯驩)的故事。冯谖(生卒年不详),薛国(今山东滕州市官桥镇)人,家境贫寒而不能维持自己的生活,托人去找孟尝君,愿意投靠门下做食客。孟尝君问他有何爱好,答"无";问他有何才能,答"无"。孟尝君还是收下了他,以下等客待以粗茶淡饭。冯谖以食无鱼、出无车、无以为家,三为长铗归来之歌,孟尝君遂以礼相待。一年后,孟尝君当了齐国相国,门客愈3000人。不久,孟尝君让冯谖去薛城收债,冯谖招来债主,凡赤贫不能还债者,皆将债券焚之,民呼万岁。孟尝君怪之,冯谖答曰:"您家财万贯,什么都不缺,唯独缺少对穷苦人的情义,我给您买回情义来了。"后来齐王听信了秦楚两国制造的谣言,免去了孟尝君相国的职务,遣送他回薛城,薛民出百里相迎,孟尝君才体会到义市的作用,而且又是冯谖帮助他恢复了相位。冯氏"义市堂"遂由此而得名。

【大树堂】

冯异(?—34年),东汉父城(故城在今河南宝丰东,李庄乡古城村)人,字公孙。冯异酷爱读书,精通《左氏春秋》《孙子兵法》。他早年为王莽效力,后投奔刘秀并立下汗马功劳。他作战勇敢,常为先驱,善于谋略,料敌决胜,治军严明,关心民间疾苦。东汉创业,其功劳极大。他还是平赤眉、定关中的功臣,深得汉光武帝刘秀的信任。冯异平定关中后,有人说他有当"关中王"的野心,冯异本人也颇不自安,提出要留妻子在洛阳,但刘秀对这些流言毫不在意,命冯异带家眷一起回关中,显示出对冯异的极大信任。冯异为人谦让,从不居功自傲;出行与其他将军相遇,常常拉开车马让路;军队前进停止都标明旗帜,在各部队中号称纪律最严明。每当部队宿营,别的将军坐在一起评功论赏,他则独自退避于树下,人称"大树将军"。攻破邯郸后,要重新安排各将领的任务,分配士兵的归属,士兵们都愿意跟随大树将军。

为人要谦虚谨慎,切勿自我炫耀,这便是冯氏"大树堂"给后人的启示。

【三同堂】【同舆堂】

冯诞(生卒年不详),字思政,后魏长乐信都(今河北冀州市旧城)人,冯熙(文明太后之兄)的长子,姿质妍丽。年才十余岁,文明太后便引入宫中,申以教诫。少时不能习读经史,故并无学术,空有堂堂外表,宽雅恭谨而已。冯诞与后魏高祖孝文帝元宏同岁,幼侍书学,仍蒙亲待(从小侍候元宏学习,所以多受关照)。后娶高祖妹乐安公主为妻,拜驸马都尉、侍中、征西大将军、南平王。冯诞受高祖宠爱,常同舆而载,同案而食,同砚而学(一起乘车,同桌吃饭,一起学习)。故后人以"三同"为堂名,亦作同舆堂。

145. 凤(fèng)氏堂名

平阳堂,邰阳堂(以上为以望立堂);励众堂(自立堂名)

【励众堂】

励众,激励众人。

明代凤翕如(生卒年不详),字邻凡,吴县(今苏州吴中区)人。崇祯末年任汉阳通判,代理知府管事。张献忠来攻,太守弃印去,翕如不忍城破使百姓受害,乃励众死守,献忠不能克,遂退去。因卫城卫民有功,升任衡州知府。"励众"堂遂源于此。

146. 伏(fú)氏堂名

太原堂,高阳堂,平昌堂,安丘堂(以上为以望立堂);鸣琴堂,藏授堂(以上为自立堂名)

【鸣琴堂】

伏不齐(生卒年不详),即宓不齐,春秋时鲁国人,孔子弟子,七十二贤者之一。曾任单父(今山东菏泽单县)宰,任职期间,不仅赋役较轻,遇荒年还发仓粟,给穷人赈灾,补不足。举贤能,提倡孝敬父母,尊敬师长。他反对不干实事而夸夸其谈的人,尊重敦厚持重的长者,以礼乐治世民。表面上每天弹琴作乐,却把单父治理得很好。人们夸奖他是"鸣琴而治"。孔子称他为君子。739年唐玄宗李隆基追封他为"单伯";1009年宋真宗赵恒又追加他为单父侯;1530年明世宗朱厚熜改称他为"先贤宓子"。

【藏授堂】

伏胜(前260—前161年),字子贱,西汉济南(今山东邹平)人,曾为秦博士,世称伏生。秦汉之际的经学大师,专治《尚书》。秦始皇焚书坑儒时,他藏《尚书》于壁中,使这部重要文献得以保存而流传至今。汉文帝时征求能治《尚书》者。伏胜时年九十余,老不能行,文帝便派晁错去济南请他传授,得29篇,这便是现在的古文《尚书》。伏胜撰有《尚书大传》。

147. 扶(fú)氏堂名

京兆堂,河南堂(以上为以望立堂);翼汉堂(自立堂名)

【翼汉堂】

汉代扶嘉(生卒年不详),胸忍(今重庆市云阳县)人。传说其母曾在汤溪旁遇龙而生嘉,遂占卜凶吉,巧发奇中。及长,有智谋,沉毅端重。汉高祖为汉王时,闻其名,往见之。他劝刘邦定三秦,取关中,以形势定天下。高祖认为他志在扶翼汉室,便赐姓他扶(原本姓伏),封官廷尉,食邑胸忍。归隐乡野之后,发明吸卤煮盐的方法,为繁荣当地的经济做出了巨大贡献。

148. 宓(fú)氏堂名
(《现代汉语学习词典》注音 mì,但应读 fú)

太原堂,平昌堂(以上为以望立堂);鸣琴堂(春秋时宓不齐的故事,即伏不齐,见"伏"氏条)(自立堂名)

149. 臭(fú)氏堂名
(作为姓,不读 chòu,应读 fú、xiù 或 xùn)

丹阳堂(亦作润州堂、丹杨堂),夷陵堂(亦称宜昌堂),南郡(亦称郢邑堂、江陵堂)(以上为以望立堂)

150. 符(fú)氏堂名

琅琊堂(以望立堂);琅瑜堂,积善堂,义阳堂,忠厚堂(以上为自立堂名)

▌义阳堂▐

唐代临沂人符嶙(生卒年不详),字元亮,为辅国大将军,封义阳郡王。其后裔淮阳人符存审(862—924年),官宣武节度使,经历百战不败。其子符彦卿(898—975年),字冠侯,官拜太傅,封魏王,加封太师。符彦卿有六女,其中三女皆为二朝皇后。女儿符金定嫁于宋太祖赵匡胤,六女嫁于宋太宗赵匡义,封懿德皇后。彦卿之兄符彦超(880—934年)为安远节度使,形成武将大家,显赫一时。其后向海外发展,分布于世界各地,居于东南亚符氏后人,以"义阳"为堂名。

151. 福(fú)氏堂名

百济堂,辽东堂,平陵堂(亦称武兴堂、文水堂)(以上为以望立堂)

152. 付("傅"字简体,fù)氏堂名

清河堂(以望立堂),兴商堂,版筑堂,野版堂(以上为自立堂名)

▌兴商堂▐ ▌版筑堂▐ ▌野版堂▐

该三个堂名皆出自商代人傅说(音 fùyuè)的故事。傅说,古虞国(今山西平陆)人,生卒不详,殷商时著名贤臣,先秦史传为商王武丁(前1205—前1192年在位)的丞相,为"三公"之一。传说傅说原为胥靡(囚犯),本无姓,名说,在傅岩筑城。武丁求圣贤良佐,梦得圣人,醒来后将圣人画影图形,派人寻找,最终在傅岩找到傅说,举以为相,

国乃大治,遂以傅岩为姓。后尊为付(傅)姓始祖。

153. 富(fù)氏堂名

齐郡堂(亦作齐国堂、临淄堂、益都堂),济阴堂(菏泽堂、定陶堂、鸱夷子皮堂),陈留堂,辽东堂(亦作扶余堂、襄平堂、辽阳堂、凌东堂)(以上为以望立堂);知止堂,三杰堂(以上为自立堂名)

【三杰堂】

富嘉谟(?—706年),字、号不详,雍州武功(今陕西武功)人。唐代散文家。举进士。武则天时由长安中累转授晋阳尉。当时,吴少微亦在晋阳,魏郡人谷倚为太原主簿。三人皆以文辞见长,被称为"北京三杰"。又以文辞崇雅黜浮(崇尚优雅,革除浮华),浑厚雄迈,名重一时,人们争着仿效,时称"吴富体"。唐代政治家、军事家、文学家张说论其文曰:"如孤峰绝岸,壁立万仞,浓云郁兴,震雷俱发,诚可畏也,若施于廊庙,则骇矣。"(见《旧唐书·杨炯传》)唐中宗时富嘉谟预修《三教珠英》。中宗神龙初年,诗人、参知政事韦嗣立力荐其为左台监察御史。富氏"三杰堂"由此而得名。

154. 傅(fù)氏堂名

清河堂,北地堂(以上以望立堂);双凤堂,兴商堂(以上为自立堂名)

【兴商堂】

商朝国王武丁(?—前1192年),勤于政事,励精图治,时刻惦记着振兴自己的国家,遗憾的是缺乏人才,没有贤人相助。一天夜里,他梦见一位圣人走到他的面前。这位圣人名"说(yuè)",治理国家有卓越的才能。梦醒后,武丁让人按照他梦中所见的模样画了那圣人的像,派很多人到各地去寻找,终于在一个叫傅岩的地方找到一个干泥瓦活的奴隶,他正在那里筑墙,跟武丁梦中的人模样十分相像,他就是傅说。人们将他请到朝廷,他终于帮助武丁振兴了商朝,史称"武丁盛世",傅说也成为历史上著名的宰相。傅说后裔便以"兴商"为宗室堂名。

155. 盖［gài(gě)］氏堂名

渔阳堂,安阳堂,洛阳堂,汝南堂(以上为以望立堂);崇贤堂,多士堂,追远堂,恕德堂(以上为自立堂名)

【多士堂】【崇贤堂】

多士堂、崇贤堂都源自唐代人盖文达、盖文懿的故事。盖文达(578—644年),字艺成,冀州信都(今河北冀县)人,唐代大儒,"贞观十八学士"之一。师从刘悼。与族弟盖文懿（? —649年）皆为名儒，人称"二盖"。文达博览群书，尤精于《春秋三传》（《左传》《公羊传》《谷梁传》），入唐后由文学殿学士升谏议大夫，后官拜崇贤学士。刺史窦抗曾召集诸生，跟他进行辩论。当时大儒刘悼、刘轨思、孔颖达等人均在座，文达对答如流，依照经书辨别举证，都是学者未涉猎的内容，令在座学者深为叹服。窦抗称奇，问他师从何人。刘悼曰："其学问出于自然，并无门户之见。"窦抗叹曰："可谓冰生于水而寒于水也。"盖文懿，唐代衡水县（今河北衡水大葛村）人。与盖文达同宗。其博通诗书，亦以儒学著称。其知识渊博，研究之精密细微，远近闻名。武德初年（618年），任国子助教。当时高祖李渊在秘书省设学馆，以教授王公子弟，命其为博士，在秘书省讲授《毛诗》，深得公卿赞许。盖门多学士，尤以文达为崇贤馆学士，故以"多士"和"崇贤"为堂名。

156. 干（gān）氏堂名

荥阳堂，颍川堂，扶风堂，江都堂（以上为以望立堂）；良史堂（自立堂名）

【良史堂】

良史，优秀的史官。

干宝（? —336年），东晋新蔡（今河南省新蔡县）人，字令升，出身官宦之家。自幼聪明好学，成年后，博览群书，文武皆通。曾由大臣、都亭侯华谭推荐，任著作郎。他是我国著名的小说家和文学家，曾领修国史，著《晋纪》（全书已散佚），直而能婉，当时被称为"良史"。文学方面，他更堪称小说界的一代宗师。他的《搜神记》所记多为怪异之事，也有一部分属于民间传说，在中国小说史上有着极其深远的影响。历官司徒右长史、散骑常侍、尚书令。著书颇丰，主要有《周易注》《五气变化论》《论妖怪》《论山徙》《司徒仪》《周官礼注》《晋纪》《干子》《百志诗》《搜神记》等。因人称其为"良史"，其族人遂以此为堂名。

157. 甘（gān）氏堂名

丹阳堂，渤海堂，天水堂，洹水堂，长乐堂（以上为以望立堂）；旧学堂，五城堂，敦本堂，敦睦堂，敦伦堂，政论堂，燕翼堂，丛桂堂，友恭堂，施敬堂，有相堂，海荫堂，树德堂，雍蔼堂，永思堂，受和堂，崇善堂（以上为自立堂名）

【五城堂】

甘罗（前256—? 年），战国时秦国下蔡（今安徽凤台县）人。其祖父甘茂，事秦武王，为左相。甘罗，年十二，事秦相吕不韦。出使赵国，赵王到城郊迎接，使计让赵国割让五座城市以事秦，因功得到秦始皇赐任上卿（相当于宰相），并封赏田地、房宅。"五城堂"由此而得名。

【旧学堂】

旧学,既可指昔从所学、昔时所学,也可指旧时我国学者所钻研的义理、考据、辞章等学。商朝高宗武丁曾就学于甘盘(生卒年不详),后武丁为商王,遂拜甘盘为相。因武丁曾拜甘盘为师,故称旧学。甘盘后裔子孙遂以"旧学"为堂名。

158. 赣(gàn)氏堂名

鲁国堂(亦称鲁郡堂、东鲁堂),颍川堂,广平堂,荥阳堂,浔阳堂,枭阳堂(以上为以望立堂)

159. 江(gāng)姓堂名

辽东堂,渤海堂,旭升堂(以上为以望立堂)

160. 高(gāo)氏堂名

京兆堂,渔阳堂,辽东堂,河南堂,广陵堂(以上为以望立堂);渤海堂,厚余堂,后余堂,有继堂,供侯堂,双玉堂,报本堂,守愚堂,聚庆堂,落雕堂,笃孝堂,赐乳堂,金镜堂(以上为自立堂名)

【渤海堂】

唐代人高固(?—809年),字黄芩,渤海郡蓨县(今河北景县东)人。出生微贱,为家所卖,转为唐朝名将浑瑊[姓浑名瑊,朔方节度留后(官名)浑释之之子]家童奴。性敏慧,有臂力,善骑射,瑊爱而养之,因齐有高固(齐国大夫,即高宣子),遂以为名。从瑊屯朔方,贼突入东壅门,高固引锐士长刀,杀贼数十人,封渤海郡王,后拜邠宁节度使,官至右羽林统军。唐代高崇文(746—809年),字崇文,幽州(今北京一带)人,七世同居,旌表其闾。后从韩全义镇守长武城,治军有声望。吐蕃侵犯宁州,高崇文率兵往救,大破之,封渤海郡王,官至中书门下平章事、宰相。其孙高骈亦封渤海郡王(参见"落雕堂")。唐代高氏有三人封为渤海王,十分荣耀,故后人以"渤海"为堂名。

【厚余堂】

厚余,意为"极其忠厚"。

高柴(前521—前393年),春秋时卫国(一说齐国)人,字子羔(一作子皋),孔子弟子,性仁孝,以尊老孝亲著称。曾在鲁、卫两国四次为官,历任费宰、郕宰、武城宰和卫国的士师。举亲人丧,泣血三年,未见露齿。因其极其忠厚,故其后人便以"厚余"为堂名。

【落雕堂】

落雕堂,出自唐代高骈的故事。高骈(821—887年),字千里,唐德宗时宰相高崇文之孙,晚唐诗人,名将、军事家,幽州(今北京一带)人。历官剑南、镇海、淮南节度使,侍中,封渤海郡王。任朱叔明的司马时,一次,有二雕在空中并飞,高骈曰:"我且贵,当中之!"(意思是:我就要显贵了,应当射中它们!)遂一箭射落双雕,众人大惊,因号落雕侍御。高氏"落雕堂"因此而得名。

【笃孝堂】

笃孝,特别孝顺。

笃孝堂出自明代人高尚学的故事。高尚学,字希贤,大义(今山东巨野县大义镇)人。孝顺父母、友爱兄弟。父死,庐墓(在墓旁筑小屋居住)三年,背土为坟。黄河涨水,尚学伏墓号啕大哭,可巧河水绕西转而北行,人们说是孝行引起的感应。母死,又庐墓三年。守墓期间,白鹊、雉鸡都在其房屋旁筑巢陪伴他。隆庆初年(1567年)授鸿胪寺(掌外朝大朝会之事),五年后出任内乡典史。

【赐乳堂】【金镜堂】

赐乳堂和金镜堂皆源自唐代高季辅的故事。高季辅(596—654年),名冯,以字行世,蓚(音tiáo)县(今河北德州市景县)人,以孝顺闻名。贞观初年(627年),官拜监察御史,弹劾不避权贵。转任中书舍人,数次上书言得失。唐太宗李世民赏赐乳钟(钟:圆形的壶)一尊,说:"你进药石之言,我以药石相报。"(药石:治病的药物和砭石。比喻规劝改过迁善的话)后任吏部侍郎,善于铨叙人物(即善于选拔人才。铨叙:旧时的一种选官制度,按照资历或劳绩核定官职的授予或升迁)。唐太宗又赐给他一面背面金子做的镜子,以表彰他高明的鉴别力。高宗继位后官至宰相,死后追赠开府仪同三司、荆州都督,谥号宪。高季辅后人遂分别以"赐乳"和"金镜"为堂名。

161. 郜(gào)氏堂名

京兆堂,高平堂,安定堂(以上为以望立堂);集古堂(自立堂名)

【集古堂】

清代学者郜坦(生卒年不详),淮安人,研究《春秋》遵从左氏,博采杜预以至宋、元各家学说,著《春秋集古传注》(《春秋左传集注》)一书。郜氏"集古堂"由此而得名。

162. 戈(gē)氏堂名

临海堂,景州堂(以上为以望立堂);平允堂(平寇堂)(自立堂名)

【平寇堂（平允堂）】

平寇,平定海寇。平允,公正适当,平易近人。

戈尚友(生卒年不详),明代临淮(故地在今安徽凤阳东)人。任饶平县知县时,县内有草名"断肠",毒性很大,百姓有人用此干坏事,戈尚友极力制止。遇到犯事需要赎罪的人,尚友便让他们将此草扔到沿海的水井中,大家都不明白是怎么回事。后来海寇来犯,取井水饮用,死伤者已过半。戈尚友后升任刑部主事。戈尚友为官以平允著称,因其办事公正,并平定了海寇,故其后人便以"平寇"或"平允"为宗族祠堂的堂名。

163. 葛（gě）氏堂名

张掖堂,顿丘堂,梁郡堂(亦作梁国堂),颍川堂,句容堂(以上为以望立堂);清柳堂,余庆堂,崇德堂,正德堂,承德堂,载德堂,读书堂,树滋堂,抱朴堂,导养堂,光达堂,覃兮堂(以上为自立堂名)

【抱朴堂】【导养堂】

导养,保养身体,修养身心。

葛洪(250—330年),晋代句容(今江苏镇江市代管县级市)人,字稚川,自号抱朴子。咸和初年为散骑常侍。好神仙导养之法,元帝召为丞相掾,闻交趾出丹砂,求为句漏令,至罗浮山炼丹。因平贼有功赐爵关内侯,著《抱朴子》一书,分两篇,内篇20卷,外篇50卷,述炼丹之法,建立长生理论,对我国古代化学、药物学有一定参考价值。另有《金匮药方》《神仙传》《集异传》等。后人以其号和著作名等为堂名。

164. 庚（gēng）氏堂名

新野堂,济阳堂,颍川堂(以上为以望立堂)

165. 耿（gěng）氏堂名

高阳堂,扶风堂,河东堂,禹阳堂,燕山堂(以上为以望立堂);美阳堂,怀远堂,敬学堂,响山堂,礼让堂(以上为自立堂名)

【美阳堂】【怀远堂】

耿秉(?—91年),字伯初,东汉茂陵(今陕西兴平东北)人。东汉将领、军事家。出身将门世家。耿秉身材壮伟,生性刚直。平素博览群书,尤好《司马兵法》。曾力陈"中国虚费,边陲不宁,其患专在匈奴",只有"以战去战"方能奏效,深为汉明帝赏识,累拜谒者仆射。永乐十五年十二月,耿秉被任命为驸马都尉,与窦固等屯兵凉州(治所在今甘肃张家川)。永乐十六年,他与窦固、祭肜、来苗率大军四路出击。耿秉率骑兵1万余人追击匈奴王部 600 余里,次年又打击敢于与汉王朝抗衡的车师王国,并击败北匈奴军队于天山脚下,然后西向直捣车师腹地。

汉章帝即位后,又拜耿秉为征西将军。建初元年(76 年)改任度辽将军,"视事七年,匈奴怀其恩信"。永元元年(89 年),汉和帝命窦宪为统帅、耿秉为副统帅,出击北匈奴,取得辉煌战果。

耿秉作战英勇,处事果断,身先士卒,深得军心,将士们皆愿为其效力。归国后,被封为"美阳侯"。耿秉死后,匈奴闻之,举国号哭。其德足以安抚远方的匈奴人,耿氏后人遂以"美阳"或"怀远"为堂名。

166. 工(gōng)氏堂名

泾阳堂(以望立堂)

167. 弓(gōng)氏堂名

太原堂(以望立堂);光禄堂(自立堂名)

【光禄堂】

弓祉(生卒年不详),汉代人,官光禄勋,其后裔遂以"光禄"为堂名。

168. 公(gōng)氏堂名

括苍堂(亦作梧州堂),蒙阴堂(亦作蒙邑堂、堂阜堂、艾邑堂),松阳堂(以上为以望立堂);博通堂(自立堂名)

169. 公良(gōngliáng)氏堂名

陈留堂,东郡堂(以上为以望立堂)

170. 公孙(gōngsūn)氏堂名

扶风堂,高阳堂(以上为以望立堂);忠义堂,白马堂(以上为自立堂名)

【忠义堂】

公孙杵臼,生卒年皆不详,活动于晋景公时期(前 599—前 581 年),春秋时晋国人,赵盾、赵朔父子的门客,中国古代著名忠义故事《赵氏孤儿》的主角。赵盾,晋国卿大夫,著名政治家、军事战略家。晋灵公时,武臣屠岸贾与赵盾不和,设计陷害赵盾,致使赵盾全家 300 余口人遇害,仅有其子驸马赵朔与公主得以幸免。屠岸贾又假传灵公之命,逼赵朔自杀。公主被囚禁于府内,产下一子,托付给赵家门客程婴,亦自缢而亡。程婴将婴儿放入药箱,负责看守的将军同情赵家,放走程婴和赵氏孤儿,遂自刎而死。程婴携婴儿投奔赵盾好友公孙杵臼。屠岸贾急于斩草除根,假传圣旨,欲将全国半岁以下、一月以上的婴儿杀绝。程婴与公孙杵臼商议,决定献出亲生儿子以保全赵家血脉。后程婴便向屠岸贾"告发"公孙杵臼私藏赵氏孤儿,屠岸贾信以为真,将婴儿残忍杀死。程婴见亲子惨死,忍痛不语。公孙杵臼大骂屠岸贾,触阶而死。屠岸贾心事已了,便收程婴为门客,将其子程勃(实为赵氏孤儿)收为义子,取名屠成。15年后,赵氏孤儿长大成人,程婴告知实情。赵氏孤儿悲愤不已,决意报仇。此时,灵公已死,悼公在位,程勃将屠岸贾专权横行、残害忠良之事如实禀明,悼公便命他捉拿屠岸贾处死。赵家冤仇得报。赵氏孤儿恢复本姓,被赐名赵武。此事广为流传,直至远播海外,公孙氏"忠义堂"亦闻名于世。

【白马堂】

东汉公孙瓒(?—199年),字伯珪,辽西令支(今河北迁安)人。举孝廉,中平年间因讨张纯等有功,被封为讨虏将军,任辽东属国长史,他以强硬的态度对抗北方游牧民族,作战勇猛,屡次打败胡虏,威震边疆。他出身贵族,因母地位卑贱,故初为小吏。但相貌俊美,且声音洪亮、机智善辩,得到涿郡太守赏识,将女儿许配于他。后逐步升到中郎将。他常乘白马,乌桓人十分惧怕他,相互告之曰:"我们要避开白马长史。"其后人便以"白马"为宗祀堂名。

171. 公西(gōngxī)氏堂名

顿丘堂(以望立堂);三贤堂(自立堂名)

【三贤堂】

三贤即三个贤人,他们是公西赤、公西蒇和公西舆如,三人皆为孔子弟子。公西赤,字子华,亦称公西华,春秋末鲁国学者,前509年(一说前519年)生于今山东菏泽市东明县渠村乡公西村,七十二贤人之一。他束带立朝,娴(熟习)宾主之仪,曾言其志曰:"宗庙之事,如会同(古代诸侯以事朝见帝王,称会,见众曰同),端章甫(章甫,即缁布冠,殷商时冠名),愿为小相(小,谦辞;相,赞礼之人,相当于司仪)焉。"孟武伯曾向孔子问起公西赤。孔子答:"赤也,束带立于朝,可与宾客言也,不知其仁也。"在孔子弟子中,公西赤以长于祭祀之礼、宾客之礼著称,且善于交际。唐开元二十七年(739年),追封"邵伯",宋大中祥符二年(1009年)加封"钜野侯",明嘉靖九年(1530年)改称"先贤公西子"。公西蒇(生卒年不详),字子尚,鲁国人,唐代追封"徐城侯"。公西舆如(生卒年不详),字子上,鲁国人,唐代赠"重丘伯",宋代追封"临朐侯"。

172. 公羊（gōngyáng）氏堂名

顿丘堂（以望立堂）；春秋堂（自立堂名）

【春秋堂】

公羊高（生卒年不详），旧题《春秋公羊传》的作者，战国时齐国人，相传为子夏（卜商）的弟子，治《春秋》，传于公羊平。《春秋公羊传》最初仅为口说流传，传至玄孙公羊寿及齐人胡母生，才"著于竹帛"，流传于世，起于鲁隐公元年（前 772 年），终于鲁哀公十四年（前 481 年），着重阐释《春秋》之"微言""大义"，主要精神是宣扬儒家思想中拨乱反正、大义灭亲，对乱臣贼子要无情镇压的一面，为强化中央专制集权和"大一统"服务。《公羊传》尤为今文经学派所推崇，是今文经学的重要典籍，历代今文经学家都常用它作为议论政治的工具。它是研究战国、秦、汉间儒家思想的重要资料。公羊氏家族以"春秋"为堂名，以缅怀公羊高著书的丰功伟绩。

173. 公冶（gōngyě）氏堂名

鲁国堂（以望立堂）；博通堂（自立堂名）

【博通堂】

博通，博学而通晓。

孔子弟子公冶长（生卒年不详），字子长、子为芝，今山东诸城贾悦镇近贤村人。自幼家贫，勤俭节约，聪颖好学，博通书礼，德才兼备，终生治学不做官。专心教学育人，深受孔子赏识。他通鸟语，传说一天他听到鸟叫："公冶长，公冶长，南山有个虎驮羊，你吃肉，我吃肠。"公冶长以为老虎咬死了一只羊，就赶到南山看个究竟。谁知到了南山，竟是一个人被杀了。这时，恰好县衙捕快也赶到那里，就把他当作杀人犯抓了起来。县令询问他，他说受了鸟的骗。县令为了证实他是否说的是真话，就让人用盐把米煮了喂鸟吃，然后把鸟提到公冶长的前面。小鸟边吃边叫，县令问公冶长："小鸟叫的是什么？"公冶长回答："小鸟说米里有盐。"县令知道他受了冤枉，就把他释放了。孔子谓长可妻也（孔子说女子是值得嫁给公冶长的）。"虽在缧绁之中，非其罪也。"缧绁，古代捆绑犯人的大绳，引申为"监狱"，意思是：公冶长会登监狱，但不是他的罪过。于是，孔子便把自己的女儿嫁给了他。公冶长后人遂以"博通"为堂名。

174. 功（gōng）氏堂名

豫章堂（亦称南昌堂、九江堂、锦江堂），辽东堂（亦称扶余堂、辽阳堂、襄平堂、凌东堂）（以上为以望立堂）

175. 共（gāng 或 gǒng）氏堂名

渤海堂,武陵堂,江陵堂,宣城堂,豫章堂(以上为以望立堂);六桂堂,临江堂(以上为自立堂名)

【临江堂】

共敖(? —前204年),秦南郡(今湖北省)战国末期楚国贵族之后。秦朝末年,项羽奉熊心为楚怀王,任命共敖担任柱国(司马)。在项羽扫荡赵国秦军西征咸阳时,共敖受熊心(后被尊为义帝)委派,攻取了辖境大致为今湖北西部、西南部、南部的南郡。南郡曾是楚国的发祥地,楚国的古都郢城曾作为南郡的郡治。共敖因此战而功勋卓著。因此,前206年项羽分封十八路诸侯时,共敖被封为"临江王",封地就是他攻占的领地,南郡也因此改名为"临江国",都城为江陵。其后裔遂以"临江"为堂名。

176. 宫（gōng）氏堂名

河东堂,太原堂(以上为以望立堂);敦本堂,忠谏堂,虞璧堂(以上为自立堂名)

【忠谏堂】【虞璧堂】

忠谏堂和虞璧堂皆出自春秋时虞国宫之奇的故事。宫之奇(生卒年不详),虞国辛宫里(今山西平陆县张店镇附近)人。他明于料事,远见卓识,忠心耿耿辅佐虞君,并推荐百里奚,共同参与朝政,对外采取联虢拒晋的政策,主张虞虢联盟,是春秋著名的政治家。春秋时,晋献公为了扩张势力和版图,就借口灭掉虢国。但晋国和虢国之间还隔着一个虞国,怎样才能顺利通过虞国呢?上大夫荀息说:"虞国国君是个目光短浅、贪图小利的人,只要我们送给他垂棘的美玉和屈立的良马,他不会不借道的。"垂棘在今山西潞城北,盛产美玉;屈立在今山西吉县,以产良马著称。晋献公有点儿舍不得。荀息明白他的心思,说:"只要虞国肯借道给我们,这两件宝贝只不过在虞国寄存些日子罢了。"晋献公采纳了荀息的计策。虞国国君见到这两件宝物,顿时心花怒放,满口答应。虞国大夫宫之奇听说后,阻止道:"虢国和虞国是唇齿相依的邻国,两个小国相互依存,有事可以互相帮助,万一虢国被灭了,虞国也自身难保了,俗话说'唇亡齿寒',没有嘴唇,牙齿也保不住呀!借道万万使不得。"虞国国君不听,宫之奇知道虞国离灭亡的日子不远了,于是带着一家老小离开了虞国。果然三年后,晋国在灭掉虢国后,回师时顺便灭掉了虞国。宫之奇以忠心劝谏而知名,宫氏后人便以"忠谏""虞璧"为堂名。

177. 龚（gōng）氏堂名

武陵堂,渤海堂(以上为以望立堂);六桂堂,荣兴堂,中隐堂,耕读堂,楚仙堂(以上为自立堂名)

【六桂堂】

五代翁乾度的故事。参见方氏"六桂堂"条。

【耕读堂】【渤海堂】

耕读，原为"耕犊"，犊即小牛；耕犊即"卖刀买牛，兴农务桑"的意思，后演变为"耕读"，取其"教化民众，劝民农桑"之意。

耕读堂、渤海堂皆出自汉朝政治家龚遂的故事。龚遂（生卒年不详），山阳郡平阳（今山东邹县）人，字少卿。熟知经学，初仕昌邑王刘贺，任郎中令。刘贺行为不检点，龚遂常引经据典，陈述利弊，大胆劝谏。刘贺不听，终被判刑，削发筑城。汉宣帝时，龚遂出任渤海太守，时值饥荒蔓延，盗贼四起，帝问龚遂平息盗匪之术，龚遂曰："治乱民，犹治乱绳，唯缓之然后可治，愿无拘文法。"宣帝从之。龚遂独自乘车至渤海郡，罢逐捕盗贼之吏，并开仓济贫、劝民农桑。于是，农民纷纷卖剑买牛，卖刀买犊，此曰"带刀佩犊"，境内治安大为好转。故事见《汉书·龚遂传》。为缅怀这位治郡有方的渤海太守，龚氏后裔便以"耕读"和"渤海"为宗族堂名。

【中隐堂】

龚宗元（生卒年不详），字会之，祖籍邵武（今属福建省），北宋学者，约活动于北宋大中祥符年间（1008—1016年），天圣五年（1027）年进士。祖父龚慎仪，出仕南唐，入宋后被害。父亲龚识，宋端拱年间进士，官至平江军节度副使，迁居吴地昆山黄姑塘（今属江苏）。龚宗元初为杭州仁和县主簿。期间，知州范仲淹赞誉其文章"温厚和平而不乏正气，似其为人"，并曰："君德业清修，他日必为令器，慎勿因人以进。"认为他操行洁美，功业圆满，必将成为优秀人才。龚宗元乃绝迹权门，以清白正直为人所称道。后因父病，调吴县。之后改任建安尉，擢大理寺评事，又任句容知县。他在破案、挖掘藏犯、追捕逃犯上，像神仙一般。御史杨纮（隋文帝弟弟）履职极严，所到之处不法官吏被弹劾者甚众。过句容，不入巡察，曰："龚君能治民，吾往徒为扰耳。"意思是：这里已被龚先生治理得很好了，我再去不是找麻烦打扰他吗？后来龚宗元又任衢州、越州通判，官至都员外郎。退休后，建中隐堂，朝野上下都赞誉他为"耆老"（年高有德）。他常与员外程适和陈之奇在中隐堂作诗酒之会，被吴中人称为"三老"。著有《武丘居士遗稿》十卷。龚氏"中隐堂"由此而得名。

178. 巩（gǒng）氏堂名

山阳堂，山阴堂（以上为以望立堂）；厚斋堂（自立堂名）

【厚斋堂】

巩嵘（1151—1227年），宋代武义（今隶属浙江金华市）人，字仲问，号峒子、厚斋。其父死后过一月，嵘诞生。幼时，母授字以形声，就学于明招寺，得著名理学大家吕祖谦教。南宋淳熙二年（1175年）中进士，初授建德县尉，赈济灾荒不遗余力，父老赞其"有乃祖遗风"，后调任丽水知县，修筑括苍寨，计划周全。后掌货务部，抑制豪吏勒索，茶盐价平，岁入亦增。负责办理冶铸钱币之事，置局淘洗遗铜，铸钱15万缗（一串一千枚为一缗），使楮（纸币）铜（钱）同值，国库得以充实。升太学博士，为大理寺丞。因上疏陈述时政得失，触怒丞相，被贬为严州知州。在严州整修城部，整训兵甲，使奸贼遏制，一郡皆服。后任礼部侍郎、直秘阁学士，因谏议刚直而免职。赴温州任知州，利导海商，营造兵舰，加强海防。古稀之年任江西转运判官、司封郎中。为官50余年，廉正清明。著有《厚斋文集》80卷。后人以其号和文集名为堂名。

179. 贡（gòng）氏堂名

广平堂（以望立堂）；秀野堂，南湖堂，明洁堂，萃涣堂（以上为自立堂名）

【秀野堂】

贡祖文（1103—1182年），字仁德，宋代长垣（今河南长垣）人。靖康时（1126年），与岳飞同时参加抗金义勇兵，扈从康王（即宋徽宗第九子赵构）南渡。从济州（山东巨野）到应天（河南商丘）至康王（历史上称高宗皇帝）登基。因贡祖文护驾有功，且武艺高强，被封为"都总将军"。此间，他与抗金名将岳飞成了莫逆之交。后又在秣陵阻击金兀术时立下赫赫战功，被任命为"秣陵总镇"，并加封为"武德大夫"。贡祖文镇守秣陵时，岳飞刚取得项城大捷，就遭到主"和"派奸臣秦桧等人的陷害，以莫须有的"罪名"将岳飞及长子岳云关押在临安大理寺监狱中。当时任秣陵总镇的贡祖文表示愿意用全家四口人（夫妻和两个儿子）的性命担保释放岳飞、岳云，并星夜兼程去营救。但时值寒冬腊月，风雪交加，路途遥远，交通不便，等贡祖文赶到临安时岳飞父子已惨遭毒手。贡祖文遂冒死将侥幸逃脱的岳飞第三子岳霖藏在军中。但秦桧四处通缉岳霖，贡祖文怕军中人多眼杂，便辞官归隐，带岳霖回到徽州宣城（今属安徽省）贡家村隐居，不久又举家迁徙到曲阿县柳塘（今江苏镇江丹阳市延陵镇柳茹村秀野堂）。贡祖文视岳霖为亲子，精心栽培，教他与两个儿子贡铁、贡贤一起习文练武。经过9年磨炼，岳霖终于成长为一个能文能武、知识渊博的有为青年。贡祖文又挑选一位知书达理、秀外慧中的钮氏姑娘与岳霖成婚。他隐姓埋名抚养英烈后代的义举一时成为美谈。1163年，宋孝宗即位，岳飞21年前的沉冤得以昭雪。孝宗为表彰贡祖文的忠肝义胆，特赐他"旌表忠义"匾额一块，悬挂在秀野堂门前。其后裔遂以"秀野"为宗祠堂名。

180. 勾（gōu）氏堂名

平阳堂，渤海堂，河西堂，中山堂，宝邸堂（以上为以望立堂）

181. 苟（gōu）氏堂名

河内堂，河南堂，西河堂，山西堂（以上为以望立堂）；祝华堂，余庆堂，建宁堂（以上为自立堂名）

182. 缑（gōu）氏堂名

中山堂，太原堂，陈留堂（以上为以望立堂）

183. 辜（gū）氏堂名

晋安堂（亦作晋江堂、泉州堂），惠安堂（亦称螺城堂），彰化堂（以上为以望立堂）；白礁堂（自立堂名）

【白礁堂】

唐代江南道观察使林正公（610—683年），字达中，乃殷商比干之子林坚之后裔。其家世居福建莆田太平村永定里（今福建莆田尊贤里北螺村）。林正公于贞观八年（634年）中甲午科进士，授江南道观察使，为官期间，他励精图治、兴学校、除苛政、廉政爱民。贞观十五年（641年），江南道大旱，民不聊生。林正体贴民情，不及禀奏朝廷，毅然开官仓放粮赈灾。当地豪绅乘机诬陷，唐太宗李世民闻之大怒，下令逮捕林正公法办。江西百姓万人联名上书为其申冤。唐太宗派人调查，方知林正公乃一名清官，遂下令放人，亲自接见抚慰，并自责曰："卿乃无辜受罪，今赐卿姓辜。"昭其"辛苦"之德，合二字为一，是为辜氏。辜正告老未返莆田老家，而定居江西。辜正第五世孙辜桓开始以其四子分四个房系，以福建同安县白礁文圃山为中心向永春、泉州、惠安等地播迁，以白礁为堂号，统称白礁辜。

184. 古（gǔ）氏堂名

新安堂，新平堂，河内堂（以上为以望立堂）；国宝堂，念祖堂，温元堂（以上为自立堂名）

【国宝堂】【新安堂】

古弼（生卒年不详），北魏代州（今山西代县）人。年轻时忠诚谨慎，喜爱读书，善于骑马射箭，以敏捷正直闻名。明元帝拓跋嗣赞许他，赐名古笔，取正直而有作用之意；后改赐名古弼，意思是他有辅佐的才能。泰常七年（422年），时古弼掌管西部，明元帝命他与刘洁、卢鲁元等人掌管东宫官属，辅佐太子拓跋焘，分别负责掌管机要，传达政令和报告。太武帝拓跋焘继位后，古弼因辅佐有功，升为立节将军，赐爵灵寿侯。征讨并州反叛的胡人返师后,升任侍中、吏部尚书。一次,太武帝大阅兵,欲在黄河以西狩猎。古弼留守,诏令把肥壮的马匹给骑乘的人,而古弼命令给瘦弱的马匹,太武帝大怒,曰:"尖头奴,竟敢限制我!回朝廷后,我首先斩杀这奴才。"古弼头尖,太武帝时常称他为笔头,故时人亦称他笔公。古弼部下担心被杀,古弼说:"侍奉君主游乐不周,罪过为小;对敌寇不作防备,罪过为大。现在北方部族很强盛,南方敌寇没消灭,时刻窥视我边境。我挑选肥壮马匹以备军事需要,以防不测,乃作长远考虑。如果对国家有利,我何惧一死呢。英明的君主可以用道理劝说。这是我的罪恶,不是你们的过失。"太武帝听说后,赞叹曰:"有如此臣子,乃国家之宝。"为国家利益而不顾个人安危,这是后人应效法的,故古氏族人以"国宝"为堂名。《魏书·地形志》:"代州有新安郡。"古弼子孙在此繁衍,成为当地望族,故该支古氏亦以"新安"为宗族堂名。

185. 谷(gǔ)氏堂名

上谷堂,冯翊堂,昌黎堂(以上为以望立堂);恩威堂,经库堂,筑益堂,燕喜堂(以上为自立堂名)

【恩威堂】

谷朗(218—272年),三国末阳(今湖南衡阳市耒阳市亮源乡)人,字义先,杰出的政治家、军事家、民族英雄。历任吴国郎中、尚书令史、郡中正、浏阳令、都尉、尚书郎、广州督军校尉,拜五官中郎将,迁大中正大夫。以孝顺继母而闻名。交趾(今越南)发生叛乱,谷朗率兵前去征讨,恩威并用取得了良好效果,维护了吴国南疆稳定,升任九真(在今越南河内一带)太守。谷氏"恩威堂"因此而得名。

【经库堂】

谷那律(?—650年),唐代魏州昌乐县(今濮阳市南乐县)人。唐朝大儒,著名学者,他淹识群书,被当时名臣褚遂良称为"九经库"。所谓九经,即三礼(《周礼》《仪礼》《礼记》)三传(《左传》《公羊传》《谷梁传》)《易》《书》《诗》,是当时天下学子科举的必读之书。谷那律在贞观年间累迁谏议大夫,兼弘文馆学士。他不仅熟悉九经,且为人耿直而不无幽默。一次,他随唐太宗李世民外出狩猎,途中忽遇大雨,李世民身上的油衣(雨衣)也透雨了。李世民问谷那律:"油衣怎么才能不漏雨呢?"谷那律回答道:"要是用瓦片来做,就一定不会漏了。"李世民半天才回味过来,原来谷那律是劝他不要过多地打猎。李世民不但表扬了他,采纳了他的建议,还赏赐他50段帛和一条黄金为饰的带子。为缅怀这位知识渊博的先人,谷氏后人便以"经库"为堂名。

【筑益堂】

谷应泰(1620—1690年),字赓虞,别号霖苍,直隶丰润(今河北唐山市丰润区)人。顺治四年(1647年)进士,官户部主事、员外郎,后任浙江提学佥事。任上,他考选公正,所提拔的人如陆陇其等,多为当时知名俊才。很多人被选送朝廷,官居要职。他有意效法白居易、苏子瞻,纵情山水,游览杭州湖山之胜,创书舍作为游息之地,在湖山顶上建一所类似书院的文化别墅,收藏大量图书,并亲自题匾"谷霖苍著书处"。谷应泰嗜博览,工文章,著有《筑益堂集》《明史记事本末》80卷行于世。他被称为清代文苑第一人,其后裔遂以"筑益"为堂名。

186. 谷梁(gǔliáng)氏堂名

西河堂,下邳堂(以上为以望立堂)

187. 鼓(gǔ)氏堂名

朝歌堂(亦称殷国堂、雅歌堂、沫邑堂、淇县堂、临淇堂),毋极堂(亦称无极堂)(以上为以望立堂)

188. 顾(gù)氏堂名

武陵堂,会稽堂,吴兴堂(以上为以望立堂);三绝堂,敦叙堂,怀远堂,裕昆堂,永思堂,格思堂,凝薇堂,圣仁堂,求正堂,丽泽堂,忠考堂(以上为自立堂名)

【三绝堂】

集中于一人之身或集中于一时的三种卓绝的技能(一般指诗、书、画)称之为"三绝"。

三绝堂出自东晋著名艺术家顾恺之的故事。顾恺之(348—409年),晋陵郡无锡(今江苏省无锡市)人,字长康,小字虎头,累官参军、通直散骑常侍。多才多艺,善书法,工诗赋,尤精绘画,以人物肖像、神仙、佛像、禽兽、山水等居多,画人有点睛传神之妙。在建康(今南京)瓦馆寺所绘的壁画《维摩诘像》曾以光彩耀目而轰动一时。后人赞他作画"意存笔先,画尽意在""紧劲连绵",如春蚕吐丝。当时,有人称顾恺之有三绝:才绝、画绝、痴绝(痴心画画,像个呆子),顾氏族人遂以"三绝"为堂名。

189. 关(guān)氏堂名

陇西堂,东海堂,解梁堂(以上为以望立堂);忠义堂(亦称武圣堂、伽蓝堂),蒲源堂,蒲渚堂,蒲清堂,树德堂,世泽堂,启翼堂(以上为自立堂名)

【忠义堂】【武圣堂】【伽蓝堂】

该三堂皆出自三国时蜀汉著名大将关羽的故事。关羽(?—220年),字云长,本字长生,河东郡解州(今山西运城市)人。美须髯,好《左传》。以刚直不阿的个性出名。先主刘备为平原相时,以关羽和张飞为别部司马,恩若兄弟。后刘备为曹操所败,投奔袁绍。时关羽为曹操所执,拜偏将军,礼之甚厚。后关羽斩袁绍将颜良,以报操德,曹操表封关羽为汉寿亭侯。羽尽封所赐,拜书告辞而奔先主刘备。先主收复江南诸郡后,拜关羽为前将军,镇守襄阳,西定益州,攻败曹仁,威震一时。孙权用吕蒙计,破袭荆州,关羽及子关平皆被害。追谥壮缪。宋朝加封武安王,明代万历年间封协天护国忠义大帝。后代民间信仰将关羽奉之为神,尊称其为"武圣关公",简称"关公",用来驱逐危险。至北宋时被纳入人们膜拜的道教神祇,而佛教因普及而逐渐民间化,融合各种信仰,也把关帝当作崇拜的神祇,称为"伽蓝菩萨"。清代奉为"忠义神武灵佑仁勇威显关圣大帝",推崇为"武圣",与"文圣"孔子齐名。"忠义堂""武圣堂""伽蓝堂"遂因此而得名。

190. 官(guān)氏堂名

东阳堂,中山堂(以上为以望立堂)

191. 管(guǎn)氏堂名

平原堂,平阳堂,晋阳堂(以上为以望立堂);白云堂,过一堂,永思堂,绍仲堂,昭格堂,匡世堂(以上为自立堂名)

【匡世堂】

匡,救也;匡世,拯救天下。

匡世堂,源自春秋时齐国颍上(今安徽省阜阳市颍上县)人管仲。管仲(前719—前645年),姬姓,管氏,名夷吾,字仲,谥敬,春秋时法家代表人物,周穆王的后裔,是中国古代著名的哲学家、政治家、军事家、思想家,被誉为"法家先驱""圣人之师""华夏文明的保护者""华夏第一相"。其《管子》一书,共86篇,内容复杂,思想丰富,有讲述霸政法术的《牧民》《形势》;有议论经济生产的《侈靡》《治国》;有讨论兵法的《七法》《兵法》;亦有谈论哲学及阴阳五行的《宙合》《枢言》;还有许多杂说。篇幅宏伟,是研究我国古代特别是先秦学术文化思想的重要典籍。管仲少时与鲍叔牙为友,曾曰:"吾与叔牙分财多取,不以我贪,知我贫也;谋事困穷,不以我愚,知时不利也;三仕三退不以我为不肖,知我不遇时也;三战三走,不以我为怯,知我有老母也。生我者父母,知我者鲍子也。"管仲后为齐桓公相,称仲父;富国强兵,攘夷狄,尊周室,九合诸侯,一匡天下。孔子曾称赞管仲:"微管仲,吾其被发左衽矣。"意思是:管仲辅助齐桓公做诸侯霸主,尊王攘夷,一匡天下。如果没有管仲,我们都会披头散发,左开衣襟,成为野人了。如此匡世之才,当为管姓族人的骄傲,以"匡世"为堂名理所当然。

192. 冠(guàn)氏堂名

楚郡堂(亦称大楚堂、荆楚堂),冠氏堂(以上为以望立堂)

193. 光(guāng)氏堂名

绛郡堂(以望立堂)

194. 广(guǎng)氏堂名

丹阳堂(以望立堂)

195. 归(guī)氏堂名

吴兴堂,京兆堂(亦称常安堂、京师堂、京畿堂)(以上为以望立堂);昭文堂(自立堂名)

196. 归海(guīhǎi)氏堂名

京兆堂(亦称常安堂、京师堂、京畿堂)(以望立堂)

197. 会[guì(不读huì)]氏堂名

新密堂(亦作密县堂)(以望立堂)

198. 桂(guì)氏堂名

天水堂,幽州堂,燕郡堂(亦作北燕堂),桂林堂(以上为以望立堂);民祭堂(自立堂名)

【民祭堂】

桂卿(?—992年),字威显,原为山东季孙氏的后裔。少年好读书史,尤精通练兵之法。仕南唐,历官银青光禄大夫、上柱国,大司空。在兵祸连连的五代乱世,他勇武善战,屡平匪乱,保得四境平安,深受百姓敬重爱戴,祭之为神。南唐灭亡后,桂卿隐居信州贵溪井坑。宋太祖赵匡胤久慕其名,屡次征召,坚辞不就。太平兴国期间(976—984年),闽北"匪盗"复起,民不聊生,朝廷下诏,强令桂卿讨伐。为保境安民,桂卿无奈接受朝廷任命。入宋以后,他忠贞义烈,坚守气节,加检校国子监祭酒,兼监察御史。

官至信州靖边总辖使。他生前赢得两个朝代帝王的信任尊重和敬慕,身后历代贤士名宦,如洪迈、黄庆龙、曾文庄、谢枋得、揭奚斯等皆为他作传立碑、赋诗撰文。他清廉爱民,人民建庙奉祀他,其后世遂以"民祭"为堂名。

199. 国（guō）氏堂名

下邳堂（以望立堂）；恭俭堂（自立堂名）

【恭俭堂】

恭俭,恭顺而又俭朴。

国渊(生卒年不详),字子尼,三国曹魏乐安郡盖县(今辽宁营口市辖县)人,汉末经学大师郑玄的高足,郑玄称之为"国器"(国家的宝贝)。曾跟管宁、邴原避乱于辽东,后回归中原,曹操任命他为司空掾。国渊忠于职守,朝议时常厉言疾色,敢于发言,正直无私。曹操推行屯田制,令国渊负责处理屯田事宜,他发挥管理才能,多方面平衡政策利害,把屯田的土地分配给百姓,列明屯田的各项实行措施,短短五年便使国家粮仓丰实,百姓安居乐业。国渊恭俭自守,不骄不奢,颇受人尊敬。官至太仆,位列九卿。国氏遂以"恭俭"为堂名。

200. 郭（guō）氏堂名

太原堂,华阴堂,冯翊堂,西平堂,中山堂,阳曲堂,昌乐堂,广平堂,颍川堂,固始堂(以上为以望立堂);汾阳堂,崇本堂,崞山堂,禧隆堂,尊贤堂,世德堂(以上为自立堂名)

【尊贤堂】

尊贤堂源自战国时燕国郭隗的故事。郭隗(前351—前297年),燕国(今河北省定兴县河内村)人。战国时,燕昭王欲招贤以报齐国破燕之仇,遂问计于郭隗,郭隗给昭王讲了一个故事:从前有个国君,非常喜欢千里马,但从未见过,于是给一个手下人1000两黄金,让他去购买一匹千里骏马回来。那人遍访国内养马的人,却始终找不到。一天,他看见一群人围了一圈在议论叹息,一打听,原来一匹好马不幸病死了,大家都十分惋惜。那人便用500两黄金,买下了这匹死马的骨头,回来见国君,国君非常生气。那人说:"我买下这匹死马,正是为了您能得到更多的宝马良驹。大家听说您连死马都那么看重,更何况真的活的好马呢。您放心,不久就会有人把千里马送上门。"果然不到一年,他就得到了好几匹千里马。燕昭王沉思良久。郭隗接着说:"您要招贤,请先从我开始。您把我当作贤人加以尊重,比我有贤德的人就会自动找上门来。"于是,昭王给他建了宫室曰金台,堂名为"尊贤堂",并把他当作老师来尊敬。结果,乐毅、邹衍、剧辛及其他有才能的人纷纷归附燕国,燕国从此强大起来。

【汾阳堂】

汾阳堂,出自唐代名将郭子仪的故事。郭子仪(697—781 年),华州郑县(今陕西省渭南市华州区)人,唐代政治家、军事家。以武举入仕。唐玄宗时任朔方节度使,正值安史之乱,郭子仪在河北击败史思明,功数第一。唐肃宗即位后,任关内河东副元帅,配合回纥兵收复长安、洛阳。代宗时,仆固怀恩叛变,纠合回纥、吐蕃来犯。郭子仪以数十骑出,免胄(脱去头盔)见回纥大酋,说服其与唐联兵以破吐蕃。郭子仪以一身系国家安危达 20 年,历官天德军使兼九原太守、太尉、中书令,封为汾阳郡王。唐德宗时尊为尚父。世称郭汾阳,亦称郭令公。新、旧《唐书》皆有传。因其曾封汾阳郡王,人称郭汾阳,故郭氏族人便以"汾阳"为堂名。

201. 虢(guó)氏堂名

长沙堂,新平堂(以上为以望立堂);世和堂,承恩堂(以上为自立堂名)

202. 过(guò)氏堂名

高平堂(以望立堂);继述堂,宝伦堂(以上为自立堂名)

203. 哈(hā)氏堂名

长葛堂(亦作许昌堂),金山堂(亦作阿勒泰堂),河间堂(亦作瀛洲堂、乐成堂),广陵堂(亦作江都堂、江阳堂、扬州堂),辽东堂(亦作扶余堂、襄平堂、辽阳堂、凌东堂)(以上为以望立堂)

204. 海(hǎi)氏堂名

薛郡堂(亦作鲁县堂),齐郡堂(亦作临淄堂),南海堂,珠崖堂(亦称临振堂、琼州堂)(以上为以望立堂)

205. 憨(hān)氏堂名

洛阳堂,上虞堂(以上为以望立堂)

206. 韩(hán)氏堂名

颍川堂,南阳堂(以上为以望立堂);昌黎堂,文公堂,三杰堂,泣杖堂,画锦堂,荣

归堂,荣事堂,书锦堂,继锦堂,昼锦堂,福荫堂,恭寿堂,永思堂,翕合堂(以上为自立堂名)

【昌黎堂】【文公堂】

昌黎堂、文公堂皆出自唐代著名文学家韩愈的故事。韩愈(768—824年),字退之,河南郡河阳(在今河南省孟州市)人。因崇郡望昌黎,故自称"郡望昌黎",世称"韩昌黎""昌黎先生",是唐代杰出的文学家、思想家、哲学家和政治家。德宗贞元八年(792年)进士,两度任节度推官,后历官监察御史、国子博士、刑部侍郎、潮州刺史、吏部侍郎等。他大力提倡儒学,以继承儒家传统为己任,开宋、元两代理学之先声,坚决反对佛教和道教,反对藩镇割据。他是古文运动的倡导者之一,主张继承先秦、两汉散文传统,反对骈体文。其文章气势雄伟,说理透彻,极有逻辑性,被尊为"唐宋八大家"之首。与柳宗元并称"韩柳",有"文章巨公"和"百代文宗"之名。后人将他与柳宗元、欧阳修和苏轼合称"千古文章四大家"。死后谥文,世称韩文公。著有《韩昌黎集》40卷、《外集》10卷、《师说》等,故其族人以"昌黎""文公"为堂名。新、旧《唐书》皆有传。

【三杰堂】

三杰堂出自西汉军事家韩信的故事。韩信(?—前196年),淮阴(今江苏淮安)人。初属项羽,后归刘邦,西汉开国功臣,官拜楚王、上大将军,为中国历史上伟大军事家、战略家、统帅和军事理论家。年轻时曾受"胯下之辱"。作为军事家,韩信是继孙武、白起之后,最为杰出的将领,其最大特点是用兵灵活,其指挥井陉之战、潍水之战,都是战争史上的杰作;作为战略家,他在拜将时的言论,成为楚汉战争胜利的根本方略;作为统帅,他一人之下,万人之上,率军出陈仓、定三秦、破代、灭赵、降燕、伐齐,直至垓下全歼楚军,无一败绩,天下莫敢与之相争;作为军事理论家,他与张良整兵书,并著有兵法三篇。然最后被吕后设计害死。后人用"成败一萧何,生死两妇人"概括了他的一生。《汉书·高祖本纪》云:"韩信与萧何、张良称为三杰。"韩氏"三杰堂"由此而得名。

【泣杖堂】

泣杖堂出自汉代韩伯俞的故事。韩伯俞(生卒年不详),梁国睢阳(今河南商丘)人,母亲家教极严,无论过失大小,母亲都要用拐杖打他,而他总毫无怨言,任母亲惩罚。一日,母亲用拐杖打他时,他忽然大声哭泣起来,其母十分惊异,问:"以前娘每次打你,你都和颜悦色,甘心承受,今日为何大哭起来?"韩伯俞答曰:"从前儿犯错,母亲打我,十分疼痛,儿知娘身体强健。儿今天丝毫不觉疼痛,知娘身体已大不如前,恐怕您将不久人世,故难过而哭泣。"

孩子在父母抚育下茁壮成长,而父母也随之日益衰老。生命短暂,如白驹过隙;生命如此脆弱,瞬息间父母已风烛残年。行孝应尽早,不能等,切记!

【昼锦堂】

秦代末年,项羽入关,攻下咸阳,有人劝他留在关中。项羽见秦宫已被焚毁,思归江东，曰："富贵不归故乡，如衣绣夜行，谁知之者！"（见《史记·项羽本纪》）后来便称富贵还乡为"昼锦"。

韩琦（1008—1075年），字稚圭，自号赣叟，相州安阳（今河南安阳）人，北宋政治家、名将。天圣（1023—1032年）进士，初授将作监丞，历官枢密直学士、陕西经略安抚副使、陕西四路经略安抚招讨使等。与范仲淹共同防御西夏，名重一时，时称"韩范"。边地民谣曰："军中有一韩，西贼闻之心胆寒；军中有一范，西贼闻之惊破胆。"任相州知州时，在家乡建造"昼锦堂"于州署后园。担任谏官三年间，敢于犯颜直谏。时灾异频发，流民大批出现，而当朝宰相王随、陈尧佐，参知政事韩亿、石中立却束手无策，韩琦连疏四人庸碌无能，结果四人同日罢职。宝元二年（1039年），四川旱灾严重，饥民大增，韩琦被任命为益、利路体量安抚使，到四川后，减免赋税，罢黜贪官，开仓济贫，救活饥民多达190余万人，蜀民无不感激，曰："使者之来，更生我也。"韩琦为相三朝，立二帝，当政十年，号称贤相，被欧阳修誉为"社稷之臣"。在朝中，他运筹帷幄，使"朝廷清明，天下乐业"；在地方，他忠于职守，勤政爱民。是封建社会的官僚楷模。

207. 撖(hǎn)氏堂名

河内堂，天水堂，会稽堂（以上为以望立堂）

208. 杭(háng)氏堂名

丹阳堂，余杭堂（以上为以望立堂）；东乡堂（自立堂名）

【东乡堂】

杭徐（生卒年不详），字伯徐，东汉丹阳郡（治所在今安徽宣城市宣州区）人。初为宣城长，把山林中蛮夷全部搬迁到县城附近，境内遂不再有盗贼。后升为中郎将，全力清剿泰山盗贼，被封为东乡侯（东乡当在安徽旧凤阳府境），升迁为长沙太守。因杭徐功高封侯，其族人便以其封号为堂名。

注：《后汉书·度尚传》作抗徐；《江南通志》作杭徐；《图书集成氏族典》《尚友录》杭徐、抗徐并收。《说文》云：杭为抗之重文。

209. 郝(hǎo)氏堂名

太原堂，京兆堂（以上为以望立堂）；晒书堂，丰文堂，三余堂（以上为自立堂名）

【晒书堂】

郝隆，晋代人，字仕治。出生地在今山西省原平市东社镇上社村，为东晋杰出军事家、权臣桓温的南蛮参军，善应对。三月三日有诗会，规定不能者罚酒三升。郝隆初以不能而受罚,饮完酒便提笔作诗一句云:"嫩隅跃清池。"桓温问:"嫩隅是何物?"答曰:"蛮名'鱼'为嫩隅。"桓温曰:"作诗何作蛮语?"郝隆曰:"千里投公,始得蛮府参军,哪得不作蛮语也。"七夕日,人皆晒衣物(以防发霉虫蛀),郝隆独自坦腹(脱掉衣服,露出肚皮)卧于庭院中,有人问他为何如此,郝隆曰:"晒我腹中书耳。"其后人便以"晒书"为堂名。

【丰文堂】

丰文:文章丰富茂美,豪放跌宕。

郝经(1223—1275年),字伯常,元代山西陵川(今山西陵川)人。家贫。金代灭亡后搬至顺天,白天靠卖柴背米度日,晚上刻苦读书,为郡守所知,奉为上客。元世祖召他论经国安民之道,他曾上书数十事,世祖大悦。世祖即位后,任命他为翰林侍读学士。后让他作为国使出使宋朝,被扣留,郝经不屈,居16年方归。其人重视气节,做学问讲究实用。在留宋期间,撰《续后汉书》《易春秋外传》《太极演》《原古录》《通鉴书法》《玉衡贞观》等书,并著《陵川集》。其文丰蔚豪宕,善议论。为褒奖他的才华,其后人遂以"丰文"为堂名。

210. 昊(hào)氏堂名

呈郡堂,会稽堂(亦称绍兴堂)(以上为以望立堂)

211. 何(hé)氏堂名

庐江堂,东海堂,陈郡堂,扶风堂,郫县堂,虞江堂(以上为以望立堂),肇胗堂,锦立堂,善事堂,瑞白堂,种善堂,崇本堂,诒谷堂,延古堂,惇允堂,存允堂,存仁堂,微馨堂,增美堂,善善堂,惟善堂,祖善堂,锡绥堂,葆性堂,维然堂,创垂堂,继正堂,福凤堂,余庆堂,日新堂,存义堂,仁义堂,依仁堂,光裕堂,仁寿堂,善庆堂,永宁堂,永孝堂,永顺堂,麟趾堂,世德堂,仁德堂,聚德堂,忠德堂,存德堂,尚德堂,星德堂,树德堂,忠义堂,树荆堂,乾元堂,聚星堂,存心堂,新顺堂,行素堂,戴仁堂,笃庆堂,思善堂,思诚堂,衍庆堂,缵绪堂,缵续堂,茂荫堂,慈荫堂,肇庆堂,公顺堂,吉顺堂,良顺堂,茂顺堂,忠顺堂,顺则堂,林茂堂,民生堂,铭新堂,水部堂,忠孝堂,孝友堂,吉庆堂,义门堂,芳桂堂,三桂堂,三畏堂,三高堂,四美堂,四友堂,五金堂,六顺堂,六训堂,九思堂,九睦堂,百岁堂,咏梅堂,抚逸堂,学海堂,敬享堂,务本堂,立本堂,广右堂,赐策堂,儒雅堂,积思堂,耀义堂,最乐堂,是齐堂,敦厚堂,森立堂,本润堂,永春堂,鼎祖堂,念恩堂,旭日堂,花萼堂,东升堂,大明堂(以上为自立堂名)

【水部堂】【咏梅堂】

水部堂和咏梅堂,皆出自南朝梁代何逊的故事。何逊(?—518年),字仲言,是天文学家何承天的曾孙，东海郡郯县（今山东省郯城北）人。曾任尚书水部郎，终官庐陵王记室。其诗与阴铿齐名，世称"阴何"；文章与刘孝绰齐名，世称"何刘"。其诗善于写景，工于炼字。何逊在扬州做官时，官署内有梅花盛开，逊常吟咏其下，后来何逊去了洛阳，思梅不得，故再次请求调往扬州。到扬州时，正赶上梅花怒放，于是，他大开东阁之门，邀请文士学士笑傲终日。唐代大诗人杜甫曾有诗云："东阁官梅动诗兴，还如何逊在扬州。"因为他担任过"水部郎"这个职务，又喜欢咏梅，所以其家族便以"水部""咏梅"为堂名。

【四友堂】

何良俊（1506—1573 年），号柘湖、柘湖居士，明代戏曲理论家、藏书家，字元朗，松江华亭（在今上海奉贤区柘林镇柘林村）人，与弟何良傅皆有俊才。少年时便酷爱读书，20 年不下楼，藏书 4 万卷，涉及的几乎都是比较偏僻的知识。官翰林院孔目。其处世态度极为豁达，自称与庄子、王维、白居易三人为友，加上自己合为四友，并把书房命名为"四友斋"，其后人也自豪地称自己的家族为"四友堂"。其戏曲理论主张有二：一是提倡用本色语言编写剧本，剧本应"靓妆素服，天然妙丽"，不应"施朱傅粉，刻画太过"；二是宁可语句欠通，也要恪守格律。著有《柘湖集》《何氏语林》《四友斋丛说》《书画铭心录》。

【忠孝堂】

明代许州（今河南省许昌市）人何清（生卒年不详）在宁夏环县做官，任环县训导，得知母亲逝世的噩耗，徒步 2000 余里回家奔丧，在母亲墓前结庐守孝三年，其后人自称"忠孝堂"。

212. 和（hé）氏堂名

济南堂，代郡堂（亦作代国堂），西陵堂（以上为以望立堂）；负鼎堂（自立堂名）

【负鼎堂】

负，背；鼎，锅。传说伊尹善烹调，曾背鼎求见商汤王。后来用"负鼎"比喻求进取受重用。

唐代和逢尧（生卒年不详），岐州岐山（今陕西宝鸡市岐山县）人。武则天时，曾负鼎上书奏本，自言愿与天子和钰（做皇帝的厨师），有位官员问：从前夏桀无道，伊尹负鼎见商汤；今天子圣明，百官拥护，有什么需要烹调的？和逢尧不能答。遂被流放庄州（故治在今贵州旧思南府境）十余年。后举进士第，任监察御史。突厥请求娶唐朝公主，和逢尧奉使称旨，授户部侍郎，终官柘州刺史。因和逢尧曾背着锅上书，故其后人遂以"负鼎"为堂名。

213. 河（hé）氏堂名

楚州堂，晋州堂，江陵堂，江华堂（以上为以望立堂）

214. 贺（hè）氏堂名

广平堂，会稽堂，河南堂，济南堂，陈留堂，青州堂，忻州堂，蔡州堂，密州堂（以上为以望立堂）；四明堂，镜湖堂，儒宗堂，百岁堂，赐曲堂，诗文堂，务年堂（以上为自立堂名）

‖四明堂‖ ‖镜湖堂‖

鉴湖，又名镜湖、长湖、庆湖，在今浙江省绍兴市会稽山北麓，为古代大型水利工程之一，140年东汉会稽太守马臻主持修建。

贺知章（659—744年），字季真，唐代著名诗人、书法家，越州永兴（今浙江杭州萧山区）人。少年即以诗文闻名，武则天证圣元年（695年）中乙末科状元，授国子四门博士，迁太常博士。后历任礼部侍郎、正银青光禄大夫兼秘书监、太子宾客等职。为人旷达不羁，善谈笑，醉后写文章，马上就成书了，有"清谈风流"之誉，又善草隶书。晚年尤为放纵，自号"四明狂客""秘书外监"。天宝初年（742年）请为道士，皇帝敕赐镜湖（在浙江绍兴西南），后终此地。其《回乡偶书》之二云："惟有门前镜湖水，春风不改旧时波。"其作品大多散佚，仅存20首。"四明堂"来自其晚年自号。"镜湖堂"出自皇帝所赐之地。

‖儒宗堂‖

贺循（260—319年），晋代会稽山阴（今浙江绍兴）人，字彦先。两晋时名臣。善属文，博览群书，尤精《礼》《传》。历官阳羡、武康令。政以宽惠为本，荐补太子舍人。赵王伦篡位，陈敏作乱，授官皆称疾不就。石冰侵占扬州，前南平内史王矩等倡议讨贼，贺循亦合众响应。事平，迁散兵士，杜门不出。论功报赏，皆不参与。任会稽内史时，贺循精心规划，考察地形，发动民众，开凿西起西陵（今浙江萧山西兴），经萧山、钱清、柯桥到郡城的一条人工运河。后又组织民众修治与此相连接的其他河道，形成纵横交织的水网，使各河道互相流通，调节水位，保证农田灌溉之需。不仅改善了水环境，还提高了鉴湖的水利功能，提供了灌溉、水运、养殖、渔业的便利，给整个浙东带来交通、物流、军事的方便。功在一代，泽被千秋。晋元帝司马睿时秉承皇帝旨意，授以军咨祭酒。催促逼迫，不得已，带病乘舟至，皇帝亲临其舟，咨询以政道（施政的方略）。建武初年（304年）拜太常。朝廷群臣皆咨询之，贺循则以《经》《礼》而对，为当世儒宗（儒者的宗师）。贺氏"儒宗堂"遂源于此。

215. 赫（hè）氏堂名

京兆堂，渤海堂，太原堂（以上为以望立堂）；盛乐堂（自立堂名）

216. 赫连(hèlián)氏堂名

渤海堂(以望立堂);盛乐堂,乐川堂(亦作仁恕堂)(以上为自立堂名)

‖乐川堂‖ ‖仁恕堂‖

赫连达(?—573年),北周盛乐(今内蒙古和林格尔北)人,字朔周,大夏皇帝赫连勃勃的后裔。幼年跟随贺拔岳征战,刚直有胆力,征讨有功,赐爵长广乡男。贺拔岳被害后,便车骑到夏州(在今陕西靖边东北)迎请宇文泰主持军务,深得宇文泰信任。历大小战役无数,战功累累,先后任都督、帅都督、大都督、骠骑大将军、大将军柱国等,同时屡次出任州、郡长官。他为官清廉。一次,为维护双边关系,接受了边境胡人赠送的羊,他拒绝主管官员用官物回赠的提议,坚持用私人的缯帛回报对方。他廉俭仁恕,仁爱宽容,从不轻易鞭挞囚犯,对判死刑格外慎重,后晋爵乐川郡公。赫连氏"乐川堂""仁恕堂"由此而得名。

217. 黑(hēi)氏堂名

京兆堂,蓝田堂,长沙堂(以上为以望立堂)

218. 衡(héng)氏堂名

雁门堂,汝南堂(以上为以望立堂);阿衡堂(自立堂名)

‖阿衡堂‖

阿衡,一作"保衡",商代官名,原为保护教养幼稚之官,后变为国君辅佐之官。

伊尹(前1649—前1549),伊姓名挚。商代人,耕于有莘(国名)之野,商汤以币三聘之,遂幡然而起,为商汤相,助商汤讨伐夏桀救民,以天下为己任,汤尊之为阿衡。商汤死后,其孙太甲无道,传说,为了教育太甲,伊尹将太甲安置在特定的教育环境中——成汤墓葬之地桐宫,他本人与诸大臣代为执政,史称共和执政,并著《伊训》《肆命》《徂后》等训词,讲述如何为政,何事该做,何事不该做,以及如何继承成汤的法度等问题。在这特定的教育环境中,太甲守桐宫三年,追思祖业,学习伊尹训词,幡然悔悟,改恶从善。伊尹亲自去桐宫迎接他。太甲复位后"勤政修德",继承成汤之政。伊尹也百岁而终,帝沃丁葬以天子之礼。孟子称其为"圣之任者"。

219. 红(hóng)氏堂名

昌平堂,河内堂,河南堂(以上为以望立堂)

220. 弘（hóng）氏堂名

太原堂，丹阳堂，豫章堂，毗陵堂（以上为以望立堂）；纳肝堂（自立堂名）

【纳肝堂】

弘演（生卒年不详），春秋时卫国大夫，卫懿公的大臣。狄人攻卫，追懿公于荥泽杀之，尽食其肉，仅留下懿公的肝脏。当时，卫大夫弘演正出使他国，听到消息后立即回国，找到懿公的肝脏。弘演毕恭毕敬地把出使的情况向肝脏作了汇报，然后用刀子剖开自己的肚子，把懿公的肝脏纳入自己的腹中，说："我来做懿公的躯体。"说完便倒下死去了。纳肝一事表达了弘演对国君的无限忠诚，弘氏后人便以"纳肝"为堂名。

221. 洪（hóng）氏堂名

敦煌堂，豫章堂，江陵堂，武陵堂，宣城堂，平山堂（以上为以望立堂）；六桂堂，双忠堂，义居堂，炖成堂，三瑞堂，崇星堂，醉经堂（以上为自立堂名）

【六桂堂】

五代翁乾度（898—951 年）的故事。参见方氏"六桂堂"条。

【义居堂】

义居，指旧时数代同居，以孝义著称的家庭。

洪文抚（生卒年不详），北宋南康郡建昌（今地址说法不一，一说今辽宁建昌县）人。"六世同居，室无异爨"。其曾祖父洪谔，唐代做过虔州司仓参军，子孙众多，皆以孝悌著称。其家曾在所居地雷湖之北创立书舍，广招学者。宋代至道年间（995—997 年），皇帝得知此事，派内侍裴愈送御书百轴赐其家。洪文抚派其弟洪文举带贡品土特产向皇帝致谢，宋太宗赵光义用飞白体书写御书一轴曰"义居人"以赐之。洪氏后人遂以"义居"为堂名。《宋史·洪文抚传》有记载。

【三瑞堂】

洪皓（1088—1155 年），字光弼，饶州鄱阳（今江西鄱阳市）人，北宋著名爱国重臣。政和五年（1115 年）进士，历任秀州（嘉兴）司录、徽犹阁待制、礼部尚书、金国通问使等职。宋徽宗宣和年间出任台州府海宁县主簿，摄县令事。当时海宁县赋税不均情况严重，农民负担沉重、苦不堪言。洪皓体恤民情，毅然改变原来做法，规定按财力每一百贯纳绢一匹。这一举措实施后，使富户纳绢增加，贫困户纳绢相对减少。同时，他还蠲（juān）免（免除）了全县 4800 户贫弱人家的赋税，深得百姓拥护。相传县中荷花、桃实、竹竿，皆下有连理之瑞。因建堂，匾曰"三瑞"。不久，其三子洪适、洪遵、洪迈并中词科。朱紫蝉联，辉耀一时，嗣续繁盛，似为种德之报。

【双忠堂】

双忠堂出自北宋洪皓、洪迈父子的故事。洪皓出生于内忧外患不断的北宋哲宗元祐年间,卒于国家山河破碎的南宋高宗绍兴年间。在民族危难之际,他以天下为己任,怀强国济民之志,秉忠孝节义之风,积极入仕。27岁中进士,殿试中左宰相王黼(fǔ)、宁远军节度使朱勔见他气宇轩昂、仪表堂堂、文才超群、对答如流,知他绝非凡人,欲招他为女婿。洪皓探知此二人乃奸臣蔡京的党羽,遂一口回绝。在南宋任礼部尚书时,他奉命出使金国,被扣留在荒漠15年,坚贞不屈,备尝艰辛,全节而归,被誉为第二个苏武。在被扣留期间,洪皓常暗自派人向宋朝廷汇报金国情况。洪皓生有八子,尤以洪适、洪遵、洪迈闻名天下,世有"三洪"之称,与北宋苏洵、苏轼、苏辙父子"三苏"齐名。洪迈(1123—1202年),字景卢,号容斋,又号野处,洪皓第三子,南宋著名文学家。自幼过目成诵,博览群书,绍兴十五年(1145年)进士。官至翰林院学士、资政大夫、端明殿学士、宰执(副相),封魏郡开国公、光禄大夫。绍兴三十二年(1162年)春,金世宗完颜雍遣使议和,洪迈为接伴使,力主"土疆实利不可与"。朝廷欲遣使赴金报聘,洪迈慨然请行。于是,以翰林学名义充任贺金国主登位使。至金国燕京,金人要洪迈行陪臣(诸侯的大夫朝见天子,自称"陪臣")之礼。迈执意不肯,既而被金人锁于使馆,自旦及暮,不给饮食,三日乃得见。金大都督怀中提议将洪迈扣留,因左丞相张浩认为不可,乃遣返。洪皓、洪迈父子为祖国恪尽忠诚,人称"父子双忠"。洪迈著有名著《容斋随笔》。

222. 侯(hóu)氏堂名

上谷堂,丹徒堂,河南堂(以上为以望立堂);却币堂(亦称救赵堂),勤慎堂,壮悔堂,松林堂,有心堂,清忠堂(以上为自立堂名)

【却币堂】【救赵堂】

却币堂和救赵堂皆出自战国时魏国隐士侯嬴的故事。侯嬴(?—前257年),年老时为魏国大梁(今河南开封)的监门小吏(看门的小官),家贫。一次,信陵君置酒大宴宾客,宾客都到了,但未见侯嬴,信陵君便亲自驾车去请,拜为上客。前257年,秦国进攻赵国,包围了赵国都城邯郸(今河北邯郸市),赵国向魏国求救,魏王命将军晋鄙领兵十万救赵,但中途便停兵不前了。信陵君救赵心切,却没有兵符,不能指挥军队,遂带着金币去找侯嬴商讨计策,侯嬴时年71岁。他推却了信陵君的钱,而给信陵君出了一计,让如姬偷来了兵符,并推荐自己的朋友屠夫朱亥参与用兵,信陵君夺权代将,打退秦军,魏王的宠臣救了赵国。侯氏族人遂以"却币""救赵"为堂名。

223. 后(後,hòu)氏堂名

东海堂(以望立堂);裕政堂(自立堂名)

【裕政堂】

裕政,宽厚、开拓富民的政治。

后敏(生卒年不详),明代直隶当涂(今安徽马鞍山市当涂县)人,永乐二年(1404年)进士,历任陕西布政司参议。为人宽厚,乐于待人,爱民如子。他善于处理政事,采取富民政策。后遭冤家陷害,待事情查明以后,恢复官职,但人已死于途中。

224. 厚(hòu)氏堂名

洛阳堂,高密堂(以上为以望立堂)

225. 呼(hū)氏堂名

南阳堂,太原堂,新蔡堂,安定堂(以上为以望立堂);定远堂(自立堂名)

226. 呼延(hūyán)氏堂名

安定堂(亦作固原堂),新蔡堂(亦作下蔡堂),太原堂,石楼堂(以上为以望立堂)

227. 胡(hú)氏堂名

安定堂,新蔡堂(亦称蔡州堂),淮阳堂,广陵堂,义阳堂,弋阳堂,定城堂(以上为以望立堂);澹庵堂,澹安堂,绩溪堂,敬爱堂,履福堂,笃敬堂,敬修堂,敬享堂,敦仁堂,敦厚堂,敦睦堂,敦叙堂,本始堂,思宗堂,思成堂,思贻堂,序思堂,发定堂,清润堂,清畏堂,羽经堂,享庸堂,苏湖堂,燕宁堂,君贤堂,三盛堂,三恪堂,四真堂,名存堂,启俊堂,启后堂,华林堂,崇阳堂,崇先堂,崇德堂,勋贤堂,寿安堂,首善堂,永锡堂,诒谷堂,述德堂,仁德堂,世德堂,治经堂,桑林堂,务本堂,亲睦堂,春秋堂,公度堂,抱润堂,荫远堂,孝义堂,五峰堂,聊桂堂,忠义堂,豫萃堂,享裕堂,念祖堂,继序堂,继亭堂,荣寿堂,庆宜堂,大雅堂,翼经堂,府学堂,詹余庆堂(以上为自立堂名)

【澹庵堂】

胡铨(1102—1180年),字邦衡,号澹庵。南宋政治家、文学家,爱国名臣,庐陵(今江西吉安)人,庐陵"五忠一节"(欧阳修,谥文忠;杨邦乂,谥忠襄;胡铨,谥忠简;周必大,谥文忠;文天祥,谥忠烈;杨万里,谥文节)之一。与李纲、赵鼎、李光并称"南宋四名臣"。建炎二年(1127年)进士,任枢密院编修官。胡铨生于国家多事之秋,他听说秦桧于1138年8月派王伦为计议使出使金国乞求和议,屈辱称臣,写下著名的《戊午上高宗封事》,声明"义不与桧等共戴天",要求高宗砍下秦桧、王伦、孙近三贼的头颅,否则宁愿赴东海而死,决不在小朝廷下苟活。有好事者刻成木雕传之。胡铨坚决站在主战派一边,反对议和,爱国之心矢志不移。金人以千金募其书。尽管胡铨颠沛流离,但他志苦心劳、好学不厌,对经史百家均有所得,且通晓绘画艺术。他的文章内容丰富,驰骋古今。因他触怒秦桧,故多次遭贬。直至秦桧死后才恢复官职,官至兵部侍郎。死后谥忠简。有《澹庵集》100卷。族人以其号和文集名为堂名。

〖府学堂〗

府学堂出自宋代爱国者胡三省的故事。胡三省(1230—1302年),字身之,号梅磵,浙江天台(一作宁海)人,南宋理宗宝祐年间(1253—1258年)进士,为宋元之际著名历史学家,历任县令、府学教授等职。应贾似道召,从军至芜湖,累有建言,贾似道专横不用。后隐居不仕,开始专心著述,有《资治通鉴音注》294卷及《释文辨误》12卷,对《通鉴》校勘、考证、解释,对《释文》作辨误,并对史事有所评论。注文多处联系蒙古灭宋事实,发表感慨,寄托民族感情。因其曾任府学教授,故后人以"府学"为宗祀堂名。

〖安定堂〗〖四真堂〗

安定堂和四真堂皆出自北宋学者胡瑗的故事。胡瑗(993—1059年),字翼之,泰州海陵(今江苏如皋)人。北宋学者,理学先驱,思想家和教育家。因世居陕西路安定堡,世称"安定先生"。历任校书郎、保宁节度推官、太常博士,先后在吴中、湖州和太学教授经学,弟子甚众,因学识渊博,教学得法,深受学生欢迎与敬重。当时礼部得士其弟子十居四五。胡瑗为北宋仁宗年间"四真"之一。所谓"四真",即富公(名弼)真宰相,包公(即包拯)真御史,欧阳永叔(名修)真学士、安定(即胡瑗)真先生。胡氏族人遂以"安定"或"四真"为堂名。

〖清畏堂〗

清畏堂源于三国时魏国胡质、胡威父子的事迹。二人为淮南寿春(今安徽寿县)人(生卒年不详)。胡质,字文德。少知名,曹操召为顿丘令,官至荆州刺史,加振威将军,赐爵关内侯,都督青州、徐州军事。每有军功赏赐,皆散于众,无入家者。家无余财,唯赐衣、书箧而已,以清畏人知(清廉却怕人知晓)而著名。其子胡威,字伯虎,早年便磨砺高尚其志,廉洁自律,克己奉公,为官一任,造福一方。累官至徐州刺史、青州刺史等职。胡质任荆州刺史时,胡威去省亲,归来时,父亲送给他一匹缣帛(丝织品),胡威跪下问:"大人一向廉洁,此物何以得来?"胡质曰:"这是我俸禄多余下来的,资助你解决家中口粮问题。"胡威这才收下。父子清廉如此,闻名当世。胡威历任安丰太守、徐州刺史。一次入朝,武帝(曹操)问:"卿孰与父清?"(你跟你父亲谁更清廉?)胡威曰:"臣不如也。臣父清恐人知,臣清恐人不知。"帝称善,累迁前将军,监青州诸军事,以功封平春侯。

〖春秋堂〗

胡安国(1074—1138年),又名胡迪,字康侯,号青山,宋代崇安(今福建武夷山市人民政府驻地)人,绍圣四年(1097年)进士,任太学博士,从不巴结权贵,父死后守丧而不仕。提倡修身为学,主张经世致用(学问必须有益于国事),重教化,讲名节,轻利禄,憎邪恶。靖康初年(1126年),任命为太常少卿、起居舍人,皆推辞。宋高宗(1127—1131年在位)时,经名相张浚推荐,出任中书舍人,兼侍讲。献时政论21篇。不久因病辞官,仅留侍讲一职。王安石废《春秋》,安国曰:"先圣传心要典,乃使人主不得闻,学士不得闻,可乎?"遂潜心专讲《春秋》。其所著《春秋传》成为后世科举士人必读的教科书。官至给事中。著名学者、上蔡学派创立者谢良佐曾称他"如大冬严雪,百草萎死而松柏独秀"。著有《春秋传》《通鉴举要补遗》等。其后人因其维护、发扬《春秋》,遂以"春秋"为堂名。康熙四十五年(1706年),朝廷赐"霜松雪柏"匾额一方,乾隆二年(1737年)拨内府库银建祠于隐山,并将其居地称"胡文定祠"。

【五峰堂】

宋代胡宏(1102—1161年),字仁仲,号五峰,崇安(今福建崇安)人。湖湘学派奠基人之一。以荫补承务郎。幼时师从于杨时、侯仲良,最终传其父胡安国之学,悠闲于衡山下20余年玩心神明,不分昼夜。著名学者张栻曾师从于他。著有《知言》。栻谓:其言约义精(文字简练意义精确),道学之枢要(关键),制治之蓍龟(治学的蓍草和龟甲,即治学的试金石)。又有诗文集及《皇王大纪》《易外传》等。学者称其为"五峰先生"。"五峰堂"由此而得名。

【绩溪堂】

胡适(1891—1962年),原名嗣穈,字适之,徽州绩溪(在今安徽南部)人,曾任北京大学校长、台湾中央研究院院长等职。胡适因提倡文学改良而成为新文化运动的领袖之一,是第一位提倡白话文、新诗的学者,致力于推翻2000多年的文言文,尽管与陈独秀政见不合,但其同为五四运动的核心人物,对中国近代史产生较为深远的影响。胡适兴趣广泛、著述颇丰,在文学、史学、哲学、考据学、教育学、伦理学、红学等诸多领域都有深入的研究,著有《白话文学史》《胡适文存》《尝试集》《中国哲学史大纲》等。因其故籍为绩溪,为当地人的骄傲,故族人以"绩溪"为宗祀堂名。

228. 壶(hú)氏堂名

缙云堂(亦称松阳堂),壶关堂(以上为以望立堂)

229. 虎(hǔ)氏堂名

晋阳堂(亦称太原堂)(以望立堂)

230. 扈(hù)氏堂名

京兆堂(以望立堂)

231. 花（huā）氏堂名

东平堂，开封堂（亦称汴梁堂、大梁堂、汴京堂）（以上为以望立堂）；紫云堂，珠树堂，含英堂（以上为自立堂名）

232. 滑（huá）氏堂名

下邳堂，京兆堂，安陆堂（以上为以望立堂）；跻鹊堂（自立堂名）

【跻鹊堂】

跻，并驾齐驱；跻鹊，即医术跟扁鹊一样精湛。

明代人滑寿（生卒年不详），字伯仁，一字伯本。其先原为襄城人，后搬至江苏仪征，又徙至浙江余姚。滑寿自幼聪敏，一日能记千余言。其文章风格别致，尤擅长乐府。后师从京口王居中学医，参考张仲景、刘守真、李明三家医术，融会贯通，治病手到病除，针灸尤其在行，医学著作颇丰，著有《十四经发挥》《难经本义注》《读伤寒论抄》《诊家枢要》《痔瘘篇》等，晚年自号"撄宁生"。"所至人争延，以得诊视决生死而无憾。"其医德高尚，"无论贫富皆往治，报不报弗较也"，深受时人赞誉，江浙一带无人不知。因其医术高超，与古代名医扁鹊齐名，故名"跻鹊堂"。

233. 华（huà）氏堂名

武陵堂（亦称临沅堂、常德堂），平原堂（亦称德州堂），沛国堂（亦称泗水堂、沛郡堂、湘州堂、濉溪堂、吾符堂），华岳堂（以上为以望立堂）；本仁堂，敦厚堂，敦本堂，存裕堂，诒谷堂，享叙堂，享德堂，德彝堂，听彝堂，培元堂，寿和堂，永思堂，思训堂，思庆堂，庆馀堂，庆余堂，礼耕堂，佑启堂，青紫堂，玉铿堂（以上为自立堂名）

234. 怀（huái）氏堂名

黔中堂（亦称麻江堂），长沙堂（亦称临湘堂），河南堂（亦称三川堂、河内堂），河内堂（亦称怀州堂、野王堂、怀庆堂、沁阳堂），辽东堂（亦称扶余堂、襄平堂、辽阳堂、凌东堂），湖南堂（以上为以望立堂）；直谏堂，惇本堂（以上为自立堂名）

235. 淮（huái）氏堂名

吴兴堂，播州堂（亦称夜郎堂）（以上为以望立堂）

236.槐(huái)氏堂名

陇西堂,广汉堂(亦称雒邑堂),太原堂(亦称晋阳堂)(以上为以望立堂)

237.环(huán)氏堂名

淮南堂(以望立堂)

238.桓(huán)氏堂名

谯郡堂,怀远堂,梁郡堂,辽东堂(以上为以望立堂);匡晋堂,龙亢堂,菊安堂(以上为自立堂名)

【龙亢堂】

桓荣(生卒年不详),字春卿,后汉谯国郡龙亢(今安徽怀远龙亢镇)人,家贫,靠做佣工自给,学《欧阳尚书》。曾在九江授徒。后汉建武十九年(43年),汉光武帝刘秀邀请桓荣入宫教授太子刘庄,拜议郎,复拜博士,从此恩遇日隆。帝幸太学,召集诸博士论难于前。桓荣辩明经义,每以礼让相服,迁任少傅,帝赐辎车印绶。后迁太常。明帝即位,拜为五更,封关内侯。桓荣与子郁、孙焉教五位君王经书,被誉为"三代御先生。五位帝王师"。桓荣官至少傅。龙亢桓氏由此出名。

【匡晋堂】

265年司马炎取代曹氏魏国建立晋国,建都洛阳,史称西晋;317年司马睿重建晋朝,建都建康(今江苏南京),史称东晋。在建国和复国的过程中,有11位桓氏将军为匡扶晋室做出了巨大贡献,他们是:江州刺史领西阳太守桓石秀;冠军将军、南平郡河东太守桓石虔;护军将军、豫州刺史、永修县侯桓伊;中军将军,都督江、荆诸州军事领荆州刺史桓冲;湘州刺史桓雄;建武将军、镇蛮护军、西阳太守桓云;扬州刺史、骠骑大将军桓谦;征西大将军、南郡公桓温;征西大将军桓豁(霍);荆州刺史,都督八州军事桓振;将军桓涛。桓氏后人因以为荣,故称"匡晋堂"。

【菊安堂】

菊安堂出自东汉桓景的故事。桓景(生卒年不详),豫州汝南(今河南省驻马店市下辖县)人,拜费长房为师。费长房亦住汝南,曾随一老翁入深山学道,未成。辞归时,老翁送他一根竹杖,能驱使鬼神。一日,长房对桓景说:"九月九日,你家有大灾,快叫家人用大红纱布做的囊袋,装上茱萸,系在臂上,登到高处去喝菊花酒,灾祸即可消除。"桓景听了他的话一一照办。晚上归家,牛羊鸡犬皆暴死。长房说:"他们代替你们送命了。"

其实,灾就是瘟疫,茱萸(zhūyú)是一种有浓烈香味的植物,可入药。菊花亦能明目解毒。后来,古人皆于农历九月九日用茱萸驱邪避恶,并形成重阳节登高的习俗。桓氏"菊安堂"亦以此传说而得名。

239. 寰(huán)氏堂名

通江堂(以望立堂)

240. 宦(huàn)氏堂名

东阳堂,中山堂(以上为以望立堂);忠武堂(自立堂名)

241. 皇(huáng)氏堂名

京兆堂,吴郡堂(亦作吴国堂、吴兴堂)(以上为以望立堂)

242. 皇甫(huángfǔ)氏堂名

京兆堂,安定堂(以上为以望立堂);威远堂(自立堂名)

【威远堂】

皇甫规(104—174年),字威明,安定郡朝那(今甘肃灵台)人,东汉名将,家族世代武官。其有见识,熟悉兵法。为泰山太守时,成功平定叔孙无忌的起义,后历任中郎将、渡辽将军等职。多次击破、降服羌人,并缓和汉羌矛盾,与张奂、段颎合称"凉州三明"。官至护羌校尉。皇甫规一身清正、廉洁奉公、刚直不阿、不畏权奸,曾多次遭奸党陷害,仍毫无畏惧。他爱才惜才、常常荐贤,年迈时即举荐才略兼优的张奂代替自己的职务。他开设学馆14年,以《诗》《易》教授门徒,并提出"百姓是水、君主为船"的主张,极有警世意义。皇甫规在位多年,威名远播,北边羌人威服,故皇甫家族以"威远"为堂名。

243. 黄(huáng)氏堂名

江夏堂,会稽堂,零陵堂,谯郡堂,颍川堂,巴东堂,洛阳堂,晋安堂,濮阳堂,东阳堂,南安堂,西郡堂,江陵堂,松阳堂,固始堂,烁阳堂,安定堂,房陵堂(以上为以望立堂);汉东堂,山谷堂,无双堂,燕山堂,紫云堂,种德堂,三忠堂,四士堂,五桂堂,千顷堂,逸敦堂,思敬堂,宽和堂,孝友堂,敦睦堂,炽昌堂,檀越堂,忠孝堂,追孝堂,思教堂,思成堂,思孝堂,敦叙堂,敦义堂,崇荣堂,永享堂,祖公堂,叙伦堂,亲睦堂,聿修堂,蓼

81

莪堂（以上为自立堂名）

【江夏堂】

江夏堂典出东汉黄香的故事。黄香（68—122年），字文强（一作文疆），江夏郡安陆（今湖北安陆县）人。少年时学习刻苦，博学通典，文采飞扬。他小时候家里非常贫穷，九岁母亲去世，又无兄弟姐妹，只有他和父亲相依为命。黄香除平时帮助父亲料理家务、干农活之外，冬天还为父亲暖被窝，夏天为父亲扇凉席子，对父亲十分尽心尽孝，京师广泛流传"天下无双，江夏黄香"的赞誉。

湖北云梦有一道鲜嫩可口、风味独特的美味佳肴——"盘鳝"，据说也跟黄香的传说有关。一天，黄香从山上打柴归来，在路上有一条两三尺长濒临渴死的蛇，黄香把它带回放进屋后的一条小河沟里，那蛇见水活了过来，感谢似的向他点了三下头，便钻进了沟底。后来，黄香父亲得了一种怪病，面黄肌瘦、四肢无力，请了很多名医，加上黄香的精心调理，也不见好转。黄香冥思苦想、饮食不安，消瘦了许多。一夜，他做了一个梦，梦见那条蛇对他说：它本是玉皇大帝身边的黄龙童子，因为偷吃了太上老君八卦炉里火候未到的仙丹，在天堂发疯，被贬到凡间，让它变成无牙无齿无鳞的蛇，赐名盘鳝，不得超生，要它在人间多做善事。那天多亏黄香相救，才免于一死，得以繁衍后代。它要以子孙之躯报答黄香。黄香连忙拒绝，一觉醒来发现河沟里有无数长短、粗细像笔杆似的鳝鱼，既不能剖，也不能剁。黄香把它们放在清水里养了几天，让它们将肚里的泥浆、杂质吐尽，用开水以汆，鳝鱼一条条变成了头朝里尾朝外的圆盘。黄香在锅里放进油和各种酌料，煎熟后端给父亲吃，父亲连骨带肉吃了以后，居然痊愈了。

【山谷堂】【四士堂】

黄氏"山谷堂""四士堂"皆跟黄庭坚有关。黄庭坚（1045—1105年），字鲁直，洪州分宁（今江西修水县）人，北宋著名文学家、书法家。幼年聪明过人，读书数遍即能背诵。七岁作牧童诗："骑牛远远过前村，吹笛风斜隔岸闻；多少长安名利客，机关用尽不如君。"治平四年（1067年）中进士，初任汝州叶县县尉，后历任国子监教授、太和知县、秘书省校书郎、神宗实录检讨官、著作佐郎、校书郎。任太和知县时，以平易治理该县，深受百姓爱戴。其文章天成，曾与张耒、晁补之、秦观俱游苏轼门下，天下称为"四学士"。黄庭坚尤长于诗，世号"苏黄"；又擅长草书，楷法自成一家。初游灊皖山谷寺（在今安徽霍山东北）石牛洞，乐其泉石之胜，故自号"山谷道人"。著有《山谷内外集》《别集》《词》《简尺》等。"山谷堂""四士堂"因此而得名。

【千顷堂】

黄宪（75—122年），后汉慎阳（故城在今河南正阳城南）人，字叔度，号征君。年十四，颍川荀淑跟他对话，很久不能离去，将其称为颜回。太尉陈蕃和谏议大夫周举曾对话曰："时月之间，不见黄生，则鄙吝之萌，复存于心。"意思是：有段时间不跟黄宪见面，浅俗、计较得失的念头又在心中萌发了。京师名士郭泰少年时曾去汝南游历，称："叔度汪汪若千顷波，澄也澄不清，淆也不浑浊，不可量也。"天下称黄宪为"徵君"（不就朝廷征聘之士）。"千顷堂"由此而得名。

【五桂堂】

黄汝楫（生卒年不详），宋代诸暨（在今浙江省）人。家富，仗义疏财。宣和年间（1119—1125年），方腊侵犯边境，掳掠士女千余人，关在空屋中，汝楫以两万缗（一串一千枚为一缗）赎之。绍兴年间（1131—1162年）任河江令，后五子黄开、黄阁、黄闳、黄闻、黄闉皆相继登科。后人遂以"五桂"为堂名。

【蓼莪堂】

蓼莪，原是《诗经·小雅》中的篇名。《小序》谓此诗为孝子追念父母而作，后因此用"蓼莪"指亡亲的悼念。类似的堂号，如追思堂、追孝堂、孝思堂、永思堂等都有追念亡亲的意思，不一定特指某一具体的人。

【无双堂】

无双堂来源于后汉人黄香的故事。黄香，字文强，江夏郡安陆（今湖北安陆县）人。九岁丧母，思慕憔悴，几乎未脱过丧服。对父亲极其孝顺，夏天为父扇枕席，冬天用身体为父暖被窝。稍大后，博通经典，能写文章，京师号曰："天下无双，江夏黄童。"汉和帝时官至尚书令，一心忙于事务，忧国事如忧家事。在位时多次被推荐。

【聿修堂】

聿修：聿，即笔；修，撰写。聿修，即用笔来撰写。

"聿修"一词出自《诗经·大雅·文王》："无念尔祖，聿修厥德。永言配命，自求多福。"大意是：怀念祖先不一定用笔撰写他们的美德，要永远记住是否能跟他们媲美，就能求得多福。这便是"聿修堂"主人的本意。

【宽和堂】

宽和，宽厚温和。

黄霸（前130—前51年），字次公，淮阳郡阳夏（今河南太康县）人，西汉大臣，事汉武帝、汉昭帝、汉宣帝三朝。自幼攻读法律之学，胸有大志。汉武帝末年，黄霸以待诏身份捐官做侍郎谒者，因兄弟犯罪，被弹劾罢官。后又捐谷求官，授补左冯翊，管辖沈黎郡，负责郡内钱粮事宜。任内，公正无私，经上司考查，升任河东均输长，负责征收、买卖、运输郡内货物。天汉四年（前97年），黄霸因清正廉洁被推荐为河南太守丞，他熟知法律条文，任内勤于观察，待人温良谦让，处事议政合乎法度，顺应人心，深得太守信任和百姓爱戴。尽管当时严刑峻法，以严厉的刑法约束臣民，但黄霸宽和待民、爱民如子，从而赢得仁厚的名声。官至丞相，封建成侯。汉代仁爱治民的官吏，以黄霸为首。

244. 辉（huī）氏堂名

京兆堂，建康堂，辽西堂，乐浪堂（以上为以望立堂）

245. 回(huí)氏堂名

严州堂(亦称建德堂),河南堂,鲁郡堂(亦称鲁国堂、东鲁堂)(以上为以望立堂)

246. 惠(huì)氏堂名

琅琊堂,扶风堂(以上为以望立堂);景言堂,余庆堂,百岁堂,燕翼堂(以上为自立堂名)

【景言堂】

惠畴(生卒年不详),南宋江阴(在今江苏省)人,字叙之,嘉定年间(1208—1224 年)进士,任常熟知县,勉励农民勤于农事,发动百姓学习文化,表扬奖励好人,惩罚坏人,把地方治理得井井有条。他曾建一座亭阁,丞相在上面题"景言"(高尚的言行)二字作为表彰。这便是"景言堂"的由来。

247. 火(huǒ)氏堂名

河南堂,罗甸堂(以上为以望立堂)

248. 霍(huò)氏堂名

太原堂,河东堂,蜀郡堂(亦作成都堂),崤水堂(亦称霍州堂)(以上为以望立堂);砚宽堂,冠侯堂(以上为自立堂名)

【冠侯堂】

霍去病(前 140—前 117 年),河东郡平阳(今山西临汾西南)人,西汉名将、军事家。霍去病善骑射,用兵灵活,注重方略,不拘古法,勇猛果敢,善于长途奔袭、闪电战和大迂回、大穿插作战。初次作战即率领 800 骁骑深入敌境数百里,把匈奴兵杀得四处逃窜。在两次西河大战中,他大破匈奴,俘获匈奴祭天金人,直取祁连山。匈奴叹曰:"失我祁连山,使我六畜不蕃息;失我焉支(胭脂)山,使我嫁妇无颜色。"在漠北战斗中,霍去病率军北进 2000 里,歼敌 70400 人,俘虏匈奴屯头王、韩王等 3 人及将军、相国、当户、都尉等 83 人,乘胜追击至狼居胥山(在今内蒙古境内),在狼居胥山(今内蒙古肯特山)举行祭天封礼,大捷而归。霍去病不沉溺于荣华富贵,而将国家安危和建功立业放在首位。汉武帝曾为他修建过一座豪华的府第,他拒绝入住,说:"匈奴未灭,何以家为?"霍去病官至大司马骠骑将军,封冠军侯。霍去病元狩六年(前 115 年)病逝,年仅 24 岁(虚岁)。为怀念和效法这位先人,其族人遂以"冠侯"为堂名。

249. 姬(jī)氏堂名

南阳堂,太原堂(以上为以望立堂);寿丘堂,赤舄堂(以上为自立堂名)

【寿丘堂】

寿丘,位于今山东曲阜城东4千米旧县村东,相传为黄帝的诞生地。宋真宗曾在寿丘建景灵宫祭祀,尊黄帝为始祖。因黄帝为姬姓的始祖,故以"寿丘"为宗族堂名。

【赤舄堂】

《毛诗正义》卷八之三《国风·豳风·狼跋》云:"狼跋其胡,载疐其尾。公孙硕肤,赤舄几几。狼疐其尾,载跋其胡。公孙硕肤,德音不瑕。"翻译成白话就是:"老狼前行踩颈肉,后退绊尾又跌倒。贵族公孙腹便便,脚蹬朱鞋光彩耀。老狼后退绊尾跌,前行又将颈肉踩。贵族公孙腹便便,德行倒也真不坏。"《毛诗》中解释:"赤舄,人君之盛屦也。"孔颖达疏:"天官屦人,掌王之服屦,为赤屦、黑屦。注云:'王吉服有九,舄有三等,赤舄为上,冕服之舄,下有白舄黑舄,然则赤舄是娱乐活动之最上,故云人君之盛屦也。'"故姬姓家族又立有"赤舄堂"。

疐,音zhì,跌倒的意思。舄,鞋子;赤舄,红色的鞋,即王公贵族穿的鞋。硕肤,指盛美的德行。几几,即絇,古代鞋头的装饰,可以穿鞋带。古代诸侯之子称公子,诸侯之孙称公孙,此处据说专指周成王。历代大多数学者认为,这是一首歌颂周公旦的诗。诗中公孙即周公,比喻周公摄政虽遭诽谤,然所以处之不失其常。但近代学者,如闻一多认为公孙泛指某个贵族,是对贵族丑态的讽刺。闻一多推测,这是一个妻子对体胖而性情"和易""滑稽"的贵族丈夫开玩笑的诗。

250. 吉(jí)氏堂名

冯翊堂(亦作高陆堂),洛阳堂(亦称河南堂),平阳堂,辽东堂(亦称扶余堂、襄平堂、辽阳堂、凌东堂)(以上为以望立堂);纯孝堂(自立堂名)

【纯孝堂】

纯孝堂出自南朝梁吉翂的故事。吉翂(生卒年不详),字彦霄,冯翊郡莲勺(今陕西渭南东北)人,世居襄阳。自幼懂事,孝顺父母,友爱兄弟,在当地颇有名声。其父原为吴兴原乡县令,为官正直,从不阿谀奉承,招致一批小人不满,被罗织罪名陷害入狱,押解中央廷尉候审。当时,年仅15岁的吉翂决定赴京救父。在好心人的指点下,他鼓足勇气敲响登闻鼓,为父鸣冤,并请求代父受刑。

此事惊动了梁武帝萧衍,怀疑背后有人指使,遂责令廷尉卿蔡法度彻查此事。蔡法度厉声厉色、气势逼人,但吉翂毫无惧色、据理力争,道:"我虽年轻,但也知道死的可怕、生的快乐。代父而死这等大事何须他人指使。"蔡法度不再逼问,见他身披成人的沉重枷锁，心有不忍，欲换以轻型的刑具，吉翂道："我今日代父求死，已是死罪，刑具只能加重，不能减少。"梁武帝听了汇报，了解了案情，惊叹此儿乃为大孝之人，遂赦免了吉翂的父亲，并表彰了吉翂的孝行。此后，丹阳尹王智欲推举吉翂充纯孝（至孝），吉翂耻因父买名，严加拒绝。后来，吉翂被任命为万年县令。摄官期间，风化大行。其族人遂以"纯孝"为堂名。

251. 汲（jí）氏堂名

清河堂，濮阳堂，西河堂（以上为以望立堂）；东海堂，清德堂（以上为自立堂名）

【东海堂】

汲黯（？—前112年），字长儒，濮阳（今河南濮阳）人，西汉名臣。性格傲慢而少于礼节，好游侠，有气节，重义气，轻生死。武艺高强，肯救人于急难之时。初为太子洗马，为人严正而被人敬畏。汲黯为政，以民为本，同情民众疾苦。汉武帝时，任谒者，前往河内视察火灾，路见贫民遭受水旱灾害之苦，饿殍遍野，便凭所持符节，下令河南郡官仓开仓赈济灾民，百姓大悦。后出任东海太守，以清静治民，东海大治。召为主爵都尉，位列九卿。汲黯以直谏知名，敢于跟皇亲国戚抗衡，累次遭贬，终官淮阳太守。汲黯清正廉明，死后家无余资。因任东海太守时，成绩斐然，故后人以"东海"为堂名。

252. 籍（jí）氏堂名

广平堂（以望立堂）

253. 计（jì）氏堂名

京兆堂，齐郡堂（以上为以望立堂）；晋鉴堂（自立堂名）

【晋鉴堂】

计有功（生卒年不详，约1126年前在世），字敏夫，南宋大邑安仁（今成都大邑安仁古镇）人。任简州知州，有政绩，提举两浙西路常平茶盐公事。他是南宋名相、抗金名将张浚的从舅（母亲的叔伯兄弟），曾居张浚幕府中。绍兴年间奉旨去朝廷当面回答皇帝的问题，献其所著《晋鉴》。绍兴五年（1135年），以右丞议郎知简州，有政绩，提举两浙西路常平茶盐公事。撰有《唐诗纪事》81卷，对唐代1150个诗人，或录名作，或纪本事，内容非常丰富。见《四库总目》。

254. 记（jì）氏堂名

敦煌堂，河南堂（以上为以望立堂）

255. 纪（jì）氏堂名

平阳堂，高阳堂，天水堂，襄平堂（以上为以望立堂）；射虱堂（自立堂名）

【射虱堂】

纪昌，中国古代寓言故事中的人物，故事见《列子·汤问》。传说纪昌是位擅长射箭的奇人，以好学和坚韧著称。他和飞卫相互朝对方射箭，两人射出的箭正好在空中相撞，掉落在地上。纪昌把飞卫的功夫全部学到手以后，觉得天下只有飞卫才能和自己匹敌，于是谋划除掉飞卫。纪昌把自己练习的情况告诉飞卫，飞卫说："这还不够啊，还要学会视物才行。"传说纪昌回去后，曾在窗户上用牛尾毛拴着一个虱子，每天朝南面看那个虱子，越看越大；三年后，虱子在他眼里就像个车轮那么大了，他在百步以外一下射去，贯穿了虱子的心而牛尾毛不断。纪氏族人遂以"射虱"为堂名。纪昌企图谋杀飞卫当然不对，但他坚忍不拔的精神值得后人学习。

256. 季（jì）氏堂名

渤海堂，鲁国堂，寿春堂（以上为以望立堂）；三思堂，三朝堂，静思堂，德润堂，崇德堂，容德堂，纯孝堂，敦让堂，一诺堂，充训义堂（以上为自立堂名）

【三思堂】

季文子（？—前568年），别称季孙行父，春秋时鲁国正卿。"孙"是尊称，"季孙"并非氏称，"季孙某"仅限于对宗主的称谓，季宗族的一般成员只能称"季某"。故季孙行父为季氏，而非季孙氏。季文子从前601年至前568年在鲁国公执政33年，辅佐鲁宣公、鲁成公、鲁襄公三代君主。为稳定鲁国政局，曾驱逐公孙归父出境。他执掌鲁国朝政和财富，大权在握，一心安稳社稷，忠贞守节，克勤于邦，克俭于家。据《史记·鲁世家》载：他执政时，"家无衣帛之妾，厩无食粟之马，府无金玉"。他的妻子儿女没有一个穿绸缎衣裳的，家里的马匹只喂青草不喂粟米。孟献子的儿子仲孙很瞧不起季文子这种做法，问季文子："你身为鲁国正卿大夫，你的妻子不穿丝绸衣服，你的马匹不用粟米饲养。难道你不怕国中百官耻笑你吝啬吗？难道你不顾及与诸侯交往时会影响鲁国的声誉吗？"季文子回答："我当然也愿意穿绸衣、骑良马，可是我看到国内老百姓吃粗粮穿破衣的还很多，我不能让全国的父老姐妹粗饭破衣，而我家的妻子儿女却过分讲究吃穿。我只听说具有高尚品德才是国家最大的荣誉，没听说过炫耀自己的美妾良马会给国家争光。"孟献子听说此事后非常愤怒，把儿子幽禁了七天。仲孙受到管教后，痛改前非，亦仿而学之。消息不胫而走，在季文子的倡导下，鲁国朝野上下出现了俭朴的风气，并为后世传颂。

季文子行事以谨小慎微而著名，凡事都要三思而后行，连孔子都认为他过于小心。据《左传》载：鲁文公六年（前621年），季文子将出使晋国，在准备好聘礼后又让属下

"使求遭丧之礼以行",随从都不理解个中缘由,季文子解释道:"备豫不虞(对可能发生的变故,事前要有所准备),古之善教也,求而无之,实难。过求何害。"凡事都要做到有备无患,这是季文子的性格特征。季氏"三思堂"由此而得名。

257. 济(jì)氏堂名

抚州堂(以望立堂)

258. 蓟(jì)氏堂名

内黄堂,渔阳堂(亦作蓟州堂、玄州堂),范阳堂(以上为以望立堂)

259. 暨(jì)氏堂名

余杭堂,渤海堂(以上为以望立堂);关内堂,旌孝堂(以上为自立堂名)

【关内堂】【旌孝堂】

暨逊(生卒年不详),晋代余杭(今浙江杭州余杭区)人,字茂言,官广昌长,封关内侯,以孝顺闻名。朝廷为表彰他的孝行,在他的门闾立了一块牌坊,旌表其门。"关内堂""旌孝堂"由此而得名。

260. 稽(嵇,jì)氏堂名

谯国堂(亦称亳州堂)(以望立堂)

261. 冀(jì)氏堂名

渤海堂(以望立堂);革弊堂(自立堂名)

【革弊堂】

革弊,革除不好的政策法令。

冀绮(? —1510年),字汝华,明代扬州宝应县人,成化己丑年(1409年)进士,授户部主事,历员外郎郎中,曾在灾荒赈济河间诸府,又奉旨前往偏头关督饷,有功加俸一级,累迁应天府府丞、南京太仆寺卿、应天府府尹。曾上书陈述边境防务和捕盗安民等20余事,多被采纳。后改任京兆尹,陈旧的政策法令皆被革除,百姓皆称善。"革弊堂"源出于此。

262. 家（jiā）氏堂名

京兆堂，南安堂（以上为以望立堂）

263. 夹谷（jiágǔ）氏堂名

抚州堂（亦称抚城堂）（以望立堂）

264. 郏（jiá）氏堂名

荥阳堂，武陵堂（以上为以望立堂）；司农堂（自立堂名）

【司农堂】

司农，古代负责教民种植的农官。

司农堂，出自北宋郏亶、郏侨父子的故事。郏亶（1038—1103年），字正夫，苏州太仓（今属江苏）人，出生农家，自幼酷爱读书，识广不凡，嘉祐二年（1057年）进士，水利专家，历任睦州团练推官、广东安抚司机宜等。任命他为杭州于潜知县时，他终日跋涉于野外，从事农田水利的考查和研究，深入探究古人治水的事迹。熙宁三年（1070年），朝廷诏书天下，征集理财省费，兴利除弊的良策。此时，郏亶官任广东机宜文字，当即上书建议治理苏州水田，他认为："天下之利莫大于水田，水田之美莫大于苏州，但自唐以来，经营至今，始未见其利者，其失有六。今当去六失，行六得。"他总结了前人治水的经验教训，指出以往治水的六处失误，提出治水必须"辨地形高下之殊，求古人蓄泄之迹"等六得。后来，因为他提出"治田利害大概"七条，为宰相王安石采纳和赏识。为了总结前人治水的经验，他实地考察了太湖地区治水的历史，考察了260多条河流，结合自身治水的体会和设想，撰写了《吴门水利书》4卷。在江苏太仓建有纪念他的司农寺。郏亶之子郏侨（生卒年不详），字子高，晚年自号凝和子。其才能突出，为王安石所器重，后为将仕郎，继其父编辑水利书，有所发明，为乡里推重，谓之郏长官。有多本著作传于世。

265. 贾（jiǎ）氏堂名

武陵堂，武威堂，洛阳堂，长乐堂（以上为以望立堂）；至言堂，维则堂，孝友堂，至安堂，绣衣堂，半闲堂，积善堂，昼锦堂，韫玉堂（以上为自立堂名）

【至言堂】

至言，极高明的言论。

汉代贾山（约前179年前后在世），颍川郡（治所在今河南许昌市禹州市）人，政论家,涉猎书记,不能为醇儒(解释学识精粹纯正的儒者)。事汉文帝,言治乱之道,借秦为喻,名曰《至言》。其后帝下铸钱令,贾山又上书谏阻,遂禁铸钱;又诉讼淮南王无大罪,宜亟令返国,言多激切,但最终并未惩罚他。贾山有论文八篇,《汉书·艺文志·诸子略》今不存,唯有所作《至言》尚存汉书本传中。《至言》共2500余字,表达了贾山的主要政治思想,是现存汉代最早的一篇以秦亡为史鉴的文章。

【韫玉堂】

韫,蕴藏,包含。玉:石之美者。古代常用玉来比喻和形容一切美好的人或事物。以"韫玉"为堂名,是期望贾氏家族出现才智出众的人才。

266. 简(jiǎn)氏堂名

范阳堂,涿郡堂(以上为以望立堂);追来堂,溯源堂,孝思堂,显清堂,惠宗堂,德威堂,带江堂(以上为自立堂名)

【德威堂】

德威,道德的威力。

德威堂出自宋代人简世杰的故事。简世杰(生卒年不详),字伯俊,进贤(今江西南昌市下辖县)人,任清江司礼参军。范成大请他入幕府,改任蒲圻知县。任县令期间,不设科条,只重教化,百姓都不忍犯罪。后升任贺州知州。因其靠道德的威力治理一方,故名"德威堂"。

267. 江(jiāng)氏堂名

济阳堂,淮阳堂(以上为以望立堂);六桂堂,忠廉堂,馀庆堂,敦睦堂,梦笔堂,岷源堂,永思堂(以上为自立堂名)

【忠廉堂】

忠廉,忠诚而廉洁。

江灏(1100—1165年),字良弼,北宋崇安(今福建武夷山市)兴田城村人。宣和六年(1124年)中进士,任上高县尉时,境内多盗贼,江灏擒获盗首,地方得以安宁。高宗渡江,因勤王有功迁建浦丞。统率义兵捕盗有功,历柳、象二州知州,有廉名。因为官廉洁,忠心为国,忠诚勤王,故其后人以"忠廉"为宗族堂名。

【梦笔堂】

江淹(444—505年),字文通,宋州济阳考城(今河南省商丘市民权县程庄镇江集村)人,南朝著名军事家、政治家、文学家,历仕南朝宋、齐、梁三代。江淹少时孤贫好学,6岁能诗。13岁丧父,家境贫寒,曾采薪养母。20岁左右,在新安王刘子鸾幕下任职。

齐高帝闻其才，召授尚书驾部郎，骠骑参军事；明帝时为御史中丞，弹劾不避权贵，先后弹劾中书令谢朓等人。梁天监中迁金紫光禄大夫，封醴陵侯。江淹少年时以文章著称，晚年才思衰退。相传曾梦一丈夫，自称郭璞，曰："吾笔在卿处多年，可见还。"江淹乃探怀中，得五彩笔还之。自此，江淹诗文再无佳句，人称"江郎才尽"。

【六桂堂】

参见方姓"六桂堂"条。

268. 姜（jiāng）氏堂名

天水堂，东海堂（以上为以望立堂）；龙泰堂，稼穑堂，渭滨堂，渭水堂，敬睦堂，敬胜堂，敬德堂，敬义堂，云磬堂，森阳堂，森荫堂，孝友堂，孝思堂，三孝堂，寅清堂，表海堂，渭璜堂，宝璜堂，璜瑛堂，崇本堂，经草堂，松柏堂，馀庆堂，盾本堂，敦睦堂，敦乐堂，敦伦堂，瀚静堂，致远堂，享典堂（惇典堂），贻安堂，聚仪堂，仁德堂，忠仪堂，贵三堂，善庆堂，获胜堂，养拙堂，岢支堂，寿世堂，飞熊堂，叙伦堂，乐颜堂，追远堂，鲁文盛堂（以上为自立堂名）

【渭滨堂】【渭水堂】【飞熊堂】

渭滨堂、渭水堂和飞熊堂皆出自周代姜尚（即姜太公）的故事。姜子牙（前1156—前1017年），姜姓，吕氏，名尚，一名望，字子牙，亦称吕尚，别号飞熊，商代末年人。西周著名的政治家、军事家，齐国的开国君主。姜子牙年轻时干过宰牛卖肉的屠夫，也开过酒店卖过酒，聊补无米之炊。但人穷志不短，始终刻苦学习天文地理、军事谋略，研究治国安邦之道，期望能有一天为国施展才华。但直到70岁时还一事无成。相传姜尚曾钓鱼于渭水之滨，周文王姬昌出猎与其相遇。谈话后，文王大喜，同载而归，说："吾太公（指周太王古公亶父）望子久矣！"故又号太公望。文王拜他为太师。武王姬发即位后，被尊为师尚父，他辅佐武王伐纣，在牧野之仗中大败纣兵，纣王登台自焚而死，从此商亡周立。姜子牙是武王克纣的最高军事统帅、西周的开国元勋、齐国的缔造者、齐文化的创始人，是中国古代影响久远的杰出韬略家。儒、法、兵、纵横诸家皆追他为本家人物，他被尊为"百家宗师"。因为他遇文王于渭水之滨，开始发迹，故其后世以"渭滨"或"渭水"为堂名；又因为姜子牙别号飞熊，亦有后人以"飞熊"为堂名。

【稼穑堂】

相传姜姓始祖神农氏教民稼穑（从事农业劳动），故名"稼穑堂"。

【孝友堂】

孝友，孝顺父母，友爱兄弟。

东汉姜肱（？—173年），字伯淮，彭城广戚（今山东微山县）人，与其弟姜仲海、姜季江,俱以孝行闻名。兄弟友爱诚挚达到了天真的程度,常常同卧同起,当各自娶妻成家时也不愿分开。但为了生儿育女,不得不轮流去别的房间就寝。姜肱博通《五经》,又懂天文,远方来向他学习求教的达3000多人,官府争相招聘他,他都一一回绝。两个弟弟亦是如此。一次,姜肱跟弟弟季江一起进城,夜间在路上遇见强盗,要杀人,兄弟二人争相去死。于是盗贼就把他们都放了,只扣留了衣物。到了郡中,人们见他们没穿外衣,问其何故,姜肱找借口搪塞,不说被抢之事。强盗听说后,十分感悔,就去校舍里找到姜肱,向他磕头谢罪,并送还所掠的衣物,姜肱不但拒绝了,还备酒饭招待他们,把他们送走。后来中常侍曹节等独揽朝政,杀了太傅陈蕃、大将军窦武,为了平息舆论批评,表示尊重贤德人才,要征聘姜肱为太守,姜肱便隐姓埋名,远浮海滨。接着,又招聘他为太中大夫,诏书到了家门,姜肱让家人云"久病就医",自己偷偷溜到青州一带,靠算卦为生。

【瀚静堂】

翰静,像瀚海一样宁静。

宋代姜浩(生卒年不详),字浩然,明州(今浙江宁波)人,以丞信郎监平江郡税务,有清高的操守。建炎年间(1127—1130年)金人攻陷平江,姜浩拼命抵抗,郡里百姓都对他感恩戴德。

【养拙堂】

养拙,犹守拙,指退隐不仕。

山东峄县(旧县名,今名峄城,位于山东枣庄市山亭区西集镇)姜氏,始祖姜垒,于清代乾隆年间由滕县迁入,一生隐居不做官,咸丰帝赐"养拙堂",故名。

269. 蒋(jiǎng)氏堂名

乐安堂(以望立堂);一梅堂,三径堂,三经堂,三治堂,四贤堂,九侯堂,居易堂,钟山堂,亦政堂,慎枢堂,思成堂,忠孝堂,行义斋,忠雅堂,佑启堂,嘉会堂,孝思堂,郁文堂,世恩堂,树滋堂,慎余堂,世裕堂,保元堂,沛丰堂,雍集堂,松荫义,追远堂,敦伦堂,燕翼堂,射潮堂,明德堂,眭锦堂(以上为自立堂名)

【钟山堂】

蒋歆(生卒年不详),字子文,三国时广陵(今扬州)人,汉末为秣陵尉。嗜酒,好色,挑达(自由往来)无度,常自言:"己骨清,死当为神。"即自以为骨相清奇,死后会当神仙。一次他追逐盗贼至钟山下,被盗贼击伤额头致死。东吴初,有人看见他乘坐白马,手持白羽扇,侍从左右跟随其旁,和生前一模一样。于是,东吴孙权在钟山为他建了庙,封他为钟山之神,并把钟山改名为蒋山。据说,他曾在淝水之战中展现神迹,并多次显灵解救旱灾。故南朝皇帝对他屡屡封赠。

【三径堂】【九侯堂】

三径堂和九侯堂皆出自东汉蒋诩（一作蒋翊）和他孙子蒋横的故事。蒋诩（前69—？），字元卿，杜陵（故地在今陕西省西安市东南）人，汉哀帝时，曾任兖州刺史，以清廉正直出名，因不满王莽专权而告老还乡，终身不仕。曾在屋舍前竹林开辟三径（三条小路），从游者唯有好友求仲和羊仲。后世有"竹阴留三径之清"的说法。其族人便以"三径"为堂名，来纪念这位廉直的先人。蒋诩有一个孙子，名曰蒋横（生卒年不详），跟随汉光武帝刘秀征讨赤眉，南征北战，功勋卓著，被封为"逡遒侯"，官拜大将军。但好景不长，朝中司隶羌路上报朝廷，说蒋横谋反。刘秀震怒，将蒋横诛杀。蒋横有九子，为避免灭族，除老七蒋稔留下守陵外，其余八子皆逃往江南。蒋横蒙冤被杀，朝野不平，一时京城民谣四起："君用馋慝（专门进谗言的恶人之嘴），忠烈是殛（杀死）；鬼怨神怒，妖氛充塞。"汉光武帝听闻后，下旨清查蒋横冤案，终于大白于天下，蒋横得以昭雪，羌路被处斩。为安抚人心，刘秀以王侯之礼迁葬蒋横，赐墓号为"显忠"，追封九江侯，并将蒋横的九个儿子全部就地封侯，故蒋氏后人亦以"九侯"为堂名。

【四贤堂】

四贤堂出自唐代蒋沇的故事。蒋沇（生卒年不详），莱州胶水（今山东平度）人，吏部侍郎蒋钦绪之子。博学有才气，少年时即已知名，举孝廉，授洛阳尉，历官监察御史、大理卿、散骑侍郎。执法严明，审断公正，被群僚视为楷模。与其兄蒋演、蒋溶，其弟蒋清，兄弟四人俱为才吏（有才能的官吏），亦称"四贤"。蒋氏族人以此四位先人为荣，遂取宗祀堂名为"四贤堂"。

【乐安堂】

蒋姓出自姬姓，为周王朝之后。周公旦的第三个儿子伯龄，被封于蒋地（今河南省固始东北蒋集，一说在今河南省光山县西），建立了蒋国。春秋时蒋国为楚国所灭，伯龄子孙遂以国名为姓，称蒋氏。后来子孙有人迁至乐安（今山东省广饶），发展成为望族，遂以"乐安"为堂名。

270. 焦（jiāo）氏堂名

中山堂，广平堂，冯翊堂（以上为以望立堂）；三诏堂，饮仙堂（以上为自立堂名）

【三诏堂】

焦光（生卒年不详），字孝然，三国时魏国河东郡（治所在今山西夏县）人，后居住在江苏镇江，隐士。隐居荒野河边草庐中，见人不语，冬夏不穿衣，睡不铺席，数天吃一顿饭。汉灵帝三度下诏让他去做官，都被他拒绝了。相传活了100多岁。有诗云："皎皎高贤疑是仙，深心难测孝然边。智推三诏逍遥洞，幽僻山门自在天。云雾阁中宜独坐，蜗牛壳中好安眠。清风袖底如知己，得傍瓜庐又一年。"名传千古的焦光后人便以"三诏"为堂名。

271. 教(jiào)氏堂名

睢阳堂,辽东堂(以上为以望立堂)

272. 金(jīn)氏堂名

彭城堂,京兆堂(以上为以望立堂);丽泽堂,世德堂,树德堂,中德堂,永德堂,支德堂,旭德堂,计德堂,万德堂,顺德堂,会德堂,付德堂,锦德堂,广德堂,怀德堂,鸿文堂,世耕堂,西心堂,吴付堂,追远堂,忠勋堂(以上为自立堂名)

【丽泽堂】【鸿文堂】

《易经兑卦》:"丽泽兑,君子以朋友讲习。"借喻师友之间讨论学问。

汉代扬雄《太玄经》曰:"鸿文无范,恣于川。"王充《论衡》曰:"鸿文在国,圣世之验也。"鸿,意为巨大。后多以鸿文指巨著、大作。

丽泽堂、鸿文堂皆出自宋末元初学者金履祥的故事。金履祥(1232—1303年),字吉父,号次农,自号桐阳叔子。籍贯兰溪(今浙江省兰溪市桐山后金村),宋、元之际学者,为浙东学派、金华学派的中坚力量。北山四先生学派的主要代表人物之一,学者尊称其为仁山先生。其先祖原姓刘,因避讳吴越王钱镠同音名,故改姓金。金履祥少有大志,从小好学。初受学于王柏,后又学于何基,造诣益深,凡天文、地形、礼乐、田乘、兵谋、阴阳、律历之书,无不精研。时值南宋末年,政治动荡,虽绝意仕进,但不忘忧国,曾献策朝廷,建议以重兵由海道直驱燕蓟,并备叙海舶所经地形,历历可据以行,然未被采纳。南宋朝廷以迪功郎、史馆编校等职招聘,坚辞不受。后应严州知州之聘,主讲钓台书院。宋亡,筑屋隐居金华仁山下,讲学著书,奖掖后学。其潜心研究宋代理学濂溪学派(周敦颐)和洛阳学派(程颢、程颐)的理论,成为一代名儒。晚年讲学于丽泽书院。著有《尚书表注》《论语集注考证》《孟子集注考证》《大学章句疏义》,另有《通鉴前编》《举要》《中庸标注》《仁山文集》等。被载入《元史·儒林传》。死后谥文安。金姓后人为纪念这位学识渊博且有鸿文巨著的先辈,遂以"丽泽"和"鸿文"为堂名。

273. 晋(jìn)氏堂名

平阳堂(亦作临汾堂、邹鲁堂),虢国堂(亦作虢州堂、虢郡堂、弘农堂、灵宝堂)(以上为以望立堂);廉洁堂,贞孝堂(以上为自立堂名)

274. 靳(jìn)氏堂名

西河堂(亦作安阳堂、平定堂、离石堂),辽东堂(亦作扶余堂、襄平堂、辽阳堂、凌东堂),汾阳堂(以上为以望立堂);敦睦堂,中书堂(以上为自立堂名)

【汾阳堂】

靳强（？—前185年），西河郡（所指不一）人，西汉初期名将。西汉二年（前205年）以秦军郎中骑千人起兵阳夏，投靠刘邦，因合围项羽有功，并以中尉击破钟离昧。汉高祖十一年（前195年）二月，受封汾阳侯。卒谥严。其后以其封号为堂名。

275. 京（jīng）氏堂名

谯国堂，京兆堂，武威堂，扶风堂（以上为以望立堂）

276. 经（jīng）氏堂名

平阳堂，荥阳堂（以上为以望立堂）；赐宴堂（自立堂名）

【赐宴堂】

经济（生卒年不详），明代濠州（治所在今安徽凤阳）人，为当地一位德高望重的老人。明初，明太祖朱元璋去濠州，设宴招待经济等人，勉励他教育子弟有方，懂得孝敬老人、勤俭持家，与乡邻们和睦相处。建立和谐社会，首先得从家庭做起，朱元璋赐宴经济等人，其目的亦当如此。

277. 井（jǐng）氏堂名

扶风堂，南阳堂（以上为以望立堂）；五经堂，经纶堂，清高堂（以上为自立堂名）

【清高堂】【五经堂】

以上两个堂名皆出自井丹的故事。井丹（生卒年不详），东汉郿地（今陕西眉县）人，字大春。少年时受业于太学，通五经，善谈论，京师为之语曰："五经纷纶（渊博）井大春。"其为人非常清高，从未学会伺候人，更不屑攀龙附凤。建武末年，五王都喜欢罗致宾客，轮番请井丹，他坚决不去，从此隐居。井氏"清高堂"和"五经堂"由此而得名。

278. 景（jǐng）氏堂名

晋阳堂，冯翊堂，云阳堂，丹阳堂（以上为以望立堂）；念祖堂，三楚堂，积庆堂，敦厚堂，庆余堂，仁义堂（以上为自立堂名）

279. 敬（jìng）氏堂名

平阳堂，虢国堂（亦称虢郡堂、虢州堂、弘农堂、灵宝堂）（以上为以望立堂），廉洁

堂,贞孝堂(以上为自立堂名)

280. 靖(jìng)氏堂名

襄阳堂,辽阳堂(以上为以望立堂);明远堂(自立堂名)

【明远堂】

满族靖氏(景佳氏),祖籍辽阳,自传先祖景佳氏以军功被清朝皇帝赐汉字姓"靖"氏,后因放外任迁至扬州,在民国初年从扬州迁至南京浦口,以所居街区名称取名"明远里",后遂以"明远"为祠堂名。

281. 静(jìng)氏堂名

北平堂,玉田堂(以上为以望立堂)

282. 酒(jiǔ)氏堂名

洛阳堂,咸阳堂,广陵堂,江陵堂(以上为以望立堂)

283. 咎(jiù)氏堂名

太原堂,彭城堂(以上为以望立堂),明敏堂,笃义堂(以上为自立堂名)

【明敏堂】【笃义堂】

咎居润,即咎居润。见咎氏"明敏堂、笃义堂"。

284. 居(jū)氏堂名

渤海堂,信都堂(以上为以望立堂);湘侯堂,瞻盦堂(亦称瞻菉堂)(以上为自立堂名)

【湘侯堂】

居翁(生卒年不详),汉代壮族人,任南越桂林监,汉兵破番禺,居翁劝南方少数民族瓯族和骆越族(越南人之先民)降汉,多达近40万人;又指挥部将左黄同斩杀西瓯王,举国皆降,同时南武王和苍梧王亦降汉。为表彰居翁的功绩,将他封为湘成侯。其后遂以"湘侯"为堂名。

【瞻盦堂(瞻菉堂)】

瞻,远望;盦,同庵;菉,绿草。

居仁(生卒年不详),字仁恕,明代句容(今江苏省镇江市代管县级市)人,博学纯厚,洪武初年以儒硕(博通的学者)征召入朝,辞不就职,归隐于家,开窗面对竹林,终日读书。晚年因号"瞻箓",后人因以"瞻盦"或"瞻箓"为堂名。

285. 雎(jū)氏堂名

绿竹堂(自立堂名)

【绿竹堂】

相传先祖本不姓雎(一说本姓雅),在某朝做官,遭冤案被满门抄斩,正巧一老家人带其家一个六岁男童在竹林中玩耍,男童得以逃脱,保全性命。老家人遂带此男童远逃南方,改名换姓,在南方生育繁衍,故今江苏镇江雎姓较多。为感谢竹林救命之恩,后人遂以"绿竹"为堂名。

286. 莒(jǔ)氏堂名

高密堂(以望立堂)

287. 剧(jù)氏堂名

河南堂(亦作三川堂、雒阳堂)(以望立堂)

288. 俱(jù)氏堂名

汝阳堂,河南堂,河源堂(以上为以望立堂)

289. 角(jué)氏堂名

洛阳堂,开封堂,岐阳堂(以上为以望立堂)

290. 阚(kàn)氏堂名

齐鲁堂,天水堂,会稽堂(以上为以望立堂);孝谨堂(自立堂名)

291. 康(kāng)氏堂名

京兆堂,东平堂,京北堂,江夏堂,华山堂,晋阳堂(以上为以望立堂);会稽堂,裕德

堂,缉熙堂,三省堂(以上为自立堂名)

【会稽堂】

康志睦(775—833年),唐代灵州(今宁夏回族自治区灵武县)人,字得众。将领,身材魁梧,武艺高强,善骑射。神策军出身,因功升任大将军。长庆四年(824年)四月,宫廷染坊役夫张韶和卜者苏玄明鼓动染工作乱,康志睦率兵镇压,奖授兼御史大夫。后历官检校工部尚书兼青州刺史、平卢节度使等。太和元年(827年),横海节度使李全略病故,其子李同捷改任兖州节度使。李同捷抗命镇守,自任节度使作乱,攻略千乘(今山东高青县高城镇)。朝廷命康志睦等部征讨平定,志睦挫其锐,攻下蒲台(今山东博兴),尽夺其械,记功加检校尚书左仆射。太和七年(833年),康志睦以右龙武统军,镇守泾原(今甘肃泾川地区),加封会稽郡公。康氏"会稽堂"由此而得名。

292. 亢(kàng)氏堂名

武威堂(亦称西凉堂、姑藏堂),太原堂(亦称晋阳堂、西鄙堂、并州堂),辽东堂(亦称扶余堂、襄平堂、辽阳堂、凌东堂)(以上为以望立堂)

293. 考(kǎo)氏堂名

齐郡堂(亦称临淄堂、益都堂),汝南堂(以上为以望立堂)

294. 柯(kē)氏堂名

济阳堂,齐郡堂(亦称临淄堂、益都堂、青州堂),北平堂(亦称广阳堂、蓟州堂、范阳堂),钱溏堂(亦称灵隐堂、杭州堂、天下堂,不可写作"钱塘堂"),洛阳堂(亦称河南堂),辽东堂(亦作扶余堂、襄平堂、辽阳堂、凌东堂)(以上为以望立堂);异鹊堂(亦称瑞鹊堂),至德堂,追远堂,垂远堂,余庆堂(以上为自立堂名)

【异鹊堂(瑞鹊堂)】

宋代柯述(1017—1111年),字仲常,福建南安县人。皇祐年间(1049—1054年)任泉州教授,时任泉州知州蔡襄对其文章特加赏识。嘉祐二年(1057年),柯述登进士,初任赣县县尉,缉盗办案,不遗余力。此前,赣县捕到盗贼,每每判处死刑。柯述到任后,建议县令给退赃者减刑,措施上的反差形成精神上的威慑,盗贼闻风收敛。后升任归安(今浙江吴兴)知县。到任后,发现归安虽面临太湖,却常患旱涝,于是提倡兴修水利、蓄水排涝,使农业丰产。不久,移任襄县知州,盗贼闻之皆逃往别处。神宗闻此事,在休息的别殿召见询问他,对其威望倍加赏识,并将其名书于屏风之上,以备日后重用。

不久,提升柯述为怀州知州。柯述任漳州施赈副使时,处理赈务有条不紊,公平合理,救活灾民无数,饥民颂德。相传有两只喜鹊栖于柯述居住的传舍(招待所),柯述离漳州时,百姓恋恋不舍,送行数十里,那两只喜鹊也飞翔相随,不忍离去。苏东坡特赋长诗《纪柯述瑞鹊》云:"昔我先君子,仁孝行于家。家有五亩园,幺凤(鸟名)集桐花。是时鸟与鹊,巢鷇可俯拿。亿我与诸儿,饲食观群呀。里人惊异瑞,野老笑而嗟。云此方乳哺,甚畏鸢与蛇。手足之所及,二物不敢加。主人若可信,众鸟不我遐。故知中孚(中孚:卦名,64卦之一,意为恩泽下流)化,可比鱼与虾。柯侯古循吏,悃愊(诚实固执)真无华。临漳所全活,数等江干沙。仁心格异族,两鹊栖其衙。但恨不能言,相对空喳喳。善恶以类应,古语良非夸。试看彼酷吏,所至号鬼车。"

295. 可(kě)氏堂名

陇西堂(亦称狄道堂、临洮堂),恭州堂(亦称巴郡堂、楚州堂、渝州堂、重庆堂)(以上为以望立堂)

296. 克(kè)氏堂名

荥阳堂,张掖堂(以上为以望立堂)

297. 空(kōng)氏堂名

宫邱堂,营邱堂(亦作易水堂),顿邱堂,平昌堂(以上为以望立堂)

298. 孔(kǒng)氏堂名

东鲁堂(亦称鲁国堂),京兆堂,河南堂,会稽堂(亦称绍兴堂)(以上为以望立堂);至圣堂,圣裔堂,诗礼堂,阙里堂,合敬堂,圣达堂(以上为自立堂名)

【阙里堂】【至圣堂】

孔子(前551—前479年),子姓,孔氏,名丘,字仲尼,春秋时鲁国陬邑(今山东曲阜)人。中国著名的大思想家、大教育家、政治家。初仕于鲁,为司寇。后周游列国。归鲁后,删《诗》《书》,定《礼》《乐》,赞《周易》,修《春秋》,以传先王之道。有弟子3000人,自通六艺者72人。唐开元二十七(739年)年追谥文宣王;宋大中祥符元年(1008年),加谥至圣文宣王;元大德十年(1306年),加号大成至圣文宣王;明嘉靖九年(1530年),改称至圣先师;清顺治二年(1645年),定文庙谥号为大成至圣文宣先师孔子;清顺治十四年(1657年),改称至圣先师孔子。相传孔子生于阙里,是历史上的"大成至圣",故孔氏以"阙里""至圣"为堂名。

299. 寇（kòu）氏堂名

上谷堂（亦称沮阳堂），冯翊堂（亦称高陆堂），河南堂（亦称三川堂、河内堂），上党堂（亦称长子堂），东海堂（亦称郯郡堂、海州堂、海虞堂、暨邑堂、京口堂），辽东堂（亦称扶余堂、襄平堂、辽阳堂、凌东堂），上邽堂（以上为以望立堂）

300. 库（kù）氏堂名

松阳堂，河南堂，括苍堂（以上为以望立堂）；辅义堂（亦作金城堂）（自立堂名）

【辅义堂】【金城堂】

汉代人库钧（生卒年不详），官金城（甘肃兰州之别称，因首次筑城时曾挖出金子，故名）太守，有功，被封为辅义侯。库钧与大司空窦融友善，两人常同时出入，弹琴作诗，二人相貌又十分端庄，深受时人赞誉。其后人以其封号"辅义"为堂名，或以其官职为堂名。

301. 蒯（kuǎi）氏堂名

襄阳堂（以望立堂）；辅国堂（自立堂名）

【辅国堂】

蒯恩（生卒年不详），字道恩，兰陵承县（今山东临沂市兰陵镇）人，东晋将领。南朝宋武帝刘裕征讨孙恩时，蒯恩被征召入伍，充当干杂役的士兵，负责运送马草，每次扛的马草都是一般人的两倍，他常常感叹说："大丈夫应该开挽三石弓箭杀敌，怎么能只当一名马夫呢？"刘裕听说此事后，马上给了他武器铠甲。后来他随刘裕征讨孙恩起，总是身先士卒、杀敌无数。蒯恩胆略才干过人，忠诚恭谨，熟悉阵法，深得刘裕喜爱。他先后参加大小战斗100多次，数次负重伤。他历任宁远将军、龙骧将军、兰陵太守、中兵参军、谘议参军、辅国将军、淮宁太守、从事中郎、司马等。刘裕北伐时，留下蒯恩保护其世子刘义符，让他跟朝臣结交。蒯恩更加谦虚，与人谈话时总是以官职称呼别人，而自己却称鄙人。他对待士兵宽厚，但纪律严明，部下都爱跟他亲近。他一心辅国，故蒯氏族人便以"辅国"为宗祠堂名。

302. 匡（kuāng）氏堂名

太原堂，晋阳堂，任城堂（以上为以望立堂）；凿壁堂，乐安堂，敦睦堂，敦厚堂，解颐堂，佑启堂，培本堂，太和堂，经畬堂，匡家堂，结庐堂（以上为自立堂名）

【凿壁堂】【乐安堂】

匡衡（生卒年不详），字稚圭，东海郡承（今山东临沂市兰陵镇）人。西汉经学家、大臣。匡家世代务农。匡衡勤奋好学，家贫，无烛光照明，邻家有烛，乃在墙壁凿一洞，借烛光读书。同乡有大户人家名文不识，家富多书，匡衡上门去做雇工，不要报酬。文不识问何故，匡衡答："愿读遍您全家的书。"文不识深为感叹。匡衡遂刻苦研读，终成大学问家。他尤其精通《诗经》，对《诗经》理解十分独特透彻，当时儒学之士有"无说《诗》，匡衡来。匡说《诗》，解人颐"之语，意思是：听匡衡解说《诗经》，能使人眉头舒展，心情舒畅。匡衡官至太子少傅，汉元帝时任丞相，封乐安侯。为发扬先祖刻苦读书的精神，表彰他的功绩，匡氏后人遂以"凿壁"和"乐安"为宗祀堂名。

303. 邝（kuàng）氏堂名

庐江堂，宣城堂，南阳堂（以上为以望立堂）

304. 况（kuàng）氏堂名

九江堂，汝南堂，庐江堂，高安堂（以上为以望立堂）；承恩堂（亦称庐江堂、瑞州堂），恩荣堂，亲睦堂，祠圣堂，二吾堂，清一堂，龙王堂（以上为自立堂名）

【恩荣堂】

况真（生卒年不详），字彦珍，明代高安（今属江西庐陵，曾为江西瑞州府治）人，历官刑部主事、福建按察金事，为人正直，用法公正。正统年间（1436—1449年），邓茂等七人在汀州为寇，况真与马雄奉命讨之，立有战功。后失利，被贬为黑盐大使，天顺年间又复职。其父曾受皇帝恩典，故取义"以皇恩为荣"立"恩荣"为堂名，亦作"承恩堂"。

305. 夔（kuí）氏堂名

京兆堂（以望立堂）；相汉堂，萃涣堂（以上为自立堂名）

【相汉堂】

夔安（？—340年），东晋十六国时后赵著名丞相、军事家。为后赵明帝石勒起事十八骑之一。他聪敏而才能卓越，为政贤明，不仅行政事务卓有见地，将国家治理得井井有条，而且军事指挥也独树一帜。后赵太武帝石虎十分讨厌东晋外戚庾亮，以夔安为中坚将军大都督，领兵5万进攻荆州、扬州，而晋军拥兵24万。夔安采取"围点打援"的战略，不断消灭晋军的有生力量，大败晋军。夔安为相，犹如汉代名相，故称"相汉堂"。

306. 来（lái）氏堂名

洛阳堂，江都堂（亦作广陵堂），平阳堂（亦作临汾堂），乐安堂（以上为以望立堂）；会宗堂（自立堂名）

307. 赖（lài）氏堂名

颍川堂，西川堂，松阳堂，河南堂，南康堂（以上为以望立堂）；秘书堂，垂德堂，心田堂，五美堂，五常堂，锡美堂，怀德堂，积善堂，思敬堂，水声堂（以上为自立堂名）

【秘书堂】

赖棐（生卒年不详），唐代雩都（故城在今江西雩都东北）人，字忱甫。七岁能文，弱冠时已精通《九经》《百氏》。乾元年间（758—760年）举进士，拜崇文馆校书郎，但未去就职，而是退居田里。人称其所居为"秘书里"。"秘书堂"由此而得名。

注：九经，即儒家奉为经典的九种古籍，相传不一，主要有《易经》《尚书》《诗经》《周礼》《春秋》《礼记》《仪礼》《论语》《左传》《孟子》《大学》《中庸》等，各有取舍。百氏，即诸子百家。

【心田堂】【五美堂】

心田堂和五美堂皆出自清代赖云从及其儿子的故事。据中国台湾台中赖、罗、傅宗亲会记载：乾隆年间，居住在平和县（今福建漳州）心田乡的赖云（生卒年不详）迁居台中三份埔，有子五人，各具才能，人称"心田五美"，后来发展成为台中一带影响最大的赖姓支派。

308. 兰（lán）氏堂名

中山堂，平水堂，东莞堂（以上为以望立堂）

309. 蓝（lán）氏堂名

汝南堂，中山堂，东莞堂（以上为以望立堂）；蓝玉堂，种玉堂，戒君堂，锦云堂（以上为自立堂名）

【戒君堂】

戒君堂出自春秋时楚国大夫蓝尹亹（wěi，生卒年不详）的故事。名亹，因其担任蓝县（在湖北荆门县东）尹，故称蓝尹亹。春秋时，吴国军队攻入了楚国。楚昭王出逃，在成臼（即臼水，亦称臼成河，在今湖北京山、钟祥一带）渡河，看见蓝尹亹用船载着妻子儿女。昭王说："载我过河吧。"蓝尹亹回答："自先王以来，没有一个君主失掉国家的，到了您在位却失国出逃,这是您的罪过。"于是,他抛下昭王离开了。后来,昭王重新回到楚国,蓝尹亹又来求见,昭王要把他抓起来。昭王的庶兄、令尹子西(楚平王庶子)说:"先听听他说些什么,他来自有缘故。"昭王派人对蓝尹亹说:"在成臼战役时,你抛下了我,现在还敢来见我,为什么?"蓝尹亹回答:"以前囊瓦(楚平王时的令尹,平王死,立昭王)只会助长过去的怨恨,以致在柏举(在今湖北麻城)被打败,您才落到这种下场。如今您又效仿他,恐怕不行吧!我在成臼避开您,是为了儆戒您,如此总该悔改了吧?现在我敢来求见,是为了观察您的德行。我要说:总该回忆战败的可怕,把以前的过失作为借鉴了吧?如果您不以此为鉴,反而发展它,您尽管有了国家却不爱她,我死又何惜,就是死在司法官那儿罢了!希望您考虑考虑。"子西说:"让他官复原职,使我们不要忘记以前的失败。"于是,昭王接见了蓝尹亹。蓝尹亹诚心告诫君王的故事为后人称道,故以"戒君"为堂名。

【种玉堂】

子向(生卒年不详),即秦公子向(嬴向)战国时秦国人,梁惠王(即魏惠王)三年(前376年),秦子向被命名为蓝君,蓝即蓝田(今陕西蓝田县),蓝田位于秦岭之北,蓝水之东,以产美玉而闻名天下。子向之后以地名为氏,称蓝姓,并尊子向为其始祖。种玉堂由此而得名。

310. 郎(láng)氏堂名

北海堂,中山堂,魏国堂(亦作魏郡堂、临漳堂)(以上为以望立堂);诒谷堂,世善堂,松竹堂(以上为自立堂名)

311. 劳(láo)氏堂名

武阳堂,松阳堂,渤海堂(以上为以望立堂);申锡堂,树绩堂,双庆堂,三达堂,四美堂(以上为自立堂名)

312. 雷(léi)氏堂名

冯翊堂,豫章堂,南安堂,新平堂(以上为以望立堂);信义堂,谦让堂,精《易》堂(以上为自立堂名)

【谦让堂】

东汉雷义(生卒年不详),字仲公,豫章郡鄱阳(今江西南昌)人。品德高尚,舍己为人。初为郡功曹,常常举荐好人。曾救了一个死刑犯,那人后来用二斤黄金向他致谢,雷义坚辞不收。那人乘雷义不在,偷偷把金子放在承尘(悬挂在床上承接尘土的小帐幕)上,后来雷义清理屋子时才发现。这时,金子的主人已经死了,无法归还。于是雷义把金子交给了县曹,县曹赞叹不已。后来雷义被推举为孝廉,任尚书侍郎。一次,一个同事犯事要判刑,雷义私下找到司寇,为同事顶罪。那位同事发觉了,便找上司为雷义赎罪。汉顺帝听说后,将两人都赦免了。雷义归来后,被推举为茂才,他要让给陈重,刺史不同意,雷义便披头散发,装疯卖傻,不去应聘。当时乡里人都说:"胶漆自谓坚,不如雷与陈。"(胶合漆自以为坚固,却比不上雷义和陈重的情谊。)这种谦让的缙绅堪为人中表率。古时称官僚或做过官的人为"缙绅"。雷义官至侍御史、南顿令。

313. 冷(lěng)氏堂名

京兆堂,新蔡堂,临安堂(以上为以望立堂);化民堂,忠义堂,律吕堂,春山堂(以上为自立堂名)

【化民堂】

化民,教化人民。

冷世光(生卒年不详),字宾王,宋代常熟(今江苏常熟市)人,绍兴年间(1131—1162年)进士,曾任宁国、龙游等县知县,深得南宋著名教育家朱熹所赏识,常委以重任。他为官清廉公正,善于教化百姓。后升任监察御史、殿中侍御史,弹劾不避权贵,人称"冷面御史"。著有《奏议弹章》《东堂类稿》等书。

314. 黎(lí)氏堂名

新安堂,宋城堂,巴郡堂,京兆堂(以上为以望立堂);九真堂,载酒堂,敦本堂,礼序堂,黎阳堂,黎城堂,经术堂,亲民堂,牡丹堂,孝义堂(以上为自立堂名)

【黎阳堂】

北周黎景熙(生卒年不详),字季明,河间郡鄚(故址在今河北省任丘市鄚州镇)人,以字行于世。少以孝闻名。好读书,长于强记默认,而无应对之能。又好玄学,深通天文、五行、历谱,而不事生产。家有图书千余卷,虽穷居落魄而不改其志。初拜著作佐郎,勤于职守,著述不怠。同辈讲究车服华丽,他却以贫素而毫无愧色。因不能同流合污,久任史官而不被提拔。北周武帝保定三年(563年),朝廷大兴土木营造宫室,恰逢春夏大旱。武帝宇文邕令朝中百官"极言得失",黎景熙连续上书,指出春秋鲁庄公克己节用、质朴无华,可比夏禹、商汤。然豪富之家,华衣丽饰炫耀于路,锦衣美食赏嫌不足,而普通百姓却身无短衣,食无糟糠,虽"导之以礼,齐之以刑"(以礼仪引导他们,以刑法约束他们),世风实难一致。过去汉文帝为求节俭,收集上书的袋子,以做帏帐,珍惜国家财产,不造露台;后宫妃子的衣服,甚至不如今日富室婢仆之服。他提出革除浮华的习俗,主张选贤任能等。这些建议皆受到周武帝的赏识和采纳。黎景熙历任官威烈将军、步兵校尉、黎阳郡守、骠骑将军、右光禄大夫、车骑大将军等。因黎景熙曾任黎阳郡守,而黎阳又是黎氏郡望所在,故以"黎阳"为堂名。

【载酒堂】

载酒堂出自宋代黎子云的故事。黎子云(生卒年不详),海南儋州(亦称琼州,今海南省儋州市)人。家贫好学。所居林木水竹,清幽潇洒。初列为乡贤。苏轼贬为琼州别驾时,曾拜访黎子云兄弟。兄弟二人对苏轼十分恭敬,常载酒相从,向苏轼请教,苏轼题其别墅名曰"载酒堂"。为纪念这段友谊,黎子云后人便以"载酒"为堂名。

【牡丹堂】

牡丹堂出自明代诗人黎遂球的故事。黎遂球(1602—1646年),字美周,广东番禺板桥乡(今广州市番禺南区村镇板桥村)人。明代天启七年(1627年)举人。明末抗清官员,著名诗人。杜门著述,致力于诗词,又善画山水。当时扬州影园雅集四方名士,出题"赋黄牡丹诗",推钱谦益为之品评。正好黎遂球南下经过扬州,即席赋诗十首,一举夺魁,名声远扬,共称"牡丹状元"。礼部侍郎陈子壮推荐他出任官职,他以母亲年迈,应在家尽孝而推辞不就。黎遂球在家乡致力于重振南国诗风,与陈子壮等发起重建了文学团体"南园诗社"。1644年明朝倾覆,福王朱由崧在南京建立弘光朝,黎遂球闻讯后出资制作500门铁铳送往南京,援助军队,并组织乡勇准备抗击清军。南京被攻陷后,他被任命为兵部职方司主事,提督两广水陆义师支援赣州的南明军队,清军攻城时,他率数百义军与巷战,身中三箭而亡,其弟遂洪同时殉难。死后被赠兵部尚书,谥忠愍。著有《莲须阁诗文集》。黎氏后裔推崇这位"牡丹状元",遂以"牡丹"为堂名。

【孝义堂】

孝义堂出自宋代黎宿的故事。黎宿(生卒年不详),广州东莞中堂镇(今属广东省)人。为人敦厚,懂得礼义,并以此教化乡民。曾割下大腿肉治愈亲人疾病,典故"割股疗亲"便出于此。他受到朝廷表彰,赐予匾额"孝义"二字。其后人遂以"孝义"为堂名。

【亲民堂】

黎淳(1423—1492年),湖广华容(今湖南华容胜峰乡龙秀村)人,字太仆,号朴庵,学者称"朴庵先生"。少有大志,曾作《爆竹诗》:"自怜结束小身体,一点芳心未肯灰。时节到来寒焰发,万人头上一声雷。"一时名声大振。其博学多才,尤以经史著称。天顺元年(1457年)进士第一,历官左庶子、吏部左侍郎、南京礼部尚书。曾参与撰修《大明一统志》《英宗实录》《续资治通鉴纲目》,著有《龙峰集》《狷介集》等。其为人正直,洁身自好。为官勤政爱民,不徇私情。黎淳任吏部左侍郎时,量才选官,拒受请托,即使至爱亲朋,也从不假以辞色。对于卖官鬻爵者,更是深恶痛绝,吏部一时弊绝风清。他在任南京工部尚书时,有华容人任江苏华亭县令,把当地特产云布一裹送给他,黎淳并不打开包裹,而是挥笔在裹布上写道:"昔之县令,栽桑种麻;今之县令,锦上添花。"

遂原封退回。华容人谢文献任江苏宜兴县令,犯受贿罪,被拘捕追赃甚急,托黎淳出面求情,黎淳义正严辞道:"县令受贿,正该追赃问罪,我岂可为贪官求免?"断然加以拒绝。他在左庶子任内,曾一度担任顺天(北京)甲午科主考,有人舞弊偷换他人试卷,他追查后,严办当事人,使优秀试卷真正的主人免受侵权。黎淳治家严谨,做大官30余年,从不为子孙谋求地位和产业。儿子黎民安在外读书时,某县吏送给他一把福建产的珍贵扇子。黎淳得知后,竟让该县吏亲自来取走扇子。其子黎民表、黎民牧皆进士出身,前者任广西布政使,后者任江西南康知府,但他们家都布衣蔬食,无所优厚,为官30余年,囊无余钱。这样一位清正廉明,对百姓有仁爱之心的好官,自然是家族的骄傲,故以"亲民"为堂名。

315. 李(lǐ)氏堂名

陇西堂,中山堂,赵郡堂,范阳堂,顿丘堂,渤海堂,丹阳堂,安邑堂,平凉堂,姑藏堂,敦煌堂,绛郡堂,武陵堂,牛山堂,颍川堂,常山堂,武威堂,平棘堂,辽东堂,江夏堂,广陵堂,汉中堂,柳城堂,鸡田堂,略阳堂,高丽堂,西哉堂,代北堂,河南堂,京兆堂,南阳堂,梁国堂,广汉堂,襄城堂,延平堂,西平堂,梓潼堂(以上为以望立堂);燕楼堂,青莲堂,太白堂,敦复堂,敦本堂,敦睦堂,敦伦堂,敦厚堂,玉树堂,绵远堂,余庆堂,衍庆堂,笃谊堂,笃庆堂,笃亲堂,本立堂,雍睦堂,雍穆堂,培元堂,善庆堂,世美堂,介祉堂,追远堂,师俭堂,师礼堂,崇礼堂,崇伦堂,如庄堂,叙伦堂,三可堂,三友堂,三鉴堂,三培堂,四平堂,四部堂,五经堂,五知堂,九如堂,永思堂,思永堂,思承堂,思敬堂,思孝堂,孝思堂,孝友堂,致和堂,欲令堂,欲合堂,重裕堂,裕合堂,世怡堂,世德堂,正德堂,存德堂,承德堂,道德堂,名德堂,顺德堂,怀德堂,树德堂,懿德堂,树伦堂,树务堂,正元堂,秩伦堂,伦要堂,守素堂(回族),忠武堂,树萱堂,宁华堂,厚世堂,积厚堂,积善堂,飨城堂,乐文堂,义兴堂,函道堂,芳庆堂,家庆堂,百德堂,百忍堂,百宦堂,恩本堂,怀本堂,崇本堂,懿得堂,怀古堂,忠贤堂,清白堂,合敬堂,敬爱堂,永公堂,奉先堂,必昌堂,得一堂,德昌祠,炽昌祠,登云斋,棣华堂,丁兴堂,惇睦堂,惇叙堂,联辉堂,福景堂,本源堂,耕读堂,古香堂,光裕堂,恒鉴堂,鸿嗣堂,培嗣堂,花萼堂,会文堂,集义堂,继述堂,见龙堂,龙湾堂,登龙堂,龙门堂,锦心堂,景莲堂,景星堂,礼义堂,两仪堂,悫存堂,仁义堂,尚义堂,慎泽堂,绳永堂,绳正堂,留余堂,叙乐堂,叙伦堂,湛露堂,致和堂,忠愍堂,忠恕堂,忠武堂,著存堂(以上为自立堂名)

【青莲堂】【太白堂】

青莲,即青色的莲花。瓣长而广,青白分明,佛书多用青莲比喻眼目,如《释迦文佛像铭》云:"满月为面,青莲在眸。"也借指僧、寺等。

太白,一为星名,即金星;二为山名,即终南山,在陕西省境内,因在诸山最秀处,冬夏积雪,望之浩然,故名太白。

李白(701—762年),字太白,唐代著名大诗人,幼年随父迁居绵州昌隆(今四川省江油县)青莲乡,故号青莲居士,又号"谪仙人"。李白是伟大的浪漫主义诗人,被后人誉为"诗仙",与杜甫并称"李杜"。为了跟另外两位诗人李商隐与杜牧(即小李杜)区别,故杜甫和李白又合称"大李杜"。李白爽朗大方,爱饮酒作诗,喜欢交友。李白以不世之才自居,以"奋其智能,愿为辅弼,使寰区大定,海县清一"的功业自诩,一生矢志不渝地追求实现"谈笑安黎元""终与安社稷"的理想。他以大鹏、天马、雄剑自比:"大鹏一日同风起,扶摇直上九万里。假令风歇时下来,犹能簸却沧溟水。"他希望能像姜子牙辅佐明君,像诸葛振兴汉室。他觉得依靠自己的才能,可以"出则以平交王侯,遁则以俯视巢许(巢父和许由)",对于靠门第荫封而享受高官厚禄的权贵要人,他一向嗤之以鼻,表露出傲岸不屈的性格。他鄙视封建等级制度,从不阿谀奉承,也不屑于与世俗同流合污。他渴望个性的自由和解放,采取狂放不羁的生活态度与世抗争,其表现形式为纵酒狂歌、寻仙学道,但酒无法消愁,神仙更是虚无缥缈,于是他把美好的大自然作为理想的寄托、自由的化身来歌颂。他笔下的峨眉、华山、庐山、泰山、黄山等巍峨雄奇,吐纳风云,汇泻川流;他笔下的奔腾黄河、滔滔长江,涤荡万物,席卷一切,表现了诗人桀骜不驯的性格和冲决羁绊的强烈愿望。李白有《李太白集》传世,代表作有《望庐山瀑布》《行路难》《蜀道难》《将进酒》《早发白帝城》《静夜思》《梦游天姥吟留别》等。李白所作辞赋,就其开创意义及艺术成就而言,"李白词"享有极为崇高的地位。李白后裔为有李白这一大诗人而自豪,遂以"太白"或"青莲"为堂名。

【玉树堂】

玉树,一指传说中的仙树,二指槐树,三指白雪覆盖之树,或珠宝装饰之树。李白诗云:"庭前看玉树,肠断忆连枝。"亦用来比喻容貌秀丽、才华出众的人。

玉树堂,出自老子的传说。老子(前571—前471年),姓李,名耳,字伯阳,谥聃,春秋时著名思想家、哲学家、文学家和史学家,陈国苦县(今河南省鹿邑县东)厉乡曲仁里(今地说法不一)人,亦称太史儋或老莱子。老子曾做过周朝的"守藏室之官"(管理藏书的官员),是道家学派创始人和主要代表人物,被古人称为"太上老君",是世界百位历史名人之一,列为东方三大圣人之首。老子留下的著作仅有《五千文》(即《道德经》),亦称《老子》。但《老子》却是全球文字出版发行量最大的著作之一。它是道家的主要经典著作,也是研究老子哲学思想的直接材料,被译成多国文字,被誉为哲学中的奇葩,被美国《纽约时报》列为世界十大古代作家之首。其作品的核心精华是朴素的辩证法,主张无为而治,主张顺其自然,合乎天理,否定有神论。相传他出生时,门前李树繁花盛开,洁白如玉,其母遂指李树命其氏。李氏后人亦有以"玉树"为堂名者,以怀念这位杰出的先人。

【延平堂】

延平堂,出自李侗的故事。李侗(1093—1163年),字愿中,南宋著名学者,南剑州剑浦(今福建省南平市)人。南剑州在晋代原名延平,唐武德三年(620年)置延平郡。又,剑浦有渡口名延平津。宋代文人习惯以出生地作为别名,因此,学者尊称李侗为"延平先生"。李侗为程颐的二传弟子,年轻时师从杨时、罗从彦,得授《春秋》《中庸》《论语》《孟子》。学成后退居山田,谢绝世故四十年。他认为万物统一于天理,只有天理的变化。他提出"理与心一",主张"默坐澄心,体认天理"的认识方法。著名理学家朱熹曾从游其门,并将其语录编为《延平答问》一书。有《李延平集》。其族人遂以"延平"为堂名。

【陇西堂】

老子后裔李崇(生卒年不详),为秦朝御史大夫李昙(生卒年不详)的长子,字伯枯,官至陇西太守,为陇西李氏的始祖,自李崇以下至唐代(唐朝开国皇帝李渊为李昙30代孙),传代三四百年,世居陇西郡,成为陇西望族,故李氏亦有人以"陇西"为堂名。

316. 力(lì)氏堂名

临安堂(亦称通海堂)(以望立堂)

317. 厉(lì)氏堂名

范阳堂,南阳堂(以上为以望立堂);佛子堂,半村堂(以上为自立堂名)

【半村堂】

厉元吉(生卒年不详),字无咎,号半村,南宋余姚(在今浙江省)人,咸淳七年(1271年)进士,官至乌程尉。德祐末年(1276年)弃官归隐从山。元代至元年间(1264—1294年)朝廷访前朝旧臣,厉元吉躲到湖里、海里,直到白头才回家,拒不做元朝的官。著有《半村集》。其后人以其号和著作名为堂号。

318. 利(lì)氏堂名

河南堂(以望立堂)

319. 郦(lì)氏堂名

新蔡堂(以望立堂);广野堂,长揖堂,枕湖堂,永思堂,注经堂,明经堂,二美堂,积善堂,宝善堂,凤鸣堂,余庆堂,登本堂,崇本堂,恒本堂,恒升堂,滋德堂,亦政堂,欲仁堂,存耕堂,寿萼堂,檡树堂,福持堂,尚义堂,茂荆堂,顺治堂,瑞蔼堂,怀哲堂,继哲堂

（以上为自立堂名）

▌广野堂▐ ▌长揖堂▐

广野堂和长揖堂皆出自汉代郦食其（yìjī）的故事。郦食其（？—前203年），陈留郡高阳乡（今河南杞县）人。家贫，好读书，初为看门小吏，然县中豪强皆不敢随意驱使他，人称"狂生"。秦末，起义烽烟四起，刘邦兵临陈留，访求豪杰，郦食其入室求见，见沛公刘邦正坐在床沿，让两个女子给他洗脚。郦食其长揖不拜（拱着手却不下拜），说："您是要推翻无道的秦国的，不应该傲慢地对待长者。"于是，刘邦赶快停止洗脚，把他拜为上宾。郦食其跟随刘邦，用计攻下陈留，得到大批军粮。刘邦封他为广野君，派他出使各诸侯国，又以郦食其的弟弟郦商为将，进攻秦国。当年秋天，兵临武关，郦食其劝秦将归降，不战而下武关。刘邦攻入咸阳，秦国灭亡。在楚汉相争难解难分之时，郦食其建议汉王刘邦夺取荥阳，占据敖仓，获得巩固的据点和补给，又出使齐国，劝齐王田广归汉，以其三寸不烂之舌游说列国，为刘备统一大业做出了重大贡献。为缅怀这位杰出的先人，郦氏家族便以"广野"或"长揖"为堂名。

▌注经堂▐

郦道元（472—527年），字善长，范阳郡涿州（今河北涿州）人。北朝北魏地理学家、散文家。太和年间由尚书主客郎累迁至东荆州刺史。其为官"执法清刻""素有严猛之称"，颇遭豪强和皇族忌恨。郦道元担任冀州镇东府长史时，采取严厉手段打击邪恶势力。为政严酷，奸匪盗贼闻风丧胆，纷纷逃往他乡。后又调任颍川太守、鲁阳太守，上表请求在当地设立府学，教化百姓。蛮人服其威名，不敢为盗。后来蛮人向朝廷诉讼郦道元为官严厉，朝廷把他召回洛阳。郦道元博览奇书，幼年时曾随父亲赴山东访求水道，后又游历秦岭、淮河以北和长城以南广大地区，考察河道水渠，收集有关风土民情、历史故事、神话传说，撰写《水经注》40卷。《水经注》文笔隽永，描写生动，既是一部内容丰富多彩的地理著作，又是一部优美的山水散文汇集，可称为我国游记文学的开创者。此外，还著有《本志》13篇及《七聘》等文。因郦道元曾给《水经》作注，故其后裔子孙以"注经"为堂名。

320. 连(lián)氏堂名

上党堂，东海堂，齐郡堂，武功堂（以上为以望立堂）；瞻依堂，清冻堂，双贤堂，理木堂（以上为自立堂名）

▌清冻堂▐ ▌双贤堂▐

清冻堂、双贤堂均出自宋代连庶、连庠兄弟二人的故事。连庶（生卒年不详），字君赐，安州应山（今湖北广水）人，宋仁宗年间（1023—1063年在位）进士，初为商水尉、寿春（在今安徽六安市寿县东北）令。兴学，尊礼秀民，以劝其俗（尊崇礼法，培养优秀百姓劝他们移风易俗);开辟淮河沿岸农田千顷,一县大治。因母老,请求监陈州税。一日,送客出北门,见夕阳西下,风尘仆仆,而冠盖摇曳不定,来往反复,慨然有感,当天便请求归隐。久之,翰林学士欧阳修和龙图阁直学士祖无择谈到连庶的文学才能,品行道德,认为他适合在台阁任职,让他出任昆山知县,但被拒绝了。最后任职方员外郎。连庠(1006—1067年),字元礼,连庶之弟,仁宗庆历二年(1042年)进士,与宋祁、宋庠、连庶并称"应山四贤"。初任宜城知县,官至屯田都官郎中。奋勉于政事,号称良吏。连庶聪明清廉,人称"连底清";连庠对事物看得清晰透彻,像冰一样透明,处理事务严肃,像冰一样给人一种冷飕飕的感觉,人称"连底冻"。其后人对两位贤达的先人十分崇敬,故以"清冻"或"双贤"为堂名。

321. 廉(lián)氏堂名

河南堂,河东堂(以上为以望立堂);天心堂,惠政堂,清风堂,深柳堂,信平堂,宗孟堂(以上为自立堂名)

【信平堂】

廉颇(生卒年不详),苦陉(今河北保定定州市邢邑)人,战国时赵国良将,以勇气闻名于诸侯,赵惠文王拜为上卿。蔺相如"完璧归赵"后,官居廉颇之上,廉颇不服。蔺相如十分大度,不予计较,廉颇知错改错,与蔺相如结为刎颈之交。后来,廉颇奉命攻打齐国和魏国,皆取得了胜利。接着,另一赵国名将赵奢亦在阏与大败秦军。四年后,赵惠文王去世,其子赵孝成王即位。赵孝成王七年,秦军和赵军在长平对峙。此时,赵奢已死,赵孝成王听信秦国间谍散布的谣言,任命赵奢之子赵括为统帅。赵括母亲深知赵括不是大将之才,认为赵括必败,赵孝成王不听,结果赵军大败,几十万大军投降了秦军,被全部活埋。第二年,秦军包围赵国都城邯郸达一年多,几近灭国,全靠楚、魏两国军队相救,才解除包围。五年后,燕国采纳了栗腹的计策,发兵攻打赵国。赵王派廉颇领兵反击,在鄗城大败燕军,杀死栗腹,并包围燕国都城,燕王不得不割让五座城邑,廉颇才退兵。赵王将尉文城封给廉颇,号称信平君。赵孝成王去世,太子悼襄王即位,起用乐乘代替廉颇,廉颇愤而逃往魏国,但不被重用。楚国得知廉颇在魏国,请廉颇到楚国做将军,然而他在楚国并无建树,最后客死楚国寿春。其后人遂以其封号为堂名,称"信平堂"。

【宗孟堂】

宗孟,尊崇孟子。

廉希宪(1231—1280年),一名忻都,字善甫,号野云。元代政治家,维吾尔族。其祖上皆为高昌(古西域高昌国在今新疆吐鲁番市高昌区东南)世臣。成吉思汗兴兵崛起时,其父布鲁海牙投附蒙古。他出生时,正值其父拜燕南诸路廉访使,其父曰:"吾闻古以官为姓,天其以廉为吾宗之姓乎!"(我听说古代以官为姓,是上天安排我宗族姓

"廉"呀！）故其子孙皆姓廉氏。

廉希宪自幼熟读经书，深通儒家之道。19岁时入侍元世祖忽必烈王府，因其"笃好经史，手不释卷"，深得忽必烈赏识。一天，他正在读《孟子》，忽闻忽必烈召见他，他匆忙将书揣入怀中，忽必烈问《孟子》书中所言何事，廉希宪回答说性善、义利等，忽必烈称赞他有学问，把他称为"廉孟子"。后从征到云南等地。宪宗四年（1254年）任京兆（今陕西西安）宣抚使，政绩斐然。宪宗九年（1259年）随忽必烈攻宋鄂州，运筹帷幄，参谋军机。宪宗孛儿只斤·蒙哥死后，廉希宪秘密进言，使忽必烈在与阿里不哥争夺皇位的斗争中占据主动地位，并最终夺得皇位。此间，他再度出镇关中，任京兆、四川道宣抚使，重用良将，力挫阿里不哥的支持者浑都海，平定关陇（关：今陕西关中地区；陇：今甘肃乌鞘岭以东，宝鸡以西地区以及宁夏全境），不久升任平章政事。中统三年（1262年），进拜中书平章政事。他勇于直言讽谏、整顿朝纲、革新政治；废除州县长官世袭，加强中央集权；设立台察（御史台和按察司），建立各级监察机构；除暴安民；打击不法地方势力；安定民生，发展生产。他几十年如一日，忠于职守，深察民间疾苦，为百姓做了许多好事，一直为后人所称颂。这一切都显示出他是位具有政治远见，善于审时度势，临事镇定，处理问题果断的政治家。因廉希宪尊崇孟子，故其后人以"宗孟"为堂名。

322. 练（liàn）氏堂名

河内堂，丹阳堂，建安堂（以上为以望立堂）；龙兴堂（自立堂名）

323. 良（liáng）氏堂名

吴兴堂（亦称湖州堂），咸阳堂（亦称秦都堂）（以上为以望立堂）

324. 廖（liào）氏堂名

汝南堂，钜鹿堂，武威堂，武城堂（以上为以望立堂）；清武堂，崇远堂，垂裕堂，承佑堂，世彩堂，果烈堂，中乡堂，紫桂堂，万石堂，馨德堂，知本堂，本思堂，五桂堂，慕维堂，裎成堂（以上为自立堂名）

【武威堂】

廖崇德（602—？年），唐贞观十四年（640年）入仕，初任虔化（今江西宁都）县令，后升为宣州刺史。政绩显著，深得人心。虔化任满时士庶（士人和百姓）挽留，又钟情于虔化山川灵秀、田腴物丰、民风淳朴，遂举家从浙江松阳顺义乡诚信里迁居虔化，成为望族。现全世界廖姓总人口中50%以上都是他的后裔，约有三四百万人。在众多后裔中，因承袭先祖的职务官名而分为武威、清河、太原三郡，是现在江西、福建、广东、广西、湖南、四川及台湾、南洋等地区大多数廖氏宗族的先祖。崇德父辈曾任武威太守，其后裔从唐代起几百年间声势显赫，皆以"武威"为堂号，是流传最广、人口最多的廖氏堂号。

【清武堂】

明代初，张元子（生卒年不详）入赘廖家，成为福建诏安张廖一族之源，张氏郡望"清河"，廖氏郡望"武威"，遂从中各取一字，合为"清武堂"，见《廖姓大族谱》。

【世彩堂】

世彩堂源于宋代廖刚的御封堂名。廖刚（1070—1143年），字用中，号高峰居士，南剑州顺昌谟武（今福建南平顺昌县元坑镇谟武村）人。少时从学理学家杨时，成就了廖刚"道南高弟，绍兴名臣"的美名。《宋史》374卷载：宋徽宗崇宁五年（1106年）进士，历官北宋徽宗、钦宗、南宋高宗三朝。徽宗宣和年间（1119—1125年）任监察御史，时蔡京掌权，廖刚不畏权势，论奏无所避。钦宗即位后，任工部员外郎。南宋高宗时任吏部员外郎，复任给事中，终官工部尚书。廖刚官居三朝要职，极有胆识，极有谋略，刚正不阿，威望极高。其祖父辈、父辈皆享年八十以上，长辈三代皆见其孙，累世以华发奉养，因自名其堂曰"世彩"。"世彩"即世代华发（花白的头发，含有长寿之意）奉养。因其德高望重，名震一时，当时士大夫争相撰文、赋诗，为其歌功颂德，并将诗文编辑成册，称《世彩集》。当时尚书右仆射赵鼎，封清献公，取《世彩集》进奏，宋高宗谓廖刚曰："观《世彩集》，诚为人间美事也。"随即下诏封其堂名为"世彩堂"。

注："道南"一词跟杨时有关。杨时曾拜程颢为师，成为程门高弟。学成回归之日，向恩师告别，程颢目送他离去，对旁人说："吾道南矣！"后来，杨时在大陆东南讲学传道，成为"二程理学"南传和发展的至关重要的人物，被后人称为"道南第一人"。杨时后人修建的祠堂名叫"道南祠"，并以"道南衍派"自称。

【果烈堂】【中乡堂】

果烈，果敢刚烈。

廖化（？—264年），本名淳，字元俭，荆州襄阳郡中卢县（今湖北襄阳市）人。三国时蜀汉将领，曾为关羽主簿，关羽败亡后归入孙吴，用诈死之计回归蜀汉，刘备任其为宜都郡太守。刘备去世后为丞相参军，后为广武都督，迁阴平郡太守，多次参加蜀汉的北伐，官至右车骑将军，授予节符，领并州刺史，封中乡侯，以果敢刚烈著称，为蜀汉后期重要将领。其后以其封号和其品格为堂名。

【紫桂堂】

廖君玉（生卒年不详），字国华，宋代荆州（今湖北荆州市）人。元祐年间以朝请郎出任英州知府，一生好学，在桂山建一书堂，名曰"紫桂堂"，常吟咏其间，但政务不废。廖氏"紫桂堂"由此而得名。

【万石堂】

万石堂亦出自宋代廖刚的故事。宋代工部尚书廖刚娶秦国夫人张氏为妻，生有四子(廖迟、廖过、廖遂、廖邃),皆为高官,皇帝赐每人俸禄2000石,父子五人共享10000石,时人号称"万石廖氏"。诗云:万石家声远,三州世泽长;瓜锦欣瓞衍,栾世庆荣昌。(瓞,小瓜。)意思是:就像瓜蔓上的小瓜,连绵不断,欣欣向荣。(参见"世彩堂")

325. 烈(liè)氏堂名

辽宁堂,乐浪堂(亦作带方堂、马韩堂)(以上为以望立堂)

326. 林(lín)氏堂名

济南堂,南安堂,下邳堂,西河堂,晋安堂(以上为以望立堂);林本堂,敦本堂,崇本堂,松卜堂,九龙堂,十德堂,九牧堂,绍闽堂,问礼堂,双阙堂,青龙堂,永泽堂,林平堂,善庆堂(以上为自立堂名)

【九牧堂】

《周礼·秋官·掌交》云:"九牧之维。"注:"九牧,九州之牧也。"九牧即九州的长官。西汉武帝时,州的长官称作刺史,成帝时改刺史为州牧,简称牧。东汉初又称刺史,历代或沿用,或有变动。

唐代人林披(733—802年),字茂彦、茂则,号师道,泉州郡莆田(在今福建省)北螺村人,唐代高平太守林万宠之次子。聪慧,读书看一遍就能记住,历官将乐(在今福建,距三明市中心85千米)令、漳州刺史、澧州(今湖南澧县)司马、康州(今广东德庆)刺史,贬临汀郡(今福建长汀)曹椽,改任临江(今四川忠县)令。后授临汀别驾,知州事。临汀民俗信鬼,林披作《无鬼论》以晓谕民众。官终检校太子兼苏州别驾,赐紫金鱼袋、上柱国。死后赠睦州(今浙江建德)刺史。相传林披有九子(林苇、林藻、林著、林荐、林晔、林蕴、林蒙、林迈、林蕲),皆官至州刺史(州牧)(其中林苇终官端州刺史,林藻为岭南节度副使,林著官至横州刺史,林荐官至韶州刺史,林晔终官通州刺史,林蕴为邰州刺史,林蒙终官循州刺史,林迈任商州刺史、雷州刺史),时称"九牧林家"。林氏后人以此为荣,遂取堂名为"九牧"。

【九龙堂】【十德堂】

林皋,比干后裔,九龙(在今河北藁城西北)人,战国时为赵国宰相,德高望重,权倾一时。生有九子,分别是林文、林成、林宣、林化、林德、林修、林明、林勉、林韶,皆为大夫,德才兼备,人称"九龙"。林皋被誉为"九龙之父"。加上林皋,父子十人皆以德才见称,家族被誉为"十德之门",家族祠堂也因此称为"九龙堂""十德堂"。

【忠孝堂】

林悦(1025—1106年),字希宾,亦字希贤、三行龙,原名林英,因避宋仁宗赵祯谐音御讳,改名林悦。莆田城南关厢(今福建莆田市城厢区霞林)人。庆历六年(1046年)进士，累官至金紫光禄大夫，历事宋仁宗、宋英宗、宋神宗、宋哲宗、宋徽宗五朝。林悦为官刚正廉明、忠心为国，为一代峭直之臣。嘉祐六年（1061 年），林悦任侍御史时，向仁宗皇帝"乞归故里祭扫祖墓"，宋仁宗曰："卿为殷少师（即比干）苗裔，家乘（家谱）可得见呼？"林悦呈谱以进。宋仁宗阅后，盛赞比干忠烈，侍御史林悦尽孝，随即在家谱开头御书"忠孝"二字，并盖上玉玺，又赐诗《林氏家庭》二章，其中有"忠孝有声天地老"之句，敕曰："卿珍重到家，即可回京。"后受权贵排挤而告老还乡。林氏"忠孝堂"由此而得名。

327. 吝（lìn）氏堂名

中山堂，华阴堂（以上为以望立堂）；完璧堂（自立堂名）

【完璧堂】

战国后期，赵国为秦国所灭，"完璧归赵"主角蔺相如的后代为避难，有族人改同韵字"吝"为姓氏者，故亦以"完璧"为堂名。参见蔺氏"完璧堂"条。

328. 蔺（lìn）氏堂名

中山堂，华阴堂（以上为以望立堂）；完璧堂（自立堂名）

【完璧堂】

完璧堂源自战国时赵国蔺相如的故事。蔺相如（前 329—前 259 年），今河北保定市曲阳县相如村人，著名政治家、外交家，官至上卿。他多谋善辩，胆略过人，以国家利益为重，不计较个人得失，善于人和，不畏强暴，为历代人所称颂。赵国有块"和氏璧"，精美无比。当时秦国国王想得到这块璧，就骗赵国说，愿意用 15 座城市换"和氏璧"。赵王觉得很为难：换吧，怕秦国拿了璧，不给城；不换吧，又怕强大的秦国派兵来抢夺。于是派蔺相如带着"和氏璧"去了秦国。秦王接过璧，只是在大臣们手中传看，只字不提换城的事。蔺相如知道秦王没有诚意，便对秦王说："你们只知道夸璧好，却不知道璧上还有瑕疵呢。"秦王把璧交给蔺相如，让他指出瑕疵在哪里。蔺相如接过璧，马上抱着它靠着一根柱子说："赵王派我来送璧以前，斋戒沐浴了三天，表示对秦国的尊重。可大王您接过璧后，只知道让人传看，实在是太欠郑重了。现在璧在我手中，如果你们想要，大王也必须斋戒沐浴三天，然后举行交接之礼；否则，我就把璧砸碎，然后撞死在柱子上。"秦王没法，只好让蔺相如把璧带回驿馆。回到驿馆后，蔺相如马上暗地让随从从小路把"和氏璧"送回赵国。三天后，举办交接仪式，蔺相如对秦王说："我看出您无意换城，已经派人把璧送回赵国了。您要杀我就请便吧。"秦王知道杀了蔺相如只会伤了两国的和气，就把蔺相如送回赵国了。蔺相如的壮举不仅是蔺氏家族的骄傲，也警示了后人不畏强暴的爱国之心，故以"完璧"为宗祀堂名。前 279 年，秦王与赵王相会于渑池（今河南渑池西），蔺相如随侍赵惠文王，当面斥责强大的秦国，不辱国体，使赵王未受屈辱,因功任为上卿,官居廉颇之上。廉颇居功自傲,不服相如。耻居其下,并多次羞辱相如。蔺相如为不使外敌有隙可乘,始终回避忍让,保持将相和睦。蔺相如以国家利益为重,谦虚低调的处世方式和精神感动了廉颇,于是亲自到蔺相如府上负荆请罪,二人终成刎颈之交。

329. 伶(líng)氏堂名

太原堂(以望立堂)

330. 凌(líng)氏堂名

河间堂,渤海堂(以上为以望立堂);圣仁堂,求正堂,云龙堂,半部堂,立德堂,伐冰堂,留砚堂(以上为自立堂名)

【留砚堂】

留砚堂源自宋代人凌冲的故事。凌冲(生卒年不详),吴郡(治所在今江苏苏州)人。宝元年间进士。少负才名,曾著《乡党传说二论》,王安石十分惊奇。熙宁年间任含山知县,律己甚严。任职期满,发现行李中有块砚台,凌冲见后说:"这不是我来时带的东西。"遂把砚台留下了。其后人以其廉洁为荣,即以"留砚"为堂名。

331. 令狐(lìnghú)氏堂名

太原堂,弘农堂(以上为以望立堂);泣墓堂,博施堂,莲烛堂(以上为自立堂名)

【泣墓堂】【博施堂】

泣墓,在墓前哭泣。博施,广泛地施舍。

令狐仕(生卒年不详),北魏猗氏(故治在今山西临猗县南20里铁匠营村)人,兄弟四人,早年丧父,泣墓十载,侍奉母亲,十分孝顺,乡邻无不称赞。兄弟四人,勤俭持家,辛勤耕作,用自家勤劳换来的粮食和财物,广泛地施舍给穷苦人家,从不间断。故后世子孙以"泣墓""博施"为堂名,怀念和效法这位先人。

【莲烛堂】

唐代京兆郡华原人令狐绹(795—879年),字子直,京兆郡华原(今陕西省耀县东南)人。太尉令狐楚之子。性格软弱,精通文字。大和四年(830年)进士,历官湖州刺史、吴兴太守,封凉国公,宰相白敏中称他有宰相气质,是当宰相的材料。后身居相位达十年之久。在翰林院时,他曾与唐宣宗李忱在皇宫里探讨学问至深夜,皇帝命人用皇帝座驾并金莲花烛送他回翰林院,人们看见,以为是天子驾临。辅政十年,官至同平章事。其后人以此为荣耀,遂以"莲烛"为堂名。

332. 刘(liú)氏堂名

彭城堂,沛国堂(亦称沛郡堂),弘农堂,河南堂,河间堂,沛丰堂,中山堂,梁郡堂,顿丘堂,南阳堂,东平堂,广平堂,高平堂,平原堂,尉氏堂,丹阳堂,长沙堂,临淮堂,高密堂,竟陵堂,广陵堂,沙甸堂,南华堂,南郡堂,高阳堂,东莱堂,东海堂,任城堂,兰陵堂,琅琊堂,东莞堂,宣城堂,安成堂,太原堂,颖川堂(以上为以望立堂);前溪堂,梓溪堂,燕翼堂,西蜀堂,高堂堂,两汉堂,西汉堂,汉里堂,汉室堂,磐宗堂,清爱堂,铁汉堂,二粟堂,三治堂,五忠堂,五福堂,五伦堂,七里堂,七业堂,八贤堂,八字堂,九睦堂,重德堂,尚德堂,馨德堂,厚德堂,崇高堂,崇古堂,崇德堂,俭德堂,恒德堂,一德堂,树德堂,漫德堂,德馨堂,德新堂,德声堂,蒲编堂,黎照堂,藜照堂,黎熙堂,藜阁堂,燃藜堂,然藜堂,尚藜堂,光藜堂,藜光堂,映藜堂,宝藜堂,青藜堂,兴藜堂,天禄堂,天录堂,禄阁堂,校书堂,御龙堂,豢龙堂,墨庄堂,传经堂,授经堂,崇经堂,明经堂,崇礼堂,崇让堂,恭让堂,表照堂,儒林堂,邦声堂,敬胜堂,敬爱堂,道胜堂,屏山堂,兴山堂,昔山堂,团山堂,西山堂,山田堂,太乙堂,泰乙堂,然乙堂,惇典堂,郡马堂,存著堂,金莲堂,花薮堂,冰鉴堂,正伦堂,序伦堂,叙伦堂,敦伦堂,聚伦堂,聚金堂,彝伦堂,清伦堂,义伦堂,尚义堂,旌义堂,集义堂,强恕堂,忠定堂,忠贤堂,忠乐堂,武忠堂,怀贤堂,仁视堂,仁粟堂,仁本堂,崇仁堂,立本堂,笃本堂,隆本堂,务本堂,宗本堂,元本堂,报本堂,集本堂,敦本堂,敦木堂,本源堂,源仁堂,裕厚堂,敦厚堂,敦睦堂,敬睦堂,思成堂,思孝堂,思远堂,思源堂,再思堂,静思堂,永思堂,永昌堂,永常堂,永泰堂,永复堂,永忠堂,永正堂,念祖堂,奉先堂,华先堂,亲亲堂,怡怡堂,佩三堂,守三堂,青云堂,直介堂,庆元堂,庆远堂,崇庆堂,馀庆堂,衍庆堂,延庆堂,善庆堂,具庆堂,继先堂,继志堂,文明堂,孝友堂,孝思堂,孝享堂,忠孝堂,集乐堂,集英堂,诚意堂,诚敬堂,世荣堂,嘉善堂,嘉会堂,聚奎堂,聚芝堂,永古堂,永言堂,复古堂,存古堂,明禄堂,悠久堂,上升堂,文英堂,谱寿堂,见复堂,振藻堂,如在堂,世锦堂,两全堂,绳武堂,谨厚堂,肃纪堂,贻远堂,暎武堂,馀荫堂,泰来堂,曙光堂,仲宣堂,景王堂,汉槐堂,百客堂,寿福堂,睦族堂,宝训堂,昭穆堂,龙云堂,回龙堂,追远堂,玉华堂,钟秀堂,上船堂,松庆堂,光裕堂,刘先堂(以上为自立堂名)

【清爱堂】

清爱,清廉爱民。

清爱堂出自清代名臣刘统勋、刘墉父子的故事。刘统勋(1698—1773年),字延清,号尔钝,高密县逢戈庄(原属山东诸城)人。自幼饱读诗书。雍正二年(1724年)进士,官至宰相。为政40余年,清廉正直,敢于直谏,曾因参奏大学士张廷玉、尚书钮祜禄·讷亲而名闻朝野。他曾负责查办河道总督高斌和协办河务巡抚张师载贪污钱款、延误治河案,西安将军都赍克克扣军饷案,山西归化将军保德侵吞公款案等,执法严明,使不法官吏得到应有的惩罚。后来,刘统勋请求辞官,乾隆不许,说:"你是忠臣,你辞了官,如果你死后你的后人成了坏人,危害国家,怎么办?"刘统勋就把三个儿子带到乾清宫门口,当着皇帝面把两个儿子杀了,刘墉跑了,碰见太后。说了此事,太后便把刘墉认为干儿子,才免于一死。刘统勋参与《四库全书》编辑,并担任《四库全书四》总裁官。他死后,乾隆亲往吊唁,到刘统勋家门口,发现门楣狭小,家居简朴,深为感动,乾隆回宫尚未进乾清宫门,便哭了起来,对群臣说"我失去了一位得力助手""刘统勋不愧是真宰相",并亲自作挽联和怀旧诗,将他列为五阁臣之一,追授太傅,赐谥号文正。

刘墉(1719—1804年),字崇如,号石庵,家教极严,为清代政治家、书法家。乾隆十六年(1751年)进士。历任翰林院庶吉士、太原府知府、江宁府知府、内阁学士、体仁阁大学士等,以奉公守法、清正廉洁闻名于世。自乾隆二十一年(1756年)起,被外放为地方官,先后担任安徽学政、江苏学政、太原知府、江宁知府等职。为官期间,他秉承父亲刘统勋的正直干练与雷厉风行,对科场积弊、官场恶习进行了力所能及的整顿,为百姓做了实事。他还积极贯彻皇帝旨意,查禁书、捉拿会党(清末以反清复明为宗旨的民间秘密团体),得到皇帝的赞许。嘉庆四年(1799年)三月,刘墉被加封太子少保,奉旨办理文华殿大学士和珅结党营私、擅权纳贿一案,他不畏权势,查明和珅及其党羽横征暴敛、搜刮民脂民膏、贪污自肥等罪行20条,奏报朝廷,嘉庆随即将和珅处死。嘉庆四年(1799年),刘墉上疏陈述漕政,对漕运中的漏洞体察至深,忧国忧民之情溢于言表,嘉庆看后深以为然。

【七业堂】

刘殷(生卒年不详),字长盛,十六国时前赵新兴(今山西忻州北)人。七岁丧父,悲哀伤痛超于礼制,服丧三年,从不露齿而笑。相传其曾祖母王氏想吃堇菜,正值隆冬季节,无处可寻。当时刘殷仅仅九岁,得知曾祖母的愿望后,便跑到泽中恸哭,责备自己罪孽深重,不能奉养王氏,希望皇天后土降下哀怜。此时突然听到有人让他别哭。他止住哭,低头一看,地上长出许多堇菜。他挖了一些回家,吃了也不见减少,可此时堇菜早已过了生长季节。他还曾在梦里听见有人对他说:"西篱下有粟米。"醒来一挖,不仅得到15钟粟米,还看见上面写着"七年有一百石粟米,赐给孝子刘殷"。人们都夸奖他的孝心感应了神灵,纷纷赠给他谷米和丝帛。刘殷也不辞谢,只说富贵以后报答。刘殷刚成年,便博学精通经史,综合考察各家学说,文章诗赋无不备览。他性情洒脱,有济世志向,节俭但不鄙陋,清约但不孤傲,恭顺而不可侵犯。朝廷多次征召,他皆以家中无人供养而推辞。齐王司马冏辅政时,任大司马军咨祭酒,又改任新兴太守。永嘉之乱时,落入刘聪之手。刘聪欣赏他的才能而提拔他,历任侍中、太保、录尚书事。刘殷有七个儿子,五人传授五经,一人传授《史记》,一人传授《汉书》。一门之内,七业具备,故名"七业堂"。

【五忠堂】

宋朝时期,福建建州、建阳刘氏一门忠烈,有五人死后被朝廷赐谥为"忠",世人号称"刘氏五忠",他们是:建阳五夫里的忠显公刘韐、忠定公刘子羽、忠肃公刘珙,建州麻沙里的忠简公刘颌、忠烈公刘纯。刘氏后人为了纪念刘氏祖先这一光荣历史,鼓励族人精忠报国,故以"五忠"为堂名。其中,刘韐(1067—1127年),字仲偃,哲宗元祐九年(1094年)进士,历官丰城尉,陇城令,陕西转运使,集贤殿修撰,越州、建州、福州知州,河北、河东宣抚参谋官,河北、河东宣抚副使,京城四壁守御使等。京城不守,出使金营,金人欲用之,不屈,自缢死,谥"忠显"。刘子羽(1096—1146年),字彦修,初辅佐其父刘韐主管机宜文字,因破方腊有功,升为主簿,后任川陕宣抚使张浚的参议军事,鄂州知州等。1131年,金兵侵犯大散关,刘子羽率宋军三百,于潭毒山设防,死守三泉。金兵久攻不下,只得退兵。金兵移师攻打凤阳,因刘子羽早就部署坚壁清野,金兵面临空城,一无所获。又派使者十人向刘子羽劝降,被斩九人。后刘子羽又出任沿江安抚使、镇江知府,积极抗金,受到投降派忌恨,被罢官。从此淡泊名利,寄情山水,在故乡兴办学馆,培养教育少年朱熹。谥"忠定"。其子刘珙(1122—1178年),字共父,官至参知政事,刚直不阿,不事权贵,谥忠肃。他所治理过的地方,百姓爱戴他如同父母。刘韐祖孙三代在故乡,"办书院,兴水利,好贤乐善,轻财喜施,闾人至今德之",乃"忠节与斯文并重之典范"。刘颌(生卒年不详),又名柏,字翱。13岁开始学《三礼》《春秋》,都通晓大义。年轻时有文才,会写文章,为时人称赞。做官后多次参加指挥边境战斗,屡立战功。死后谥忠简。刘纯事迹不可考。

‖豢龙堂‖ ‖御龙堂‖

刘累(前1898—前1854年),字华美,洛阳缑氏县(今河南偃师)人。出生时手上显现"刘累"纹样,家人以为吉祥,遂以刘累为名。古帝唐尧的裔孙,早年跟豢龙氏董父学习豢龙(养龙)、御(驾驭、训练)龙。约在前1879年,夏王孔甲时,天降龙于今河南临颍县豢龙城东南角龙荡沟。孔甲派刘累到此养龙,长达七年之久。因刘累养龙、御龙有功,被孔甲封为御龙氏。后来一雌龙死了,刘累就把龙肉加工成美食,送给孔甲吃。孔甲觉得味道鲜美,让刘累再做,刘累怕死龙事发,孔甲问罪下来,便搬到尧山(大龙山)东麓,在今河南鲁山隐居下来,改名"丘",人称"丘公",称隐居的地方为"邱公城"。孔甲知道后,不再追究,丘公改为刘累,其族人遂改姓刘氏。刘氏在此繁衍,成为望族。因刘累会豢龙,故以"豢龙"为堂名。

‖墨庄堂‖

墨庄,藏书之室。比喻藏书。

刘式(949—997年),字叔度,新喻(今江西樟树市黄土岗镇获墨庄)人,南唐末进士。少有志操,好学问。年十八,九辞家居庐山,借书苦读,五六年不归。975年,北宋统一南唐,刘式学识才干得以重用,官至刑部员外郎。家有藏书数千卷,辟"墨庄"藏之,藏书地点在扬州。刘式死后,其妻陈氏指遗书教诫诸子曰:先大夫秉性清洁,有书数千卷遗留给后人,是"墨庄"也。于是诸子刻苦以读,并为郎官,其妻亦被称为"墨庄夫人"。墨庄藏书传至南宋,藏书历经五代传人。绍兴六年(1136年),岳飞为刘氏后人书写"墨庄"二字。墨庄藏书散佚于靖康之乱,刘式之曾孙刘滌(1100—1159年),字全因,号丰园,念先世所藏散亡,节衣缩食,竭力营聚,至绍兴二十二年(1152年),又收图籍数千卷,藏书规模始复其旧,建立新墨庄,并世代相传。

【青藜堂】

又称藜照堂、藜阁堂、燃藜堂、光藜堂、黎照堂、黎熙堂、然藜堂、尚藜堂、藜光堂、宝藜堂、青藜堂、兴藜堂等。藜(黎),指拐杖。

刘向(?前77—前6年),西汉文学家和经学家,原名更生,字子政,为汉代皇族楚元王刘交(高祖弟)的四世孙,祖籍沛(今江苏省沛县)。宣帝时任散骑谏大夫。成帝时更名"向",任光禄大夫,校阅经传诸子诗赋等书籍,写成我国最早的分类目录《别录》,并著有《新序》《说苑》《列女传》《洪范五行传论》等书。

《拾遗记·后汉》云:"刘向于成帝之末校书天禄阁,专精覃思。夜有老人着黄衣,植青藜杖,登阁而进。见向暗中独坐诵书,老父乃吹杖端烟燃,因以见向,授《洪范五行》之文。"刘向问其姓名,答曰:"我乃太乙之精,无帝闻卯金之子好学,下而观焉。"卯金之子,即刘(劉)氏。

后来,刘向子孙便以传说中老人所持"青藜"作为宗祀堂名。

【蒲编堂】

蒲编,指用蒲草编织席子。

刘备(161—223年),三国时蜀汉皇帝,字玄德,涿郡涿县(今属河北省)人。谥号昭烈。幼贫,与母贩鞋织席为业。称帝后,常思其母打鞋编席之苦。刘备后人用"蒲编"为堂名,以告诫子孙勿忘创业之艰。

【汉里堂】

汉里,即汉高祖刘邦的故里。江苏丰县金刘寨,为汉高祖刘邦陵墓所在地。汉文帝次子梁孝王刘武的直系后裔梁敬王刘定国的第十子(刘邦的八世孙)刘欣在西汉元帝建昭年间(前38—前33年)受封为陵乡侯,在祖籍守护园陵,至汉成帝建始二年(前31年)被免为庶民,此后一直居住在丰县故里,后来便以"汉里"为堂名。历代丰县县府大门两旁,书有"古宋遗风,汉高故里"八个大字,以示丰县历史悠久、人杰地灵,从而增志气、长威风,使乡人引以为豪。丰县赵庄金刘寨的刘氏家族,世代守护汉家祖先的陵墓,自称汉皇故里刘氏。

【铁汉堂】

刘安世(1048—1125年),字器之,号元城、读易老人。魏县(今河北馆陶县王桥乡刘齐固村)人。宋代大臣,熙宁六年(1073年)登进士第,但未就选,而跟司马光学习,咨询立身行事的要旨,司马光教导他要诚实,并从不乱说话开始。元祐元年(1086年),司马光入朝为相,推荐刘安世为秘书省正字。同年,司马光去世,刘安世被提拔为右正言。后历任起居舍人兼左司谏、左谏议大夫。刘安世仪表魁梧高大,说话声如洪钟。开始被任命为谏官,未受君命,进屋禀告母亲,想以母亲之命,免任此职。母亲却说:"谏官是天子的诤臣,你父亲一生想做谏官而未能如愿,你有幸居此地位,应献身报效国家,即使获罪流放，不论远近，我都与你相随。"于是，刘安世接受任命。他任职多年，正色立朝，扶持公道，在朝廷上与皇帝当面争辩。有时，皇帝大怒，他就执书简站立，等皇帝怒气稍解，再重复谏言。在一旁的侍从皆恐惧退缩，头冒冷汗，称他为"殿上虎"，一时人们无不敬畏。刘安世居家从无懈怠的面容，长久坐立身不倾斜，写字不用草书，不喜好声色财利。他正直行事，处处效法司马光。他的奏疏刚正之气行于笔墨间，令人读之感慨万千。刘安世以诚治学、以诚待人、以诚处世。其诗文议论精辟，栩栩有生气。他与苏轼、苏辙兄弟为好友，经常以文相会，以诗唱和。

刘安世数次遭贬，皆流放至荒远之地，凡法令规定的远恶之地，无不经历，蔡京当宰相时，又第七次谪贬至峡州（长江三峡之口）羁管（拘禁管束）。晚年后，朝廷的贤臣所剩无几，他岿然独立于朝廷，名望更加显赫。当时，宦官梁师成把持朝政，心中叹服刘安世的才德，找到一个在刘安世身边常走动的小吏，名叫吴默，让他捎信给安世，许诺以高官相引诱。吴默劝他为子孙着想，安世笑曰："如果我为子孙考虑，便不会如此。我想做元祐年间一个十全十美的人，到黄泉下去见司马光。"他把信归还给梁师成，不予答复。他死后两年，金人掘开他的坟墓，发现他的相貌如生，相互称异："此乃异人。"遂盖棺离去。刘安世著有《尽言集》。为怀念和效法这位铮铮铁汉般的先人，其后世便以"铁汉"为堂名。

333. 柳（liǔ）氏堂名

河东堂（以望立堂）；仰峰堂，何介堂，和介堂，思成堂，愈思堂，三豪堂，锡类堂，余庆堂，敦伦堂，敦本堂，笔谏堂，华林堂，胜溪堂，长裕堂，和风堂（以上为自立堂名）

【河东堂】

河东堂出自唐代柳宗元和柳公权的故事。

柳宗元（773—819年），字子厚，河东郡（今山西运城永济一带）人，唐代著名文学家、哲学家、散文家和思想家，唐宋八大家之一，世称"柳河东""河东先生"。因官终柳州刺史，又称"柳柳州"。柳宗元与韩愈并称"韩柳"；与刘禹锡并称"刘柳"；与王维、孟浩然、韦应物并称"王孟韦柳"。柳宗元祖上世代为官，幼年在长安度过，对朝廷的腐败无能、社会危机和动荡有所见闻和感受。785年，其父柳镇赴江西做官，柳宗元随父宦游，直接接触到社会，增长了见识。他广交朋友，受到人们的重视。后来又回到长安。其父长期任职于府、县，使他对社会有所了解，养成了积极的处世态度和刚正不阿的品质。柳宗元一生留下诗文作品600余篇，其文的成就大于诗。骈文有近百篇，散文论说性强，笔锋犀利，讽刺辛辣。游记写景状物，多有寄托，著有《柳河东集》。古文大致分论说、寓言、传记、山水游记、诗词骚赋、作品集六大类，主要代表作有《捕蛇者说》《钴潭记》《始得西山宴游记》《惩咎赋》《梦归赋》《柳河东集》等。柳宗元主张政治革新，推崇"古文"运动。反对天诸学，推判神学，把对神学的批判变成对政治的批判，用唯物主义观点解说天和人的关系,对唯心主义天命论进行批判。其哲学思想,跟当时社会生产力的发展、自然科学所达到的水平相适应,是中唐时期杰出的思想家。他在出任柳州刺史时发现当地沿袭一种极坏的风俗:借债以男女为质钱,到时不还,利息和本金相等,便沦为奴婢。柳宗元发布政令,革除此风俗,以工抵债,按劳动时间折算工钱,工钱抵完债立即恢复人身自由,使一些已沦为奴婢的人回家与亲人团聚。此举深受贫苦百姓欢迎。柳宗元在任上还亲手创办许多学堂,鼓励孩子念书,提高民族素质。工作之余耐心接待青年学子拜访,循循善诱。针对迷信落后的习俗,他严令禁止江湖巫医骗钱害人,同时推广医学,培养医生为民众服务。

柳公权(778—865年),字诚恳,华源(今陕西铜州市耀州区)人,唐代著名书法家。他幼年好学,善于辞赋,懂韵律,官至太子少师,后封为河东郡公,亦称"柳河东"。柳公权的书法,为颜真卿的后继者,但自成一体。后世以"颜柳"并称,有"颜筋柳骨"之美誉,成为历代书法的楷模。其主要作品有《大唐回元观钟楼铭》《金刚经刻石》《玄秘塔碑》《冯宿碑》等。

因柳宗元和柳公权皆称"柳河东",且河东郡为柳氏郡望之所在,故以"河东"为柳氏家族的堂名。

【和风堂】

和风,春天温和的微风。借指情意温厚。

柳下惠(前720—前621年),姬姓,展氏,名获,字子禽,一字季,食采柳下,谥"惠",故名柳下惠。孟子把他跟伯夷、伊尹和孔子并称四大圣人,认为他不因君主不圣明而感到耻辱,不因官职卑微而辞官不做;身居高位时不忘推举贤能的人,被遗忘在民间时也没有怨气;贫穷困顿时不忧愁,跟乡下百姓相处,也会觉得愉快。他认为和任何人相处,都能坚持不受不良影响。只要听说柳下惠为人处世的气度,原来心胸狭窄的人也会变得宽容大度,原来刻薄的人也会变得老实厚道。孟子称柳下惠是"和圣",是"百世之师",故又称"和圣柳下惠"。柳下惠是春秋时鲁国人。生性耿直,不事奉迎,在鲁国三次被黜免,很不得志。但其道德学问却名满天下,各国诸侯争相聘用,都被他一一拒绝。有人问他何故,他答曰:"直道而事人焉往而不三黜?枉道而事人,何必去父母之邦?"意思是:自己在鲁国之所以屡遭黜免,是因为坚持做人的原则。如果一直坚持下去,到哪儿都难免遭遇被黜免的结果;如果放弃做人的原则,在鲁国也可以得到高官厚禄,那又何必离开生我养我的故乡呢?相传在一个寒冷的夜晚,柳下惠宿于郭门,一个没有住处的女子来投宿,柳下惠怕她被冻死,就叫她坐在自己的怀里,解开外衣把她紧紧裹着,同坐一夜,也没发生非礼行为。这便是"坐怀不乱"成语的来历。柳下惠就像和暖的春风,故名"和风堂"。

334. 龙(lóng)氏堂名

武陵堂,天水堂(以上为以望立堂);世师堂(亦称八德堂、敦厚堂),经德堂,纳言

堂,敦本堂,忠勤堂,遗安堂,来鹤堂,燕府堂(以上为自立堂名)

【世师堂】【八德堂】【敦厚堂】

世师,世人之师。敦厚,诚朴宽厚。

龙述(前1—88年),东汉京兆(今陕西西安)人,字伯高。汉光武帝刘秀时任山都县(在今河南邓州构林镇一带)长官。据《后汉书·马援传》载:建武初年(25年),伏波将军、忠成侯马援曾给他哥哥的儿子马严敦写了一封信,即《诫兄子严敦书》,信中说:"龙伯高敦厚周慎,口无择言,谦约节俭,廉公有威,吾爱之重之,愿汝曹(你们)效之。"马援认为"敦厚周慎(诚朴宽厚,忠信而又谨慎),口无择言(说话直来直去),谦约节俭(谦逊能约束自己,生活简朴),廉公有威(廉洁奉公而有威望)"这16个字是龙述的"八德",让子侄们向他学习。光武帝刘秀看到这封信后,于东汉建武二十四年(48年)春提拔龙述为零陵太守。并下诏书说:"零陵地处五岭,汉人与夷人混杂,生产落后,希望龙述凭他的威望和才干,把零陵治理好。"龙述无愧于马援的赞赏,无负于刘秀的重托,无辱于郡民的厚望,把零陵治理得很好。刘秀称赞他"堪为世人之师",故龙氏后人便以"世师""八德"或"敦厚"为宗祀堂名。

【经德堂】

龙启瑞(1814—1858年),字辑五,号翰臣,广西临桂(今广西桂林市临桂区)人,清代音韵学家、文字学家、文学家、目录学家。道光二十一年(1841年)状元,授翰林院修撰,历官侍讲、湖北学政、江西布政使等,工书法,善画山水。其书房名"经德堂",著有《经德堂文内外集》《经籍举要》等。后人以其书房名为堂号。

【遗安堂】

广东粤中地区龙氏始祖龙近天(1135—1223年,字飞)在给家谱"遗安堂"作序时写道:刘表向庞公曰:"不享官禄,无以遗子孙。"庞公曰:"世人遗之以危,我独遗之以安,未尝无所遗也。"故名"遗安堂"。庞公,即庞德公,襄阳人,躬耕于襄阳岘山之南,曾拒绝刘表的礼请,隐居鹿山门而终。

【来鹤堂】

宋代人龙镯,字琢成,乾德年间(963—968年)由乡举授邻州(今四川省广安市邻水县)太守,有惠政,深得民心,州人感之如父母。一日,群鹤自天而下,从早到晚不肯离去,州人画来鹤图以歌颂其德。龙镯子孙以此为荣,遂以"来鹤"为堂名。

335. 隆(lóng)氏堂名

南阳堂(以望立堂);翕然堂(自立堂名)

【翕然堂】

翕然,安定和顺。

隆光祖（生卒年不详），字与绳，明代平湖（今浙江嘉兴市平湖市）人，嘉靖年间（1522—1567年）进士，任仪制郎中，议事时识大体，顾大局，累升工部侍郎。因与宰相张居正不和，回乡隐居。不久，又被召回，在吏部任职。凡被张居正罢官的忠臣，他全部重新启用。皇帝称赞他清直，提升为尚书。他又推荐顾宪成、许孚远等22人。时论翕然（当时舆论都盛赞他），"翕然堂"由此而得名。

336. 陇（lǒng）氏堂名

越嶲堂，镇雄堂，六枝堂，盘县堂（亦作盘水堂）（以上为以望立堂）

337. 娄（lóu）氏堂名

东阳堂，谯郡堂（以上为以望立堂）；自干堂，有容堂，敬德堂，师德堂，树德堂，合德堂，世德堂，五侯堂，封杞堂，量善堂，仁寿堂，湖广堂（以上为自立堂名）

【自干堂】

娄师德（630—699年），字宗仁，郑州原武（今河南原阳）人，唐朝宰相，名将。20岁中进士，被任命为江都（今江苏扬州）县尉，累迁至监察御史。后以文官应募从军，西征吐蕃。永淳元年（682年），吐蕃入侵河源军（治所在今青海西宁），娄师德率军在白水涧（今青海湟源南）迎战，八战八捷。唐高宗认为他文武全才，后累迁比部员外郎、河源军经略副使、左金吾将军、校检丰州都督，并一直主持屯田事务。他身穿皮袴，亲自率士卒开垦荒地，储积粮食数百万，使得边军军粮充足，不再受军粮转运之苦。

娄师德生性宽厚。他曾与李昭德一起上朝，因身体肥胖，行走缓慢。李昭德多次停下等他，他还是赶不上，李昭德骂他"你这个乡巴佬！"娄师德笑答："娄师德不是乡巴佬，谁是乡巴佬。"他曾巡视并州，与下属一起在驿馆吃饭，他发现自己吃的是精细的白米，而下属吃的是粗糙的黑米，就责备驿长为何不同等对待，驿长惶恐道："一时没那么多浙米，只好让您的下属吃粗粮了。"娄师德道："是我们来得仓促，你来不及准备。"随后自己也改吃粗粮了。他巡视屯田，随从已先启程。他因有足疾，便坐在光政门外的横木上等人牵马来。这时，一个不知道他身份的县令，自我介绍后也在横木上坐下，县令手下看见，忙道："这是纳言（相当于侍中，正三品）。"县令大惊，口称死罪。娄师德道："你不认识我才跟我同坐，法律没规定这也是死罪啊。"

娄师德的弟弟被任命为代州刺史，临行前，娄师德问他："我是宰相，你也担任州牧，我们家太过荣宠，会招人嫉妒，应该怎样才能保住性命呢？"弟弟道："今后即使有人吐我一脸口水，我也不还嘴，只是把口水擦去就是了，决不让你担心。"娄师德说："这恰恰是我最担心的。人家朝你脸上吐口水，说明是对你发怒。你把口水擦了，说明你不满,会使人家更加愤怒。你应该笑着接受,让吐沫不擦自干。"这便是成语"唾面自干"的来历,娄氏后人也以"自干"为堂名。娄师德曾推荐狄仁杰担任宰相。狄仁杰担任宰相后,对此一概不知,多次排挤他,将他放了外任。武则天问狄仁杰:"娄师德贤明吗?"狄仁杰说:"他担任将领谨慎守职,是否贤明,我就不知道了。"武则天又问:"娄师德知人吗?"狄仁杰回答:"臣曾与他同僚,没听说过他知人。"武则天道:"你当宰相就是娄师德向我举荐的,看来他确实知人啊。"随后拿出当初娄师德举荐的奏章。狄仁杰十分惭愧,叹道:"娄公威德,我被他宽容善待却一无所知,我比他差远了。"

338. 楼(lóu)氏堂名

东阳堂(亦称缙州堂、婺州堂),谯国堂,洛阳堂,代郡堂(亦称代国堂、高柳堂、平城堂)(以上为以望立堂);自干堂,有容堂,敬德堂,画锦堂,书锦堂,享伦堂,气聚堂(以上为自立堂名)

339. 卢(lú)氏堂名

范阳堂,河间堂,河南堂,淮阳堂,弋阳堂,三原堂,顿兵堂(以上为以望立堂);专经堂,讲述堂,考礼堂,得闲堂,抱经堂,显承堂,君德堂(以上为自立堂名)

【专经堂】

专经,专门钻研经学。

卢植(139—192年),字子干,东汉涿郡涿县(今河北涿州)人。其人身材魁梧,声如洪钟。性刚毅有大节,常怀济世之志。少年时与郑玄师从大儒马融。马融左右多列美女艳姬,卢植专心听讲数年,从未瞟过一眼,马融对他十分敬佩。汉灵帝时,卢植被征为博士,因文武兼备,拜为庐江太守,他到任后,很快平定了满族叛乱。后历任议郎、侍中、尚书。黄巾起义时,卢植被拜北中郎将,破敌帅张角。时董卓凌虐朝廷,欲废汉帝,众人皆唯唯诺诺,独有卢植抗论,董卓将杀之,议郎彭伯谏曰:"卢尚书海内人望,今先害之,天下震怖。"卢植遂被罢黜,隐于上谷。卢植曾著《尚书章句》《三礼解诂》。时太学初立,欲纠正《五经》文字,卢植乃上书曰:"臣少从通儒故南郡太守马融受古学,颇知今之《礼记》特多重复冗长,愿为之解诂。"遂专心钻研,合《尚书》章句,考《礼记》得失,成绩斐然。

【讲述堂】

卢一诚,字诚之,明代福清(今福建省福州市辖县)人,万历癸未年(1583年)进士,授官行人。居官重风节。历官南京户部郎中、潮州知州。潮州乃富饶之乡,但卢一诚毫不苟且,有因私央求者,则训斥之。晚年归隐,筑屋乌石山麓,读书于先贤石屋,著《四书讲述》12卷,深受学者推崇。"讲述堂"以其著作为堂名。

【考礼堂】

卢辩（？—557年），字景宜，北魏范阳郡涿县（今河北涿州市）人。为北周名臣。他世代治儒学。卢辩少时热爱读书，博通经书，被推举为秀才，任太学博士。他认为《大戴礼记》尚无人加以注解训诂，遂注解《大戴礼记》。其兄长卢景裕（生卒年不详）乃当时大儒，对卢辩说："从前侍中注《小戴礼记》，现在你注解《大戴礼记》，差不多可以继承前贤了。"魏孝武帝西入函谷关时，事起仓促，卢辩来不及回家，骑一匹马便随魏武帝出发了。有人问他："你跟家人告别了吗？"卢辩曰："为官之道，应以大义斩断私情，又有什么值得告别的。"到达长安后，卢辩被任命为给事黄门侍郎，兼任著作。卢辩精通儒家学术，很受太祖器重，朝廷每有大事，常召他商议。后历任太常卿、太子少傅，魏太子及诸王都拜他为师，听他讲授学业。又封范阳郡公，转任少师，官至尚书右仆射。魏末动乱，魏孝武帝西迁，朝中典章礼仪，皆已湮没废弃。卢辩根据当时情况，制定出适宜办法，一一合乎法度。卢辩善于记忆，性格颖悟，能决断大事，凡他创制的法度，人们皆不置疑。皇帝曾与诸公爵光临卢辩宅第，儒者以此为荣。因卢辩曾专心考辨《大戴礼记》，故其后人便以"考礼"为堂名。

【得闲堂】

卢孝标（生卒年不详），字孝孙，号玉溪，寄籍福建福州。南宋理学家。其父卢恭，娶永兴公主，授官镇闽驸马。卢孝标精通经史之学，官任翰林博士。父死，为父守制三年，服满后，在福州北园山下筑玉溪草亭，亭联为"雨露滋春草，琴书乐古亭"，命名"讲述堂"，讲学著书，听者甚众，学者称"玉溪先生"。著有《玉溪文集》《得闲堂集》。"得闲堂"由此而得名。

注：旧时封建礼制，即父母死后的儿子或祖父母死后的长房长孙，自闻丧日起，不得任官、应考、嫁娶，要在家守孝27个月（不计闰月），叫作"守制"。

【抱经堂】

卢文弨（chāo）（1717—1795年），清代人。字召弓，一作绍弓，号矶渔，又号檠斋、抱经，晚年更号弓父，人称"抱经先生"。原籍钱塘，后迁居仁和（今浙江省杭州市）。乾隆十七年（1751年）一甲三名进士，授翰林院编修、上书房行走，历官左春坊左允、翰林院侍读学士、广东乡试正考官、提督湖南学政等职。他一生好学，与戴震、段玉裁友善，潜心汉字，以校勘古籍称名于世。校勘的古籍有《逸周书》《孟子音义》《荀子》《吕氏春秋》《贾谊新书》《韩诗外传》《春秋繁露》《方言》《白虎通》等，达210多种，并镂板刊印，汇成《抱经堂丛书》15种。后乞养归故里，先后在江浙各地书院主讲经义20余年，以经术导士。其后裔以其称号和著作名为堂名。

【显承堂】

显承，彰显继承。

卢如金（653—713年），名铁，唐代云霄县（在今福建省）人。祖籍范阳，后迁徙至光州固始，唐总章二年（669年），卢如金以府兵校尉从左郎将陈政戍闽，为岭南行军先锋。陈政亡故后,卢如金鼎力辅助漳州刺史、开漳圣王陈元光平定抚慰漳江以北"蛮獠啸乱",向漳江以南挺进,协助陈元光开拓山林,剿击与教化并举,终于征服了"啸乱之众",置州于漳江以北。在开发修竹里期间,建村立屯垦植,推广中原先进技术,发展生产,开发经济,以补充南下军民补充给养,为建州立县创造条件。建州时,卢如金领本州司户参军。景云二年(711年)十一月,潮寇复起,陈元光轻骑御敌,不幸负伤,卢如金急从修竹里率兵增援,击溃寇乱,使州县得以保存。卢如金死后,被追封为辅国将军。为彰显和继承卢如金的功绩,其后人便以"显承"为堂名。

340. 鲁(lǔ)氏堂名

扶风堂,新蔡堂(以上为以望立堂);高蹈堂,琴书堂,五经堂,三异堂(以上为自立堂名)

【高蹈堂】

高蹈,行为高尚,与众不同。

鲁仲连(前305—前250年),又名鲁连,尊称"鲁仲连子"或"鲁连子",战国时齐国人。他高蹈不仕,保持高风亮节,喜为人排忧解难。曾客游赵国,时值秦国围赵,形势危急,魏国派使者辛(新)垣衍劝赵国降秦,尊奉秦昭王称帝,鲁仲连坚决反对。他对辛垣衍说:"秦国是个抛弃礼仪,只崇尚战功的国家,用权诈之术对待士卒,像对待奴隶一样役使百姓,如果让它肆无忌惮地称帝,进而统治天下,那么,我只有跳进东海去死。我不忍心做它的顺民,我之所以来见将军,是为了救赵国。"辛垣衍终于被说服了,不再提秦王称帝之事。这时,恰巧魏国信陵君率兵救赵,秦兵只好退去。其后,燕国占据齐国聊城,齐国攻燕,一年未果。鲁仲连又出面说服燕、赵,让齐国收复聊城。齐王想封赐鲁仲连,他坚决推辞,躲到海上藏了起来。鲁仲连以口才超群,谈锋机警的"辩士"形象而闻名,注意理论联系实践,为现实而辩,为国事而辩。尤为难能可贵的是,他"位卑未敢忘忧国",不把爱国挂在嘴上,言必行,行必果。其后人为有这位高蹈的先祖感到骄傲,遂以"高蹈"为堂名。

【三异堂】

三异,三种怪异的事。

三异堂出自东汉鲁恭的故事。鲁恭(32—113年),字仲康,扶风郡平陵(在今陕西兴平东北)人。东汉章帝建初年间(76—84年)任中牟县令,他着重以道德风尚感化人,不依靠惩罚命令惩治人。遇到诉讼矛盾,尽量说服,使犯法者自感愧悔,深受百姓爱戴。大臣袁安闻之,疑其不实,偷偷派人前往视之。其人跟随鲁恭行于阡陌之中,一起坐在桑树下。有雉(野鸡)经过,停在他们身旁,旁边有一幼童,那人问:"你为什么不把它抓住?"幼童说:"野鸡还很幼小,不能抓。"那人十分惊讶,向鲁恭告辞说:"我此次前来,是为了检查你的政绩。蝗虫不犯你的县境,这是我看到的第一个现象;爱护鸟兽,这是第二个现象；小孩也怀有仁爱之心，这是第三个现象。我久留只会打扰贤者。我将快速返回，把情况向袁安大人禀告。"此事《后汉书》有记载。为官一任，造福一方，这便是"三异堂"对后人的启示。鲁恭最后升任乐安相，居三公之位不忘选拔征召优秀人才，大到各级卿相，小到郡守，多达数十人。

【五经堂】

鲁丕（36—111 年），字叔陵，东汉扶风郡平陵（今陕西咸阳市西北）人，极其好学，精通五经，尤其对《鲁诗》《尚书》深有心得，并以鲁诗尚书教授弟子，就学者常百余人，关东号之曰"五经复兴鲁叔陵"，为当时名儒。他重视发展农田水利，促进了当地农业生产的发展。他历任青州刺史、侍中、左中郎将，迁赵相。其后人遂以"五经"为堂名。

341. 六（lù）氏堂名

河南堂，新安堂（以上为以望立堂）；正学堂（自立堂名）

【正学堂】

方孝孺（1357—1402 年），字希直，又字希古，明代浙江宁海人。洪武年间任汉中教授，蜀献王聘其为世子师，名其书室为"正学"，人称"正学先生"。建文帝时任侍讲学士。燕王朱棣起兵，当时朝廷诏檄多出其手。燕兵入京师（南京），召方孝孺草拟登基诏书，孝孺穿孝服，号啕大哭上殿，朱棣离座相迎，让左右授予纸笔，曰："诏书非先生草拟不可。"孝孺掷笔于地，曰："死就死吧，决不草拟诏书。"遂被杀。宗族亲友连坐死者，凡十族，达 847 人。方氏有幸免者，背井离乡，改名换姓。有改姓六氏者，为缅怀先人，遂以"正学"为堂名。

注：九族加其学生，共十族。

342. 陆（lù）氏堂名

河南堂，平原堂，河内堂，吴郡堂，颍川堂（以上为以望立堂）；忠烈堂，尽忠堂，绳武堂，黜霸堂，剑南堂，翰英堂，怀忠堂，源本堂，咸秩堂，天随堂，世德堂，双清堂，三德堂，三听堂，三畏堂，新语堂，怀橘堂，仰贤堂，敦孝堂（以上为自立堂名）

【忠烈堂】【尽忠堂】

尽忠，有竭尽忠贞之意。忠烈，意为忠贞壮烈。

陆秀夫（1236—1279 年），字君实，一字宴翁，别号东江，楚州盐城长建里（今江苏建湖县建阳镇）人。南宋左丞相，抗元名臣，与文天祥、张世杰并称"宋末三杰"。宋理宗宝祐四年（1256 年）与文天祥同时中进士。当时两淮制置使李庭芝镇守淮南，听说他的名字，召其入幕府。陆秀夫性格沉静，不苟为人所知，幕僚们在幕府相聚，宾主共欢同乐，唯陆秀夫默默一言不发，宴席上，总是正襟危坐、矜持庄重。待考察其政绩时，皆无可挑剔。深为左丞相李庭芝器重。累升参议官、司农寺丞、宗正少卿兼代理起居舍人，官至礼部侍郎。元军攻破临安（今浙江省杭州市）后，二王（古代新王朝建立后，封前两朝的王族后裔为诸侯国国君，称二王）到福州，陆秀夫与张世杰等追随二王而去，在福州拥立赵昰为帝，是为端宗。继续抗元。赵昰死后，又共同拥立赵昺为帝，任左丞相，在崖山（在广东冈州，距新会约 50 千米），坚持抵抗。祥兴二年（1279 年），崖山被元军攻破，陆秀夫先将妻子、儿女赶下海，然后背负赵昺赴海而死。为缅怀这位与国共存亡，竭尽忠心而壮烈牺牲的抗元英雄，后人将其遗作汇编成《陆忠烈集》，并以"忠烈"和"尽忠"为堂名。

【黜霸堂】【新语堂】

黜霸，摈弃霸术。

陆贾（前 240—前 170 年），汉初楚国人，西汉思想家、政治家、外交家。陆贾早年追随刘邦，因能言善辩常出使诸侯国，汉高祖刘邦和汉文帝时，两次出使南越，说服赵佗（亦称尉他、尉佗）臣服汉朝，对安定汉初局势做出了极大贡献。刘邦非常满意，回国后升他任太中大夫。吕后专权时，陆贾又巧妙地说和陈平和周勃这一文一武合力除掉了吕后。陆贾是汉代第一位力倡儒学的思想家，他根据汉初特定的时代和政治的需要，以儒家为本，融合黄老道家及法家思想，提出"行仁义、法先圣，礼法结合，无为而治"的主张，为西汉前期的统治思想奠定了基本模式。刘邦起初对《诗经》《尚书》等儒家经典很鄙视，说："我马上打得天下，要诗书何用！"陆贾反驳说："马上得到天下，岂能在马上治理！"接着，以商周和秦国灭亡为例，说明行仁义的重要性。刘邦听后面有愧色，便让陆贾著书论述秦亡汉兴、天下得失的道理，以资借鉴。陆贾遂著文 12 篇。每奏一篇，刘邦都赞不绝口，称其书为《新语》。陆贾在《新语》中多次提到"尊王黜霸"（崇尚王道，摈弃霸术），故其后裔以"黜霸"或"新语"为堂名。

【三畏堂】

三畏堂的堂号是前清武官正一品镇国将军陆韬（死后诰封不入八分镇国公）亲自拟定的，取义"畏天威、畏地怒、畏人心"，表达了上承皇恩天威、中正国法律例、下顺民心民意的为官之道，同时也是对陆氏子孙后代的谆谆教诲。陆韬（1681—1731 年），字靖远，谥武烈，官至正一品内大臣、镇国将军，赏双眼花翎，诰封不入八分镇国公。

注：清代初，设立八个和硕（满语，即部落）贝勒（爵号），共议朝政，各置官属，赏赐相等，称为"八分"。后定宗室封爵十四等，自贝子以上六等皆入八分。陆韬非满族王室，故不入八分。

【剑南堂】

剑南堂出自南宋陆游的故事。陆游（1125—1210 年），字务观，号放翁，越州山阴（今浙江省绍兴市）人。南宋文学家、史学家、爱国诗人。陆游出生于两宋之交，成长于偏安的南宋。民族的矛盾、国家的不幸、家庭的流离,给他幼小的心灵留下了不可磨灭的印记。他自幼聪慧过人,12岁即能为诗作文。因秦桧嫉恨,仕途不畅。秦桧死后方入仕,历官枢密院编修,建康、夔州、严州通判,宝章阁待制,因力主抗金而受排挤。他多次上书,力主北伐,收复失地。临终留下《示儿》作为遗嘱:"死去元知万事空,但悲不见九州同。王师北定中原日,家祭无忘告乃翁。"一生写诗近万首,内容广泛,风格雄浑豪放。有《渭南文集》《南唐书》《老学庵笔记》《放翁词》等。因陆游喜爱蜀地的风土人情,而四川在唐朝属于剑南道,所以他把一生所写的诗歌题名为《剑南诗稿》,而宋代以后诗歌出现了"剑南派"。"剑南堂"遂由此而得名。

343. 逯(lù)氏堂名

广平堂,临河堂,颍川堂,丹徒堂,荆州堂(以上为以望立堂);乐安堂,谏议堂,鱼折堂,孝子堂,太尉堂(以上为自立堂名)

有网友称:春秋时有著名隐士逯通,其后有逯并(亦称逯普),为汉代著名大臣,新莽时任大司马,封蒙乡侯。逯通五世孙逯烈任吴川(今江苏吴县)令,迁豫章(今江西南昌)都尉,深受吴人爱戴,还其丧,葬于胥屏亭,子孙遂在吴地成为逯姓繁衍发展中心。逯烈十二世孙逯闶,东汉时任颍川(今河南禹州)太子尚书令,有五子:逯印、逯温、逯恒等,号"颍川枝"。逯恒之子逯续,任所州别驾,有三子,长子逯稠任荆州(今湖南常德)刺史,号"荆州枝"。逯稠有二子,长子逯肃任丹徒(今江苏镇江)令,号"丹徒枝"。逯肃二子逯逢,东汉时任尚书右仆射,封乐安侯,有五子:逯涉、逯表、逯琼、逯昊、逯招,号"乐安枝"。逯表之孙逯恢,西晋时任谏议大夫,号"谏议枝"。逯续幼子逯褒的九世孙逯元之,西晋时隐于鱼折(今浙江龙泉),号"鱼折枝"。逯元之孙逯阮,东晋时先后出任侍中、司空,赠太尉,封兴平康伯,有六子,号"太尉枝"。然而亦有网友指出:此处"逯氏"皆为"陆氏"之误。故"乐安堂""谏议堂""鱼折堂""太尉堂"当为陆氏堂名。

【孝子堂】

逯相(生卒年不详),明代广宗(今隶属于河北邢台市)人,诸生。嘉靖年间(1522—1567年)母亡,逯相庐墓三年,亲自背土累坟。当时正发大水,但水绕墓而过,没有浸泡坟墓,此事远近闻名,都觉得奇怪,因此称"孝子堂"。

344. 鹿(lù)氏堂名

濮阳堂(亦称帝丘堂),扶风堂,定兴堂(亦称范阳堂)(以上为以望立堂)

345. 路(lù)氏堂名

襄城堂,陈留堂,河南堂,内黄堂,颍川堂,阳平堂,京兆堂,安定堂,东阳堂,河内堂

（以上为以望立堂）；五金堂，截蒲堂，临淮堂（以上为自立堂名）

‖截蒲堂‖ ‖临淮堂‖

路温舒（生卒年不详），汉代著名司法官，字长君，钜鹿（今河北广宗）人。少年家贫，酷爱读书，牧羊时截下长在沼泽地中的蒲叶，裁成一条条的编制起来当作书纸，用从别人家借来的书，抄好后牧羊时边放羊边学习。他研究律令尤为突出，太守委任他为曹吏（即今天的法官）。他精通《春秋》，被举为孝廉。汉宣帝时，路温舒上书建议尚德缓刑被采纳。后官至临淮太守。他初为司法部（廷尉）低级总务官（廷尉史），对当时司法的黑暗深有体会。他说："司法裁判，是国家大事，人处死不能复生，砍断的手足再也长不出新的来。《书经》上说'与其杀一个无罪的人，宁可放掉一个有罪的人'。可是，今天的司法裁判，恰恰相反。法官们相互勾结，刁钻的人被视为廉明，残忍的人被当作公正的化身，而主持正义、昭雪冤狱的人却被认为不忠贞。所以，尽管法官与犯人并没有私人恩怨，但还是往重里判，用别人的自由和生命来换取自己的自由与生命，因为只有给犯人判了重刑，他自身才能安全、解脱。"路温舒认为，求生是人的本能，但在酷刑之下，因忍受不了痛苦，往往只求速死，只好按照办案人的暗示，捏造自己的罪状。所以含冤死去的人成千上万，他主张进行司法改革。他的《尚德缓刑书》终于得到了皇帝的认可。

346. 禄（lù）氏堂名

扶风堂（以望立堂）

347. 吕（lǚ）氏堂名

河东堂，东平堂，淮南堂，金华堂，晋江堂，东莱堂（以上为以望立堂）；渭滨堂，锦上堂，明烟堂，敬和堂，三相堂，著存堂，寅请堂，正惠堂（以上为自立堂名）

‖渭滨堂‖

吕尚（前1156—前1017年），西周东海郡（治所在山东郯城）人，四岳之后裔，本姓姜氏，其先祖伯夷掌管四岳辅佐大禹治水有功，封于吕，子孙从其封姓，故曰吕尚，字子牙。周文王姬昌将出猎，占卜之，卜曰："所获非龙非彲（chī，传说中无角之龙），非熊非罴。所获者霸王之辅。"果然在渭水之滨遇见了吕尚。吕尚时年已七十有余。交谈后，文王大悦，曰："吾太公（指周太王）望子（你）久矣。"故号曰"太公望"。文王立吕尚为太师，周武王尊其为师尚父。吕尚帮助周武王灭掉了商纣，得到了天下。后吕尚被封于齐国，建都营丘，周成王时成为大国。他是齐文化的创始人，又是中国古代一位影响久远的韬略家、军事家和政治家。齐国灭亡，后人以"渭滨"为堂名。

‖东莱堂‖

吕祖谦（1137—1181年），字伯恭。宋代人，祖籍山东东莱，后迁至河南。祖谦幼承家学,得中原文化之传。长大后,从林之奇、汪应辰、胡宪出游,又与张栻、朱熹友善。隆兴元年(1163年)进士,复中博学宏词科,任南外宗学教授。隆兴三年(1165年),母去世,守墓武义县明招山。其间,四方人士争来从学。隆兴六年(1168年),任太学博士,补外添差教授严州,复召为博士兼国史院编修、实录院检讨官,后主管台州崇道观。淳熙二年(1175年),访朱熹于福建崇安寒泉精舍,辑周敦颐、周颢、张载诸人著作成《近思录》(计14门、662条),成为后来性理(性即理也之说)诸书之祖。淳熙三年(1176年),任秘书郎兼官如故,受命重修《徽宗实录》。淳熙五年(1178年),升著作郎,奉命诠释《圣宋文海》,断代自中兴之前,孝宗赐名《皇朝文鉴》,计150卷。升直秘阁。

吕祖谦力主抗金,改革弊政。为学主张明理躬行,治经史以致用,"讲实理,育实才,并求实用"。他学识渊博、善取众长,蔚然成理学大师,与朱熹、张栻齐名,人称"东南三贤"。时理学学派分歧,朱熹主张明理,陆九渊、陆九龄主张明心,皆讲究空虚性命。吕祖谦兼取其长,强调以实用为依归。1175年,祖谦邀集并主持在信州(今江西上饶)铅山鹅湖寺举行学术讨论,史称"鹅湖之会"。会上,祖谦极力调和朱、陆两派异同,虽未成功,但各方都钦佩祖谦人品学问。朱熹还送其子朱塾从学于祖谦。晚年讲学、会友于丽泽书堂(故址在今金华市婺城区城东丽泽弄)。其学术兼容并包,自成一派,人称东莱先生;又因其伯祖吕本中亦称东莱先生,故又称小东莱先生,与何基、王柏、许谦合称"金华(县)四先生",加上兰溪金履祥,合称"金华(府)五贤"。著作有《古周易》《书说》《吕氏家塾读诗记》《春秋左氏传说》《春秋左氏传续说》《详注东莱左氏博议》《东莱集》《东莱易说》《大事记》《丽泽论说集录》《历代制度评说》等。其后裔以其称号为堂名。

▌正惠堂▐

吕端(935—1000年),字易直,幽州安次(今河北廊坊安次区)人。他出身官宦之家,自幼好学上进,终成大器。吕端仪表俊秀,处事宽厚忠恕,善交朋友,重义气,轻钱财,好布施。历官国子主簿、太仆寺丞、秘书郎等职。官至门下侍郎、兵部尚书,加右仆射。宋太宗时为户部侍郎、同平章事、兵部尚书。为政识大体,把清廉节俭视为做官之重。早在吕蒙正为宰相时,太宗就想任命吕端为宰相,有人说:"吕端办事糊涂。"太宗根据自己多年的体察,说:"吕端小事糊涂,大事不糊涂。"不久,太宗改任吕蒙正为参知政事,让吕端做了宰相。吕端任宰相后,办事持重稳当,公道而廉洁,深得朝野的一致好评。太宗死后,吕端等辅佐太子继位,是为宋真宗。吕端死后,谥号"正惠"。其族人遂以"正惠"为堂名。

毛泽东在评价叶剑英时曾引用此典故说:"诸葛一生唯谨慎,吕端大事不糊涂。"

348. 闾丘(lǘqiū)氏堂名

邾郡堂,顿丘堂(以上为以望立堂)

349. 旅(lǚ)氏堂名

南安堂(亦称狄道堂)(以望立堂)

350. 栾(luán)氏堂名

西河堂,魏郡堂(以上为以望立堂);重义堂,噀翼堂(亦作噀德堂)(以上为自立堂名)

【重义堂】

栾布(?—前145年),西汉梁国睢阳(今河南省商丘市睢阳区)人,西汉政治家。梁王彭越为平民时与栾布有交往。栾布家贫,曾给卖酒人家做雇工。若干年后,彭越来巨野做了盗贼,而栾布却被人强行劫持出卖,在燕地做奴仆。栾布曾替主人报了仇,燕将藏荼推荐他当都尉。后来,藏荼做了燕王,任命栾布为将领。藏荼反叛,刘邦派兵攻打燕国,栾布也当了俘虏。梁王彭越听说此事,便向刘邦进言,请求赎回栾布,并让他担任梁国大夫。不久,栾布奉命出使齐国,尚未返回,刘邦便以谋反罪名,诛灭了彭越三族,并把彭越的人头悬挂在洛阳城门下示众,且扬言谁敢来收尸或探视便立即逮捕问罪。这时,栾布刚从齐国返回。他来到洛阳城门下,一面哭泣一面祭祀彭越。刘邦知道后,就骂栾布跟彭越一起谋反,要把他烹煮掉,栾布道:"当陛下被困彭城,兵败荥阳、成皋时,是彭越据守梁地,牵制了项羽,使项羽不能顺利西进。那时,如果彭王跟楚王联合,汉军必败。又是彭越在垓下之战,帮助了陛下,使您打败项羽,得了天下,并给彭越封爵封侯。现在仅仅为了陛下来梁国征兵,梁王因病不能相迎,便怀疑他谋反,却找不到任何谋反的证据。因苛求小节而杀了他全家。我担心有功之臣会人人自危。彭越已死,我生不如死。您就烹了我吧。"刘邦见他如此重义气,便拜他为都尉。汉文帝时,栾布做了燕国国相,封为将军,后因有功封俞侯。燕齐之间都给他立社,号栾公社。栾布重义气之举,为历代名人所称道,其后裔亦以"重义"为堂名。

【噀翼堂】【噀德堂】

噀(xùn),意为含在口中而喷出。噀翼,朝一侧喷出。

噀翼堂出自东汉栾巴的传说。栾巴(生卒年不详),字叔元,喜欢修道,性格质朴刚直,博涉经典,初任黄门令,后拜郎中。相传栾巴有道术,能驱使鬼神。一年元旦,皇帝大会群臣,唯独栾巴姗姗来迟,而且在饮酒时又含酒西南噀(含酒向西南方向喷出)。有人弹劾他,说他对皇帝不恭敬。栾巴说:"臣本县成都失火,故因酒为雨以救。"数日,果然报告成都火灾说:那日失火时,有雨从东北方飞降而来。火熄,雨皆有酒臭。时人称栾巴为神仙。故事见《后汉书·五十七卷·栾巴传》。

此传说当然不可信,但祖先做了个神仙,而且能救民于水火,也是后人一种荣耀,故栾氏以"噀翼"或"噀德"为堂名。

351. 罗(luó)氏堂名

豫章堂,长沙堂,襄阳堂,罗州堂(以上为以望立堂);尊尧堂,尊敬堂,嘉德堂,明德堂,渝德堂,三龙堂,贻谷堂,柏林堂,锦厚堂,归厚堂,崇文堂,崇彝堂,永祭堂,光裕堂,火龙堂,敦睦堂,丕振堂(以上为自立堂名)

【三龙堂】

三龙堂,出自唐代三位诗人罗隐、罗邺、罗虬的故事。罗隐(833—909年),字昭谏,新城(今浙江省富阳市新登镇)人,曾自编《谗书》,为统治阶级所憎恨。考科举十次,皆铩羽而归,史称"十上不第",后避难隐居九华山。光启三年(887年),归乡依吴越王钱镠,历任钱塘令、司勋郎中、给事中等职。其诗笔锋犀利。罗邺(825—?年),其字不详,余杭(今属浙江省)人。才智杰出,笔端超绝,气概非凡。擅长七言诗。《全唐诗》卷654收其诗,有诗集一卷,《新唐书·艺文志》传于世。罗虬(生卒年不详),台州(今浙江省临海)人,约874年在世。多次考进士皆不中。为人狂放不检点约束。其诗辞藻丰富,有《比红儿诗》七绝百首盛传于世。与罗隐、罗邺号称"江东三罗"。三位诗人同时且同乡,罗氏后人遂以"三龙"为堂名。

【尊尧堂】【豫章堂】

宋朝有罗从彦(1072—1135年),字仲素,号豫章先生,南沙剑州(今福建省南平市)人,为大儒程颐、程颢的再传弟子。他为人谨慎,严格遵守老师教诲,隐居不仕,一心传授朱熹理学,著有《尊尧录》《春秋指归》等,人称"豫章先生"。为闽学奠基人之一。他从当时社会现实的需要出发去理解、接受和消化洛学(北宋洛阳以程颢、程颐兄弟为首的学派),针对当时吏治腐败的严重状况,着重强调上层人物道德修养和严于律己的重要性和必要性。他反对民族压迫,积极主张抗金,大力提倡名节忠义和廉职等道德风尚,表现了较强的民族精神;他一生刻苦好学,为了坚守自己的志向,不惜变卖田产,多次背着干粮徒步问师求学,这种刻苦学习的精神十分感人,倍受后人敬仰。清代人廖绍朱在《罗氏族谱序》中云:"罗氏之先系出周之罗国,厥后子孙以国为姓。汉大农令怀汉公(即罗珠)肇迁豫章,世为豫章罗氏。"民国学者罗元鲲考证,罗珠"实为罗氏鼻祖,分布天下者,皆其后也",故豫章为罗氏郡望。"豫章堂""尊尧堂"亦源于此。

352. 洛(luò)氏堂名

太原堂,凉州堂,瓜州堂(亦称安西堂),河南堂(以上为以望立堂)

353. 骆(luò)氏堂名

内黄堂(亦作相土堂、殷城堂),会稽堂(亦作山阴堂、绍兴堂),河南堂(亦作三川堂、河内堂),谯阳堂(亦作洛阳堂、白马堂、东都堂、成周堂),辽东堂(亦作扶余堂、辽阳

堂、凌东堂)(以上为以望立堂);才子堂,瓯香堂,文杰堂,敦厚堂,宝善堂,毓书堂,绍廉堂(以上为自立堂名)

▌【文杰堂】▐

骆宾王(619—684年),字观光,婺州义乌(今浙江义乌)人。唐代著名诗人,与王勃、杨炯、卢照邻合称"初唐四杰"。出身寒门,七岁能诗,号称"神童"。据说《咏鹅》就是此时所作。他曾久戍边城,写了不少边塞诗,如:"晚风迷朔气,新瓜照边秋。灶火通军壁,烽烟上戍楼。"此诗豪情壮志,见闻亲切。曾入道王李元庆幕府,从军西域,宦游蜀中。后任侍御史,因贼罪入狱。其在诗文中力辩其冤。出狱后任临海县丞,怏怏不得志。睿宗元年(684年),徐敬业起兵讨武则天,骆宾王曾为其僚属,军中书檄,皆出其手。檄文中痛斥武则天之罪,武后读后叹曰:"有如此才,让他流落江湖,不被任用,乃宰相之过错也。"唐中宗李显下诏收集其文,得数百篇。有《骆丞集》。有像骆宾王这样杰出的文人,是骆氏家族的荣耀,遂以"文杰"为堂名。

354. 络(luò)氏堂名

巴州堂(亦作巴郡堂),辽东堂,北平堂(亦作广阳堂)(以上为以望立堂)

355. 雒(luò)氏堂名

广饶堂(以望立堂)

356. 马(mǎ)氏堂名

扶风堂,京兆堂,广陵堂,华阴堂,正平堂(以上为以望立堂);铜柱堂,绛帐堂(绛纱堂),伏波堂,驷德堂,回升堂,升迁堂,孝后堂,忠孝堂,睟眩堂,唏眩堂,宝善堂,善述堂,体仁堂,志诚堂,诚忍堂,书诚堂,聚未堂,树德堂,存德堂,刻鹄堂,敦远堂,敦悦堂,裕本堂,文英堂,监兹堂,公明堂,衍庆堂,乐真堂,静业堂,藏拙堂,青云堂(以上为自立堂名)

▌【铜柱堂】▐ ▌【伏波堂】▐

马援(前14—49年),字文渊,扶风郡茂陵(今陕西兴平市窦马村)人。著名军事家,东汉开国功臣之一。马援少有大志,初为郡督邮,一次押解一重刑犯人,马援看其可怜,便私自将他放了,自己逃往北地郡。后天下大赦,马援开始在当地畜养牛羊。时日一久,不断有人从四方来依附他,手下多达几百户供他指挥。马援种田放牧,能够因地制宜,多有良法,收获颇丰。共有马、牛、羊几千头,谷物数万斛。他认为财产再多,贵在能施救济于人,于是就把所得全都分给兄弟朋友,自己只穿着羊裘皮裤,过着俭朴的生活。马援受到陇右割据势力隗嚣的器重,被任命为绥德将军。后来,马援劝说隗嚣归附汉室。开始隗嚣同意,后又听信部下挑唆,想占据陇西,称王称霸。马援向汉光武帝刘秀献策,打败了隗嚣。从新朝末年开始,塞外羌族不断侵扰边境,建武九年(33年),刘秀任命马援为陇西太守,征讨羌人,大获全胜。刘秀派人前往慰问,并赏赐牛羊数千头。像往常一样,马援又全部分给了部下。当时,金城郡破羌县以西,离汉廷遥远,不好治理。刘秀听从马援建议,为他们选派官吏,修治城郭,建造工事,开导水利,鼓励人们发展农牧业生产,郡中百姓从此安居乐业。马援在陇西太守任上六年,恩威并施,使得陇西战事不断减少,人们也逐渐过上了和平安定的生活。建武十七年(41年),马援被征召入朝任虎贲中郎将。不久,交趾女子征侧、征贰举兵造反,占领交趾郡,九真、日南、合浦等地纷纷响应,征侧还自立为王。刘秀任命马援为伏波将军,统军沿海开进,长驱直入千余里,大破反军。朝廷封马援为新息侯,食邑三千户。马援犒赏三军,大发感慨,三军将士齐呼万岁。胜利后,马援在交趾立铜柱表功。到了唐朝,马援后裔马总做安南都护,在原汉立铜柱处又立两根铜柱,铸上了唐朝的威、德,说明自己是伏波将军的后裔。马援曾言:"丈夫立志,穷当益坚,老当益壮。"又言:"男儿要当死于边野,以马革裹尸还葬。"其后人敬仰这位先人,遂以"铜柱"和"伏波"为堂名。

绛帐堂(绛纱堂)

马融(79—166年),字季长,扶风郡茂陵(今陕西兴平东北)人。东汉著名经学家,东汉名将马援之从孙。他的言语和姿态优美,有才华,善于言辞。之前,京兆人挚恂隐居南山,授儒术于门徒,不应州郡征聘,名闻于关西地区。马融师从于他,博通经书。挚恂很欣赏马融的才华,便把女儿嫁给了他。大将军邓骘闻其名,召他为舍人拜校书郎,到东观典校秘藏书籍。后因上《广成颂》,得罪当权邓氏,十年不得升迁。邓太后死后,汉安帝亲政,欣赏马融的才华,召他为郎中,历任武都南郡太守,复为议郎,在东观校勘儒学典籍,并参与续写《汉记》(史称《东观汉记》)。马融教授诸生逾千人,卢植、郑玄皆为其弟子。马融善鼓琴,好吹笛。授课时,坐在高堂之上,施绛纱帐,前授门徒,后列女乐,弟子依次相传,很少有入其室者。著有《春秋三传异同说》,注《孝经》《论语》《诗经》《周易》《尚书》《三礼》《列女传》《老子》《淮南子》《离骚》等。授课施绛纱帐,乃马融一大特色,故以此为堂名。

驷德堂 升迁堂

驷德堂、升迁堂,出自汉代司马相如的故事。古代大车套四马,称"驷"。《华阳国志》载:"升迁桥在成都县北十里。"司马相如曾题桥柱曰:"不乘驷马高车,不过此桥。"

司马相如(前179—前117年),辞赋家,字长卿。蜀郡成都(今属四川省)人。因羡慕蔺相如的为人,更名为相如。擅长著书、击剑和弹琴。景帝时曾任武骑常侍,后称病归蜀。一次,在临邛(今四川邛崃)卓王孙家就宴,与王孙之女卓文君鼓琴相知,彼此依恋。卓文君貌美,善琴,17岁守寡。相如与她私奔成都,因无以为生,又同返临邛卖酒为业。后卓王孙给他俩童仆百人,金钱百万,回成都购置田宅,遂成富人。汉武帝喜爱相如辞赋,因被召入长安,任为郎;又因奉命出使西南夷有功,转任孝文园令,以病免。司马相如一介贫儒,终遂平生之愿,累累升迁,乘驷马高车而返。其后人简姓为马,因此以"驷德""升迁"为堂名。

【孝后堂】

孝后堂出自明朝开国皇帝朱元璋之妻马皇后的故事。马后,名秀英(1327—1382年),宿州(今安徽宿县)人,早年丧母,其父一向与郭子兴友善,故将女儿托付给子兴。其父死后,子兴待其如亲生女儿。元代末年,郭子兴率领白莲教起义,成为红巾军首领,后归附朱元璋。马后好读书史,仁慈而贤惠,善良而俭朴,真心爱民,不仅亲手为士兵缝制衣鞋,而且辅佐朱元璋,常劝说他"定天下以不杀人为本"。她敢于在明太祖施行暴政时进行劝谏,保全了许多忠臣良将的性命;她善待后宫嫔妃,不为娘家谋私利,开创了明朝后宫和外戚不干政的风气。朱元璋经常在群臣面前夸奖她贤惠,把她比作唐太宗的长孙皇后。洪武初年(1368年)被册封为皇后,死后谥"孝慈"。马氏族人用"孝后"为堂名,以怀念这位贤德的皇后。

357. 麻(má)氏堂名

上谷堂,太原堂,辽东堂(以上为以望立堂);金紫堂,榆荫堂,崇文堂,真乐堂,双桂堂(以上为自立堂名)

【金紫堂】

金紫,印有公章用黄布包裹好的官印。

麻希孟(生卒年不详),北宋临淄(今山东临淄)人。宋太宗赵炅曾召集天下高龄老人到皇宫赴宴,麻希孟时年90岁,亦在被邀之列。在金殿上他根据在民间收集到的情况,向皇帝提出许多建议,多被采纳。后来,黄帝赐给他金紫(金为当官的印,紫为印上的带子)一枚,并任命他为工部侍郎,但被他推辞了。赐金紫,这是家族的一大荣耀,故以"金紫"为堂名。

358. 买(mǎi)氏堂名

凉州堂(亦作西凉堂),瓜州堂(亦作安西堂),太原堂(以上为以望立堂)

359. 麦(mài)氏堂名

汝南堂,高要堂,麦丘堂,始兴堂(以上为以望立堂);序睦堂(自立堂名)

【始兴堂】

麦铁杖（558—612年），原姓曾，名饶丰，字良韬，号铁仗，小字寿生，隋代始兴郡百顺里（今广东南雄县百里镇）人〔亦说始兴江口（今广东韶关下辖县）或重庆潼南人〕，他勇敢有臂力，行走如飞，相传能"日行五百里"。性格开朗，喜酒，好交游，重信义。官车骑将军。曾跟随大将军杨素征讨突厥，击汉王杨谅（杨广同母弟）。每战必身先士卒，因战功升为右柱国，迁右屯卫大将军，赐姓麦。曾任莱州刺史，汝南太守。大业八年（612年），隋炀帝征讨高句丽，是为辽东之役，铁杖请为先锋，力战死。追赠正一品光禄大夫，封宿国公，智勇武烈大将军，谥武烈。麦铁杖是始兴麦姓的始祖，故以"始兴"为堂名。

360. 满(mǎn)氏堂名

山阳堂，河东堂，汝南堂，昌邑堂（以上为以望立堂）；清廉堂（自立堂名）

【昌邑堂（清廉堂）】

满宠（？—242年），字伯宁，山阳昌邑（今山东巨野昌邑，一说今山东微山）人，三国时魏国名将。初为许县县令，掌管司法，以执法严格著称。当时曹洪的亲戚、宾客在许县多次犯法，满宠把他们抓了起来。曹洪向满宠求情，满宠不肯放人。曹洪请曹操去求情，满宠在曹操到来之前就把犯人提前处斩了，曹操得知后，不怒反喜，称赞满宠执法严格。满宠曾随曹操南征，立功封奋威将军，任汝南太守，封关内侯。曹丕即位，升满宠为扬威将军；不久，因满宠在江陵击败吴军，改拜为伏波将军。太和三年（229年），满宠以前将军代曹休都督扬州诸军事，汝南士兵和民众慕念满宠，扶老携幼，要跟满宠一起走，无法阻止。睿宗继位后，又加封满宠为昌邑侯。满宠立志刚毅，勇而有谋，官至太尉，不治产业，家无余财。因满宠为昌邑人，又曾封昌邑侯，故后裔以"昌邑"为堂名；又因他为官清廉，后人也有人以"清廉"为堂名。

361. 邙(máng)氏堂名

洛阳堂（又称汴梁堂）（以望立堂）

362. 毛(máo)氏堂名

西河堂，荥阳堂，河南堂（亦称浔阳堂），北地堂（以上为以望立堂）；舌师堂，永思堂，睦族堂，学仕堂，铁砚堂，敦本堂，敬爱堂，传诗堂，注诗堂，文华堂（以上为自立堂名）

【舌师堂】

毛遂（前285—前228年），战国时期赵国（今河北省鸡泽县毛官营村）人。经研究，为毛泽东22世祖。前257年,秦昭王派兵围攻赵国都城邯郸。赵孝成王派平原君赵胜去楚国求援。临行前,平原君要挑选20名门客一同前往,已选定19人,尚缺一人。这时,门客毛遂自告奋勇,愿与平原君同往。平原君问:"毛先生至赵国几年?"毛遂答:"三年。"平原君说:"先生若是圣贤之辈,三年未被人称颂,是先生无才能也。"毛遂答:"吾乃囊中之锥,未曾露锋芒,今日得出囊中,方能脱颖而出。"平原君心悦诚服,遂率领毛遂等20人前往楚国。到楚国后,平原居与楚考烈王商议合纵之事,谈了半天也无结果。在朝下等候的20名门客推荐毛遂上殿。毛遂毫无惧色,按剑拾阶而上,昂首来到大堂,对平原君说:"合纵之事,只要言明利害,三言两语便可解决,为何时至中午仍未商定?"又对楚王说:"合纵对楚国有百益而无一害。秦国久存虎狼之心,吞并天下之意昭然若揭。赵亡,楚国亦不可能久存。想当初,苏秦首倡合纵,六国结为兄弟,致使秦国15年不敢东进一步。今秦围邯郸虽已年余,20万精兵日夜进攻,也未能损邯郸毫厘,且赵国与魏国一向交好,魏国必派救兵。如果楚赵合纵成功,再联合魏、韩,灭秦之精锐于邯郸城下,乘势西进,则楚可报先仇,收复失地,重振楚威。如此有百利而无一害之事为何犹犹豫豫,不能定夺?究竟何故?"楚王听罢,连连称是,遂在朝堂上锸血为盟,合纵事成。回邯郸后,平原君感叹说:"我一向自以为能识天下豪杰之士,不会看错怠慢一人。毛先生居门下三年,竟未能识得其才。毛先生楚朝堂之上,唇枪舌剑,豪气冲天,不独促成合纵,且不失赵之尊严,大长赵之威风,使赵重于九鼎大吕。毛先生以三寸之舌,强于百万之师。(赵)胜我不敢复相士。""鼎"是古代帝王的象征,只有帝王才能用九鼎。此处指赵国重新受到诸侯的尊重。毛遂后裔遂以"舌师"为宗祠堂名。

【传诗堂】【注诗堂】

注诗堂(或称传诗堂)出自大毛公和小毛公的故事。大毛公即毛亨;小毛公即毛苌。毛亨(生卒年不详),战国末年鲁国(今山东曲阜)人。据说其诗学传自子夏,作《诗经诂训传》,授予赵人毛苌,至毛苌治《诗》尤精。毛苌(生卒年不详),西汉赵(今河北邯郸市鸡泽县)人,《诗经诂训传》为毛亨亲口传授。古时,有四家为《诗经》作注。齐诗出自齐人辕固,鲁诗出自鲁人申培,韩诗出自燕人韩婴,三家都是今文诗,而毛诗是古文诗,所以更接近原本。三家诗虽然在汉武帝时被立为官家正统,但毛诗通过民间讲学逐渐占据了上风,使三家自西晋至宋代先后失传。现仅存《韩诗外传》六卷,由东汉郑玄作笺,孔颖达作疏,成就了《毛诗正义》。毛苌官至北海太守。由于毛亨、毛苌对《诗经》作注做出了很大贡献,故其后人以"注诗"或"传诗"为堂名。

【学仕堂】【铁砚堂】

学仕,即由读书而开始做官。

学仕堂、铁砚堂皆出自宋代毛晃的故事。毛晃(生卒年不详),字明权,江山县(在今浙江省)人。南宋高宗(赵构)绍兴二十一年(1151年)进士。官至户部尚书。精文字音韵。做官之余,为修订、补充《礼部监韵》夜以继日,终日闭门著书。著有《禹贡指南》4卷、《增修互注礼部韵略》5卷等。其考订谨慎而详细,为海内学者所尊崇。由于刻苦著述,研墨的砚台亦为之磨穿,人称"铁砚先生"。《增修互注礼部韵略》较之《礼部监韵》增收 2655 字,增注别音、别体字 1961 个,订正 485 个注音和解释。毛晃不仅学问了得,而且十分关注民生。在龙泉做官时,为龙泉人民办了件大好事。龙泉的"蒋溪堰"便是他最早发动兴建的,对改善农田灌溉起到了重要作用,堰头曾建有尚书庙。

为纪念这位仕而好学的"铁砚先生",其后人便以"学仕"和"铁砚"为宗祀堂名。

363. 茅(máo)氏堂名

东海堂,陈留堂,晋陵堂(以上为以望立堂)

364. 冒(mào)氏堂名

荥阳堂(亦称古邶堂),海陵堂(亦称海阳堂),砀山堂(亦称砀县堂)(以上为以望立堂)

365. 梅(méi)氏堂名

汝南堂(亦称上蔡堂、陕州堂、龙山堂),内江堂,平山堂,宣城堂(亦称宣州堂、宛陵堂),汉中堂,麻城堂,文山堂(亦称盘龙堂、群舸堂、越寓堂、胖舸堂、马关堂),北海堂(亦称高阳堂),宛陵堂(以上为以望立堂);会庆堂,余庆堂,宗德堂,树德堂,柿树堂,纪梅堂,寿生堂,敦睦堂,敦本堂,敦伦堂,忠贤堂,嘉善堂,保善堂,保恒堂,崇文堂,崇本堂,尉仙堂,仙尉堂,文学堂,绩学堂,花魁堂,花萼堂,百岁堂,光裕堂,瑞林堂,杨泗堂,双柏堂,太公堂,缉熙堂,映雪堂(以上为自立堂名)

‖【宛陵堂】

梅尧臣(1002—1060 年),字圣俞,宋代宣州宣城(今安徽宣城市宣州区,古称宛陵)人,人称宛陵先生。著名现实主义诗人。他出身农家,幼时家贫,但酷爱读书,少年时乡试不第,随叔父至洛阳,为洛阳主簿,后历任州县小吏。宋仁宗景佑元年(1034 年)为建德令。50 岁后,得宋仁宗召试,赐同进士出身,后授任国子监直讲,迁尚书屯田都官员外郎,故人称"梅直讲""梅都官"。曾参与编撰《新唐书》。他在诗坛上声望很高,怀着无限的悲愤、苦闷、渴望和痛苦的心情,写出了大量激动人心的诗篇。其诗与苏舜钦齐名,世人美称"苏梅"。与欧阳修为挚友,同为宋诗革新推动者。他注重诗歌的形象性,意境含蓄,提出"状难写之景如在眼前,含不尽之意见于言外"的艺术标准,并提倡平淡的艺术境界:作诗无古今,惟造平淡难。有《唐载记》《毛诗小传》《宛陵先生集》40卷等,故其后人以"宛陵"为宗祠堂名。

【绩学堂】

梅文鼎（1633—1721年），字定九，号勿庵，清代宣州宣城（今安徽省宣城市宣州区）人。著名天文学家、数学家。少年时从私塾老师罗王宾学习天文知识，27岁跟从倪正学习大统历。后专心致力于天文数学的研究，曾在桌台金长真幕下当教习。清初，西方科学知识传入，对梅文鼎影响巨大。他一生博览群书，著述80余种，绝大部分是天文、历算和数学著作，大致分为五类：一是对古代历算的考证和补订；二是将西方新法结合中国历法融汇一起的阐述；三是回答他人的疑问和授课的讲稿；四是对天文仪器的考查和说明；五是对古代方志中天文知识的研究，总计达66种。其数学著作达26种，治中西数学为一炉，集古今中外之大成，总名曰《中西算学通》。他不仅是位杰出的自然科学家，而且能诗能文。他所写的序言、引言之类，落笔成趣，文采斐然，颇具文学欣赏价值。他既不泥古守旧，也不盲目崇拜，而是批判地吸收外来文化，对难解之书，难释之义，"必欲求得其论，往往至废寝忘食"。后人将其历法、数学著述汇编为《梅氏丛书辑要》。诗文杂著则以《绩学堂文钞》《绩学堂诗钞》刊行。其后裔遂以"绩学"为堂名。

366. 门（mén）氏堂名

河南堂，庐江堂，洛阳堂（以上为以望立堂）；亮直堂（自立堂名）

【亮直堂】

门克新（1326—1396年），明代巩昌府秦州（今甘肃天水）人。洪武年间任秦州教谕，任职期满后赴朝廷，被皇帝召问经史及政治得失，直抒己见，毫无隐讳，授左赞善，以亮直（亮节正直）见重，累官至礼部尚书。门克新逝世后，朱元璋亲谕祭文，秦州官吏在天水文庙学宫前建造了门尚书祠堂，立《秦州乡贤祠记》碑。《明史》有传。其后人以其正直，有高风亮节而骄傲，故以"亮直"为堂名。

367. 蒙（méng）氏堂名

安定堂（以望立堂）；献典堂，昌远堂（以上为自立堂名）

【献典堂】

春秋时期，楚国复国之后，楚昭王决定重新治理国家，以壮大楚国的势力，但发现楚国以前的典章制度都没有了。这时，楚国大夫蒙觳（hú）（生卒年不详）又制定了一整套新的典章制度献给楚王，使楚国的治理有了新的标准。蒙觳献典，功不可没，故后人以"献典"为堂名。

368. 孟（mèng）氏堂名

平陵堂，平陆堂（以上为以望立堂）；三迁堂，亚圣堂（以上为自立堂名）

‖三迁堂‖ ‖亚圣堂‖

三迁堂、亚圣堂皆出自战国时孟轲的故事。孟子（前372—前289年），名轲，字子舆，周朝诸侯国邹国（今山东邹城）人。是孔子之孙孔伋的再传弟子，战国时期伟大的思想家、政治家、教育家，儒家学派的代表人物。政治上，他主张法先王、行仁政；学说上，他推崇孔子，反对杨朱（前395—前335）、墨翟（即墨子，生卒年不详）。他继承和发展了孔子思想，又加入了自己对儒术的理解，主张仁政，提出"民贵君轻"的民本思想。他曾游历齐、宋、滕、魏、鲁诸国，后退居讲学，和学生一起，"序《诗》《书》，述仲尼（即孔子）之意，作《孟子》七篇"。他与孔子并称"孔孟"，其代表作有《鱼我所欲也》《得道多助，失道寡助》《生于忧患，死于安乐》等。

孟子幼年丧父，母亲仉氏守寡未再嫁。仉氏很重视对孟子的教育，管束甚严。相传他家原住在坟墓旁，孟轲便和邻居孩子一起学大人跪拜、哭嚎的样子，玩办理丧事的游戏。孟母觉得不好，就带孟轲搬到集市居住，孟轲又跟邻居孩子学生意人吆喝的样子。孟母觉得此处也不适合居住，又带孟轲搬到靠近杀猪宰羊的地方居住，孟轲便学起买卖和杀猪宰羊之事。于是，他们又搬到学校附近。每月夏历初一，官员们到文庙行礼跪拜，相互礼貌相待，孟轲都一一学习记在心中。孟母这才满意，便在此长住下来。这便是著名的"孟母三迁"的故事。后世追封孟子为"亚圣公"，尊称"亚圣"。"三迁堂""亚圣堂"由此而得名。

369. 弥（mí）氏堂名

新丰堂（以望立堂）

370. 糜（mí）氏堂名

东海堂，汝南堂（亦称汝阳堂），南阳堂（以上为以望立堂）；世德堂（亦称尚德堂）（自立堂名）

371. 米（mǐ）氏堂名

京兆堂，陇西堂，高平堂，辽阳堂，南阳堂（以上为以望立堂）；鹿门堂，宝晋堂，海岳斋（以上为自立堂名）

‖鹿门堂‖ ‖宝晋堂‖ ‖海岳斋‖

米芾（1051—1107年），字元章，号襄阳漫士、鹿门居士、海岳外史，别称米襄阳、米南宫、米颠。祖籍山西,后迁居湖北襄阳,定居润州(今江苏镇江)。北宋书法家、画家、书画理论家。与苏轼、黄庭坚、蔡襄合称"北宋四大家"。曾历任校书郎、书画博士、礼部员外郎等职。他少时刻苦学习颜(真卿)、柳(公权)、欧(阳询)、褚(遂良)等唐楷,打下了厚实的基本功。米芾曾拜访苏轼,苏轼建议他学习晋代书法,于是他潜心魏晋,寻访了不少晋人法帖,连其书斋也取名"宝晋斋"。他的成就完全来自后天的苦练。他每天临池不辍,"一日不书,便觉思涩,想古人未尝半刻废书也"。米芾能诗文,擅书画,精鉴别,书画自成一家,平生于书法用功最深,成就最大。著有《宝晋英光集》《宝章待访录》《书史》《画史》《砚史》等。米芾是位受人尊敬的清官廉吏,出任江苏安东县(今涟水县)知县,主政两年,多有惠政。期满离任时,乡绅百姓略备薄礼为他送行,他一一婉拒,并再三嘱咐家人:"凡公之物,无论贵贱,一律留下,不得带走",还亲自逐一检点行李,以防家人暗自夹带。他发现自己常用的一支毛笔上沾有公家的墨汁,便让家人把砚台、毛笔洗干净后,才离开县衙。米芾临池洗墨,不带走安东的一点点墨汁,清清白白上路,一时传为佳话。后人为了纪念他,把他洗墨的水池取名"米公洗墨池",并立碑记之。米芾后人以其号和书斋名为堂号。

372. 苗(miáo)氏堂名

上党堂,济阴堂,东阳堂,伊犁堂(以上为以望立堂);惠化堂(自立堂名)

【惠化堂】

惠化,旧时任地方官,有被人称道的政绩和教化。

惠化堂出自唐代人苗晋卿的故事。苗晋卿(685—765年),唐代壶关(在今山西长治县壶关)人,字元辅,累官中书舍人、吏部侍郎、安康太守。唐玄宗入蜀,肃宗召晋卿去所在之地,拜左相,平定京师后,封韩国公。代宗时吐蕃犯京师,晋卿因病卧在家中,贼胁迫之,晋卿闭口不语,贼不敢害。帝还,拜太保。晋卿所至,以惠化称。天宝三年(744年),他改任魏郡太守兼河北采访使。他在河北任职三年,政绩突出,又调任河东太守、河东采访使,但魏郡百姓仍为他立碑。任魏郡太守时,他回乡探亲。行至能看到壶关县城时便下车步行。小吏劝道:"太守位高德重,不应如此贬低自己。"苗晋卿说:"《礼记》曾说,看到公门要下车,见到路马要抚轼,以示崇敬。更何况这是父母之邦,更应尊敬,你不必多言。"他大宴乡党,欢会数日,又拿出俸银三万,作为乡学经费,以教育家乡子弟。秉政七年,小心谨畏,被比作东汉名臣、太尉胡广。苗氏"惠化堂"由此而得名。

373. 缪(miào)氏堂名

兰陵堂(以望立堂);尽忠堂(自立堂名)

‖尽忠堂‖

尽忠堂出自晋代缪播、缪胤兄弟二人的故事。缪播（？—309年），字宣则；缪胤（？—309年），字休祖。兰陵（今山东枣庄市）人。缪播，才思敏捷，有义气。高密王司马泰为司空，任命缪播为祭酒。晋惠帝时累官太弟中庶子。太弟即帝位后，任命缪播为给事黄门侍郎，迁中书令。皇帝认为缪播"有公辅之量，又尽忠于国"，所以把他当作亲信和骨干。其弟缪胤，历官太弟左卫率、魏郡太守怀帝司马炽时拜散骑常侍、太仆卿。他跟缪播同时参与机密之事。野心勃勃的东海王司马越把二人视为死敌，便带兵入宫，将缪氏兄弟二人杀害，朝野愤惋。

374. 闵（mǐn）氏堂名

陇西堂，鲁郡堂（以上为以望立堂）；孝悌堂，骊兴堂（以上为自立堂名）

‖孝悌堂‖

闵子（前536—前487年），名损，字子骞，以字行世，尊称闵子，春秋末期鲁国人，孔子高徒。在孔门中以德行与颜回并称，为七十二贤人之一。闵子骞十岁丧母，父亲闵世恭再娶，后母李秀英虐待他。冬天，她给自己两个儿子的棉衣里絮的是棉花，而给闵子骞的棉衣里絮的是芦花。一天，闵子骞给父亲驾马外出，马鞭从子骞手中掉下来，父亲一摸他的手，冰冷冰冷的，衣服很单薄。父亲回到家里把继母的孩子叫来，握住他们的手，暖暖的，衣服很厚实。父亲很生气，要把继母赶出门。这时，闵子骞跪倒在父亲面前说："如果母亲留在家里，受寒的只有我一人。如果母亲走了，受寒的是三个孩子。"父亲听了无话可说，继母也从此悔悟，对三个孩子同等对待。孔子称赞道："孝哉，闵子骞！人不间于其父母昆弟之言。"闵子骞崇尚节俭。一次，鲁国要扩建新库房，征求他的意见，他说："原来的库房就很好，何必劳民伤财去改造呢。"孔子赞成他的意见，赞扬说："这个人平时不乱说话，一说出话来就非常正确。"季桓子曾邀请闵子骞出任费邑宰，他把费地（今山东费县）治理得很好，但他看不惯季氏的飞扬跋扈，后来毅然辞职不干了，其刚直不阿由此可见一斑。作为二十四孝之一，闵子骞排名第三。

‖骊兴堂‖

朝鲜闵氏为闵损的后裔子孙，宋代时以使臣身份东渡扶桑，后被高丽王挽留，定居骊兴（今韩国京畿道骊川），成为朝鲜、韩国闵姓始祖，以"骊兴"为堂名。

375. 明（míng）氏堂名

吴兴堂，河南堂，平原堂，汲郡堂（以上为以望立堂）；廉慎堂，集庆堂，助月堂（以上为自立堂名）

‖《廉慎堂》‖

廉慎,廉洁而细心。

晋代人明汲(生卒年不详),初任主簿,廉(廉洁)慎(细心)爱民。当时正遇荒年,粮食歉收,明汲赈灾有方,对家中有死亡者而无钱料理丧事的人家,便资助财物帮助他们,百姓深爱之,被朝廷迁升为县令。著有《家训》。

376. 莫(mò)氏堂名

巨鹿堂,河间堂,江陵堂(以上为以望立堂);敦本堂,敦睦堂,敦厚堂,德荫堂,威远堂,思济堂,彩凤堂,孝思堂,绍贤堂,享裕堂,绳武堂,承启堂,安定堂(以上为自立堂名)

‖《威远堂》‖

威远,威名远扬。

莫蒙(生卒年不详),字养正,宋代青镇(在今浙江桐乡县西北)人,一作雪川(今浙江湖州)人(《全宋词》册二)。宋徽宗宣和年间(1119—1126年)游太学,两次法科考试皆第一,威名远扬。曾为县丞。高宗绍兴年间(1131—1163年)监景德镇税,擢知通化军,官至料曹。晚年诗律清奇,词尤婉丽。有《卧驰集》。

377. 墨(mò)氏堂名

梁郡堂(亦作梁国堂、淮阳堂)(以上为以望立堂);兼爱堂(自立堂名)

‖《兼爱堂》‖

兼爱,指同时爱不同的人或事物。

墨子(约前476,一说前480—?年),名翟。东周春秋末期战国初期宋国人(一说鲁阳人,一说滕国人),墨家学派的创始人。少年时做过牧童,学过木工。后来担任宋国大夫。是战国时期著名的思想家、教育家、科学家、军事家。他曾穿着草鞋,步行天下,开始在各地游学。早期他曾师从儒者,学习孔子的儒学,学习《诗》《书》《春秋》等儒家经典。但墨子批评儒者对待天帝、鬼神和命运的不正确态度,以及厚葬久丧和奢靡礼乐,认为儒家所讲的都是华而不实的废话。他提出了"兼爱""非攻""尚贤""尚同""天治""名鬼""非命""非乐""节葬""节用"等观点。以兼爱为核心,以节用、尚贤为支点。他在兼爱体系所使用的术语和概念,基本上是儒者惯用的词汇,如孝、慈、仁、义等,这说明墨子基本上认同、认可儒家的价值理念,只是在具体走向上以不同的诠释构建起自己的理论体系。其弟子根据墨子生平事迹的史料,收集其语录,写成《墨子》一书传世,墨氏后人便以墨子观点的核心"兼爱"为堂名。

378. 万俟（mòqí）氏堂名

兰陵堂,开封堂（以上为以望立堂）；建昌堂（自立堂名）

【建昌堂】

万俟洛（？—539年）,字受洛干,太平人,北魏、东魏名将。其先为匈奴之别种。为人慷慨有气节,勇猛盖世,骑射过人,威名远扬。南北朝北魏孝明帝时,破六韩·拔陵造反,并在六镇地区建立政权,年号真王。万俟洛随父亲万俟普归顺破六韩·拔陵,任显武将军。归北魏后,随尔朱荣,累有战功,迁汾州刺史、骠骑将军,随北魏孝武帝入关,任尚书左仆射。天平年间,随父归东魏,封建昌郡公,再迁领军将军。其后人以其爵号为堂名。

379. 默（mò）氏堂名

中山堂,曲阳堂（亦称定襄堂）（以上为以望立堂）

380. 牟（móu）氏堂名

巨鹿堂,平阳堂,荥阳堂（以上为以望立堂）；三弄堂,清风堂,陵阳堂,田明堂（以上为自立堂名）

381. 木（mù）氏堂名

吴兴堂（以望立堂）；荣庆堂（自立堂名）

382. 牧（mù）氏堂名

弘农堂（以望立堂）；善治堂（自立堂名）

【善治堂】

力牧,上古时代中国传说中的人物。道家前身。他与风后、大鸿在传说中是黄帝的三位大臣。力牧不但善于牧羊,而且善于射箭,力量大而能拉开强弓,在涿鹿之战中为战胜蚩尤立下大功。他还是车的发明者。史载:黄帝举风后、力牧、常先、大鸿以治民,得力牧于大泽,进为将,称拜将台。今河南新密有力牧台,相传以力牧而得名。力牧最善于治理天下,他帮助黄帝把天下治理得很好,故牧氏后人以"善治"为堂名。

383. 慕（mù）氏堂名

平凉堂，涿郡堂，庆阳堂，河南堂（亦作三川堂、河内堂），吴兴堂（亦作乌程堂、湖州堂），敦煌堂（亦作西交堂），雁门堂（亦作善无堂、阴馆堂），辽东堂（亦作扶余堂、襄平堂、辽阳堂、凌东堂）（以上为以望立堂）

384. 慕容（mùróng）氏堂名

敦煌堂，雁门堂，辽东堂（以上为以望立堂）

【辽东堂】

慕容廆（269—333 年），字奕落瑰，鲜卑族，前燕昌黎郡棘城（今辽宁义县）人。慕容部首领慕容涉归之子，前燕建立者慕容皝之父。他容貌俊美，身高八尺，雄伟出众，有气度。五胡之乱时期，慕容廆在西晋怀帝永嘉元年（307 年）占领燕北、辽东一带，自称鲜卑大单于，归属晋朝。因慕容廆政事修明，政令法纪严明，虚心纳贤，爱护人才，故士大夫和民众多归附之。他曾说："刑狱之事，牵连到人命，不可以不谨慎。贤人君子，是国家的基础，不可以不敬重。农业之事，是国家的根本，不可以不抓紧。酒色阿谀，是扰乱政德的大祸，不可以不禁止。"他还撰写数千字的《家令》阐明自己的主张。东晋元帝大兴三年（320 年）受晋政府命，为幽、平二州知州、东夷诸军事、车骑将军、平州牧，封辽东公。慕容廆死后，谥襄公。其孙慕容俊称帝时，追尊慕容廆为武宣皇帝。其后裔以其封号为堂名，称辽东堂。

385. 穆（mù）氏堂名

河南堂，河内堂，汝南堂（以上为以望立堂）；逊让堂（自立堂名）

【逊让堂】

西周初，周成王封商纣之兄、微子启于宋，公爵国。历十四代为宋宣公，宋宣公死后传位于其弟和，是为宋穆公。在位九年，立遗诏传位给宣公之子夷，命自己的儿子离开宋国去郑国，死后谥穆，其支孙以谥为氏，并以"逊让"为堂名。

386. 那（nā）氏堂名

丹阳堂，天水堂，京兆堂（以上为以望立堂）；循法堂，九思堂（以上为自立堂名）

【循法堂】

那嵩（生卒年不详），傣族明代沅江（今湖南益阳市辖下沅江市）人，世为知府，沿袭祖职为沅江土官。永历十三年(1659年)秋,吴三桂以重兵包围沅江府城,企图逼迫那嵩屈服,采取许愿诱降的手段,将劝降书射入城垣。那嵩大怒,把劝降书撕得粉碎,登上城楼把信射出城外,痛斥吴三桂,历数其入关后的滔天罪行,骂得吴三桂无地自容。城被攻破,全家人自焚死。那嵩严格遵守国家法令,循法无过,故后人以"循法"为宗祀堂名。

387. 佴(nài)氏堂名

古滇堂,洱海堂(亦称大理堂、叶榆堂、南绍堂)(以上为以望立堂)

388. 能 [nài(作为姓氏,不念néng)] 氏堂名

太原堂,华阴堂(以上为以望立堂);淄青堂(自立堂名)

【淄青堂】

能元皓(生卒年不详),河南柳城(今广西柳州市下辖县)人。唐朝大臣,原为安禄山部下,行伍出身,由普通士兵逐步提拔为大将。安禄山谋反时,能元皓任淄青节度使。淄青节度使又称平卢军节度使,治青州(今山东益都县治),一度统领青、淄、莱、齐、登诸州,这些地区相当于今山东胶东北部历城以东地区。能元皓手握重兵,但很快便投降了朝廷。俗话说:浪子回头金不换。能元皓知迷途而反,最终归顺朝廷,对能氏家族来说,乃是一件值得称道的事,后人便以其官职名为堂号。

389. 南(nán)氏堂名

汝南堂(亦作上蔡堂、陕州堂、龙山堂、白邑堂、新息堂),河内堂(亦作怀州堂、野王堂、怀庆堂、沁阳堂)(以上为以望立堂);忠义堂(自立堂名)

390. 南门(nánmén)氏堂名

河内堂,汝南堂(以上为以望立堂)

391. 倪(ní)氏堂名

千乘堂(亦作乐安堂)(以望立堂);经锄堂,锄经堂,带经堂,怡德堂,世德堂,承德堂,培德堂,种德堂,合一堂,贞一堂,建本堂,报本堂,崇本堂,爱日堂,宁远堂,永思堂,集义堂,继善堂,乐善堂,雍睦堂,遗安堂,敬业堂,清閟堂(以上为自立堂名)

【清閟堂】

清閟，清净幽邃。

元代倪瓒（1306—1374年），初名珽，字泰宗，后字元镇，号云林子、荆蛮民、幻霞子等。元末明初画家、诗人。江苏无锡人。有洁癖，工诗，善画山水、竹石、枯木等景物。初师从董源、巨然等，晚年一变古法，以天真幽淡为宗旨。家庭富有，日日有四方之士造访。所居有清閟阁，多藏法书、名画、秘籍。四时花卉树木萦绕其外。自号云林居士。至正初年（1341年），忽将家产散发给亲朋故友，独自驾扁舟往来于震泽塘和三泖河之间。著《清閟阁集》。有《江岸望山图》《六君子图》《竹树野石图》《溪山图》《水竹居图》《秋林山色图》《春雨新篁图》《小山竹树图》《渔庄秋霁图》等画作传于世。其后裔以其书斋名为堂号。

注：震泽塘，即荻塘河，自浙江吴兴而东，经南浔镇入江苏吴江界，至平望镇南，过莺脰湖入运河。三泖，即泖湖，在江苏松江西金山县西北，有上、中、下三泖，现大半淤为平地。

【经锄堂】

倪思（1147—1220年），字正甫，湖州归安（今浙江湖州市菱湖镇射中村）人。宋代学者、官吏。南宋乾道二年（1166年）进士，中博学宏词科。累迁秘书郎，除著作郎兼翰林权直。历孝宗、光宗、宁宗三朝，曾任礼部侍郎、兵部尚书、礼部尚书等职。主张抗金，反对求和，以直谏著称。曾斥责韩侂胄而被革职，后重新起用。嘉定二年（1209年），两次被史弥远罢官；直到临死，还上疏朝廷，陈述政治主张。他博学多才，著有《齐山甲乙稿》《兼山集》《经锄堂杂记》。其后人以其著作名为堂号。

392. 年（nián）氏堂名

怀远堂（以望立堂）；恭定堂，兵严堂（以上为自立堂名）

【恭定堂】

年富（1395—1464年），字大有，明代安徽省怀远县梅桥乡（现属淮上区）人。本姓严，讹成"年"。年富历事明成祖、明仁宗、明宣宗、景泰帝和明宪宗五朝，先后在地方和中央部门任职，历官吏部给事中、陕西左参政、河南右布政使、河南左布政使、右部都御使兼大同巡抚、兵部右侍郎兼山东巡抚、户部尚书。不论在哪里任职，他都清廉刚直，始终不渝；弹劾贪官，为灾民赈灾，给百姓减轻赋税，深受下属和民众爱戴，不愧为一代名臣。死后谥恭定，其后裔遂以此为堂名。

【兵严堂】

年羹尧（1679—1726年），字亮工，号双峰，原籍凤阳府怀远县（今安徽怀远县）人，后改隶汉军镶黄旗。他是清朝康熙和雍正年间重要将领，雍正的敦肃皇贵妃之兄。康熙三十九年（1700年）进士。授翰林院检讨，迁内阁学士，不久升任四川巡抚。他运筹帷幄,驰骋疆场,曾配合各军平定西藏骚乱,率清军平息青海罗卜藏丹津,立下赫赫战功。他和隆科多在拥立雍正帝即位时发挥了重要作用。官至抚远大将军、一等公,权倾一时。但他是个大贪官,最后被赐自尽,罪有应得。年羹尧治军严明,在清军将领中最为突出,故其后裔以"兵严"为堂名。年羹尧被赐死后,为避年氏之祸,有改姓陈氏、连氏者。

393. 乜(niè)氏堂名

晋昌堂,赵郡堂(以上为以望立堂);太师堂(自立堂名)

【太师堂】

乜先(?—1455 年)为蒙古瓦剌部太师,故以"太师"为堂名。

394. 聂(niè)氏堂名

河东堂,新安堂,安吉堂(以上为以望立堂);悯农堂,垂裕堂,光裕堂,崇德堂,崇本堂,三礼堂,理学堂,问政堂(以上为自立堂名)

【悯农堂】

聂夷中(837—884 年),字坦之,唐代河东〔今山西运城,一说河南(今河南洛阳)〕人。咸通十二年(871 年)登第,官华阴尉;到任时,除琴书外,身无余物。其诗语言朴实,浅显易懂,不少诗作对封建统治阶级对人民的残酷剥削进行了无情的揭露,对广大田家农户的疾苦充满了同情。其《咏田家》诗云:"二月卖新丝,五月粜新谷。医得眼前疮,剜却心头肉。我愿君王心,化作光明烛。不照绮罗筵,偏照逃亡屋。"《田家二首》等都是脍炙人口的佳作。荆南节度副使孙光宪说聂夷中诗作多达 300 首。诗人喜欢采用短篇五言古诗和乐府的形式,以朴素的言语、白描的手法,寥寥数笔,将触目惊心的社会现象暴露在人们眼前,深刻有力。由于他的诗饱含了对穷苦农民的同情与怜悯,故其后人以"悯农"为堂名。

【三礼堂】

聂崇义(997—? 年),五代河南洛阳人。少年时攻读《三礼》(仪礼、同礼、礼记),精通经旨。后汉乾祐年间(948—950 年),官至国子礼记博士,曾校订《公羊春秋》,雕版印行于国学。后周显德年间(954—959 年),任国子司业兼太常博士,因受命摩画郊庙祭器而闻名。北宋建隆三年(962 年)考正《三礼图表》呈上,又下传工部尚书窦仪裁定,此图遂行于世。著有《三礼图集注》。因其一生主要成就是研究"三礼",故以此为堂名。

【问政堂】

聂师道(生卒年不详),唐朝五代时道士,新安歙州(今安徽歙县)人,字通微。聪明淳厚,言行谨慎,养亲以孝闻。13岁入道门,15岁授符箓(道家的秘密文书),后出游各处访道。游绩溪山、南岳、九嶷山、玉笥山。据称遇异人授以《素书》。人号"问政先生"。后居广陵30余年,传上清法,有弟子500余人。其族人以其号为堂名。

注:上清,道教最高神灵"三清"分别是元始天尊、灵宝天尊和道德天尊。灵宝天尊又名上清。

395. 宁(甯、寧,níng)氏堂名

齐郡堂,济阳堂,济南堂(以上为以望立堂);达孝堂,笃亲堂,成德堂,宽廉堂,解衣堂,敦睦堂,逮孝堂,善庆堂,难及堂(以上为自立堂名)

【难及堂】

宁俞(前632—前623在任),即宁武子,春秋时卫国人。卫文公、卫成公时大夫。卫文公有道时,他从不上朝。卫成公无道,为晋所攻,失国奔楚、陈,不久为晋侯所执。宁俞不避艰险,周旋期间,终于保全了他的性命,而辅佐他的国君,世称其忠。孔子赞其曰:"邦有道则智,邦无道则愚,其智可及也,其愚不可及也。"(国家有道时,他显得很聪明,国家无道时,他就装傻。他的那种聪明别人可以做到,他的那种装傻别人就难做到了。)不可及,就是"难啊"。因宁俞机智果敢,忠心耿耿,故宁氏以"难及"为堂名。

396. 甯(nìng)氏堂名

现与"宁氏"同。

397. 牛(niú)氏堂名

陇西堂(亦作狄道堂、洮中堂、陇右堂),北平堂(亦作广阳堂、蓟州堂、范阳堂),善巨堂(亦作桑川堂、遂段堂、遂久堂、大研堂、姚川堂、丽江堂),辽东堂(亦作扶风堂、襄平堂、辽阳堂、凌东堂)(以上为以望立堂);太史堂,大雅堂,惟明堂,燕翼堂,怀德堂,丰盛堂,孝友堂,可与堂,可心堂(以上为自立堂名)

【太史堂】

牛凤及(生卒年不详),唐代诗人,安定(今甘肃泾川)人,隋代吏部尚书牛弘之曾孙,官至中书门下侍郎,撰有《唐书》110卷。因一生主要功绩是修国史,故堂号名"太史堂",既是纪念性专用堂号,又有歌功颂德之意。洺州刺史刘轲和集贤大学士马植论史官书里,曾称赞他。

398. 钮（niǔ）氏堂名

吴兴堂（以望立堂）；理德堂（状元厅），本仁堂（以上为自立堂名）

399. 农（nóng）氏堂名

雁门堂，钦州堂（以上为以望立堂）；稼穑堂（自立堂名）

【稼穑堂】

相传农氏为远古神农氏的后裔，神农氏教民稼穑（种庄稼），将人类推进至农耕社会，故后人以"稼穑"为堂名。

400. 区（ōu）氏堂名

平阳堂（以望立堂）；八剑堂（自立堂名）

401. 欧（ōu）氏堂名

平阳堂，渤海堂，庐陵堂，鄱阳堂（以上为以望立堂）；八剑堂，六一堂，画荻堂，廷鉴堂，光六堂，光远堂，笃亲堂，文忠堂，余山堂，余庆堂，敦本堂，本仁堂，伦叙堂，忠厚堂，学士堂，立三堂（以上为自立堂名）

【八剑堂】

春秋时有欧冶子（前514—？年），善铸剑，越王聘请他铸了五把剑，名曰：湛卢、巨阙、胜邪、鱼肠、纯钩。后来，他又与干将一起为楚王（一说为赵王）铸了三把剑，名曰：龙渊、太阿、工布（一作工市）。这八把剑皆是历史上著名的利剑，故以"八剑"为堂名。

402. 欧阳（ōuyáng）氏堂名

渤海堂，鄱阳堂，庐陵堂（以上为以望立堂）；载德堂，画荻堂，六一堂，廷鉴堂，光六堂，光远堂，笃亲堂，文忠堂，忠厚堂，余山堂，余庆堂，敦本堂，本仁堂，伦叙堂，学士堂，立三堂（以上为自立堂名）

【画荻堂】【六一堂】【学士堂】【文忠堂】

画荻堂、六一堂皆出自宋代著名文学家欧阳修的故事。欧阳修（1007—1072年），字永叔，号醉翁，吉州永丰（今江西省吉安市永丰县）人，北宋政治家、文学家。官至翰林学士、枢密副使、参知政事。谥号文忠，世称欧阳文忠公。累赠太师、楚国公。后人将其与韩愈、柳宗元、苏轼并称"千古文章四大家"。与韩愈、柳宗元、苏轼、苏洵、苏辙、王安石、曾巩合称"唐宋散文八大家"。

欧阳修三岁丧父,家境贫寒,上不起学堂,其母寄希望于他成为国家有用之才,便亲自教他识字,买不起纸笔,就以沙地当纸,以荻(芦苇秆)当笔,经过刻苦努力,欧阳修终成大家。他说:吾"藏书一万卷,集录三代以来金石遗文一千卷,有琴一张,有棋一局,常置酒一壶。以吾一翁,老于此五物之间,是岂不为六一呼?"故晚年自号"六一居士"。其后裔子孙以"画荻"和"六一"为堂名。

又因欧阳修曾为翰林学士,谥文忠,故其后裔亦有以"学士""文忠"为堂名者。

【忠厚堂】

欧阳春(生卒年不详),明代郴州(在今湖南省)人,幼年丧父,事母极其孝顺。母病时,他亲自熬汤药,通宵达旦地伺候,终日不眠。以岁贡任全州训导,后又被推荐转为鲁府伴读("伴读"为官名,在宋代负责宗室子弟的教学工作,至辽、金、明代,皆为亲王府官)。欧阳春性情忠厚,从不议论别人的过失。曾经有个小偷到他家行窃,他发现后站在外面也不进去,过后也不张扬此事,故其后人以"忠厚"为宗祠堂名。

403. 番(pān,bō)氏堂名

鄱阳堂,合浦堂,桂林堂,象郡堂(以上为以望立堂)

404. 潘(pān)氏堂名

荥阳堂,广宗堂,河南堂,河内堂,豫章堂(以上为以望立堂);黄门堂,荣杨堂,承志堂,如在堂,花贤堂,笃庆堂,优肃堂,永言堂,司谏堂,春茂堂,花果堂,世德堂(以上为自立堂名)

【黄门堂】【花果堂】【春茂堂】

潘岳(247—300年),即潘安,字安仁。巩县(今河南巩义)人,祖籍河南中牟县大潘庄。西晋著名文学家,长于辞赋,与陆机齐名,世称"潘陆",是"太康体"的代表作家。潘岳貌美,神态风度优雅,风度翩翩。年轻时夹着弹弓走在洛阳大街上,遇到他的妇女都手拉手一同围住他,投之以果,满载而归。潘安出身儒学世家。少年时随父宦游河南、山东、河北,青年时就读洛阳太学。20岁入仕,供职权臣贾充幕府,后历任京官,因作赋颂扬晋武帝躬耕籍田显露才华,被当权者升任河阳(今洛阳吉利区)县令。他勤于政绩,县中满种桃李,他浇花息讼(平息争讼),甚得百姓敬爱,被传为美谈。后遂用"河阳一县花""花县"等代称潘安,或比喻地方之美或地方官员善于治理。这便是中国最早"花样美男"的出处。他与妻子杨氏12岁订婚,终身相守,杨氏去世后,他为她写悼词,情谊真挚,缠绵无尽,并未再娶,成为千古佳话。潘安的《秋兴赋》《闲居赋》《籍田赋》文字优美,富有感情,是那个时代的顶峰。潘安后累迁著作郎、给事黄门侍郎。其后裔以其最高官职为

堂名;又因妇人常投以花果,像春天一样美好,故亦有人以"花果""春茂"为堂名。

405. 盘（pán）氏堂名

巴郡堂（亦称巴州堂），南郡堂,苍梧堂（以上为以望立堂）

406. 庞（páng）氏堂名

南安堂,南阳堂,谯郡堂,始平堂,高阳堂（以上为以望立堂）;凤雏堂,遗安堂,仁济堂（以上为自立堂名）

【仁济堂】

仁济,仁慈和救济。

庞安时（1042—1099年），字安常,自号蕲水道人,宋代蕲水（今湖北浠水县）人。儿时读书过目不忘。家世医。《灵枢》《太素》《太乙》诸秘书,《经》《传》及百家之涉其道者,无不贯通。著《难经解》数万言,又作《本草补遗》《伤寒总病论》。庞安时为当时名医,看病十愈八九,登门求医者不计其数,故辟屋子让病人居住,亲自嘱咐病人服药、吃饭,必等病人痊愈后才让离去。其医德医风和仁爱之心深为时人赞誉,故其后人以"仁济"为宗祀堂名。

【遗安堂】

庞德公（生卒年不详），字尚长,荆州襄阳（今湖北襄阳市）人,东汉名士、隐士。居岘山之南,从不进入城市。荆州刺史刘表数次请他进府,庞德公都不屈身就职,于是刘表亲自去请。庞德公在田间耕耘,其子亦在地里劳作,彼此相敬如宾。刘表问:"先生不肯受官禄,拿什么留给子孙呢？"庞德公说:"世人都追逐名利,只会给后人留下危险,而我给子孙留下的是安居乐业。只是留下的东西不同罢了。"庞德公评价诸葛亮为"卧龙",庞统为"凤雏",司马徽为"水镜"。被誉为知人。诸葛亮对庞德公十分尊敬,每次探访都独自一人拜见于庞德公床前。后来,庞德公隐居鹿门山,与妻子采药不归,"遗安堂"由此而得名。

【凤雏堂】

庞统（179—214年），字士元,号凤雏,荆州襄阳（治所在今湖北襄阳市）人,庞德公的侄子。弱冠时,庞统去见司马徽。司马徽以识别人才而闻名,称庞统为南州士人之冠冕（出类拔萃的人才）。他叔叔庞德公称他是"凤雏"（幼凤）。三国时庞统是刘备手下的重要谋士,与诸葛亮同拜为军师中郎将。跟刘备一同入川。刘备与刘璋决裂时,庞统献上、中、下三条计策,刘备用其中策。围攻雒县时,庞统不幸中流矢而亡,时年仅36岁。被追赐关内侯,谥号靖侯。为纪念这位才华横溢的先人,其族人遂以其号"凤雏"为堂名。

407. 逢（逢）[páng（féng）] 氏堂名

谯郡堂，北海堂（以上为以望立堂）；计复堂（以上为自立堂名）

【计复堂】

逢同（生卒年不详），周代越国人。越国五大夫之一。越王勾践从吴国回来，想报亡国之仇，大夫逢同建议说："吴国现在德少功多，必定很骄傲，我们要想灭吴雪耻，必须结交齐国，放弃楚国，跟临近的国家友好，表面上与吴国友好。这样，吴国必定麻痹大意，我们利用他这个弱点，才能消灭他。"勾践采用了逢同的计策，终于恢复了越国的强盛，灭掉了吴国。为缅怀这位杰出的先人，其族人遂以"计复"为堂名。

408. 裴（péi）氏堂名

河东堂（以望立堂）；绿野堂，督国堂（以上为自立堂名）

【绿野堂】【督国堂】

裴度（765—839年），字中立，唐代河东闻喜（在今山西闻喜东北）人。唐代中期著名的政治家、文学家。德宗贞元五年（789年）进士。唐宪宗李纯时，历官司封员外郎、中书舍人、御史中丞，支持宪宗削藩，曾视察行营中军，还朝后与武元衡皆遇刺，武元衡身亡，裴度亦头部受伤，遂代武元衡为相，拜中书侍郎，同中书门下平章事。他亲自出马，督统诸将平定淮西。元和十三年（818年）淮西平，拜金紫光禄大夫、弘文馆大学士、上柱国，封晋国公，世称"裴晋公"。后历仕穆宗、敬宗、文宗三朝，数次出任地方官，拜为宰相。裴度坚持治理国家要任用贤才，为将相20余年，引荐李裕德、李宗闵、韩愈等名士，重用李光颜、李愬等名将，还保护刘禹锡等人，被时人比作郭子仪。裴度文学上主张"不诡其词而词自丽，不异其理而理自新"（不讲究辞藻的奇特辞藻自然亮丽，不追求怪异的理论道理自然新颖），反对古文写作上追求奇诡。他对文士多所提掖，时人莫不敬重。后来，因宦官当权，裴度知时事已不可为，乃自请罢相，在东都洛阳午格建别墅，盖凉亭、暑馆，植花木万株，绿荫如盖，名曰"绿野堂"，与白居易、刘禹锡等咏诗其间。因其监督国家有功，故其后人以"督国"为堂名；亦有人以其别墅名"绿野"为堂名。

409. 彭（péng）氏堂名

淮阳堂，彭城堂，陇西堂（以上为以望立堂）；绍远堂，谷贻堂，述古堂，述信堂，雍睦堂，春福堂，积厚堂，博士堂，曹斐堂，凝瑞堂，敦本堂，孝睦堂，敦睦堂，敦伦堂，深远堂，端本堂，宜春堂，长寿堂，可祖堂，尚贤堂，光裕堂，雉封堂，思敬堂，衣言堂，奎聚堂，三召堂，三瑞堂，商贤堂，柱下堂，明经堂（以上为自立堂名）

【述古堂】

述古堂出自《论语》。《论语·述而第七》载："子曰：述而不作，信而好古，窃比于我老彭。"老彭即彭祖,为殷商时的贤大夫,好述古事。孔子说:"我要像老彭那样,严谨地按照古人传下的经典予以阐述,而不擅自增加虚构作伪的成分。"彭氏"述古堂"遂由此而得名。

410.蓬(péng)氏堂名

北海堂,长乐堂(以上为以望立堂)

411.皮(pí)氏堂名

天水堂,下邳堂,鹿门堂,桂林堂(以上为以望立堂);吉安堂,涌芬堂(以上为自立堂名)

412.平(píng)氏堂名

河南堂,河内堂(以上为以望立堂);修齐堂,敬斋堂(以上为自立堂名)

413.仆(pú)氏堂名

汝南堂(以望立堂)

414.浦(pǔ)氏堂名

京兆堂,豫章堂,广平堂(以上为以望立堂)

【广平堂】

浦仁裕(生卒年不详),三国时魏国人,撰有著名的《广平记章》15卷,族人因以为堂名。

415.普(pǔ)氏堂名

溧阳堂,通海堂(亦称昆州堂)(以上为以望立堂)

416.蒲(pǔ)氏堂名

河东堂(以望立堂);揖让堂,帝师堂(以上为自立堂名)

【揖让堂】【帝师堂】

揖让,让位于贤。

揖让堂、帝师堂皆出自远古蒲裔子(生卒年不详)的故事。相传18岁的蒲裔子是帝舜的老师,有贤能,虞舜要把天下让位于他,他坚辞不受,不久便消失得无影无踪,故蒲姓后人便以"揖让""帝师"为堂名。

417. 濮(pǔ)氏堂名

鲁郡堂,曲阜堂,濮阳堂(以上为以望立堂);尚忠堂(自立堂名)

418. 濮阳(pǔyáng)氏堂名

博陵堂,平陵堂,广平堂(以上为以望立堂);相吴堂(自立堂名)

【相吴堂】

濮阳兴(? —264年),字子元,三国时吴国陈留郡(治所在今河南开封)人。孙权时任上虞县令,升任尚书左曹、五官中郎将,曾奉命出使蜀国,归来后升任会稽太守。与琅琊王孙休结交甚厚。孙休即位后,征召为太常卫将军、平军国事,封外黄侯,后升任宰相。永安七年(264年),孙休去世,濮阳兴与张布迎立孙皓,任侍郎兼青州牧。因其在吴景帝孙休末年至吴国末代皇帝孙皓初年曾担任吴国宰相,故其族人便以"相吴"为堂名,以作为一种荣耀。

419. 戚(qī)氏堂名

东海堂(亦称梅州堂)(以望立堂);三礼堂,享伦堂,积善堂,双溪堂,七侯堂,景文堂,平寇堂,纪效堂,止止堂,体仁堂(以上为自立堂名)

【平寇堂】【纪效堂】【止止堂】

止止:《庄子·人间世》:"虚室生白,吉祥止止。"《注》:"夫吉祥之所集者,至虚至静也。"上"止"字为皆聚集的意思,下"止"字为语末助词。全句的意思是:刚健而不妄行。

平寇堂、纪效堂和止止堂皆出自戚继光的故事。戚继光(1528—1588年),字元敬,号南塘,晚号孟诸。山东登州(今山东蓬莱)人,原籍河南卫辉;一说安徽定远,生于山东济宁。他是明代著名抗倭将领、民族英雄、军事家、书法家和诗人。幼年豪爽负奇气。家贫,好读书,通经史大义。勤奋习武,立志报效国家。世袭登州卫指挥佥事,历官浙江参将,在东南沿海抗击倭寇十余年,扫平了多年为虐的倭患,确保了沿海人民的生命财产安全。后又抗击北方蒙古部族对内地的侵犯,保卫了北部边疆的安全,促进了蒙汉民族的和平发展。其统率的"戚家军"纪律严明,训练有素,战斗力极强,军容为诸军之冠。因战功累累,先后跃升为福建总督,受命以都督同知,总理蓟州、昌平、保定三镇练兵事。业余时间,戚继光还著书立说,著有《纪效新书》《练兵实记》《莅戎要略》《武备新书》《止止堂集》等。其后人遂给这位平寇英雄立"平寇堂",或以其著作名立"纪效堂"或"止止堂"。

420. 漆（漆雕）[qī（qīdiāo）] 氏堂名

蔡州堂（亦作蔡郡堂、汝南堂、豫州堂），濮阳堂（亦作帝丘堂、轩都堂），鲁郡堂（亦作鲁国堂、东鲁堂），武康堂（亦作汪罔堂、防风堂、永安堂、永康堂）（以上为以望立堂）；三贤堂（自立堂名）

【三贤堂】

孔子有三千弟子，七十二贤人，其中漆雕氏就有漆雕哆（字子敛，生卒年不详）、漆雕开（字子若，前540—前489年）、漆雕徒父（字子文，一曰子期，生卒年不详）三人。唐朝开元二十七年（739年），追封漆雕开为"漆伯"，漆雕哆为"武城伯"，漆雕徒父为"须句伯"。宋代大中祥符二年（1009年）加封漆雕开为"平舆侯"，漆雕哆为"濮阳侯"，漆雕徒父为"高苑侯"。明代嘉靖九年（1530年）改称他们为"先贤漆雕子"。为纪念这三位贤人，漆（漆雕）氏族人便以"三贤"为堂名。

421. 亓（qí）氏堂名

陇西堂，天水堂，泰山堂（亦称莱芜堂）（以上为以望立堂）

422. 亓官（qíguān）氏堂名

陇西堂，天水堂（以上为以望立堂）

423. 齐（qí）氏堂名

汝南堂，高阳堂，中山堂（以上为以望立堂）；简礼堂，玉芝堂，赐砚堂，宝纶堂，敦本堂，滋本堂（以上为自立堂名）

【简礼堂】

周朝初期，周武王把姜太公吕尚封到齐国。仅仅过了五个月，姜子牙便来朝廷汇报工作。周公问他："你这么快就把国家整理就绪了？"姜子牙答道："我简其君臣，礼其从俗。"意思是：简化君臣之间的交往，一切礼仪从俗。周公听后赞扬道："推行政策法令，如果过于烦琐，人民就不敢接近你；只有平易近人，人民才能真心拥护你。"这便是"简礼堂"的来历。

424. 祁（qí）氏堂名

太原堂，扶风堂，南郡堂，齐郡堂（亦作临淄堂）（以上为以望立堂）；澹生堂，三不堂，宝善堂，学善堂（以上为自立堂名）

【三不堂】

祁奚（前620—前545年），姬姓，祁氏，名奚，字黄羊，春秋时晋国（今山西祁县）人，因食邑于祁（今祁县），因氏。本为晋公族献侯之后，父为高梁伯。周简王十四年（前572年），晋悼公即位，祁奚被任命为中军尉。其在位约60年，为四朝元老。他忠公体国、急公好义、誉满朝野，深受人们爱戴。他年迈告老还乡时推荐杀父仇人解狐接替他，因为解狐为人正直廉洁、耿直倔强。解狐死后，他又推荐自己的儿子祁午接替解狐，因为祁午亦是晋国贤才，"好学而不戏，守业而不淫，柔惠小物而镇定大事，有质直而无流心（勤奋好学不儿戏，认真工作不偷懒，注意细节但也能把握大局，有好的本质，没有游移放纵的心）"，祁午任中军尉后，果然"军无秕政（不善之政）"。祁奚真正做到了外举不避仇，内举不避亲。中军尉佐羊舌职去世后，祁奚又推荐羊舌职的儿子羊舌赤代替其职务。史书和孔子赞扬他"举其仇而不谄，举其子不为比，举其偏不为党"（举荐仇人不是为了谄媚，举荐儿子不是为了勾结，推举下属不是为了偏私），祁氏"三不堂"由此而得名。

425. 蕲（qí）氏堂名

弘农堂，西河堂（以上为以望立堂）

426. 乞（qǐ）氏堂名

太原堂，河南堂，汝南堂（以上为以望立堂）

427. 杞（qǐ）氏堂名

齐郡堂（亦称临淄堂）（以望立堂）

428. 钱（qián）氏堂名

彭城堂，下邳堂，吴兴堂（以上为以望立堂）；吴越堂，树德堂，昭德堂，锦树堂，锦林堂享彝堂，万选堂，丹桂堂，燕诒堂，射潮堂，木衍堂，务云阁，撷云阁，丛桂堂，承启堂，运释堂，世恩堂，贻忠堂，表忠堂，忠孝堂，忠义堂，思本堂，崇本堂，显宗祠，清风堂，研

云堂,具庆堂,庆系堂,念修堂,伯仲堂,湖草堂,锄绅堂,永吉堂,永怀堂,雍睦堂(以上为自立堂名)

【吴越堂】

钱镠(852—932年),字具美(一作巨美),小字婆留,杭州临安(今杭州临安区)人,五代十国时期吴越国创建者。唐僖宗(873—888年在位)时发生黄巢农民起义,钱镠率乡兵将其击退。刘汉宏谋反,又率八都兵攻破越州,归附董昌,为裨将,升任同中书门下平章事。后董昌亦谋反,被钱镠捉住。唐昭宗(889—904年在位)拜钱镠为镇海镇东军节度使,赐铁卷(皇帝分封功臣做诸侯王时颁发的凭据),拥兵两浙,统十二州。接着又封为越王、吴王。唐朝灭亡后,受后梁太祖朱晃之封,称吴越国王,是为十国之一。钱镠曾筑捍海塘,怒潮湍急,版筑(在夹板中填入泥土,即筑土墙)不成,乃造竹箭3000支,羽镞具备,于"叠雪楼"命水犀军(水上劲旅)五百以射潮,潮头东趋西陵,以铁絙贯幢(用铁索连接),填入石头,而建成海塘,世代皆得益于此。钱镠曾为吴越王,其后人引以为自豪,故名"吴越堂"。

【万选堂】

万选堂,出自成语"青钱万选"和唐代诗人钱起的故事。

青钱万选,比喻文才超群,如青铜钱,万选万中。《新唐书·张荐传》云:"员外郎员半斤数为公卿称'(张)鷟文辞犹青铜钱,万选万中',时号鷟清钱学士。"宋代晏殊《假中示判官张寺丞王校勘》诗云"游梁赋客多风味,莫惜青钱万选才"。

钱起(722?—780年),字仲文,吴兴郡(今浙江省湖州)人。擅长写诗,天宝十年(751年)中进士,其诗与郎士元齐名,时称"前有沈(佺期)宋(之问),后有钱郎"。与卢纶、吉中孚、韩翃、司空曙、苗发、崔峒、耿湋、夏侯审、李端,号称大历十才子。历官秘书省校书郎、蓝田县尉、司勋员外郎、翰林学士等。官至考功郎中。钱起当时诗名很盛,其诗多为赠别应酬、流连光景、粉饰太平之作,与社会现实相距较远。然其诗艺术水平较高,风格纯净透明,娴静文雅,流畅华美,纤细秀丽,尤擅长写景,为大历诗风的代表。少数作品感时伤乱,同情农民疾苦。著有《钱考功集》。因钱起有青钱万选之才,故其后人便以"万选"为宗祀堂名。

【射潮堂】

射潮堂源自民间传说,跟吴越王钱镠有关。五代十国时期,吴越国国王钱镠治理国家遇到最头疼的事就是钱塘江两岸海塘的修筑问题。由于钱塘江的潮头极高,潮水冲击力非常凶猛,两岸的海塘总是这边修好了,那边又坍塌了,以至于出现"黄河日修一斗金,钱江日修一斗银"的说法。当时有人告诉钱镠,说钱塘之所以难修,是因为潮神作怪的缘故。于是,在农历八月十八潮神生日那一天,钱镠精选了一万名弓箭手到江边集结。但途中要经过一座名叫宝石山的山,宝石山道路狭窄,只能容纳一人通过,钱镠便用脚把山踩成了两半,使中间出现一条宽阔的道路。从此,这里便被叫作"蹬开岭"。据说,钱镠的两个硕大的脚印至今还深陷在石壁上,清晰可见。等弓箭手聚齐后,钱镠又奋笔写了两句话"为报潮神并水府,钱塘且借与钱城",并把两句话扔入水中。但潮神依然不理不睬,浪潮反而变得更加凶猛。钱王见状,大吼一声"放箭",并率先射出第一支箭。顿时,万箭齐发,直逼潮头。围观的百姓欢呼雀跃,大声呐喊助威。顷刻间,连续射出3万支箭,逼得潮头不敢向岸边冲击过来。钱镠又下令"追箭"!那潮头便弯弯曲曲地向西南遁去,消失得无影无踪。这是一个民间传说,未必可信,但它反映了人定胜天的思想。"射潮堂"由此而得名。

429. 强(qiáng)氏堂名

天水堂,丹阳堂(以上为以望立堂);浚渠堂,五云堂,仁山堂,朱丝堂,永芳堂(以上为自立堂名)

【浚渠堂】

强循(生卒年不详),字季先,唐代凤州(今陕西凤县凤州镇)人,曾任雍州司户参军,掌管工役之事。华原(今耀县)无泉,人畜多渴死。强循引导百姓凿渠引沮河水灌溉农田,供人畜饮用,造福一方百姓,号"强公渠",褒奖甚厚。历官大理寺少卿、太子右庶子。强循身居高位,办理政事刚直不阿、秉公办事,对下属知人善任、平易近人。为不忘强循凿渠,为百姓造福的功绩,其后人遂以"浚渠"为堂名。

强公渠历代皆疏浚,新中国成立后进行全面整修,延伸1100余千米,可灌溉耕田5000余亩。

430. 乔(qiáo)氏堂名

梁国堂,顿丘堂(以上为以望立堂);文惠堂,纯洁堂,在中堂,三友堂,善益堂,金陵堂,高远堂,黄陵堂(以上为自立堂名)

【文惠堂】

文惠堂出自宋代乔行简的故事。乔行简(1156—1241年),字寿朋,东阳(今属浙江金华市)人。师从吕祖谦。绍熙四年(1193年)进士。历任宗正少卿、秘书监、工部侍郎兼国子监司业兼国史院编修、实录院检讨。曾上疏言:"贤路当广而不当狭,言路当开而不当塞。治乱安危,莫不由此。"宋理宗时,多次上书论时政,绍定五年(1232年)拜参知政事,兼知枢密院事。后拜右丞相,升左丞相。嘉熙三年(1239年),授平章军国重事,加少师,封肃国公。乔行简历练老成,居官知无不言,好荐士,多为位尊而有声望者。谥文惠。著有《周礼总说》《孔山文集》等。其后裔以其谥号为堂名。

【高远堂】【黄陵堂】

传说黄陵县桥山为黄帝陵墓,乔(桥)氏世代为之守陵,遂以"黄陵"为堂名。又周文帝宇文泰(507—556年)及周世宗柴荣(921—959年),为取"高远"之义,曾下令将

"桥"氏去木旁改为"乔"氏,乔氏后人遂以"高远"为堂名。

431. 谯(qiáo)氏堂名

北海堂,谯国堂,巴郡堂(亦作阆中堂),巴西堂(亦作西充堂)(以上为以望立堂);忠孝堂,得闲知止堂(以上为自立堂名)

〖得闲知止堂〗

谯令雍(生卒年不详),宋代青州益都(今属山东)人,忠州防御使谯熙载之子。以恩补承信郎、平阳郡王府干办,不久充任王府内知客(帮助主家招待宾客的人),少时就有才智。平阳王赵允升曾跟他讨论《春秋》褒贬齐宣王易牛、秦穆公悔过之事,令雍即作三首诗献给平阳王,王甚喜爱器重他。平阳王即位,是为宁宗,累拜令雍为保成军节度使,后又升迁为太尉。宁宗曾书"得闲知止"四字以名其堂。

432. 郄(qiè)氏堂名

济南堂,济阴堂,山阳堂(以上为以望立堂);中军堂(自立堂名)

〖中军堂〗

春秋时晋国人郄谷(前683—前632年),通礼乐、敦诗书、懂兵法,为晋国大将。晋公子重耳曾流亡国外19年,有一批坚定的追随者,风餐露宿,不离不弃,其中就有郄谷。晋文公建立三军。想任命赵衰为元帅,赵衰推荐了先轸,还推荐狐偃为上将军。不久,晋文公征询元帅的人选,赵衰又推荐了郄谷:"郄谷可,行年五十矣,守学弥敦。夫先王之法制,德义之府也。夫德义,生民之本也。能敦笃者,不忘百姓也。请使郄谷。"后来,晋文公任命郄谷统率中军,郄氏"中军堂"由此而得名。

433. 秦(qín)氏堂名

天水堂,淮海堂(以上为以望立堂);崇贤堂,敦典堂,谦德堂,三贤堂,乐善堂,养真堂,忠孝堂,五礼堂,敦余堂,凝德堂,瞻瑞堂(以上为自立堂名)

〖淮海堂〗

秦观(1049—1100年),字少游,北宋高邮(今江苏高邮市)人,别号邗沟居士、淮海居士,世称淮海先生,"苏门四学士"之一,被尊为婉约派一代词宗。元丰八年(1085年)中进士,初为定海主簿、蔡州教授,官至太学博士、史馆编修。代表作品有《鹊桥仙》《淮海集》《淮海居士长短句》。

秦观一生坎坷,所写诗词,高古沉重,寄托身世,感人至深。苏轼过扬州,亲自看望秦观,正巧孙觉、王巩亦在高邮,乃相约游东岳庙,载酒论文,吟诗作赋,一时传为佳话。

秦观生前行踪所至之处,多有遗迹,如浙江杭州的秦观祠,丽水的秦观塑像、淮海先生词、莺花亭;青田的秦学士祠;湖南郴州的三绝碑;广西横县的海棠亭、醉乡亭、淮海堂、淮海书院等,故其后人以"淮海"为堂名也不足为怪了。

【三贤堂】

此处"三"不是确指,而是指多数。孔子七十二贤人中有秦祖(字子南)、秦商(字丕兹)、秦非(字子之)、秦冉(字开)四位。因四人皆为孔子七十二贤人,故名"三贤堂"。

【养真堂】

养真,修养,保持本性。

秦荣光(1841年—1904年),字炳如,清代上海人,原名载瞻,号月汀,贡生,就职训导。博学能文,留意世务,热衷于公益事业,凡慈善事业,多量力补助。热心从事教育40余年,常教导后生务实践,排斥说空话。死后,门人私谥温毅。著有《养真堂集》。其后人以其著作名为堂号。

【忠孝堂】

秦琼(?—638年),字叔宝,齐州历城(今山东济南市)人。隋末唐初名将,是一个于万马军中取人首级如探囊取物的传奇式人物。最初为隋将来护儿的部将。后随张须陀讨伐李密。兵败,张须陀战死。秦琼归裴仁基部下,又随裴仁基投降李密,得到重用,任帐内骠骑。李密失败后,投降王世充,因不满王世充的为人,于唐高祖武德二年(619年),跟程咬金、尤浚达等一起投唐,被唐高祖李渊分配到秦王李世民帐下,从镇长春宫,拜军马总管,随李世民征战无数,每战必先。武德九年(626年)参与玄武门之变,事后被封为左武卫大将军。死后谥号壮,被追封为胡国公。贞观十七年(643年)与长孙无忌等人被图形凌烟阁,封为凌烟阁二十四功臣之一。因秦琼既忠且孝,故其后人立"忠孝堂"以示怀念。

【五礼堂】

秦蕙田(1702—1764年),字树蜂,号味经,清代无锡人。秦琼二十六世孙。乾隆元年(1736年)进士,授编修,累官礼部侍郎,工部、刑部尚书,加太子太保。以经术笃行知名海内。立朝30年,刚介自守,不追求身外之物。其治经穷于《礼》,不居讲学之名,所著《五礼通考》体大思精,囊括万有。论者谓"能竟朱熹未竟之志",又有《周易象日笺》《味经窝内稿》。因其著有名著《五礼通考》,故其后人以"五礼"为堂名。

注:古代礼仪总称五礼。以祭祀之事为"吉礼",丧葬之事为"凶礼",军旅之事为"军礼",宾客之事为"宾礼",冠婚之事为"嘉礼"。

434. 琴(qín)氏堂名

天水堂,南郡堂(亦作郢邑堂)(以上为以望立堂)

435. 覃(qín)氏堂名

会稽堂,河内堂,南海堂,弘农堂,京兆堂,齐郡堂(亦作宁州堂),南凉堂(亦作中州堂),南梁堂(以上为以望立堂);光裕堂,裕经堂,务滋堂,普舍堂,离光堂,百华堂,忠孝堂,有竺堂,积善堂,余庆堂,八庆堂,三多堂,国厚堂,敦睦堂,旺相堂(以上为自立堂名)

436. 丘(邱,qiū)氏堂名

河南堂,吴兴堂,天水堂,扶风堂,辽东堂(以上为以望立堂);文庄堂,敦睦堂,可继堂,碧落堂,砚耕堂,思敬堂,忠实堂(以上为自立堂名)

【文庄堂】【可继堂】

丘(邱)濬(1418—1495年),字仲深,号琼山,明代琼州人。景泰五年(1454年)进士。历官翰林院庶吉士、翰林院学士、国子监祭酒、礼部尚书、文渊阁大学士,参与机务。其廉洁持正,性嗜学,过目成诵,史称"三教百家之言,无不涉猎"。熟于国家典故。其一生研究范围涉及政治、经济、哲学、文学、医学、戏剧等方面。他提出"劳动决定商品价值"的观点比英国古典经济学家威廉·配第"劳动价值论"要早180年。著《琼台诗文会稿》,全书24卷,洋洋30多万言,被清初学者焦映汉称其"炳若日星,垂诸史册,以继往开来可也"。丘濬与海瑞并誉为"海南双璧",与海瑞、王佐、张岳崧同称"海南四绝"。丘濬七岁丧父,其祖父丘普对丘源、丘濬兄弟管教极严,寄予厚望。丘普自提"可继堂"匾额,并书联"嗟无一子堪称老,喜有双孙可继宗"。丘濬曾在《可继堂记》中追记,说祖父嘱咐兄长丘源,要他"承吾世业,学为良医,以济家乡",祖父希望丘濬"拓承祖业,志为良相,以济天下"。丘濬的母亲李氏,出身士绅之家,知书识礼。她年二十八丧夫,守节教子,"课其学业",孜孜不倦。每日五更,鸡鸣即起,伴儿诵读;入学归来,问其功课,询其交游。及至游学帝京,为官庙堂,仍然致书"戒谆谆以忠谨,图报国为言"。正是良好的家庭教育,"以济天下"的远大抱负塑造了一代理学名臣。丘濬曾参与编纂《环宇通志》,受命编纂《英宗实录》,在宋代学人真德秀《大学衍义》的基础上,编成《大学衍义补》160卷。除此之外,还著有《世史正纲》《家礼仪节》《朱子学的》,诗文汇集《琼台会稿》等。丘濬死后,谥号文庄。"文庄堂""可继堂"由此而得名。

437. 秋(qiū)氏堂名

天水堂,陇西堂(以上为以望立堂);鉴湖堂(自立堂名)

【鉴湖堂】

秋瑾(1879—1907年),近代民主革命先烈。祖籍浙江山阴(今绍兴),生于福建厦门。初名闺瑾,乳名玉姑,字璿卿,号旦吾,留学日本,改名瑾。别号竞雄,自称鉴湖女侠,笔名秋千、汉侠女儿。在日留学期间,积极参加革命活动,1905年加入光复会和同盟会。1906年因反对日本取缔留学生而归国,在上海发刊《中国妇女报》,提倡女权,宣传革命。1907年回绍兴主持大通学堂,联络金华、兰溪等地会党,组织光复军,与徐锡麟分头准备皖浙两省起义。7月徐锡麟刺杀安徽巡抚恩铭,被捕遭杀害,秋瑾受牵连,被捕,15日就义于绍兴轩亭口,年仅31岁。为怀念这位革命女侠,秋氏族人遂以"鉴湖"为堂名。

438. 仇(qiú)氏堂名

平阳堂,南阳堂,陈留堂,辽西堂(以上为以望立堂);方正堂,德化堂,行素堂,至乐堂,保恩堂(以上为自立堂名)

【方正堂】【德化堂】

方正,原意不偏不斜,汉代作为选举科目之一,招聘品行端正、有贤德之士做官。清代有科举名"孝廉方正",自雍正起,新帝嗣位,由督抚举荐孝廉方正,授予六品顶戴。乾隆以后,由地方官保举,经吏部考察,任命为州县与教职等官。德化,以道德感化人。

仇览(生卒年不详),一名香,字季智,东汉陈留郡考城(今河南兰考、民权一带)人。青年时作为书生淳朴寡言,不为乡人了解。40岁时,县府征召他为补任官吏,当蒲亭长。他鼓励百姓发展生产,为他们制定法律条文,以致果树蔬菜都定出限额,鸡猪都规定数量,按时完成。农事完毕,让子弟们到学校学习。一些轻浮放荡的人,全都用耕田桑蚕之事役使他们,严格制定惩罚规章。对办丧事有困难的人,他亲自救助、抚慰他们。贫困孤寡的人都能得到援助。一年后,人们都称赞当地发生了很大变化。仇览刚任蒲亭长时,一个名叫陈元的人,其母告他不孝。仇览看到陈元房屋整齐,田地按时耕耘,知道他不是恶人,只是没受到教育感化罢了。于是,仇览亲自登门,和他母子俩一起喝酒,乘机向陈元宣讲人伦孝敬的道理,陈元终于成为一名孝子。不久,仇览入太学学习,同郡人符融、郭林宗去拜见他,因此留宿仇览处,郭林宗深为他的言行所感动,便下床跪拜,十分恭敬。

太学学毕后,仇览回归故里。在家,他一定用礼法严格要求自己。妻子儿女有了过失,他就脱帽(表示犯了错)自责。妻子儿女跪在院中谢罪,直到仇览戴上帽子才敢进屋,但家人从未见过他因喜怒在说话声音上或表情上有不同的表现。后来他被征为方正。方正为地方保举的清廉正派之士,享有很高的荣誉,并作为推举考核官吏的依据。仇氏"方正堂""德化堂"由此而得名。

439. 裘(qiú)氏堂名

渤海堂(以望立堂);敦睦堂(自立堂名)

【敦睦堂】

敦睦,亲厚和睦。

裘承询(生卒年不详),宋代浙江会稽人,为东晋云门始祖黄门侍郎裘尚的二十世孙,自裘尚至裘承询,越600年,一家居住在云门山前,相处和睦,从未闹过分离,19代没分过家,子弟习琴诵读,其乐融融。乡里称其敦睦。1011年,宋真宗诏旌义门,并敕封裘承询为承直郎。大臣李兑题赞:"闻天子诏,恩表门闾,光华瞻梓里(瞻视故乡)。"

440. 曲(qū)氏堂名

平阳堂(亦作临汾堂、邹鲁堂),雁门堂(亦作善无堂、阴馆堂),陕郡堂(亦作陕城堂),晋昌堂,安康堂(亦作金州堂、兴义堂),曲沃堂,辽东堂(亦作扶余堂、襄平堂、辽阳堂、凌东堂)(以上为以望立堂)

441. 屈(qū)氏堂名

临淮堂,丹阳堂(亦作润州堂、丹杨堂、宛陵堂、丹徒堂、镇江堂),临海堂,河南堂(亦作三川堂、河内堂),新丰堂,彭城堂(亦作徐州堂),渤海堂(以上为以望立堂);三闾堂,汨罗堂,忠义堂,肇锡堂,香草堂(以上为自立堂名)

【三闾堂】【汨罗堂】【忠义堂】【香草堂】

以上四个堂名都跟屈原有关。屈原(前340—前278年),战国时期楚国人,芈姓,屈氏,名平,字原,以字行世。他出身于楚国丹阳(今湖北秭归),是楚武王熊通之子屈瑕的后裔,为中国最早的浪漫主义诗人,中国文学史上第一位留下姓名的伟大爱国诗人。他创立了楚辞,也开创了"香草美人"的传统。所谓"香草美人",是象征忠君爱国的思想。"美人"即比喻国君。屈原《离骚》云:"惟草木之零落兮,恐美人之迟暮。"直译的意思是:想到花草树木都要凋零啊,唯恐美人也将有暮年到来。屈原自幼嗜书成癖,读书多而杂,虽然出身贵族,但自幼生活在民众之中,加上家庭良好的影响,因此十分同情贫苦百姓,小小年纪便做了许多体恤民众的好事,博得众口一词的赞誉。屈原曾任三闾大夫、左徒兼管内政外交大事。他是继吴起之后楚国另一位主张变法的政治家。他主张对内举贤能,修明法度,对外主张联齐抗秦。后遭贵族排挤,被流放到沅湘流域。周赧王三十七年(前278年),秦国再次攻楚,占领郢都,楚顷襄王被迫迁都于陈(今河南淮阳)。消息传来,屈原重返郢都的希望彻底破灭,于是作诗篇《怀沙》,再次抒发忠贞爱国的情怀和"受命不迁"的崇高志节,倾诉了积郁心头的苦闷,而后投汨罗江而死。屈原忠于君国、孝敬父母,故后人以"忠义"为堂名;亦有人以其官职"三闾"或以他自尽的汨罗江名,或以他开创的"香草美人"的诗风为堂名。

442. 麴（qū）氏堂名

汝南堂，西平堂（以上为以望立堂）；惠政堂（自立堂名）

▌▌惠政堂▌

惠政，仁政、德政。

麴信陵（《尚友录》作麯信陵，此从《长庆集》）（生卒年不详），约794年前后在世，唐代吴地人。贞元元年（785年）登进士，任舒州望江县令，有惠政。相传其亢旱祈雨即刻灵验，百姓为其立祠堂。白居易为此作《秦中吟·立碑》，诗中有"我闻望江令，曲令抚茕嫠（qióng lí，泛指孤寡之人）。在官有仁政，名不闻京师。身殁欲归葬，百姓遮路歧（把路挡住）。攀辕（抓住车辕）不得归，留葬此江湄（江岸）。至今道其名，男女涕皆垂。无人立碑碣，唯有邑人知"等语。麴信陵著有诗集一卷，《新唐书·艺文志》传于世。

注：石碑头上方形者称碑，圆形者称碣（jié）。

443. 渠（qú）氏堂名

雁门堂（以望立堂）；积善堂（自立堂名）

444. 瞿（qú）氏堂名

高平堂，京兆堂，松阳堂，缙云堂（以上为以望立堂）；华鄂堂，八桂堂，述古堂，留余堂，星聚堂，瞻远堂，鼎铭堂（以上为自立堂名）

▌▌留余堂▌

瞿俊（生卒年不详），字世用，号学古，明代南直隶苏州府常熟县（今江苏常熟人），成化五年（1469年）进士，由侍御使迁广东按察副使。善于绘画和书法，画兰竹行笔瘦劲，书法效法二王（王羲之、王献之），严于律己，廉洁无私。一日，见一卖扫帚的人，将他叫进府内，把扫帚分给僚属，为官不够清廉的人，加倍给之。有人问他为什么这么做，他说："你庭院里污垢太多了。"一僚属拿起砚台向他扔去，使他受了伤，因此而退官归家。瞿俊家徒四壁，不拿岭外一物，其家乡邻居多是渔民，瞿俊常与他们席地而饮。酒酣吟诗作画，分赠之，而权门富室金帛请求莫能得。死后名字被载入"宦乡贤祠"。著有《留余堂集》《学古斋集》。后人以其书名为堂号。

445. 璩（qú）氏堂名

黎阳堂（亦作黎蒸堂、通利堂、通州堂、浚州堂），豫章堂（亦称南昌堂、九江堂、锦江

堂),汲郡堂(以上为以望立堂);君子堂(亦称及圣堂),石波堂,西川堂,世德堂,遗经堂(以上为自立堂名)

【君子堂】【及圣堂】

璩(蘧)瑗(前585—前484年),字伯玉,春秋时卫国(今河南长垣县伯玉村人)大夫,封"先贤",奉祀于孔庙东庑第一位。他自幼聪明过人,饱读经书,能言善辩,外宽内直,生性忠恕,虔诚坦荡。一生侍奉卫献公、卫殇公、卫灵公三代国君,因贤德而闻名诸侯。他主张以德治国,执政者以自己的模范行为去感化、教育、影响人民。他体恤民生,实施弗治之治。尽管卫国几经战乱、内讧,早已沦为大国的友好国家,在几个大国夹缝中求生存,但由于璩伯玉几位大臣的努力,卫国仍能稳立中原,民众安居乐业。璩伯玉与孔子一生为挚友。两人分别仕于卫国和鲁国时就曾互派使者致问。孔子周游列国14年中,有10年在卫国,其中两次住在璩伯玉家,前后达9年之久。特别是孔子第二次从外地回到卫国,此时,璩伯玉年事已高,已经退隐,孔子再次在其家设帐授徒,二人更是无所不谈,充分交流思想。璩伯玉的政治主张、言行、情操对儒家学说的形成产生了巨大影响。他的言行合乎儒家学说的基本观点,为以后儒家学派的最终确立,奠定了坚实的基础。璩伯玉"弗治之治"的政治主张也开创了道家"无为而治"的先声。吴季子扎经过卫国,曾游说璩伯玉、史狗、史鰌、公子荆、公叔发、公子朝,曰:"卫多君子,未有患也。"唐朝开元37年(749年),唐玄宗追封其为"卫伯"。1000年,宋真宗又追封其为"内黄侯",并在河南长垣县城东南五公里的伯玉村建祠对他进行祭祀。璩伯玉是一位达到圣人标准的贤人,故名"君子堂""及圣堂"。

【石波堂】

璩光岳(生卒年不详),字山仲,号三谷,明代江西新城(今江西大余新城镇)人,举进士,官兵部职方司员外郎,升至吏部,善草书,文武全才,著有《石波馆集》《老子解说》。其后以其著作名为堂号。

【西川堂】

唐代良吏璩瑗,官光禄大夫,封西川侯。其后以其封号为堂名。"蘧""璩"本同一姓,去草头、去走之,意在愿后人不做官,不坐车,做布衣平民,耕读传家;加玉旁,意为不忘先祖伯玉。

446. 全(quán)氏堂名

京兆堂,钱塘堂(以上为以望立堂);绥南堂(亦称钱侯堂)(自立堂名)

【绥南堂】【钱侯堂】

全琮(198—249年),字子璜,三国时吴郡钱塘(在今浙江杭州西)人。其父全柔,孙权时任车骑将军,升桂阳太守。全柔曾让全琮拿米数千斛(一斛相当于五斗)去市场上交易,全琮把米全部都送给了穷苦人。其父觉得十分奇怪。后来全琮担任吴国奋威校尉,领东安太守。他在富春任职时,召集流亡百姓,数月内就收集了上万人。他是吴国名将,很有谋略,曾参与多场重要战役的谋划。孙权将自己的女儿孙鲁班嫁给了他,全琮家族也成了吴国的名门,但其本人并不因此而骄横跋扈,仍然以谦恭的态度对待他人。黄武元年(222年),魏国曹休领舟军大出洞口,孙权让吕范督诸将相拒,两阵军营相望。敌方数次以轻船抄击,因此,全琮常带甲仗兵,伺候不休。不久,敌兵数千人出于江中,全琮与徐盛击破之,杀魏将尹卢,枭其首,被升迁为绥南将军,进封钱唐侯。全琮官终右大司马左军师。其后人以其官职和封号为堂名。

447. 权(quán)氏堂名

天水堂,河南堂(以上为以望立堂);辅国堂,贞孝堂(以上为自立堂名)

‖**辅国堂**‖ ‖**贞孝堂**‖

辅国,帮助治理国家。

辅国堂源自唐代人权皋的故事。权皋(724—766年),字士繇,秦州略阳(今甘肃天水秦安县)人,后迁徙到润州丹徒。进士第。权皋为唐代名臣,原在安禄山幕府做事。他发觉安禄山有谋反意图,怕祸及自己父母,就佯装有病离安禄山而去。刚渡过江,安禄山就起兵了。天下闻知他的名字,纷纷要争取他为下属。唐玄宗在四川听说了这件事,便征召他为监察御史。这时正好他母亲生病,客居洪州,浙西节度使颜真卿要召他为行军司马,拜起居舍人,他都一一拒绝了。他曾说:"吾洁身溧乱世,以全吾志,欲持是受名耶?"意思是:我在乱世中洁身自好,为了成全我的志向,怎么能接受名分呢?后来又召他为著作郎,他依然辞就。因他一心事母,对国家忠贞,对母亲孝顺,故死后追赠秘书少监,谥名贞孝。贞孝堂由此而得名。爱国不一定当官,洁身自好,不给国家添乱,也是一种爱国行为,故其后裔以"辅国"为宗祀堂名。

448. 泉(quán)氏堂名

上洛堂(以望立堂)

449. 却(郤,què)氏堂名

济阴堂,济阳堂(以上为以望立堂)

450. 阙(què)氏堂名

下邳堂,邳州堂,荆州堂(以上为以望立堂);三韩堂,叙伦堂,节高堂,思荣堂,追圣堂,铨仙堂(以上为自立堂名)

【铨仙堂】

明代人阙士琦(生卒年不详),字褐公,湖广桃源(今湖南桃源县)人,崇祯年间进士,曾任安南县县令,刚上任没几个月其母病故,于是辞官回到家中,再也不肯出来做官。因其德高望重,朝廷欲调他入京任编修,但他坚辞不就,而是一心埋头读书、闭门写书。著有《铨仙草》《阙野草》《桃源避秦考》,并有诗文集近十种流传于世。其后人遂以其著作名为堂名。

451. 冉(rǎn)氏堂名

武陵堂(亦作临沅堂、常德堂),长沙堂(亦作临湘堂),琅琊堂(亦作胶南堂、藏马堂),魏郡堂(亦作邺邑堂、安阳堂、临漳堂),巴郡堂(亦作巴州堂、巴中堂)(以上为以望立堂);南面堂,迎圣堂,敬简堂,龙深堂(以上为自立堂名)

【南面堂】

孔子弟子冉雍(前522—?年),字仲弓,鲁国陶(今山东定陶)人,品学兼优,为人气量宽宏、沉默重厚,孔子夸他有人君风度,"可使南面"。古代以坐北朝南为尊位,故天子、诸侯见群臣,或卿大夫见僚属,皆南面而坐。孔子的意思是冉雍是个领袖人才,应该受到尊面。唐开元二十七年(739年)追封冉雍为"薛侯"。宋大中祥符二年(1009年)加封"下邳公"。南宋咸淳三年(1267年)封为"薛公"。明嘉靖九年(1530年),改称"先贤冉子"。其后人遂以"南面"为堂名。

【迎圣堂】

孔子弟子冉求(前522—?年),字子有,鲁国陶(今山东定陶)人。孔门七十二贤之一。以政事见称。性谦逊,多才多艺,尤善理财,曾担任季氏宰臣。知兵法,曾任左统率。前484年,率左师抵御入侵齐军,冉求身先士卒,以步兵执长矛的突击战术,大败齐师,又乘机说服季康子将流亡在外14年的孔圣人孔子迎回鲁国。孔子曾说:"求也艺,於从政乎何也?"大意是:冉求多才多艺,从政有何不可。后来冉求帮助季氏进行田赋改革,聚敛财富,受到孔子的批评。东汉明帝永平十五年(72年)祭祀孔子时,以他为配;唐玄宗开元八年(720年),以他为"十哲"之一,配享孔子。开元二十七年(739年)赠"徐侯"。宋真宗大中祥符二年(1009年)又封为"彭城公"。度宗咸淳三年(1267年)改称"徐公",从祀孔子。其后人以"迎圣"为堂名。

452. 壤驷(ràngsì)氏堂名

天水堂(亦作上邽堂),秦郡堂(亦作甘谷堂),京兆堂(以上为以望立堂)

453.饶(ráo)氏堂名

平阳堂,临川堂,饶州堂(以上为以望立堂);惠风堂,朋来堂,三沙堂,双峰堂(以上为自立堂名)

【惠风堂】

惠风,即春风,温暖宜人。汉代饶威任鲁阳太守(《中国人名大辞典》作鲁阴太守),推行政事如和暖的春风,深得人心,故后人以"惠风"为堂名。

【朋来堂】【双峰堂】

孔子曰:"有朋自远方来,不亦乐乎?"饶鲁(1193—1264年),字伯舆,又字仲元,人称双峰先生,饶州余干(今江西万年县青云镇)人。南宋大教育家,理学大家。幼年从黄榦游,深得黄榦器重。科举不第,遂专意圣学,以获得知识、身体力行为本。曾先后从柴元裕、柴中行、黄榦、李燔学习。游学豫章书院、东湖书院。有人多次推荐他去做官,他都坚辞不就,四方聘请他讲学的人却络绎不绝,于是他建"朋来馆"专门接待这些学者,并应邀去白鹿洞、濂溪、建安、东湖、西涧、临汝等书院讲课。景定元年(1260年)经推荐受迪功郎赴饶州州学任教授。他还建石洞书院,因前有双峰,故号"双峰"。著有《五经讲义》《论孟纪闻》《春秋节传》《西铭图》《学庸纂述》等。后人以其所建馆名为堂名。

【三沙堂】

宋代人饶滨(生卒年不详)生有三子:饶鉴、饶锜、饶镇(后二人生卒年皆不详)。江西修水县有地名三沙:白沙、高沙、黄沙。三兄弟避兵于宁州,各居一沙,故后世以"三沙"为堂名。修水饶氏白纱支宗谱中《月湾公墓志》载:饶鉴,字秉明,号月湾,生于宋嘉定壬午年(1222年),曾任湖广黄州府教授。然清代道光二十六年饶荣贤修家谱云:饶鉴为福建白纱(沙)始祖,饶锜为湖广黄纱(沙)始祖,饶镇为江西乌纱(沙)始祖。三沙(纱)地名和始祖皆有出入,其中必有错误。

454.任(rén)氏堂名

东安堂(以望立堂);水薤堂,目清堂,置水堂,九真堂,玉知堂,叙伦堂,吏部堂,乐安堂,荣安堂,一本堂,五知堂(以上为自立堂名)

【水薤堂】【置水堂】

水薤堂和置水堂讲述的都是东汉人任棠(生卒年不详)的故事。据《东观汉记》载:汉阳太守庞参(?—136年)听说郡中有个很有气节的人,名叫任棠,便去拜访他。可任棠一言不发,只是在房前放一根水薤(xiè,俗称"藠头")和一杯水,自己抱着孙儿趴在房下。庞参思考良久,终于明白了他的用意,说:"任棠你是要晓示我太守:置一杯清水,是要我为官清廉;放一根水薤,是希望我打击豪门;抱小儿伏在门外,是让我开门抚恤孤贫。"庞参文武兼备、谋虑深远,年少时被推举为孝廉,出任左校令。当时边患频繁,他主张屯边备战,行休养生息之道,减轻赋税以待养精蓄锐,可谓忧国之士。他为官正直,处事干练,声誉颇佳。拜见任棠之后,他抑强扶弱、实施惠政、发展生产、深得民心。后人根据任棠和庞参这次交往,概括出两个成语:拔薤诛茅,置水之情。前者意为:居官应刚直不阿,敢于诛除强暴;后者意为:陈述民间疾苦,希望当权者廉洁自持,体察民情。

【目清堂】

任永(生卒年不详),字君业,僰道县(故治在今四川省宜宾县西南安边镇)人,自幼聪慧,刻苦好学,知识渊博,长于历数。王莽时,公孙述起兵占据益州(今四川省),自立为蜀王,并于建武元年(25 年)四月称帝,号成家。公孙述屡次征召任永做官,他皆以眼睛生翳而不赴任。公孙述于 37 年为汉军所破,被杀。任永笑曰:"世幸平,目即清。"意思是:世道已经太平,我的眼睛也好了。汉光武帝刘秀听说后表彰了他,感其高尚的气节,遂称任永的故里戎州为"士大夫之郡"。任永后人便以"目清"为堂名。

【五知堂】

五知:知恩、知道、知命、知足、知幸。

任布(生卒年不详),宋代河南人,字应之,自幼家贫,学习刻苦,曾借别人的书努力攻读,中进士,初为三司盐铁判官、宿州知州。当时越州太守空缺,宰相寇准曰:越州有职田(古代官吏的禄米田),每年都有收入,而且很丰厚,争着去任职者很多,非廉洁之士不可任此职,于是派任布去任职。任布曾任江淮制置发运使。其前任多四处敛财,收集山海珍异之物以巴结显要权贵,任布一概废除,累官安肃军判官、枢密副使,至太子少保。他很注意约束自己,曾作五知堂,谓知恩、知道、知名、知足、知幸。五知是旧时宣扬安分守己,服从封建礼教的一种说教,但知恩图报、懂得遵守道德规范、自知满足、不要有非分之想在今天仍有一定的教育意义。任氏"五知堂"即源于此。

【九真堂】

任延(?—68 年),字长孙,东汉南阳宛县(今河南南阳)人,年十二为诸生,学于长安,明《诗》《易》《春秋》,显名太学,号任圣童。刘秀即位,更始元年(23 年)任任延为会稽都尉,年仅十九,来接他的官员见他年轻很吃惊。会稽以人才众多而著称。任延到任后,聘请品行高尚之人,如董子仪、严子陵等,以对待老师和朋友的礼节对待他们,常拿出自己的俸禄救济那些贫穷的属官。他裁减士兵,要他们耕种公家的田地,以便周济穷困之人。他每次到各县巡视,总派人慰问孝子,招待他们吃饭。建武初年(25 年),皇帝征召他为九真太守。九真即安南,地域在岭南和今越南以北地区。九真民众习惯以打猎为业,不懂得用牛耕种,生活贫困。任延下令铸造农具,教他们开垦田地,百姓开始富足起来。九真民众嫁娶无礼法,不识夫妇之道,父子之情。任延移风易俗,使男年二十至五十,女年十五至四十,皆以年齿相配。其中因贫穷而无礼娉者,令长吏以下各省俸禄以赈助之。是岁风调雨顺,稼谷丰登,其产子者始知种姓。生子多以"任"为名。

因任延担任九真太守时做了很多好事,其族人遂以"九真"为堂名,以示怀念。

455. 戎(róng)氏堂名

江陵堂,扶风堂(以上为以望立堂);柳丘堂,龙望堂,明德堂(以上为自立堂名)

【柳丘堂】

戎赐(生卒年不详),汉代人,起初只是刘邦手下负责接待和对外联络的小办事员,依靠自己的努力,在平定三秦(今陕西省一带)以后,已升为都尉(职位与将军平级),攻破项羽,被封为柳丘侯。死后谥号齐。戎氏后人以此为荣耀,遂以"柳丘"为堂名。

456. 荣(róng)氏堂名

上谷堂(亦作沮阳堂),乐安堂(亦作千乘堂、高苑堂、临济堂),永昌堂(亦作百淮堂),任城堂(亦作有仍堂、亢父堂、东平堂、济宁堂),益都堂(亦作乐安堂、斟灌堂、寿光堂、闾丘堂)(以上为以望立堂);三乐堂,霸州堂,六合堂,旺相堂(以上为自立堂名)

【三乐堂】

三乐堂出自春秋荣启期的故事。荣启期(前571—前474年),字昌伯,春秋时隐士,传说曾行郕(今河南范县、山东宁阳县东北一带)之野。他精通音律,博学多才,思想上很有见解,但政治上并不得志。老年后常在郊野"鹿裘带素,鼓琴而歌,自得其乐"。孔子游泰山,见荣启期身穿鹿皮裘衣,系着带子,一边弹琴,一边歌唱,就问:"先生何乐也?"(先生为什么这么高兴?)启期答曰:"吾乐最多:天生万物,人为贵,吾得为人,一乐也;男女之别,男尊女卑,吾得为男,二乐也;人生有不见日月、不免襁褓者,吾行年九十矣,三乐也。贫者士之常,死者人之终,居常以待终(守常道等待寿终),何不乐也?"荣氏"三乐堂"遂由此而得名。

457. 容(róng)氏堂名

敦煌堂(以望立堂);律历堂,卞世堂(以上为自立堂名)

【律历堂】

相传上古时代黄帝有臣子容成,最早开始造律历。所谓律历,即乐律和历法。道家有采阴补阳之术,相传亦出自容成公,其著有《容成阴道》26卷。容氏堂名即源自容成。

458. 融(róng)氏堂名

南康堂(亦称南野堂、南壄堂、南安堂),高阳堂,融江堂(亦称融州堂、融水堂、潭中

堂、齐熙堂)(以上为以望立堂);古皇堂,三省堂(以上为自立堂名)

‖【古皇堂】

《白虎辟儒通义》中,以伏羲、神农、祝融为三皇,早于黄帝,融氏为祝融的后裔,故又称"古皇",因以立堂。

459. 茹(rú)氏堂名

河内堂,河南堂(以望立堂);终养堂(自立堂名)

‖【终养堂】

茹荣(生卒年不详),唐代简州(今四川简阳)人,幼年丧父,事母姚氏至孝。初选为邑吏。一次,县宰给他一个甜瓜,茹荣舍不得品尝,急匆匆赶回家孝敬母亲,又匆匆赶回,正巧县官有事寻他,县官觉得奇怪,问他干什么去了,茹荣如实相告。县宰派衙役去询问他母亲,果然如此。于是,县宰遣送他回家侍养母亲,月薪如数照发,得以终养。茹荣的孝行也教育了左邻右舍,效法者无数。相传茹荣死后变成了神,众人立祠堂祭祀他。孝敬老人是中华民族的美德,由此可见一斑。

460. 汝(rǔ)氏堂名

天水堂,渤海堂(以上为以望立堂)

461. 阮(ruǎn)氏堂名

太原堂,陈留堂,长兴堂,九阮堂(亦作九原堂、五原堂)(以上为以望立堂);竹林堂(自立堂名)

‖【竹林堂】

阮籍(210—263年),字嗣宗,三国时魏国尉氏(今属河南)人,著名的诗人和思想家,为"竹林七贤"之一。阮籍3岁丧父,由母亲一手抚养长大。8岁能诗。家贫,靠勤学而成才。其容貌奇伟,志气宏大,博览群书,尤好庄老。嗜酒,善吹箫弹琴。曾任步兵校尉,人称阮步兵。他政治上有济世之志,但当时政局险恶,所以采取明哲保身的态度。曹爽曾召他为参军,他称病不就,等到曹爽被杀,时人都佩服他有远见。司马氏专权后,司马懿命他为从事中郎,拜关内侯,升散骑常侍,但他不参与政事,终日酣饮如常,或闭门读书,或登山临水,或酣醉不醒,或缄口不语。司马昭曾欲为其子司马炎求婚于阮籍,阮籍沉醉60日,以不得言而告终。阮籍与嵇康、山涛、刘伶、王戎、向秀、阮咸,共为"竹林之游",史称"竹林七贤"。阮籍著有《咏怀诗》80余篇,为世人所重,并著《达生论》《大人先生传》等,表达了充满忧伤、苦闷和孤独的情怀。

462. 芮(ruì)氏堂名

平原堂,扶风堂(以上为以望立堂);桑柔堂,余庆堂,永思堂,惇睦堂,花封坊(以上为自立堂名)

【桑柔堂】

周厉王时,芮良夫(生卒年不详)为卿士。周厉王无道,宠信奸臣荣夷公。芮良夫认为,荣夷公专横跋扈,如果重用他,周王朝必垮,于是作《桑柔》诗讽刺厉王。大意是:追究奸臣怂恿厉王做坏事,使国家危亡。这首诗载入《诗经·大雅》。厉王恼怒了,把芮良夫流放到彘(在今山西霍县东北)。周厉王最终还是重用荣夷公,诸侯们纷纷反对,迫使厉王逃亡,结果死在彘。芮氏后人遂以"桑柔"为宗祀堂名。

463. 撒(sǎ)氏堂名

懋款堂(自立堂名)

464. 赛(sài)氏堂名

扶风堂,南阳堂(以上为以望立堂);以敬堂(自立堂名)

465. 桑(sāng)氏堂名

河南堂,黎阳堂(以上为以望立堂);枢密堂,铁砚堂,四知堂,启后堂,一本堂,永顺堂(以上为自立堂名)

【枢密堂】【淮翼堂】

桑世杰(?—1358年),明代安徽无为人。元末明初著名军事将领。曾与俞通海等在巢湖结水寨,后归顺朱元璋。当时赵普胜企图谋反,被桑世杰揭发,赵普胜只好逃走。桑世杰遂跟朱元璋渡江,攻破元军水寨,授淮翼元帅。后又随大军攻破镇江、金坛、丹阳、宁国、水阳、常州、江阴、宜兴,任行枢密院事。在攻打江阴石碑寨时,力战而死,被追赠安远大将军、轻车都尉,封永义侯。其后裔以其官职称谓为姓氏堂名,称"淮翼堂"或"枢密堂"。

【铁砚堂(一)】

铁砚堂出自桑氏先人的传说。相传隋代时,桑氏先祖家贫,唯有祖传玉石砚一台,到其手中,已经历八代。古砚黝黑锃亮,纯洁如洗,砚底已磨得很深,但龙凤呈祥的雕塑却十分逼真,龙口溢水,龙凤对峙,栩栩如生。可与当时制砚能手顾二娘的神品——洞天媲美。其造型古朴凝重,有天然自成之趣,堪称文物佳品,价值连城。

一夜，风雨交加，电闪雷鸣，伸手不见五指。老人正在堂屋专心写作，突然窗户洞开，灯火熄灭，待再点亮灯火时，古砚已不翼而飞。老人四处搜寻，闷闷不乐，仍不见踪影。一年将尽，一当铺老板遇见老人说，铺中有一古砚，以230两纹银当进，至今无人赎回，知老人爱惜文房四宝，劝老人前去一观。老人一看，果然是家传古砚，遂破尽家产，以340两银子买下。从此，更加小心翼翼，珍惜如命。日日练习，练得一笔好字。不成想，竟被盗贼偷走。古砚几经倒手，最后落入皇宫，杳无音信。老人去世前把儿子叫到榻前，说："忠厚传家远，诗书维世长。古人云：人遗子满盈金，吾遗子教一经，何况我一无金银二无物，祖传古砚又在我手中失落，我愧对祖先。希望你们勤奋读书，夺取功名。"

由于教子有方，其长子桑镇后位居大学士，次子桑怿官至兵部尚书。桑镇在京任职期间，仍秉夜苦读，常以名人名句克己，抓住今明两日之间、子丑二时之后，毫不放松。真所谓：书山有路勤为径，学海无涯苦作舟；四壁之兰（即家徒四壁）可我，一船书画撩人。皇帝见之，感动无比，特赐古砚一台，古笔一支，上面刻有御批真迹——铜笔铁砚。家传古砚，几经周折又回到主人手中，真是福禄寿喜齐至。桑镇更加勤奋，以善为本，以诚待人，以文辅佐，以武治国，以砚为伴。在喜鹊窝和桑庄建有宗族祠堂。据说1956年以前老人衣服口袋上仍留有宗族堂名——铁砚堂。

【铁砚堂（二）】

铁砚堂的另一个版本是出自五代后晋人桑维翰的故事。桑维翰（899—947年），字国侨，河南人。第一次考取进士时，主考官讨厌他的姓（"桑"与"丧"同音），就把他罢黜了。有人劝他改行，他让人铸了一只铁砚展示给世人说："如果砚台穿透了，我就改行。"到后唐同光年间（923—926年）果然又中了进士。他为石敬瑭掌书记，主谋引契丹兵灭了后唐，并亲赴契丹求援。石敬瑭建后晋王朝后，桑维翰累官中书侍郎平章事兼枢密使，但他接受贿赂，积货万巨。后契丹兵攻入汴梁，投降契丹的后晋将领张彦泽，欲夺其家产，指使人将其绞死。

桑维翰不怕挫折，努力进取的精神值得称道，但他贪污受贿却为人所不齿。

466. 沙（shā）氏堂名

汝南堂，东莞堂（以上为以望立堂）；济民堂，百寿堂，勤业堂，诒福堂，留余堂，永明堂，种玉堂（以上为自立堂名）

【济民堂】

济民，即救助百姓。

明代人沙玉（生卒年不详），任涉县知县，考虑到贫苦百姓无固定资产，于是设酒馔招待富裕的百姓，亲自立证据向他们借钱，给贫困的农民买牛买农具，并叮嘱农民每户种蔬菜一亩，以防备饥馑。庄稼即将成熟的时候，他督促农民昼夜抢收。尚未收割完毕，大批蝗虫飞至，邻县的庄稼都被蝗虫吃尽，唯独涉县得以保全。做官以民为本，这便是"济民堂"对先人的赞誉。

467. 山（shān）氏堂名

河南堂,河内堂(以上为以望立堂);浑璞堂(以上为自立堂名)

【浑璞堂】

浑,全的意思,如浑身是胆;浑金,即全金。璞,未雕琢的玉。

浑璞堂讲的是晋代人山涛的故事。山涛(205—283年),字巨源,"竹林七贤"之一,河内郡怀县(在今河南武陟西)人。家贫,早孤。曾在赵国任丞相,入西晋后为吏部尚书。虽高官荣贵,但其为官清廉俭约,刚正无私,俸禄薪水常散于邻里。作为吏部领导人,他选拔的人才都是当时的俊杰。凡甄拔人物,各有题目,称《山公启事》。他曾建议"州郡的武备不能减",被皇帝称为"天下名言"。司徒王戎称其为"浑金璞玉"。山涛号老庄学说,与嵇康、阮籍等交游。因时人称山涛为"浑金璞玉",故其后人以"浑璞"为宗祀堂名。

468. 单（shàn）氏堂名

南安堂,河南堂(以上为以望立堂);仁孝堂,孝友堂,忠孝堂,燕诒堂,中牟堂,培心堂(以上为自立堂名)

【南安堂】

南安,取南疆长治久安之意。周成王第三子,名孝,镛氏,字单,封南安郡王,世称单叔。单叔之后以字号赐封地为姓,其后遂为单氏。单氏以先祖封号为堂名。

【中牟堂】

单右车,西汉时人,汉高祖刘邦地位低微时,一次遇到一件紧急的事,单右车把自己的马送给刘邦骑,后来又随刘邦起兵反秦,在刘邦平定英布的叛乱时立有大功,被封为中牟侯,食邑2200户。死后谥号共。其后裔以其封号为宗祠堂名。

469. 剡（shàn）氏堂名

南昌堂(以望立堂)

470. 商（shāng）氏堂名

汝南堂,京兆堂,濮阳堂(以上为以望立堂);追远堂,衍烈堂,三元堂,两贤堂,敬爱堂,半野堂,余庆堂,好易堂,续志堂(以上为自立堂名)

471. 赏（shǎng）氏堂名

江夏堂,吴郡堂(亦作吴州堂、苏州堂)(以上为以望立堂)

472. 上官（shàngguān）氏堂名

天水堂（以望立堂）；孝友堂（自立堂名）

【孝友堂】

孝友，对父母孝顺，对兄弟友爱。

上官氏孝友堂出自宋代上官怡的故事。上官怡（生卒年不详），字友先，邵武（今福建邵武市）人。十六岁试太学，居第一。其母有羸病（疟疾），夏日他从早到晚在母亲床前侍候，尝汤药，驱蚊蚋，一个多月不曾睡眠。母亲去世后，上官怡极尽哀毁。后来，两个哥哥相继离开人世，他奉养寡嫂，抚育遗孤，敬爱兼笃，人们夸他"既孝于亲，又友于兄弟"。"孝友堂"由此而得名。

473. 尚（shàng）氏堂名

上党堂，京兆堂，汲郡堂，清河堂（以上为以望立堂）；高师堂，仁寿堂，廉介堂，飞熊堂，世德堂（以上为自立堂名）

【廉介堂】

廉，清廉洁白；介，性格行为独特。

尚野（1244—1319 年），字文蔚，其先为保定（今属河北）人，后徙居满城（今属河北保定市）。年幼质朴，聪明过人。元代大臣、学者。累官国子院编修、汝州判官、南阳尹、国子博士、集贤侍讲学士兼国子祭酒。其人志趣远大，为文文辞典雅，博闻强记。事继母以孝闻。廉介有为，决狱无留滞（审理案件不拖延）。诲人先经学而后文艺。退隐后，从学者益众。因其性格行为独特，为官清廉，故其后人以这位清明廉洁的先人而骄傲，遂以"廉介"为堂名。

474. 韶（sháo）氏堂名

太原堂（以望立堂）

475. 邵（shào）氏堂名

博陵堂，南阳堂，汝南堂，洛阳堂，安阳堂（以上为以望立堂）；安乐堂，种德堂，嘉会堂，天远堂（以上为自立堂名）

【安乐堂】

邵雍（1011—1077 年），字尧夫，其先范阳（今河北涿县）人，幼年随父迁至共城（今河南辉县）。北宋哲学家、易学家，有内圣外王（内具有圣人的才德，对外施行王道）之誉。

少有志,读书苏门山百源上。共城令李之才知其好学,授其物理、性命之学。其人品极高,有儒者大家之风范,成为时人之楷模,受人尊敬。他一生不求功名,过着隐逸的生活。富弼、司马光、吕公著等达官贵人十分仰慕他,常与他一起饮酒作诗,并买院宅给他居住。宋仁宗嘉祐年间和宋神宗熙宁年间,先后被召授官,皆不赴任。他过着耕种自给的日子,称其院宅为"安乐窝",自号"安乐先生"。著有《观物内外篇》《渔樵问答》《伊川击壤集》《先天图》《皇极经世》等书。其后人因其称院宅为"安乐窝",又自号"安乐先生",故以"安乐"为堂名。

476. 佘(shé)氏堂名

雁门堂,新蔡堂,新郑堂(以上为以望立堂);慰忠堂,佑启堂,敬爱堂,易茶堂,大观祠堂(以上为自立堂名)

477. 蛇［shé(亦读 yī)］氏堂名

雁门堂,南安堂(以上为以望立堂)

478. 厍(shè)氏堂名

松阳堂,河南堂,括苍堂(以上为以望立堂);金城堂,辅仪堂(以上为自立堂名)

【金城堂】【辅仪堂】

汉代人厍均(生卒年不详),官金城太守,立有战功,被封为辅仪侯。他与当时名人、大司空窦融交情甚厚,常一起弹琴作诗,长得都很端庄,很受人赞誉。其后人或以其官职称号为堂名;或以其爵号为堂名。

479. 申(shēn)氏堂名

魏郡堂(亦作邺邑堂、安阳堂、临漳堂),琅琊堂(亦作胶南堂、藏马堂),丹阳堂(亦作润州堂、丹杨堂、宛陵堂、丹徒堂、镇江堂),辽东堂(亦作扶余堂、襄平堂、辽阳堂、凌东堂)(以上为以望立堂);鲁诗堂,忠孝堂,肆岳堂,法家堂,赐闲堂,忠裕堂(以上为自立堂名)

【鲁诗堂】

汉代人申公,名培。少年时与楚元王交往甚厚,一起跟浮丘伯学《诗》,汉文帝时任博士,作《诗传》,号"鲁诗",后归鲁,退居家,弟子自远方来受业者达千余人,拜大中大夫。"鲁诗堂"因其号而得名。

‖【忠孝堂】

申鸣（？—前479年），春秋末期楚国人，在家奉养父母，以孝顺而闻名。楚王想请他做宰相，他谢绝了。他父亲问他："楚王请你做宰相，你为什么不接受？"申鸣反问："不做父亲的孝子，而做王的忠臣，是何道理？"他父亲说："造福于国家，在朝廷中有地位，你高兴，我也没有忧愁，所以我要你去做宰相。"于是，申鸣入朝当了宰相。三年后，白公胜作乱，杀了司马子期，申鸣将为楚王征战沙场，他父亲阻止他说："丢开父亲，自己去牺牲，这样做对吗？"申鸣说："听说做官的人，身体归人主所有，而把俸禄送给双亲，奉养他们。现在既然抛开人子的身份而去侍奉人主，难道不该为他牺牲吗？"于是，他辞别双亲，用兵包围了白公胜。白公胜深知申鸣是个勇士，不知如何是好。白公胜属下石乞说："申鸣是天下知名的孝子，如果用武力把他父亲劫持来，申鸣一定会来。"白公胜劫持了申鸣的父亲，对申鸣说："你拥护我，我就跟你平分楚国，否则我就杀了你父亲。"申鸣哭着说："过去我是父亲的孝子，如今我是人主的忠臣。拿了人家的俸禄，就应该为他牺牲。现在我做不了父亲的孝子，难道不能做国君的忠臣吗？"于是，他杀了白公胜，而他父亲也同时遇害。楚王赏给他100斤金子，申鸣拒绝说："吃人主的饭而躲避人主的难，这不是忠臣；为保全人主的政权而父亲被杀，这不是孝子。两种名分不能兼备，活着又有何面目立足于天下！"因此，他拔剑自刎了。世人称申鸣忠孝两全，故后人以"忠孝"为堂名。

480. 申屠（shēntú）氏堂名

京兆堂，西河堂（以上为以望立堂）；固安堂，瓶隐堂（以上为自立堂名）

‖【固安堂】

申屠嘉（？—前155年），西汉时梁郡（今河南商丘）人，力大无穷，能脚踏强弩将弓打开，以武士身份随刘邦攻打项羽，因军功升为一个叫作队率的小官。随刘邦攻打黥布叛军时，升任都尉。汉惠帝时升任淮阳郡守。汉文帝元年（前179年），选拔那些曾经跟刘邦南征北战、现年俸在2000石的官员，一律封为关内侯的爵位，得封此爵者共24人，而申屠嘉仅封得500户的食邑。张苍任丞相之后，申屠嘉升任御史大夫。张苍被免去丞相之职以后，孝文皇帝任命申屠嘉为丞相，就以其原来的食邑，封他为固安侯。申屠嘉为人廉洁正直，从不在家里接受私事拜访。"固安堂"以其封号而得名。

‖【瓶隐堂】

申屠有涯（生卒年不详），宋朝著名隐士，居阳羡（今江苏义兴，属常州）。相传一次他携带一瓷瓶乘舟渡河，喝得酩酊大醉，在船上呕吐不止，同舟人把他赶下了船。他站在岸边说："蚩蚩（忙乱的样子）同舟人，不识同舟龙。"说完便跳进瓷瓶中不见了。当时人惊称为"瓶隐"。

481. 莘(shēn)氏堂名
（一说，作为姓，应读 xīn）

天水堂，陇西堂，雁门堂（以上为以望立堂）；环州堂（亦称枣强堂）（自立堂名）

【环州堂】【枣强堂】

环州堂和枣强堂皆出自明代人莘野的故事。莘野（生卒年不详），字叔耕，归安（今属浙江湖州市）人，博学强记，善写文章。洪武初年，由明经为本县儒学训导，升枣强知县，为官体贴百姓，为民做主，深受百姓爱戴，时称贤令。著有《环州集》。其后人以其著作名称"环州堂"，或以其做官地点为堂名。

482. 沈(shěn)氏堂名

吴兴堂，汝南堂，南陵堂（以上为以望立堂）；梦溪堂，一本堂，一山堂，双桂堂，三易堂，三山堂，三绝堂，三善堂，三近堂，四世堂，四声堂，四古堂，五思堂，六礼堂，六宜堂，八咏堂，九思堂，九芝堂，百寿堂，万仁堂，永思堂，永恩堂，永锡堂，永德堂，永和堂，肃雍堂（或作雍肃堂），肃雝堂，承裕堂，光裕堂，忠清堂，忠义堂，树本堂，文肃堂，聚顺堂，叙伦堂，敦伦堂，敦叙堂，敦仁堂，敦王堂，敦睦堂，敦厚堂，敦本堂，敦礼堂，敦仁堂，憩石堂，邹景堂，存诚堂，爱德堂，戴德堂，尚德堂，树德堂，崇德堂，继德堂，泽德堂，贻德堂，祖德堂，德顺堂，德茂堂，德兴堂，德仁堂，怀德堂，荷荫堂，华省堂，澍滋堂（亦称受祉堂），世书堂，世馀堂，世余堂，怡永堂，聿庆堂（亦称奕庆堂），硕鸿堂，鸿绩堂，承志堂（亦称成志堂），承恩堂，群裕堂，宁远堂，志远堂，宏远堂，积善堂，乐善堂，询献堂（亦称询猷堂），春晖堂，春晓堂，襄翼堂，楚宝堂，中和堂，积照堂，天聚堂，礼耕堂，崇本堂，务本堂，树本堂，本仁堂，怀仁堂，仁和堂，修吉堂，寺范堂，追远堂，东田堂，孝思堂，慈威堂，金鹅堂，足徵堂，思源堂，思成堂，思慎堂，昭穆堂，师俭堂，复初堂，笃亲堂，笃庆堂，洪福堂，有馀堂，馀庆堂，庆垂堂，庆传堂，存诚堂，聿怀堂，贻燕堂，时敏堂，诵芬堂，飨保堂，尊亲堂，锡类堂，鸿寿堂，济美堂，宝文堂，宝忠堂，昼锦堂，安落堂，汉平堂，赞仁堂，问心堂，祀先堂，衍泽堂，盛世堂，睢南堂，耀祖堂，万柳堂，耕读堂，风宝堂，正义堂，继述堂，泰山堂，瑞松堂，和贵堂，毓秀堂，敬享堂，圣仁堂，蚌埠堂，誉满堂（以上为自立堂名）

【梦溪堂】

沈括（1030—1094 年），字存中，宋代钱塘（今浙江杭州）人。博学能文，累官翰林学士、权三司使。对天文、历算、方志、音乐、医药无所不通。制造了浑天仪、景表、浮漏等天文仪器。创立隙积术（二阶等差级数的求和法），会圆术（已知圆的直径和弓形的高，求弓形的弦和弧长的方法）两术，补《九章算术》所未及，开创了后世垛积术及弧矢割圆术之先河。在物理方面，他发现了地磁偏角的存在，比欧洲早 400 多年，并曾阐述了凹面镜成像的原理，还对共振等规律有所研究。著有《梦溪笔谈》。

《梦溪笔谈》内容分故事、辩证、乐律、象数、人事、官政、权智、艺文、书画、技艺、器用、神奇、异事、谬误、讥谑、杂志、药议 17 类,总结了他多年来对科学技术、历史、考古和文学艺术等方面的研究成果,还记录了我国古代劳动人民的发明创造,以及宋代的农民起义,保存了许多珍贵的历史资料。其后人遂以"梦溪"为堂名。

【六礼堂】

六礼:中国古代结婚必备的六种礼节程序。

纳彩:男方家请媒人去女方家提亲,女方家答应议婚后,男方家备礼前去求婚。

问名:男方家请媒人问女方的名字和出生年、月、日。目的一是防止同姓近亲结婚,二是根据女方的生辰年月日占卜当事人婚姻是否合适。

纳吉:男方将女方的名字、八字取回后,在祖庙进行占卜。卜得吉兆后,备礼通知女方家,决定缔结婚姻。

纳征:亦称纳币,即男方以聘礼送给女方家。

请期:男家择定婚期,备礼告知女方家,求其同意。

迎亲:新郎亲至女方家迎娶。

沈佺期(656—714 年),字云卿,相州内黄(今河南安阳市内黄县)人。初唐诗人,唐高宗上元二年(675 年)进士。少年时曾事漫游,到过巴蜀荆湘。他知识渊博、才华出众,19 岁便中进士。武则天时,38 岁的沈佺期被征召为通事舍人,其后十年,平步青云,四次升迁。他与宋之问齐名,世称"沈宋"。后沈佺期遭人陷害,在狱中和流放途中写了不少诗,风格沉郁,感情真实,为其诗作中的上品。706 年,他遇赦返回长安,勋位渐高,此时他的七言诗日臻成熟。沈佺期曾注《礼记》,其中对六礼进行了详细的解释。"六礼堂"由此而得名。

【文肃堂】

文肃堂源自清代人沈葆桢的故事。沈葆桢(1820—1879 年),原名沈振宗,字翰宇,一字幼丹,福建侯官(今福建福州)人,道光年间进士。晚清时期重要大臣,政治家、军事家、外交家、民族英雄。中国近代造船、航运、海军建设事业的奠基人之一。曾作为钦差大臣赴台湾办理海防,后任两江总督兼南洋大臣,负责督办南洋水师。

咸丰年间,洪秀全、杨秀清起义,义军所到之处,官吏都望风溃逃。当时沈葆桢镇守广信府(故治在今江西上饶),与夫人林氏发誓欲以身殉职,林氏刺手指写血书向玉山总兵饶廷选求援。经过七场战斗,城池乃解围,因此一时名闻天下。沈葆桢的妻子林氏即封疆大吏林则徐之女。沈葆桢因功而提升为江西巡抚。死后谥文肃。沈氏后人认为沈葆桢抵抗农民起义军是一种英雄行为,便用他的谥号作为氏族堂名。

【三绝堂】【三善堂(一)】

沈友(176—204 年),字子正,三国时吴国吴郡(今江苏苏州)人。年少聪慧,为当时文豪华歆所赏识。年及十五,博学善文,兼好武艺,曾注《孙子兵法》。且口才出众,善文、善辩、善武,其"笔之妙,舌之妙,刀之妙,三者皆过绝于人"。时称三绝。故其族人遂以"三善"或"三绝"为沈氏堂名。

【三善堂(二)】

沈度(生卒年不详),字公雅(一作光雅),南宋武康(今已并入浙江德清县),曾师从当时著名学者陈渊近20年。官至兵部尚书。绍兴年间(1131—1162年)任余干令,为官清廉,有善政,为百姓所讴歌。其县内一田无荒土,二市无游民,三狱无宿系(无冤狱重犯),时人称为"三善"。沈氏后人为纪念他,遂以"三善"为堂名。

483. 慎(shèn)氏堂名

天水堂,吴兴堂(以上为以望立堂);敦睦堂(自立堂名)

484. 生(shēng)氏堂名
(亦可读 shāng、xìng)

太原堂(亦作阳曲堂),鲁郡堂(亦作鲁国堂、东鲁堂),东海堂(亦作郯郡堂、海州堂、朐山堂)(以上为以望立堂)

485. 盛(shèng)氏堂名

广陵堂(亦作江都堂、江阳堂、扬州堂),汝南堂(亦作上蔡堂、郑州堂、龙山堂),梁国堂(亦作梁郡堂),蔡郡堂(亦作蔡州堂、汝南堂、悬瓠堂、汝阴堂),辽东堂(亦作扶余堂、襄平堂、辽阳堂、凌东堂)(以上为以望立堂);源兴堂,世德堂,序伦堂,萃渔堂,有斐堂,笃庆堂,敦睦堂,敦本堂,思成堂,敬春堂,敬善堂,十贤堂,无怨堂(以上为自立堂名)

【无怨堂】

盛吉(生卒年不详),字君达,会稽郡(今长江下游江南一带)人。东汉著名大臣。汉文帝执政时任廷尉,专职负责断案。他有一句名言:"慎明决狱,无枉无纵(谨慎地断决案件,不冤枉一个好人,不放纵一个坏人)。"每到秋末开始处决犯人前,盛吉都要在夜里让妻子手捧蜡烛照明,仔细审阅案牒,证实犯人罪行确实无误以后才最后处决。即使如此,夫妻俩还经常相对落泪,正如《论语》中所说,"得其情,则哀矜而勿喜(弄清了他们的情况,就应当怜悯他们而不要自鸣得意)"。所以,盛吉在执掌廷尉的20年中,做到"无枉无纵",当时天下称他为"有恩无怨"。盛氏"无怨堂"由此而得名。

486. 师(shī)氏堂名

太原堂(亦作德州堂),琅琊堂(亦作胶南堂、藏马堂),平原堂(以上为以望立堂);

授琴堂,明德堂,德馨堂,文苑堂(以上为自立堂名)

明德堂,取"圣明修德"之意。

【德馨堂】

德馨堂,取"厚德载道,馨香悟道"之意。

【授琴堂】

师襄(生卒年不详),春秋时鲁国乐官(一说为卫国乐官,亦称师襄子),善击磬,故亦称击磬襄。相传曾授琴于孔子,见《史记·孔子世家》《韩诗外传》。"授琴堂"由此而得名。

487. 施(shī)氏堂名

吴兴堂,钱江堂,浔海堂,临濮堂(以上为以望立堂);恭敬堂,靖海堂,中秘堂,愚山堂,石渠堂,渠阁堂,务本堂,临湃堂,存仁堂,桓德堂,彰德堂,麟庆堂,敦睦堂,敦厚堂,敦仁堂,余庆堂,式古堂,志远堂,奉恩堂,亲亲堂,培远堂,学余堂,永宁堂,永恩堂,邑肃堂,锡祉堂,益理堂,敬思堂,善继堂,正伦堂,积善堂,朱锦堂,豹隐堂,志读堂,宗伯堂,思义堂(以上为自立堂名)

【靖海堂】

施琅(1621—1696年),字尊侯,号琢公,清代福建晋江衙口(今晋江龙湖镇衙口村)人。自幼勤奋,好学博识,文武兼修,知兵善战。清、明鼎革之际,初从明代总兵郑芝龙,任职至左冲锋。清代顺治三年(1646年),被郑成功激入抗清队伍,常为郑出谋献策,战功卓著,施、郑关系情同手足。后郑成功手下曾德一度得罪施琅,施琅借故杀了曾德,从而惹怒了郑成功。施琅父亲、弟弟和子侄皆遭杀戮,遂跟郑芝龙一起投清。历任同安副将、同安总兵、福建水师提督加太子太保衔、左都督、靖海将军、内大臣,封伯爵。曾打败郑成功于福州,两次进攻台湾,四次请求专征。康熙二十二年(1683年)六月十四日奉敕率福建水师由铜山(东山)岛起航,专征台湾。施琅亲冒矢石,血战七天,一举攻克澎湖列岛,迫使郑克爽集团纳士归降。因功封靖海侯。为保证海疆安宁,施琅力排众议,向朝廷奏呈《恭陈台湾弃留疏》,论述保留台湾对中国的重要性和利害关系,促使康熙皇帝在台湾设置一府三县,拨兵一万名防守,将台湾纳入中国版图,使台湾真正成为中国的领土。他同时采取诸多有利于国计民生和促进台湾稳定发展的有效举措,如创修府学、书院、鼓励屯垦等。死后谥襄壮,赠太子少傅衔。有《平南实录》《靖海纪事》等书传世。其族人为缅怀先贤之伟烈奇勋,遂以"靖海"为堂名。

【恭敬堂】

恭敬堂出自汉代太尉施延的故事。施延(生卒年不详),字君子,东汉沛国蕲县(今安徽宿州)人。少为诸生,明于五经,兼通星官风角(即观测天象和占卜)。家贫母老,佣赁以养(靠受雇于人,为人劳作来侍养老母)。汉安帝亲政之初,推举道德高尚之士,拜为侍中。汉顺帝时官至太尉,卒年76岁。施延事亲恭敬,其后人缅怀先泽,传承家风,便以"恭敬"为堂名。

▌愚山堂▐

愚山堂典出清代侍读施闰章。施闰章(1618—1683年),字尚伯,号愚山,又号蠖斋,江南宣城人。顺治六年(1649年)进士,授刑部主事。顺治十八年,举博学鸿儒,授侍讲,预修《明史》,晋升侍读。所至皆有惠绩。晚年好奖掖后进。其文章淳雅,尤工于诗,与北方宋琬齐名,有"南施北宋"之称。著有《学馀堂文集》《试院冰渊》《青原志略补辑》《矩斋杂记》《蠖斋诗话》等。史载施闰章精于刑狱,善断大案、奇案,贤能誉满朝野。施愚山之名称闻四方,其后人便以"愚山"为堂名。

▌石渠堂▐ ▌渠阁堂▐

石渠堂和渠阁堂皆源出汉代博士施雠的故事。施雠(生卒年不详),字长卿,西汉沛(今江苏沛县东)人。与孟喜、梁丘贺师从田王孙学习《易经》。后梁丘贺官为少府,推荐施雠结发从师数十年,梁丘贺不能及。汉宣帝时立施雠为博士。甘露年间(前53—前50年),曾与诸儒杂论《五经》同异之议于石渠阁。"石渠堂"或"渠阁堂"源出于此。

施雠授《易学》于张禹、鲁伯,并再传彭宣、毛莫如,门下弟子英贤辈出,于是施家有张、彭之学,《易》有《施氏之学》。施雠著有《章句》二篇。

▌临濮堂▐

施之常(生卒年不详),名树德,字子恒,又称施子。春秋时鲁国曲阜(今山东曲阜)人。他身怀贤德,兼通六艺,聪颖过人,受业于孔子,乃圣门高徒,为孔门七十二贤人之一。施之常为鲁国大夫施端之子。而孔子由其大妈施曜英及曜英的两个兄弟施直、施端精心培育长大,故孔子与施之常实为表兄弟。施之常博学多才,德高望重,对国家社稷贡献巨大。唐朝开元二十七年(739年)追赠为乘氏伯;宋高宗绍兴十四年(1144年)被追封为临濮侯。自施之常以降,施氏后人曾一再封于临濮(故址在今河南范县境)。因此,"临濮"成为施姓的共同标志,亦即施姓之堂号。

▌中秘堂▐

中秘堂典出唐代秘史书丞施典的故事。施典(生卒年不详),河南光州府固始县人。官秘中书丞。昭宗天复四年(904年)南迁入闽(今福建省),择居晋江牙水之右钱江乡(今晋江市龙湖镇前港村)。生育二子,长子施敬敷,授宣教郎,传代繁衍本邑石夏等11个乡。次子施敬承,授宣议郎,传代繁衍本邑前港等九个乡。尔后开枝散叶,裔孙遍播海内外。为缅怀祖德,其后人皆以"中秘"为堂名。

488.石(shí)氏堂名

武威堂,渤海堂,平原堂,上党堂,河南堂,徂徕堂(以上为以望立堂);三典堂,泰山

堂,思成堂,敦睦堂,雍睦堂,六顺堂(以上为自立堂名)

【徂徕堂】

石介(1005—1045 年),字守道,一字公操。兖州奉符(今山东泰安市岱岳区徂徕镇桥沟村)人。北宋初学者,思想家。宋代理学先驱。曾创建徂徕书院、泰山书院,以《易》《春秋》教授诸生,世称"徂徕先生"。泰山学派的创始人,他关于"理""气""道统""文道"等论述对"二程"、朱熹影响很大。天圣八年(1030 年)进士,曾任国子监直讲,"从之者甚众,太学之盛,自先生始",官至太子中允。与孙复、胡瑗提倡"以仁义礼乐为学",并称"宋初三先生",强调"民为天下国家之根本",主张"息民之困",以儒家立场反对佛教、道教,标榜王权,主张文章必须为儒家的道统服务。曾作《怪说》等文,抨击宋初浮华文风。著有《徂徕集》20 卷。后人以其称号为堂名。

【泰山堂】

泰山堂出自"泰山石敢当"的故事。自古泰山有石碑,其上大书"石敢当"三字,以镇邪恶。据宋代王象之所著《舆地纪胜》载:宋仁宗庆历四年(1044 年),在福建莆田发现了一块唐代大历五年(770 年)的石碑,上刻"不敢当"三字。唐宋以来,人家门口或街衢巷口,常立这样一种小石碑,以为可以禁压不祥。《急就篇》中亦有"石敢当",其《注》曰:首字"石"为姓,"敢当"二字乃拟名,取"锐不可当"之意。"石氏堂"名遂由此而来。

489. 时(shí)氏堂名

陇西堂,陈留堂,抚州堂(亦作豫章堂)(以上为以望立堂);留牛堂(亦称钜鹿堂、留犊堂、寿春堂),仁恕堂,清白堂,锺元堂(以上为自立堂名)

【留牛堂(留犊堂、钜鹿堂、寿春堂)】

时苗(150—220 年),字德胄,东汉末年河北钜鹿(今河北邢台平乡)人。他少年清白,嫉恶如仇。建安年间(196—220 年)入丞相府,被曹操任命为寿春(今安徽寿县)令。他为政令行风靡,不畏权贵,与常林、吉茂和沐并四人以清介闻名。时苗到寿春赴任时,乘坐一辆母牛拉的车。一年后,母牛产下一小牛犊。卸任时,下面官员说:"六畜不识父,牛犊当随母。"时苗说:"我来时并无此犊,犊为淮南所生才有的。"故执意把牛犊留下。有人说他太过分,犊随其母理所当然。当地民众也"攀辕卧辙",让他把小牛带走,但他还是把牛犊留下了。后来,时苗任太官令,为令数年,不肃而治。官至典农中郎将。时苗死后葬于河北邢台市平乡县太平乡小漳河之滨。人们为了纪念时苗为官清廉,就把小牛饮水的水池取名为"留犊池",又在牛犊栖身地建起"留犊坊"。明代成化年间(1465—1487 年),知州赵宗顺从民意,又在池北建祠堂祭祀他,称"留犊祠",至今还在。历代墨客过此多有诗作。元代监察御史王恽《题时苗留犊》有"清白居官志不贪,故教留犊在淮南"之句。清代文人孔庆珪《太平乡》一诗云:"一载寿春令,弃官归隐居。留犊语父老,清廉近何如。佳墓巍然存,大木风萧疏。爱此太平乡,淳风还古初。"苏轼、张轼、汤鼐、王九思等都留下赞美的诗句。

490. 拾(shí)氏堂名

昭信堂(自立堂名)

‖《昭信堂》‖

元末明初,原籍山西洪洞县喜鹊窝有石旺、石成、石先三兄弟。石旺随朱元璋起兵讨元。四海一统后,石旺以军功授昭信校尉,屯徐州,食邑 500 户,行江南漕运事。朱元璋因"石沉大海"讳言"漕运",乃赐姓"拾"。遂为拾姓始祖。其后人以其官职"昭信校尉"的"昭信"为堂名。

491. 史(shǐ)氏堂名

京兆堂,建康堂,宣城堂,高密堂,桂阳堂,陈留堂,西河堂,武昌堂,河南堂(以上为以望立堂);金朝堂,忠烈堂,梅岭堂,孝友堂,忠定堂,怀溧堂,善修堂,宗海堂,八行堂,永思堂,世德堂,务本堂,九福堂,承泽堂(以上为自立堂名)

‖《忠烈堂》‖ ‖《梅岭堂》‖

忠烈堂和梅岭堂皆出自明末名臣史可法的故事。史可法(1601—1645 年),字宪之,号道邻,河南祥符(今河南开封市)人。明末抗清名将,民族英雄。崇祯元年(1628 年)进士,历官西安府推官、右金都御使、南京兵部尚书。崇祯十七年(1644 年),李自成起义军攻破北京,崇祯自杀,史可法在南京拥立福王(宏光帝),被加封东阁大学士,故亦称史阁部。因朝政腐败,清兵南下,史可法坚守扬州。严拒诱降,城破后不屈被杀,但尸体不知下落。其家人举其袍笏招魂,扬州人民将其衣冠葬于郡城梅花岭(今江苏省江都县广储门外)。南明朝廷谥之为忠靖,清高宗追谥为忠正。其后人收集其著作,编为《史忠正公集》。为缅怀英烈,故取"忠烈"和"梅岭"为堂名。《明史》有传,后世有"梅岭招魂"之语。

‖《孝友堂》‖

西周初有伊佚者为史官,为人忠于职守,被世人尊为楷模。因他终身司其职,子孙亦世袭其职,遂以史为姓。西汉鲁人史恭(?—前 117 年)鲁国(今山东济北人),官中郎将、凉州刺史,宣帝时三子俱封侯,长子史高任大司马,封关内侯,晋爵乐陵侯;三子史玄封平台侯;二子史典,成帝时为左将军,封将陵侯,自鲁迁杜陵(今西安),有九子,皆为侍中,发展成为京兆名门望族。史典曾孙史崇,东汉初封溧阳侯,举家迁溧阳(在今江苏),后因做官,子孙迁往各地,其名人志士史不绝书,使史氏成为礼仪之邦,遂以"孝友"为堂名。

清乾隆十六年(1751年),史氏十世史鸿达、史齐柏所作《孝友堂氏宗谱序》载:"吾愿吾氏族人,稍有积蓄而当量力为之,慎勿计较分毫,我斯是非不起,曲直无形,而和好永固,爱敬频生,蔼然而成礼让之族,油然而生孝敬之心,不亦大畅予怀(使我胸怀畅快)耶!"可见"孝友"是其门风规范。

492. 寿(shòu)氏堂名

京兆堂,彭城堂,会稽堂(以上为以望立堂);洁素堂(自立堂名)

【洁素堂】

寿良(生卒年不详),字文淑,晋代蜀郡成都(今四川成都)人。专心研究《春秋》、三传(《左传》《公羊传》《谷梁传》),全面透彻掌握了《五经》。他注意修身养性,所谓澡身洁素(时刻清洗自己的缺点和错误,保持洁白干净),高洁清白,操守方正,朴素简约。初为始平太守,以治理有方著称,从扶风转到秦国任内史。李宓上表推荐他。晋武帝时征召为黄门侍郎、梁州刺史,数年后迁入朝廷担任散骑常侍、大长秋。死后葬于洛北(今洛阳)芒山。

493. 殳(shū)氏堂名

武功堂(亦作邰国堂、鄐城堂)(以望立堂)

494. 舒(shū)氏堂名

京兆堂,虞江堂,平阳堂,京北堂,紫阳堂,巨鹿堂(以上为以望立堂);兰藻堂,厚德堂,丹赋堂,阆风堂(以上为自立堂名)

【阆风堂】

舒岳祥(1219—1298年),字景薛,一字舜侯,宋代浙江台州宁海人。幼年聪慧,7岁能作古文,语出惊人。1256年进士,官至承直郎。26岁时,以文章谒见当时名士吴子良,子良称其异禀灵识(禀赋独特,智慧超群),把他比作汉代的贾谊和终军。后舒岳祥果以文学知名。宋朝灭亡后,避地奉化,与戴表元等友善,戴表元的学问多得力于舒岳祥。后读书于阆风台,故人称"阆风先生"。晚年潜心于诗文创作,虽战乱频仍,颠沛流离,仍奋笔不辍。著有《史述》《汉砭》《补史家录》《苏墅稿》《避地稿》《篆畦稿》《蝶轩稿》等220卷,统名《阆风集》。

495. 束(shù)氏堂名

南阳堂,河南堂(以上为以望立堂);补经堂(自立堂名)

496. 树（shù）氏堂名

河东堂，江东堂（以上为以望立堂）；洛于堂（自立堂名）

【洛于堂】

相传树氏本姓张，隋炀帝开凿运河时，曾驾龙舟遨游扬州城。途中遇见一棵杨树，枝繁叶茂，状如华盖，龙颜大悦，随即恩赐跟随身边的爱臣张洛于，立马改姓"树"，成为树氏始祖。树氏"洛于堂"由此而得名，然无史料可证。

此传说牵强附会。其实，树氏源自古代吐谷浑人树若干氏。树若干又译作树洛干氏、树若于氏、树洛于氏等，北魏时，树若干氏改为树氏，故此支树氏当为树若干氏之后，"洛于堂"亦由此而得名。

497. 帅（率，shuài）氏堂名

南阳堂，平原堂，范阳堂，河南堂，琅琊堂，石城堂，灵石堂（以上为以望立堂）；本源堂（自立堂名）

498. 双（shuāng）氏堂名

天水堂（以望立堂）；和易堂（自立堂名）

【和易堂】

和易，平易谦和、易于接近、温和平静。

双渐（生卒年不详），宋代无为人，庆历年间（1041—1048 年）进士，官汉阳知府。博学能文，为政和易，对待百姓非常宽松和气，易于接近，深受下属和百姓爱戴。人们称他有古循吏（奉公守法的官吏）之风。

499. 税（shuì）氏堂名

河间堂（以望立堂）；经学堂（自立堂名）

500. 司（sī）氏堂名

顿丘堂（亦作清丰堂），河内堂（以上为以望立堂）；淮右堂，三季堂，庆余堂（以上为自立堂名）

【淮右堂】

淮右堂出自宋代人司超的故事。司超（生卒年不详），大名府元城（今河北大名县）人。他无显赫家世，全通过自身努力建功立业，受到宋太祖的器重，曾任舒州团练，屡

立战功,先后在蔡州、绛州、郑州、蕲州等地任职,这些地方都在淮河之右,他对那里的地形、山水走向等都了如指掌,所以打起仗来百战百胜,其后人遂以"淮右"为堂名。

501. 司空(sīkōng)氏堂名

顿丘堂(以望立堂);耐辱堂(自立堂名)

【耐辱堂】

司空图(837—908年),字表圣,唐代河中虞乡(属今山西省,1954年与解县合并,设解虞县;1958年与安邑县合并为运城县;1961年,原虞乡县地区改划为永济市)人。咸通年间进士,累官礼部郎中、殿中侍御史。乱世中为避乱隐居在中条山王官谷,建休休亭自号知非子,又号耐辱居士。当时寇盗所过之处,残暴杀戮,独独不入王官谷。当地人多依靠王官谷避难。梁太祖朱全忠篡位建立后梁后,征召司空图为礼部尚书,未赴任。唐哀宗被害后,司空图绝食而死。撰有《诗品》一卷,论诗言意外之致,书中分二十四品,各以四言韵语,写其意境,所列诗格,诸体皆备。

耐辱,有忍辱负重的意思。此堂号很能概括司空图坎坷的一生,也是后人的座右铭。

502. 司寇(sīkòu)氏堂名

平昌堂,顿丘堂(亦作澶州堂、清丰堂),河南堂(亦作三川堂、河内堂),冯翊堂(亦称高陆堂)(以上为以望立堂)

503. 司马(sīmǎ)氏堂名

河内堂,偃师堂,温县堂(以上为以望立堂);太史堂(自立堂名)

【太史堂】

太史堂源出汉代大文豪司马谈、司马迁父子的故事。司马谈(?—前110年),左冯翊夏阳(今陕西韩城市芝川镇附近)人,西汉史学家。他博学多识,曾师从当时著名天文学家唐都学习天文历法,跟哲学家杨何学习《易经》,并对黄老之学进行过深入钻研。汉武帝建元至元封年间(前140—前105年)任太史令期间,曾对先秦的思想发展史进行过广泛的涉猎和研究,认为当时流行的各派学说,如阴阳、儒、墨、名、法各家思想互有短长,唯道家思想最能综合各家之长。他将研究成果整理撰写成《论六家要旨》一书。司马谈早年立志撰写一部通史,在任职太史令期间,他接触到大量图书文献,涉猎了各种资料,但终因身染重疾,病死洛阳。弥留之际,他对赶来探视的儿子司马迁谆谆嘱咐:一定要继承遗志,写好一部史书。

司马迁(前145—前90年),字子长,西汉伟大的史学家、文学家、思想家,所著《史记》是中国第一部纪传体通史。10岁时随父至京师长安,得以向老博士伏生、大儒孔安国学习。家学渊源既深,又从名师受业,启发诱导,得益匪浅。大约20岁时,司马迁开始外出游历,38岁时正式任太史令。后因替李陵辩护受宫刑,身体和心灵遭受巨大摧残和折磨,但他忍辱负重,以毕生精力,终于写成一部光辉闪耀、永载史册的伟大著作——《史记》。此书乃"史家之绝唱,无韵之《离骚》"(鲁迅语)。

因司马谈和司马迁父子都长期任太史令,并且成就卓著,故其后人以"太史"为堂名。

504. 司徒(sītú)氏堂名

赵郡堂(亦作赵阳堂、邯郸堂)(以上为以望立堂);藏名堂(自立堂名)

【藏名堂】

司徒映(生卒年不详),唐代泽州(今山西晋城市泽州县)人。太和元年(827年),唐文宗李昂即位。他深知两朝之弊,励精图治,任司徒映为太常卿,释放宫女3000余人,放五坊鹰犬,省冗食1200余人,政号清明。但不料数年之后,宦官揽权,钩心斗角,奢侈腐化,腐败回潮。唐文宗仁慈而缺少果断,想制止却求而乏术,遂酿成"甘露之变"。司徒映目睹此情此景,毅然决定弃官还乡,隐迹藏名。因其有美好的名望,当朝曾屡次征召,皆不赴仕。"藏名堂"由此而来。

注:唐大和九年(835年),27岁的唐文宗不甘为宦官控制,和李训、郑注策划诛杀宦官,夺回丧失的权利。11月21日,唐文宗以观露为名,将宦官头目仇士良骗至禁卫军的后院欲斩杀,被仇士良发觉,双方激战,李训、王涯、王璠、郭行余、罗立言等十余名朝廷重臣被宦官杀害,并株连家族灭门,株连者达千余人。史称"甘露之变"。

505. 死(sǐ)氏堂名

平城堂,代北堂,洛阳堂(以上为以望立堂)

506. 宋(sòng)氏堂名

京兆堂(亦作常安堂),西河堂(亦作安阳堂、平定堂、离石堂),广平堂,敦煌堂(亦作炖煌堂、西交堂),河南堂(亦作三川堂、河内堂),弘农堂(亦作桓农堂),扶风堂(亦作兴平堂、咸阳堂、隗里堂、池阳堂、好畤堂),江夏堂(亦作安陆堂、云梦堂、上昶堂、武昌堂),拱微堂,乐陵堂(亦作东陵堂)(以上为以望立堂);玉德堂,赋梅堂,善继堂,秉德堂,忠信堂,雍睦堂,统宗堂,士公堂,思庆堂,余庆堂,五凤堂,承启堂,忠孝堂,忠义堂,

双元堂,殷礼堂(以上为自立堂名)

【玉德堂】

古代"君子比德于玉"。许慎《说文》云:"石之美者,兼五德。"五德:一,坚韧的质地;二,晶莹的光泽;三,美丽的色彩;四,细腻温润的纹理;五,悦耳悠扬的声音,故用玉德比喻高尚的道德。

玉德堂源出宋代宋庠、宋祁兄弟二人的故事。宋庠(996—1066年),字公序,初名郊,入仕后改名庠,安州安陆(今湖北安陆)人。乡试、会试、殿试皆第一,人称三元状元,宋仁宗天圣二年(1024年)甲子科状元。历官大理评事、襄州通判,召直史馆,历三司户部判官、同修起居注,后被刘太后看中,破格升为太子中允。太后病逝,宋庠为知制诰。曾上疏建议科举应文武分试,被采纳。不久,宋庠知审刑院。当时,密州有一霸,名王瀣,不仅私自酿酒,而且杀人灭口,宋庠不顾当朝宰相陈尧佐说情,坚决判王瀣死刑,大快人心,他又升迁为左正言、翰林学士、参知政事、枢密使,官至同中书门下平章事。

宋祁(998—1061年),字子京,与其兄同举进士,累迁龙图阁学士、史馆修撰。与欧阳修等合修《新唐书》。书成,升工部尚书,拜翰林学士承旨。与其兄宋庠并有文名,合称"二宋"。诗词语言工丽。因词《玉楼春》中有"红杏枝头春意闹"句,世称"红杏尚书"。

因兄弟二人道德人品像玉一样纯洁高尚,故其后人以"玉德"为堂名。

【赋梅堂】

宋璟(663—738年),字广平,河北邢台市南和县阁里乡宋台人。少年博学多才,擅长文学。弱冠时中进士,历官上党尉、凤阁舍人、御史台中丞、吏部侍郎、吏部尚书、刑部尚书等职。唐开元十七年(729年)拜尚书右丞相,授府仪同三司,晋爵广平郡开国公,历经武则天、唐中宗、唐睿宗、唐殇帝、唐玄宗五帝,在任52年。一生为振兴大唐励精图治,跟姚崇同心协力,把一个充满内忧外患的唐朝变为政治、经济、文化、军事处于世界领先地位的大唐帝国,史称"开元盛世"。故唐代贤相,前称房杜,后称姚宋。宋璟工文辞,曾作《梅花赋》,皮日休叹曰:"余疑宋广平铁肠石心,然观此赋清便富艳,殊不类其为人也。"历代文人对宋璟的《梅花赋》评价很高,故其后人以"赋梅"为堂名。

507. 廋(sǒu)氏堂名

济阳堂,颍川堂,新野堂(以上为以望立堂)

508. 苏(sū)氏堂名

扶风堂,洛阳堂,武功堂,武陵堂,嵋山堂,蓝田堂(以上为以望立堂);忠孝堂,白玉堂,路阳堂,芦山堂,继述堂,继绪堂,三苏堂,四件堂,五凤堂,敬德堂,仁德堂,崇德堂,

德有堂,有瞬堂,公绥堂,竟成堂,纯熙堂,登余堂,介眉堂,永思堂,聚星堂(以上为自立堂名)

【芦山堂】

苏颂(1020—1101年),字子容,福建泉州府同安县(今福建厦门市同安区)人。北宋宰相,杰出的天文学家、天水机械制造家、药物学家。庆历二年(1042年)进士。苏颂好学,于经史九流、百家之说,至于算法、地志、山经、本草、训诂、律吕等学无所不通。对科学技术,特别是医药学和天文学方面的贡献尤为突出,曾领导制造世界上第一台天水钟"水运仪象台",比欧洲人发明的时钟表早600年,被誉为中国时钟的祖师爷。苏颂出生于同安"芦山堂"。历官宿州观察推官、江宁知县、大理寺丞、同知太常礼院、集贤校理、校正医书官、太常博士、颍川知州、三司度支判官等。他侍奉祖母、母亲,供养姑姐妹及外族数十人,并及时给他们婚嫁。妻儿有时衣食不继,但大家相处融洽,亲密无间。宰相富弼称他为"古君子"。他两次出使辽国,十分注意辽国的政治制度、经济实力、军事设施、山川地貌、民俗风情,如实向朝廷汇报。他关心人民疾苦,体恤百姓。在淮南转运使任内,上书为灾民请求救济,赈济灾民,稳定物价。他还是位"高产"诗人,仅收录在《苏魏公文集》中的诗歌就多达587首。他死后追赠司空,追封魏国公,谥正简。苏颂后人为怀念这位杰出的先祖,在其出生地修建"芦山堂",至今犹存。

【继述堂】

继述,继承。宋代大文豪苏轼,其书斋名为"继述堂"。其后有以其书斋名为堂名者。苏轼介绍,详见下面"眉山堂"。

【眉山堂】

苏轼(1037—1101年),字子瞻,又字和仲,号东坡居士,自号道人,世称苏仙。北宋眉州眉山(今四川眉山市)人,宋代重要的文学家、书画家、美食家,是宋代文学最高成就的代表。宋仁宗嘉祐年间(1056—1063年)进士。一生仕途坎坷,数次遭贬。他学识渊博,天资极高,诗文书画皆精。其文气势豪放、明白畅达,与欧阳修并称欧苏,为"唐宋八大家"之一。其诗清新豪迈,擅长比喻、夸张,艺术表现独具风格,与黄庭坚合称"苏黄"。其词开豪放派之先河,对后世影响极大,留下《赤壁赋》《后赤壁赋》《念奴娇·赤壁怀古》等千古名作。与辛弃疾并称"苏辛"。其书法亦佳,擅长行书、楷书,并能自创新意,用笔丰腴跌宕,充满天真烂漫之趣,与黄庭坚、米芾、蔡襄并称宋四家。著有《东坡七集》《东坡易传》《东坡乐府》等。苏轼是其故乡眉山人的骄傲,故后人以"眉山"为宗祀堂名。

【三苏堂】

三苏堂讲述的是宋代文学世家苏洵、苏轼、苏辙父子三人的故事。苏洵(1009—1066年),字明允,四川眉山人。年二十七始发奋为学,通六经、百家之说,下笔顷刻数千言。至和、嘉祐年间(1054—1063年)与二子苏轼、苏辙同至京师,翰林学士欧阳修将其所著权书、衡论等22篇上呈给朝廷,士大夫争相传阅,宰相韩琦奏于朝,授秘书省校书郎,历迁陈州项目城令。与姚辟同修建隆以来礼书,为《太常因革礼》100卷。著有《嘉祐集》20卷,《谥法》3卷。

苏轼简介见前。

苏辙(1039—1112年),字子由,苏轼弟,嘉祐二年(1057年)登进士第,试秘书省校书郎,充商州军事推官。宋神宗时,任制置三司条例司属官。因反对王安石青苗法,出任河南留守推官。宋哲宗即位后,召苏辙为秘书省校书郎。元祐元年(1086年),任右司谏,历官御史中丞、尚书右丞、门下侍郎。绍圣元年(1094年),宋哲宗起用李清臣为中书舍人,苏辙上疏劝阻,忤逆哲宗,连连遭贬。死后追复端明殿学士、宣奉大夫。宋高宗时,累赠太师、魏国公。其文以散文著称,擅长政论和史论。其诗力图追步苏轼,风格淳朴无华,文采稍逊。苏辙亦善书法,笔法潇洒自如,工整有序。著有《诗传》《春秋传》《栾城集》等。

苏辙与其父苏洵、兄长苏轼齐名,合称"三苏",皆为"唐宋八大家"之一。为缅怀这三位杰出的文豪,苏氏宗族便以"三苏"为堂名。

【玉堂】

唐宋以后称翰林院为"玉堂"。

苏易简(958—997年),字太简,北宋铜山(在今江苏省西北部)人。他才思敏捷,文章卓著,宋太宗时以第一名进士登科,历官参知政事、礼部侍郎、邓州和陈州知州、翰林学士,著有《文房四谱》《续翰林志》及《文集》等。相传他曾用欹器试着盛水。太宗听说,命他试之。易简曰:"器盈则覆,物盛则衰,愿陛下持盈守成,以固丕基。"欹,音 qī。欹器,是古代一种精巧的汲水用具,用绳子系着罐耳,打水时能自动倾斜,水过半桶能自动扶正,水满后极易倾覆。易简乃用此物规劝皇帝戒骄戒躁。太宗对他极其赏识,曾用红罗以飞白体书写"玉堂之署"四个大字赠送给他。《宋史》有其传。此乃苏氏"玉堂"的由来。

509. 宿(sù)氏堂名

东平堂,太原堂(以上为以望立堂)

【太原堂】

宿石(生卒年不详),后魏朔方郡(黄河河套西北部)人,官吏部尚书。幼年聪明能干,为人忠义。13岁时便入朝为官,受到大小官员的赞扬。后来被王室看中,娶了上谷公主,升为吏部尚书,并被封为太原王。谥号康。其后遂以其封号为堂名。

510. 隋(suí)氏堂名

清河堂(以望立堂);致和堂(自立堂名)

511.孙（sūn）氏堂名

安庆堂,陈留堂,汲郡堂,东莞堂(亦作东莞约堂),吴郡堂,太原堂,江东堂,乐安堂(以上为以望立堂);富春堂,万石堂,垂裕堂,重裕堂,孝友堂,兵法堂,映雪堂,敦叙堂,敦伦堂,敦彝堂,彝叙堂,敦丘堂,敦本堂,淳叙堂,鹤衍堂,嘉会堂,燕翼堂,平治堂,永锡堂,永思堂,永萃堂,奉思堂,积善堂,文献堂,梦桃堂,维棣堂,余庆堂,种德堂,慎德堂,世德堂,逊谦堂,忠烈堂,一本堂,务本堂,思本堂,报本堂,惟诚堂,桂兰堂,化育堂,可继堂,绳武堂,静远堂,边远堂,裕彦堂,守正堂,留余堂,五松祠,慎追堂,怀远堂,崇伦堂,崇礼堂,三益堂,三孙堂,白鹤堂,友于堂(以上为自立堂名)

【乐安堂】

孙书(前545—? 年),春秋时齐国人,本姓田。齐景公曾命田书带兵讨伐莒国,田书带兵到莒国外围驻扎,然后派人到莒国内部,找到反对莒国国王的民众做内应,里应外合,很快便攻下了莒国。齐景公念田书伐莒有功,便封他为乐安侯,并赐姓孙,使其成为该支孙姓的始祖。春秋著名军事家、政治家孙武和近代中国民主革命先驱孙中山皆为孙书的后裔。乐安堂由此而得名。乐安故地在今山东广饶,一说是山东惠民。

【平治堂】

平治,治理国家,使之太平。

孙叔敖(前630—前593年),即蔿敖,名敖,字叔敖,春秋时楚国期思县潘乡(今河南省淮滨县)人。杰出的政治家,楚国名相,以贤能闻名于世。年轻时出游,遇见一条两头蛇,把蛇杀掉埋了。回家哭着告诉母亲说:我听说见到两头蛇的人一定会死,现在我见到了,恐怕要抛下母亲先死了。母亲问:"两头蛇现在在哪里? "孙叔敖说:"我怕后来人也会见到,就把它杀了埋了起来。"母亲说:"我听说暗中助人的人一定会有善报,你不会死。"叔敖长大以后,出任楚国令尹,还没有推行他的治国主张,国人已经信服他的仁义了。出任令尹前,孙叔敖便带领当地百姓兴修水利,灌溉农田。这项水利工程便是中国古代历史上著名的"期思陂"。(《太平御览·地部》:"楚相作期思陂,灌雩雩之野。")出任令尹后,他辅佐楚庄王施教导民,宽刑缓政,发展经济,政绩斐然。"吏无奸邪,盗贼不起。""三得相而不喜,三去相而不悔。"司马迁《史记·循吏列传》把他列为第一名。

【映雪堂】

孙康(生卒年不详),晋代京兆(今河南洛阳)人。籍贯太原中都(今山西平遥)。聪明好学。少年清正耿直,交游不杂。家贫,无钱买灯油,晚上不能看书,觉得白白浪费时间,十分可惜。一夜,门外下起大雪,孙康从梦中醒来,见窗户缝里透进一丝亮光,原来是大雪映出的白光。他马上起身,借着亮光读起书来。整个冬天,他夜以继日地读书,不畏严寒,也不感疲倦,常常一直读到天亮,即使北风呼啸、滴水成冰,也不间断。经过刻苦努力,他终于成为饱学之士,官至御史大夫。故事见唐代李善《孙氏世录·注》和明代廖用贤撰《尚友录》。孙康勤奋学习的事迹一直为世人称道，故其后人以"映雪"为堂名，以当作学习的楷模。

【富春堂】【兵法堂】【乐安堂】

富春堂、兵法堂和乐安堂皆出自孙武的故事。孙武（前545—前470年），字长卿，春秋时齐国乐安（今山东惠民）人，著名军事家、政治家，尊称兵圣，后人尊称孙子、孙武子、百世兵家之师、东方兵学鼻祖。曾以《兵法》13篇见吴王阖闾，吴王出宫中美人180名，让孙武教之战。孙武将她们分成两队，以王宠姬为队长，皆手持戟。孙武下令鼓之，妇人们大笑，孙武斩二队长以示众。复鼓之，妇人左右前后皆遵守法度，中规中矩。吴王任孙武为将，西破强楚，北威齐、晋，显名诸侯。吴王封孙武于富春。

512. 索（suǒ）氏堂名

武威堂，武城（成）堂，敦煌堂，冯翊堂（以上为以望立堂）；求索堂，五龙堂（以上为自立堂名）

【五龙堂】

索靖（239—303年），字幼安，晋代敦煌龙勒（今甘肃敦煌）人。西晋将领，著名书法家，为世宦家族，历任州别驾、驸马都尉、尚书郎、雁门太守等职。晋惠帝即位后，赐关内侯。索靖有先见之明，知天下将乱，指着洛阳宫门的铜驼叹曰："会见汝在荆棘中（以后将在荆棘中跟你会面了）。"又任征西大将军左司马、荡寇将军，累次击败反叛的西戎，升任始平内史。赵王司马伦篡位时，索靖响应三王举义，以左卫将军身份参与讨伐孙秀有功，担任散骑常侍，又升任后将军。太安末年，河间王司马颙兵攻洛阳，索靖官拜使持节、监洛城诸军事、游击将军，率雍、秦、凉义兵，大破司马颙军，中伤而死。

索靖与尚书令卫瓘同时以善草书而知名，传张芝（字伯英，东汉著名书法家）之法。其书险峻坚劲，时称"卫瓘得伯英之筋，索靖得伯英之骨"。索靖与同乡人氾衷、张甝、索纷、索永并称敦煌五龙，故其族人以"五龙"为堂名。

513. 锁（琐，suǒ）氏堂名

河南堂，晋江堂（亦作泉州堂、八闽堂）（以上为以望立堂）

514. 邰（台，tái）氏堂名

平卢堂（亦称营州堂、昌黎堂），辽东堂（亦称扶余堂、襄平堂、辽阳堂、凌东堂），扶风堂（亦称兴平堂、咸阳堂、隗里堂、池阳堂、好畤堂）（以上为以望立堂）；思源堂，德源

堂,翼亲堂,世胄堂,遂真堂(以上为自立堂名)

【翼亲堂】

翼亲,像翅膀一样呵护着母亲。

明代著名孝子邰茂质(生卒年不详),慈利(今属湖南张家界市)人。事亲至孝。其母怕雷,每逢雷雨天,邰茂质便用身体呵护着母亲。母亲去世后,只要下雨打雷,必跑到母亲坟墓上,用大伞遮盖着母亲的墓,直到雷声停了才回家。茂质闻雷护母,为二十四孝之一。

515. 太叔(tàishū)氏堂名

东平堂(以望立堂);明鉴堂(自立堂名)

【明鉴堂】

明鉴,原指明亮的镜子,意思是:有见识、有明确洞察力的人。

太叔仪(生卒年不详),春秋时卫国人。乃周朝王族的后裔,姓姬,名仪,为卫文公姬毁的第三子。因排行老三,故称叔仪;为表示尊敬,世称太叔仪,为太叔氏的先祖。春秋时,卫献公被驱逐出国后,派人与宁喜谈判,要求回国,宁喜答应了。太叔仪向宁喜进言道:"宁先生对待国君,还不如下棋的棋子。弈棋的人如果举棋不定,就不会胜利。何况你把国君当作棋子,今天驱逐他,明天又答应他回来,摇摆不定。看来宁先生离失败已经不远了。"后来,宁喜果然被杀。人们赞赏太叔仪明鉴,故太叔氏后代便以"明鉴"为堂名。

516. 谈(tán)氏堂名

广平堂,梁国堂,弘农堂,丹阳堂(以上为以望立堂);福寿堂,永锡堂,光裕堂,春会堂,敝伦堂,万备堂,广仁堂,仁寿堂,月明堂,忠孝堂,诒燕堂,敦本堂,世德堂,叙伦堂,玉林堂,尊五堂,志吴堂(以上为自立堂名)

【志吴堂】

宋朝人谈钥(生卒年不详),字元时,安吉州归安(今浙江湖州)人。淳熙八年(1181年)进士,官枢密院编修。庆元五年(1199年)李景和任湖州知州,邀请谈钥重纂《吴兴志》。谈钥以史学见长,注重乡邦文献搜罗。及受聘,慨然应允。他对韦昭的《吴兴录》、张玄之的《吴兴山墟名》、顾长生的《三吴土地记》、颜真卿的《石柱记》等书进行了整理,发现先人著作门类皆不齐全,便反复排比,将新志分为20卷60各门类,做到不仅门类齐全,而且体例划一,于嘉泰元年(1201年)成书,被当时誉为"博物君子""诚史良才"。其后人遂以"志吴"为谈姓堂号。

517.谭(tán)氏堂名

齐郡堂,济阳堂,弘农堂,济南堂,竟陵堂(以上为以望立堂);善断堂,端洁堂,天德堂,六升堂,双桂堂,壹本堂,源本堂,敦伦堂,敦本堂,思亲堂,敬爱堂,福荫堂,笃亲堂,焕荣堂,念本堂,文元堂,端平堂,怀裕堂(以上为自立堂名)

【竟陵堂】

竟陵堂出自明代诗人谭元春的故事。谭元春(1586—1631年),字友夏,竟陵郡(今湖北天门县一带)人。天启七年(1627年)乡试第一,与同乡钟惺共同编纂评选《唐诗归》与《古诗归》,反对复古,主张性灵之说,曾风靡一时,称为竟陵派,跟公安派相抗衡。自著有《岳归堂稿》《鹄湾集》《谭友夏合集》。《明史·袁宏道传》后附其小传。谭氏族人以"竟陵"为堂名,来追忆这位竟陵派的领袖人物。

【善断堂】

善断,善于决断。

谭忠(生卒年不详),唐代绛(今山西侯马市绛县)人。唐宪宗时为燕之牙将。受燕的派遣出使魏国。恰巧这时朝廷派大军越过魏国去讨伐赵国,魏牧(即魏国刺史)田季安欲乘机起兵,谭忠告诫他说:"不可!如果起兵,就是对抗朝廷,魏的罪过就大了。"田季安采纳了他的意见,按兵不动。谭忠又说服燕牧刘济出兵帮助朝廷讨伐赵国,连克赵城饶阳、束鹿。朝廷表彰了魏和燕,大家都佩服谭忠善断。谭忠官至御史大夫。

【端洁堂】

端洁堂典出宋代谭世勣。谭世勣(生卒年不详),字彦成,湖南昭潭(今长沙)人。元符年间(1098—1100年)进士,任郴州教授。其时,王氏学盛行,谭世勣却不观其书。接着又中词学兼茂科,出任秘书省正字。当时,蔡京当权,蔡京子蔡攸主管秘书省,同僚多奉迎蔡攸,谭世勣却独坐值宿处,整日校勘书籍,不附蔡京,在官六年不得升迁。后任吏部员外郎,拒绝任用朝廷宠臣之子。钦宗时为给事中兼侍讲,上疏陈请谨命令、广言路、省浮费等六事,切中时弊。宋靖康二年(1127年),金兵攻陷汴京,掳去徽宗、钦宗,谭世勣为随驾大臣。世勣向金陈述宋金交战的十大害处,劝金人罢兵议和,为挽救赵宋朝廷作最后一次努力。不久,张邦昌被金人册立为"楚帝",建立傀儡政权。张邦昌责令世勣出任直学士院,世勣称病不出,绝食而死。高宗建炎初年,朝廷嘉奖其气节,追赠端明殿学士,谥端洁。著有《师陶集》等。后人辑有《谭端洁文集》30卷。《宋史》立传。族人以其谥号为堂名。

【天德堂】

天德,即天赐的恩德。

天德堂出自宋代谭惟寅的故事。谭惟寅(生卒年不详),字子钦,高要(今广东省佛山市高明区明城镇岗头村)人。绍兴三年(1133年)进士,历官太学博士、江西提刑等职,著有《四书本旨》《蜕斋讲学》。谭惟寅聪明过人,读书一览,终生不忘。一次夜入衢州祥符寺览阅古碑,久等灯烛不至,便用手摸字,归来记录所摸文字,竟一字不差。真可谓是天赐给他的恩德。其后人便以"天德"为堂名。

518. 镡（tán）氏堂名

文山堂,颍川堂（以上为以望立堂）

519. 澹台（tántái）氏堂名

太原堂,濮阳堂（以上为以望立堂）；毁璧堂（亦称斩蛟堂）（自立堂名）

【毁璧堂】【斩蛟堂】

澹台灭明［前512（一说502）—? 年］,字子羽,名灭明,春秋时鲁国武城（今山东临沂市平邑县南武城）人,孔子弟子。孔门七十二贤之一。唐代封其为"江伯",宋代封其为"金乡侯"。南游长江流域,居于澹台湖（在今江苏省吴县）；另一说居于澹台山（在今山东省嘉祥县南）,遂以湖（山）名命姓名,因取名澹台灭明,其后裔子孙遂以澹台命姓,称澹台氏。其体态和相貌都很丑陋。孔子开始认为他资质低下,难以成才,故不为孔子器重。但他学习以后,便致力于修身实践,处事光明正大,不走邪路,如果不是为了公事,从不去会见公卿大夫。他南游至江西,在南昌定居,并设立书院讲学,从学弟子达300人,声誉很高,各诸侯国都传颂他的名字。孔子听说后,感慨地说："以貌取人,失之子羽。"有一次,他带着一块价值千金的文璧渡河,船到河心时,突然大浪兴起,两条蛟夹着船不让走,澹台灭明说："我这个人,只能用仁义的方法取走我的东西,决不能靠暴力威胁我而抢走我的东西。"于是,拔剑将两条蛟斩死。蛟死了,波浪也平息了。随后,澹台灭明将璧扔到河里,没想到连投三次,璧又三次跳回船中。最后,澹台灭明干脆把璧毁掉,才继续行船走人。"毁璧堂"或"斩蛟堂"由此而得名。

520. 檀（tán）氏堂名

清河堂,高平堂（以上为以望立堂）；集礼堂（自立堂名）

521. 汤（tāng）氏堂名

范阳堂,中山堂,临川堂（以上为以望立堂）；掬星堂（亦作吞星堂）,玉茗堂,义士堂,烈士堂,叙睦堂,光裕堂,双桂堂,丹桂堂（以上为自立堂名）

【掬星堂（吞星堂）】

掬星堂（吞星堂）出自五代时南唐汤悦的故事。汤悦（生卒年不详）,原名殷崇义,池州青阳（今属安徽）人,南唐保大十三年（955年）进士,官司空,知左右内史史事,为五代时吴国翰林学士殷文圭之子。入北宋后,为避宋太宗赵光义的名讳,改姓名为汤悦。自幼颖悟，博学能文。李璟（943—960 年在位）时任右仆射，自淮上用兵，凡书、檄、教、诰，皆出崇义之手，内容充实，切中时事，深受周世宗赏识。国亡入宋，奉宋太宗敕撰《江南录》10 卷，颇受世人称赞。曾预修《太平御览》。相传幼年时，曾见一飞星坠落盘中，便掬（双手捧起）吞之，由此文思大为长进，故其后人以"掬星"或"吞星"为堂名。

【玉茗堂】

汤显祖（1550—1616 年），字义仍，号海若、若士、清远道人，祖籍临川县云山乡，后迁居汤家山（今抚州市）。中国古代伟大的浪漫主义戏曲家，被誉为东方的"莎士比亚"。他出身书香门第，早有才名，不仅古文诗词颇精，而且能通天文地理、医药、卜筮诸书。34 岁中进士，先后任太常寺博士、詹事府主簿和礼部祀祭司主事。明万历十九年（1591 年），他目睹官僚腐败，愤而上《论辅臣科臣疏》，触怒了皇帝，被贬为徐闻典史，后调任浙江遂昌县知县。一任五年，政绩斐然，却因压制豪强，触怒权贵而招致上司的非议和地方势力的反对，终于万历二十六年（1598 年）愤而弃官返故里，潜心戏剧和诗词创作。其戏剧作品有《还魂记》《紫钗记》《南柯记》和《邯郸记》，合称"临川四梦"。其中《牡丹亭》（即《还魂记》）为其代表作，不仅为中国人所喜爱，而且传播到英、日、德、俄等许多国家，被视为世界戏剧艺术珍品。其专著《宜黄县戏神清源师庙记》是中国戏曲史上论述戏曲表演的一篇重要文献。其书房名"玉茗堂"。其诗作有《玉茗堂全集》四卷、《红泉逸草》一卷、《问棘邮草》二卷，故其后人以其书房名"玉茗"为堂名。

【义士堂】

义士，有节操的人。

义士堂出自明代汤九州、汤文琼祖孙的故事。汤九州（生卒年不详），石埭（今安徽省石台县）人，明思宗（朱由检）崇祯年间（1628—1644 年）任昌平副总兵，此时敌军侵扰河北，汤九州与左良玉屡破敌兵。后代理都督金事，因孤军深入战败，被敌杀害。其孙汤文琼（生卒年不详），字兆鳌，闻祖父战死，三次匍匐宫门前上书请求抚恤，不见回音。后传授徒弟于京师，见国事日衰，数次献策无人过问。京师陷落后，在衣襟上书写"位非文丞相（即文天祥）之位，心存文丞相之心"，自缢而亡。为怀念汤九州、汤文琼祖孙二位有节操之士，其族人便取"义士"为堂名。

522. 唐（táng）氏堂名

晋阳堂，北海堂，鲁国堂（亦作鲁郡堂），晋昌堂（以上为以望立堂）；桐荫堂，梧桐堂，梧封堂，桐封堂，桐叶堂，桐圭堂，移风堂，思本堂，崇本堂，崇彝堂，枫湖堂，忠恕堂，敦睦堂，敦本堂，禅让堂，圣仁堂，圣仁求正堂，双凤堂，九成堂，垂浴堂，渑豸堂，慎修堂，索贻堂，振德堂，报德堂，德容堂，静嘉堂，敬爱堂，享叙堂，横经堂（以上为自立堂名）

‖桐封堂‖

桐封堂，亦作梧封堂、梧桐堂、桐叶堂、桐圭堂、桐荫堂等，皆出自周朝初年周成王的故事。周成王（生卒年不详），姓姬，名诵，乃周武王姬发之子。武王死时，诵尚年幼，由其叔父周公旦摄理政事。周成王在位 37 年，与其子周康王统治期间，社会安定、百姓和睦，置刑法而 40 年不用，被誉为成康之治，为一代明君。相传一次成王与其弟叔虞一起做游戏，成王把桐树叶削成圭（古代一种长条形的玉器，是贵族在朝聘、祭祀、丧葬时所用的礼器）送给叔虞，说："以此封若。"（用此赐封于你。）在一旁的史佚（史官）便请求成王选择吉日分封叔虞。成王说："吾与之戏耳。"（我只是跟他开玩笑罢了。）史佚说："天子无戏言，言则史书之，礼成之，乐歌之。"（天子是不能随便开玩笑的，说出的话，就要载入史册，成为道德规范，编成乐曲来歌唱。）于是，成王就把叔虞封在唐地（在今山西省翼城西）。唐氏"桐封堂"等遂由此而得名。

523. 陶(táo)氏堂名

齐阳堂，浔阳堂（亦作九江堂、江洲堂、河阳堂），丹阳堂（亦作润州堂、丹杨堂）（以上为以望立堂）；爱菊堂（亦称五柳堂），寸阴堂，敬义堂，崇德堂，广安堂，忠荫堂，务本堂，连甓堂（以上为自立堂名）

‖爱菊堂‖ ‖五柳堂‖

陶渊明（365—427 年），名潜，东晋时名渊明，字元亮，入刘宋后改名潜。唐人避唐高祖李渊名讳，称陶深明或陶泉明。因宅旁植五棵柳树，又自号"五柳先生"。浔阳柴桑（在今江西九江西南）人。大司马陶侃曾孙。东晋末宋初诗人、文学家、辞赋家、散文家。曾为州祭酒，复为镇军、建威参军，后为彭泽令。因"不为五斗米折腰"，弃官归隐，以诗酒自娱。宅旁种菊花，过着"采菊东篱下，悠然见南山"的田园生活。征著作郎，不就。世称靖节先生。以清新自然的诗文著称于世。其诗描写山川田园之秀美，自然朴素，而嫉世激昂之情，亦时有之。其散文与辞赋质朴流畅，在艺术上具有独特的风格和极高的造诣。作品有《饮酒》《归田园居》《桃花源记》《五柳先生传》《归去来兮辞》《桃花源诗》等。其后人遂以"爱菊"或"五柳"为堂名。

‖寸阴堂‖ ‖连甓堂‖

寸阴堂和连甓堂皆出自东晋名将陶侃的典故。陶侃（259—334 年），字士行（一作士衡）。本为鄱阳郡枭阳县（今江西都昌）人，后徙居庐江浔阳（今江西九江）。东晋名将，出身贫寒，初为县中小吏。一次，鄱阳郡孝廉范逵途经陶侃家。时值冰雪积日，仓促间陶侃无以待客。他母亲于是剪下自己的长发卖给别人做假发换得酒菜，客人畅饮极欢，连仆人都受到未曾想到的款待。后来，范逵拜见庐江太守张夔，极力赞美陶侃。张夔召陶侃为督邮，领枞阳县令。他在任上以有才能而著名，又升迁为主簿。后陶侃逐渐出任郡守。永嘉五年（311 年）任武昌太守。建兴元年（313 年）任荆州刺史。官至侍中、太尉、荆江二州刺史,都督八州诸军事,封长沙郡公。他的曾孙是著名的田园诗人陶渊明。

陶侃平定陈敏、杜弢、张昌起义,又作为联军主帅平定了苏峻之乱,为稳定东晋政权立下赫赫战功。他治下的荆州,史称"路不拾遗"。他精勤于吏职,不喜欢饮酒、赌博,为世人称道。陶侃治军严肃整齐,凡有缴获,全部分赏士卒,自己身无私财。

陶侃曾在广州任职。闲时总是在早上把100块甓(砖)搬到书房外边,傍晚又将它们搬回书房。别人问他为什么这样做,他回答说:"我正在致力于收复中原失地,过分的悠闲安逸,唯恐难担大任。"他这种劳其筋骨以励其志的精神曾受到历代名人的赞许。毛泽东主席曾说:"古之人有行之者,陶侃、克林威尔、华盛顿是也。陶侃运甓习劳,克将军驱猎山林,华盛顿后园斫木。盖人之神也有止,所以瘁其神也无止,以有止御无止则殆。圣人知之,假是以复其神,使不瘁也。"

陶侃生性聪慧敏捷,做人谨慎,为官勤勉,整天严肃端坐。军中府中众多的事情,自上而下去检查管理,没有遗漏,不曾有片刻清闲。招待或送行有序,门前没有停留或等待之人。他常对人说:"大禹圣人,乃惜寸阴。至于吾人,当惜分阴。岂可但逸游荒醉,生无益于时,死无闻于后,是自弃也!"(大禹是圣人还珍惜很短的时间,我们作为普通的人更应该珍惜分分秒秒的时间了,怎么可以只想着吃喝玩乐呢,活着不能有所贡献,死后也默默无闻,这是在糟蹋自己啊!)陶氏宗祠对联"寸阴珍惜日,一刻爱春宵"讲的也是这个故事。

这便是陶氏"连甓堂"和"寸阴堂"的由来。

524.滕(téng)氏堂名

南阳堂,清河堂(亦作清阳堂、甘陵堂、冀南堂、南宫堂、邯郸堂),辽西堂(亦作龙城堂、和龙堂、令支堂),北海堂(以上为以望立堂);卜正堂,方正堂,廉靖堂,五聚堂,崇本堂,知本堂,种德堂,秉德堂,锡类堂(以上为自立堂名)

525.遆(tí)氏堂名

西河堂,陈留堂,陇西堂(亦作狄道堂、襄武堂),凉州堂(亦作姑藏堂、西凉堂)(以上为以望立堂)

526.田(tián)氏堂名

北平堂,雁门堂,京兆堂,河南堂,平凉堂,太原堂,天水堂,凤翔堂(即扶风堂)(以上为以望立堂);紫荆堂,三荆堂,贫骄堂,凤鸣堂,凤翔堂(以上为自立堂名)

【紫荆堂】【三荆堂】

晋代人陆机《豫章行》诗云："三荆欢同株,四鸟悲异林。"三荆指一株三枝的荆树。诗的前句歌颂欢聚,后句描写离散。后来逐渐演化成兄弟分而复合的故事。据《艺文类聚·孝子传》载:"古有兄弟,忽欲分异,出门见三荆同株,接叶连阴。叹曰:'木犹欣聚,况我而殊哉!'还为雍和。"此处泛指兄弟三人。后来专指汉代田真、田庆、田广三兄弟分而复合的故事。

《前汉书》云:田真与弟田庆、田广三人分财,堂前有一株紫荆树,枝叶繁茂。三人共议将树破之为三,不久,荆树枯死。田真叹息曰:"木本同株,因分析而摧悴,况人兄弟孔怀("孔怀"指兄弟),而可离乎?"(树木本是同根,听说将要被砍后分解,所以枯焦,这说明人比不上树木)兄弟三人由此得到启发,复合如初。紫荆树立即茂盛如前。田氏"紫荆堂""三荆堂"乃出此典故。

【贫骄堂】

田子方(生卒年不详),名无择,字子方,战国时魏国贤人,魏文侯拜他为师。一次,子方在路上遇到太子,太子连忙下车拜见子方,子方也没还礼。太子问道:"是富贵的人可以骄傲呢?还是贫贱的人可以骄傲?"子方答道:"只有贫贱的人才能骄傲!诸侯骄傲,就要失去他的国家,大夫骄傲就要失去他的家。贫贱的人如果自己的所作所为不合当官的心意,说话当官的不愿听,就到别的国家去,就像扔掉破鞋一样。富贵的人怎么能和他们一样呢?"

527. 铁（tiě）氏堂名

淮南堂(以望立堂)

528. 通（tōng）氏堂名

西河堂,通川堂(以上为以望立堂);判官堂,直忠堂(以上为自立堂名)

【通川堂】

古代巴国君主廪君的后裔,为大夫,时称"通君",被封于通川(今四川达州通州区),因以为氏。后人为纪念起源之处,因以立堂。

【判官堂】

通本仁(生卒年不详),明朝著名良吏,曾任山西朔州判官,有惠政,深受百姓感念和歌颂,其后人遂以其官职称号为堂名。

529. 仝（tóng）氏堂名

金台堂(自立堂名)

530. 佟（tóng）氏堂名

辽东堂（以望立堂）；栖友堂，东白堂，与梅堂，德聚堂，燕录堂（以上为自立堂名）

【东白堂】

佟世南（生卒年不详），亦作世男，字梅岑，清代辽阳（在今辽宁省）人。康熙年间任临贺知县，善填词，长于小令，修辞婉丽，意境幽美，曲折含蓄，词风与著名词人纳兰性德相近。著有《东白堂词》等。其后人以其代表作名为堂名。

【与梅堂】

佟世思（1649—1691年），字俨若，一字葭沚，又字退庵，清代辽东人，历官广西临贺、思恩县令。著有《与梅堂遗集》12卷及《附耳书》《鲊话》等，其后人遂以"与梅"为堂名。

【栖友堂】

佟凤彩（1622—1677年），字高冈，清代汉军正蓝旗人，清朝大臣。初授国史院副理事官，后外任顺天香河知县，内擢升山西道御史，出视河东盐政。顺治七年，巡按湖南。顺治八年，外转湖广武昌道参议，迁广西右布政使。当时朝廷师征云南，途经广西，物资供应浩繁，佟凤彩筹济无匮。遂调任江西左布政使。顺治十七年，擢升四川巡抚。四川经过张献忠之乱，城邑残破，佟凤彩劝官吏捐输，修筑成都府城，葺治学宫，疏通都江堰，颇有作为。著有《栖友堂集》。"栖友堂"由此而得名。

531. 侗 [tóng（亦可读 dòng）] 氏堂名

晋江堂（以望立堂）

532. 童（tóng）氏堂名

雁门堂，渤海堂，建昌堂（以上为以望立堂）；五桂堂，启后堂，归胜堂，阙争堂（以上为自立堂名）

【阙争堂】

童恢（生卒年不详）（《谢承书》作童种，此从《范书》），字汉宗，东汉姑幕（今山东诸城市西南）人。少年在州郡当官，司徒杨赐听说他执法公平廉洁，便向上推荐他。东汉光和五年（182年），童恢被举荐为不其县令。当时，朝廷宦官专权，地方吏治腐败，人民生活困苦不堪。童恢到任后，决心革除积弊，使百姓安居乐业。他执法公正、赏罚分明，对属下和百姓违犯各种条规的，皆好言相劝，以理说服；对秉公办事的属下和做好事的百姓，则赐以酒肴，加以勉励。同时，制定各种规章制度，鼓励恢复和发展生产。不久，不其县即男耕女织,"一境清平,牢狱连年无囚",周围县的流民纷纷移居不其。不其县(今青岛市内四区城阳区、崂山区、即墨南部地区)境内多山,猛虎出没,祸害百姓,童恢组织吏民设槛捕虎,驱虎归山以除虎害。因此,童恢深受百姓拥戴,后童恢升为丹阳太守。

后来,杨赐遭诬陷被弹劾,部下纷纷离去,唯有童恢诣阙争之(上朝廷为他争辩)。等到杨赐官复原职,那些部下又回来巴结杨赐,童恢用棍棒把他们赶走。大家都赞美他的勇气和义气。童氏"阙争堂"由此而得名。

533. 钭(tǒu)氏堂名

辽西堂(亦作龙城堂、和龙堂、令支堂),缙云堂(亦作乌伤堂、刮州堂、丽水堂、松阳堂)(以上为以望立堂);惠处堂(自立堂名)

【惠处堂】

钭滔(1029—1082年),字顺甫,号碧川,1055年进士,五代十国末期吴越国人,乡里人称他为"白眉"(意指兄弟辈中的杰出优秀者),曾任内牙都指挥使、处州(浙江丽水市古称)刺史。入北宋后,继续担任楚州刺史。在任期间,为官清正廉明,有惠政于民,深受百姓爱戴。因有恩惠于处州,故其后人以"惠处"为堂名。

注:一说钭滔任楚州刺史,楚州在今江苏淮安。

534. 秃发(tūfā)氏堂名

乐都堂,西河堂(以上为以望立堂)

535. 涂(tú)氏堂名

豫章堂,南昌堂,宜黄堂(以上为以望立堂);五桂堂,三五堂,静用堂,永昌堂,怀德堂,聚德堂,继述堂,日升堂,承先堂(以上为自立堂名)

【五桂堂】

宋代涂侁(生卒年不详),宜黄(在今江西中部偏东)人,官黄州知府,封谏议大夫,生子济。涂济,字时甫,历官朝散大夫、资治少尹,生有五子:长子涂大任,宋元符三年(1100年)乙卯科进士,官中书舍人;次子涂大琳,元祐六年(1091年)辛未科进士,任湖广汉阳府通判;三子涂大经,慷慨慕古人风节,绍圣元年(1094年)甲戌科进士,官南昌太守,"封南昌伯,敕祀乡贤";四子涂大明,重和元年(1118年)戊戌科进士,授湖南善仅知县;五子涂大节,绍兴十二年(1142年)壬戌科特奏名进士,任河南开封府祥符知县。涂氏五子,俱登进士,为官显赫,时称"五桂",故涂氏堂名又称"五桂堂"。

536. 屠（tú）氏堂名

陈留堂，广平堂（以上为以望立堂）；书斋堂，四当堂（以上为自立堂名）

【四当堂】

四当堂出自明代人屠本畯的故事。屠本畯（生卒年不详），字田叔，又字豳叟，号汉陂，晚年自称憨先生，乖龙丈人。浙江鄞县（今宁波）人。出身书香门第。因父荫任太常寺典簿、礼部郎中、两淮运司同知，后改任福建盐运司同知。他鄙视名利，廉洁自持。明朝中叶，由于经济发展和资本主义萌芽的影响，中国一些知识分子深入实际考察和研究，在科学技术方面取得了较大的成就。屠本畯便是其中之一，著有《闽中海错疏》《海味索引》《闽中荔枝谱》《野菜笺》《离骚草木疏补》等，内容涉及植物、动物、园艺等广阔领域。屠本畯喜欢读书，直到老年还手不释卷。有人问他："老矣，奚自苦？"（您老人家何苦这么刻苦呢？）本畯曰："吾于书饥以当食，渴以当饮，欠伸以当枕席，愁寂以当鼓吹。未尝苦也。"（书对于我，饿了可以当饭吃，渴了可以当茶饮，困了可以当枕头和席子用，愁闷时可以当音乐听，有什么苦的呢？）其后裔遂以"四当"为堂名。

537. 拓跋（tuōbá）氏堂名

颍川堂，雁门堂（以上为以望立堂）

538. 庹（tuǒ）氏堂名

河南堂，洛阳堂，南阳堂（以上为以望立堂）

539. 完（wán）氏堂名

洛阳堂，桓州堂（亦作四郎堂），恭州堂（亦作巴郡堂、楚州堂、渝州堂、重庆堂）（以上为以望立堂）

540. 宛（wǎn）氏堂名

南阳堂，清河堂（以上为以望立堂）

541. 万（wàn）氏堂名

扶风堂（亦作兴平堂、咸阳堂、隗里堂、池阳堂、好畤堂），河南堂（亦作三川堂、河内堂），辽东堂（亦作扶余堂、襄平堂、辽阳堂、凌东堂），隰西堂，槐里堂（以上为以望立堂）；成孝堂，滋树堂，永思堂，思诚堂，敦睦堂，敦厚堂，显西堂，广孝堂，孝里堂，忠实堂，世德堂，衍庆堂，萃涣堂，玉树堂，蔼吉堂，万成堂，辨志堂（以上为自立堂名）

【显西堂】

万寿祺（1603—1652年），字年少，又字介若、内景，入清后身着僧服，改名慧寿，又名明志道人、寿道人、寿若、若若，世称年少先生。江苏徐州人。万历举人。明末清初文学家、书画家。曾参加抗清运动，兵败后隐居江淮一带。常往来于吴、楚之间，世称"万道人"。万寿祺为人风流倜傥。工书画，精于六书，癖嗜印章，辑有《沙门慧寿印谱》一册，绘画代表作有《秋江别思图》《松石图》《山水图》等。其书斋名"显西堂"，著有《显西堂集》。"显西堂"由此而得名。

【广孝堂】

广孝堂出自唐朝万敬儒的故事。万敬儒（生卒年不详）为庐州（治所在今安徽省合肥市）人，家中三世同居。父母去世后，万敬儒在墓旁筑茅屋守护，以手指刺血，抄写佛经。两个手指断而复生。为表彰万敬儒的孝道，州官将他所住的地方改名为"成孝乡广孝聚"。其后人遂以"广孝"为堂名。

【忠实堂】

忠实堂出自宋代万文胜的故事。万文胜（生卒年不详），宁国县（今属安徽省）人，性格豪爽，很有抱负，官至福州观察使，是州里负责考察州县官吏，兼理民事的最高长官。由于他忠于职守，诚实可靠，宋理宗（赵昀，1225—1264年在位）曾用飞白体书写"忠实"二字赐给他，悬挂在殿院之前。其族人遂以"忠实"为堂名。

542. 汪(wāng)氏堂名

平阳堂，婺源堂，新安堂，吴兴堂（以上为以望立堂）；越国堂，六桂堂，六州堂，忠勤堂，敦本堂，敦伦堂，务本堂，余庆堂，培元堂，景徽堂，承志堂，世德堂，广德堂，达德堂，凤萃堂，澄怀堂（以上为自立堂名）

【世德堂】

世德，世代流传的公德。《诗经·大雅·下武》云："王配于京，世德作求。"世德堂出自北宋汪洙、汪思温父子的故事。

汪洙（生卒年不详），字德温，鄞县（今浙江省宁波市鄞州区）人。九岁善写诗，人称神童。宋哲宗（赵煦）元符三年（1100年）进士，历任明州教授、观文殿大学士。管理台州崇道观时，曾筑屋于西山，召集诸儒讲学，乡人称之为崇儒馆。死后谥文庄。其子汪思温（1077—1157年），宋徽宗（赵佶）政和二年（1112年）进士，任余姚知县，瞿、湖二州知州，累官至太府少卿，在乡里多做善事，士族中如有人无钱办丧事，孤女无钱不能出嫁,思温总带头卖田地相助,为时人称道。为追怀此父子二人世代留下的功德,其后代便以"世德"为堂名。

‖越国堂‖ ‖六州堂‖

汪华(587—649年),原名汪世华,入唐后为避唐太宗李世民之名讳,遂改名汪华。歙州歙县登源里(今属安徽绩溪)人。隋末天下大乱,他为保境安民,起兵统领了歙州、宣州、杭州、饶州、睦州、婺州六州,建立吴国,称吴王,促进了当地各民族的融合,实施仁政,使吴国境内百姓安居乐业。在群雄争霸、战火纷飞的年代,唯独吴国保持安宁祥和。武德四年(621年),吴王汪世华审时度势,不计较个人得失,说服文武百官,主动放弃王位,率土归唐,为促进华夏统一做出了巨大贡献。大唐皇帝李渊授予他上柱国、越国公、歙州刺史,统领六州军政。贞观二年(628年),因其忠君爱国,被唐太宗李世民授予执掌长安禁军大权。后又委以九宫留守,辅佐朝政。去世后谥忠烈。

汪华集儒、释、道于一身,文韬武略,具有非凡的军事才能和空前绝后的政治谋略。自唐代至清朝,唐玄宗、宋徽宗、元世祖、明太祖、乾隆帝等,多次下诏,把汪华当作忠君爱国、勤政安民、维护华夏一统的楷模加以表彰;李纲、赵普、苏辙、朱熹、岳飞、文天祥等历代文臣武将皆赋诗题词,把他作为千秋典范加以赞颂;江南六州百姓将他奉为神,把他喻为"汪公大帝""太阳菩萨""太平之主",建祠立庙70余座,终年祭祀。为追怀这位卓越的先人,汪氏族人遂以他的封号"越国"和"六州"为堂名。

‖忠勤堂‖

汪广洋(?—1379年),明代高邮(在今江苏北部)人,字朝宗。元代末年举进士,明太祖召为元帅府令史,历任江西、陕西参政,封忠勤伯。"忠勤堂"由此而得名。广洋官至广东参政、右丞相。淹通经史,善篆、隶,工为歌诗,为人宽和自守,著有《凤池吟稿》。

‖达德堂‖

达德,通行于天下的美德。

汪辉祖(1730—1807年),字焕曾,号龙庄,浙江萧山(浙江瓜沥镇原英乡大义村)人。清代乾隆四十年(1775年)进士,任湖南宁远县知县,治理政事公正廉明,尤其善于观察神色以听理诉讼,剖析法律条款,发掘内涵,不差分毫;探究法律根源,引经据典,所决断的狱词,委屈通变,皆得其宜,被歌颂为神明。他教育百姓广种植,提倡礼貌谦让、珍惜廉耻,节制婚丧嫁娶,民风为之大变。罢官归故里时,老幼哭泣簇拥车前,不让离去。著有《元史本证》《读史掌录》《史姓韵编》《九史同姓名略》《二十四史同姓名录》《二十四史希姓录》《辽金元三史同名录》《龙庄四六稿》等书。因其美德通行天下,其后人遂以"达德"为堂名。

‖六桂堂‖

详见方氏"六桂堂"。

543. 王（wáng）氏堂名

太原堂，琅琊堂，北海堂，陈留堂，东海堂，高平堂，京兆堂，天水堂，东平堂，新蔡堂，新野堂，山阳堂，章武堂，东莱堂，河东堂，金城堂，广汉堂，长沙堂，堂邑堂，河南堂（以上为以望立堂）；半仙堂，双桂堂，双柏堂，两仪堂，三槐堂，三白堂，三庆堂，四合堂，四柏堂，五果堂，五孝堂，五教堂，六和堂，槐阴堂，槐荫堂，槐南堂，槐德堂，槐秀堂，槐政堂，槐明堂，槐清堂，绍槐堂，培槐堂，嗣槐堂，植槐堂，听槐堂，留馀堂，承德堂，积德堂，宗德堂，怀德堂，仰德堂，交德堂，世德堂，尚德堂，义德堂，树德堂，债德堂，辅德堂，顺德堂，馀德堂，馀庆堂，宝善堂，存厚堂，孝睦堂，敦睦堂，敦本堂，敦厚堂，敦伦堂，敦义堂，敦叙堂，馀庆堂，余庆堂，燕翼堂，燕誉堂，巨野堂，天全堂，源远堂，源达堂，绍兴堂，思明堂，锡类堂，梓谊堂，梓荫堂，开闽堂，渭北堂，玉冰堂，仁安堂，正义堂，世贤堂，永承堂，永思堂，存友堂，亦文堂，孝友堂，孝思堂，思孝堂，思植堂，利文堂，佑启堂，佩传堂，保后堂，衍白堂，叙伦堂，冠南堂，素风堂，振趾堂，叙振堂，挹渊堂，恩义堂，恩荣堂，大本堂，立本堂，务本堂，崇本堂，崇孝堂，崇德堂，崇贤堂，惇叙堂，享叙堂，淮泽堂，斯美堂，敬爱堂，亲爱堂，爱敬堂，和亲堂，植三堂，植本堂，畬经堂，齐寿堂，谷诒堂，嘉会堂，兴仁堂，笃行堂，笃伦堂，笃亲堂，环庆堂，衍庆堂，庆系堂，礼基堂，镇楚堂，彝叙堂，继周堂，继兰堂，谟烈堂，恒善堂，格国堂，珠耀堂，忠恕堂，紫薇堂，履和堂，黄西堂，精义堂，文献堂，绳武堂，奉思堂，怀义堂，敬修堂，介福堂，遂高堂，追达堂，青箱堂，听笙堂，萼辉堂，盛衍堂（以上为自立堂名）

【三槐堂】

相传周朝的宫廷外面有三棵槐树。每日朝见天子的时候，三公（太师、太傅、太保）面向槐树而立。《周礼·秋官·朝士》中记载："面三槐，三公位焉。"后来就以"三槐"比喻三公一类辅佐国君掌握军政大权的最高级官员。例如，《晋书》载有虞预致王导的一封信："生有三槐之望，没无鼎足之名；宠不增于前秩，荣不副于本望。"大意是：活着有三公的愿望，死后没有三公的名分；得宠时不增加以前的俸禄，荣耀时不降低原来的名望。此处"三槐"和"鼎足"皆指三公。

据《宋史·王旦传》所记，王祐（景叔）曾在庭院中亲手种植三株槐树，预言道："吾之后世，必有为三公者，此其所以志也！"王祐（王氏家谱和有关史料为避明孝宗朱祐樘之名讳，将"祐"写作"祐"），字景叔，大名莘（今山东省聊城市莘县）人，北宋初年曾任潞州知州，又曾替代符彦卿镇守大名府（今河北省大名）。后来，王祐的第二子王旦果然当了宰相。俗话说："天下王，三槐堂。"这就成了王氏祠堂的堂名。王祐曾孙王巩文采出众，与苏轼友善。苏轼为之作《三槐堂》。从此，"三槐堂"扬名天下，成为王氏子孙后代通用的堂名。

544. 王官（wángguān）氏堂名

陕州堂（亦称虢邑堂）（以望立堂）

545. 危（wēi）氏堂名

汝南堂，临川堂，晋昌堂（以上为以望立堂）；三苗堂，鉴赏堂，敦本堂，仁义堂，太史堂（以上为自立堂名）

【太史堂】

危素（1303—1372 年），字太朴，号云林。江西金溪县白马乡（现黄通乡高桥）人，元末明初史学家、文学家。少通《五经》。元朝至正元年（1341 年）出任经筵检讨，负责主编宋、辽、金三朝国史，并注释《尔雅》。书成后，顺帝奖给金银和宫女，皆不受。后改任国子助教、翰林编修，负责编纂后妃等传和宫廷纪事，但苦于没有现成资料，便用自己的俸禄收买宦官和皇亲国戚，向他们打探后宫有关情况，详细询问，亲自笔录，得以成史。至正十一年（1351 年）升任太常博士。后历任兵部员外郎、监察御史、工部侍郎、大司农丞。至正十八年，专任甘肃平章事，总领西部兵马，整治边防，任用贤吏，安抚边民，力图中兴，深得皇太子赏识。又官拜参知政事，以"为人侃直，数有建白，敢任事"著称。上都（今内蒙古锡林郭勒盟正蓝旗东北闪电河北岸）宫廷失火，顺帝下令重建。危素以民间疾苦，苦谏不要大兴土木，并亲自到河南、河北、江淮一带发钱、发粮，赈救灾民。后弃官隐居房山，潜心史学写作。入明后任翰林侍讲，与宋濂同修《元史》。由于他对《宋史》《辽史》《金史》和《元史》编纂的杰出贡献，故其后人遂以"太史"为堂名。

【三苗堂】

相传上古时帝尧因儿子丹朱行为不检，故把帝位禅让给舜。当时，居住在河南南部至湖南洞庭湖、江西鄱阳湖一带的三苗族比较强大，他们也反对禅让。丹朱就联合三苗起兵，与舜争天下。舜派大禹率兵镇压，禹在丹水一带打败了三苗，三苗君主被杀，丹朱不知所终。三苗叛乱被平定后，舜将三苗族迁徙到西北的三危山（今甘肃敦煌）一带居住。三苗后裔遂以危为姓，称危氏，并以"三苗"为堂名。

546. 微生（wéishēng）氏堂名

鲁郡堂（以望立堂）

547. 韦（wěi）氏堂名

京兆堂，扶风堂（以上为以望立堂）；扶阳堂，传经堂，一经堂，燕贻堂，崇德堂，五云堂，淮阴堂（以上为自立堂名）

【扶阳堂】

韦贤（前 148—前 67 年），字长儒，西汉大臣，鲁国邹（今山东邹城东南）人。性质朴，善求学，精通《诗》《礼》《尚书》，号称邹鲁大儒。征为博士，官给事中。进宫给汉昭帝讲授《诗》,累迁光禄大夫詹事、大鸿胪。汉宣帝时,赐爵关内侯,徙长信少府。前71年,以少府代蔡义为丞相,封扶阳侯。其后裔以其爵号为堂名,称"扶阳堂"。

【淮阴堂】

韩信(前231—前196年),淮阴(原江苏淮阴县,今淮阴区)人,西汉开国功臣,中国历史上杰出的军事家,与萧何、张良并称汉初三杰。汉朝建立后,被解除兵权,徙为楚王。后被人告发谋反被贬为淮阴侯。接着,被吕后骗入长乐宫,斩于钟室,夷其三族。相传萧何匿韩信子于南粤,取"韩"之半,改为姓"韦"(见1915年版《辞源》)。《百姓祖宗源流集》载:韩信子韩天贡逃至广西宜山改姓"韦"。又,民国《淮阴志征访稿》记载:广西一土司和族人奉祠汉代开国大将军韩信,自称为韩信嫡传子嗣,并有祖上秘传的当年萧何给赵陀的书信物件为证。该支韦姓以"淮阴"为堂名。

548. 卫(wèi)氏堂名

陈留堂,平阳堂(亦作并州堂、太原堂、河东堂、蒲坂堂),辽东堂(亦作扶余堂、襄平堂、辽阳堂、凌东堂)(以上为以望立堂);友顺堂,一部堂,光大堂,永世堂,敦本堂,镇远堂(以上为自立堂名)

【镇远堂】

卫青(?—前106年),字仲卿,河东平阳(今山西临汾市)人。西汉名将,汉武帝第二任皇后卫子夫之弟,汉武帝时官至大司马大将军,封长平侯。卫青首次奉命出征,奇袭龙城,揭开了汉朝与匈奴作战汉朝反败为胜的序幕,曾七战七捷,收复河朔、河套地区,击败单于,为北部疆域的开拓做出了极大贡献。卫青善于以战养战,用兵敢于深入,为将号令严明,对将士关爱有加,对同僚大度有礼,位极人臣而不立私威。长期镇守远方,威震绝域。其后裔遂以"镇远"为宗祀堂名。

549. 魏(wèi)氏堂名

巨鹿堂,任城堂(以上为以望立堂);三鉴堂,九合堂,十思堂,敬爱堂,治礼堂,世庆堂,麟阁堂,矩鹿堂,太和堂,鹤山堂(以上为自立堂名)

【九合堂】

魏绛(?—前552年),姬姓,魏氏,名绛,谥号庄,故史称魏庄子,霍州(今山西省新绛县横桥乡文侯村)人,春秋时晋国卿大夫。其先祖为庶人,与周王族同姓,因伐纣有功,被周武王封于毕,于是以毕为姓。至毕万,事晋献公,伐霍、耿、魏等国有功,封于魏,遂以魏为姓,最后魏绛封为文侯。

魏绛为官执法严毅方正,政治上远见卓识,并且善于领兵作战。与晋国相邻的北方少数民族戎,常与晋国发生战争,成为晋国边患。魏绛向晋悼公提出与戎和好的五大好处:第一,可以利用戎这个游牧民族轻视土地,重视财物的习俗,发展对戎狄的贸易;第二,没有战争,人民安居乐业,利于发展农业生产;第三,戎狄事晋,四邻振动,在诸侯争霸中有威慑作用;第四,维持和平局面,军队得以休养生息,不须消耗军备物资,可以保存晋国实力;第五,借鉴历史的经验,采用以德服人的办法,保持长久的安宁和睦的局面。晋悼公终于被说服,派魏绛出使戎狄,和戎政策实施后,大见成效,开创了我国历史上汉族争取团结少数民族的先河,仅仅八年便形成了晋戎和睦相处的大好局面。八年中,晋国九合诸侯,终成霸主。魏氏"九合堂"由此而得名。

【十思堂】【三鉴堂】

十思堂、三鉴堂皆出自唐代名臣魏征的故事。魏征(580—643年),字玄成,钜鹿郡(一说在今河北巨鹿县,一说在今河北馆陶县)人,唐代著名政治家、思想家、文学家、史学家。少孤贫,出家为道士。隋末参加瓦岗起义,曾进十策说李密,不能用,后随李密降唐,为太子洗马。历官尚书右丞兼谏议大夫、秘书监、侍中、光禄大夫,封郑国公。素以刚正不阿、有胆有识、"犯颜直谏"而著称,是中国历史上最负盛名的谏臣,曾上疏进谏200多次,强调"兼听则明,偏信则暗",认为君好比舟,民好比水,"水能载舟,亦能覆舟",必须"居安思危,戒奢以俭",规劝唐太宗以历史的教训为鉴,励精图治,任贤纳谏。他辅佐唐太宗拨乱反正,共同创建"贞观之治"的大业。著有《隋书》序论,《梁书》《陈书》《齐书》的总论等,其言论多见于《贞观政要》。最著名的谏文为《谏太宗十思疏》,唐太宗命书之于屏。魏征死后,唐太宗悲痛至极,说:"人以铜为鉴(镜),可以正衣冠;以古为鉴,可以见兴替(盛衰);以人为鉴,可以知得失。魏征没,朕亡一镜矣。"魏氏"十思堂""三鉴堂"由此而得名。

【鹤山堂】

鹤山堂出自宋代学者魏了翁的故事。魏了翁(1178—1237年),字华父,邛州蒲江(今属四川省)人。自幼聪颖,日诵千言,过目不再览,人称神童。年十五著《韩愈论》。宋宁宗庆元五年(1199年)进士,初为博士、校书郎,后知嘉定府,因父丧辞官而返故里,筑屋白鹤山下,开门授徒,士争从之,故号鹤山,学者称"鹤山先生"。后复官,至资政殿大学士、参知政事。后遭弹劾,降官三级,居靖州,筑鹤山书院,学者云集。魏了翁载入《宋史·儒林传》。著有《鹤山集》《九经要义》《古今考》《经外杂钞》《师友雅言》等。其后人以"鹤山"为堂名来表示对他的怀念。

550. 温(wēn)氏堂名

太原堂,汲郡堂,清河堂,平原堂(以上为以望立堂);雅儒堂,雅仟堂,梅香堂,预顺堂,三公堂,三彦堂,余庆堂,忠武堂,古温堂,叔虞堂,犀照堂(以上为自立堂名)

【三公堂】

三公堂出自唐代温大雅、温大临、温大有三兄弟的故事。温大雅(572—629年),字彦弘,并州祁县(今山西祁县)人,隋末唐初思想家、史学家。初任东宫学士、长安尉,因父离世,解职归家奔丧,时天下大乱,不再出仕。大业十三年(617年),李渊在太原起兵,厚礼聘为大将军府记室参军,专掌机要。618年,李渊自立为帝,任命温大雅为黄门侍郎,后调任工部侍郎、陕东道大行台工部尚书。当时李世民跟其兄李建成为争夺皇位斗争激烈,李世民推荐温大雅出镇洛阳,以为外应。李世民称帝后,升温大雅为礼部尚书,封黎国公。温彦博(574—637年),字大临,隋朝时曾担任文林郎、通直谒者,幽州司马,随罗艺归唐,历任幽州长史、中书舍人、中书侍郎、雍州治中、御史大夫,封虞国公。著有《温彦博集》。温彦将(生卒年不详),字大有,本性端正严谨,隋代时任泗州司马。李渊太原起兵后,任命他为太原令,后被任命为大将军府记室,与其兄温大雅一同执掌机密,大有觉得不妥,请求调任其他职位。李渊说:"我是诚心诚意对待你,你何必生疑呢?"大有勉强应允,但总是远离机密,以防下属多心,深受同僚称赞。后升为中书侍郎,封清河郡公。时称"一门三公",其后人遂以"三公"为堂名。

551. 文(wén)氏堂名

雁门堂(亦作善无堂、阴馆堂),犍牁堂(亦作犍为堂、播州堂、遵义堂),太原堂(亦作晋阳堂、西鄙堂、并州堂),辽东堂(亦作扶余堂、襄平堂、辽阳堂、凌东堂)(以上为以望立堂);正气堂,信国堂,久大堂,崇本堂,三山堂,三芝堂,六义堂,玉兰堂,世纶堂,敦本堂,化蜀堂(以上为自立堂名)

【正气堂】【信国堂】

正气堂和信国堂皆出自南宋民族英雄文天祥的故事。文天祥(1236—1283年),字履善,后又改字宋瑞,自号文山,吉州庐陵(今江西吉安县)人。南宋末大臣,文学家。与陆秀夫、张世杰并称"宋末三杰"。宝祐四年(1256年)状元,历任签书宁海军节度判官厅公事、刑部郎官、江西提刑、尚书左司郎官、湖南提刑、知赣州等职,官至左丞相,封信国侯。1276年被派往元军军营谈判,被扣留,后脱险逃回南宋。景炎三年(1278年)文天祥兵败被张弘范俘虏,在狱中坚持斗争三年多。元高祖以高官厚禄劝降,文天祥宁死不屈,于1283年1月9日在柴市从容就义。著有《过零丁洋》《文山诗集》《指南录》《指南后录》《正气歌》等。留下"人生自古谁无死,留取丹心照汗青""天地有正气,杂然赋流形。下则为河岳,上则为日星"等千古名句。其族人遂以"正气"和"信国"为堂名。

【化蜀堂】

文翁(前156—前101年),名党,字仲翁,西汉循吏。庐江舒地人,教育家。少年时就好学,通晓《春秋》。汉景帝(刘启)末年任蜀郡(四川)太守,仁慈并喜好诱导感化别人,见蜀地民风野蛮落后,便决心加以改变。他选拔张叔等十多个聪敏有才华的小官吏,遣送他们到京城求学,师从于太学中的博士,有的学习法规法令。几年后,这些青年学习归来,文翁让他们担任要职,逐步考察提拔,其中有的后来成了太守、刺史。文翁在蜀地兴办教育,建立官学,举荐贤能,兴修水利,政绩斐然,使蜀地发生了巨大变化。他死后葬于蜀地,当地官民为他建祠堂,年年祭祀。班固《汉书》曰:"至今巴蜀好文雅,文翁之化也。"其后人取其义,立"化蜀"为堂名。

‖【六义堂】‖

宋代景定五年(1264年),文天祥到永新县固塘探望族人,听说族叔文正道(字公行,号蓬山)有六个儿子,都中了举人,于是在他的寝堂题写了"六义堂"匾名,并赋诗加以称赞,诗中云:"吾宗蓬山翁,屏居乐闲静。三峰笔格(笔架)横,一水冰壶莹。才华众所推,声名日以盛。六子俱名经,择师必端正。岿然六义堂,昕夕(早晚)事吟咏。经以雅颂风,纬以赋比兴。""心怀报主恩,无从接先进。忧国忘其家,老身况多病。朝野日疮痍,国是靡(没有)有定。临别泪纵横,闻风时问讯。"这些诗表达了文天祥忧国忧民的情感和对后生寄予的厚望。文氏后人遂以"六义"为堂名。

552. 闻(wén)氏堂名

吴兴堂(以望立堂);超卓堂,正气堂(以上为自立堂名)

‖【超卓堂】‖‖【正气堂】‖

闻良辅(生卒年不详),明代德清(在今浙江)人,才行超卓(才能和德行都特别高超),洪武年间(1368—1398年)为监察御史,后升为大理寺少卿,曾奉旨出使暹罗(今泰国),官至广东按察使。据《闻氏宗谱》载:"吾姓本姓文氏,世居江西吉安之庐陵。宋景炎二年(1277年),信国公(即文天祥)军溃于空坑,始祖良辅被执,在潜逃于蕲(今湖北浠水)之兰清邑,改'文'为'闻',因家焉。"据说,闻良辅即文天祥二十四子。而文天祥一身正气,作《正气歌》从容就义一直为世人推崇。为不忘先祖,故以"超卓"和"正气"为堂名。

553. 闻人(wénrén)氏堂名

河南堂,中山堂(以上为以望立堂)

‖【中山堂】‖

闻人通汉(《类稿》作闻人通,无"汉")(生卒年不详),字子方,浙江嘉兴人,汉代学者,官太子舍人、中山中尉,曾习《礼》于孟卿,孟卿受《礼》于后苍,见《汉书·儒林·孟卿传》。其后人以其官职称谓为堂名。

554. 问(wèn)氏堂名

东莞堂,庐江堂,辽东堂,太原堂,襄州堂(亦作襄城堂),桓州堂,郯郡堂(亦作东海

堂、海州堂、郯城堂),宝应堂(以上为以望立堂);侧裕堂(自立堂名)

555. 翁(wēng)氏堂名

钱塘堂,始平堂,临川堂,监官堂(以上为以望立堂);六桂堂,善庆堂,资善堂,赐鱼堂,得生堂,敦本堂,明德堂,大有堂,伦叙堂,四勿堂,永思堂,统宗堂(以上为自立堂名)

【赐鱼堂】【善庆堂】

唐代翁洮(830—910年),字子平,号青山,睦州寿昌(今浙江建德市寿昌县)人,光启三年(887年)登进士第,官主客员外郎。曾创立"青山书院",为华夏南方最早的书院之一。后退居不愿再做官。朝廷征召他,翁洮写《枯鱼诗》作为回答,诗云:"枯木傍溪崖,由来岁月赊。有根盘水石,无叶接烟霞。二月苔为色,三冬雪作花。不因星使至,谁识是灵槎。"星使,即帝王的使者;灵槎,指乘往天河的船筏。皇帝看了诗以后,知道他决意不再复出,于是又派使者赐给他很多曲江鱼。翁氏"赐鱼堂"遂由此而得名。翁洮工诗,但今存于《全唐诗》者,仅13首。到了宋朝,宋理宗追谥他为"善庆侯",追封灵济公。故其后人亦有人以"善庆"为堂名。

【资善堂】

资善堂,宋代皇子读书处,宋大中祥符八年置,有翊善、赞读、直讲等官。南宋增置说书与小学教授等官。

翁甫(生卒年不详),字景山,号浩堂,宋代崇安(今福建武夷山市)人,宝庆二年(1226年)进士,召为登闻鼓院监守,对皇帝提出的问题,都能作出满意的回答。后升任资善堂直讲,累官太府少卿。著有《蜀汉书》《浩堂类稿》。后人以其官职称谓为堂名,称"资善堂"。

古代帝王为了听取臣下谏议或冤情,悬鼓于朝堂外,许击鼓上闻,谓之登闻鼓。

【六桂堂】

详见方氏"六桂堂"。

556. 沃(wò)氏堂名

吴兴堂(亦作乌程堂、湖州堂),太原堂(亦作晋阳堂、西鄙堂、并州堂),辽东堂(亦作扶余堂、襄平堂、辽阳堂、凌东堂)(以上为以望立堂);勤政堂(自立堂名)

【勤政堂】

沃頻(1433—?),字文渊,明代宣德八年(1433年)出生,浙江定海(今镇海柴桥)人。自幼天资聪明,勤奋好学,博览群书且善著文立说,在学府寒窗苦读,成绩优良。1466年中进士,先受命在福建清理整顿驻军事务,后荣升江西监察御史。沃頻为官清廉，"降奸去暴、雷励风飞，豪民贪吏惊悸胆落""察苛政之害，吾民者尽解而去，贪墨逃遁"，从而得罪了吉州知府，反遭诬陷，被贬为河南内乡知县。但其为官一任，造福一方的宗旨未变。上任不久，便请民间工匠建造一座高大"戒石坊"，正面横匾刻"公生明"三大字，阴面刻"尔奉尔禄，民膏民脂，下民易虐，上天难欺"，以示清廉、勤政、惠民，"要留清白在人间"的为官之道。执政期间，沃颍兴革利弊，禁奸保良。公署学校，皆其所建。从而社会安定，百废俱兴，并积谷十万余石以备赈灾。政绩卓著，深受朝廷赞誉。成化二十一年（1485 年）升任荆州知府。晚年退隐芦江，不是徜徉山水，饮酒赋诗，而是带领乡人兴修水利，建桥筑路，造福于民。为缅怀这位勤政为民的良吏，其后人遂以"勤政"为宗祀堂名。

557. 邬（乌，wū）氏堂名

太原堂（亦作晋阳堂、西鄙堂），豫章堂（亦作南昌堂、九江堂、锦江堂），抚州堂（亦作建昌堂、南抚堂、昭武堂），颍川堂（亦作颍川堂、阳翟堂、许昌堂、豫东堂），崇仁堂（亦作抚望堂、桃源堂），辽东堂（亦作扶余堂、襄平堂、辽阳堂、凌东堂）（以上为以望立堂）；懿穆堂，希贤堂，报本堂，慎德堂，懿德堂，名书堂，奉思堂，邬夏房（以上为自立堂名）

【懿穆堂】

乌重胤（761—827 年），字保君，唐代节度使，张掖（在今甘肃省）人。少为潞州牙将兼左司马，后隶属昭仪节度使卢从史，任都知兵马使。元和五年（810 年），卢从史欲反叛，乌重胤将其擒于帐下。唐宪宗嘉其功，擢升河阳节度使，封张掖郡公。后又讨伐淮西节度使吴元济，大小百余战，三年平定，因功再迁检校尚书右仆射、检校司空，进封邬国公。累任横海军、天平军等节度使，拜司徒。乌重胤善抚慰将士，待下属有礼，当时名士石洪、温造、韩愈等皆在其幕府。死后士 20 余人刮股以祭祀，谥号懿穆。其后裔以其谥号为堂名。

558. 巫（wū）氏堂名

平阳堂（亦作临汾堂、邹鲁堂），鲁郡堂（亦作鲁国堂、东鲁堂、曲阜堂），松漠堂（亦作昌黎堂、宁昌堂、懿州堂、土默特堂、苏鲁克堂、新民堂、阜新堂）（以上为以望立堂）；忠孝堂，治勤堂，勤政堂，治勤堂，怀念堂，希贤堂，报本堂，慎德堂，懿德堂，名书堂，奉思堂，邬夏房（以上为自立堂名）

【勤政堂】

巫子期（生卒年不详），春秋时鲁国人，孔子弟子，孔门七十二贤人之一，在单父（即山东单县，今属菏泽市）做官，早晨日出前便赴衙门办理公务，晚上顶着星星回家，勤勉理政，把单父治理得很好，受到孔子的赞扬。其后人便以"勤政"为堂名。

559. 巫马（wūmǎ）氏堂名

鲁郡堂（亦作鲁国堂、东鲁堂），单父堂（以上为以望立堂）。

560. 毋（wú）氏堂名

巨鹿堂，河东堂（以上为以望立堂）

561. 吴（wú）氏堂名

延陵堂，渤海堂，陈留堂，濮阳堂，武昌堂，长沙堂，汝南堂，吴兴堂，河东堂，金陵堂（以上为以望立堂）；昭德堂，让德堂，种德堂，至德堂，至德祠，武德堂，德让堂，德礼堂，德旺堂，德馨堂，怡德堂，源德堂，树德堂，世德堂，仁德堂，尚德堂，清德堂，益德堂，恭德堂，义德堂，氏德堂，致德堂，公德堂，永德堂，宜德堂，仁泽堂，三让堂，思让堂，宗让堂，兴让堂，思源堂，思敬堂，源远堂，有序堂，有秩堂，崇礼堂，崇本堂，均安堂，履成堂，敦厚堂，敦睦堂，敦叙堂，敦伦堂，敦行堂，双乐堂，双合堂，瑞本堂，听彝堂，居正堂，世让堂，世享堂，世笃堂，贻安堂，兰蕙堂，集贤堂，诒燕堂，诒远堂，秀聚堂，忠义堂，渭东堂，笃忠堂，笃叙堂，永怀堂，永思堂，奉思堂，云山堂，云山祠，万云堂，万永堂，庆余堂，五柳堂，宝诰堂，仁义堂，保和堂，礼和堂，凤林堂，爱敬堂，恩敬堂，敬思堂，经远堂，振宜堂，锦绣堂，继述堂，著存堂，孝言堂，孝敬堂，孝贤堂，吴诒堂，奉先堂，承先堂，承善堂，怡清堂，治平堂，泉源堂，伦叙堂，徐伦堂，纯修堂，报本堂，道生堂，雍睦堂，义顺堂，义和堂，源一堂，澄澜堂，泽远堂，济美堂，怀仁堂，和仁堂，观止堂，观乐堂，自求堂，槐庆堂，聚庆堂，识春堂，春晖堂，春明堂，浩然堂，延龄堂，绍灵堂，福临堂，太平堂，吴世堂，圣极堂，清水堂，耀祖堂，柏树堂，显承堂，旭东堂，国远堂，殿元堂，茂盛堂，梅溪堂，长生堂，宗仁堂，福世堂，天堂，直笔堂，萃英堂，恩成堂，柏碧山堂，黄泉源堂，棒棒棒棒堂（以上为自立堂名）

【三让堂】【至德堂】

三次谦让谓之"三让"。最高尚的道德谓之"至德"。《史记·宋微子世家》曰："宣公病，让其弟和（即宋穆公）……和亦三让而受之。"

据《史记·吴太伯世家》载：周代始祖周太王古公亶父有三子：长子太伯（亦作泰伯前1285—前1194年），次子仲雍（前1161—前1070年），幼子季历（生卒年不详）。季历之子姬昌（即周文王），贤明聪慧，太王欲立季历为后，以传姬昌。太伯、仲雍遂借口外出采药，奔避荆越（东方荆蛮之地），文身断发。由此，姬昌长大后顺利地登上了王位。太伯到东方荆蛮之地后，带去了先进的文化，使东方很快发展起来。泰伯遂建立国家，自号句吴，为春秋吴国的始祖，建都于梅里（今江苏省无锡市东南）。春秋时（前475年）

吴国为越国所灭,子孙以国名为氏,称吴氏。孔子对泰伯的谦让精神十分敬佩,感叹道:"太伯可谓至德也已矣,三以天下让,民无得而称焉。"在孔子看来,太伯的品德已达到了极高的境界,人世间再也找不到什么语言来形容他的美德了。因而太伯被称为"三让王"。吴氏后裔为怀念这位有三次谦让美德的先祖,以及孔子对他的赞誉,遂取"三让"和"至德"为家族堂名,"至德堂"也成为吴氏的总堂名。

【延陵堂】

季札(前576—前484年)姬姓,寿氏,名札,又称公子札,延陵季子、延州来季子、季子,为吴王寿梦的第四子,以贤德著称,寿梦想把王位让他继承,但他坚辞不受,寿梦只好把他封在延陵(大约在今江苏省常州、江阴等吴地沿江一带)。他的三个哥哥相继当了吴王,他们在临逝世前都要让他继承王位,季札都一一拒绝了。因此,他被后人称为"至德第三人"。又因他的封邑在延陵,故时人称他为"延陵季子"。"延陵堂"也因此而得名。

【济美堂】

吴文华(1521—1598年),字子彬,号小江,晚更号容所,福建省连江县前铺义井街(今连江城关)人。嘉靖三十五年(1556年)进士,初任南京兵部车驾清吏司主事,不久升迁为兵部武库清吏司署郎中。他自小以苦读经典为务,通晓四书五经,旁及诸子百家,对兵书韬略更是孜孜研讨、乐此不疲,可谓腹罗锦绣、出口成章。其性格弘厚温粹、介特有守、临事镇静,素有"济苍生,安社稷,立功扬名"之抱负。为官后,他办事不推诿,敢于承担风险;秉公执法,不避权贵,博得朝野称赞。在河南左布政司任上,正遇连年干旱,灾荒严重,灾民四处逃荒,吴文华想方设法筹集款饷,召集民工,筑堰通渠,垦荒耕种,使流离失所的百姓,陆续返回故土安居乐业。万历元年(1573年)神宗登基,下诏表彰天下施政成绩超群的人物25人,吴文华名列榜首。

万历三年(1575年),吴文华晋升为右副都御使,巡抚广西。时广西旱情严重,地方官照样横征暴敛,闹得民怨沸腾,瑶民骚乱。吴文华下车伊始,请赈恤,募垦荒,核田赋,均驿传,并着手整顿兵戎,加强士卒训练;不到一年,先后平定南乡等五个瑶寨、五指等侗寨,招抚民众2万余人,建堡21座,垦荒2.6万余亩,广西混乱局面初步得到治理。

万历四年(1576年),柳州北山叛乱,吴文华迁兵平定,率兵不及万,费不愈千,采取声东击西、欲擒故纵等战术,连破70余寨,为明王朝立下大功。

万历十三年(1585年)春,广东发大水,吴文华亲自率领小艇济救落水百姓,并下令开仓发粟,赈济灾民;又上疏朝廷,请求留余金7万余两,以备随时赈济。两广社会由此日趋安定,士民安居乐业。万历十五年(1587年)初,吴文华升任南京工部尚书。离任之日,粤人建生祠以祀,并在高岩上刻记其功。

万历十八年(1590年),吴文华率诸卿奏劾太监张黥劣迹,皇上不纳,遂"引疾乞休"。在连江闲居10年间常为县民办实事:调解民小、平息纠纷、捐赠学田、兴修学宫。置"义田"赡养族中贫者,捐资修桥浚河等。

吴文华为官清廉,政绩卓著。时人赞曰:"骏烈光乎一代,清风冠于八闽。"其传世之作有《读史随笔》10卷、《督抚奏议》6卷、《留都疏稿》2卷、《济美堂文集》4卷、《济美堂后集》等。其后裔以其著作名为宗祠堂名,称"济美堂"。

【泉源堂】

吴可幾(生卒年不详),宋代安吉(今浙江湖州市辖县)人,仁宗景祐二年(1035年)进士,官至太常少卿,与其弟吴知幾(生卒年不详)均好古博学,著《千姓编》,凡姓氏所出,皆有源委(本末缘由),时号"二吴"。父死,兄弟庐墓三年,忽平地涌出泉水,因号"孝子泉"。吴氏"泉源堂"由此而得名。

【春明堂】

吴熊光(1750—1833年),字望崑,别字槐江,江苏昭文(今苏州)人,清朝大臣。举顺天乡试,两举皆中正榜,授内阁中书,充军机章京,累迁刑部郎中,改御史,后遭和珅嫉恨,出外任,为直隶布政使,累官至两广总督。因事戍守伊犁,不久又召回,授主事,请求退隐。吴熊光性格朴直,与皇帝奏对必报以诚心,能言他人所不敢言。著有《春明补录》《伊江别录》《葑溪笔录》等。其后人以其著作名为堂名。

562. 吾(wú)氏堂名

濮阳堂(以望立堂);坤元堂(自立堂名)

563. 五(wǔ)氏堂名

陇西堂,东郡堂,辽东堂(以上为以望立堂)

564. 伍(wǔ)氏堂名

安定堂(亦作高平堂),武陵堂(亦作临沅堂、常德堂)(以上为以望立堂);孝友堂,胥山堂,敦睦堂,敦叙堂,务本堂,思远堂,树德堂,肇基堂,忳取堂,明辅堂,泽荫堂,保滋堂,椒里堂(以上为自立堂名)

【孝友堂】【胥山堂】

孝友堂和胥山堂皆出自伍子胥的故事。伍子胥(前559—前484年),名员,字子胥,本楚国椒邑(今湖北省监利县黄歇口镇,一说今安徽省全椒县)人,春秋末期吴国大夫、军事家。

伍子胥之父伍奢为楚平王子建太傅,楚平王听信费无极的谗言,将伍奢及其长子伍尚一起杀害。伍子胥从楚国逃往吴国,成为吴王阖闾的重臣。他是姑苏城(今苏州城)的营造者,至今苏州还有胥门。前506年,伍子胥协同孙武率兵攻入楚国都城郢（在今湖北省江陵县西北）。此时楚平王已死。伍子胥掘开楚平王墓，鞭尸三百，报了父兄被杀之仇。吴王倚重伍子胥等人之谋，西破强楚，北败徐、鲁、齐，成为诸侯一霸。

伍子胥曾多次劝诫吴王夫差杀了越王勾践，夫差不听。夫差急于挺进中原，率大军攻齐，伍子胥再度劝谏夫差暂不攻齐而先灭掉越国，再次遭到拒绝。夫差听信太宰伯嚭谗言，说伍子胥阴谋依托齐国反吴，派人送给伍子胥利剑一把，令他自杀。伍子胥自杀前对门客说："请将我的眼睛挖出来置于东门之上，我要看着吴国的灭亡。"子胥死后九年，吴国最终被越国偷袭而亡。子胥死后，吴王闻之大怒，乃取子胥尸盛于皮袋中，浮之江上。吴国人怜之，为其立祠，命名曰胥山。故事见《史记·伍子胥传》。

所谓"孝友"，即孝顺父母，友爱兄弟。伍子胥报了父兄被害之仇，可谓是真正的孝友，故其后人以"孝友"和"胥山"为堂名。

565. 武（wǔ）氏堂名

太原堂，沛国堂，冯翊堂（以上为以望立堂）；鬻薪堂，圣母堂，金轮堂，练湖堂，北武堂，积善堂（以上为自立堂名）

【鬻薪堂】

鬻薪，卖柴。

武行德（908—979年），并州榆次（在今山西）人。家贫，身材魁梧，力气大，靠卖柴为生。晋祖（即后晋国君石敬瑭）镇守并门时，一次郊游，见他相貌奇特，十分惊讶，又见他背的柴火很重，就让身边的力士也试一试，力士们都背不起来，石敬瑭便把武行德召入帐内。后晋天福初年（936年），任命武行德为奉国都头，接着改任控鹤指挥使，封宁国军都虞侯。后来作战时，武行德被契丹俘虏，他杀了契丹的官，占据了河阳（今河南省焦作市孟州市）。不久，他就归顺了后汉刘知远，当了河阳尹。入北宋以后，官至太子太傅。

武行德任洛京留守时，国家正实施盐法，规定凡能捉住贩盐1斤以上者，必获重赏。当时一些歹徒常用私盐坑害别人。一次，有一村童背菜进城，路遇一个从河阳来的尼姑，与其同行。快到城门时，尼姑先行一步进了城。守门的吏卒搜查村童时，发现菜筐中有盐数斤，便把村童捉住，送到府中问罪。武行德查看时，见盐外面裹着一块白纱手帕，还散发着一股龙麝香的气味，道："我看村童衣衫褴褛，甚为穷困，哪来的熏香手帕？必是坏人干的勾当。"便问村童："你离家后，曾跟何人同行？"村童如实作了回答。武行德听后，高兴地说："我知道是怎么回事了，一定是天女寺的尼姑与守门的吏卒串通一气，企图借此冒领赏金。"便问明尼姑的长相，命令亲信将尼姑捉拿归案。经审问，果然是尼姑与守门吏卒所为，遂将村童释放了。从此，官吏们对武行德又惧又怕，十分佩服,不敢再胆大妄为。整个洛京为之肃然。

武行德从一个卖柴人成长为一名高官,自然是家族的骄傲,为不忘创业之艰,其后人遂以"鬻薪"为堂名。

【圣母堂】【金轮堂】

圣母堂、金轮堂皆出自唐代女皇帝武则天的故事。武则天(624—705年),姓武,名曌,并州文水(今山西省文水县东)人。唐高祖时工部尚书武士彟(huò)之女,14岁被选为唐太宗的才人(妃嫔的称号),太宗死后,出家为尼。高宗复召入宫,永徽六年(655年)立为皇后,参与朝政,逐渐掌权。高宗死,中宗李显继位,她临朝称制。684年,废中宗,立睿宗(李旦)。垂拱四年(688年),已是皇太后的武则天加尊号曰"圣母神皇"。载初元年(690年)加"金轮圣神皇帝"号,大赦天下。天授元年(690年),废睿宗,自称圣神皇帝,改国号为周,史称武周。证圣元年(695年)又为天册金轮圣神皇帝。前后执政达40余年,富权略,能用人;但任用酷吏,兴大狱,冤杀者甚多。705年,宰相张柬之等政变,中宗复位,尊号为"则天大圣皇帝"。同年末死于宫中。见新、旧《唐书·则天皇后纪》。武氏后人便以武则天的尊号"圣母""金轮"为宗祠堂名。

注:金轮,此处为佛经语。《俱舍论十二》云:转轮王中,以金轮王最胜;王出时,诸国咸服。

【练湖堂】

练湖堂出自宋代武允蹈的故事。武允蹈(生卒年不详),字德由,高安(今江西高安,一说为广西南宁布代管县)人。博览群书,刻意苦吟,每出一诗,则脍炙人口。自号练湖居士,有《练湖集》。其族人遂以"练湖"为堂名。

566.(西)西门氏堂名

梁郡堂(亦作梁国堂),魏郡堂(亦作临漳堂)(以上为以望立堂)

567.郗(xī)氏堂名

山阳堂,高平堂(以上为以望立堂);文成堂(自立堂名)

【文成堂】

郗鉴(269—339年),字道徽,高平金乡(今山东省金乡县)人。东晋书法家、将领,东汉御史大夫郗虑之玄孙。少年孤贫,但博览经籍,躬耕吟诗,以清节儒雅著称,不应朝廷征召。晋惠帝(司马衷)时曾为太子中舍人、中书侍郎。洛阳陷落后,聚集千余家,避难于峄山。后晋元帝司马睿以朝廷名义,命其代理龙骧将军、兖州刺史,镇守邹山。任职三年,政绩斐然,加辅国将军,都督兖州诸军事。永昌初年(322年),拜为领军将军。晋明帝(司马绍)初,拜安西将军,持节镇守合肥,以抗权臣王敦,为王敦所忌恨,征还为尚书令。

太宁二年（324年），晋明帝任命郗鉴为假节行卫将军，都督从驾诸军事，参与讨平王敦之乱，以功封高平侯。不久，又擢升为车骑将军，都督徐、兖、青三州军事，与王导、卞壶等受遗诏辅佐晋成帝（司马衍）。成帝继位后，郗鉴被迁升为车骑大将军、开府仪同三司，加散骑常侍。咸和三年（328年），苏峻以讨庾亮为名，与祖约起兵反晋，攻入建康（今南京），大肆杀掠，并专擅朝政，史称苏峻之乱。郗鉴与陶侃等率兵讨平。事后，升任司空，加侍中，封南昌县公。咸康四年（338年），晋升太尉。拒绝庾亮废王导的建议，阻止了朝中的士族斗争。著有《灾祸帖》《上书逊位》《周札加赠议》等。死后谥文成。其后以其谥号为堂名。

568. 息氏堂名

襄阳堂（以望立堂）

569. 奚（xī）氏堂名

谯国堂（亦作谯郡堂），北海堂（以上为以望立堂）；圣门堂，礼耕堂，楚善堂，衍庆堂（以上为自立堂名）

【圣门堂】

奚容蒧（生卒年不详），字子晳，春秋末卫国人，孔子弟子、学者，七十二贤人之一。文采过人，志气英迈，为一般人所不及。唐开元二十七年（739年），追封为"下邳伯"。宋大中祥符二年（1009年），加封"济阳侯"。明嘉靖九年（1530年），改称"先贤奚子"。因其为圣人孔子之门徒，故称"圣门堂"。

570. 傒（xī）氏堂名

宛邱堂（以望立堂）

571. 僖（xī）氏堂名

彭城堂（以望立堂）

572. 熙（xī）氏堂名

北地堂（以望立堂）

573. 釐(xī)氏堂名

关西堂(以望立堂)

574. 郿(xī)氏堂名

河东堂(以望立堂)

575. 习(xí)氏堂名

襄阳堂,东阳堂(以上为以望立堂);忠烈堂(自立堂名)

【忠烈堂】

习珍(? —220年),三国时蜀汉襄阳(今湖北襄阳市)人,为零陵北部都尉,加裨将军,以忠义闻名。孙权杀关羽,习珍与樊胄等在零陵孤军抗吴。孙权派潘濬作为使者来招降,习珍大义凛然地说:"请回去告诉碧眼儿,我宁做汉鬼,也不做吴臣!"最后终因粮绝,援军未至,城池被吴军攻破,习珍便拔剑自刎以报效国家。为缅怀这名忠诚壮烈的先人,习氏后人便以"忠烈"为堂名。

576. 席(xí)氏堂名

安定堂,襄阳堂(亦作襄樊堂)(以上为以望立堂);嘉会堂(自立堂名)

【嘉会堂】

嘉会,嘉宾聚会。

席汝言(生卒年、籍贯皆不详),字君从,官尚书司封郎,任屯田员外郎时,曾受宰相韩琦之命去均田,把废弃的土地交给农民耕种,为后来王安石变法中的方田均税法的实施积累了经验。席汝言喜爱交友,与北宋政治家、书法家、参知政事文彦博,宰相富弼等组织耆英会;跟文彦博、润州观察支使程珦(程颐、程颢之父)、司马光之兄司马旦等结成令甲会;又跟司马光兄弟、诗人王安之、王不疑、楚王叔等结为真率会。因嘉宾云集,故称"嘉会堂"。

577. 袭(xí)氏堂名

蜀郡堂(以望立堂)

578. 隰(xí)氏堂名

济南堂(以望立堂)

579. 喜（xǐ）氏堂名

太原堂（以望立堂）

580. 郤（xì）氏堂名

济阳堂，济阴堂（亦作菏泽堂、定陶堂、鸱夷子皮堂），山阳堂（亦作青阳堂），辽东堂（亦作扶余堂、襄平堂、辽阳堂、凌东堂）（以上为以望立堂）；中军堂，丹桂堂，高第堂，乐然堂（以上为自立堂名）

【中军堂】

春秋时晋国大夫郤谷（穀）（生卒年不详），通礼乐，敦诗书，懂兵法，晋文公姬重耳组织三军，谋求主帅，他听从赵衰的建议，任命郤谷为中军大元帅、执政上卿，并任命郤谷的弟弟郤溱为中军佐（即副帅），作为他的助手。郤氏"中军堂"由此而得名。

【丹桂堂】【高第堂】

郤诜，字广基，晋代济阴单父（今山东单县）人。博学多才，生性至孝，身材魁梧，性格豪爽，不拘小节。晋武帝泰始年间（265—274 年）诏举贤良直言之士，郤诜以对策第一，官拜议郎，后因母病离职。吏部尚书崔洪推荐郤诜为尚书左丞，官至雍州刺史，在任时威严明断，甚得声誉。一日，晋武帝问郤诜："卿自以为如何？"郤诜回答："臣举贤良第一，犹桂林之一枝，昆山之片玉。"后来，人们就用"郤诜丹桂""郤诜高第"比喻科举第一，荣登榜首，获得功名。郤氏"丹桂堂"和"高第堂"也因此而得名。

581. 侠（xiá）氏堂名

平阳堂（以望立堂）

582. 瑕（xiá）氏堂名

齐郡堂，汝南堂（以上为以望立堂）

583. 夏（xià）氏堂名

会稽堂，谯国堂，高阳堂，鲁国堂（以上为以望立堂）；平水堂，秘书堂，正德堂，明德堂，遗爱堂，余庆堂，尚忠堂，务本堂，崇本堂，敦本堂，报本堂，植本堂，源远堂，德远堂，思孝堂，孝思堂，孝恩堂，聚奎堂，鹤来堂，永存堂，三余堂，六凤堂，登第堂，集庆堂，彝叙堂，淳叙堂，龙耳堂，敦睦堂，敬承堂，光裕堂，衍庆堂，汇泉堂，笃厚堂，墨庄堂，清廉堂（以上为自立堂名）

【平水堂】

夏朝开国君主禹,姒姓,名文命,字(高)密。史称大禹、帝禹。禹为黄帝的玄孙,颛顼的孙子(一说为颛顼六世孙)。相传,禹治理黄河在外 13 年,三过家门而不入,水患终于被治平,因治水有功,受舜禅让而继承帝位。夏氏后人遂以"平水"为堂名。

【秘书堂】

夏远(730—? 年),字行一,号三斗。唐代浙江会稽郡金华人。唐肃宗上元年间(760—761 年)进士,授秘书郎。唐代宗宝应元年(762 年)上书言尚书李国辅奸,被谪贬武宁宰。武宁多崇山峻岭,经过安禄山之乱,地方豪强各据一方。夏远上任后,规劝他们从事农业生产,创立学校,每日与士民讲求贤仁义之学,民俗遂变为醇美,文风大振。唐代宗永泰元年(765 年),皇帝知其廉明忠直,召为集贤殿侍制,夏远坚持不赴,遂返回故里武之三斗坪。因其担任的最高官职为秘书郎,故其后人以"秘书"为堂名。

【正德堂】

夏儒(生卒年不详),上元(今江苏南京市江宁区)人,明武宗朱厚照毅皇后之父,正德二年(1507 年)封为庆阳伯。其为人长厚,父亲夏瑄生病,夏儒三年不离左右。富贵后,穿衣吃饭跟布衣时一样,毫无特殊之处,见者不知其为外戚。正德,即德行端正。夏儒品行端正,又是正德年间封为伯爵,故其后人以"正德"为堂名。

【遗爱堂】

遗爱,即遗留给后世之爱。

夏鲁奇(882—931 年),字邦杰,五代后唐青州(今山东青州)人。五代十国时期后唐名将。初在后梁做官,后奔后唐。曾随庄宗灭后梁,生擒后梁名将王彦章。一次,唐庄宗李存勖窥探敌情遭遇埋伏,夏鲁奇奋力作战,使庄宗脱险。拜磁州刺史,又迁河阳节度使,为政有惠爱。派其镇守忠武,百姓阻拦挽留不得行。后迁其镇守武信,董璋谋反,攻遂州,城中弹尽粮绝,夏鲁奇自刎而死。因其留惠爱于后人,故其子孙以"遗爱"为堂名。

一说遗爱堂出自夏禹治水的故事。《汉书一百下叙传》云:"淑人君子,时同功异,没世遗爱,民有余思。"夏禹治水,造福于后世,名垂千古,故夏氏后人便以"遗爱"为堂名。

584. 夏侯(xiàhóu)氏堂名

谯郡堂(亦作亳州堂),鲁郡堂(亦作鲁国堂、任城堂、汶阳堂)(以上为以望立堂);汝阴堂(自立堂名)

【汝阴堂】

夏侯婴(?—前 172 年),沛(今江苏沛县)人,西汉开国功臣之一。与刘邦少年为友,跟随刘邦起义,刘邦为沛公,以夏侯婴为太仆,从刘邦入蜀,定三秦,立下屡屡战功。因初为滕令奉车,故号滕公。刘邦兵败时,夏侯婴曾在半路上救了刘邦与吕后所生的一对子女,即后来的汉孝惠帝和鲁元公主。刘邦登基后,封夏侯婴为汝阴侯。刘邦死后,刘盈继位,是为孝惠帝,他把紧靠皇宫的一等宅第赐给夏侯婴,名曰"近我",意思是"这样可离我最近"。后夏侯婴又与大臣拥立文帝刘恒,复为太仆。死后谥号文。其后裔以其封号为堂名,称"汝阴堂"。

585. 先(xiān)氏堂名

绛郡堂,河东堂(以上为以望立堂)

586. 鲜(xiān)氏堂名

渔阳堂,南安堂,太原堂(以上为以望立堂);敦厚堂(自立堂名)

587. 贤(xián)氏堂名

武阳堂,弋阳堂(以上为以望立堂)

588. 弦(xián)氏堂名

弋阳堂(以望立堂)

589. 咸(xián)氏堂名

汝南堂,阳根堂(亦作江陵堂)(以上为以望立堂);含象堂,政肃堂(以上为自立堂名)

【含(食)象堂】

在唐初的政治舞台上,有一批名重四方、誉满一时、影响力巨大的文人,他们以学问、品行、诗文、言论出类拔萃而闻名于世。唐太宗时曾建文学馆,广泛收罗人才,如杜如晦、房玄龄、于志宁、苏世长、姚思廉、薛收、褚亮、陆德明、孔颖达、李玄道、李守素、虞世南、蔡允恭、颜相时、许敬宗、薛元敬、盖文达,苏勗等,被称为"十八学士"(薛收去世后,召刘孝孙补之)。这些学士博览古今、明达政事、善于文辞,追随唐太宗李世民,各司其职,各尽其力,为奠定太平盛世做出了杰出贡献,使唐朝出现了中国历史上少有的"贞观之治"。唐太宗命阎立本给这18个人画像,让褚亮作赞,题18个人名号、籍贯,藏之书府,时人倾慕,谓之登瀛洲。

唐玄宗开元年间,朝廷在上阳宫食(含)象亭,以张说、徐坚、贺知章、赵冬曦、冯朝隐、康子元、侯行果、韦述、敬会真、赵玄默、毋煚（jiǒng）、咸廙业、李子钊、东方颢、陆去泰、余钦、孙季良为十八学士，命董萼画像，御制（皇帝写的）赞，为千秋翰苑盛事。

咸冀（生卒年不详），字廙业，为唐开元"十八学士"之一，咸氏后人引以为荣，故以"含（食）象"为堂名。

590. 显（xiǎn）氏堂名

河南堂（以望立堂）

591. 冼（xiǎn）氏堂名

番禺堂（以望立堂）

592. 冼（xiǎn）氏堂名

南海堂（以望立堂）

593. 县（xiàn）氏堂名

扶风堂，江陵堂（以上为以望立堂）

594. 宪（xiàn）氏堂名

河南堂（以望立堂）

595. 献（xiàn）氏堂名

河东堂（以望立堂）

596. 乡（xiāng）氏堂名

齐郡堂（以望立堂）

597. 相（xiāng）氏堂名

西河堂，巴郡堂（以上为以望立堂）；讽德堂（自立堂名）

【讽德堂】

相云(生卒年不详),后秦冯翊郡人。后秦文桓帝姚兴喜欢狩猎,常常因田猎而损坏农民的庄稼,相云便作《德猎赋》加以讽刺。大意是猎者也应该有道德,绝对不能毁坏庄稼。姚兴读完此诗后,大加赞赏,改正了自己的错误,并赐给相云金帛加以奖励。相云后裔遂以"讽德"为宗祠堂名。

598. 相里(xiānglǐ)氏堂名

河西堂,西河堂(以上为以望立堂)

599. 香(xiāng)氏堂名

许昌堂,齐郡堂,海陵堂(以上为以望立堂);崇本堂(自立堂名)

600. 襄(xiāng)氏堂名

太原堂(以望立堂)

601. 降(xiáng)氏堂名

汝州堂(以望立堂)

602. 向(xiàng)氏堂名

河南堂(亦作河内堂、三川堂),河东堂,山阳堂(亦作青阳堂),长沙堂(亦作临湘堂)(以上为以望立堂);中和堂,淑均堂,七贤堂,竹林堂,大耐堂,懿德堂,孝友堂,泰和堂,让爵堂,充裕堂,光裕堂,四知堂,怀德堂(以上为自立堂名)

【中和堂】

中和,中庸、中正平和。

向长(生卒年不详),字子平,东汉河内朝歌(今河南省鹤壁市淇县)人。隐居不仕,性格崇尚中和,通晓《老子》《易经》。家贫无资财、无粮食,有好事的人送给他食物,他取足了够吃的,而把多余的又退还给馈赠者。王莽的大司空王邑召见他,他几年后才到。王邑想把他推荐给王莽,他坚辞不受,王邑只好作罢。他潜藏在家里读书,曾读《易经》至损、益两卦,慨然叹气说:"我已经知道富不如贫、贵不如贱,但不知死比生怎么样。"建武年间(56—58年),他给儿子、女儿办完了婚事,便与家室断绝了关系,对家人说:"就当我死了吧!"于是,他自由自在地跟好友北海禽庆去游历五岳名山,最后不知所终。因其性格中和,其后人便以"中和"为宗祀堂名。

淑均堂

淑均,善良公正。

向宠(? —240年),刘备时任牙门将(类似主将帐下的偏将),秭归(今属湖北省宜昌市)一战,蜀军失败,唯独向宠的军营保全。诸葛亮北伐时,任命向宠为中领军,封都亭侯。诸葛亮北行汉中前,特意在《出师表》中向后主刘禅推荐向宠,诸葛亮称赞说,"将军向宠,性行淑均(性情平和,为人善良),晓畅(精通)军事",军中之事,都应该跟他商议,这样就可以使军队内部和睦,军力配备得当。于是,向宠被提拔为中领军。延熙三年(240年),汉嘉地区蛮夷叛乱,向宠率军前去平定,在混战中身亡。由于他平时深得军心,所以其部下奋力拼杀,将其尸体夺回,送回成都安葬。因为诸葛亮曾赞扬向宠"性行淑均",故其后人以"淑均"为堂名。

七贤堂 竹林堂

七贤堂和竹林堂皆出自晋代向秀的故事。向秀(227—272年),字子期,河内郡怀县(今河南省武陟县西南)人,魏晋之交的文学家和哲学家。少年好学,清悟有远识,爱老庄之学。注《庄子》有独特见解,大开玄学之风。官拜黄门侍郎、散骑常侍,与嵇康、山涛、阮籍、阮咸、王戎、刘伶常宴游于竹林,世称"竹林七贤"。向氏后人遂以"七贤""竹林"为堂名。向秀素与嵇康、吕安友善。嵇康被诛,乃作《思旧赋》以哀之。(参见"嵇氏堂名")。

大耐堂

大耐,能力很强、很有能耐。

向敏中(949—1020年),字常之,开封(今河南开封)人,北宋大臣。太平兴国五年(980年)进士,官广州知州,召为工部郎中,因廉明正直,越级提升为右谏议大夫、同知枢密院事,宋真宗时拜右仆射。咸平四年(1001年)拜同平章事。受任后,向敏中谢绝客人,门厅寂静无声。真宗闻之,叹曰:"敏中大耐官职!"咸平五年(1002年)拜为宰相。向敏中为人端庄温厚,平易厚道,通晓民政,善于采纳民意、选拔人才。其居大任30年,人们将他视为大德之人。因皇帝称赞他为"大耐官职",故其后人以"大耐"为堂名。

603. 项(xiàng)氏堂名

汝南堂,辽西堂(以上为以望立堂);圣师堂,崇报堂,崇义堂,崇礼堂,清雅堂,四留堂,五桂堂,成德堂,种德堂,怀德堂,世德堂,树德堂,明德堂,培桂堂,桂溪堂,洁己堂,光祖堂,惇叙堂,叙伦堂,敦睦堂,敦伦堂,敦叙堂,敦礼堂,敦良堂,世习堂,尊亲堂,衍庆堂,承先堂,规本堂,和义堂,优见堂,思成堂,以孝堂,孝友堂,慎远堂,裕昆堂,玉和堂,项国堂,文明堂,说善堂,志远堂,惠廉堂,公礅堂,余庆堂,有恒堂(以上为自立堂名)

【圣师堂】

项橐(tuó,生卒年不详),春秋时莒国(今山东省日照市)神童,长得眉清目秀,跟水洗了一般,无师自通,聪明过人。自幼喜爱观察事物,遇事喜欢打破砂锅问到底。提出的问题使好多大人都难以回答。相传 7 岁时路遇孔子,孔子这位知识渊博,见多识广的大学者一连向他提出 40 多个问题,他对答如流、滴水不漏,而且能言善辩、充满哲理,而项橐向孔子提了三个问题,孔子却回答不出来,故人们把他誉为"孔子师"。"圣师堂"由此而得名。

604. 相(xiàng)氏堂名

西河堂,河西堂(以上为以望立堂)

605. 巷(xiàng)氏堂名

河南堂(以望立堂)

606. 象(xiàng)氏堂名

京兆堂,颍川堂(以上为以望立堂)

607. 襄(xiàng)氏堂名

太原堂(以望立堂)

608. 肖(萧,xiāo)氏堂名

兰陵堂,广陵堂,河南堂(以上为以望立堂);芳远堂,定汉堂,制律堂,师俭堂,友爱堂,八叶堂,同文堂(以上为自立堂名)

【定汉堂】【制律堂】【师俭堂】

以上三个堂名皆出自汉代名相萧何的故事。萧何(前 257—前 193 年),沛(今江苏沛县)人,平时勤奋好学,思想机敏,对历代律令颇有研究。他生性勤俭节约,从不奢侈浪费,性格随和,很善于识人,结交许多朋友。早年任秦朝沛县功曹(即狱吏),秦末辅

佐刘邦起义。攻破咸阳后,官兵纷纷趁乱抢夺金银财宝,唯独萧何一不贪图金银财物,二不迷恋美女,而是赶往秦丞相御史府,将秦朝有关国家户籍、地形、法令等图书档案一一进行清查,分门别类,登记造册,统统收藏起来,对日后制定政策和取得楚汉战争的胜利起了重要作用。楚汉战争时,萧何留守关中,使关中成为汉军的巩固后方,不断输送士卒和粮饷支援前线,对刘邦战胜项羽建立汉朝起了非常重要的作用。他采摭秦朝六法,重新制定律令制度,作为《九章律》。在法律思想上,他主张无为而治,喜好黄老之术。萧何家置田宅,必穷僻处,不治垣屋,曰:"后世贤,师吾俭;不贤,毋为世家所夺。"意思是:萧何家建房屋,必定在贫穷偏僻之处,不建围墙。他说:"后代人如果贤能,就效法我的简朴;如果不成器,这种房屋也不会被有权势的人夺去。"因萧何为奠定汉朝基业、制定法律做出了杰出贡献,故后人以"定汉"和"制律"为堂名;又因他曾说"师吾俭"(效法我的简朴),故后裔亦有人以"师俭"为宗祠堂名。

609. 销(xiāo)氏堂名

安西堂(以望立堂)

610. 蛸(xiāo)氏堂名

巴东堂(以望立堂)

611. 孝(xiào)氏堂名

平原堂(以望立堂)

612. 校(xiào)氏堂名

河南堂(以望立堂)

613. 斜(xié)氏堂名

辽阳堂(以望立堂)

614. 泄(xiè)氏堂名

荥阳堂(以望立堂)

615. 解(xiè)氏堂名

平阳堂(亦作临汾堂、邹鲁堂),雁门堂(亦作善无堂、阴馆堂),洛阳堂(亦作河南堂),济南堂,辽东堂(亦作扶余堂、襄平堂、辽阳堂、凌东堂)(以上为以望立堂);梁都堂,文渊堂,世善堂(以上为自立堂名)

【梁都堂】

解脩(生卒年不详),晋代著县(故城在今山东济阳县西南)人,仕北魏,任琅琊太守、梁州刺史,考绩为天下第一,后封梁都侯。其后人以其封号为"梁都堂"。

616. 谢(xiè)氏堂名

陈留堂,会稽堂,宣城堂,冯翊堂,下邳堂,陈郡堂(以上为以望立堂);承德堂,承仁堂,哲经堂,存著堂,敬业堂,阁老堂,起风堂,乌衣堂,东山堂,威怀堂,安晋堂,宝树堂,西堂,宝翰堂,永思堂,葆光堂,世德堂,聚德堂,同德堂,文德堂,淳叙堂,新燕堂,奕要堂,式南堂,亲长堂,雍睦堂,善继堂,东留堂,留余堂,咏梅轩,毓芝堂,瑞云堂(以上为自立堂名)

【乌衣堂】【东山堂】【威怀堂】【安晋堂】【宝树堂】

威怀,威服和怀柔,谓威德并用。

以上五个堂名皆出自晋代谢安和谢氏家族的故事。谢安(320—385年),字安石,陈郡阳夏(今河南太康)人。东晋著名政治家、军事家。少以清淡知名,屡辞朝廷征召,而隐居会稽郡山阴县之东山,与王羲之、许询、支道林等名士名僧频繁交游,出门便捕鱼打猎,回屋就吟诗作文,并且教育谢家子弟,就是不愿当官。升平二年(358年),谢安的长兄、豫州刺史谢奕病逝,由其弟谢万接任。次年(359年),谢万因指挥无能,被贬为庶人。自此,谢氏家族在朝中之人已尽数逝去,于是,已经40多岁的谢安开始萌生做官的志趣,决定东山再起。初任桓温的征西司马,后历任吴兴太守、侍中、吏部尚书、中护军等职。咸安二年(372年)简文帝驾崩,桓温企图篡位,并以势劫持谢安,谢安不为所动,桓温阴谋破产。桓温死后,谢安与王彪之等一心辅晋,威怀外著,时人将他比作三朝丞相王导。淝水之战,谢安率侄儿谢玄,大败前秦苻坚,使晋朝转危为安。谢安未出任征讨大都督之前,曾隐居会稽东山。为官后,相传晋孝武帝曾驾临谢安官邸,看见其庭院中有棵大雄树,青翠茂盛,乃曰:"此乃谢家之宝树。"又,《晋书·谢玄传》:"谢玄与从兄为谢安所器重。谢安告诫自己的子侄们,于是问道:我们家的子侄并不需要出来参与政事,为什么还要每个人都有才能呢?子侄们一时都回答不出来。谢玄道:就像芝兰玉树一样,且让他生于阶前的庭院中。"谢安听了非常高兴。唐代王勃《滕王阁序》有"非谢家之宝树"句。乌衣巷位于南京秦淮河上朱雀桥南岸,是晋代王谢两个豪门大族的住宅区,两族子弟都喜欢穿乌衣以显示自己身份尊贵。乌衣巷走出了王羲之、王献之,以及山水诗派鼻祖谢灵运等文学巨匠。唐代诗人刘禹锡《乌衣巷》云:"朱雀桥边野草花,乌衣巷口夕阳斜;旧时王谢堂前燕,飞入寻常百姓家。"这概括了时代的变迁和历史的兴衰。

【西堂】

西堂出自南北朝时宋国诗人谢灵运的故事。谢灵运(385—443年),原名公义,字灵运,小名客儿,世称谢客,以字行于世。祖籍陈郡阳夏(今河南太康县),生于会稽始宁(今绍兴市嵊州)。东晋名将谢玄之孙。南北朝时杰出的诗人、文学家、旅行家。袭封康乐公,亦称谢康乐。南朝宋时历任永嘉太守、侍中、临川内史等职。其诗多咏山水。曾在西堂思诗不就,忽梦见其弟惠连,得"池塘生春草"一句,被后人推崇为佳句。因他在西堂梦得佳句,故其后人以"西堂"为宗祠堂名。

617. 偰(xiè)氏堂名

河南堂,溧阳堂(以上为以望立堂)

618. 辛(xīn)氏堂名

陇西堂,雁门堂(以上为以望立堂);环州堂,枣强堂,孝友堂,永思堂,双贞堂,五龙堂,泰来堂(以上为自立堂名)

【环州堂】【枣强堂】

详见莘氏堂名。

【双贞堂】

双贞堂出自晋代陇西郡狄道(今甘肃临洮县)人辛勉和辛恭靖的故事。辛勉(265—420年),字伯力,博学,有贞固之操(守持正道,坚定不移)。西晋怀帝司马炽时,累迁为侍中。311年,匈奴刘聪军队攻入洛阳。辛勉随怀帝至平阳,被俘。刘聪欲任命他为光禄大夫,辛勉坚辞不受。刘聪派他的黄门侍郎乔度携药酒以逼之,辛勉曰:"大丈夫岂以数年之命而亏高节,事二姓,下见武皇帝哉!"他端起酒就要喝,乔度马上阻止道:"主上相试耳,君真高士也!"叹息而去。刘聪嘉其贞节,深敬异之,为其筑屋平阳西山,月月供米、酒,辛勉亦辞而不受。年八十卒。

辛恭靖(生卒年不详),陇江狄道(今甘肃临洮)人。少有才干,能力过人。隆安年间(397—401年)任河南太守,正遇上后秦文桓帝姚兴来犯。辛恭靖固守百余日,因没有救援而被攻陷,被押解到长安。姚兴对他说:"我将任命你管理东南之事,怎么样?"辛恭靖厉声厉色回答:"我宁为国家鬼,不为羌贼臣。"姚兴非常愤怒,把他幽禁在一个屋里,关了三年。后来他终于骗过看守,越墙逃跑,返回江东。晋安帝司马德宗嘉奖了他,相国、大将军桓玄推荐他担任谘议参军。

辛氏一族出了两个坚贞高尚之士,乃辛氏家族的骄傲,遂以"双贞"为堂名。

【五龙堂】

五龙,指同时有才名的五个人。此处指前凉辛鉴、辛旷、辛攀、辛宝、辛迅兄弟五人。五人为狄道(今甘肃省临洮南)人,均有才学,尤以辛攀闻名。辛攀(生卒年不详),字怀远,建安年间为晋大鸿胪,后出使凉州,遂在凉州刺史张规手下做官。时谚曰:"一门五龙,金枝玉昆。"辛氏"五龙堂"遂由此而得名。

619. 忻(xīn)氏堂名

天水堂(以望立堂)

620. 欣(xīn)氏堂名

渤海堂,西河堂(以上为以望立堂)

621. 昕(xīn)氏堂名

南昌堂(以望立堂)

622. 新(xīn)氏堂名

河内堂(以望立堂)

623. 信(xìn)氏堂名

魏郡堂(以望立堂)

624. 兴(xīng)氏堂名

武都堂(以望立堂)

625. 星(xīng)氏堂名

济北堂(以望立堂)

626. 刑(xíng)氏堂名

河间堂,五台堂(以上为以望立堂)

627. 邢（xíng）氏堂名

河间堂（亦作瀛洲堂、乐成堂），河南堂（亦作三川堂、河内堂），儋州堂（亦作儋耳堂、文昌堂）（以上为以望立堂）；守雅堂，三礼堂，四胤堂，德行堂，北彦堂，绳武堂，求祜堂，文昭堂（以上为自立堂名）

【守雅堂】

邢澍（1759—1823 年），字雨民，一字自轩，号佺山，阶州（今甘肃武都）人。清代史学家、史志目录学家、金石学家、藏书家。家境贫寒，居于浙江嘉禾，乾隆五十五年（1790 年）进士，历任浙江永康、长兴等县知县，江西南安、饶州府知府。任长兴知县时，邢澍捐出自己的俸禄，修建了同善堂，重修平政桥、丰乐桥等工程。他为官清正，深受百姓拥戴，称其为邢青天。邢澍精于历史、天文、舆地之学，专治各史表、志、目录。家有藏书万余件。他曾博考秦代图籍，撰写秦代目录史料，耗时两年，精心搜采，终于写成《全秦艺文志》80 卷。邢澍工于书法、金石、碑板，其著述有"取材博而用心审"之称。曾与孙星衍同辑金石学名著《寰宇访碑录》行世，收录碑石 7706 种。著有《两汉希姓录》《金石文字辨异》《关右经籍考》《南旋诗草》《旧雨诗谭》《守雅堂诗文集》等 16 种。其后人以其名著名为堂号。

628. 行（xíng）氏堂名

平襄（在今甘肃通渭西北）堂（以望立堂）

629. 陉（xíng）氏堂名

东鲁堂（以望立堂）

630. 幸（xìng）氏堂名

南昌堂，雁门堂，豫章堂，渤海堂（以上为以望立堂）

631. 姓（xìng）氏堂名

临淄堂（以望立堂）

632. 雄（xióng）氏堂名

广陵堂，河东堂（以上为以望立堂）

633. 熊（xióng）氏堂名

江陵堂，兰陵堂，兰溪堂，钟陵堂，秭归堂，南昌堂（以上为以望立堂）；射石堂，谦益堂，三礼堂，孝友堂，思孝堂，典裕堂（以上为自立堂名）

【谦益堂】

熊翘（生卒年不详），江西豫章（今江西省南昌市）人，曾为西晋大臣、巨富石崇（249—300 年）的苍头（奴仆），为人正直，廉洁，有为官之风度。石崇好友、著名文学家潘岳见之，连连称异，乃劝石崇将其辞退，归返故里。后来，在"八王之乱"中，石崇因骄奢淫逸被赵王司马伦所杀。熊翘则因不趋炎附势，谦让而受益，未被株连，故其后人便以"谦益"为堂名。

注："八王之乱"指西晋争夺政权的斗争。八王是汝南王司马亮、楚王司马玮、赵王司马伦、齐王司马冏、成都王司马颖、长沙王司马乂、河间王司马颙、东海王司马越，八人相互残杀，最后司马越毒死惠帝，另立怀帝，独掌大权。前后战乱达 16 年，人民纷纷起义。

【三礼堂】

熊安生（生卒年不详），字植之，北周长乐阜城（今河北省阜城）人，北朝经学家。博通五经，尤精三礼（即《周礼》《仪礼》和《礼记》的合称），弟子达千余人。北齐时任国子博士，曾与北周使节尹公正辨析《周礼》疑义数十条，并探究其根源。尹公正返回北周后，向朝廷汇报了此事，北周皇帝亲临其家，邀请他去北周，入北周后，拜露门学博士下大夫。其沿袭东汉儒家经说，撰有《周礼》《礼记》《孝经》诸义疏。因熊安生特别精通三礼，其后人便以"三礼"为堂名。

【射石堂】

相传古代有个射箭能手，名叫熊渠，亦称熊渠子，生卒年不详。有一次他走夜路，老远看见一只老虎趴在那里。他拿箭就射，老虎却一动也不动。他走近一看，果然射中了，而且箭头射进去好几寸深，用手拔也拔不出来，原来射中的是块石头。"射石堂"由此而得名。

634. 休（xiū）氏堂名

济阴堂（以望立堂）

635. 修（xiū）氏堂名

临川堂（以望立堂）

636.脩(xiū)氏堂名

永平堂(以望立堂)

637.秀(xiù)氏堂名

会稽堂,秀州堂(以上为以望立堂)

638.绣(秀,xiù)氏堂名

会稽堂,秀州堂(以上为以望立堂)

639.须(xū)氏堂名

琅琊堂,渤海堂(以上为以望立堂);陆量堂(自立堂名)

【陆量堂】

须无(生卒年不详),汉代高祖刘邦时人,封爵陆量侯,四代世袭,其后以封爵名"陆量"为堂名。

640.胥(xū)氏堂名

琅琊堂,太原堂,瞽琊堂(以上为以望立堂);名节,清节堂,敦睦堂(以上为自立堂名)

641.需(xū)氏堂名

蒙城堂(以望立堂)

642.藇(xū)氏堂名

吴郡堂(以望立堂)

643.徐(xú)氏堂名

东海堂,高平堂,东莞堂,琅琊堂,南陵堂,南州堂,中山堂,扶风堂,奉化堂,昆山堂,雪山堂,金浦堂,揭阳堂,涤阳堂(以上为以望立堂);圣交堂,麦饭堂,存桂堂,垂裕堂,追远堂,叙伦堂,礼耕堂,信耕堂,耕道堂,雍睦堂,雍肃堂,修吉堂,永思堂,鸿绩堂,东尾堂,东陇堂,一本堂,二庙堂,三贤堂,三水堂,三益堂,三和堂,三乐堂,三鉴堂,四汇堂,四明堂,四皓堂,五桂堂,五金堂,五云堂,五福堂,五瑞堂,五凤堂,五谷堂,五龄堂,六吉堂,六顺堂,七贤堂,八龙堂,九桥堂,人和堂,几仙堂,文和堂,文苑堂,文敬堂,大坪堂,宁寿堂,天佑堂,汇源堂,玉屿堂,玉井堂,玉安堂,正伦堂,正宜堂,正谊堂,立本堂,立德堂,止敬堂,牛眠堂,风月堂,凤岑堂,中伦堂,仁让堂,乡贤堂,会友堂,本仁堂,冲和堂,角杰堂,留余堂,余庆堂,庆云堂,庆衍堂,庆馀堂,衍庆堂,云凤堂,式穀堂,华和堂,西山堂,龙井堂,永睦堂,永思堂,永和堂,永安堂,永绥堂,永春堂,石林堂,石码堂,石麟堂,长泰堂,日新堂,节孝堂,节友堂,至孝堂,忠孝堂,孝友堂,孝伦堂,孝思堂,孝感堂,光裕堂,名正堂,位思堂,双杉堂,双石堂,孚受堂,孚威堂,仙溪堂,仙岐堂,众睦堂,志读堂,世安堂,世珍堂,世禄堂,世仁堂,世美堂,谷诒堂,后城堂,如在堂,务前堂,报本堂,再思堂,亲亲堂,忠厚堂,忠亮堂,忠贤堂,忠恕堂,寿岂堂,寿怡堂,寿水堂,寿祺堂,桂里堂,桂思堂,固本堂,南溪堂,南陔堂(南垓堂),通介堂,慎修堂,慎徽堂,思本堂,笃敬堂,萃裕堂,岱浦堂,善风堂,善庆堂,乐善堂,宝善堂,积善堂,景祥堂,景敬堂,持敬堂,宾壶堂,初学堂,叔仪堂,显承堂,承先堂,承启堂,承德堂,承宗堂,承道堂,敦本堂,敦王堂,敦伦堂,敦礼堂,敦叙堂,敦孝堂,敦厚堂,敦睦堂,崇义堂,崇本堂,崇雅堂,崇敬堂,崇德堂,进德堂,和德堂,世德堂,种德堂,尚德堂,树德堂,顺德堂,昭德堂,明德堂,芝德堂,思德堂,新德堂,厚德堂,勤德堂,怀德堂,慈德堂,滋德堂,懿德堂,德光堂,德诏堂,清正堂,清和堂,清廉堂,雪山堂,晴山堂,箕山堂,儒山堂,偃王堂,维新堂,惇五堂,惇王堂,悖叙堂,兴顺堂,松心堂,松柏堂,尚义堂,有义堂,长春堂,居易堂,选清堂,佑启堂,青云堂,奉先堂,时思堂,绍进堂,绍美堂,衍秀堂,柞衍堂,忠亮堂,教忠堂,梅友堂,育文堂,杏花堂,宗儒堂,高士堂,闻世堂,素位堂,柳村堂,深柳堂,苑嵩堂,春濡堂,颍安堂,巽锦堂,鸿绪堂,建楬堂,楬贤堂,集贤堂,徐伦堂,室前堂,爱敬堂,敬爱堂,敬中堂,敬业堂,敬宗堂,敬慎堂,继志堂,继述堂,继源堂,普修堂,普风堂,树于堂,树芝堂,景高堂,肇修堂,静廉堂,馀麟堂,诒燕堂,燕诒堂,燕翼堂,迎恩堂,勤业堂,朝仪堂,明恕堂,逊锦堂,雅歌堂,灿霞堂,纯蝦堂,睦族堂,凛存堂,翼奕堂,勷文堂,桃园堂,泽馨堂,福都堂,院前堂,银塘堂,盛林堂,梅岑堂,源远堂,槐荫堂,赐书堂,淮源堂,绳祖堂,祺顺堂,履谦堂,聚顺堂,豫安堂,溯源堂,锄金堂,锄经堂,麒麟堂,古十笏堂,龙坝草堂,南州草堂,大学士堂(以上为自立堂名)

【风月堂】

徐勉(466—535年),字修仁,东海郯(今山东临沂市郯县)人,南朝梁文学家,官至左仆射中书令,为梁朝皇帝萧衍掌管书记,参与制定朝章制度。少年孤贫,及长,笃志好学。其工作勤勉,几十天才回一次家,家中养的一群狗都不认识他了,冲他狂吠不止。徐勉感到好笑,又觉无奈,曾说:"吾忧国忘家,乃至于此。若吾亡后,亦是传中一事。"后一句的意思是:"我死了以后,如果有人给我写传记,群犬惊吠倒是一件值得一记的轶事。"据史书载，他"虽居显位，不营产业，家无积蓄，俸禄分赠亲族之穷乏者"。有好心人劝他，为子孙着想，应置产业。徐勉回答："人遗子以财，我遗之以清白。子孙才也，则自致辎軿（辎和軿都是古代车名，此处连用意为家产），如其不才，终为他有。"其告诫子弟书，为世传颂。因徐勉"居敬行简称简，执心决断为肃"，死后谥简肃公。曾经有客夜间来访，谈话时向他求取官职，徐勉很严肃地说："今夜只可以谈风月，不宜涉及公事政务。"徐氏家族遂以"风月"为堂名。

【五凤堂】

徐陵（507—583年），字孝穆，东海郡郯县（今山东郯城）人，南朝梁、陈之间的诗人、文学家，早年即以诗文闻名。8岁能文，12岁通《庄子》《老子》。长大后，博涉史籍，有口才。梁武帝萧衍时任东宫学士，常出入禁闼，为当时宫体诗人。文章绮艳，与庾信齐名，并称"徐庾体"。入陈后，历任尚书左仆射、中书监等职。相传其母臧氏，曾作一梦，见五色云化凤而降，集其左肩上，遂生陵。凤乃吉祥之鸟，亦比喻有才名的人，故其族人以"五凤"为堂名。

【晴山堂】

徐霞客（1587—1641年），名弘祖，字振之，号霞客，明代南直隶江阴（今江苏江阴市）人。明代伟大的地理学家、旅行家和探险家。他一生志在四方，不避风雨虎狼，与长风云雾为伴，以野果充饥，以清泉解渴，曾先后游历于江苏、安徽、浙江、山东、河北、河南、山西、陕西、福建、江西、湖北、湖南、广东、广西、贵州、云南16个省，尝尽旅途的艰辛，写下260多万字的游记，后人根据他留下的日记，整理成著名的《徐霞客游记》，是把科学和文学融合为一体的一大奇书。

徐霞客故居由胜水桥、晴山堂石刻、徐霞客墓和仰圣园等组成。其中，晴山堂石刻集中了明代洪武三年（1370年）至崇祯五年（1632年）前后262年间，84位名人名家撰写的墓志铭、传、序、记等共90篇，计76块石刻，为明代书法艺术的缩影，十分珍贵。其后人便以"晴山"为堂名。

【大学士堂】

徐元文（1634—1691年），字公肃，号立斋，清代江苏昆山人。顺治十六年（1659年）进士第一，顺治帝称其为"佳状元"，赐冠带、蟒服、乘御马等，授翰林院修撰。康熙十八年，出任修《明史》总裁，后升任国子监祭酒，充任经筵讲官。他感慨学校废弛，毅然以师道自任，他认为，"自古人才盛衰，全看学校的兴废。汉唐以来，太学子弟都是认真选拔、精心培育的"，他请求"按照顺治八年和十一年的旧例，让各省两年或三、五年推举一批优等生，选送品学兼优的青少年入太学"，并请求按顺治时的办法，各置省乡试，取副榜生若干名，送入太学。这样，各地才智出众的学士都集中于太学，对培养经世致用的人才大有好处。他的建议被采纳，并颁布实施。康熙称赞他："徐元文为祭酒，规条严肃，满族子弟不认真学习的，他一定要加以斥责，甚至鞭挞，至今监生们还畏服他，以后难得有这样的人了。"徐元文著有《含经堂集》，官至文华殿大学士，故其后人以"大学士"为堂名。

孝友堂

徐文震（生卒年不详），宋代婺州金华（今浙江省金华市）人，字伯光，尚礼好义（崇尚礼仪，讲究义气），数世同炊，地方长吏署其门曰"金华孝友之家"，故后人以"孝友"为宗祠堂名。

南陔堂

徐以升（约 1738 年前后在世），字阶五，号恕斋，德清（今浙江湖州市辖）人，雍正元年（1723 年）进士，官至广东按察使，著有《南陔堂诗集》12 卷，其中各卷有一集（即《学步集》《雪泥集》《湘滩集》《秋帆集》《梦华集》《忽至草》《黄楼草》《南还草》《黔游草》《烟江叠》《闲闲集》《四库总目》）传于世，故其族人以"南陔"为堂名。

清正堂

清正廉洁，清白正直，不贪念，干干净净做人，踏踏实实做事。

徐永达（？—1442 年），字志道，归德人。洪武年间由太学生授侯官教谕。永乐年间拜为翰林编修，侍皇太孙读书。不久，又迁为右中允。宣德初，迁为鸿胪寺少卿，又以少卿之职出使安南，招南方部落头目黎利降明，擢升湖广按察使，改山西按察使。徐永达为政清正，严肃不扰民，粗衣蔬食，资家人纺织以供衣食，吏人畏敬之。曾弹劾巡按御史颜继之暴虐，开罪于都御使陈智，志不能抒。正统七年（1442 年）二月逝世。巡抚兼少卿于谦临其丧。解金带赠之。因徐永达为政清正，故后人以"清正"为堂名。

孝感堂

徐仲源（生卒年不详），唐代望江（今安徽省安庆市望江县太慈镇柯家畈村）人，进士，曾任合肥令。事母至孝，贞元年间其母李氏左眼红肿，整日流泪不止，疼痛难忍，日夜辗转反侧，难以入眠，请名医用药无收效，左眼渐失明，右眼也红肿流泪。偶然听说儿子身上的肉炖汤可治愈，遂忍剧痛割肉为母疗伤，其母眼疾渐愈，保住了右眼。其"割股救母"一时成为佳话。朝廷旌其门，名其乡曰"孝感"。徐氏"孝感堂"由此而得名。

节孝堂

徐积（1028—1103 年），字仲车，北宋楚州山阳（今江苏淮安）人。三岁，父死。因父名石，徐积终身不用石器。行路时遇到石头，回避不践踏。事母至孝，母亡，庐墓三年，哭不绝音。初师从胡瑗，治平四年（1067 年）进士，神宗数召对，因耳聋不能仕。屏处乡里，而四方事无不知晓。元祐初（1086 年），近臣交荐其为孝廉文学，乃以扬州司户参军、楚州教授，转和州防御推官，改宣德郎。崇宁二年（1103 年），监西京嵩山中岳庙，终年76 岁。政和六年（1116 年），赐谥节孝处士，家乡人为其建"徐节孝祠"，著有《节孝语录》《节孝集》。徐氏族人遂以"节孝"为堂名。

八龙堂

徐伟（生卒年不详），宋代临湘（今湖南省岳阳市临湘县）人，举孝廉，事母至孝。官府屡次征召皆不赴,去之龙潭山中,隐居教授,依其家居者300余家。遇荒年,有贫不能自给者,他皆全力资助,乡人感其惠,生子多以"徐"为名。徐伟生有八子,后皆知名,时称"徐氏八龙"。"八龙堂"即出于此。

644. 许(xǔ)氏堂名

高阳堂,汝南堂,河南堂,太原堂,会稽堂,长兴堂,高丽堂(以上为以望立堂);居廉堂,洗耳堂,得仁堂,训诂堂,说文堂,世德堂,怀德堂,懋德堂,永吉堂,敦叙堂,敦本堂,敦义堂,敦睦堂,麟振堂,惜阴堂,希范堂,怀义堂,绍鲁堂,承文堂,聚族堂,聚英堂,聚顺堂,追远堂,惇叙堂,忠恕堂,翰华阁,端本堂,孝友堂,孝思堂,福善堂,光启堂,承启堂,宜尔堂,诚意堂,太岳堂,太获堂,惠保堂,庆余堂,诒燕堂,既翕堂,月旦堂,纯安堂,方湖草堂(以上为自立堂名)

▌洗耳堂▐

上古帝尧时有一位高士名叫许由(生卒年不详),字武仲,隐居于沛泽之中。帝尧要把天下禅让给他,他辞而不受,遁隐到中岳,颍水之阳,箕山之下去种地;帝尧又请他出任九州长,许由不愿听,就跑到颍水旁去洗耳,认为帝尧的话玷污了他的耳朵。许氏因以"洗耳"为堂名。

▌得仁堂▐

许氏,姜姓,上古四岳伯夷之后。伯夷(生卒年不详),商代孤竹君之子,父将死,立下遗嘱让伯夷弟叔齐继位。父死后,叔齐让伯夷继位,伯夷道"父命也"遂逃去。叔齐亦不立而逃。周武王伐商,伯夷、叔齐叩马而谏。等到武王胜商而有天下,二人耻食周粟,隐于首阳山,采薇而食,最后饿死于首阳山。孔子夸他们"求仁而得仁"。许氏因以"得仁"为堂名。

▌训诂堂▐ ▌说文堂▐

许慎(58—147年),字叔重,东汉汝南召陵(今河南省漯河市召陵区)人。东汉著名的经学家、文字学家、语言学家,中国文字学的开拓者。师从东汉经学大师贾逵,性情淳笃。少时博学经籍,马融常推敬之,时人为之语曰:"《五经》无双许叔重。"官至太尉、南阁祭酒。精文字训诂,历二十一载著成《说文解字》14卷,收文9353个,重文1163个,均按540个部首排列,集古今经学和训诂的大成,是我国第一部说解文字原始形体结构及考究字源的文字学专著。推究六书之义,分部类从,至为精密。许慎另著有《五经异义》《淮南鸿烈解诂》等书,已失传。"训诂堂""说文堂"由此而得名。

▌孝友堂▐

许俭(生卒年不详),字幼度,宋代闽清(今福建省闽清县)人,朱熹弟子,人称真儒,不蓄私财,不置私器,三世不分异,庭无间言。宋代名臣郑性之(字信之)书"孝友"二字以扁其堂。其后人遂以"孝友"为堂名。

645. 绪（xù）氏堂名

东鲁堂（以望立堂）

646. 续（xù）氏堂名

河东堂，雁门堂，襄阳堂（以上为以望立堂）

647. 轩（轩辕）〔xuān（xuānyuán）〕氏堂名

上党堂，辽西堂，渔阳堂，郐阳堂（以上为以望立堂）；太霞堂，榆西堂（以上为自立堂名）

【太霞堂】

轩辕集（生卒年不详），唐代东莞人，居罗浮山为道士，年数百岁，颜色不老，坐暗室目光长数丈，有分身术，善为人疗除疾病。曾著《太霞》12篇。唐武宗召问长生之术，对曰："绝声色，薄滋味，哀乐一致，德施无偏，尧、舜、禹、汤之所以致上者此也。"意思是：尧、舜、禹、汤之所以长寿，是因为他们断绝了靡靡之音和女色，饮食不贪厚味，乐与悲同样对待，不为此过分欢乐和伤感；施德于人，无偏无私。轩辕氏"太霞堂"取其著作而命名。

【榆西堂】

东起榆关（即山海关）西至嘉峪关，全长12000千米，由此而分塞外与中原，故以居住地为堂号。该地轩氏谦和达理，秉性正直，笃实纯厚，淡泊敬诚。

648. 宣（xuān）氏堂名

始平堂，东郡堂，濮阳堂，宣城堂，渔阳堂（以上为以望立堂）；德重堂，敦厚堂（以上为自立堂名）

【德重堂】

德重堂出自东汉宣秉的故事。据《后汉书》载，宣秉（？—30年），字巨公，冯翊郡云阳（今重庆市下辖县）人。少年时便颇有修养与高节，名著三辅之地。汉哀帝、平帝年间（前6—5年），见王莽专权，侵削王室，有逆乱之萌，乃隐居深山，州郡连连征召，皆称病不仕。王莽篡权后，又派人征之，秉固称病疾。更始刘玄即位，征为侍中。建武元年（25年）官拜御史中丞，次年迁升司隶校尉。

宣秉生性节俭,衣着布服,饭以蔬食瓦器。皇帝曾亲临其舍,见而叹曰:"楚国二龚(即龚胜、龚舍,皆以清苦立节著名),不如云阳巨公。"即赐以布帛、帷帐、杂物。后官至大司徒司直,所得俸禄皆用以收养亲族,并分田于孤弱者,自己无担石之储,故宣氏楹联中有"巨公高节""德重主知"之语。宣氏"德重堂"之名便由此而来。

649. 禤(xuān)氏堂名

青州堂,南越堂,防城堂(以上为以望立堂)

650. 玄(xuán)氏堂名

河间堂(以望立堂)

651. 薛(xuē)氏堂名

河东堂,新蔡堂,沛国堂,高平堂(以上为以望立堂);三凤堂,忠谏堂,崇礼堂,慎德堂(以上为自立堂名)

【三凤堂】

《新唐书·宰相世系表》载:"薛国亡于楚,其亡国君主薛洪之子薛登仕楚国,楚怀王以沛地(今江苏沛县)赐予登,登率众迁于沛。"

汉代薛登之裔孙薛永从刘备入蜀,为蜀郡太守,其子薛齐拜光禄大夫,迁于河东(今山西汾阳),在此发展成为名门望族,史称薛氏河东望。唐代河东人薛收,与堂兄薛元敬,族兄薛德音齐名,文才倾动当时,亦称"河东三凤"。薛收(生卒年不详),字伯褒(xiù),年十二能文,不肯做官,后归唐高祖,任秦王府主簿,后从李世民平定割据势力刘黑闼(tà),封汾阴县男,曾上书建议秦王停止狩猎。薛元敬(生卒年不详),字子诚,长于文学,曾任秘书郎,秦王李世民天策府参军兼值记室、太子舍人。掌军府书檄和朝廷诰令,深得唐太宗赏识,为十八学士之一。薛德音(生卒年不详),曾协助魏淡修撰《魏史》,书完成后,升著作佐郎。后从王世充,军书羽檄,皆出其手。"三凤堂"由此而得名。

652. 学(xué)氏堂名

东鲁堂,东吴堂(以上为以望立堂)

653. 薰(xūn)氏堂名

河西堂(以望立堂)

654. 荀(xún)氏堂名

河南堂(以望立堂);作冠堂,兰令堂(以上为自立堂名)

【作冠堂】

相传黄帝有臣子荀始(生卒年不详),原为一名心灵手巧的艺师,黄帝命他负责制作大小官员的帽子。他后来发明用"黄华赤实"编制帽子。他针对臣子的不同官职爵位,编出不同的帽形,令人一看,一目了然。黄帝很高兴,称他为荀始。其子孙遂以他的名字为姓,称荀氏。为怀念这位始祖,荀氏后人便以"作冠"为堂名。黄华、赤实,其本如藁本,名曰荀草。

【兰令堂】

荀卿(前313—前238年),名况,时人相互尊重而号为卿,西汉时为避汉宣帝刘询之名讳,改称孙卿("荀"与"询"音同,而"孙"与"荀"二字古音相通)。战国时赵国人。著名政治家、思想家、文学家。年五十,始游学于齐,到齐襄王时"最为老师""三为祭酒"。后齐国有人诽谤他,他便离开齐国去了楚国,春申君任命他为兰陵令。春申君死而荀卿废,家居兰陵,韩非、李斯都是他的入室弟子。荀子最著名的是性恶论,与孟子的性善论正好相反。代表作有《荀子》。因其担任过兰陵令,故后人以"兰令"为堂名。

655. 郇(xún)氏堂名

平阳堂(以望立堂)

656. 鄩(xún)氏堂名

河南堂(以望立堂)

657. 衙(yá)氏堂名

江夏堂(以望立堂)

658. 烟(yān)氏堂名

天竺堂(以望立堂)

659. 匽(yān)氏堂名

内黄堂(以望立堂)

660. 燕(yān)氏堂名

范阳堂,上谷堂,吴兴堂(以上为以望立堂);招贤堂,树德堂(以上为自立堂名)

【招贤堂】

招贤堂源自战国时燕昭王的故事。燕昭王(前335—前279年),名平。本名姬职。他当了国君后,消除了内乱,决心招纳天下有才能的人,振兴燕国,夺回失去的土地,但并没有多少人投奔他,于是就去向郭隗请教。郭隗给他讲了一个国君买千里马的故事,建议他招贤先从郭隗开始。燕昭王采纳了他的意见,遂拜郭隗为师,给以丰厚的俸禄,并为他筑"黄金台"。消息传出去以后,许多有才干的人纷纷来投靠燕昭王。经过20多年的努力,燕国终于强盛起来,打败了齐国,夺回了被占领的土地。故事详见郭姓堂名"尊贤堂"。

661. 鄢(yān)氏堂名

太原堂,范阳堂(以上为以望立堂);悠远堂,言远堂,聚庆堂,永庆堂,振德堂,敷德堂,崇本堂,千秋堂,兴顺堂(以上为自立堂名)

662. 言(yán)氏堂名

汝南堂,吴郡堂(以上为以望立堂)

663. 严(yán)氏堂名

天水堂,冯翊堂,华阴堂,富春堂(以上为以望立堂);调山堂,古秋堂,钤山堂,宜雅堂,五录堂,尺五堂,海云堂,育德堂,含晖堂,紫云堂,慎本堂,绥成堂,锡类堂,务本堂,敦伦堂,奉恩堂,方守堂,客星堂(以上为自立堂名)

【宜雅堂】

严允肇(生卒年不详),字修人,号石樵。清代顺治十四年(1657年)丁酉举人,顺治十八年(1661年)进士,官寿光知县,因触犯同僚而罢官。后与该同僚相遇,以隆重礼节而待之。人称其有长者风度。他善于写诗,有《洗象行》名句"怒蹄蹴踏苍山颓,岩峣臃肿难为状"。蹴踏,即踢蹬;岩峣,本指高山,此处形容象体高大;状,形容。两句的大意是:象蹄硕大,倘若发怒踢蹬,就会把大山踩崩;象体高大臃肿,实在难以形容。诗人以夸张的手法刻画出大象体高身胖、蹄粗力大的特征以及人们对此感到难以描摹的惊叹心情,形象十分生动。严允肇著有《宜雅堂集》。其后世以其著作名为堂号。

【富春堂】【客星堂】

富春堂和客星堂皆出自东汉著名隐士严光的故事。严光(前39—41年),又名遵,字子陵,会稽郡余姚(今浙江余姚)人。原姓庄,因避东汉明帝刘庄名讳,改姓严。少有高名,与东汉光武帝刘秀同学,亦为好友。其后他积极帮助刘秀起兵。25年,刘秀登基,他乃变姓名,隐身不见。刘秀思其贤,到处找他。后齐国上书:有一男子,披羊裘垂钓于泽中,乃遣使聘之,三返而后至。刘秀乘车来到他的住处,子陵卧床不起。刘秀随即至其卧室,摸着光的肚子说:"咄咄子陵,不可相助为礼耶?"后引入皇宫,论道故旧,同床共卧时,子陵曾把他的脚放在皇帝的肚子上。次日,太史来奏:客星犯帝座甚急。刘秀笑曰:"朕与故人严子陵共卧耳。"刘秀多次延聘他做官,他都不赴,隐姓埋名,退居富春山。享年八十,葬于富春山。后世人称富春山为"严陵山",又称其富春江垂钓处为"严陵濑",其垂钓蹲坐之石为"严子陵钓台"。后来北宋政治家范仲淹重修桐庐富春江畔严先生祠堂,并撰写《严先生祠堂记》,内有"云山苍苍,江水泱泱。先生之风,山高水长"的赞语,遂使严光以高风亮节而闻名天下。为怀念这位不倚仗权势、不祈求荣华富贵的先人,其后裔乃以"富春"和"客星"为宗祠堂名。

【尺五堂】

严我斯(1629—1679年),字就斯,一字存庵。浙江湖州府归安县(今湖州市)人。康熙三年(1664年)进士第一,授翰林院修撰,官至礼部左侍郎。严我斯无甚显绩,但他端介有度、文章操行为时所重。其诗文名噪一时。他在《捕蝗谣》中直抒胸臆"蝗食民苗诚可忧,吏食民膏何时瘳。捕蝗不如捕虐吏,宽租停扑蝗何忧。"表现了他关心民众疾苦,反抗污吏横征暴敛的思想。其诗长于华瞻之作,且多近体,著有《尺五堂诗删》六卷,《述祖汇略》一卷,《存庵诗集》六卷,《近刻》四卷,其《四库总目》传于世。其后人遂以其著作名为堂号,称"尺五堂"。

【古秋堂】

严沆(1617—1678年),字子餐,号灏亭,浙江余杭(今杭州)人。清代顺治十二年(1655年)进士,选庶吉士,历任兵科、吏科、户科、刑科给事中,太仆寺少卿,金都御使,宗人府府丞,左副都御使。官至侍郎,总督仓场。善书、画,山水近米芾,作有《留山堂图》,后人评价较高。虚心好学,遇有讥讽评论其诗文者,及时修改。富藏书,筑别墅"皋园",有藏书楼名曰"清校楼",藏书万余卷。著有《奏疏》《北行日录》《皋园诗文集》《严少司农集》《古秋堂集》。后人以其代表作名为堂号。

【钤山堂】

钤山堂出自明朝大奸臣严嵩的故事。严嵩(1480—1567年),字惟中,号勉庵、介溪、分宜等。江西新余市分宜县人,曾读书于钤山十年。弘治十八年(1505年)进士,明朝著名权臣,擅专国政达20年之久,累进吏部尚书,谨身殿大学士、少傅兼太子太师,少师、华盖殿大学士。63岁拜相入阁。严嵩书法造诣深,擅长写青词(实多为他人代笔)。他恃宠揽权,贪贿赂,狡诈恶毒,凡直陈时政者皆斥责杀戮。严嵩之子严世藩,

245

为太常寺卿,父子勾结。杨继盛弹劾严嵩十大罪五奸,严嵩杀之。最后严嵩被明世宗罢职,削职为民,在贫病交加中死去。

历史上多称严嵩为明代六大奸臣之一,然此结论亦存在争议。有史学家认为,这跟明代有名的史学家王世贞有关。王世贞的父亲就是被明世宗处死的王忬。一个偶然的机会,王忬得到价值连城的国宝《清明上河图》,不久被严嵩父子得知,二人就向王忬索要。王忬迫于严嵩的权势,就让一位画师临摹了一张送给严嵩,后来事情败露,严嵩对其怀恨在心,遂借王忬戍边不力下狱之机,上本将其害死。因这段积怨,王世贞在其所写的《嘉靖以来首辅——严嵩传》及其他史著中,对严嵩多有诋毁,严嵩的声名随此一落千丈。

明世宗是个极难伺候的皇帝,猜忌,多疑,嗜杀,待人冷淡。严嵩任首辅15年,与其相处并不容易。世宗所居西苑永寿宫发生火灾,世宗欲重修宫殿。严嵩考虑世宗久不视朝,营建要耗费巨额资材,故反对重修。这说明,严嵩并非一意地对世宗"谄""媚"。史称严嵩"屠害忠良",最突出的例子便是沈炼和杨继盛之死。然沈炼死于总督杨顺之手,有人说是严嵩幕后指使,但于史无据,且杨顺并非严嵩同党。而沈炼罗列严嵩十大罪状,"俱空虚无实"(《世庙识余录》卷十五)。沈炼嗜酒,与地方当局常闹纠纷,其死乃个人性格上的弱点所致,与所谓"忠奸"毫无关系。杨继盛曾上《请诛贼臣疏》,所列十大罪五奸,也大多空虚无实。奏疏中说严嵩没把国家治理好,世宗认为是暗指他,"疏入,帝已怒……下继盛诏狱"。说杨继盛之死是严嵩做的手脚,也过于勉强。严嵩之"贪鄙"是他声名狼藉的原因之一。严嵩贪污受贿不假,但弹劾严嵩的所谓"廉吏"徐阶却拥有田产40余万亩,"产业之多,令人骇异"(《四友斋丛说》卷十三)。时任应天府巡抚海瑞曾接到许多农民控告徐阶夺田霸产的诉状,海瑞令徐阶退还。迫于压力和海瑞的威力,徐阶不得不退还部分田产,却暗中行贿给事中戴凤翔,弹劾海瑞"鱼肉缙绅",将海瑞罢官,保住了他庞大的田产。严嵩著有《钤山堂集》。总之,严嵩的功过,有待后人评说。可能鉴于此,其族人仍给他立堂,称"钤山堂"。

664. 延(yán)氏堂名

南阳堂,河南堂(以上为以望立堂)

665. 衍(yán)氏堂名

睢阳堂(以望立堂)

666. 研(yán)氏堂名

巨鹿堂,平阳堂,荥阳堂(以上为以望立堂);三弄堂,清风堂(以上为自立堂名)

667. 盐（yán）氏堂名

颍川堂，北海堂，河南堂，松阳堂（以上为以望立堂）

668. 阎（闫，yán）氏堂名

太原堂，河南堂，天水堂（以上为以望立堂）；右相堂，丹青堂，日月堂，树德堂，树滋堂，雅望堂，四美堂（以上为自立堂名）

【右相堂】【丹青堂】

右相堂和丹青堂皆出自唐代画家、宰相阎立本的故事。阎立本（601—673年），雍州万年（今陕西西安市临潼县）人。出身贵族，北周武帝宇文邕的外孙。其父石宝县公阎毗，北周时为驸马，其母乃北周武帝之女清都公主。因阎毗擅长工艺，多巧思，工篆隶书，对绘画、建筑皆很擅长，隋文帝和隋炀帝均爱其才艺。入隋后官至朝散大夫、将作少监。立本兄阎立德亦擅长书画、工艺及建筑工程。父子三人并以工艺、绘画闻名于世。

阎立本绘画艺术，先承家学，后师从张僧繇、郑法士。据传，他在荆州见到张僧繇壁画，在画下留宿十余日，坐卧观赏，舍不得离去。后人说他师法张僧繇，人物、车马、台阁都达到很高水平。除绘画外，他还颇有政治才干。唐高祖武德年间就在秦王（李世民）府任库直，太宗贞观时任主爵郎中、刑部侍郎。唐高宗显庆元年（656年）阎立德死后，阎立本升迁为工部尚书。总章元年（668年），擢升为右相，封博陵县男。当时姜恪以战功擢升左相，因而时人有"左相宣威沙漠，右相驰誉丹青"之说，故其后裔以"右相"和"丹青"为堂名。阎立本曾为唐太宗画《秦府十八士》《凌烟阁功臣二十四人图》，为当时称誉。其代表作有《步辇图》《古帝王图》《职贡图》《萧翼赚兰亭图》等传于世。

【日月堂】

阎尔梅（1603—1679年），字雕鼎，又字用卿，号古古，因生而耳长大，白过于面，又号白耷山人、蹈东和尚，江苏沛县人。明代崇祯年间举人。清军入关后，他到南方参加宏光政权，曾做过史可法的幕僚，曾极力劝说史可法进军山东、河北等地，以图恢复。明亡后，他继续坚持抗清活动，手刃爱妾，平毁先人坟墓后，散尽万贯家财，用以结交豪杰之士，立志复明。他曾两次被清军抓获，意志不屈，寻机逃脱后流亡各地。十多年间，游历了楚、秦、晋、蜀等九省。晚年，眼见复明无望，才回到家乡。

阎尔梅是明末复社的重要人物，反对魏忠贤，在当时颇有盛名。他工诗，长于七律。由于他经历乱世，遭际坎坷，家破国亡，所以其诗多感怀时世，充满了深厚的民族感情，风格苍凉刚健，在当时颇有文名。他始终保持民族气节，拒绝与清朝统治者合作。回到故里后，他的一位故友胡谦光正好在沛县任县令。胡谦光仰慕阎尔梅的文名，致书阎尔梅，劝他入仕为官。阎尔梅断然拒绝，不惜割袍断交，并作绝交诗一首，表明自己的志向和态度。《绝贼臣胡谦光》云:"贼臣不自量,称予是故人。敢以书招予,冀予与同坐。一笑置弗答,萧然湖水滨。湖水经霜碧,树光翠初年。妻子甘作苦,昏晓役春薪。国家有兴废,吾道有诎申。委蛇听大命,柔气时转新。生死非我虞,但虞辱此身。"诗中把清王朝的官员比作"贼臣",把背弃明朝,出仕清廷看作随应时俗、同流合污,一再表明自己要像湖水一样保持高洁,但不再以过去那种激烈的斗争方式,而要心气柔和忍耐,等待时机的转变。诗人民族气节之大,拒绝与新统治者合作的态度之坚,对明王朝眷念感情之深,跃然纸上。阎尔梅家祠堂名曰"日月堂",寓意他和后人不扶清,反清复明。

669. 颜(yán)氏堂名

鲁国堂,琅琊堂(以上为以望立堂);复圣堂,宝塔堂,四乐堂,旧雨堂,丛桂堂,又红堂(以上为自立堂名)

【复圣堂】

颜回(前521—前481年),字子渊,春秋末期鲁国曲阜(今属山东)人。14岁拜孔子为师,此后终身师事之,是孔子最得意的门生,极富学问。《论语·雍也》说他"一箪食,一瓢饮,在陋巷,人不堪其忧,回也不改其乐"。他为人谦逊好学,"不迁怒,不贰过"。在孔子诸弟子中,他以德行著称。孔子对他称赞最多,不仅赞扬他"好学",而且还以"仁人"相许。孔子曰,"贤者,回也""回也,其心三月不违仁"。颜回异常尊敬老师,对孔子无事不从、无言不悦。他严格按照孔子关于"仁""礼"的要求,"敏于事而慎于言",故孔子赞扬他有君子四德:强于行义,弱于受谏,怵于待禄,慎于治身。他终生向往的就是出现一个"君臣一心,上下和睦,丰衣足食,老少康健,四方咸服,天下安宁"的无战争、无饥饿的理想社会。自汉代起,颜回被列为七十二贤人之首。他一生没做过官,也没留下传世之作。他的片言只语,收集在《论语》等书中,其思想与孔子的思想基本一致,后世尊其为"复圣"。元文宗封颜回为"兖国复圣公",明代嘉靖时罢封爵,只称"复圣"。颜氏族人遂以"复圣"为堂名。

【丛桂堂】

颜廷榘(1519—1611年),字范卿,号陋巷生、赘翁、桃源渔人,福建永春始安里(今永春县石鼓镇桃场村)人。明代诗人和书法家,是永春历史上有名的乡贤,后人把他奉祀在乡贤祠,尊称其为"桃陵先生"。颜廷榘天资聪颖、秉性慈良,幼时随父到广东任所,母在家侍奉祖母。一次,老师对试他"人在高堂千里远",廷榘应对"客眠孤馆五更寒"。对仗工整协调,深得老师赞许。

颜廷榘嘉靖三十七年(1558年)被举为岁贡,出任九江通判。公事之余会友赋诗,游览匡庐、彭蠡的风景名胜,人以白居易比之。屡次承办郡县之事,所办案件皆公正廉明。当时有兵与民发生冲突,当权者要加罪于民以媚兵,廷榘坚持认为不可,三次上报均遭驳回。因忤逆上司主意而被贬为大宁都司断事。赴任时,他只带一个仆人,一住五年,每天以读书写字自娱。后调任岷王府长史,辅导匡正,深得岷王器重。辞官告归后,纵游蓟、燕、吴、越间,栖虎丘,泛西湖,登天目,所过皆留诗纪胜,海内名硕士大多与其有交往。著有《匡庐唱和集》《燕南寓稿》《楚游草山堂近稿》《颜氏家谱》《丛桂堂集》及《杜律意笺》等。其后人以其力作《丛桂堂集》为堂名,称"丛桂堂"。

670. 檐(yán)氏堂名

河间堂,渤海堂(以上为以望立堂);继述堂(自立堂名)

671. 奄(yǎn)氏堂名

内黄堂(以望立堂)

672. 晏(yàn)氏堂名

太原堂,齐郡堂(亦作齐国堂),东海堂,济阳堂(以上为以望立堂);清齐堂,显齐堂,齐敬堂,善交堂,久敬堂,廉俭堂,衮绣堂,薑桂堂,一本堂,修叙堂,阁叙堂,丛品堂,萃美堂,承先堂,象贯堂,三鳝堂,义和堂(以上为自立堂名)

【善交堂】【久敬堂】【廉俭堂】

廉俭,清廉节俭。

以上三个堂名皆出自春秋后期齐国上大夫晏婴的故事。晏婴(? —前500年),字仲,谥号平,故亦称晏平仲,又称晏子。齐国莱地夷维(今山东莱州市平里店)人。政治家、思想家、外交家。为齐国上大夫晏弱之子。晏婴身材矮小,其貌不扬,但头脑机敏、能言善辩,说话可令人无法招架。齐灵公二十六年(前556年),晏弱病逝,晏婴继任为上大夫,历任灵公、庄公、景公三朝,辅政长达40余年。他生活节俭,食不重肉,妾不衣帛,一狐裘30年。他谦恭下士,屡谏齐王;对外既富有灵活性,又坚持原则性,出使不受辱,捍卫了齐国的国格和国威。晏婴病重时,在柱子上凿了个洞,把一封信放在里面,对妻子说:"楹语也,子壮而示之。"不久,晏婴病逝。儿子长大后,打开信,信上写着:"布帛不可穷,穷不可饰;牛马不可穷,穷不可服;士不可穷,穷不可任;国不可穷,穷不可窃也。"孔子评价晏婴说:"救民百姓而不夸,行补三君而不有,晏子果君子也!""晏平仲善与人交,久而敬之。"(《论语·公冶长》)晏氏"善交堂""久敬堂""廉俭堂"遂由此而得名。

673. 鞅(yāng)氏堂名

商於堂(以望立堂)

674. 羊（羊舌）[yáng（yángshè）] 氏堂名

太原堂，京兆堂，河东堂，荥阳堂，泰山堂（亦作乾封堂、奉符堂、泰安堂），开封堂（亦作杞邑堂、启封堂、大梁堂、汴梁堂），河内堂（亦作怀州堂、野王堂、怀庆堂、沁阳堂），辽东堂（亦作扶余堂、襄平堂、辽阳堂、凌东堂）（以上为以望立堂）；种璧堂，岘山堂，松遐堂，遗直堂，追远堂，悬鱼堂，钟爱堂，世德堂（以上为自立堂名）

【种璧堂】

相传汉代有羊公（生卒年不详）者，名伯雍，曾设义棚，施舍茶汤三年，有一人喝了以后，从怀里掏出石子一升，对羊公说："你种下这些石子，就可以收获美玉，还能得到漂亮的妻子。"于是，羊公将石子埋于土中，果然长出一盆白玉。邻居徐氏，有一女儿美貌无比，因她要讨一对白璧作为彩礼，故无人能聘而尚待字闺中。羊公知道后，就到种玉之处再次挖掘，果然得到五双白璧。羊公便以此为聘礼娶了徐氏，婚后生有十子，皆有俊才。后来羊公也官至宰相。汉代《武梁祠画像石》的23幅有"义浆羊公"图，便是讲述该事。这虽然是传说，但好人有好报，这便是讲述该故事的真实意图，故羊氏后人遂以此为堂名。

【岘山堂】

羊祜（221—278年），字叔子，晋代泰山南城人。著名战略家、政治家和文学家。博学能文，长于辩论，而且仪度潇洒，身长七尺三寸，须眉秀美。其为官清廉正直，在朝从不亲亲疏疏，故有识之士，都对他十分尊崇。历官给事中、黄门郎、秘书监、中军将军加散骑常侍，晋爵为郡公。晋武帝受禅，羊祜累官尚书右仆射，都督荆州诸军事。镇守襄阳十年里，屯田兴学，绥怀（安抚关切）远近，甚得江汉民心。轻裘缓带，身不披甲，在与吴将陆抗对峙的日子里，务修德以怀柔吴人，并与吴人开诚相待，有投降者，来去自由。后入朝面陈伐吴之计，并推举杜预代替自己，不久去世。南州闻祜丧，莫不号啕痛哭，吴国守边将士亦为之泣下。羊祜在襄阳时，常登岘山。死后，人们立碑其地。望其碑者，莫不流涕。杜预因名其曰"坠泪碑"。羊氏后人因以"岘山"为堂名。

【遗直堂】

遗直，指直道而行、有古人遗风的人。

羊舌肸（？—前528），复姓羊舌，名肸，字叔向，又称叔肸、杨肸肸。春秋时期晋国绛州王守庄人，王守庄俗称羊舌村。历事晋悼公、晋平公、晋昭公三世。主要活动在晋平公、晋昭公时期（前556—前527年）。食邑在杨（今山西洪洞县东南15里），故又称杨肸。晋悼公时，叔向以熟悉历史掌故，知识渊博，被任命为太子彪之傅。太子彪即位，是为晋平公，羊舌肸以上大夫为太傅，此后，一直活跃在晋国政坛和各诸侯国之间达30年之久。羊舌肸性格耿直，为人也很正直。晋昭公四年（前528年），邢侯和雍子争夺一块土地，长期没有解决。叔向的弟弟叔鱼（即羊舌鲋）处理这起纠纷，本来是雍子理亏，但叔鱼接受了雍子的贿赂，反而定邢侯有罪。邢侯一怒之下，把叔向和雍子都杀了。当时主持朝政的韩宣子问叔向这件事的是非曲直,叔向丝毫不偏袒自己的弟弟,认为三人都有罪,特别指出弟弟叔鱼贪污受贿,即使活着,也应该判处死刑。孔子对叔向的这种正直的精神给予高赞扬,他说:"叔向,古之遗直也。治国制刑,不隐于亲。三数叔鱼之恶,不为末减,曰义也夫,可谓直矣!"羊氏"遗直堂"由此而得名。

【悬鱼堂】

羊续(142—189年),字兴祖,东汉兖州泰山郡平阳县人。年轻时以忠臣子孙的缘故,官拜郎中。建宁元年(168年),羊续被大将军窦武征辟为府掾;同年,窦武因政变失败而被害,羊续被免职。次年(169年),第二次党锢爆发,羊续又被牵连,被禁锢十余年。中平元年(184年),党锢解除,羊续被太尉杨赐征辟为府掾,此后四次升迁庐江郡、南阳郡太守。中平二年(185年),扬州爆发黄巾军,羊续征募舒县20岁以上男子入伍,皆发放兵器上阵,羸弱者背水灭火,汇集数万人,大破黄巾军。接着,安凤县又出现以戴风为首的叛乱军,羊续又率军将其击溃,生擒渠帅,其余叛军皆免罪为平民,并发放农具,让他们参与农作。中平三年(186年),荆州江夏郡赵慈发动叛乱,朝廷拜羊续为南阳郡太守,前往平定。他乔装百姓,只带随从一人,秘密进入南阳郡,暗访民众,对当地官吏贪廉情况了如指掌,下属莫不惊讶、震慑。斩杀赵慈后,羊续上报朝廷,对投降叛军宽恕以待,并颁布政令,为百姓排忧解难,百姓欢欣鼓舞。

南阳郡权贵之家大多好奢侈,羊续极为反感,便以身作则,清介自持,穿破旧衣服,食粗粮,乘破旧马车和羸弱马匹。有一府丞曾进献活鱼一条,羊续将其悬挂在厅堂之上。待府丞再次送鱼时,羊续便指着悬挂的鱼给他看,以示拒绝,故时人称羊续为"悬鱼太守"。羊续的妻子带儿子羊秘从泰山郡前往南阳郡看望羊续,羊续将妻子挡在门外,仅让羊秘一人进屋,向儿子展示自己的资产:只有布被、短衣、食盐和麦子数斛而已。羊续对儿子说:"我就这些东西,拿什么给你母亲呢?"他随即又把妻子和儿子遣送回故里。中平六年(189年),汉灵帝刘宏任命幽州牧刘虞为太尉,刘虞推辞而推荐羊续。于是,刘宏下诏任命羊续为太尉。当时位拜三公的人,都要往西园缴纳1000万的礼钱,由宦官担任使者负责收取,名为"左骓"。左骓前来宣读诏令,许多官员都毕恭毕敬,甚至向其行贿。而羊续却让左骓坐在一张席子上,拿出一件破旧的棉袄给左骓看,说:"臣能资助的,就这件棉袄而已。"刘宏听了左骓的汇报,很不高兴,任命只好作罢。后刘宏改任羊续为太常,免去礼钱。未及赴任,羊续便死在路上。临终羊续留下遗言:要求薄葬,不接受礼钱。按朝廷规定:2000石的官员逝世,朝廷拨款100万用于葬礼。府丞焦俭遵照羊续遗愿,拒绝了这笔费用及他人的捐赠。

唐代诗人周昙有诗云:"鱼悬洁白振清风,禄散亲宾岁自穷。单席寒厅惭使者,葛衣何以至三公。"宋代徐积《河路朝奉新居》诗云:"爱士主人新置榻,清身太守旧悬鱼。"明朝名臣、民族英雄于谦诗云:"喜剩门前无贺客,绝胜厨传有悬鱼。清风一枕南窗卧,闲阅床头几卷书。"为怀念这位清正廉明的先人,后世便以"悬鱼"为堂名。

675. 扬(yáng)氏堂名

天水堂,长扬堂(以上为以望立堂)

676. 阳(yáng)氏堂名

沂水堂,陇西堂,阳都堂(以上为以望立堂);玉田堂,启胤堂,崇本堂,谏议堂(以上为自立堂名)

【谏议堂】

阳城(736—805年),字亢宗,唐代定州北平人。好学,贫不能得书,乃求在集贤院当书吏,偷官书读之,昼夜不出房,经六年,无所不通。阳城登第后,隐于中条山讲学。阳城性情谦虚敬肃,简约朴素,无论老幼都一样对待。远近的人都仰慕他的品行,前来求学的人络绎不绝。阳城为人宽和大度,厚德爱人,且不慕荣利,对待朋友亲和热情,然心中则极有原则,是非分明。遇事足智多谋且恪尽职守,正直敢谏,为大义不顾性命,尽公不顾私。当地人有了纠纷,不去官府而到阳城处裁决。有一个人偷伐了阳城家的树,阳城遇见他,担心他会羞愧,就悄悄藏了起来。阳城家曾经断了口粮,让仆人去借米,仆人用米换了酒喝,醉倒在路上。阳城见仆人迟迟未归,很是奇怪,便前去迎接,发现仆人仍醉卧不醒,就把他背回了家。仆人醒后,深深自责谢罪,阳城说:"天冷喝酒,有什么值得责备的呢?"荒年,阳城把榆钱磨碎了煮粥充饥,依然坚持讲学。看到他饥饿,有人怜悯他,送给他食物,他不肯接受。山东节度府听说阳城有德,就派使者送给他500匹细绢,并告诉使者不允许再拿回来。阳城坚决推辞,使者只好放下绢回去了。阳城把绢放在一边一动不动。恰好同乡人郑俶家有丧事,无钱安葬亲人,又借贷无门,阳城得知后,便把绢全部送给了他。李泌当了宰相,向唐德宗李适(kuò)举荐阳城,德宗遂任命他为右谏议大夫,颇得器重。

阳城常对两个弟弟说:"我的俸禄,可以先估算出每月油盐酱醋、材薪蔬菜所需的花费,把余下的钱都拿去喝酒,不要留积蓄。"他衣服没有多余的,有朋友夸奖他衣服漂亮,他就高兴,把衣服送给人家。有个名叫陈苌的人,每当得知阳城领了俸禄,就去赞扬金钱如何美好,每月总有所得。

阳城曾出任道州刺史。道州出侏儒,每年都要向朝廷进贡侏儒。阳城同情他们与家人的生死离别,到任后不再进贡。皇帝派人去要,阳城呈上奏章,写道:"道州这地方百姓个头都矮小,如果要进贡,不知哪些该进贡。"从此,道州就不再进贡侏儒了。

因阳城曾做过谏议大夫,故其族人便以"谏议"为堂名。

677. 杨(yáng)氏堂名

弘农堂,天水堂,安阳堂,关西堂,河东堂(以上为以望立堂);四知堂,清白堂,栖霞堂,光裕堂,赐书堂,崇本堂,务本堂,一本堂,绍兴堂,绍先堂,绍光堂,绍美堂,瑞本堂,秦和堂,鸿仪堂,鸿山堂,新杨堂,道南堂,信海堂,北山堂,洪洞堂,叙伦堂,淳伦堂,享伦堂,思乐堂,天乐堂,永思堂,序思堂,敦本堂,敦睦堂,培本堂,崇德堂,文德堂,怀德堂,寿白堂,遗道堂,宝俭堂,忠武堂,承桂堂,克勤堂,翼善堂,椿荫堂,义庄堂,明远堂,明文堂,太和堂,白云祠,铜铃堂,文运堂,孝义堂,孝思堂,彝叙堂,问安堂,双梧堂,留耕堂,八行堂,佑启堂,缵绪堂,分教堂,莩辉堂(以上为自立堂名)

【四知堂】【清白堂】【关西堂】

杨震(?—124年),字伯起,弘农郡华阴县(在今陕西省)人。少年即好学,通晓诸经,专心探究。当时儒生称赞他说"关西孔子杨伯起"。杨震居住湖城,几十年不应州郡的礼聘。很多人认为他年纪大了,应该出去做官了,但杨震不仕的志向更加坚定。后来有冠雀衔了三条鳢鱼,飞栖在讲堂前面,主讲人拿着鱼说:"蛇鳢,卿大夫衣服的象征。三是表示三台的意思,先生从此要高升了。"所以,直到50岁杨震才开始在州郡任职。四次升迁后为荆州刺史、东莱太守。任荆州刺史时,他路经昌邑县(在今山东省金乡县西北),他从前推举的荆州茂才王密正任昌邑县令,深夜来见,并以十斤黄金相赠。杨震说:"老朋友知道你,你怎么不知道老朋友呢?"王密说:"暮夜无知者。"杨震曰:"天知、神知、我知、子(你)知,何谓无知者?"王密羞愧而退。后来杨震转任涿郡太守。任内公正廉明,不接受私人请托。其子孙蔬食徒步,生活简朴。有位朋友劝他购置田产留给子孙。杨震曰:"使后世称清白吏子孙,以此遗之,不亦厚乎?"意思是:"给后世子孙留下清白的名声,这份遗产不是更丰厚吗?"故事见《后汉书》卷54《杨震传》。汉安帝时,杨震官至太尉。因为人称他为"关西孔子",一生廉明清正,故杨姓后代多以"关西""清白"或"四知"为堂名。

678. 仰(yǎng)氏堂名

河南堂,钱塘堂(以上为以望立堂);乌竹堂(自立堂名)

【乌竹堂】

仰忻(生卒年不详),字天觊,宋代温州永嘉人。力学,以忠厚老实著称。年五十余,母丧,尽孝,亲自背土垒坟,在墓旁筑屋守坟。墓旁生白竹,竹上栖乌鸦,故古有"慈乌白竹"之说。绍圣年间,郡守杨幡表其里"孝廉坊"。大观二年(1108年),以行取士,郡以仰忻应诏。未几卒,特赠将仕郎。后人以"乌竹"为堂名。

679. 养(yǎng)氏堂名

山阳堂,南阳堂(以上为以望立堂);方正堂(自立堂名)

【方正堂】

方正,指汉代不须考试而被推举的功名,要选品行端方,行为正直,学问又好的人。

养奋,字叔高,东汉郁林郡(辖境今广西大部,治所在今广西贵港市)人。博通古籍,深受全郡人尊重。本是布衣,被选举为"方正"。汉和帝时,天气不是旱就是涝,养奋向皇帝进言:"这是因为国家政治上出了问题,干逆了天气,阴阳不和造成的。应该废除一切不好的政令。"言多符合时宜,一时被称为"名儒"。养氏后人便以"方正"为堂名。

680. 要(yāo)氏堂名

鲁郡堂(以望立堂)

681. 尧(yáo)氏堂名

临川堂,河间堂,上党堂(以上为以望立堂);清俭堂(自立堂名)

682. 姚(yáo)氏堂名

吴兴堂,南安堂,上郡堂,中山堂(以上为以望立堂);圣仁堂,存仁堂,耕山堂,耕历堂,耕馀堂,世德堂,承德堂,藻镜堂,谐孝堂,重华堂,三瑞堂,三畏堂,梁国堂,潮山堂,隆山堂,罗山堂,穿窿堂,天马堂,中沁堂,仙源堂,南溪堂,敦伦堂,敦睦堂,雍睦堂,绵江堂,会宗堂,余庆堂,舜井堂,丽泽堂,成务堂,植本堂,察伦堂,燕翼堂,式好堂,明恕堂,梓井山堂(以上为自立堂名)

【耕馀堂】

姚汝循(1535—1597年),初名理,字汝循,后改字叙卿,别号凤麓。江宁(今南京)人。明代诗文家。嘉靖三十五年(1556年)进士,历官祀县知县、南京刑部主事、南京刑部郎中、大名知府。隆庆初年(1567年),受诽谤降职为民,归居凤凰台十年,游历于燕、赵、楚、蜀间。后启用为桂阳州同知、嘉州知州。又因逆大学士张居正,再次罢官返回故里。晚年退耕秦淮,讲学乡里,善行书,工诗,与李登、盛敏耕等共结白社,切磋诗文。著述颇丰,主要有《耕馀集》《锦石山斋集》《屏居集》《姚汝循诗》等。后世遂以"耕馀"为堂名。

【圣仁堂】【重华堂】【耕山堂】【耕历堂】

舜,传说中父系氏族社会后期部落联盟首领,为上古"五帝"之一,奉为华夏至圣。相传其号有虞氏,姓姚,名重华,字都君,谥舜。因国名"虞",故又称虞舜。舜孝敬父母,爱护异母兄弟,深得百姓赞誉。他出生于姚墟,辛勤耕作于历山,渔猎于雷泽。为人处世,治国理政,皆以德为先导,以和谐为依归,一生追求和合、和平、和谐。其和谐之道,始则体现为一种和合、和睦的"家和"思想。他品德高尚,能以德服人。被选为部落首领后,更注重以德化民,勤政爱民,以求协和天下,被称为至仁圣明的帝王,故后人以"圣仁""重华""耕山"或"耕历"为堂名。

【梁国堂】

姚崇(650—721年),原名姚元崇,后名姚元之,因避唐玄宗"开元"年号之讳,改名姚崇。出生于陕州硖石(今河南三门峡东南)一个武将之家。父亲病故后,随母迁回汝州梁县广成外婆家。他继承父亲的尚武遗风,每日以习武为功课,经常与同乡少年去山野狩猎比武,十数年坚持不懈,练就一身强健的体魄和勇猛无畏的精神,诸般兵器皆有涉及。后来饱学之士张憬藏游学路经广成,落脚姚崇家,见姚崇气宇轩昂,非一般山野村夫可比。但交谈之后,发现他知识贫乏、文理欠通,就力劝姚崇好好读书,增长见识,并鼓励他说:"广成乃上古贤人广成子所居之地,黄帝曾问道于广成子。你当以文才显名,很可能位至宰相,不要自暴自弃,要好之为之。"自此,姚崇刻苦攻读,学业大有长进,参加科举,考中进士,步入政坛。

武则天时,姚崇先任夏官郎中。当时,契丹入侵,军机事务繁忙,姚崇对军机文书分析透彻,处理得井井有条,武则天认为他是奇才,提拔他为夏官侍郎,不久又任命他为平章政事、相王府长史兼春官尚书。后因得罪武则天内宠张易之、张昌宗兄弟,被借突厥犯境之际,调任安抚大使。705年,武则天病重,姚崇从边关返京,同张柬之密谋杀死了张氏兄弟,逼武则天让位于太子李显。唐中宗李显复位后,任命姚崇、张柬之为宰相,姚崇因功封梁国公,但姚崇没有接受相位,借口出任亳州刺史。由于武家势力强大,张柬之被杀,姚崇幸免于难。后李隆基发动政变,拥立李旦继位。713年,李隆基继位,消灭了太平公主的党羽,巩固了地位。任命姚崇为兵部尚书、同中书门下三品,姚崇遂第二次为相。因姚崇曾封梁国公,故其后人以"梁国"为堂名。

683. 铫(yáo)氏堂名

颍川堂(以望立堂)

684. 摇(yáo)氏堂名

会稽堂(以望立堂)

685. 徭(yáo)氏堂名

东越堂(以望立堂)

686. 药（yào）氏堂名

河内堂,巴陵堂（以上为以望立堂）

687. 耶律（yēlǜ）氏堂名

辽西堂（以望立堂）

688. 野（yě）氏堂名

广陵堂（以望立堂）

689. 业（yè）氏堂名

魏郡堂（以望立堂）

690. 叶（yè）氏堂名

南阳堂,下邳堂（亦作睢宁堂、邳州堂）,辽东堂（亦作扶余堂、襄平堂、辽阳堂、凌东堂）,梅州堂（亦作兴宁堂、嘉应堂、梅山堂）,越嵩堂（亦作嵩郡堂、嵩州堂、建昌堂、罗罗斯堂、行都堂、宁远堂、宁府堂、凉山堂）（以上为以望立堂）;崇信堂,敦本堂,敦伦堂,敦睦堂,点易堂,续古堂,济美堂,继美堂,百忍堂,天叙堂,惇叙堂,永思堂,惇裕堂,享裕堂,序秩堂,天秩堂,青枝堂,双留堂,双槐堂,国望堂,树德堂,树滋堂,一本堂,崇本堂,傅森堂,素心堂,时忠堂,启承堂,文举堂,合萱堂,厚厚堂,衍宗堂,余庆堂,袭庆堂,仁寿堂,永锡堂,毓秀堂,沈诸堂,授经堂,宝俭堂（以上为自立堂名）

【崇信堂】

叶梦得（1077—1148 年）,字少蕴,因晚年隐居湖州弁山玲珑山石林,故号石林居士。苏州吴县人,宋代词人。绍圣四年（1097 年）进士,历官翰林学士、户部尚书、安东安抚大使等职。曾数次上书论时事,陈待敌之计,曰形、曰势、曰气,并请求南巡,阻江为险,以防不测。绍兴八年（1138 年）,叶梦得授安东安抚制置大使,兼知建康府、行宫留守,总管四路漕计,致力于抗金防备及军饷勤务。叶梦得嗜学早成,多识前言往行（多多汲取前人的经验）,尤工于词。其词主要表现在英雄气、狂气、逸气三个方面。他兼善诗文,还是个博学的经学家。他学识渊博,精熟掌故,藏书又丰。代表作有《石林燕语》《石林词》《石林诗话》等。晚年上章请老,拜崇信军节度使。其后人遂以"崇信"为宗祠堂名。

〖沈诸堂〗

沈诸梁（前550—前470年），芈姓，沈尹氏，名诸梁，字子高。春秋末期楚国军事家、政治家。楚国大夫沈尹戌之子，封地在叶邑（今河南叶县南旧城），自称叶公。他在叶地治水开田，颇有政绩。曾平定白公之乱，担任楚国宰相。因楚国封君皆称公，故称叶公，是全世界叶姓华人公认的始祖，故叶氏族人亦以"沈诸"为堂名。

691. 掖（yè）氏堂名

东莱堂（以望立堂）

692. 一（壹，yī）氏堂名

谯郡堂（亦作谯国堂），东阳堂，襄阳堂，平阳堂，平原堂，黎阳堂，河南堂（以上为以望立堂）

693. 伊（yī）氏堂名

陈留堂，河南堂，山阳堂（以上为以望立堂）；任圣堂（自立堂名）

〖任圣堂〗

伊尹（？—前1713年），名伊，尹为官名，一名挚。夏末商初人。奴隶出身，被有莘国君庖人收养。其出生地说法不一，有河南开封、河南嵩县、河南栾川县、山东曹县、山东莘县、陕西合阳、山西万荣等多种说法。自幼聪明颖慧，勤于上进，虽耕于有莘国之野，但乐尧舜之道，既掌握烹饪技术，又深懂救国之道；既做奴隶主贵族的厨师，又作贵族子弟的"师仆"。商汤以币三聘之，遂幡然而起，为商汤相，教汤以尧舜之道，佐汤伐桀救民，以天下为己任，商汤尊之为阿衡。他一生对中国古代的政治、军事、文化、教育等多方面做出过杰出的贡献，是杰出的思想家、政治家、教育家，中国历史上第一个贤能相国、帝王之师、中华厨祖。代表作有《汝鸠》《汤誓》《伊训》。汤死后，其孙太甲无道，伊尹被放逐于桐。三年后，太甲悔过，伊尹复归于亳，年百岁卒。帝沃丁以天子之礼葬之。孟子称他是"圣之仁者"，意思是：圣人中最讲信的人，故伊氏后人以"任圣"为堂名。

694. 伊祁（yīqí）氏堂名

平阳堂（以望立堂）

695. 衣（yī）氏堂名

河南堂（以望立堂）

696. 依（yī）氏堂名

辽东堂（以望立堂）

697. 祎（yī）氏堂名

开封堂（以望立堂）

698. 猗（yī）氏堂名

东鲁堂，陈留堂，河南堂（以上为以望立堂）

699. 仪（yí）氏堂名

晋阳堂（以望立堂）

700. 夷（yí）氏堂名

城阳堂（以望立堂）

701. 怡（yí）氏堂名

辽西堂（以望立堂）

702. 宜（yí）氏堂名

巴西堂（以望立堂）

703. 移（yí）氏堂名

弘农堂（以望立堂）

704. 蛇（音 yí 或 shé）氏堂名

雁门堂，南安（治所在今甘肃陇西南）堂（以上为以望立堂）

705. 遗（yí）氏堂名

鲁郡堂（以望立堂）

706. 乙（yǐ）氏堂名

襄阳堂，河南堂，平阳堂，黎阳堂，平原堂（以上为以望立堂）

707. 蚁（yǐ）氏堂名

河东堂（以望立堂）

708. 倚（yǐ）氏堂名

楚郡堂（以望立堂）

709. 齮（yǐ）氏堂名

江陵堂（以望立堂）

710. 弋（yì）氏堂名

河东堂（以望立堂）

711. 弋门（yìmén）氏堂名

渔阳堂（以望立堂）

712. 艺（yì）氏堂名

临海堂（以望立堂）

713. 刈(yì)氏堂名

睢阳堂(以望立堂)

714. 台(yì)氏堂名

安平堂(以望立堂)

715. 异(yì)氏堂名

白水堂(以望立堂)

716. 佚(yì)氏堂名

荥阳堂(以望立堂)

717. 易(yì)氏堂名

太原堂,济阳堂(以上为以望立堂);纯孝堂,植栗堂,瑞芝堂,忠裔堂,添裔堂,忠思堂,继华堂,百禄堂,联魁堂,敦本堂,绥福堂,庆源堂,重桂堂,亲睦堂(以上为自立堂名)

【纯孝堂】【植栗堂】【瑞芝堂】

以上三个堂名皆典出自宋代易延庆的故事。易延庆(生卒年不详),字余庆,筠州上高(在今江西西北部)人。父亲易赟,以勇力仕南唐,官至雄州刺史。易延庆幼聪慧,涉猎经史,尤长声律,以父荫任奉礼郎。后授大名府兵曹参军,历大理评事、临淮知县。父死,葬临淮。易延庆居丧摧毁,庐于墓侧,手植松柏数百棵,且出守墓,夕归侍母。有紫芝生于墓之西北,数年又生玉芝十八茎。本州将表彰其事,易延庆诚恳辞谢。有人画其芝来京师,朝士多为赋诗,称其孝感。守丧期满除服,易延庆以母老有病不服官。母死后,入殓未葬数年。出任大理寺丞,曾在建安负责征收课税,及母葬有期,私归营葬,盖完墓穴而返。知军扈继升言其擅离职守,罢免其官。遂再次庐墓数年。其母生前爱吃栗子,易延庆在墓侧种栗树两株,二树长大连理。参知政事苏易简、工部员外郎朱台符皆赞美之,时称纯孝先生。"纯孝堂""植栗堂""瑞芝堂"由此而得名。

718. 奕(yì)氏堂名

三槐堂,槐阴堂,世德堂,致和堂(以上为自立堂名)

719. 羿（yì）氏堂名

济阳堂,齐郡堂（以上为以望立堂）;苏民堂（自立堂名）

【苏民堂】

苏,即苏醒,死了再复活的意思。相传帝尧在位时,天上有十颗太阳同时出现,植物枯死,猛兽长蛇为害,后羿射去九日,射杀猛兽长蛇,拯救了百姓,受到人民的爱戴。羿氏"苏民堂"由此而得名。

720. 益（yì）氏堂名

冯翊堂,益都堂,城阳堂（亦作成阳堂）（以上为以望立堂）;怀远堂（自立堂名）

【怀远堂】

益智（生卒年不详）,元代人,原为普山土著人首领,有谋略,善于治理政务,官至怀远大将军、曲靖宣慰使,前后掌管普安路总管府事,很有威信,当地人都敬服他。其后人以其官职为堂名。

721. 裔（yì）氏堂名

齐郡堂（以望立堂）

722. 意（yì）氏堂名

齐郡堂（以望立堂）

723. 翼（yì）氏堂名

东海堂（以望立堂）

724. 懿（yì）氏堂名

齐郡堂（以望立堂）

725. 因（yīn）氏堂名

齐郡堂（以望立堂）

726. 阴(yīn)氏堂名

南阳堂,始平堂(以上为以望立堂);二酉堂(自立堂名)

727. 殷(yīn)氏堂名

汝南堂,琅琊堂,东海堂,雁门堂,弘农堂,陈国堂(亦作陈郡堂),左冯翊堂(亦作冯翊堂)(以上为以望立堂);卧治堂,勤俭堂,畜艾堂,栖老堂,白燕堂(以上为自立堂名)

【白燕堂】

殷亮(生卒年不详),唐代陈郡(今河南淮阳)人。其父殷寅,早孤,事母以孝闻,官永宁尉。殷寅得病死,因母亲萧氏年迈,不忍离去。相传殷寅断气三天,心口仍热,两眼不合。殷亮猜想父亲惦念年老的祖母,遂断指剪发,放在父亲的棺材内,并发誓曰:"一定像父亲在世一样侍奉祖母,请父亲合上眼吧。"誓后,其父果然合上了眼。后来祖母萧氏得病,殷亮衣不解带数年。有白燕一对飞到他家门框的横木上筑窝。殷亮勤奋读书,官至给事中、杭州刺史。著有《唐书本传》《金石略》。为纪念和效法先人的孝行,殷亮后人遂以"白燕"为堂名。

【栖老堂】

殷仲春(?—1596年),字方叔,自号东皋子,因慕王绩为人,故自号东方不败。明代秀水(今浙江嘉兴)人。隐居于乐南山,以行医为业。收藏图书颇丰。以行医之资,入市买书读之。又至宁国,结识医书收藏家朱纯宇、饶道尊和其他医家,尽意涉猎,将所见医书一一著录,共590余种,类分20函,每函之前加小序,各书分函归属。撰有《医藏目录》,为我国现存较早的一本医书专科目录,分无上、正法、普醒、化生、妙窍、慈保、指归、法流、法水等20多函,如"无上"收医经;"正法"收伤寒著作,包括有东垣及太医院医书;"普醒"收本草;"化生"主要收妇科书;"妙窍"主要是针灸书;"慈保"主要是幼儿科书;"指归"亦收《内经》《难经》,等等。对研究医史和医学目录学,极有参考价值。殷仲春著有《栖老堂集》三卷,《栖志堂录》等。其后世遂以"栖老"为堂名。

728. 银(yín)氏堂名

西河堂(以望立堂)

729. 尹(yǐn)氏堂名

天水堂,河间堂(以上为以望立堂);和靖堂,一经堂,文和堂,敦伦堂,灯笼堂,燕喜堂,清风堂,忠孝堂,肆好堂,明经堂(以上为自立堂名)

【和靖堂】

尹焞(1071—1142年),字彦明,一字德充,宋代河南洛阳人。少年师从程颐,召至京师,不欲留,赐号"和靖处士"。靖康元年(1126年),金兵南侵,次年攻陷洛阳,全家遇难,尹焞死而复苏,被仆人救出,辗转流落四川。南宋建都杭州后,应召回朝廷,历官徽猷阁待制、太常少卿、礼部侍郎兼翰林院侍讲、太子少师等职。力主抗金,与秦桧不和,遂辞官。尹焞工书法,曾手书欧阳文公(欧阳修)所作三志,足以传世。朱熹得其字帖,后刻于白鹿洞书院。著有《和靖集》等。其后人遂以"和靖"为堂名。

【一经堂】

一经堂出自宋代人尹彦德(生卒年不详)的故事。宋绍兴二年(1132年),岳飞任潭州知州,自南昌过吉安到茶陵,茶陵富民尹彦德以酒肉迎师,彦德言家中粟米不乏,赠给军饷五日,留岳飞三日。离去时,岳飞对尹彦德说:"你家财有余而学不足,当以一经教子孙,光大其门。"彦德拜而受赐,遂辟堂以供子孙挟筴(手拿书本,比喻勤奋读书)游息之所,堂名曰:一经堂,盖取忠烈一经教子孙之义。

【文和堂】

尹直(1431—1511年),字正言,别号謇斋,江西泰和县沙村镇高垅村委尹家村人。明敏博学,谙熟朝章。明代景泰五年(1454年)进士,授翰林院正七品编修。成化年间(1465—1487年)历任翰林学士、兵部尚书、太子太保。修《英宗实录》。著有《澄江诗文集》《名相赞》《南宋名臣言行录》等。谥文和。其后世以其谥号为堂名。

730. 隐(yǐn)氏堂名

北海堂(以望立堂)

731. 印(yìn)氏堂名

冯翊堂(以望立堂);御侮堂(自立堂名)

【御侮堂】

印应飞(生卒年不详),字德远,通州静海(今江苏南通)人。宋理宗淳祐元年(1241年)进士。南宋著名将领。初为永嘉尉、广西经略使。开庆元年(1259年)知鄂州兼湖北转运使。元军围困鄂州时,印应飞率师前往救援,击退元兵,围遂得解。累官户部侍郎、淮东总领、知镇江府、龙图阁学士。因其击退元兵,抵御了外侮,故后世立堂名曰"御侮堂"。

732. 胤(yìn)氏堂名

河东堂(以望立堂)

733.应（yīng）氏堂名

汝南堂，颍川堂，淮阳堂（以上为以望立堂）；择善堂，燕翼堂，报本堂，徽德堂，彝叙堂（以上为自立堂名）

【淮阳堂】

应曜（生卒年不详），西汉人。汉初，应曜隐居在淮阳山里，不愿出来做官。汉高祖刘邦派大臣请他和商山四皓一起到朝廷做官，四皓后来被太子刘盈请去露了一面，而应曜坚决不去。时人曰："商山四皓，不如淮阳一老！"应氏后人遂以"淮阳"为堂名。

734.英（yīng）氏堂名

晋陵堂（以望立堂）

735.婴（yīng）氏堂名

河南堂，河东堂（以上为以望立堂）

736.盈（yíng）氏堂名

河东堂（以望立堂）

737.营（yíng）氏堂名

城阳堂（亦称成阳堂）（以望立堂）

738.嬴（yíng）氏堂名

河东堂，太原堂，东平堂（以上为以望立堂）

739.瀛（yíng）氏堂名

东海堂（以望立堂）

740.郢（yǐng）氏堂名

江陵堂（以望立堂）

741. 颍（yǐng）氏堂名

陈留堂（以望立堂）

742. 庸（yōng）氏堂名

胶东堂（以望立堂）

743. 雍（yōng）氏堂名

京兆堂，平原堂，颍川堂，北平堂，辽东堂（亦作扶余堂，襄平堂，辽阳堂，凌东堂），阳翟堂，许昌堂，豫东堂，什邡堂（以上为以望立堂）；燕贻堂（自立堂名）

744. 鄘（yōng）氏堂名

胶东堂（以望立堂）

745. 永（yǒng）氏堂名

零陵堂（以望立堂）

746. 勇（yǒng）氏堂名

南越堂，南海堂（以上为以望立堂）

747. 优（yōu）氏堂名

楚郡堂（以望立堂）

748. 攸（yōu）氏堂名

燕郡堂（以望立堂）

749. 忧（yōu）氏堂名

南阳堂（以望立堂）

750. 幽(yōu)氏堂名

京兆堂(以望立堂)

751. 鄾(yōu)氏堂名

南阳堂(以望立堂)

752. 尤(yóu)氏堂名

吴兴堂,南阳堂,汝南堂,上蔡堂(以上为以望立堂);树德堂,志清堂,归闲堂,鹤西堂,遂初堂(以上为自立堂名)

【归闲堂】

尤玘(生卒年不详),字守元,元代常州人,身长有美髯(漂亮的胡子),才略过人。先后任中书掾、大司徒。晚年更号"知非子"。著有《归闲堂稿》《万柳溪边旧话》等。其后人遂以其著作名为堂名。

【鹤西(栖)堂】

尤侗(1618—1704年),字同人,后改字为展成,号悔菴,晚号艮斋,又号西堂老人。明末清初著名诗人、戏曲家。以博闻强记闻名乡里,世人称其为"神童"。顺治三年(1646)副榜贡士,顺治帝誉其为"真才子"。顺治九年任永平(今河北卢龙)推官,曾在衙署门柱上撰写楹联:"推论官评,有公是,有公非,务在扬清激浊;析理刑法,无失入,无失出,期于扶弱锄强。"顺治十三年(1656年)春,他以大清典律杖责鱼肉乡里的"旗丁"后,反遭诬陷,被贬职,他愤然辞官,返回故乡。尤侗精通南曲(昆曲)北曲,以一腔忧愤创作了许多剧本,杂剧《读离骚》《吊琵琶》《桃花源》《黑白卫》《清平调》五种及传奇《钧天乐》。所著《西堂杂俎》《艮斋杂记》《鹤西堂文集》凡百余卷。康熙三十八年(1699年)南巡,尤侗年近八十仍亲迎于道,三月十八日恰逢康熙诞辰,尤侗作《万寿词》为其祝寿,康熙赐御书"鹤栖堂"匾额。其后人遂以"鹤西(栖)"为宗祠堂名。

753. 由(yóu)氏堂名

长沙堂(以望立堂)

754. 邮(yóu)氏堂名

临淄堂(以望立堂)

755. 犹（yóu）氏堂名

西平堂，吴兴堂，太原堂，长安堂，瓮水堂（以上为以望立堂）；儒林堂（自立堂名）

756. 游（遊，yóu）氏堂名

冯翊堂，广平堂（以上为以望立堂）；美秀堂，仁和堂，立雪堂，追思堂，东兴堂，聚辉堂，聚顺堂，盛衍堂，盛兰堂（以上为自立堂名）

【美秀堂】

游吉（？—前507年），春秋时郑国正卿，年少有仪度，支持子产改革，受到重视，前522年继子产执政。他长于外交辞令，多次出使晋、楚大国，为政先宽后猛。郑国丞相子产临死前对游吉说："我死后，你一定会得到郑国重用，你一定要实行严厉的制度。火的样子很可怕，所以很少有人被烧伤。水的样子看上去很温柔，但很多人却淹死在水里。你一定要严厉执行你的刑法，不要让老百姓看到你懦弱而触犯刑法。"子产死后，游吉不肯实行严厉的制度。于是，郑国的年轻人就集结在萑苻之泽（今河南中牟东北），竞相作乱，游吉率领车骑前往镇压，激战一天一夜才战胜他们。这个行动虽然博得孔子赞赏，但游吉感叹说："我要是早听子产的教导，一定不会像现在这样后悔。"游吉长相秀美（貌美才秀），举止文雅，宜于交际，故游氏后人以"秀美"为堂名。

【仁和堂】

仁和，仁慈和蔼。游明根（417—498年），字志远，北魏广平郡任（今河北任县）人，游雅的族弟。幼年时遭迫害，沦为栎阳王地主的牧童，但他不忘学业，没钱买书，使用壶盛浆，央求人写字于地自习。一日，被长安镇将窦瑾发现，深为惊叹，便把他叫到面前，知其姓名，乃告游雅，雅使人赎之，教书。16岁时，游明根告别游雅，回到故乡，在一座土坯屋继续读书。一年后，经游雅举荐，太武帝擢为"中书学生"。游明根清心寡欲，综习经史。高祖即位后，任命游明根为"都曹主书"。帝以其敬慎，常赞美之，封为散骑常侍、安乐侯。他曾三次出使（南朝）宋国，很受宋国人的敬重。还朝升任"给事中"，再升"议曹长"后授予"尚书"。献文帝时，累迁东兖州刺史、大鸿胪，赐爵新泰侯。

游明根历官内外50余年，处身以仁和，接物以礼让，时论贵之。《魏书》《北史》皆有记载。游氏后人遂以"仁和"为宗祠堂名。

【立雪堂】

游酢（1053—1123年），字定夫，号豸山，又称广平先生，建州建阳（今福建建阳）人。宋代著名理学家、教育家、书法家、诗人。元丰五年（1082年）进士。历官太学博士、教授、监察御史、知府、知州、将军等职。他从政40余年，勤政廉洁，惠政在民。受任越州萧

267

山尉时,该县积案甚多,经游酢审理,疑案均解。其决狱有方,精明干练,使人诚服。他政绩卓著,勤政更新,征敛有度,如有兴建工程不劳于民,深受百姓爱戴。

据史书记载,已经成名的游酢已 40 多岁。一日,他与杨时一起去拜见大儒程颐,程颐正闭目养神。他俩在门外侍立。等程颐醒来,不觉门外已积雪三尺,因而留下"程门立雪"的佳话。为了缅怀和效法这位尊师求学的先辈,其后人遂以"立雪"为堂名。

757. 猷(yóu)氏堂名

辽西堂,陇西堂(以上为以望立堂)

758. 有(宥,yǒu)氏堂名

有国堂,东海堂,平阴堂(以上为以望立堂)

759. 酉(yǒu)氏堂名

太原堂(以望立堂)

760. 於(作为姓氏,不读 yú)氏堂名

黎阳堂,京兆堂,广陵堂(以上为以望立堂);救民堂,恩本堂,燕翼堂,仁德堂(以上为自立堂名)

【救民堂】

於仲宽(生卒年不详)(《浙江通志》作于仲完,此从《江西通志》),浙江黄岩人。明代洪武年间(1368—1398 年)任永新(在今江西省)知县。此时南乡土匪龙仁和作乱,军方千户派兵镇压,欲将南乡百姓斩尽杀绝,以除匪患。於仲宽坚决制止,使百姓免遭屠杀。南乡百姓十分感激,生子多以仲宽为名。亲民爱民,乃兴国之本;滥杀无辜,为世人所不齿。古今中外,莫不如此。於氏后人遂以"救民"为宗祠堂名。

761. 于(yú)氏堂名

京兆堂,河南堂(亦称三川堂),东海堂(亦称郯郡堂、海州堂),河内堂,广陵堂(亦称江都堂),黎阳堂(以上为以望立堂);为叙堂,福谦堂,佑启堂,救民堂,大肆(驷)堂,忠肃堂,登文堂(以上为自立堂名)

【大驷（肆）堂】

于公（生卒年不详），西汉东海郡郯（今山东郯城）人，曾任县狱吏、郡决曹。他精通法律、治狱谨慎，以善于决狱而成名，无论案件大小，皆详细查访，认真审理，因此"每决而无恨"。他以德治狱。相传一年除夕，因犯人们个个愁眉苦脸，唉声叹气。于公见后，知道他们因不能与家人团聚而愁苦，于是冒着"私放囚徒该杀"的风险，放囚徒回家过年。他对犯人说："岁尽腊除，谁无父母子女，谁不盼着与家人团聚。我今天跟你们约定，大年三十放你们回家过年，新年过后，初三回来，不能逾期，如果逾期不归或私自逃走，加倍治罪。"犯人听后，无不感动。正月初三，犯人都按期而归，犯人家属也皆大欢喜。

于公做县狱吏时，东海有位孝道的妇女年轻守寡，婆婆劝她改嫁，她始终不肯。婆母对邻居说："儿媳长期守寡无依无靠，怎么办呢？"没想到婆母竟然自杀了。婆母的女儿去官府告状，说寡嫂杀害了母亲，太守愚昧，居然支持诬告。于公知道孝妇冤枉，与长官争辩，但毫无结果，只得手捧申诉状在衙门口痛哭。孝妇被冤杀后，东海郡三年大旱。三年后，新太守到任，找到于公，要祭奠孝妇陵墓，并表彰了于公，顿时天降大雨，于公家大门倒塌。父老乡亲都来帮他抢修，于公说："不要修得太高大，能过驷马车辆就可以了。我当狱吏多年，广积阴德，没冤枉过一个人。"后来，他的儿子于定国官至宰相；孙子于永官至御史大夫。于公后人因以"大驷"为堂名。

【忠肃堂】

于谦（1398—1457年），字廷益，钱塘（今浙江杭州）人，明代杰出的政治家和军事家。永乐十九年（1421年）进士。宣德初年任御史，外出巡按江西，昭雪被冤枉的囚徒数百名。他曾上疏奏报陕西各处官校骚扰百姓，建议诏令派御史逮捕这些人。皇帝越级提拔于谦为兵部右侍郎，巡抚河南、山西。到任后，于谦轻装减从，访问父老，实地考察，一连数次上疏，为民解难。正统年间，宦官王振专权，作威作福，肆无忌惮地揽权纳贿。百官大臣争相献金求媚。于谦每次进京奏事，从不带任何礼物。有人劝他至少应带点土特产孝敬王振，于谦甩开两袖，坦然一笑，曰"唯有清风"，并作诗明其志："手帕蘑菇与线香，本资民用反为殃。清风两袖朝天去，免得闾阎话短长！"闾阎即里巷。成语"两袖清风"即源出此。他曾上疏朝廷将政府储存的谷物分发给贫困户。为治理黄河水患，他下令增厚防护堤并植树、打井，于是榆树夹道，路无干渴之人。其威望恩德遍布各地，盗贼隐匿逃亡。王振指使人弹劾于谦，将其下狱，山西、河南吏民俯伏在宫门前上书，请求于谦留任者数以千计，于是再次任命于谦为巡抚。当时山东、陕西流民到河南求食者20余万人，于谦上书发放河南、怀庆储备粮救济，并奏请布政使年富召集流民，发放土地、耕牛和种子，让他们自食其力。

正统十三年，明英宗在土木堡被俘，朝廷一片混乱。郕王朱祁钰监国，命群臣讨论作战方略。有人主张南迁，当时于谦任兵部左侍郎，力排众议，请调南北两京、河南、山东、沿海、江北各路兵马赴京师抗敌，人心稍安。于谦升任兵部尚书。后来，金人迫于形势释放了英宗。于谦才思敏捷，考虑问题详细周到，性格淳朴忠厚，忧国忘私，生活简朴,所居房屋仅能遮蔽风雨。皇帝赏赐给他西华门府第,他坚决推辞。他把皇帝赏赐的玉玺、袍服、银锭之类一一封存,从不动用,每年仅看一看罢了。但因为他为人刚直,说话实事求是,从不隐瞒,深受皇帝信任。他一向瞧不起那些懦弱无能的大臣和皇亲国戚,因此招致许多人的嫉恨。英宗恢复帝位后,这些人诬告于谦要另立太子。英宗听信谣言,将于谦在闹市处死,抛尸街头,并抄了他的家,把他的家人充军边疆。但抄家时,人们发现他家无余财,仅正屋关锁严实,打开一看,都是皇帝赏赐的蟒袍、剑器等物。于谦遇害那日,天上彤云密布,全国百姓都为他鸣冤。一个名叫朵儿的指挥,把酒泼洒在于谦遇害之处,放声恸哭,上司鞭打他,第二天他照样去泼酒痛哭表示祭奠。都督同知陈逵为于谦的忠义所感动,收敛了于谦的尸体,次年送回杭州安葬。皇太后原先不知于谦被害,听说后,叹息哀悼数日。英宗此时也后悔不已。弘治二年(1489年),于谦被谥肃愍。万历中改谥忠肃。后人辑有《于忠肃集》。于氏后人遂以“忠肃”为堂名。

【登文堂】

登,登州;文,文登。

登文堂出自明代人于慎行的故事。于慎行(1545—1607年),明代东阿人,字可远,又字无垢,文学家、诗人。隆庆二年(1568年)进士,为三代帝王师,官至礼部尚书兼东阁大学士。于慎行熟悉典制,各种大的礼仪多由他裁定。他学有原委,贯穿百家。明神宗时词馆中以于慎行和冯琦文学为一时之冠,著有《谷山笔尘》《谷城山馆诗文集》《读史漫录》等。

于氏之先世祖居登州府文登县赤山盘龙村,于明代洪武二十五年(1392年)由一世公于深、于浅、于海、于河四兄弟迁至东阿之杨柳(今属山东聊城市东阿县杨柳乡,1948年由铜城乡改为东阿县),因是始迁之祖,故后世称一世公。于深公留居该地,生子于忠,字楮村,为于氏二世公,系邑之三老。二世公于忠生三子,即长子于隆,次子于盛,三子于时。三世公于时,号翠峰,封寿官赠通议大夫,任礼部右侍郎兼翰林院侍读学士,后常住云翠山下。此后,于氏家族便迁于黄河东居住(今属平阴县),经过几代人的奋斗而成为当地的名门望族,五世祖于慎行便是杰出代表。因其先祖为登州府文登县赤山盘龙村迁至东阿杨柳渡,故族人以“登文”为堂名。

【救民堂】

于仲宽(生卒年不详),明代人,任永新知县。当时南乡龙仁和作乱,带兵去平乱的将军要把南乡的人全部杀光,以便邀功求赏。于仲宽坚决反对,保全了全乡无辜百姓。南乡人为感激他,生男孩多以仲宽的姓为名。因于仲宽救民于生灵涂炭之时,其后人遂以“救民”为堂名。(旧“于”和“於”相通,然作为姓,实为两姓。详见“於”氏条。)

762. 余(yú)氏堂名

下邳堂,吴兴堂,高阳堂,武溪堂,新安堂(以上为以望立堂);四本堂,四谏堂,八贤堂,风采堂,锦乐堂,文萃堂,树德堂,明德堂,清肃堂,清严堂,雍肃堂,忠宣堂,忠惠堂,忠裔堂,敬义堂,敦睦堂,亲睦堂,敦本堂,绍贤堂,永言堂,丰乐堂,端本堂,维新堂,致和堂,笃亲堂,宝善堂,延祝堂,白华堂,培元堂(以上为自立堂名)

‖清严堂‖

清严,清廉严正;清正严肃。

余元一(生卒年不详),字景思,宋代仙游人。淳熙年间(1174—1189年)以诗学魁南宫,登进士乙科,为朱熹最喜欢的门人。第一次见朱熹时,以仁、义、礼、智、信作五论,并以自己的文集作见面礼,朱熹敬爱之。余元一官同安知县,号称"清严"。终官池州通判。因余元一最讲仁、义、礼、智、信五论,又号称清严,故后人以"清严"为堂名。

‖忠惠堂‖

宋代余天锡(1180—1241年),字纯父,号畏斋,庆元府昌国县(今浙江舟山定海区)甬东村人,为丞相史弥远的家庭教师。余天锡谨慎寡言,决不干预外事,史弥远器重之。沂王无后,命天锡在王族里找一个比较有贤德的幼儿做儿子,天锡在越州(今绍兴)西门外全保长家遇宋太祖十世孙赵与莒兄弟,与莒就是后来的宋理宗赵昀。嘉定十六年(1223年)余天锡中进士。理宗即位后,累官参知政事,封爵奉化郡公。出仕后,余天锡曾捐俸禄在家乡创虹桥书院,收贫寒子弟入学;举办义仓,救济同族贫困户;又与其弟余天任(曾任兵部尚书)建大余桥、小余桥,便利行人,声誉著乡里。余天锡以观文殿学士致仕。因时风日下,他看不惯官场昏暗,毅然辞官归隐,定居罗邑。《宋史》有传死后谥忠惠。其后遂以其谥号为堂名。

‖风采堂‖ ‖四谏堂‖ ‖八贤堂‖

以上三个堂名皆出自宋代余靖的故事。余靖(1000—1064年),本名希古,字安道,号武溪。韶州曲江(今属广东韶关)人。少时聪慧,读书过目不忘,以文学称乡里,有"风采第一"之赞誉。天圣二年(1024年)进士,历官集贤校理、谏院右正言。余靖正直敢言,曾多次为建言"轻徭薄赋"整顿户政,去除贪残之吏,抚疲困之民事而向皇帝抗声力争,以致吐沫飞溅至皇帝"龙颜"上仍意犹未尽。他的多数建议为宋仁宗接受,与欧阳修、王素、蔡襄,同被誉为朝廷敢于进谏的"四谏"。他曾提出"清、公、勤、明、和、慎"的著名从政六箴。自1044年,余靖受命三次出使契丹,学习外国语。他巧妙地运用外交手段,折服了雄踞一方的辽主,在复杂的宋、辽、夏三角关系中,适时地维护了宋朝的利益。返国后任知制诰、史馆修撰、桂州知府、集贤院学士、广西体量安抚使,以尚书右丞知广州。在南方为帅十年,他不带南海一草一木。广州有"八贤堂",余靖为其中之一。他官至工部尚书,有《武溪集》。余氏后人遂以"风采""四谏"或"八贤"为堂名。

‖忠宣堂‖

余阙(1303—1358年),字廷心,一字天心,生于庐州(今安徽合肥),元末官员,元统元年(1333年)进士,授泗州(安徽泗县)同知,历官代理淮西宣慰副使、都元帅府金事,分兵守安庆。余阙率兵与红巾军激战百余次。至正十八年（1358年）春，红巾军再次集结，战船遮蔽江面顺流而下，急攻安庆城西门。余阙身先士卒，亲自迎去，突见城中火起，知城池已失守，乃拔剑自刎，自沉于安庆西门外清水塘中。余阙善治军，与兵士同甘共苦，有古良吏风。他留意经术，五经皆有传注，文章气魄深厚，篆书隶书亦古雅。著有《青阳集》传于世。死后朝廷赠官河南平章，追封豳（bīn）国公，谥忠宣。族人遂以其谥号为堂名。

763. 俞（yú）氏堂名

河东堂（亦作蒲坂堂、太原堂、并州堂、平阳堂），河内堂（亦作怀州堂、野王堂、怀庆堂、沁阳堂），河间堂（亦作瀛州堂、乐成堂），江陵堂，吴兴堂，乌程堂，湖州堂（以上为以望立堂）；流水堂，高山堂，春在堂，石佑堂，同伦堂，叙伦堂，攸叙堂，正气堂，溯本堂，恩本堂，维则堂，享裕堂，光裕堂，寻源堂，致和堂，追远堂，思本堂，孝思堂，永思堂，永锡堂，永裕堂，余庆堂，善庆堂，显承堂，承启堂，佑启堂，古邘堂，何仪堂，仁德堂，树德堂，滋德堂，明德堂，德荫堂，桂荫堂，诒谷堂，敦伦堂，敦睦堂，半山堂（以上为自立堂名）

▌正气堂▐

俞大猷（1503—1579年），字志辅，又字逊尧，别号虚江，福建晋江（今福建泉州）人，名将，军事家、武术家。自幼家贫，靠母亲编织发网和亲友资助度日，寄居清源山水流坑村，勤学不辍。年轻时先后拜王宣、林福及军事家赵本学等人为师，学习《易经》与兵书，皆得三家所长，融会贯通，尤能阐其所未论。后又师从精通荆楚长剑的同安南少林高手李良钦学剑（棍）术和骑射，达到"天下剑术第一"，翻身跨马，引弓飞矢，百发百中的境界。嘉靖十四年（1535年）考中武进士，授职守卫金门、同安一带。历任百户、参将、总兵、都督、同知等职。转战江苏、福建、广东和山西大同等地。身经百战，屡建战功，不仅多次得到皇帝嘉奖，还被时人称为"俞家军"。他曾参与和部分领导了明代沿海抗倭的战争，与戚继光并称"俞龙戚虎"。在47年的戎马生涯中，血战倭寇13年，战功显赫，但一生宦途坎坷，4次做参将，6次任总兵，官至都督，还曾蒙冤入狱。俞大猷著有《兵法发微》《剑经》《洗海近事》《镇闽议稿》《广西选锋兵操法》等。他的著作，连同其他诗文杂著，后汇编成《正气堂集》16卷，其后裔遂以"正气"为堂名。

▌春在堂▐

俞樾（1821—1907年），字荫甫，自号曲园居士，浙江德清城关乡南埭村（今乾元镇金火村）人。清代著名学者、文学家、经学家、古文字学家、书法家。近代诗人、红学家俞平伯的曾祖父。清道光三十年（1850年）进士，曾任翰林院编修。俞樾后来受咸丰皇帝赏识，放任河南学政，但因"试题割裂"被御史曹登庸弹劾而削职归田。俞樾回到江南，在苏州租房子住下，将住所主屋取名"春在堂"，潜心学术研究达40余载。他长于经学、诗词、小说和戏曲的研究,所作笔记搜罗甚广,包含有中国学术史和文学史的珍贵资料。他善诗词,工隶书,学识渊博,对各类经书、诸子百家、语文训诂、小说笔记皆有涉猎,撰著颇丰,主要著述有《小浮梅闲话》《右台仙馆笔记》《茶香室杂钞》等,辑为《春在堂全书》,凡500卷。俞氏"春在堂"由此而得名。

【流水堂】【高山堂】

流水堂和高山堂源出春秋战国时代俞伯牙(前413—前354年)的故事。冯梦龙《警世通言》有《俞伯牙摔琴谢知音》一篇,此乃小说家之言,实际上伯牙姓伯名牙,非姓俞。但后世以讹传讹,将伯牙改姓为"俞"。伯牙,楚国郢都(今湖北荆州)人,任职晋国上大夫,精通琴艺,既是弹琴能手,又会作曲,被尊为"琴仙",但他一直没有遇到真正能听懂他琴声的人。有一年,伯牙奉晋王之命出使楚国,乘船到了汉阳江口,风大浪急,停泊在一座小山下。晚上,风浪平息,云开月出,景色异常迷人。伯牙兴起,不觉拿出琴弹了起来,琴声悠扬,一曲接着一曲。正当他陶醉在美妙的琴声中之时,忽见岸上站立一人,一动不动。伯牙十分惊讶,手下用力,"啪"的一声,琴弦断了一根。细一打听,原来是位樵夫,就说:"你说你听懂了我的琴声,请问,我刚才谈的是什么曲子。"打柴人笑道:"您刚才弹的是孔子赞叹弟子颜回的曲谱,只可惜弹到第四句时,琴弦断了。"这位樵夫名叫钟子期。伯牙邀请他上船,继续弹琴。据《列子·汤问》篇载:"伯牙善鼓琴,钟子期善听。伯牙鼓琴,志在登高山,钟子期曰:'善哉!峨峨兮若泰山!'志在流水,钟子期曰:'善哉!洋洋兮若江河!'伯牙所念,钟子期必得之。"钟子期因病亡故后,伯牙悲痛万分,认为世上再也没有能体会他琴声意境的知音了,就把琴摔碎,再也不弹琴了。后来,成语"高山流水"便用来比喻知己或知音,亦比喻音乐的优美。这便是俞氏"高山堂"和"流水堂"的来历。

764. 虞(yú)氏堂名

陈留堂,会稽堂,济阳堂(以上为以望立堂);五绝堂,尊白堂(以上为自立堂名)

【五绝堂】

虞世南(558—638年),字伯施,越州余姚(今浙江慈溪市观海卫镇鸣鹤场)人。南北朝至隋唐时期著名的书法家、文学家、诗人、政治家。其生性沉静寡欲,意志坚定,刻苦学习。年少时与长兄虞世基一起在著名文学家顾野王门下读书,受学十余年,精思不懈,勤奋学习,有时十多天不梳头不洗脸。他擅长写文章,曾师从著名文学家徐陵,深得徐陵的真髓。与他同郡的和尚智永是王羲之的七世孙,擅长书法,虞世南遂拜他为师,深得王羲之书法的真传。在陈朝时,虞世南曾任建安王法曹参军。入隋后,官秘书郎、起居舍人。隋朝灭亡后,曾被窦建德任命为黄门侍郎。李世民灭窦建德后,任命他为秦王府参军、记室参军、弘文馆学士,与房玄龄共掌文翰,为"十八学士"之一。唐太宗贞观年间,虞世南历官著作郎、秘书少监、秘书监,先后封爵永兴县子、永兴县公,故世称"虞永兴""虞秘监"。他虽身材瘦削,弱不胜衣,但性格刚烈,敢于直谏,深得唐太宗敬重。贞观十七年(643 年),他死后被绘图凌烟阁。唐太宗曾赞誉他"德行绝好,忠直绝好,博学绝好,文词绝好,书翰绝好"。虞世南善书法,与欧阳询、褚遂良、薛稷合称"初唐四大家"。日本学界称欧阳询、褚遂良、虞世南为"初唐三大家"。他所编的《北堂书钞》被誉为唐代四大类书之一,是我国现存最早的类书之一。虞氏"五绝堂"即来自唐太宗对虞世南的赞誉。

▌【尊白堂】▐

虞俦(生卒年不详),字寿老,宋代宁国(在今安徽南部)人,南宋政治家、文学家。他耿直方正,不随波逐流,隆兴年间(1163—1164 年)入太学,中进士,历官绩溪令,饮食用品皆取之于家,从不用公款吃喝,许多部门都把他的政绩上报给朝廷,累迁监察御史。任职监察御史期间,他打击显贵的近臣,朝纲肃然。后出任浙东提刑、湖州知州,推行荒政。所谓荒政,是古代遇到荒年所采取的救济措施,如发放救济物资,减轻赋税,缓用刑法,放宽力役,取消山泽禁令,停收关市之税等。由于实行荒政,救活了无数百姓。虞俦官至兵部侍郎。虞俦一生为政清廉,关心百姓疾苦,政绩斐然,深受百姓称颂。晚年归田后生活虽然艰辛,但他坦然对之,不获非分之得。他工诗和古文,著有《尊白堂集》24 卷。尊白,即清白,为了追念这位廉正清白的先人,其后人便以"尊白"为堂名。

765. 宇文(yǔwén)氏堂名

赵郡堂(亦作邯郸堂),太原堂(以上为以望立堂)

766. 羽(yǔ)氏堂名

汝南堂,河南堂(以上为以望立堂)

767. 禹(yǔ)氏堂名

陇西堂(亦作陇右堂),琅琊堂(以上为以望立堂);惜阴堂,十起堂,敦素堂(以上为自立堂名)

▌【十起堂】▐ ▌【惜阴堂】▐

大禹治理天下,勤政爱民,吃一顿饭因有公事急待处理而十次放下饭碗;洗一次头因有公事三次把头发挽起。历史上称"一馈十起,一沐三握发"。大禹又以珍惜寸阴而知名。故禹氏后人以"十起""惜阴"为堂名。

768. 庾（yǔ）氏堂名

颖川堂,新野堂,济阳堂（以上为以望立堂）;忠成堂,江南堂（以上为自立堂名）

【忠成堂】

庾冰（296—344年）,字季坚,颖川鄢陵（今河南鄢陵）人。东晋大臣,将领。初任秘书郎,因讨伐江州刺史华轶有功,封都乡侯。咸和二年（327年）,历阳内史苏峻叛乱,庾冰平乱有功,封吴县侯,但庾冰不受。后出任振威将军、会稽内史。咸康五年（339年）,宰相王导病逝,庾冰入朝任中书监、扬州刺史,都督扬、豫、兖三州军事、征虏将军。庾冰每受重用,工作不分白天黑夜,仰拜贤达,奖掖后进,为朝野所注目,皆称其为贤相。庾冰生性清廉谨慎,以俭约自居。一次,儿子庾袭借了十匹官绢,庾冰知道后大怒,打了他以后将绢布都送回官府。俭约之风至临死仍坚持,遗命长史江虨要节葬。死后家无妾侍婢女,亦无物资财产,深得时人赞许。谥忠成。其后人遂以"忠成"为堂名。

【江南堂】

庾信（513—581年）,字子山,南阳郡新野（今河南新野县）人。南北朝著名文学家、诗人。他15岁时就在南梁宫廷做昭明太子肖统的侍从官。侯景叛军攻破梁首都建康（今江苏南京）后,庾信逃奔江陵。梁元帝在江陵继位后,他又任右卫将军。后奉命出使西魏。不久,江陵被西魏攻陷,梁元帝被杀,他也被扣留在西魏。因有文名,在北朝颇受重视。北周伐魏后,他任开府仪同三司之官职,故后人称为"庾开府"。后期诗赋多抒写故国之思,风格清新沉郁,在南北朝文学中成就最高。杜甫盛赞他"暮年诗赋动乡关"。庾信的代表作是《哀江南赋》,其家族后人遂以"江南"为堂名。

769. 玉（yù）氏堂名

彭城堂（以望立堂）

770. 郁（yù）氏堂名

黎阳堂,鲁郡堂（亦作鲁国堂）,太原堂,高平堂,胶东堂,富阳堂（以上为以望立堂）;宜家堂,敦本堂（以上为自立堂名）

771. 喻（yù）氏堂名

扶风堂,苍梧堂,南昌堂,江夏堂,严陵堂,钱塘堂,河东堂,安州堂（以上为以望立堂）;遗仁堂,敦占堂,敦伦堂,萃涣堂,笃本堂,正本堂,知本堂,雍睦堂,念先堂,奠先堂,会友堂,忠义堂（以上为自立堂名）

▌遗仁堂▐

遗仁,遗留下仁爱。

喻猛(生卒年不详),字骄孙,原名谕猛,东汉人。初为薛令,汉和帝时(89年)升任苍梧太守,以清白为治,皇家褒奖,百姓爱戴,郡人颂之,被称为"交趾遗仁,梧守之流风可尚"。遂改姓"喻"。喻氏后人遂以"遗仁"为堂名。交趾郡在今越南北部,苍梧县即今广西梧州市苍梧县。

772. 誉(yù)氏堂名

平阳堂,平原堂(以上为以望立堂)

773. 蔚(yù)氏堂名

琅琊堂(以上为以望立堂);清慎堂,时思堂,宾亚堂(以上为自立堂名)

▌清慎堂▐

清慎,即清廉、谨慎。

讲的是明代蔚能的故事。蔚能(?—1507年),字惟善,朝邑(今陕西大荔)人。初为明代小吏,因善政被召入京,授光禄寺典簿,累官至光禄寺卿。天顺元年(1457年),官居礼部右侍郎,兼掌光禄寺事。掌光禄寺事长达30年,清慎守法,从未取过俸禄以外的一丝一毫。先后在光禄寺任职的官员,都不如他清廉,故得"清慎"为堂名。

774. 元(yuán)氏堂名

河南堂,雁门堂(以上为以望立堂);才子堂(自立堂名)

▌才子堂▐

元稹(779—831年),字微之,河南洛阳人,唐朝诗人。聪明机智过人,年少即有才名,与白居易同科及第,并结为终生诗友,二人共同倡导新乐府运动,世称"元白",诗作号为"元和体",给世人留下"曾经沧海难为水,除却巫山不是云"的千古佳句。最初反对宦官权贵,遭贬斥,转而依附宦官。历官左拾遗、同中书门下事、武昌节度使等。其诗辞浅意哀,仿佛孤凤悲鸣,扣人心扉,动人肺腑。宫中呼其为元才子,代表作有《莺莺传》《菊花》《离思五首》《遣悲怀三首》等。元氏"才子堂"遂由此而得名。

775. 原(yuán)氏堂名

东平堂,济源堂(以上为以望立堂)

776. 袁（yuán）氏堂名

汝南堂，陈留堂，陈郡堂，彭城堂，太原堂，濮阳堂，京兆堂，河南堂，宜春堂，华阴堂，襄阳堂，东光堂（以上为以望立堂）；卧雪堂，守正堂，弗过堂，公安堂，怀楚堂，维则堂，三公堂，宗臣堂，介江堂，介祉堂，介襄堂（以上为自立堂名）

【卧雪堂】【守正堂】

卧雪堂和守正堂皆出自东汉袁安的故事。袁安（？—92 年），字邵公（《袁安碑》作召公）。汝南郡汝阳（在今河南商水县西北）人。身份低微时曾客居洛阳，很有贤明。一年冬天，正值天下大雪，洛阳令巡视至袁安所居之所，大门紧闭，院内积雪盈尺，无行人踪迹。洛阳令让随从扫雪入户，见袁安僵卧于床。问他为什么不求助于亲戚邻里，袁安答曰："大雪人皆饿，不易干（扰）人。"洛阳令认为他乃是贤明之人，便推举他为孝廉。历官阴平、任城县令，楚郡太守，河南尹，太仆和司徒。汉和帝（89—106 年在位）时，窦太后临朝，外戚窦显兄弟专权，操纵朝政，民怨沸腾，袁安不畏权贵，守正（恪守正道）不移，多次直言上书，弹劾窦氏种种不法行为，每与大臣们言及国家大事，常常泪流满面。窦太后忌恨他，但袁安节行素高，窦太后无法加害于他。为纪念这位矢志不移的先人，袁安后人便以"卧雪"或"守正"为堂名。

【公安堂】

公安堂出自明代袁宗道、袁宏道和袁中道兄弟三人的故事。袁宗道（1560—1600 年），字伯修；袁宏道（1568—1610 年），字中郎；袁中道（1570—1626 年），字小修。兄弟三人皆为明代文学家，湖广公安县（今属湖北省）人，分别于万历十四年（1586 年）、万历二十年（1593 年）、万历四十四年（1617 年）考中进士。宗道官至右庶子，居官 15 年，"省交游，简应酬""不妄取人一钱"，身为东宫讲官，死后竟仅余囊中数金，几至不能归葬。弘道官拜吏部郎中，曾出任吴县县令，不到两年，"一县大治""吴民大悦"。亦曾任吏部验封司主事，致力整顿吏治，写下著名的《摘发巨奸疏》。其文学主张的核心是"独抒性灵，不拘格套"，强调文学要表现个性，"一一从自己胸中流出"。中道累官南京吏部郎中。他性格豪爽，喜交游，好读老庄及佛家之书。在任国子监博士期间，系统地整理、校对、出版了两位胞兄及自己的著作，使"三袁"的作品及其文风发扬光大。三人为"公安派"的创始者。三人以弘道成就较大，文学上他们崇尚自然，反对模拟，并注重小说、戏曲和民歌在文学上的地位。为缅怀这三位"公安派"创始者，袁氏后人便取宗祠堂名为"公安"。

777. 苑（yuàn）氏堂名

范阳堂，马邑堂，永宁堂，渤海堂（以上为以望立堂）

778. 乐(yuè)氏堂名

南阳堂,河内堂(以上为以望立堂);笃本堂,承启堂(以上为自立堂名)

779. 岳(yuè)氏堂名

山阳堂,邺郡堂(亦作临漳堂、彰德堂),冯翊堂(以上为以望立堂);兰雪堂,思敬堂,忠实堂,赐葛堂,纯孝堂,精忠堂,报本堂,全伦堂(以上为自立堂名)

【精忠堂】

岳飞(1103—1142年),字鹏举,宋代相州汤阴县(今河南安阳汤阴县)人,南宋抗金名将,中国历史上著名军事家、战略家,民族英雄。少年岳飞,为人沉厚寡言,常负气节。喜读《左氏春秋》《孙吴兵法》等书。曾先后拜周同、陈广为师,学习骑射和刀枪之法,能左右开弓,武艺"一县无敌"。他生有神力,不满二十即能挽弓300宋斤,开腰弩八石。他于北宋末投军,从1128年遇宗泽起到1141年为止的十余年间,率领岳家军同金军进行大小战斗数百次,所向披靡,"位至将相"。岳飞治军,赏罚分明,纪律严整,又能体恤部属,以身作则。他率领的岳家军号称"冻死不拆屋,饿死不打掳"。金人流传有"撼山易,撼岳家军难"的哀叹。岳飞反对南宋朝廷"仅令自守以待敌,不敢远攻而求胜"的消极防御战略,一贯主张积极进攻,以夺取抗金斗争的胜利。他是南宋初唯一组织大规模进攻战役的统帅。他曾率军转战江南,收复重镇建康和襄阳六郡,积极整顿防务,恢复生产。但宋高宗和秦桧却一意求和,以十二道"金字牌"下令岳飞退兵,又遭秦桧、张俊等人的诬陷,被捕入狱,以莫须有的"谋反"罪名惨遭杀害。

岳飞的文学才华在将帅中也是绝无仅有的,他的不朽词作《满江红·怒发冲冠》,是千古传诵的爱国名篇。岳飞的母亲姚氏是位深明大义的妇女,积极勉励岳飞"从戎报国",还在岳飞背后刺上"尽忠报国"(后世演绎为"精忠报国")四字为训。岳氏后人遂以"精忠"为堂名。

780. 越(yuè)氏堂名

晋阳堂(以望立堂);伸知堂(自立堂名)

【伸知堂】

伸知,在不了解自己的人面前不能伸展,在知己面前应该伸展。

齐国贤人越石父(生卒年不详)因被人陷害而替人服劳役。齐国相国晏婴去晋国,在路上遇到越石父,就卖掉自己拉车的左骖(马车左边的马),把他赎出来释放,载着他回家。到家后,一句话也不说就进了内屋。过了很久晏婴也未出来,于是越石父请求离去。晏婴很诧异,说:"我晏婴虽然德行不好,但还是把你从困境中解救了出来,你为什么这么快就要离去？"越石父说："我听说道德高尚的君子,在不了解自己的人面前可以受委屈,但对于知己,意志应该得到伸展。我曾被拘为奴仆,那是他们不了解我,您既然把我解救了出来,便是我的知己。知己对我不以礼遇,我还不如回去当奴仆呢!"于是,晏婴把他待为上宾。这便是越氏"伸知堂"的来历。

781. 云(yún)氏堂名

琅琊堂,河南堂,琅瑜堂(以上为以望立堂)

782. 宰(zǎi)氏堂名

西河堂,临淄堂(以上为以望立堂)

▌临淄堂▐

临淄堂出自春秋时宰我(即宰予)的故事。宰予(前522—前458年),字子我,亦称宰我,春秋时鲁国人。孔子著名弟子,"孔门十哲"之一,被孔子许为其"言语"科的高才生,排在子贡的前面。他能言善辩,曾跟从孔子周游列国,游历期间常受孔子派遣,出使齐国、楚国。曾被齐国封为临淄大夫。唐朝开元二十七年(739年)被追封为"齐侯"。北宋大中祥符二年(1009年)又加封"临淄公"。南宋咸淳三年(1267年),再晋封为"齐公",明代嘉靖九年改称"先贤宰予"。因宰予做过临淄大夫,后又加封为"临淄公",故宰氏后人以"临淄"为堂名。

783. 昝 [zǎn(亦读 qián)] 氏堂名

太原堂,彭城堂(以上为以望立堂);明敏堂,笃义堂(以上为自立堂名)

▌明敏堂▐ ▌笃义堂▐

明敏,聪明机敏;笃义,非常重义气。

昝居润(908—966年),博州高唐(今安徽高唐,属亳州市)人。善于写笔记文章,聪明又明白事理,爱交朋友,因而出名。后唐长兴年间(930—933年)时在枢密院任小吏,以勤勉著称。后历仕后晋、后汉、后周,皆受重用。后汉时,跟随镇守陕州的白文珂做事。后周初,白文珂向太祖郭威推举昝居润,至后周广顺三年(953年),郭威养子柴荣即位,升昝居润为军器库使,后跟从柴荣征战高平(今山西长治),因功升客省使、青州知州。历任秦州(今甘肃天水)、凤阳知州、开封知府等。其与赵匡胤同事柴荣,情感甚洽。显德四年(957年)任宣徽北院使,又加封检校太尉。北宋建隆元年(960年)以宣徽南院使任开封知府,官至义武军节度使。昝居润性明敏,有节概,笃于行义,屡为宋太祖赵匡胤推荐人才,世称其知人。其后裔遂以"明敏"或"笃义"为宗祠堂名。

784. 昃(zè)氏堂名

青州堂(亦作临淄堂),府谷堂(亦作神木堂),博山堂(亦作马陉堂、济北堂、颜神堂)(以上为以望立堂)

785. 曾(zēng)氏堂名

鲁国堂,庐陵堂,武城堂,天水堂,鲁阳堂(以上为以望立堂);三省堂,宗圣堂,追远堂,敦本堂,崇本堂,守约堂,养志堂,若文堂,荣庆堂,敬慎堂,继省堂(以上为自立堂名)

【三省堂】【宗圣堂】【追远堂】

从三个方面反省谓之"三省"。

以上三个堂名皆出自春秋时曾参的故事。曾子(前505—前435年),名参,字子舆,鲁国南武城(今山东平邑)人。16岁拜孔子为师,勤奋好学,颇得孔子真传。一生积极实践和推行以孝恕忠信为核心的儒家主张,传播儒家思想。他虽天资鲁钝,但事亲至孝,主张慎重地办理父母的丧事,宽厚待民。他说:"慎终追远,民德归厚矣。"(谨慎地对待父母的去世,追念久远的祖先,自然会培养出忠厚老实的百姓。)曾参一日三省其身。《论语·学而》载:"曾子曰:'吾日三省吾身:为人谋而不忠乎?与朋友交而不信乎?传不习乎?'"("我每天都要多次问自己:替别人办事是否尽力了?与朋友交往有没有不诚实之处?先生所教的学识是否弄懂了?"如果发现有不妥之处,就立刻改正。)后来泛指回顾过去的言行,看是否有过错。他认为"忠恕"是孔子一贯的思想,被后世尊称为宗圣。他认为民众是国家的根本,得民众则得国,失民众则失国。曾子把尊重敬服民心民意作为根本,认为只有人民真正当家做主,才能真正做到执政为民,要好民之所好,恶民之所恶。一个有远大抱负的人,首先要治理好自己的国家;要治理好自己的国家,首先要治理好自己的家庭;要治理好自己的家庭,首先要修养好自己的品德,端正自己的心态,努力学习获得知识,探求事物的原理,即所谓修身齐家治国平天下。而修身是做人的根本,失去了这个根本,要治理好家庭、国家、天下是不可能的。曾参修齐治平的政治观,内省、慎独的修养观,以孝为本的孝道观影响中国2000多年,至今仍有极其宝贵的社会意义和现实意义。为追念这位注重修养的先人,曾氏后裔遂以"三省""宗圣"或"追远"为堂名。

786. 查(zhā)氏堂名

齐郡堂(亦作临淄堂、益都堂),济阳堂,辽东堂(亦作扶余堂、襄平堂、辽阳堂、凌东堂),海陵堂(以上为以望立堂);清容堂,报本堂,二妙堂,三益堂(以上为自立堂名)

【清容堂】

查深（生卒年不详），字道源，宋代安徽广德县（今安徽省宣城市广德县）人，隐居力学。治平年间（1064—1067年）郡守钱公辅根据他的品行将他推荐给朝廷做官，但他力辞不就，于是就在城西的玉溪上给他修建了一座书院，名曰"清容"，以便延请他教诲郡里的子弟。他循循善诱，儒风日振，人称"清容先生"。有《查清容文集》20卷。查氏"清容堂"由此而得名。

787. 祭（zhài）氏堂名

太原堂，颖阳堂（亦作鹿上堂、巨阳堂、阜阳堂）（以上为以望立堂）

788. 詹（zhān）氏堂名

河间堂，渤海堂（以上为以望立堂）；奎光堂，继述堂，洁身堂，敦复堂，墩崇堂，永思堂（以上为自立堂名）

【洁身堂】

詹沂（生卒年不详），字浴之，明代宣城（今安徽宣州）人，隆庆年间（1567—1572年）中进士，由新建（今属江西省）知县提升为给事中。当时宰相张居正丧服未满，朝廷强令他出仕，朝野上下议论纷纷，各行政官署都迎合上面的旨意纷纷上书加以挽留，奏章写好后，唯独詹沂未在上面签字。詹沂后出任山东副使，累迁左副都御使。任上，他解救了狱中许多冤案囚徒。后来他请求辞官回归故里，然朝廷不许，于是挂冠不辞而别。他洁身自好，不趋炎附势，著有《洁身堂稿》。詹沂后人遂以"洁身"为堂名。

【奎光堂】

奎，亦称奎宿，原为星名，二十八宿之一，白虎七宿的首宿，有星16颗。以形似胯而得名。《孝经·援神契》有"奎主文章"一语。宋均《注》曰："奎星屈曲相钩，似文字之画。"所以后来言文章、文运者，多用"奎"字，如皇帝所写的字称"奎书"。奎光，即文章的光芒、光辉。

詹氏"奎光堂"跟元代人詹崇朴和明代人詹凤翔有关。二人都是江西乐安人，应该是同一个宗族。

詹崇朴（生卒年不详），字叔厚，乐安（今江西乐安县）人，通《经》《义》，为当时名儒。宋代末年举进士不第，元朝大德年间（1297—1307年）夏友兰建立鳌溪书院，请崇朴作为主讲人，学者多有所成就。其著作有《厚斋奎光集》。

詹凤翔（生卒年不详），字道存，乐安人，洪武年间中进士，被推荐赴京任职，因病而被免职，归故乡后任乐安府儒学训导。其自幼至老，终日手不释卷，著作颇丰，主要有《大学中庸章句》《语孟节要》《书经释义》《书传旁通》《家礼括要》《律吕新书括要》《理学类编》《奎光堂文集》等。

詹氏家族以这两名学者为荣，便以他们的代表作为堂名。

789. 张（zhāng）氏堂名

清河堂，南阳堂，吴郡堂，安定堂，敦煌堂，武威堂，范阳堂，犍为堂，沛国堂，京兆堂，襄阳堂，洛阳堂，河东堂，始兴堂，河间堂，平原堂，魏郡堂，太原堂，冯翊堂，汲郡堂，河内堂，中山堂，蜀郡堂，梁国堂（亦作梁郡堂），安庆堂，金陵堂，曲江堂，昭川堂，清湖堂，清阳堂，上谷堂（以上为以望立堂）；百忍堂，大忍堂，太忍堂，怡忍堂，义忍堂，循忍堂，能忍堂，书忍堂，继忍堂，绍忍堂，金鉴堂，书鉴堂，绍鉴堂，宝鉴堂，实鉴堂，嘉言堂，嘉顺堂，嘉会堂，嘉乐堂，贻德堂，承德堂，树德堂，辅德堂，建德堂，种德堂，慎德堂，念德堂，宝德堂，文德堂，世德堂，尚德堂，和德堂，崇德堂，峻德堂，顺德堂，怀德堂，馨德堂，普德堂，谱德堂，清德堂，明德堂，绍德堂，弘德堂，裕德堂，馀德堂，仁德堂，通德堂，宣德堂，盛德堂，植德堂，兴德堂，恒德堂，德厚堂，德馨堂，德远堂，德成堂，德征堂，一本堂，二铭堂，两铭堂，双桂堂，三凤堂，三知堂，三治堂，三立堂，三箧堂，三益堂，三桂堂，三阜堂，四益堂，四其堂，五知堂，五眼井张祠，六顺堂，六箴堂，九世堂，九思堂，九如堂，九居堂，九裔堂，百仁堂，百世堂，万石堂，万青堂，寿康堂，世美堂，开业堂，敬思堂，敬睦堂，敬宗堂，敬爱堂，敬翠堂，敬惜堂，敬谊堂，敬身堂，敬达祠，观敬堂，禄宜堂，贻谷堂，资敬堂，敦善堂，敦和堂，敦仁堂，敦义堂，敦九堂，敦睦堂，敦本堂，敦厚堂，敦伦堂，叙伦堂，著易堂，萃雅堂，萃焕堂，萃英堂，萃敬堂，留余堂，追思堂，永思堂，永聚堂，永锡堂，永恩堂，永宗堂，永庆堂，笃亲堂，亲睦堂，都会堂，忠恕堂，忠孝堂，忠文堂，贻忠堂，选青堂，承恩堂，志合堂，鉴湖堂，孝文堂，孝友堂，孝悌堂，孝思堂，椎孝堂，冠英堂，燕贻堂，燕诒堂，燕翼堂，宗岳堂，源流堂，源远堂，正始堂，曾三省堂，植根堂，锡类堂，赤松堂，凡鸠堂，信子堂，涌芬堂，义芬堂，清和堂，清间堂，旺发堂，尊经堂，尊礼堂，美升祠，济美堂，思袁堂，思孝堂，思存堂，思则堂，述善堂，履厚堂，名教堂，味芹堂，芹馀堂，贞忠堂，大本堂，明义堂，明伦堂，裕裔堂，听彝堂，积庆堂，积庆祠，同庆堂，崇庆堂，瑞庆堂，馀庆堂，余庆堂，衍庆堂，庆馀堂，居易堂，福人堂，诚心堂，垂裕堂，罗焕堂，集成堂，草圣堂，中和堂，人和堂，太和堂，协和堂，惠和堂，和气堂，凝远堂，慎远堂，鸣珂堂，亦政堂，横梁堂，横渠堂，世铭堂，得宜堂，于斯堂，文星祠，文星堂，守经堂，聿修堂，序源堂，祀先堂，青湖堂，东聚堂，凌云堂，知本堂，务本堂，培本堂，崇本堂，思本堂，笃本堂，施本堂，报本堂，同本堂，立本堂，树本堂，端本堂，植本堂，建本堂，芝泉堂，持纪堂，焕文堂，张在公祠，棣萼堂，复古堂，诒谋堂，怀义堂，铁耕堂，睦族堂，毓秀堂，乐育堂，存著堂，存善堂，道生堂，留侯堂，博古堂，古香堂，思远堂，思敬堂，思益堂，思本堂，世远堂，世恩堂，世泰堂，存心堂，存耕堂，存仁堂，存恕堂，著存堂，表易堂，文华堂，文献堂，聚星堂，培元堂，瑞元堂，本立堂，崇远堂，追远堂，明远堂，思远堂，积厚堂，惇叙堂，留馀堂，承宗堂，怡宗堂，儒宗堂,长源堂,孝文堂,奉先堂,光裕堂,南轩堂,昼锦堂,叙彝堂,诚心堂,皇序堂,莲池堂,福文堂,焕文堂,说敦堂,成龙堂,紫文堂,如见堂,鸡峰堂,麟徵堂,玉海堂,荣锦堂,荣瑞堂,道义堂,锡五堂,永庆堂,承恩堂,善堂,众善堂,述善堂,宝善堂,师俭堂,书质堂,安雅堂,绍渠堂,寿康堂,珍异堂,袖珠堂,珠宝堂,梓礼堂,尚义堂,青钱堂,授书堂,乡贤堂,希贤堂,爱贤堂,爱日堂,芝泉堂,缵承堂,张鼎堂,志安堂,志业堂,志文堂,高望堂,亦梅堂,益兰祠,策枚堂,柱国堂(以上为自立堂名)

▌百忍堂▐

俗话说:"张王李赵遍地刘。"张氏被列为中国五大姓之一,足以说明其人数之众,名人之多。然而,张氏最著名的堂名"百忍堂"并非出自一位地位显赫的大人物。

张公艺(578—676年),唐代寿张(今河南台前县孙口乡桥北张村,一说山东阳谷县寿张村)人。全家九世同堂,相安无事。张公艺以和治家,仗义疏财,人多家业大,骡马成群。许多远亲近邻常登门求助,借粮的借粮,借钱的借钱,还有的借农具和牲畜。讲信用的到时归还,亦有借而不还的,甚至将农具、牲口卖掉。天长日久,家人有的愤愤不平,提出今后不再借给他们。公艺说:"如果他们像我们一样,什么都不缺,还来求助我们吗?因为他们有困难才来求助的。"因此,一家人都树立了助人为乐的思想。唐高宗李治(650—683年在位)赴泰山祭祀,曾顺路亲临其宅,问其为何能九代人和睦相处。公艺遂写100个"忍"字作答。唐高宗连连称善,下令赐以缣帛。张姓后人即以"百忍"为堂号,期望世世代代聚居相安。张公艺九世同居相安的佳话,《旧唐书》等史料均有记载。

▌金鉴堂▐ ▌曲江堂▐

金鉴堂和曲江堂皆出自唐代名相张九龄的故事。张九龄(678—740年),字子寿,一名博物,谥文献,世称"张曲江"或"文献公"。唐代韶州曲江(今广东省韶关市)人。幼年聪明敏捷,7岁能文,13岁就能写出好文章。唐中宗景龙初年(707年)进士,初任校书郎,玄宗即位迁右补阙。唐玄宗开元时,历任中书侍郎、同中书下平章事、中书令、同平章事,为唐代有名贤相。其举止优雅,风度不凡。张九龄去世后,每有推荐宰相之士,唐玄宗总要问:"风度得如九龄否?"张九龄有胆识、有远见,忠心耿耿,秉公守则,直言敢谏,选贤任能,不徇私枉法,不趋炎附势,敢与恶势力作斗争,为"开元之治"做出了积极贡献。唐玄宗过生日时,百官多献珍奇宝物,唯有张九龄进献《千秋金鉴录》五卷,书中讲的都是前代古人废兴之道。他曾亲自担任开路主管,利用农闲,征集民工,开通了大庾岭梅关古道,使南北交通大为改观。

张九龄针对社会弊端,提出以"王道"代替"霸道",强调保民育人,反对穷兵黩武;主张省刑罚,薄征徭,扶持农桑;坚持革新吏治,选贤择能,以德才兼备之士担任地方官吏。他的施政方针,对缓解社会矛盾,巩固中央集权,维护"开元盛世"起了重要作用。

张九龄的五言古诗,诗风清淡,以素练质朴的语言,寄托深远的人生慨望,对扫除唐初所沿袭的六朝绮靡诗风,贡献尤大。著有《曲江集》。被誉为"岭南第一人"。张氏后人以"金鉴"或"曲江"为堂名来追怀这位杰出的先贤。

【万石堂】

张文瓘(606—678年),字稚圭,贝州武城(今河北武城)人,唐朝宰相。自幼丧父,孝顺母亲,尊敬兄长,以孝友闻名。贞观年间,明经及第,补任并州参军,深受长史李勣器重,将其称为今之管(仲)、萧(何)。累迁至水部员外郎,但因与兄长户部侍郎张文琮同在尚书省,不合制度,被外放为云阳县令。龙朔元年(661年),张文瓘升迁至东西台舍人、参知政事。乾封二年(667年)改任东台侍郎、同东西台三品,同李勣一同担任宰相,不久又管理左史事务。当时,唐高宗建造蓬莱、上阳、合璧等宫,又征讨四夷诸国,饲养厩马万匹,致使国库空虚。张文瓘进谏道:"秦汉征讨四夷,营造宫室,致使国家覆灭,百姓减半。百姓不堪劳累,必会造成祸患,隋朝前车之鉴不远,陛下不可不反思。"唐高宗便裁减厩马数千匹,并厚赏张文瓘。咸亨三年(672年),张文瓘改授黄门侍郎,兼太子左庶子,不久又兼任大理寺卿。他上任十日,便决断疑案400余件,执法公正,被人比作犯颜执法的戴胄;即便有人被判处有罪,也毫无怨言。他患病时,很多犯人都为他祈祷,希望他早日康复。上元二年(675年),张文瓘改任侍中,兼太子宾客。大理寺中在押犯人听说他调任,皆恸哭不止。张文瓘生性严正,对百官奏议多有纠驳,深受唐高宗器重。他卧病在床时,朝廷每有大事,唐高宗都会问:"是否已和张文瓘商议?"如果已经商议,便一概准奏。张文瓘有六子,其中四子皆官至三品:二子张潜官至扬州刺史、魏州刺史;三子张沛,官至同州刺史;四子张洽,官至魏州刺史;五子张涉,官至殿中监、汴州刺史。时号万石张家。其后裔遂以"万石"为宗祠堂名。

【世德堂】

张安上(生卒年不详),字仲礼,宋代棣州(今属山东滨州市)人。庆历年间(1041—1048年)进士。任恩州通判时,下属县邑送来囚犯,安上怜悯地说:这里不是关死人的地方,宁可失出(重罪轻判或该判刑的不判刑),不要失入(轻罪重判或不该判刑而判刑),遂将犯人减刑或释放。后来任乾宁军通判,率众修筑河堤数十里,自此州内无水患。安上有八子,皆显贵,能守世德(先世的德行),时人比作高阳里。其后人因以"世德"为堂名。

注:后汉荀淑,弃官归隐,闲居养志。产业每增,则用此赡养宗族和知友。有子八人(荀俭、荀绲、荀靖、荀焘、荀汪、荀爽、荀肃、荀专),俱有名,时人谓之"八龙"。荀氏旧里曰西豪。颍阴令渤海苑康认为过去高阳氏有才子八人,今荀氏亦有八子,故改其里曰高阳里。

【草圣堂】

张氏被称为"草圣"的有两人,一个是后汉的张芝,另一个是唐代的张旭。

张芝(?—192年),字伯英,敦煌郡渊泉(今甘肃省酒泉市瓜州县四道沟老城一带)人。年轻时有节操,虽出身官宦之家,但无纨绔之气,勤奋好学,潜心书法,尤好草书。

朝廷屡次征召皆不就，故有"张有道"之称。他将古代当时字字区别、笔画分离的草法，改为上下牵连富于变化的新写法，富有独创性，在当时影响很大。历代书法大家誉称张芝草书为"一笔书"，尊称张芝为"草圣"。晋代大书法家王羲之最推崇的前辈书法家只有两个：一个是曹魏的钟繇，一个是东汉的张芝。

张旭（675—750年），字伯高，一字季明，唐代吴县（今江苏苏州）人。曾任常熟县尉、金吾长史。以草书著名，唐文宗李昂时以李白的诗歌、裴旻的剑舞和张旭的草书号称"三绝"。其诗亦别具一格，以七绝见长，与李白、贺知章等人共列饮中八仙。与贺知章、张若虚、包融号称"吴中四士"。书法与怀素齐名。张旭嗜酒，每大醉后呼叫狂走，索笔挥洒，或以头濡墨而书。既醒，自视以为神，不可复得也，时称"张颠"，又称"草圣"。

‖【三凤堂】‖

明代人张泰（1436—1480年），字亨父，本姓姚，太仓（今江苏太仓）人。天顺八年（1464年）进士，授官简讨，迁修撰。恬淡自守，与陆釴、陆容齐名，号娄东（太仓位于娄水之东，故有娄东之称）三凤，有《沧州集》。其后遂以"三凤"为堂名。

‖【横渠堂】‖

张载（1020—1077年），字子厚，凤翔郿县（今陕西眉县）横渠镇人，北宋思想家、教育家、理学创始人之一。宋仁宗嘉祐二年（1057年）进士，历任祁州（今河北安国）司法参军、云岩（在今陕西宜川境内）县令、著作郎、签书渭州（今甘肃平凉）军事判官等职。任云岩县令时，办事认真，政令严明，处理政事以"敦本善俗"为先，推行德政，重视道德教育，提倡尊老爱幼的社会风尚，每月初一，召集乡老至县衙聚会。常设酒食款待，席间询问民间疾苦，提出训诫子女的道理和要求，致使妇幼皆知。在渭州任军事判官时，他与环庆路经略使蔡挺关系极好，深受蔡挺的尊重和信任，军府大小事，都向他咨询。他曾说服蔡挺在大灾之年拨军资数万救济灾民，并创"兵将法"，推广边防军民联合训练作战，建议招募当地人取代戍边的中央军，还撰写了《经原路经略司论事边状》和《经略司边事划一》等，展现了军事政治才能。范仲淹知永兴军、陕西经略安抚招讨副使，兼知延州（今延安）时曾召见张载，谈论军事边防，保卫家乡，收复失地，其主张得到范仲淹热情赞扬，认为他可成大器，并勉励他攻读《中庸》，在儒学上下功夫。张载回家苦读《中庸》，仍感不足，于是遍读佛家、道家之书，觉得难以实现自己远大抱负，又回到儒家学说上来，经过十余年攻读，终于悟出儒、佛、道互补及相互联系的道理，逐渐建立起自己的学说体系。其学以《易》为宗，以《中庸》为的，以《礼》为体，以孔孟为极。著有《正蒙》《西铭》《横渠易说》等，世号"横渠先生"，尊称张子。传其学者称为"关学"。

后来，张载之弟监察御史张戬因反对王安石变法，被贬知公安县（今湖北江陵）。张载恐受牵连，辞官回到横渠，依靠家中数百亩薄田维持生活。他整日讲学读书，写下了大量著作。他还带领学生进行复古礼和井田制两项实践，按《周礼》模式，划分公田、私田等分给无地、少地的农民，并疏通东西二渠"验之一乡"以证明井田制的可行性和有效性。至今该地还保存有遗迹,流传着"横渠八水验井田"的故事。张载一生清贫,死后无钱入殓。在长安的学生闻讯赶来,才得以买棺成殓,护柩回到横渠。

【鸣珂堂】

张嘉贞(665—729年),唐代蒲州猗氏(今山西临猗)人,张嘉贞官至工部尚书,封河东侯;其弟张嘉祐(生卒年不详),官至金吾卫将军,二人皆居高官。《新唐书·张嘉祐传》载:"嘉祐,嘉贞弟,有干略。方嘉贞为相时,任右金吾卫将军,昆弟每上朝,轩盖驺导盈闾巷,时号所居坊曰鸣珂里。"轩,古代官员乘坐的一种便车;盖,即车盖;轩盖如云,形容官员很多。驺导,古代贵官出行,在前面引马开道的骑卒。"轩盖驺导盈闾巷",指车马和官员充斥了街道。鸣珂,意为玉珂鸣响,佩玉铿锵,比喻显贵。后来"鸣珂巷""鸣珂里"泛指贵人的居住处。张氏"鸣柯堂"由此而得名。

【留侯堂】

张良(前250—前187年),字子房,西汉初年谋士,颍川城父人,汉朝开国元勋之一,与萧何、韩信同为汉初三杰。其祖先五代为韩国相。秦灭韩后,他在博浪沙狙击秦始皇未中,逃亡至下邳时遇黄石公,得《太公兵法》。他深明韬略,足智多谋,为刘邦的主要"智囊"。在楚汉战争中,他提出不立六国后代,联结英布、彭越,重用韩信等策略,主张追击项羽,歼灭楚军,为刘邦完成统一大业奠定了坚实的基础。刘邦称他"运筹策于帷帐之中,决胜于千里之外"。在鸿门宴上,他成功地帮助刘邦脱离了险境,后又用"明修栈道,暗度陈仓"之策,让刘邦夺取了汉中宝地。汉朝建立后,张良被封为留侯,晚年他深悟"狡兔死,走狗烹;飞鸟尽,良弓藏;敌国破,谋臣亡"的哲理,自请告退,淡出政治舞台。死后谥文成侯,其族人以其封号为堂名。

【上柱堂】

张居正(1525—1582年),字叔大,号太岳,明代江陵人,时人又称张江陵。明朝中后期政治家、改革家,万历时期为内阁首辅,辅佐万历皇帝朱翊钧开创了"万历新政"。他5岁识字,7岁能通六经大义,12岁中秀才,16岁中举人。嘉靖二十六年(1547年)中进士,历任吏部左侍郎兼东阁大学士、吏部尚书、建极殿大学士。万历皇帝登基后,张居正代高拱为首辅。当时明神宗朱翊钧年幼,一切军政大事皆由张居正主持裁决。在任内阁首辅十年中,实行一系列改革措施。财政上清丈田地,推行"一条鞭法",总括赋、役,皆以银缴,"太仓粟可支十年,周寺积金,至四百余万"。军事上任用戚继光、李成梁等名将镇守北边,用凌云翼、殷正茂等平定西南叛乱。吏治上实行综核名实,采取"考成法"考核各级官吏,"虽万里外。朝下而夕奉行",政体为止肃然。死后赠上柱国,谥文忠。著有《张太岳集》《书经直解》《帝鉴图说》等。其后人以其封号为宗祠堂名。

【张鼎堂】

古代殿试第一名称状元,第二名称榜眼,第三名称探花,总称"鼎甲"。

明代张姓出过三位榜眼。他们是张显宗(1363—？年),福建宁化县石壁镇坡下村人。6岁丧父，由母抚育成人。洪武二十三年（1390年）中榜眼，初授翰林院修撰，历任国子监祭酒、工部右侍郎、交趾左布政使等职。张春（1510—？年），字伯仁，江西新喻人。少年用功读书，诗文俱佳。嘉靖二十六年（1547年）中榜眼，授翰林院编修。嘉靖三十八年（1559年）升侍讲。当时严嵩当权，对张春的敢言直谏极其反感，张春开馆讲学，触犯了严嵩大忌，遂将其调任南京太仆丞。张春厌恶官场的明争暗斗，便辞归故里，在家乡建二所讲学堂，一名"忠孝"，一名"友仁"，每日与四方学者研讨"良知"之学。张修嗣（生卒年不详），湖广江陵（今湖北荆州）人，首辅张居正次子，万历五年（1577年）中榜眼。张姓族人遂以"张鼎"为堂名。

【尊经堂】

尊经，尊重经典。

张之洞（1837—1909），字孝达，清代贵州兴义府人。同治二年（1863年）中探花，授翰林院编修，历任教习、侍读、侍讲、内阁学士、山西巡抚、两广总督、湖广总督、两江总督（多次署理却未经实授）、军机大臣等职，官至体仁阁大学士。早年是清流首领，后成为洋务派的主要代表人物。教育方面，他创办了自强学堂、三江师范学堂、湖北农务学堂、湖北武昌蒙养院、湖北工艺学堂等。政治上他主张"中学为体，西学为用"。工业上创办了汉阳铁厂、大冶铁矿、湖北枪炮厂等。八国联军入侵时，大沽炮台失守，张之洞会同两江总督刘坤一与驻上海各国领事议订"东南互保"，并镇压维新派的唐才常、林圭、秦力山等自立军起义。光绪三十四年（1908年）11月，他以顾命重臣晋太子太保。病卒谥文襄。有《张文襄公全集》。张之洞于曾国藩、李鸿章、左宗棠并称晚清"四大名臣"。张之洞任四川学政时曾在成都创立尊经学院，其后人遂以"尊经"为堂名。

790. 章（zhāng）氏堂名

河间堂，福建堂，武都堂，京兆堂，豫章堂，莱山堂（以上为以望立堂）；敦睦堂，全城堂，复生堂，思绮堂，式训堂，此洗堂，虚受堂（以上为自立堂名）

【全城堂】

章氏全城堂由福建堂、敦睦堂演变而来。中国大陆章氏一世祖章及，字鹏之，唐代太和年间（827—835年）任康州（今广东肇庆）刺史。归仕后，由泉州府南安县迁居于建安府（今福建南平瓯）浦城县西村，是为浦城章氏始祖。妻滕氏，封梁国夫人。生三子：章侑、章杰、章修，皆显明于时。章修在唐代任福州军事判官，生有二子。长子章仔钧，次子章仔钊均居浦城。仔钧有15子，68个孙子，皆显赫于朝，仕宦他乡，其后裔散迁全国各地。为纪念福建这个章氏桑梓之地，曾以"福建堂"为堂名。

章氏家族有敦宗睦族的优良传统。章仔钧于唐代天佑年间（904—907年）任检校太傅、持节高州刺史兼御史大夫。屯兵浦城西岩山守闽北。他为儒将，不善杀戮，常告诫子孙："吾不幸生当乱世，是以为将，然知将不可为，子孙慎勿习武，当以儒业起家。"

仔钧曾对弟弟仔钊说:"吾十五子当以'仁'字为名,示其有志于仁也。"故其 68 个孙子皆以"文"字为名。他在《家训》中谆谆教导其子孙,要"休存猜忌之心,休听离间之言,休作生愤之事,休专公共之利"。宋代理学家张望之有诗赞曰:"十代登科二百人,一家和气蔼如春。"因章氏宗亲和睦,亲密无间,故后人将"福建堂"更名为"敦睦堂"。

唐末乱世,黄巢义军挥师浙江,进而占领福建,六年后败死于山东虎狼谷,后由节度使王审知控制福建全境并掌控军政大权 30 年之久。章仔钧向王审知献"攻、守、战"三策,颇得赏识,被封为西北面行营招讨制置使,领兵五千,坐镇福建浦城西岩山,扼守闽北。一次,南唐入侵,仔钧率兵抵抗,同时派帐前王建封、边镐二校急奔建州求援。待敌军久攻不克、疲惫不堪之时,章仔钧下令守军骤然出击,大获全胜。且说王建封、边镐二校因连日大雨误期,返回复命,依军法当斩。仔钧妻,杨氏,因家住练湖,故称练夫人。练夫人苦劝仔钧曰:"二校因雨阻误期,实不得已,而其何尝不想立功,念其实情,可赦其罪。"她还赠银两,放二人逃走。二人临别感激涕零,发誓恩将必报。

数年后,章仔钧仙逝,练夫人随子移居建州(今福建建瓯市)。此时,王、边二校已改投南唐,并受重用。南唐以边镐为招讨使,王建封为先锋,攻建州。破城之日,南唐下令屠城。这时王、边二将探知练夫人仍居城内,一旦屠城,玉石俱焚,亦难幸免,便寻找练氏住宅,并授旗一面立于练氏宅前,以示护卫。二将登门叩谢当年救命恩人,并赠金银玉帛。练氏拒收馈赠,道:"建州城内数万百姓何罪之有?欲屠城,不如先从吾家族开刀。"王、边二将为练夫人高尚气节所感动,遂下令禁止屠城,致使建州数万百姓免遭劫难。练夫人逝世后,建州百姓为感谢她的救命之恩,破例将其葬于衙门之后。至今练夫人铜像仍立于建瓯市的芝城公园内。巾帼英雄练夫人大仁大义,光照千秋,其事迹至今仍在章氏后人中广为流传。此支章氏亦将"敦睦堂"改为"全城堂",以追念她救活全城百姓的功绩。

【复生堂】

复生堂出自宋代大孝子章王容"枯竹复生"的故事。章王容(生卒年不详)事亲尽孝。据传,他母亲死后,他日夜追思怀念,连已经没有生命的枯竹也感动得复生了。而且,他的子孙也相继以经学被朝廷重用。时人皆曰,此乃章王容孝行之报。为效法这位孝子,其后人遂以"复生"为堂名。

791. 长孙(zhǎngsūn)氏堂名

淄川堂(亦称青州堂),济阳堂,河南堂(以上为以望立堂);霹雳堂(自立堂名)

【霹雳堂】

长孙晟(551—609 年),字季晟,河南洛阳人,隋朝著名军事将领。长孙晟"性通敏,略涉书记,善弹工射,敏捷过人"。(《隋书·长孙晟列传》)19 岁时为司卫上士,被杨坚赏识。北周大象二年(580 年)送千金公主至突厥首领沙钵略可汗处,留其处达一年之久,常与沙钵略一起游猎,乘机察知突厥山川行势及各部落强弱,归国后将突厥情况详细告诉北周丞相杨坚。杨坚闻后大喜,遂升迁长孙晟为奉车都尉。北周大定元年(581年),杨坚受禅登基,是为隋文帝,改元开皇。开皇中,突厥南侵。长孙晟口陈形势,手画山川,定其虚实,皆如指掌,拜车骑将军;又为受降使者,突厥畏之。闻其弓声,谓为霹雳;见其走马,谓为闪电。终右骁卫将军。长孙氏"霹雳堂"由此而得名。

792.仉(zhǎng)氏堂名

鲁郡堂,琅琊堂,敦煌堂(以上为以望立堂)

793.召(zhào)氏堂名

博陵堂,汝南堂(以上为以望立堂);种德堂(自立堂名)

794.赵(zhào)氏堂名

天水堂,南阳堂,金城堂,下邳堂,颖川堂,平原堂,涿郡堂,扶风堂,新安堂,酒泉堂,汉阳堂(以上为以望立堂);半部堂,琴鹤堂,琴宏堂,孝思堂,孝义堂,谷诒堂,谷治堂,萃焕堂,萃渔堂,日生堂,红日堂,爱日堂,爱敬堂,畏爱堂,敬彝堂,创基堂,顺和堂,忠恕堂,明德堂,明宗堂,庆源堂,积善堂,乐善堂,绵远堂,茂文堂,茂文斋,边贻斋,成文堂,文杏堂,文贤堂,沐恩堂,沐思堂,著存堂,嘉会堂,清献堂,棣华堂,衍庆堂,双砚堂,永厚堂,永思堂,敬睦堂,敦本堂,崇本堂,崇谊堂,崇礼堂,义庄堂,宝玉堂,悼叙堂,享叙堂,诚有堂,勤业堂,裕后堂,山崇堂(回族赵氏)(以上为自立堂名)

【半部堂】

半部堂由"半部《论语》治天下"的典故演变而来。

赵普(921—991年),北宋政治家,字则平。祖籍幽州蓟(今天津市蓟县)人。后相继移居常山和河南洛阳。宋太祖赵匡胤夺取政权前,赵普多年为其幕僚。宋代初年出任枢密使,能以天下为己任,后起用为宰相。宋太宗赵光义当朝时,亦曾两次为相,后封为魏国公。赵普决事如流,据传他仅读过《论语》而已。太宗曾因此问他。他说:"平生所知,诚不出此。昔以其半辅太祖定天下,今欲以其半辅陛下致天平。"太宗劝他读书,自此手不释卷。宋代罗大经《鹤林玉露》第七卷记载有此事,故历来有"半部《论语》治天下"之说。赵普后人遂以"半部"为堂名。

【爱日堂】【红日堂】

爱日堂和红日堂皆出自春秋晋国名将赵衰的故事。赵衰(前?—前622年),即赵成子,字子馀,亦称成季、孟子馀,曾帮助晋公子重耳(即晋文公)归国执政,为辅佐晋文公称霸的五贤之一。因曾任原(今河南省济源县北)大夫,故亦称原季。晋襄公时,赵衰为新上军之将及中军之佐。其子赵盾(即赵宣子),前621年代赵衰任中军元帅,执掌国政。晋灵公被害后,又拥立晋成公继位。《左传·文公七年》载:"(晋大夫)酆舒问(晋中军帅)贾季:'赵衰、赵盾孰贤?'对曰:'赵衰,冬日之日也;赵盾,夏日之日也。'"意思是:赵衰为人和蔼可亲,犹如冬天的红日一样温暖可亲;而赵盾待人过于严厉,如同夏天烈日一般可畏。赵衰后人遂以"爱日"或"红日"为宗祠堂名。

【琴鹤堂】

赵抃(1008—1084年),字阅道,号知非,衢州西安(今浙江衢州市柯城区信安街道沙湾村)人,北宋名臣。景祐元年(1034年)登进士第,授武安军节度推官,历任崇安、海陵、江原三县知县,泗州通判。至和元年(1054年),召为殿中侍御史,弹劾不避权贵,时称"铁面御史"。后历官益州路转运使,以龙图阁学士知成都。平时以一琴一鹤自随,为政简易,恭谨宽厚,操行洁美,日间所作之事,夜间必衣冠齐整在露天烧香以告示于天。死后追赠太子少师,谥清献。有《赵清献公集》。其后裔为怀念这位仅一琴一鹤、为官清廉的先贤,遂以"琴鹤"为堂名。

795. 折(zhé)氏堂名

广汉堂,河西堂,西河堂(以上为以望立堂)

796. 甄(zhēn)氏堂名

中山堂(以望立堂);还金堂,舜河堂(以上为自立堂名)

【还金堂】

甄彬(生卒年不详),南朝梁国中山郡人,品德高尚,才能出色。家中穷困潦倒。一次,他用一束苎麻到荆州长沙西库作抵押换一些钱用,后来用钱去赎苎麻,回到家发现麻里有一条手巾包着五两金子。甄彬马上将金子送回西库。管理西库的和尚非常吃惊,说:"近来有人用金子抵押换钱,因为匆忙,忘记放在什么地方了。施主拾到钱后,还能送还,恐怕是从古至今都没有的事情。"和尚遂将一半金子送给甄彬作为酬谢,两人推辞再三,甄彬说什么也不肯接受。和尚赞叹说:"五月天仍然穿着皮袄、背柴草的人,竟然是位拾金不昧的君子!"梁武帝还是布衣的时候就听说过这件事,当了皇帝以后就任命甄彬为益州录事参军兼郫县令。上任前,甄彬去向梁武帝辞行,同时去辞行的共有五位官员。太祖皇帝告诫他们一定要保持廉洁,唯独对甄彬说:"你昔日有还金的美名,所以就不用嘱咐你这些话了。"为缅怀这位品德高尚的先人,甄氏后裔便以"还金"为堂名。

797. 郑(zhèng)氏堂名

荥阳堂,洛阳堂,陇西堂,南阳堂,高密堂,雍州堂(以上为以望立堂);宝树堂,著经堂,博经堂,通德堂,翼经堂,安远堂,带草堂,书带堂,书种堂,崇德堂,德遗堂,务本堂,立本堂,仁本堂,锡类堂,莫邑堂,奠邑堂,孝义堂,孝度堂,孔安堂,复训堂,注释堂,笃敬堂,七松堂,松茂堂,留耕堂,宏宣堂,怀春堂,流光堂,约礼堂,裕昆堂,雍睦堂,贻清堂,清廉堂(以上为自立堂名)

【著经堂】【博经堂】【通德堂】

以上三个堂名皆出自东汉著名学者郑玄的故事。郑玄(127—200年),字康成,北海郡高密县(今山东高密)人,家境贫寒,但天资聪颖,又勤奋好学,八九岁就精通算术加减乘除,十二三岁就能诵读和讲解《诗》《书》《易》《礼记》《春秋》这儒家"五经"了。他终日沉湎于书卷,不图虚荣,天性务实。他曾入太学攻读《京氏易》《公羊春秋》《九章算术》等,又从张恭祖学习《古文尚书》《周礼》《左传》等,后事马融,学古文经,游学十余年。回乡后,聚众讲学,因家贫,他便"客耕东莱",一面种田维持生计,一面教授门徒;后因党锢被禁,遂闭门不出,潜心著述。著有《天文七政论》《中侯》等书,共百余万字。弟子从远方至者达数千人。其著作以古文经说为主,兼采今文经说,他综合百家,遍注群经。西汉时读书人大都专治某一经,而郑玄却力主博通诸经。他所注经书,代表了汉代学术的最高成就,被称为"郑学"。当时,孔融为北海相,对郑玄深为敬重,为其在高密县特立一乡,曰"郑公乡"。广大门闾,能容纳高车通行,号曰"通德门"。《后汉书·郑玄传》有记载。郑玄后人遂以"著经""博经"或"通德"为堂名,以纪念这位博学的先人。

【安远堂】

郑吉(? —前49年),西汉会稽(今浙江绍兴)人。从军后以士卒起步,多次随军出征西域,是西汉对外战争中活跃的典型武将。初为侍卫郎官。其为人好强,有大志,专习外国事。曾奉命率士卒屯田渠犁(今新疆尉犁、轮台一带),生产谷物以供出使外国者中途之需。后来车师国勾结匈奴,劫杀汉使,郑吉乃发动屯田士兵和西域诸国兵马攻破车师,因功升为内卫司马,专职保护西域南道诸国。神爵二年(前58年),匈奴内讧,西部日逐王(名先贤禅)意欲归顺汉朝,秘密派使者跟郑吉联系,郑吉审时度势,率渠犁、龟兹国5万人马迎接日逐王来降,威震西域。汉宣帝遂任命他护卫西域南、北两道。故此,号称都护。我国历史上都护一职自郑吉始。并以功封安远侯。故《汉书·郑吉传》云:"汉之号令班西域,始自张骞而成于郑吉。"郑吉后人遂以其封号为宗祠堂名。

【书带堂】

书带堂亦出自郑氏家族。书带堂,亦称书带草堂,别解为草堂名"书带"。书带,即书带草,叶长质坚,相传郑玄门下取以束书,故有此名。为纪念前辈先贤,遂以带草堂命名讲经堂。郑氏藏书楼,设有一别院,讲经玄坛便在院内,带书堂也是玄坛的正堂,郑府先贤在此坐道论经。带草堂前进是讲经之所,后进是居住之所,前来讲经的经学大师,大多居住于此。

〖清廉堂〗

郑弘道(生卒年不详),字克修,明代兰谿(今湖北蕲水)县人。对父母非常孝顺。万历年间(1573—1620年)进士,授徽州(今安徽歙县)司理之职,执法公允严明,郡内无受冤枉的百姓。曾有人投书拜见,见面礼是一块石砚,可打开一看却是一块金砖,他立刻严词拒绝,时人称他是位清正廉明的官吏。他同时管理歙县和休宁两县的事务,深受百姓爱戴。后来他调往广东南雄任职,临行之日,百姓跟随相送数百里。郑氏族人为族内出现这样一位清正廉明的好官而感到无比骄傲,便以"清廉"二字作为郑氏堂名。

798. 支(zhī)氏堂名

琅琊堂,邰阳堂(以上为以望立堂);灵孝堂,孝感堂,五经堂,敦睦堂,追远堂,至德堂(以上为自立堂名)

〖灵孝堂〗〖孝感堂〗

支叔才(生卒年不详),唐代定州(今河北定州)人。隋代末年发生饥荒,夜里乞讨食物于野外,母亲被盗贼所执。叔才将家中情况如实相告,贼怜悯其孝,替其母解绑。后来,其母生疮,叔才用嘴吸脓注药。母亲去世后,叔才庐墓守孝,有白鹊停息墓旁,人称孝感所致。唐高宗时,旌表其门。其后遂以"灵孝"或"孝感"为堂名。

799. 植(zhí)氏堂名
(一说作为姓氏应读音 duǒ,另一说应读 zhì,今姓书多作 zhí)

海南堂,南越堂(以上为以望立堂);鹤山堂(自立堂名)

〖鹤山堂〗

植敏槐(生卒年不详),字穉青,四川邛州(今四川邛崃)人。清代著名学者、教育家。顺治八年(1651年)举人。明末清初桐城兵燹之后,郡内书籍荡然无存,仅敏槐家藏《礼记存要》一书。植敏槐淡泊名利,素有讲学习惯,乃以此书教授郡内诸生,筑屋于白鹤山南,授课达20余年,学者称"鹤山先生"。其后裔遂以"鹤山"为堂名。

800. 矗(zhí)氏堂名
(作为姓氏应读 zhí,不读 chù)

洛阳堂,南海堂(以上为以望立堂)

801. 治(zhì)氏堂名

泰山堂,北海堂(亦作千乘堂),凉州堂,武威堂(以上为以望立堂)

802. 中(zhōng)氏堂名

京兆堂(以望立堂)

803. 终(zhōng)氏堂名

南阳堂,济南堂(以上为以望立堂);奔商堂(自立堂名)

【奔商堂】

终古(生卒年不详),夏朝太史令,亦是中国历史上第一位留名的史官。夏桀无道,荒淫无耻,骄奢淫逸,凿池为夜宫,男女混杂而居,一月不理朝政。太史终古以法苦谏,流泪规劝,夏桀充耳不闻。终古知夏桀不可救药,夏朝将亡,遂携带历代史册弃夏奔商。后人因以立"奔商堂"纪念之,以告诫子孙:凡违背人民意志者,终将被人民所抛弃。

804. 钟(zhōng)氏堂名

颍川堂,竟陵堂(以上为以望立堂);四德堂,知音堂,敬爱堂,大宗堂,荷恩堂(以上为自立堂名)

【四德堂】

钟仪(生卒年不详),春秋时楚国人,封郧公。楚国公族,芈姓,钟氏,名仪。史书记载中最早的古琴演奏家,世代皆为宫廷琴师。楚国和郑国交战时,钟仪被郑国俘虏献给了晋国。晋国公(景公)在军府见到他,就问:"那个被绑着、戴着楚国帽子的人是谁?"钟仪回答:"楚国的俘虏。"晋景公又问:"你姓什么?"钟仪答:"我父亲是楚国大臣。"晋景公让手下人给他松了绑,让他弹琴,钟仪便弹了一首楚国曲子。晋景公接着问:"楚王是怎样一个人?"钟仪答道:"楚王做太子的时候,有太师教导他,太监伺候他。早晨起床后像小孩一样玩耍,晚上睡觉。其他我就不知道了。"范文子对晋景公说:"这个楚国的俘虏真是了不起的君子啊。他不说姓名而说他父亲,这是不忘本;弹琴只弹楚国音乐,这是不忘旧;问他君王的情况,他只说楚王小时候的事,这是无私;只说父亲是楚臣,这表示他对楚王的尊重。不忘本是仁,不忘旧是信,无私是忠,尊君是敬。他有这四德,给他大的任务必定能办得很好。"于是,晋景公像对待外国使臣一样对待他,让他回楚国和平谈判。钟氏"四德堂"由此而来。

【知音堂】

钟子期（前387—前299年）。名徽，字子期，战国时代楚国汉阳（今湖北省武汉市蔡甸区集贤村）人。相传他是一个头戴斗笠，身披蓑衣，肩背扁担，手拿板斧的樵夫。历史记载伯牙回国探亲时，在汉江边鼓琴，正巧跟钟子期相遇。听到伯牙的琴声，钟子期感叹曰："巍巍乎若高山，洋洋乎若江河。"两人趣味相投，遂成至交。钟子期死后，伯牙认为世上已无知音，终生不再弹琴。钟氏后人因以"知音"为堂名。参见俞氏"流水堂""高山堂"。

805. 钟离(zhōnglí)氏堂名

会稽堂，颍川堂，竟陵堂（亦作钟祥堂，石门堂）（以上为以望立堂）；四德堂（自立堂名）

【四德堂】

详见钟氏"四德堂"。

806. 仲(zhòng)氏堂名

中山堂，乐安堂，东鲁堂（以上为以望立堂）；三善堂，八元堂，负米堂（以上为自立堂名）

【八元堂】

据《左传·文公十八年》载："高辛氏有才子八人：伯奋、仲堪、叔献、季仲、伯虎、仲熊、叔豹、季狸，忠肃共懿，宣慈惠和（忠诚恭敬，都有美德，慈善，有爱心），天下之民谓八元。"高辛氏为黄帝后裔，仲堪、仲熊兄弟二人为高辛氏的臣子，为八元之一。后世以先祖名字为氏。为缅怀先贤，故以"八元"为堂名。

【负米堂】

仲由（前542—前480年），字子路，又字季路，春秋时鲁国卞（今山东泗水泉林镇卞桥村）人，孔子得意门生，以政事见称，为孔子七十二贤弟子之一，史称仲子，位列十贤，世称先贤。

子路幼时家境贫寒，所以他生活十分节俭，吃的是粗粮野菜，但对父母非常孝敬，为了保证父母的营养，他经常到百里以外的地方去买米，再背回来给父母做饭吃，一年四季，不论严寒酷暑都是如此。冬天他顶风冒雪，踏着河面的坚冰，一步一步地向前挨；夏日汗流浃背，气喘吁吁，也顾不得休息。父母过世后，子路南下到楚国做官，待遇优厚，出门车马相随，吃的是山珍海味，但他并不喜欢，而是为父母没能享受到这样的生活而长吁短叹。仲氏后人为纪念这位懂得孝敬父母的先贤而以"负米"为堂名。

807. 仲孙（zhòngsūn）氏堂名

高阳堂（以望立堂）；干礼堂（自立堂名）

‖干礼堂‖

仲孙貜（jué，？—前524年），即孟僖子，姬姓，孟氏，名貜，春秋时鲁国大夫，后期为鲁国司空，三桓之一。他陪鲁昭公到楚国去访问，途径郑国，到达楚国皆不能以礼处理外交事务。他深以为耻，遂发奋学习周礼。他因病不能相礼，就把礼讲给鲁昭公听。临死前，他把各位大夫召集起来，对他们说："礼是人的骨干，没有礼就不能立在世上为人。"仲孙氏后人遂以"干礼"为堂名。

808. 周（zhōu）氏堂名

汝南堂，庐江堂，浔阳堂，临川堂，陈留堂，沛国堂（亦作沛郡堂），河南堂，泰山堂，长安堂，淮南堂，武功堂，永安堂，河间堂，临汝堂，华阴堂，河东堂，清河堂，昭州堂（以上为以望立堂）；笃佑堂，笃祜堂，笃亲堂，爱莲堂，景濂堂，绍濂堂，绍溪堂，濂溪堂，植莲堂，思濂堂，细柳堂，世德堂，至德堂，厚德堂，新德堂，崇德堂，怀德堂，纯德堂，德馨堂，田德堂，亦政堂，诵芬堂，清白堂，继述堂，继治堂，继善堂，宝善堂，世善堂，世恩堂，世济堂，文肃堂，文盛堂，忠厚堂，忠信堂，忠孝堂，大本堂，报本堂，推本堂，务本堂，敦本堂，崇本堂，承志堂，承思堂，承启堂，承敬堂，雍睦堂，敦睦堂，敬爱堂，敬义堂，敬思堂，集贤堂，永思堂，敦稼堂，敦伦堂，敦叙堂，敦厚堂，孝友堂，孝思堂，叙彝堂，叙伦堂，伦叙堂，挞叙堂，光霁堂，光裕堂，光祖堂，垂裕堂，思源堂，赞绪堂，礼乐堂，昭穆堂，棣华堂，棣鄂堂，荣桂堂，竹桂堂，亲亲堂，亲仁堂，二贤堂，三元堂，五有堂，六顺堂，八士堂，莲花堂，油菜湾堂，仁厚堂，仁义堂，兴仁堂，拱福堂，介福堂，福礼堂，青秀堂，鹤在堂，松竹轩，用里堂，肇岐堂，锡类堂，遵训堂，惇彝堂，萃亲堂，萃文堂，思成堂，余庆堂，详山堂，岐山堂，味经堂，宁寿堂，引碧堂，森淼堂，有宋堂，玉润堂，燕翼堂，维新堂，云锦堂，保极堂，坞享堂，斐然堂，追远堂，志学堂，学志堂，集义堂，定鼎堂（以上为自立堂名）

‖爱莲堂‖‖濂溪堂‖‖植莲堂‖

以上堂名皆出自北宋著名哲学家周敦颐的故事，又作景濂堂、绍濂堂、绍溪堂、思濂堂等。周敦颐（1017—1073年），原名敦实，别称濂溪先生，又称周元皓。因避宋英宗赵曙（原名赵宗实）旧讳改名敦颐，字茂叔，号濂溪。道州营道楼田堡（今湖南省道县）人。北宋思想家、理学家、哲学家、文学家，哲学界公认的理学鼻祖，称"周子"。

周敦颐八岁丧父，三年后随同母异父之兄卢敦文投靠衡州（今衡阳）舅父、龙图阁学士郑向。因聪慧仁孝，深得郑向喜爱，又酷爱白莲，郑向遂在自家宅前西湖凤凰山下（今衡阳市二中）建亭挖池植莲，周敦颐负笈其间参经悟道。盛夏之夜，莲花怒放，香气袭人，美不胜收。郑家故宅后改为濂溪周氏宗祠（今南华大学附一医院处）。

周敦颐历官桂阳令、大理寺丞、洪州南昌知县、合州判官、国子监博士、永州通判、虞部郎中、广南西路刑狱、知南康军等。晚年定居濂溪书堂。他的学术思想以儒家学说为基础,融合道家,间杂佛学,提出"无极而太极"的宇宙生成论。他认为"诚"是太极之理,是纯洁至善的东西,隐藏在宇宙太极之中。圣人能够确立"中正仁义",可以不陷入邪恶。他们至公无私,能够为人类的至高道德标准立下标杆,引导人类脱离恶的一面而走向善的一面。他认为教育就是让人去恶存善,而育人首先要育己;领导者要注意个人修养,修身为治天下的根本。他提出的无极、太极、阴阳、五行、动静、主静、至诚、无欲、顺化等理学概念,被后世理学家反复讨论和发挥,构成理学范畴体系中的重要内容。其主要著作有《太极图说》《通书》等。后人编成《周子全书》。周敦颐的作品以《爱莲说》最为著名:"予独爱莲之出淤泥而不染,濯清涟而不妖,中通外直,不蔓不枝,香远益清,亭亭净植,可远观而不可亵玩焉。"在作者的笔下,莲成了"花之君子者也。"

为缅怀这位"独爱莲之出淤泥而不染"的先贤,其后人遂以"爱莲""濂溪""植莲"等为宗祠堂名。

【细柳堂】

周亚夫(前199—前143年),沛郡封邑(今江苏丰县)人,西汉军事家,丞相。他是西汉开国功臣、绛侯周勃次子。汉文帝后二年,袭父爵为绛侯,初为河内郡守。汉文帝二十二年(前158年),匈奴侵犯北部边境,文帝急调边将镇守防御,宗正刘礼驻守在灞上,祝兹侯徐厉驻守在棘门,周亚夫奉命守卫细柳。为了鼓舞士气,汉文帝亲自赴三路军马驻地慰问犒劳。他先到灞上和棘门,两处皆不用通报,见皇帝车马到来,立即主动放行,连主将都未及时得到消息,匆忙出来迎接,皇帝走时又率全军到营寨门口欢送。但到周亚夫军营时,前面开道的被拦在营寨之外,前卫告知皇帝前来慰问,守门都尉说:"将军有令,军中只听将军命令,不听天子诏令。"皇帝到达后,派使者拿出自己的符节前去通报,周亚夫才下令打开寨门迎接。守营的士兵还告诉皇帝随从:"将军有令,军营中不许车马疾驰。"车夫只好稳住缰绳,缓步前进。到了大帐之前,周亚夫一身戎装出迎,手持兵器向文帝行拱手礼,曰:"介胄之士不拜,请陛下以军中之礼拜见。"文帝听了十分感动,欠身扶着车前横木向将士们行军礼。事后,文帝对群臣感慨地说:"这才是真将军啊!那些灞上和棘门的军队,简直像儿戏一般。如果敌人偷袭,恐怕他们的将军也要被俘虏了。可周亚夫怎么可能被偷袭呢?"匈奴退兵后,周亚夫升为中尉,掌管京城兵权,负责警卫京师。文帝病危弥留之际,嘱咐太子刘启(即后来的景帝)说:"以后关键时刻可以用周亚夫,他是可以放心使用的将军。"汉景帝即位后,周亚夫升任为车骑将军。周氏后人遂以"细柳"为堂名。

809. 朱(zhū)氏堂名

沛国堂,吴郡堂,河南堂,南阳堂,金陵堂,丹阳堂,钱塘堂,新安堂,婺源堂,永城堂,义阳堂,凤阳堂(以上为以望立堂);居敬堂,白鹿堂,紫阳堂,折槛堂,槐里堂,注经堂,敬义堂,彝伦堂,德彝堂,听彝堂,叙化堂,叙伦堂,在兹堂,念兹堂,宗德堂,慎德堂,世德堂,德源堂,一本堂,同本堂,崇本堂,两仪堂,思成堂,治善堂,玉泉堂,玉奇堂,明伦堂,太康堂,余镜堂,余庆堂,追远堂,遗直堂,惠迪堂,继述堂,人和堂,哲延堂,文裔堂,垂裕堂,光裕堂,鼎兴堂,绍文堂,澹远堂,虹瑞堂,萃涣堂,存仁堂,百鹿堂,忠孝堂,积善堂,敦睦堂,敬爱堂,敬宗堂,理学堂,榆滋堂,承启堂,恩亲堂(以上为自立堂名)

【居敬堂】【白鹿堂】【紫阳堂】【著经堂】

以上四个堂名皆出自南宋理学大师、思想家、哲学家、教育家、诗人朱熹的故事。朱熹(1130—1200年),字元晦,一字仲晦,号晦庵、晦翁、考亭先生、云谷老人、沧州病叟、逆翁,别号紫阳,祖籍江南东路徽州府婺源县(今江西婺源)人,生于南剑州尤溪(今福建尤溪县)。婺源在南朝梁、陈时代属于新安郡,故朱熹落款多题"新安",乃以地望之称。新安有一座紫阳山。朱熹父亲朱松在福建做官时,曾以"紫阳"刻其印章,"用之榜于听事",以不忘故乡。朱松临终前,曾把朱熹托付给崇安(今武夷山市)五夫好友刘子羽(朱熹义父),刘子羽视其为己出,在其舍旁筑屋安置朱熹一家,名曰紫阳楼。后朱熹亦榜所居之听事堂曰"紫阳书堂"。朱熹为闽学派的代表人物,儒学集大成者,世尊称为朱子。朱熹是唯一非孔子亲传弟子而享祀孔庙,位列大成殿十二哲者中之人。他是程颢、程颐的三传弟子李侗的学生,19岁中进士,历事高宗、孝宗、光宗、宁宗四朝,历任江西南康、福建漳州知府、浙东巡抚,做官清正有为。绍兴二十三年(1153年),朱熹任同安县主簿,以其"敦礼义、厚风俗、劲吏奸、恤民隐"的治县之法管理县事,排解同安、晋江两县械斗,整顿县学,倡建"教思堂",在文庙大成殿倡建"经史阁",主张减免经总制钱。乾道四年(1168年),崇安发生水灾。朱熹力劝豪民发藏粟赈饥,还向官府请贷粮食600斛散发于民,使民不致挨饿。淳熙五年(1178年)朱熹知南康军兼管内劝农事。当年适逢大旱,灾害严重,朱熹着手兴修水利,抗灾救荒,奏请免除星子县税钱,使灾民得以生活。淳熙八年(1181年)八月,浙东大饥。因朱熹在南康救荒有方,被推荐提举为浙东常平茶盐公事。他迅速采取几项解救灾民的有力措施,并弹劾知台州唐仲友不法,为唐之姻亲王淮所嫉,不得不离任回家。但朱熹先后六次上书弹劾唐仲友不法,直指王淮与唐仲友上下串通勾结的事实,迫使王淮免去唐仲友江西提刑新任,表现出朱熹崇高的操守和气节。

朱熹热心书院建设。隆兴元年(1163年),朱熹回到福建崇安,在故里修建"寒泉精舍",住此十余年,编写了大量的道学书籍,并从事讲学活动,生徒盈门。这期间他对朝廷屡诏不应。1178年,朱熹东山再起,出任"知南康军",但未忘自己的学者身份,在庐山唐代李渤隐居旧址,建立"白鹿书院"进行讲学。这个"白鹿书院"后来成为我国著名的四大书院之一。据《朱子年谱考异》卷一所载,朱熹后裔为追思先祖的道德文章,遂将"紫阳"作为家族堂名。朱家一副对联云:"鹅湖世泽,鹿洞家声。""鹅湖世泽"一语,源出中国哲学史上著名的鹅湖之会;"鹿洞家声"一语,系指朱熹创办白鹿书院的业绩。淳熙十年(1183年)朱熹在武夷山九曲溪畔大隐屏峰脚下创建武夷精舍,潜心著书立学,广收门徒,聚众讲学。绍熙五年(1194年),湖南瑶民蒲来矢起义,震动朝野,朱熹临危受命,除知潭州、荆湖南路安抚,赐紫章服。具有道学家傲骨、强烈忧国忧民心态的朱熹,欣然受命前往赴任。五月,朱熹至潭州。此时,瑶民已败退深山,被困溪洞。朱熹采取善后招抚的怀柔政策,遣使招降瑶民起义军首领蒲来矢。朱熹招抚遭到湖北帅王蔺的反对,后者主张斩杀蒲来矢以警众。朱熹不得不在入都奏事中,直接向宋宁宗面恩,要求对瑶民"毋失大信"。朱熹到任后,兴学校,广教化,督吏治,敦民风。朱熹改建、扩建了湖南长沙岳麓山下的岳麓书院,空余时间亲自到此讲课,使岳麓书院也成为南宋全国四大书院之一。绍熙五年(1194年)八月,他官拜焕章阁侍制兼侍讲,曾为宋宁宗皇帝讲学。他讲《大学》时,反复强调"格物、致知、诚意、正心、修身、齐家、治国、平天下"八目,希望通过匡正君德来限制君权的滥用。朱熹讲学讲究"循序渐进,居敬持志",所谓"居敬",敬就是恭敬,就是读书时精神专一,注意力集中。所谓"持志"就是要坚定志向。他认为,教学要由浅入深,由易而难;既要传授知识,又要教书育人;既要言教,又要身教。教师一言一行都要以身作则,做学生的榜样。

朱熹主要著作有《四书章句集注》《四书或问》《太极图说解》《通书解》《西铭解》《周易本义》《易学启蒙》《诗集传》《楚辞集注》,以及后人编纂的《晦庵先生朱文公文集》《朱子语类》等,故朱姓后人亦有人以"白鹿""著经"或"居敬"为堂名。

【折槛堂】【槐里堂】

汉代人朱云(生卒年不详),字游,原居鲁地,后移居平陵(在今陕西兴平县东北),他身高八尺有余,仪容伟岸,以勇力闻名。年轻时喜欢结交游侠,40岁时才跟博士白子友学习《易经》,又师从前将军萧望之学习《论语》。所学皆能传承师业,洒脱不羁而能守大节,深受世人尊重。授博士,任杜陵令,后为槐里令。汉成帝时,丞相安昌侯张禹晋升为帝师,朱云求见皇帝,当着诸大臣面弹劾张禹,说张禹占着高位不干正事,光拿俸禄不谋其政,求皇帝赐尚方宝剑杀此奸臣。汉成帝听后大怒,御史奉命推朱云下殿,欲斩之。朱云死死抓住御殿栏槛(栏杆)不放,栏槛被折断。朱云大声疾呼:"臣在九泉之下与龙逢、比干做伴足矣,臣死不足惜,但不知朝廷该怎么办!陛下将蒙受杀直谏大臣的恶名。"在场的左将军辛庆忌亦摘除官帽和绶带,叩见说:"朱云生性狂直,尽人皆知,如果他说得有理,不当杀,说得不对,也应该宽恕。臣愿以死相保,请求免他一死。"此时,成帝怒气稍解,免了朱云的死罪。被折断的栏杆原样修复,不让换新的,以表彰忠臣冒死直谏的精神。朱云折槛的故事后来广为流传,其后裔遂以其官职"槐里"和"折槛"为堂名。

【凤阳堂】

朱元璋(1328—1398年),字国瑞,因兄弟排行第八,故又名重八。后改名兴宗,濠州钟离(今安徽凤阳)人,明朝开国皇帝。幼年家贫,曾为地主放牛。1344年,因生活拮据,入皇觉寺,剃发为僧。后来又在外流浪三年,接触各地风土人情,开阔了眼界,丰富了生活经验,培养了坚毅果敢的性格。25岁时朱元璋参加了郭子兴的红巾军反抗元朝。

他机智勇敢,粗通文墨,很快得到郭子兴的赏识。他打仗身先士卒,每获奖赏都分给大家。他的好名声使他成为郭子兴的心腹,郭子兴便把养女马氏嫁给他为妻。从此,军中改称他为朱公子,他也正式起名元璋,字国瑞。1355 年,郭子兴病逝,1356 年朱元璋被部下诸将奉为吴国公。同年,攻占集庆路,将其改名应天府。1368 年,朱元璋击破各路农民起义军,在应天府称帝,国号大明,年号洪武;后结束了蒙古人在中原的统治,平定四川、广西、甘肃、云南等地,最后统一中国。他聪明而有远见,神威英武,收揽英雄,平定四海,求贤若渴,重农桑,兴礼乐,褒节义,崇教化。在其统治期间,曾下令农民归耕,奖励垦荒;大搞移民、屯田、军屯;组织农民兴修水利,大力提倡种植桑、麻、棉等经济作物和果木作物,迁徙富民,抑制豪强,下令解放奴婢;减免赋税,严惩贪官污吏;在各地丈量土地,清查户口等,使社会生产逐步恢复和发展,史称洪武之治。洪武十三年(1380年),朱元璋废除宰相,设立承宣布政使司、提刑按察使司和都指挥使司三司分掌权力,进一步加强中央集权。

朱元璋是中国历史上最勤政的皇帝之一,平均每天要审批奏札 200 多件,处理国事 400 多件。他生活节俭,在应天府修建宫室,只求坚固耐用,不求奇巧华丽,还让人在墙上画了许多历史故事,以提醒自己。他每天早餐,"只用蔬菜,外加一道豆腐"。他睡的床,无金龙雕琢,"与中人之家卧榻无异"。他命工人在给他造车造轿时,按惯例凡应该用金子的地方一律用黄铜代替。主管官员说用不了多少黄金,朱元璋说:"这不是可惜这点黄金,而是提倡节俭,自己应作表率。"他还命人在宫内开辟一块荒地种菜吃。洪武三年(1370 年)正月的一天,他拿出一条被单展示给大臣们看,被单都是用小块绸布拼凑而成的。朱元璋说:"此制衣服所遗,用绢为被,犹胜遗弃也。"一次,他宴请文武群臣,为皇后祝寿,第一道菜是炒萝卜,第二道菜是炒韭菜,第三道菜是两大碗青菜,最后一道菜是葱花豆腐汤。朱元璋逐一赞誉每道菜说,"萝卜上了街,药店无买卖""韭菜青又青,长治久安定人心""两碗青菜一样香,两袖清风喜洋洋""小葱豆腐青又白,公正廉洁如日月"。他还当众宣布:"今后众卿请客,最多只能'四菜一汤',这次皇后的寿宴即是榜样,谁若违反,严惩不贷。"

朱元璋还别出心裁地创造一种教训和督导的方式:他每天安排人在夜深人静的五更时分,在谯楼上吹响嘹亮的号角,大声呼唱:"为君难,为臣又难,难也难。创业难,守成更难,难也难。保家难,保身又难,难也难!"以此告诫大家创业和守业的艰辛,树立勤政为民的好作风。这些在《明史·本纪一》《明史·本纪二》《明史·本纪三》皆有记载。

作为历史人物,朱元璋自然有局限性,比如杀人太多,尤其是开国功臣,但能做到如此勤政和简朴已是很难得了。他的故里凤阳出了这样一个了不起的帝王,确实是朱氏族人的骄傲,遂以"凤阳"为宗祠堂名。

810. 竹(zhú)氏堂名

东莞堂(以望立堂)

811.竺(zhú)氏堂名

东海堂,东莞堂,枞阳堂(以上为以望立堂);敦本堂,听彝堂,化乡堂(以上为自立堂名)

【枞阳堂】

竺晏,汉代人,祖先本姓竹,自竺晏始,改姓竺,封枞阳侯,其后以其爵号为堂名。

【化乡堂】

化乡,教化乡人。

竺大年(生卒年不详),字耕道,宋代奉化(今浙江奉化)人,学者,为"甬上四先生"之一沈焕的入室弟子。其性格和行为严肃而庄重。专心研究儒家经典《礼记》,著有《礼记订议》,长于说《礼》,乡人皆化之,故其后人以"化乡"为堂名。

注:浙江慈溪、鄞县、奉化等地,位处四明山麓,甬江流域,当地人俗称甬上。

812.诸(zhǔ)氏堂名

余姚堂(亦作姚江堂、姚余堂),琅琊堂(亦作胶南堂、藏马堂),会稽堂(亦作山阴堂、绍兴堂),闽中堂(亦作闽越堂、闽王堂、闽侯堂、侯官堂)(以上为以望立堂);余庆堂,敦睦堂,伦叙堂,敬本堂(以上为自立堂名)

813.诸葛(zhǔgě)氏堂名

琅琊堂,琅瑜堂(以上为以望立堂);三顾堂,卧龙堂,德生堂,滋树堂,尚礼堂,大公堂,雍睦堂,崇礼堂,崇行堂,春晖堂,文与堂,燕贻堂,敦复堂,观音堂(以上为自立堂名)

【三顾堂】【卧龙堂】

诸葛亮(181—234年),字孔明,号卧龙(亦作伏龙),徐州琅琊阳都(今山东临沂市沂南县)人。三国时期蜀汉丞相,杰出的政治家、军事家、散文家、书法家、发明家。少孤,东汉末,避难荆州,隐居邓县隆中(在今湖北襄阳西),躬耕陇亩,自比管仲、乐毅。谋士徐庶向先主刘备推荐诸葛亮说:"诸葛孔明,卧龙也。"于是,刘备便亲自去隆中拜访,三次才见到诸葛亮,史称"三顾茅庐"。后来诸葛亮作为刘备的军师,为刘备谋划占据荆(今湖南、湖北)、益(今四川)两州,联合孙权,抗拒曹操之策,击败曹操于赤壁,收复江南。建安十九年(214年),助刘备攻克成都,刘备入主益州,与吴、魏成鼎足之势。诸葛亮被封为丞相。刘备死后,受遗诏辅佐后主刘禅。建兴初年,封武乡侯,领益州牧,志在攻曹魏以收复中原。他励精图治,赏罚严明,推行屯田制,改善与西南各族的关系,乃东和孙权,南平孟获,而后出师北伐,曾六出祁山,与曹魏攻战数年。后因过于劳累而病死于军中。诸葛亮长于巧思,曾发明木牛流马、孔明灯等,推演八阵图,皆得其要,并改造连弩,可一弩十矢俱发,称孔明连弩。诸葛亮一生"鞠躬尽瘁,死而后已",是中国传统文化中忠臣和智者的代表人物。

身为丞相,诸葛亮安抚百姓、遵守礼制、约束官员、慎用权力,对人开诚布公、胸怀坦荡。为国尽忠效力者即使自己的仇人也加以赏赐,贪赃枉法、玩忽职守者即便是亲信也严惩不贷,诚心改过者不管罪过多大也予以宽恕,花语巧言、推卸责任者尽管问题不严重也从严处理,心地善良功劳虽小也加以褒奖,过失再小却不肯认错也予以处罚。他处理事务简练而讲究实效,能从根本上解决问题,不图虚名,不慕虚荣,一切从实际出发。难怪蜀国上下既害怕他又敬仰他,即使受严厉处罚也毫无怨言。他的才能可与管仲、萧何相媲美。

诸葛亮因地制宜,采取一系列发展生产的得力措施,使汉中地广人稀的局面得到根本改观,终于出现人多、粮多,使百姓"安其居,乐其业"的大好形势。他主持修建的"山河堰"等水利工程可灌溉田地46000余亩,至今仍是汉中地区灌溉面积最大的水利工程。他还在继承和发扬古代开发水利资源经验的基础上,增修了大批塘、库、陂池等水利设施。

历代名人对诸葛亮的评价都很高,是中国家喻户晓的人物,以他为背景的成语和词语亦为人熟知。其族人也因以自豪,故以"三顾"和"卧龙"为宗祠堂名。

814. 颛孙(zhuānsūn)氏堂名

丹阳堂(亦称润州堂、丹杨堂、宛陵堂、丹徒堂、镇江堂),淮阳堂(亦称陈州堂、陈国堂)(以上为以望立堂);书绅堂(自立堂名)

815. 庄(zhuāng)氏堂名

天水堂,会稽堂,东海堂(以上为以望立堂);南华堂,武强堂,锦绣堂,锦湖堂,淋郁堂,一箦堂,秋水堂,静观堂,宝绘堂,深埈堂,树德堂,德星堂,报本堂,惟敬堂,天宠堂,愿贤堂,富春堂(以上为自立堂名)

【南华堂】

庄子(前369—前286年,一说275年),姓庄,名周,字子休(一说子沐),战国时期宋国蒙人,其先祖是宋国君主宋戴公。战国中期著名的思想家、哲学家和文学家。他是梁惠王、齐宣王同一时期的人。他创立了华夏重要哲学学派庄学,是继老子之后道家学派的主要代表人物之一。他崇尚自由,只做过宋国地方的漆园吏(一个管理漆园的小官)。楚威王闻其贤,曾派使者带厚礼聘他为相国,他笑着对使者说:"千金,重利;卿相,尊位也。可你没见过祭祀用的牛吗?喂养它多年,然后给它披上五彩锦绣,牵到祭祀祖先的太庙去当祭品。到那时,即使想当一头小猪,免遭宰割,也为时晚矣。你还是尽早离开,不要侮辱我吧。我宁可做只乌龟在泥塘里自寻快乐,也不愿受一个君主的约束。我一生不为官,只想永远自由快乐。"他厌恶仕途,不愿与统治者同流合污,隐居著书 10 万余字,书名《庄子》,大抵都是寓言,以寓言来表达他的思想,来说理。"东施效颦""邯郸学步"等著名寓言皆出自他的著作。他继承和发展了老聃的思想,与老子并称"道家之祖",被后世尊为道教祖师、南华真人、道教四大真人之一。《庄子》一书也被称为《南华真经》。

庄周认为"道"是客观真实的存在,把"道"视为宇宙万物的本源。《庄子·让王篇》云:"道之真以修身,其绪余以为国家,其土苴以为天下。"所谓"绪余"即抽丝后留在蚕茧上的残丝,借指事物之残余或主体之外所剩余者。土苴,即渣滓、糟粕,比喻微贱的东西。庄子这段话的意思是:大道的真髓、精华用以修身,它的残余用以治理国家,它的糟粕用以教化天下。《庄子·秋水篇》云:"无以人灭天,无以故灭命,无以得殉名,谨守而勿失,是谓友其真。"意思是:不要为了人而毁灭天然,不要为了世故而毁灭性命,不要为了贪得去殉身求得名利,谨慎坚守天道而不离失,这就是返璞归真。他认为"道"是无限的,"无所不在",强调事物自生自灭,否认有神的主宰。

庄子主张"天人合一"和"清静无为"。他曾做过漆园吏,生活穷困潦倒,却鄙视荣华富贵、权势名利,力图在乱世中保持独立的人格,追求逍遥无恃的精神自由。他摆出一副对一切都毫不在乎的姿态,来与黑暗世界进行抗争。他的著作《庄子》具有很高的文学价值,其文想象力丰富,气势壮阔;落笔为文,汪洋恣肆,瑰丽诡谲,意出尘外,乃先秦诸子文章之典范。用闻一多的话说,"中国人的文化上永远留着庄子的烙印"。

【武强堂】

庄不识(《汉书》作庄不职,此从《史记》)(生卒年不详),汉代功臣,以舍人从至霸上。以骑将入汉。还击项羽,属丞相宁(一说即右丞相王陵)。后以将军击黥布,封武强侯。死后谥庄。其后人以其封号为堂名。

【锦绣堂】

庄森(生卒年不详),字文盛,原籍河南中州固始县人,唐懿宗咸通六年(865 年)中甲榜进士,任黄门都监,历官广州都督刺史。唐末黄巢起义,政局不稳,庄森乃辞官归田,唐僖宗光启元年(885 年)随王潮、王审知兄弟入闽,择居永春县桃源里善正乡蓬莱山为家。第九世庄夏(1155—1223 年),字子礼,宋代淳熙八年(1181 年)进士,出任宁国知县,后调任赣州兴国知县。任内重教化,兴庠序(学校),清赋税,剔蠹弊(弊病),息争讼,剖疑案,对赤贫户欠税逃亡则给钱代纳,政声卓著。嘉定初年,以著作佐郎官衔提举江东常平仓。逢荒年,开仓赈济,饥民多得救活。后任转运判官,入朝为尚书郎,升军器监太府少卿。嘉定六年(1213 年)出任漳州知州,奏请屯兵大池故寨,增小澳、南岭二寨,控制汀、潮二州。第二年,捐资在柳营江上建大木桥,名"通济桥"(即今江东桥),免除柳营江两岸人民摆渡、覆舟之苦。后退归故闾,闭门著书,自号藻斋老人。嘉定十二年(1219年),庄森被封为永春县开国男,食邑 300 户,赐紫衣金鱼袋,南宋宁宗皇帝改其祖墓湖羊鬼岫山为锦绣山,赐建宅第于泉州府城。庄氏"锦绣堂"由此而得名。

816. 卓(zhuó)氏堂名

河西堂,南阳堂(以上为以望立堂);褒德堂,忠孝堂,传经堂,近青堂,清壹堂,挽车堂(以上为自立堂名)

【褒德堂】

卓茂(?—28年),字子康,南阳郡宛县(治所在今河南南阳宛城区)人,汉代云台二十八将之一。汉元帝时(前48—前33年)赴长安求学,师从博士江生,学习《诗经》《礼记》和历法算术,深得师傅之学,号称"渊博儒士"。卓茂生性仁爱恭谨,深受乡邻朋友喜爱。初为丞相府史,跟随孔光,被孔光称为有德之人。一次,卓茂骑马车出门,有人说卓茂骑的马是他的。卓茂问:"你丢马多长时间了?"那人回答:"一个多月了。"卓茂这匹马已经骑了好几年了,知道那人搞错了,但还是默不作声地把马给了那个人,自己拉着车离去,回过头对那人说:"如果不是你的马,劳驾到丞相府还给我。"后来,那人从别处找到了丢失的马,便到丞相府还马,磕头向卓茂道歉,但卓茂并没责怪他。不久,卓茂由黄门侍郎升任密县(今河南新密)县令。他勤恳爱民,以善行教育百姓,口无秽言,百姓亦不忍心欺骗他;任职数年,教化大行,路不拾遗。汉平帝时(1—5年),蝗灾泛滥,河南20多县皆受灾严重,据传唯独蝗虫不入密县境内。王莽在位时,卓茂称病辞官回故里。汉光武帝刘秀即位,召卓茂为太傅,封褒德侯,食邑3000户,赏赐甚多。卓茂死后,光武帝穿丧服亲自为他送葬。其后人遂以"褒德"为堂名,以追念这位德行崇高的先贤。

【忠孝堂】

卓得庆(生卒年不详),兴化军莆田(今属福建)人,字善夫,号乐山,宋末大臣。宋理宗绍定年间(1228—1233年)进士,知德兴县,有治绩,历官秘书著作郎,因顶撞贾似道出任漳州知州。宋端宗景炎二年(1277年)特旨授右文殿修撰、户部尚书,兼福建制置司参谋官。元兵逼兴化城,卓得庆被执,与其二子卓规、卓权并死于难。南宋学者黄仲元(莆田人)铭其墓,称为忠孝父子。其族人遂以"忠孝"为宗祠堂名。

817. 兹(zī)氏堂名

洛阳堂(亦称白马堂),会稽堂(亦称山阴堂、绍兴堂),武阳堂(亦称东郡堂、聊北堂、阳北堂)(以上为以望立堂)

818. 訾(zī)氏堂名

渤海堂,鲁国堂(以上为以望立堂);直博堂(自立堂名)

【直博堂】

直博堂源自春秋时晋国訾祏的故事。訾祏(生卒年不详)为晋国范氏家族的家臣,既正直,又有渊博的知识。一次,范宣子跟龢(和)大夫争夺田地,范宣子打算进攻和大夫。叔向(晋国贤臣、政治家和外交家)对范宣子说:你去拜访訾祏吧。訾祏实直而博,直能端辨之,博能上下比之。意思是:訾祏正直且见多识广,正直能公正地辨别是非;见多识广能上下比较。于是,范宣子便向訾祏讨教,采纳了訾祏的意见,把好的田地让给了和大夫,跟他重归于好。

矛盾是不可避免的,多听听不同意见,权衡利弊,正确处理,这便是"直博堂"给人们的启示。

819. 子车(zǐjū)氏堂名

天水堂(以望立堂)

820. 紫(zǐ)氏堂名

东鲁堂(以望立堂)

821. 宗(zōng)氏堂名

河东堂,南阳堂,京兆堂(以上为以望立堂);忠简堂,安西堂(以上为自立堂名)

【忠简堂】

忠简,忠贞爱国。

宗泽(1059—1128年),字汝霖,婺州义乌(今浙江义乌)人,宋代名将。家境贫苦,但有"耕读传家"的传统,宗泽天资聪慧,勤奋好学,从小打下良好的文化基础。不到20岁,毅然离家出游,历时十余年,不仅悉心求学,研读"古人典要",而且学以自用,考察社会,孜孜不倦地追求救国之道。眼看辽国、西夏屡屡入侵,逐渐产生靖边安境、为国效力的思想。他认真研读兵书,苦练武艺,成为一个学识渊博、文武兼备、富有理想和抱负的青年。元祐六年(1091年)进士。他刚直豪爽,有大志。历任县、州文官,颇有政绩。政和五年(1115年),宗泽任登州通判。登州邻近京师,权贵势力到处伸手,仅宗室官田就达数百顷,皆为不毛之地,岁纳租万余缗(一串一千枚铜钱为一缗),都转嫁到当地百姓身上。宗泽到任后,愤然上书朝廷,阐明实情,请求予以豁免,为登州百姓免除了沉重的额外负担。靖康元年(1126年)知磁州。经过金兵蹂躏,百姓逃亡,磁州仓库空虚。宗泽到达后,修缮城墙,疏浚隍池,整治器械,募集义军,抗击金兵,不久被任命为河北义兵都总管、副元帅,并首次击败金兵,极大鼓舞了河朔各地宋军的斗志。徽宗、钦宗被金兵俘虏后,宗泽南下救援京师,次年继任东京(今河南开封)留守,召集两河、太行王善、杨进等义军,以岳飞为将,屡败金兵,声威甚著,民间有"宗爷"或"宗父"之称。他曾多次上书,力请高宗还都开封,收复失地,皆被投降派所阻,忧愤成疾,临终时连呼"过河"者三。谥忠简。宗泽作为一代名将,深为宗氏家族敬仰,以"忠简"为堂名,乃是最佳选择。

822. 宗正（宗政，zōngzhèng）氏堂名

京兆堂,彭城堂(以上为以望立堂);安西堂,流水堂(以上为自立堂名)

‖安西堂‖

宗政珍孙(生卒年不详),北魏人,孝明帝孝昌年间(525—527年)为都督,讨平乐、汾州叛贼有功,官升安西将军、光禄大夫。其后世以其封号"安西"为堂名。

823. 邹（zōu）氏堂名

范阳堂(以望立堂);碣石堂,讽谏堂,回春堂,古经堂,三古堂,敦睦堂,敦本堂,敦厚堂,仁厚堂,显忠堂,中和堂,元恺堂,肇礼堂,正学堂,吹律堂,爱敬堂,近圣堂,广佑堂,柏树堂(以上为自立堂名)

‖碣石堂‖ ‖回春堂‖ ‖吹律堂‖

以上三个堂名皆出自战国时期邹衍的故事。邹衍,战国时期阴阳家学派和五行学说的代表人物,战国末期齐国人。生卒年不详,据推断大约生于前324年,死于前250年,享年70余岁。相传为今山东省济南市章丘市相公庄镇郝庄人。主要学说是"五行学说""五德终始说"和"大九州说",又是稷下学宫著名学者。因他"尽言天事",故时称"谈天衍",又称邹子。邹衍深通阴阳、盛衰、兴亡之道,曾受到齐宣王和齐闵王的高度重视,被封为上大夫,但齐闵王的帝制运动最后以失败而告终。此时恰逢燕昭王招贤纳士,为郭隗修筑宫殿以师礼待之,以此作为尊贤榜样。一时间各国人才争相趋燕。邹衍遂离齐入燕。据《史记·孟子荀卿列传》记载:"(邹衍)如燕,昭王拥彗先驱(拿着扫帚扫道路,在前面为客人引路),请列弟子之座而受业,筑碣石宫(招待邹衍),身亲往师之。"故邹氏后人以"碣石"为堂名。昭王死后,燕惠王听信谗言,将邹衍下狱。据《列子·汤问篇》载:北方有地,美而寒,不生五谷,邹子吹律(即音律)暖之,而禾黍滋(生长)也,故后人有"吹律回春""黍谷回春"之说,邹氏后裔亦以"吹律"和"回春"为堂名。

‖讽谏堂‖

邹忌(前385—前319年),战国时齐国人,身高八尺有余,容貌秀丽。早晨穿衣照镜子,问他的妻子:"我跟城北徐公哪个漂亮?"妻子回答:"你漂亮,徐公怎能和你比呢!"城北徐公,齐国的美男子。邹忌并不自信,又问他的妾:"我和徐公哪个漂亮?"

妾说:"徐公怎么能跟你比呢!"一天,外面来了一位客人,坐下来谈话,邹忌问:"我跟徐公哪个漂亮?"客人回答:"徐公没有你漂亮。"又过了几天,徐公来到邹忌家,邹忌一看,自知不如徐公,再拿镜子一照,更觉得远不如徐公漂亮。晚上睡觉时,他左思右想,自语道:"妻子说我漂亮,是因为有私心;妾说我漂亮,是因为怕我;客人说我漂亮,是因为有求于我。"邹忌看到齐威王听不进别人的意见,就上朝用这段故事劝诫威王。齐威王接受了他的建议,下令:凡是给他提意见的人都可以得到奖赏。一开始,大家都争先恐后地提意见;两个月以后,提意见的人明显减少了;三个月后,提意见的人几乎没有了,因为大家的意见都提完了。于是,齐威王整理好这些意见,改正自己的错误,把国家治理得很好。这就是邹忌讽谏的结果,故其后人便以"讽谏"为堂名。

【三古堂】【诂经堂】

三古堂和古经堂皆出自清代邹文苏的故事。邹文苏(1769—1831年),字望之,号景山,新化永固罗洪村(今河南省隆回县罗洪乡)人,为嘉庆年间的岁贡(即监生),研究经学,善文工诗,长于"三礼"(《仪礼》《周礼》《礼记》)。常以郑玄和贾谊之学教授乡里,并自辟精舍为"古经堂";又用竹篾制造浑天仪,用上等细布仿制古代诸侯、大夫的衣帽,依照清代江永和戴震所编的古代礼乐制度,制成假车,跟弟子们在车中研习礼制。文苏诰封奉政大夫,晋赠中宪大夫。邹氏后裔遂以"古经"为堂名,或将"古经堂"、古衣帽和古礼乐这三古取名为"三古堂"。

824. 祖(zǔ)氏堂名

京兆堂(亦称常安堂、京师堂),涿郡堂(亦称涿州堂),范阳堂(亦称方镇堂),北平堂(亦称广阳堂、蓟州堂、范阳堂),辽东堂(亦称扶余堂、襄平堂、辽阳堂、凌东堂)(以上为以望立堂);四仙堂,四鹤堂,潘溪堂(以上为自立堂名)

825. 左(zuǒ)氏堂名

济阳堂(以望立堂);传经堂,高义堂,三都堂,敦厚堂(以上为自立堂名)

【高义堂】

高义,高尚的品德或崇高的正义感。

左伯桃(生卒年不详),春秋时燕国人,闻楚王招贤纳士,遂应诏前往,路遇羊角哀,结为异姓兄弟,同赴楚都。时值严冬,途遇大风雪,冻饿将死,左伯桃乃将衣粮一并给予羊角哀,令其事楚,自己饿死于树洞中。羊角哀独行仕楚,被聘为上大夫,一举成名。羊角哀奏请楚王,为左伯桃建墓立祠。左伯桃墓适建荆轲墓旁。相传羊角哀梦见左伯桃之魂为荆轲魂所扰,求助于羊角哀。羊角哀发左伯桃坟改葬之,并拔剑自刎,就葬伯桃墓中,诉于阎君(阎王),与荆轲魂斗,终斩荆轲魂。(见明代《今古奇观》第十二卷《羊角哀》和《喻世明言》第七卷《羊角哀舍命全交》)左氏族人崇尚他们的品德,遂以"高义"为堂名。

【三都堂】

左思(250—305年),字太仲,齐国临淄(今山东淄博市)人,西晋著名文学家。家世儒学,出身寒微。少时曾学书法鼓琴,皆不成,后来由于父亲激励,乃发奋勤学。左思自幼其貌不扬,且口吃,不好交游,但辞藻壮丽,才华出众,曾用一年时间写成《齐都赋》(全文已佚,若干佚文散见《水经注》及《太平御览》)。晋武帝时,因其妹左棻被选入宫,全家迁居洛阳,任秘书郎。晋惠帝时,依附权贵贾谧,为文人集团"二十四友"的重要成员。永康元年(300年),贾谧被诛,左思遂退居宜春里,专心著述。后齐王司马冏召为记室督,不就。其《三都赋》(《魏都赋》《吴都赋》和《蜀都赋》)颇被当时称颂,造成"洛阳纸贵"。著有《左太仲集》。左氏后人以有这位才华出众的先人而骄傲,故以"三都"为堂名。

826. 左丘(zuǒqiū)氏堂名

齐郡堂(亦称临淄堂)(以望立堂);传经堂(自立堂名)

【传经堂】

左丘明(前502—前422年),其姓和名字颇为复杂。一说复姓左丘,名明;一说原为姜姓,出自太公(姜子牙)少子,初为左氏,后改左丘氏(见《左传精舍志》)。亦相传为左史倚相之后。左丘明籍贯,一说为鲁国中都人,一说为春秋末年鲁国都君庄(今山东肥城市石横镇东横鱼村)人。春秋时鲁国太史。双目失明,故后人亦称盲左。曾著《春秋左氏传》(或称《左氏春秋》,简称《左传》),多以史实解释《春秋》,以记事为主,兼载言论,叙述详明,文字生动简洁,全面反映了当时的社会历史面貌,既是重要的儒家经典,又是我国第一部完整的编年体史书,在文学史上也有很高的成就。又著《国语》,分别记载西周末年至春秋时期周王室及鲁、齐、晋、郑、楚、吴、越诸国史实,偏重记述君臣言论,为我国最早的国别体史书。左丘明知识渊博、品德高尚。孔子曾说:"巧言、令色、足恭,左丘明耻之,丘亦耻之;匿怨而友其人,左丘明耻之,丘亦耻之(对于花言巧语表现出来的过分恭敬,左丘明认为是可耻的,我也认为是可耻的。内心怨恨却在表面上装出友好,左丘明认为是可耻的,我也认为是可耻的)。"先儒以为左丘明好恶同于圣人,故孔子作《春秋》为素王(没有土地、没有人民,只要人类历史存在,他的王位的权势就永远存在),丘明为素臣,述夫子之志而作《传》,是为《左氏春秋》。左丘明后人因其撰写《左氏春秋》和《国语》两篇巨著而传于世,故以"传经"为宗族堂名。

参考文献

1. 班固．汉书［M］．北京：中华书局，1962.

2. 范晔．后汉书［M］．北京：中华书局，1965.

3. 司马迁．史记［M］．北京：中华书局，1972.

4. 魏征，等．隋书［M］．北京：中华书局，1973.

5. 欧阳修，宋祁，等．新唐书［M］．北京：中华书局，1975.

6. 刘昫，等．旧唐书［M］．北京：中华书局，1975.

7. 脱脱，等．宋史［M］．北京：中华书局，1977.

8. 房玄龄，等．晋书［M］．北京：中华书局，1974.

9. 李延寿．北史［M］．北京：中华书局，1974.

10. 魏收．魏书［M］．北京：中华书局，1974.

11. 令狐德棻，等．周书［M］．北京：中华书局，1971.

12. 沈约．宋书［M］．北京：中华书局，1974.

13. 脱脱，等．金史［M］．北京：中华书局，1975.

14. 宋濂，等．元史［M］．北京：中华书局，1976.

15. 张迁玉，等．明史［M］．北京：中华书局，1974.

16. 廖用贤．尚友录［M］．北京：北京大学出版社，2011.

17. 欧阳询主编．艺文类聚［M］．上海：上海古籍出版社，1982.

18. 王象之．舆地纪胜［M］．成都：四川大学出版社，2005.

19. 王应麟．急就篇［M］．台北：台湾商务印书馆，1972.

20. 刘敬叔．异苑［M］．北京：中华书局，1996.

21. 谢旻．江西通志［M］．北京：商务印书馆，2013.

22. 吴树平，等．东观汉记校注［M］．北京：中华书局，2009.

23. 董郁奎．浙江通志［M］．北京：中华书局，2001.